中国古典文学名著丛书

[明]佚名 著

百styles英烈传

华夏出版社
HUAXIA PUBLISHING HOUSE

前　言

在中国文学史上，明代中期是通俗小说创作日渐兴起的一个特殊时期。受风靡一时的《三国志通俗演义》的影响，从这一时期开始直到清代，先后诞生了大量的以歌颂英雄、演绎历史为主题的通俗小说。这些小说，大都是为了迎合当时市井文化和平民百姓的需要，沿袭了传统小说虚构混搭史实的创作手法，既依托历史资料，又结合民间传说，诞生了一大批人物和故事不局限于史籍记载，内容通俗生动精彩、英雄传奇特征浓厚的文学作品。其中，《英烈传》和《续英烈传》便是当时家喻户晓、流传甚广的一部优秀的历史演义小说。

《英烈传》的作者，过去曾有郭勋和徐渭、徐渭和空谷道人等多种说法，但据很多学者考证，这些说法难以令人信服，目前尚无资料证明。很有可能因为此书在屡遭禁毁中多有改动，先后有多人参与编次梳序。所以，此书的真正作者始终是个谜，今人大多认为是明代无名氏。《英烈传》是由当时民间流传的故事改编而成，又名《皇明英烈传》、《洪武全传》、《皇明开运英武传》等，属章回体小说。其中，《英烈传》中描写的是元顺帝荒淫失政，各地起义兴兵反元。青年朱元璋结交天下英雄，加入义军后在众豪杰的辅佐下，推翻元朝，建立大明，自称太祖皇帝。小说围绕朱元璋的人生经历，用大量夸张虚构的描写，生动地塑造了一批英雄贤士的形象。如常遇春、胡大海、花云、徐达、沐英、刘伯温、郭英、汤和、邓愈、朱亮祖等人物，作者文采斐然，将人物形象刻画得惟妙惟肖、活灵活现、深入人心。至今广为流行的评书、鼓书、评话等曲艺作品，以及在舞台上屡演不衰的系列戏剧，都是根据《英烈传》加工改编所成。

《续英烈传》描写的是朱元璋死后，其孙建文帝登基，引起诸王不满，其叔燕王朱棣以清君侧为名，起兵靖难，逼走建文帝，篡位为帝。后建文帝入寺为僧。30多年后，至明英宗登基后，方被迎回宫内。

《英烈传》的情节架构来自演义小说，细节描写来自民间传说和野史。书中为吸引读者，夹杂了不少迷信和神怪的内容，但全书的主要情节还是依据历史事实架构而成的。这部书，在清代时因被视为邪端异说、含有反清复明内容而遭禁，当时凡写明代的史书，无论正野稗奇，通通严加禁止，一经发现即被销毁。《英烈传》能在这一背景下流传至今，实属不易。

同时，这部小说宣扬了一种天人感应的宿命论思想，通过很多神话传说的铺垫，使全书充满了神秘主义的色彩。虽然《英烈传》在中国文学史上地位不高，但在民间因迎合了市井平民的口味却颇为流行，尤其是对后世的戏曲、曲艺影响颇大。

由于前人对此书不太重视，原书中各种版本出入很大，疏漏较多，这次修订出版经过对各种版本的整理甄别，尽量保持原书风貌，对原书原来缺字的地方用□表示了出来，以使读者更顺畅的阅读。

编　者

2014年3月

篇 目 目 录

英烈传 ……………………………………（ 1 ）

续英烈传 ……………………………………（261）

英烈传

目 录

第 一 回	元顺帝荒淫失政	(7)
第 二 回	开浚河毁拆民房	(11)
第 三 回	专朝政群奸致乱	(14)
第 四 回	真明主应瑞濠梁	(17)
第 五 回	众牧童成群聚会	(20)
第 六 回	伽蓝殿暗卜行藏	(24)
第 七 回	贩乌梅风留龙驾	(27)
第 八 回	郭光卿起义滁阳	(30)
第 九 回	访徐达礼贤下士	(32)
第 十 回	定滁州神武威扬	(35)
第 十一 回	兴隆会吴祯保驾	(38)
第 十二 回	孙德崖计败身亡	(41)
第 十三 回	牛渚渡元兵大败	(44)
第 十四 回	常遇春采石擒王	(47)
第 十五 回	陈也先投降行刺	(50)
第 十六 回	定金陵黎庶安康	(53)
第 十七 回	古佛寺周颠指示	(56)
第 十八 回	刘伯温法伏猿降	(59)
第 十九 回	应征聘任人虚己	(61)
第 二十 回	栋梁材同佐贤良	(64)
第二十一回	王参军生擒士德	(67)
第二十二回	徐元帅被困牛塘	(70)

第二十三回	郭先锋活捉吴将	(73)
第二十四回	赵打虎险受灾殃	(76)
第二十五回	张德胜宁国大战	(79)
第二十六回	释亮祖望风归降	(83)
第二十七回	取樊岭招贤纳士	(86)
第二十八回	诛寿辉友谅称王	(89)
第二十九回	太平城花云死节	(92)
第 三 十 回	康茂才夜换桥梁	(95)
第三十一回	不惹庵太祖留句	(98)
第三十二回	张金箔法显街坊	(101)
第三十三回	胡大海被刺殒命	(104)
第三十四回	花云亲义保儿郎	(107)
第三十五回	朱文正南昌固守	(111)
第三十六回	韩成将义死鄱阳	(114)
第三十七回	丁普郎假投友谅	(117)
第三十八回	遣四将埋伏禁江	(120)
第三十九回	陈友谅鄱阳大战	(123)
第 四 十 回	归德侯草表投降	(126)
第四十一回	熊天瑞受降复叛	(131)
第四十二回	朱亮祖魂返天堂	(134)
第四十三回	损大将日现黑子	(137)
第四十四回	常遇春收服荆襄	(140)
第四十五回	击登闻断明冤枉	(143)
第四十六回	幸濠州共沐恩光	(146)
第四十七回	薛将军生擒周将	(149)
第四十八回	杀巡哨假击锣梆	(152)
第四十九回	张士诚被围西脱	(155)

第五十回	弄妖法虎豹豺狼	(158)
第五十一回	朱亮祖连剿六叛	(161)
第五十二回	潘原明献策来降	(164)
第五十三回	连环敌徐达用计	(167)
第五十四回	俞通海削平太仓	(170)
第五十五回	张豹排八门阵法	(173)
第五十六回	二城隍梦告行藏	(176)
第五十七回	耿炳文杀贼祭父	(179)
第五十八回	熊参政捷奏封章	(182)
第五十九回	破姑苏士诚殒命	(185)
第六十回	哑钟鸣疯僧癫狂	(189)
第六十一回	顺天心位登大宝	(192)
第六十二回	方国珍遁入西洋	(195)
第六十三回	征福建友定受戮	(197)
第六十四回	破元兵顺取汴梁	(200)
第六十五回	攻河北大梁纳款	(203)
第六十六回	克广西剑戟辉煌	(207)
第六十七回	元宫中狐狸自献	(210)
第六十八回	燕京破顺帝出亡	(213)
第六十九回	豁鼻马里应外合	(216)
第七十回	追元兵直出咸阳	(220)
第七十一回	常遇春柳河弃世	(224)
第七十二回	高丽国进表颂扬	(227)
第七十三回	获细作将计就计	(231)
第七十四回	现铜桥天赐奇祥	(234)
第七十五回	赐铁券功臣受爵	(237)
第七十六回	取西川剑阁兵降	(241)

第七十七回　练猢狲成都大战 …………………………（244）
第七十八回　皇帝庙祭祀先皇 …………………………（248）
第七十九回　唐之淳便殿见驾 …………………………（253）
第 八 十 回　定山河庆贺封王 …………………………（258）

第一回　元顺帝荒淫失政

却说从古到今,万千余年,变更不一。三皇五帝而后,汉除秦暴,赤手开基。方得十代,有王莽自称皇帝,敢行篡逆。幸有光武中兴,迨及灵、献之朝,又有三分鼎足之事。五代之间,朝君暮仇,甫至唐高祖混一天下,历世二百八十余年,却有朱、李、石、刘、郭,国号:梁、唐、晋、汉、周。皇天厌乱,于洛阳夹马营中,生出宋太祖来,姓赵名匡胤。那时赤光满室,异香袭人,人就叫他做"香孩儿"。大来削平僭国①,建都汴梁。传至徽、钦二宗,俱被金人所掳。徽宗第九子封为康王。金兵汹涌,直逼至扬子江边,一望长江天堑,无楫无舟,忽有二人牵马一匹,说道:"此马可以渡江。"康王见势急,就说:"你二人如果渡得我时,重重赏你!"那二人竟将康王推上马鞍,那马竟往水中,若履平地。康王低着头,闭着眼,但听得耳边风响,倏忽之间,便过长江。那二人说:"陛下此去,尚延宋祚②有二百五十余年,但休忘我二人!"便请下马。康王开眼一看,人与马俱是泥做的。正在惊疑,远远望见一簇旌旗,俱是来迎王驾的,便即位于应天府。这是叫做"泥马渡康王"故事。

话分两头,却说鞑靼③国王曾孙,名唤忽必烈,居于乌桓之地。后来伐荆蛮,蹙④西夏,并了赤乌的部落。僭称王号。在斡难河边,破了白登,过了狐岭,直至居庸关。金人因而逃遁。忽必烈遂渡江淮,逼宋主于临安。宋祚以亡,他遂登于宝位,国号大元。传至十世,叫做顺帝。以脱脱为左丞相,撒敦为右丞相。一日,早朝已毕,帝说:"朕自登基以来,于今五载。因见朝事纷纷,昼夜不安,未得一乐,卿等可能致朕一乐乎?"撒敦

---

① 僭(jiàn)国——古代凡诸侯或人臣,夺取王位,自称帝王,即称这个国家为僭国。僭,超越本分,冒用在上的名义或物品。
② 宋祚(zuò)——宋朝福运。祚,福运。
③ 鞑靼——即蒙古。
④ 蹙(cù)——迫。

奏道："当今天下，莫非王土；卫土之士，莫非王臣；主上位居九五①之尊，为万乘之主，身衣锦绣，口饫珍馐②，耳听管弦之声，目睹燕齐之色，神仙游客，沉湎酣③歌，唯陛下所为，有何不乐？徒自昼夜劳神！"正是：

　　春花秋月休辜负，绿鬓朱颜不再来。

顺帝大喜道："卿言最当。"左丞相脱脱进言道："乞陛下传旨，速诛撒敦，以杜淫乱！"帝说："撒敦何罪？"脱脱说："昔费仲迷纣王，无忌惑平王；今撒敦诱君败国，罪在不赦！望陛下听臣讲个'乐'字：昔周文王有灵台之乐，与民同乐，后来便有贤君之称；商纣有鹿台之乐，恣酒荒淫，竟遭牧野之诛。陛下若能任贤修德，和气恰于两间，乐莫大焉！倘效近世之乐，必致人心怨离，国祚难保，愿陛下察之！"顺帝听了大喜道："宰相之言极是！"令近侍取金十锭、蜀锦十匹赐之。脱脱辞谢道："臣受天禄，当尽心报国，非图恩利也。"顺帝说："昔日唐太宗赐臣，亦无不受，卿何辞焉？"脱脱再拜而受。撒敦惶恐下殿，自思烦恼："这厮与俺作对，须要驱除得他，方遂吾之意！"正出朝门，恰遇知心好友，现做太尉，叫做哈麻，领着一班女乐，都穿着绝样簇锦团花白寿衣，都带着七星摇曳堕马妆角髻，都履着绒扣锦帮三寸凤头鞋；如芝如兰一阵异品的清香，如柳如花一样动人的袅袅；丁丁咚咚，悠悠扬扬，约有五十余人，进宫里来。两下作揖才罢，哈麻便问："仁兄颜色不善，却是为何？"撒敦将前情备细说了一遍。哈麻劝慰道："且请息怒！后来乘个机会，如此如此。"撒敦说："若得如教，自当铭刻！"撒敦别过，愤愤回家不提。且说哈麻带了女乐，转过宫墙，撞见守宫内监，问道："爷爷、娘娘，今在哪里？"内监回说："正在百花亭上筵宴哩。"哈麻竟到亭前，俯伏说："臣受厚恩，无可孝顺，今演习一班女乐，进上服御，伏乞鉴臣犬马之报，留宫听用！"顺帝纳之。哈麻谢恩退出。且说顺帝凡朝散回宫，女乐则盛妆华饰，细乐娇歌，迎接入内，每日如此，不在话下。

　　一日，顺帝退朝，皇后伯牙吴氏，设宴于长乐宫中，遂命女乐吹的吹、弹的弹、歌的歌、舞的舞，彩袖殷勤，交杯换盏，作尽温柔旖旎④之态。饮

----

① 九五——易经乾卦，第五爻（九五），代表君位。
② 口饫（yù）珍馐（xiū）——饫，饱。珍馐，珍奇的食物。
③ 沉湎酣歌——贪溺酒色、歌舞。
④ 旖旎（yǐnǐ）——委婉柔弱貌。

至更深方散。是夜顺帝宿于正宫,忽梦见满宫皆是蝼蚁毒蜂,令左右扫除不去,只见正南上一人身着红衣,左肩架日,右肩架月,手执扫帚,将蝼蚁毒蜂,尽皆扫净。帝急问道:"尔何人也?"其人不语,即拔剑砍来。帝急避出宫外,红衣人将宫门紧闭。帝速呼左右擒捉,忽然惊醒,乃是南柯一梦。顺帝冷汗遍体,便问内侍:"是什么时候?"近臣奏道:"三更三点。"皇后听得,近前问道:"陛下所梦何事?"顺帝将梦中事细细说明。皇后说:"梦由心生,焉知吉凶,陛下来日可宣台官,便知端的。"言未毕,只听得一声响亮,恰似春雷。正是:

　　天开雪动阳春转,地裂山崩倒太华。

顺帝惊问:"何处响亮?"内侍忙去看视,回来奏道:"是清德殿塌了一角,地陷一穴。"顺帝听罢,心中暗思:"朕方得异梦,今地又陷一穴,大是不祥!"五鼓急出早朝。众臣朝毕,乃宣台官林志冲上殿。帝说:"朕夜来得一奇梦,卿可细详,主何吉凶?"志冲说:"请陛下试说,待臣圆之。"帝即说梦中事体。志冲听罢,奏道:"此梦甚是不祥!满宫蝼蚁毒蜂者,乃兵马蜂屯蚁聚也;在禁宫不能扫者,乃朝中无将也;穿红衣人扫尽者,此人若不姓朱必名赤也;肩架日月者,乃掌乾坤之人也。昔日秦始皇梦青衣子、赤衣子,夺日之验,与此相符。望吾皇修德省身,大赦天下,以弭①灾患!"帝闻言不悦,又说:"昨夜清德殿塌了一角,地陷一穴,主何吉凶?"志冲说:"天地不和,阴阳不顺,故致天倾地陷之应,待臣试看,便知吉凶。"帝即同志冲及群臣往看,只见地穴长约一丈,阔约五尺,穴内黑气冲天。志冲奏道:"陛下可令一人,往下探之,看有何物。"脱脱说:"须在狱中取一死囚探之,方可。"当即令有司官,取出一个杀人囚犯,姓田名丰。上说:"你有杀人之罪,若探穴内无事,便赦汝死。"田丰应旨。手持短刀,坐在筐中,铃索吊下,深约十余丈,俱是黑气。默坐良久,见一石碣,高有尺许,田丰取入筐内,再看四方无物,乃摇动索铃,使众拽起。顺帝看时,只见石碣上面,现有刻成二十四字:

　　天苍苍,地茫茫;干戈振,未角芳。
　　元重改,日月旁;混一统,东南方。

顺帝看罢,问脱脱道:"除非改元,莫不是重建年号,天下方保无事么?"脱

---

① 弭(mǐ)——消灭。

脱奏道："自古帝王皆有改元之理,如遇不祥便当改之。此乃上天垂兆,使陛下日新之道也!"帝说："卿等且散,明日再议。"言毕,一阵风过,地穴自闭。帝见大惧,群臣失色。遂将石碣藏过,赦放田丰。驾退还宫。

　　翌日设朝,颁诏改元统为至正元年。如此不觉五年。有太尉哈麻,及秃鲁、帖木儿等,引进西番僧,诱帝行房中运气之术,号演揲儿法。又进僧伽璘真,善授秘法。顺帝习之,诏以番僧为司徒;伽璘真为大元国师。各取良家女子三四人,谓之供养。璘真尝向顺帝奏道："陛下尊居九五,富有四海,不过保存有现在而已,人生几何? 当授此术。"于是顺帝日从其事,广取女子入宫,以宫女一十六人,学天魔舞,头垂辫发,戴象牙冠,身披缨珞,大红销金长裙,云肩鹤袖,镶嵌短袄,绶带鞋袜,各执巴剌般器,内一人执铃杵奏乐。又宫女十一人,练垂髻,勒手帕长服,或用唐巾,或用汉衫。所奏乐器,皆用龙笛、凤管、小鼓、秦筝、琵琶、鸾笙、桐琴、响板。以内宦长寿拜布哈领之,宣扬佛号一遍,则按舞奏乐一回。受持秘密戒者,方许入内,余人不得擅进。如顺帝诸弟八郎,与哈麻、秃鲁、帖木儿、老的沙等十人,号为倚纳,皆有宠任。在帝前相与亵狎,甚至男女裸体。群僧出入禁中,丑声外布。皇太子深嫉之,力不能去。帝于内苑造龙舟,自制式样,首尾长二百二尺,阔二丈,廊殿楼阁俱全,龙身并殿宇俱五彩金妆。前有两爪,用水手一百二十名,紫衫金带,头戴纱巾,在两旁撑篙,在前后宫海内往来游戏。舟行头尾眼爪皆动。又制宫漏①,高六七尺,为木柜,运水上下,柜上设西方三圣殿,柜腰设玉女捧时刻筹,时至即浮水面上。左右列二金甲神人,一持钟,一持铃,夜则神人按更自敲,极其灵巧,皆前朝所未有。又于内苑起一楼,名叫"碧月楼"。朝夕与宠妃宴饮其上,纵欲奢淫,不修德政,天怒人怨,干戈四起。各处申奏似雪片似的飞来,都被奸臣隐瞒不奏。顺帝只知昏迷酒色,哪里晓得外面的灾异。要知后事如何,且看下回分解。

---

　　① 宫漏——古代宫廷用漏壶作为计时的器具。

第二回　开浚河毁拆民房

却说屡年之间,顺帝宴安失德,各处灾异多端,人心怨恨,盗贼蜂生。都被丞相撒敦、太尉哈麻,并这些番僧等,瞒住不奏。顺帝哪里晓得,终日只在宫中戏耍不提。却说颍州地方,有个白鹿庄:

树木森阴,河流清浅。春初花放,万红千紫斗芳菲;秋暮枫寒,哀雁悲莺争嘹亮。到夏来,修竹吾庐,装点出一个不染尘埃的仙境;到冬来,古梅绕屋,安排起几处远离人间的蓬莱。对面忽起山冈,尽道像黄陵古渡,因声声叫冈做"黄陵";幽村聚集珍奇,每常有白鹿成群,便个个唤村为"白鹿"。

不知哪里来个官儿,摇摇摆摆,走到林间,说道:"真是人间神仙府。"便吩咐跟随的人:"你可去查此处是谁人家的,叫他将这个庄儿送了我老爷,做个吃酒行乐的所在。"跟随的就到庄内问道:"你是什么人家,做甚勾当的?如何我们贾老爷在此,茶也不送一盏出来?"却见一人身长丈二,眼若铜铃,出来应接到:"不要说是'假老爷',就是'真老爷',也休想一点水喝,快走!快走!"说罢,手持长枪,竟赶出来。那些跟随的人,扯了这官儿,没命的奔入林中。那人也就回去了。那官儿自言自语地说道:"我贾鲁的声名,哪处不晓得,可恶这厮如此无礼,须略施小计,结果了这个地方。"不日,到了京师,朝见拜毕。帝问:"贤卿一路劳苦。且说你一向出朝,孤家甚觉寂寞。"又问:"贤卿回来,一路民情风景如何?"贾鲁便奏说:"一路黄河淤塞,漕运①不通,但听得民间谣道:'石人一只眼,不挑黄河天下反。'依臣愚见:须挑开沿河一带,藉应民谣,且通漕运。"顺帝应道:"我日前在宫中要开些小池沼,那些言官上本说道,民谣汹汹,尽说'石人一只眼,挑动黄河天下反',不宜兴工劳役,照你今日说来,竟不挑的不好了。"贾鲁一向口舌利便,又奏说:"陛下若依言官不挑黄河,由他淤塞了,嗣后这些粮米,将从哪路运来?南北不通,粮米不济,不反何待!"顺帝

---

① 漕运——古时各地为保证京城供给,由水道运米,叫漕运。

说:"极有理,极有理,只是当从何处开起?"贾鲁说:"臣一路经过徐、颖、蕲、黄,处处该开;至如颖川、白鹿庄、黄陵冈,俱被民房占塞,上下四十里,更为淤壅,更宜急开。"顺帝即刻传旨差发河南、河北丁夫七十万人,开浚黄河原路,限定一月之内完工,阻挠者斩。起驾回宫,不提。

却说颖川白鹿庄,日前提枪来赶的,原来是汉高祖三十六代孙,姓刘名福通。全身膂力过人,且又深通妖术。家藏一面镜子,有人要照,只需对镜焚香,镜中就出现官吏、庶民、军士等模样;如前来求照的人心不虔诚,便出现诸般禽兽形像来。又结识一个朋友,叫韩山童,假称世界将要大乱,弥勒佛降生,造出一个"白莲会①"来。所有部下,皆系红巾为号,鼓动那些乡民,如神如鬼的尊敬他。遇着些小事,便去照那镜子问下落。这日,两人正在庄前哄骗众人说:"佛力如此广大,还怕不做皇帝么?"忽听得锣声连连响亮,呼的呼,喝的喝,两人远远看去,认得是本州的知州,坐在马上,带领弓兵三百余人,竟投庄里来,说道:"今奉圣旨开浚黄河,拆去民房,先从白鹿庄与对面黄陵冈开起。"内有里正②禀道:"民间谣说:'挑动黄河天下反。'只怕不便么?"知州喝道:"这是奉旨的,谁敢违逆!况旨上载明,阻挠者斩。今日就借你这头示众。"说罢喝令刀斧手,将里正枭首。知州吩咐将首级用木桶盛着,沿河四十里,号令前去。这些弓兵,便把刘福通住屋,霎时间拆去。妇孺鸡犬,赶得雪花飞散一般。福通低着头,只是捶胸叫苦,思想道:"青天白日,竟起这个霹雳,安排得我竟是无家可归,无地可依,奈何,奈何!"大叫道:"事已如此,反了罢,反了罢!尔等肯随我共成大事的,同享富贵;如不肯随我的,听你们日夜开河,受官司苦楚去。"登时,聚会有五六百人,便向前把知州一刀,执头在手,叫道:"胡元混乱中国。今日开河,拆去民居,你们既肯从我,便当进城,开狱放了无罪犯人,收了库中财宝,包你们有个好处。"又往手中把那镜子,在水中一照,说:"如心中尚有狐疑的,可从河中掘下,自见分晓。"只见左边一伙,也约有五六百人,竟向河中用力掘下。不曾掘得一尺,只见掘出一个石头人来,身长一丈,须眉口鼻都是完全的,当中凿着一只眼。福通大呼道:"众位可晓得么?一向谣言:'石人一只眼,挑动黄河天下

---

① 白莲会——我国的一个秘密教派,起于元代。
② 里正——古时乡官。

反。'今刚刚在此处掘得石人,这皇帝可不应在此处,你们心上如何?"这些人便合口说道:"敢不从命。"福通便带了众人,竟投州里来。城中掌军官朵儿只班,因杀了知州,便时刻饬备。一声锣响,即刻冲出一标人来,两下厮杀。福通虽是力大,手下的兵,终是未曾习熟,被官军赶杀十余里。韩山童马略落后,却被官军赶上一刀。福通便率杜遵道、盛文郁、罗文素等,勒马回杀,救得后边的人,竟到亳州立寨。因立山童的儿子韩林为王,国号宋大建元龙凤。以山童妻杨氏为皇太后。杜遵道、盛文郁为左右丞相。福通与罗文素为平章,同知枢密院事。① 招集无籍十余万人,攻破罗山、确阳、真阳、叶县等处,直侵汴梁,不提。

且说官军依旧进城,坚闭城门。朵儿只班星夜申奏京师,备陈事情;一边又具揭帖②到中书省丞相处。脱脱见揭,便吩咐见赍本官:"明早随我进奏。"次早,脱脱奏说:"近来僭号称王者甚多。昨日接得各府州县报说:'贼兵反了共一十四处。'"顺帝大惊,问:"哪十四处?"脱脱说:"颍川刘福通、台州方国珍、闽中陈友定、孟津毛贵、蕲州徐寿辉、徐州芝麻李、童州雀德、池州赵普胜、道州周伯颜、汝南李武、泰州张士诚、四川明玉珍、山东田丰、沔州倪文俊。"顺帝闻奏大惊,说:"如之奈何?"脱脱奏说:"请大兵先讨平徐寿辉、刘福通、张士诚、芝麻李四寇,庶无后患。"帝便说:"着罕察帖木儿讨徐寿辉,李思齐讨刘福通,蛮子海牙讨张士诚,张良弼讨芝麻李。先除大寇,后剿小贼。"敕旨既下,脱脱叩头下殿。那四将各点兵五万,择日辞朝。竟离了燕京,各自寻路攻取。毕竟胜负如何,且看下回分解。

---

① 枢密院事——官名。如以他官主持枢密院,称枢密院事。
② 揭帖——即文告。

第三回　专朝政群奸致乱

却说诸官得旨,分讨各处贼兵,谁知皆不能取胜,都带些残兵败甲回来。顺帝见了,日夜忧闷。一日设朝,对文武群臣商议说:"目今盗贼蜂生,各处征讨的官兵,没一个奏凯。卿等何策剿除,为朕分忧?"脱脱叩头奏说:"今者群奸扰乱,震恐朝廷,黎庶不安,灾伤时见。臣等不能为国除患,心实耻之。臣愿竭驽骀①之力,肃清江、淮,以报皇恩。"顺帝闻奏,降座语脱脱道:"丞相若能为朕扫除贼寇,奏凯还日,朕当裂土,以酬心膂②;但中书省是政事根本,不可一日离左右,贤卿若去,朕将谁依?"脱脱又叩头说:"尽忠报国,乃臣子之责,岂敢忘恩!但微臣此去,全望陛下亲贤远佞③,以调天和,以安黎庶。"顺帝便敕脱脱为总兵大元帅,以龚伯遂为先锋,哈喇答为副将,也先帖木儿为行台御史,节制兵马,大小官军俱听脱脱指挥,便宜行事。脱脱拜辞,即日领兵望南进发,竟到孟津。宋将毛贵率本部五千人纳降。脱脱便驱兵渡黄河,从虎牢关至汴梁正北安营。宋韩林的探子报知,便集众商议,只见杜遵道说:"水来土掩,兵至将迎,殿下勿忧,臣当领众迎敌。"宋主即令杜遵道、罗文素、盛文郁三将,急带领五万人马与元军对敌。遵道勒马横枪,高叫道:"送死的出来!"脱脱大怒说:"反国贼子,敢出大言。"就纵马横刀,直取遵道。二将交马,战上五十余合。遵道力怯,拨马便回,脱脱赶上一刀,斩于马下。元兵阵上,催兵奋杀,宋兵溃乱,生擒一千四百余人,斩首一万七千余级。罗文素等,领兵入城,坚守不出。龚伯遂请道:"乘此势攻城,料可必破。"脱脱笑说:"我兵千里而来,劳力过多,还当息养,不宜仓促。倘贼兵计穷,冒死血战,不可支矣。"众将唯唯。时韩林见杀了杜遵道,心甚惊恐,决策于福通。福通说:"脱脱智勇足备,锋不可当,不若且避,再图恢复。"韩林依计,乘夜弃

---

① 驽骀——劣马。此处系自谦之词。
② 膂(lǚ)——膂力,体力。
③ 佞(nìng)——善于谄媚之人。

城而走。次早,元兵到城搦战,只见城门大开,城中老幼,俱顶香迎接,备言贼兵惧威,引兵逃去等情。脱脱大喜,入城抚民。一宿,明日倍道径抵徐州西门外十里安营。打下战书与芝麻李说,明日交战。脱脱到酉刻时候,密唤诸将受计,如此如此。各各依令去讫。

且说芝麻李对众说:"元兵远来疲乏,今夜必无准备。我当前行劫寨,尔众随后即来,两下夹攻,必获全胜。"二更时分,果然引兵出城,兵衔枚①,马勒辔,直抵元营,悄然无声。芝麻李暗喜,领兵并力杀入,细看更无一人,心下大惊,速令退兵。忽闻炮响一声,四面伏兵尽起,把芝麻李团团围住,兵卒也不十分来斗,只是没个隙路可逃,贼兵自相残害,约折去大半。及至天明,只见一将传令说:"你们可松一条路,放他逃去。"芝麻李听着,又惊又喜,心内暗道:"我且杀开一路回城,再作计议亦可。"只见元兵果然放开一条路,让芝麻李回城,将到城边,急叫城上:"我被元兵混杀一夜,至今方得逃回,快开门,如迟,恐又赶来也。"正叫之时,举头一望,看见兄弟李通的头,悬挂在城,敌楼边,立着一员大将,紫袍金甲,大喝道:"你这贼子,我元丞相已取得此城了,你还不认得?"芝麻李惊得魂飞九霄云外,抱头鼠窜,径往沔阳去了。天色大明,各将论功行赏,因问:"元帅为何晓得要来劫寨,预先盼咐埋伏,又离了中军,独去取城?"脱脱笑说:"此是乘虚搏将之法:昔日裴令公元宵夜,大张华灯,设宴待客,匹马擒吴元济,正是此样机关,反看便是。他今日以我兵远来,料来疲困,必带雄兵劫寨,城中不过老弱守门耳。我令尔辈四下伏住,等他来时,便围绕混杀一夜,此时我领精兵,乘虚攻取城门,自然唾手可得。"众将又问:"围住之时,元帅盼咐不可厮杀为何?"脱脱说:"黑夜谁知彼此,我兵只密围数层,虚声叫喊,任他自相残杀,这又是以逸待劳。"众将齐声称说:"元帅神机,非我等所及。"脱脱抚恤人民,一面遣牙将奏捷,不提。

且说右丞相撒敦与太尉哈麻,闻得脱脱得胜,上表申闻,计较说:"脱脱向来威震中外,使我们不得便宜行事,今又成大功,皇帝必加信用,我辈却是怎生?"哈麻说:"这有何难,趁此捷表未上之时,令台官劾②他说:

---

① 衔枚——古代军队秘密行动时,让兵士口中衔着枚(像筷子的东西),防止说话,以免敌人发觉。

② 劾——揭发罪状。

'出师三月,略无寸功,倾国家之财,以为己资;半朝廷之官,以为己用。乞加废斥,以儆官邪。'这个计策如何?"撒敦说道:"此计大妙、大妙!"遂将进表官邀入密房,除了他的性命。因而上个表章,说得脱脱十分不好。顺帝说:"既如此,可敕月润察儿为元帅,以枢密雪雪代他为将,令姚枢持诏赴徐州传示。"不止一日,来到徐州。脱脱拜受了诏书,便对众将说:"朝廷恩旨,释我兵权,即当权与诸将分别,诸将可各率所部听新元帅节制。"只见哈喇答向前说:"元帅此行,我辈必死他人之手,不如今日先死丞相之前,以酬相许夙志①。"说罢,拔剑自刎而死。众将抚恸如雷,将哈喇答以礼殡葬。脱脱单马竟赴淮安安置。未及半月,台臣又劾脱脱贬谪②太轻,该徙云南。脱脱叹道:"我不死,朝中也不肯放过我,倒不如一死,以免众奸荼毒③。"遂服鸩④而死。

却说刘福通、芝麻李闻说脱脱身故,各统兵攻复前据城池,元军阵上哪个杀得过他。数日间,刘福通与芝麻李杀并,一箭射死了芝麻李,复了徐州。毛贵仍归部下。正是:昏君信佞忠臣死,群鬼贪残社稷墟。后来毕竟如何,且看下回分解。

---

① 夙志——很久以来的愿望。
② 贬谪——因负罪降调官职。
③ 荼(tú)毒——不堪忍受的苦虐。
④ 服鸩——鸩,一种鸟,羽毛有毒,浸酒,能毒死人。饮毒酒而死,叫做服鸩。

第四回　真明主应瑞濠梁

却说丞相脱脱,受了多少谗言,以身殉国。那时四海纷争,八方扰攘。刘福通并了芝麻李一部人马,又收了毛贵一党贼众,纵横汹涌,官兵莫挡。这也不在话下。

且说淮西濠州,就是而今凤阳府,好一座城池。离城有一个地方,名唤做钟离东乡,据说是当初钟离得道成仙的去处。那里有个皇觉寺,原先是唐高祖建造的。只见那:

中间大雄宝殿光晃晃,金装成三世菩提;两边插翅回廊影摇摇,彩画出蓬莱仙境。当门望一个韦驮尊天,秀秀媚媚,却似活移来一个金孩儿,见了他哪个不欢天喜地;两侧装四个金刚力士,古古怪怪,又像绘坐定一班铁甲汉,猛抬头人人自胆破心惊。钟声半彻云霄,舞动起多少回鸾翔凤;佛号忽来天碧,醒觉了万千愚汉农夫。挨的挨,挤的挤,都到罗汉堂前,才明数出前生今世;争了争,嚷了嚷,齐向观音阁上,暗投诚意想心思也修得肩盒抬攒,逐男趁女,汗浴了一片清净佛场,知宾的也难管青红皂白。也有的打斋设供,祈神禧福,澄澈了一点如来道念,大众们哪里晓水火雷风。

那寺中住持的长老,唤做高彬,法名昙云。这个长老,真是宿世种得了智果,今世又悟了大乘①。一日冬景凄凉,彤云密布,洒下一天大雪。昙云长老吩咐大众说:"今日是腊月二十四,经里面说:'天下的灶君,同天下的土地,今夜上天,奏知人间善恶。'我今早入定时节,见本寺伽蓝,叫我也走一遭。我如今放了晚参,我自进房,你们或有事故,不可来动问我。"嘱咐已毕,竟到房中打坐了。只觉顶门中一道毫光,直透云霄,本寺伽蓝,早已在天门边恭候着。长老二人交了手,竟到九天门下。却好玉皇登座,三官玄圣并一切神祇,都一一讲礼毕,长老也随众神施了礼,立在一

---

① 大乘——佛经中的派别名。

边。只听得玉皇说:"方今世间混乱,黎庶遭殃,这些魑魅①,将如何驱遣?"忽然走出一个大臣,口称说:"臣是明年戊辰年值年太岁。以臣看来,连年战伐,只因下界未生圣主,明年辰年,应该真龙出世,混一乾坤,肃清世界。且今月今日,是天下土地、灶君申奏人间善恶,乞陛下细察。凡世修行阴德的,付他圣胎,以便生降。特此奏闻。"玉皇说道:"朕也如此思量,但原先历代皇帝降生,都是星宿。如今果要混一天下,定须星宿中,下去走一遭。你们哪个肯去,宜直奏来。"问而又问,这些星宿都不作一声。玉皇恼道:"而今下界如此昏蒙,你们难道忍得不管?我如今问了四五次,也只不作声,却是为何?虽然是堕入尘中,也须即速还天上,何故十分推阻?"正说间,只见左边的金童并那右边的玉女,两下一笑,把那日月掌扇,混做一处,却像个"明"字一般。玉皇便问:"你二人何故如此笑?我如今就着你二人脱生下世,一个做皇帝,一个做皇后,二人不许推阻。明年九月间,着送生太君,便送下去吧。"那金童玉女哪里肯应,玉皇又说:"恐怕下去吃苦么?我便再拨些星宿辅弼你二人;你二人下去,便于方才扇子一般,号了'大明'吧,不得违误!"只见本寺伽蓝轻轻的对长老说:"我寺中也觉有些彩色……"说犹未了,那些诸方的土地及各家灶君,一一过殿,递了人间善恶的细单。玉皇便说:"今据戊辰太岁奏章,说明岁该生圣主,以定天下。我已嘱咐金童、玉女,下生人世,但非世德的人家哪能容此圣胎,你们可从世间万中选千,千中选百,百中选十,送到我案前,再行定夺。"吩咐才了,那天下各省、各府、各县的城隍,同那天下各省、各府、各县、各里的土地,都出到九天门外,议来议去。不多时,有天下都城隍,手中持着十个折子奏称:"拣选仁厚人家,万中选成了十个,特送案前。"玉皇登时叫取衡善平施的秤来,当殿明秤,十家内看是谁人最重的。只见一代一代较过,只有一家修了三十三世,仁德无比。玉皇即将折子拆开,口中传说:"可宣金陵郡滁州城隍进来听旨。"那城隍就案前伏了。玉皇嘱咐道:"汝可接旨行事去。"便递这折子与他。城隍叩头领讫,玉皇排驾回宫。长老也出了天门,与伽蓝拱手而别,便回光到自己身上。却听得殿上正打三更五点。长老开眼,见佛前琉璃灯内火光,急下禅床,拜了菩萨,说:"而今天下得一统了,但贫僧方才不曾看得那折子,姓张、

---

① 魑魅——木石的精怪。

姓李,谁是真龙,这是当面错过了,也不必提。但方才本寺伽蓝说:'连我寺中有些彩色。'不知是何主意,待我再打坐去细细问他,便知端的。"长老重新入定,去见伽蓝,问说:"方才折子内所开谁氏之子,想明神定知他的下落。"伽蓝对他说:"此去尚有半年之期,恐天机不可预泄。"长老唯唯。只见左边顺风耳跪下,报称:"滁州城隍有使者到门,奉迎议事,立等神车。"伽蓝便起身别了长老,出门不提。

时光荏苒,不觉又是戊辰中秋之夕。忽报山门下十分大火,长老急急出望,四下寂然,并无火焰。长老道:"甚是古怪!"便独自从回廊下边伽蓝殿,到山门前来。只见伽蓝说道:"真命天子来也,师父当救之。"长老迅步而往,唯见一男人同一妇女,睡在山门下。长老因叫行者推醒,问他来历。那人说道:"姓朱名世珍,祖居金陵朱家巷人。因元兵下江南,便徙居江北长虹县,后又徙滁州;也略略蓄些资财。昨因失火,家业一空,有三子:朱镇、朱镗、朱钊,又皆失散。今欲与妻陈氏,同上府城,投女婿李祯,织席生意。至此天晚,且妻子怀孕,不便行动,打搅禅门,望师父方便!"长老看朱公相貌不凡,所娠的莫不是真主,因说:"怀孕人行路不便,不如就在此邻侧赁一间房子,与公居住,何如?"朱公道:"难得师尊如此。"次日,长老到东乡刘太秀家,赁一间房子,与朱公住了,又与些资本过活。三个失散的儿子,也仍旧完聚了。但未知所生是男是女,正是:今夜月明人尽望,不知瑞气落谁家?要知后事如何,且看下回分解。

第五回　众牧童成群聚会

　　却说昙云长老赁下房子，与朱公夫妻安顿，又借些资本与他生意。不止一日，却是九月时候，不暖不寒，风清日朗，真好天色。长老心中转念道："去年腊月二十四晚，入定之时，分明听得是九月间真主降生。前月伽蓝分明嘱咐，好生救护天子。这几时不曾往朱公处探望，不知曾生得是男是女，我且出山门走一遭。"将到伽蓝殿边，忽见一人走来，长老把眼看了看，这人生得：

　　　　一双碧眼，两道修眉。一双碧眼光炯炯，上逼云霄；两道修眉虚飘飘，下过脐底。颧骨棱棱，真个是烟霞色相；丰神烨烨，偶然来地上神仙。行如风送残云，立似不动泰山。

那人却对长老说道："我有丸药儿，可送去与前日那租房子住的朱公家下，生产时用。"长老明知他是神仙，便将手接了，说道："晓得。"只见清风一阵，那人就不见了。长老竟把丸药送与朱公，说道："早晚婆婆生产可用。"朱公接药说道："难得到此，素斋了去！"说毕，进内打点素斋，供养长老。长老自在门首。不多时，只听得一村人，是老是少，都说天上的日头，何故比往日异样光彩。长老同众人抬头齐看，但闻天上八音齐振，诸鸟飞绕，五色云中，恍如十来个天娥彩女，抱着个孩子儿，连白光一条，自东南方从空飞下，到朱公家里来。众人正要进内，只见朱公门首，两条黄龙绕屋，里边大火冲天，烟尘乱卷。众人没一个抬得头，开得眼，各自回家去了。长老也慌张起来。却好朱公出来说："蒙师父送药来，我家婆婆便将去咽下，不觉异香遍体，方才幸得生下一个孩儿，甚是光彩，且满屋都觉香馥侵人。"长老说："此时正是未牌，这命极贵，须到佛前寄名。"朱公许诺。长老回寺去了，不提。

　　却说朱公自去河中取水沐浴，忽见红罗浮来，遂取去做衣与孩子穿之；故所居地方，名叫红罗港，古迹至今犹存，不提。

　　且说生下的孩子，即是太祖。三日内不住啼哭，举家不安。朱公只得走到寺中伽蓝殿内，祈神保佑。长老对朱公说："此事也非等闲，谅非药饵可愈,公可急回安顿。"长老正送朱公出门,只见路上走过一个道人,头顶铁冠大叫道:"你们有稀奇的病,不论大小可治。"长老便同朱公问说:"有个孩子,生下方才三日,只是啼哭,你可医得么?"那道人说:"我已晓得他哭了,故远远特来见他;我若见他,他便不哭。"朱公听说,便辞了长老,即同道人到家,抱出新生孩子,来见道人。那道人把手一摇,口里嘱咐道:"莫叫莫叫,何不当初莫笑,前路非遥,月日并行便到;那时还你个呵呵笑。"拱手而别,出门去了。朱公抱了孩子进去,正要出来款待道人,四下里找寻不见。此后,朱公的孩子,再也不哭,真是奇异。一日两,两日三,早已是满月儿、百禄儿、拿周儿。朱公将孩子送到皇觉寺中佛前忏悔,保佑易长易大。因取个佛名叫做朱元龙,字廷瑞。四岁五岁,也时常到寺中玩耍。不觉长成十一岁了。朱公夫妇家中,忽饥受饿,难以度日。将三个大儿子俱雇与人家佣工去了,只有小儿子元龙在家。

一日,邻舍汪婆走来,向朱公道:"何不将元龙雇与刘太秀家牧牛,强似在家忍饿。"朱公思想道:"也罢!"遂烦汪婆与刘太秀说明。太祖道:"我这个人岂肯与他人牧牛!"父母再三哄劝,他方肯。母亲同汪婆送到刘家。且说太祖在刘家一日一日渐渐熟了,每日与众孩子玩耍,将土累成高台。内有两三个大的,要做皇帝玩耍,坐在上面,太祖下拜,只见大孩子骨碌碌跌的头青脸肿,又一个孩子说:"等我上去坐着,你们来拜。"太祖同众孩子又拜,这个孩子,将身扑地,更跌狠些,众人吓得皆不敢上台。太祖说:"等我上去。"众孩子朝上来拜,太祖端然正坐,一些不动。众孩子只得听他使令,每日玩耍不提。一日,皇觉寺做道场,太祖扯下些纸幡做旗,令众孩子手执五方站立,又将所牧之牛,分成五对,排下阵图,呼喝一声,那牛跟定众孩子旗幡串走,总不错乱。忽一日,太祖心生一计,将小牛杀了一只,同众孩子洗剥干净,将一坛子盛了,架在山坡,寻些柴草煨烂,与众孩子食之。先将牛尾割下,插在石缝内,恐怕刘太秀找牛,只说牛钻入石缝内去了。到晚归来,刘太秀果然查牛,少了一只。便问。太祖回道:"因有一小牛钻入石中去了,故少了一只。"太秀不信,便说:"同你去看。"二人来至石边,太祖默祝:"山神、土地,快来保护!"果见一牛尾摇动,太秀将手一扯,微闻似觉牛叫之声,太秀只得信了。后又瞒太秀宰了一只,也如前法。太秀又来看视,心中甚异,忽闻太祖身上有膻气,暗地把孩子一拷,方知是太祖杀牛吃了。太秀无可奈何,遂将太祖打发回家。

光阴似箭,不觉已是元顺帝至正甲申六月。太祖年已十七岁。谁想天灾流行,疾疠大作,一月之间,朱公夫妇并长子朱镇,俱不幸辞世。家贫也备不得齐整棺木,只得草率将就,同两个阿哥抬到九龙冈下,正将掘土埋葬,倏忽之间,大风暴起,走石飞沙,轰雷闪电,霖雨倾盆。太祖同那两个阿哥,开了眼,闭不得;闭了眼,开不得。但听得空中说:"玉皇昨夜宣旨,唤本府城隍、当方土地,押令我们四大龙神,将朱皇帝的父母,埋葬在神龙穴内,土封三尺。我们须要即刻完工,不得违旨。"太祖弟兄三人,只得在树林丛蔚中躲雨。未及一刻,天清日出,三人走出林来,到原放棺木地方,俱不见了;但见土石壅盖,巍然一座大坟。三人拜泣回家。长嫂孟氏同侄儿朱文正,仍到长虹县地方过活。二兄、三兄,亦各自赘出。太祖独自无依。邻舍汪婆,对太祖说:"如今年荒米贵,无处栖身,你父母向日,曾将你寄拜寺中,不如权且为僧何如?"太祖听说,答应道:"也是也是。"自是托身皇觉寺中,不意昙云长老,未及两月,忽于一夕圆寂。寺中众僧,只因朱元龙,长老最是爱重他,就十分没礼。一日,将山门关上,不许太祖入内睡觉。太祖仰天叹息,只见银河耿耿,玉露清清,遂口吟一绝:

天为罗帐地为毡,日月星辰伴我眠。

夜间不敢长伸脚,恐踏山河社稷穿。

吟罢,惊动了伽蓝。伽蓝心中转念:"这也是玉皇的金童,目下应该如此困苦。前者初生时,大哭不绝,玉皇唤我召铁冠道人安慰他。但今受此迍邅①,倘或道念不坚,圣躬有些啾唧,也是我们保护不周。不若权叫梦神打动他的睡魔,托与一梦,以安他的志气。"此时,太祖不觉身体困倦,席地和衣而寝。眼中但见西北天上,群鸟争飞,忽然仙鹤一只,从东南飞来,啄开众鸟,倾间仙鹤也就不见了。只见西北角起一个朱红色的高台,周围栏杆上边,立着两个像金刚一般,口内念念有词。再上有带幞头抹额的两行立着,中间三尊天神,竟似三清上帝,玉貌长髯,看着太祖。却有几个紫衣善士,送到绛红袍一件,太祖将身来穿,只见云生五彩。紫衣者说:"此文理真人之衣。"旁边又一道士,拿剑一口,跪送将来,口中称说:"好异相,好异相!"因拱手而别。太祖醒来,却是南柯一梦。细思量甚是奇怪。次早起来,却有新当家的长老嘱咐说:"此去麻湖约有三十余里,湖边野

---

① 迍邅(zhūn zhān)——困顿不得志。

树成林,任人采取,尔辈可各轮派取柴,以供寺用;如违,逐出山门,别处去吃饭。"轮到太祖,正是大风大雨,彼此不相照顾,却又上得路迟,走到湖边,早已野林中萤火相照,四下更无一人,只有虫鸣草韵。太祖只得走下湖中砍取,那知淤泥深的深,浅的浅,不觉将身陷在大泽中,自分必遭淹溺,忽听湖内有人说:"皇帝被陷了,我们快去保护,庶免罪戾①。"太祖只见身边许多蓬头赤发、圆眼獠牙、绿脸的人,近前来说:"待小鬼们扶你上岸。"岸上有小鬼,也替皇帝砍了柴,将柴也送至寺内。太祖把身一跳,却已不在泽中,也不是麻湖,竟是皇觉寺山门首了。太祖挑着柴进香积厨来,前殿上鼓已三敲,众僧却已睡熟。未知长老埋怨如何,且看下回分解。

---

① 罪戾(lì)——罪恶。

第六回　伽蓝殿暗卜行藏

且说太祖陷在湖中，诸般的鬼怪，也有来搀脚的，也有来扶手的，也有将肩帮衬着太祖的，也有在水底下将背脊肩着太祖的，也有在岸上替太祖砍柴的，也有在路上替太祖挑担的。不多时，已送到寺边门首，说："我们自去，皇帝请进内方便。"那时觉有三更左右，太祖进内就睡，不提。

却说这些和尚说："向来昙云师父在时，只说他后来发迹，不意今朝至此不回，多分淹没湖中了。"说说笑笑，各自归房，次日天明，当家长老叫行者起早烧汤做饭，那行者蓦来蓦去都是柴堆塞的，哪里寻个进厨房的路头，口中不说，心中想道：昨日临睡时空空一个灶房，这柴哪得许多，便是朱行者一个去湖中樵打，怎么便有这山堆海积的柴草。只得叫动大众：挑的挑，抬的抬，出洁了半日，方才清得条走路。太祖起来，自家也看得呆了。心中想道："若是如此看来，莫不是我果有天子之份？但今日没有一个可与计议的，我不如走到伽蓝殿中，问个终生的凶吉，料想神明也有分晓。"将身竟到伽蓝殿来，却有珓经①在侧，太祖一一诉出心事，问说："如我云游在外，另有好处，别创个庵院，不受这些腌臜闲气，可还我三个阴珓；如我不戴禅冠，另作主意，将就做得个财主，可还我三个阳珓；如我趁此天下扰乱，去投奔他人，受得一官半职，可还我三个圣珓。"将珓望空掷下，那珓不仰不复，三次都立着在地。太祖便打动做皇帝的念头，暗暗向神诉说："今我三样祷告，神明一件也不依，莫不是许我做皇帝么？如我果有此分，神明可再还我三个立珓。"望空再掷，只见又是三个立珓。太祖又祷告说："这福分非同小可，且无一人帮扶，赤手空拳，如何图得大事？倘或做到不伶不俐，倒不如做一个愚夫愚妇。再告神明，以示万全。如或果成大事，当再是三个立珓。"哪知掷去，又是三个立珓。太祖便深深拜谢，许说："我若此去，一如神鉴，我当重修庙宇，再整金身。"拜告未

---

① 珓（jiào）经——一种占卜用的书。珓，占卜吉凶的器具，用玉、蚌壳或竹片制成，两片可分合，掷于地，视其俯仰，以定吉凶。俯为阳珓，仰为阴珓。

已,只见这些和尚走来埋怨说:"你把这些柴乱堆乱塞,到要我们替你清除,你独自在此耍子。"太祖也只做不听得,竟到房中,收拾了随身衣服,出了寺门,别了邻舍汪妈妈,竟投盱眙县,寻姊夫李祯。

路上不止一日,来到盱眙,见了他姊姊。姊姊说道:"此处屡经旱荒,家业艰难,哪里留得你住,你不若竟往滁州去投母舅郭光卿,寻个生计,庶是久长。"太祖应诺。姊姊因安排些酒果相待,不意外边走进一个孩儿来:

> 燕额虎头,蛾眉凤眼,丰仪秀爽。面如涂粉,口若凝朱,骨格清莹。耳若垂珠,鼻如悬柱。光朗朗一个声音,恍惚鹤鸣天表;端溶溶全身体度,俨然凤舞高岗。不长不短,竟是观音面前的善财;半瘦半肥,真是张仙抱来的龙种。

太祖便问:"此是谁家的小官?"姊姊说道:"此便是外甥李文忠。"便叫文忠:"你可拜了舅舅。"太祖十分欢喜,问他年纪。说道:"今年十岁。"席中谈笑,甚是相投。当晚酒散。次日,太祖取路,上了滁州,见了娘舅郭光卿,叙起寒温。太祖将父母、兄弟的苦楚,诉说一遍。郭光卿说:"你既来此,正好相伴我儿子读书。"次日,竟进馆中。太祖性甚聪慧,郭氏五子,因遂恶之,假以别事哄至空房,以绝太祖饭食。郭氏因有育女马氏,私将面饼饲之。一日,忽被郭氏窥破,遂纳怀中,马氏胸前因有饼烙腐痕,此事不在话下。

光阴迅速,太祖却已十八岁了。郭光卿收拾几车梅子,同太祖上金陵贩卖,进至和州,时适夏初天气,路上炎热。光卿说:"你可将车先行,我歇息片时便来。"太祖推车赶路不提。

却说光卿两年前曾与一个光棍争执到官,那光棍理亏输了,便出入衙门,做了一个听差的公人,今却同一伙公差,在途中撞见。那光棍睁开两眼,叫道:"仇人相见,分外眼清,郭光卿今日哪里走,且吃我一拳!"光卿喝道:"你这厮还不学好,犹敢如此无礼。"那汉子劈面打来,光卿把手一格,那汉子见光卿把手格开,又赶过来一拳。光卿也只不来抵敌,把那身子一闪,那汉子想是虚张的气力,眼中对日头昏花,一跤跌倒,却好跌在一块尖角的大石头上,来得凶,跌得重,一个头撞得粉碎,一命呜呼。那些伙计叫道:"你何故打杀了公差,且送到官司,再作道理。"光卿逞着平生武艺,打开一条路,连夜逃奔去了。太祖将车向前等待,多时不见光卿,转来寻觅,路上人汹汹,只说前面有一个人被人打死了,那凶手逃走了。太祖心下思量:"大概是母舅做出这事了。"话未说完,来至三岔路口,正在沉吟,只见那柳荫之下,立着有四五个人:或是舞刀的,或是弄枪的,或是耍棍的;演了一回,又坐息一回。太祖见他们个个都是好手段,便将车子推在一边,把眼睛注定来看。那些人又各演试了一回,从中一个人叫道:"好口渴也!哪得茶吃,一口也好。"却有一个便指着车子说:"你可望梅止渴么?"太祖便从车中取出百十个梅子,送与四五个吃,说道:"途中少尽寸情。"那些人哪里肯受。太祖说:"四海之内皆兄弟也,便收了罢。"再三送去,他们勉强收了。就将梅子匀匀的分做五处,各人逊①受一处,便问太祖行径。太祖一一直说。这也是天结的缘,该在此处相逢。太祖也问他们姓名,只见一个最年少的,便指着说道:"这一个是我们邓大哥,单名唤邓愈,从来舞得好长枪。"又指一个道:"这是我们汤大哥,单名叫汤和,自幼儿惯舞两把板斧。"侧身扯过一个说:"这个是我们郭大哥,单名郭英。七八岁儿看见五台山和尚在此抄化,那和尚使一条花棍,如风如电一般,郭大哥便从他学这棍法。而今力量甚大,用熟一条铁棍,哪个敢近他。"一伙儿正说得好,忽起一阵怪风,那风拔树扬沙,对面不识去路。这四五个人都扯了太祖说:"我们且到家里一避恶风,待等过了,你再推车上路如何?"太祖道:"邂逅之间,岂敢打搅。"这四五个人说:"不必过谦。"只见那后生,先把太祖的梅车,已是推去了,口叫道:"你们同到我家来。"正是:燕赵悲歌士,相逢剧孟家。不知太祖此去如何,且看下回分解。

---

① 逊——退让,退避。

第七回　贩乌梅风留龙驾

却说那后生,趁着大风,先把太祖的梅车,如飞似水推着,口里叫道:"你们都到我家权避一回,再作区处。"这些众人,也把太祖扯了就走。不上半里,就到那后生家里。后生便将车子推进,叫道:"哥哥!我邀得义兄弟们到家避风,又有一个客人也到此,你可出来相见。"只见里面走出一个人来,那后生说:"这是家兄。"太祖因与众人一一分宾主坐了。那后生说道:"方才大风路上不曾通得姓名完备。"因指着郭英肩上一个说:"他也姓郭,便是郭大哥同宗,双名郭子兴。专使得一把点铁钢叉,一向在神策营十八万禁军中做个教师,因见世道不宁,回家保护。"他又说:"我小可姓吴名祯,家兄名良,原是庐州合肥人。家兄也能使两条铁鞭,约三十余斤,运得百般闪铄。"

太祖便问:"长兄方才在柳荫下也逞威风,幸得注目,看这两把长剑,每把约有八尺余长,长兄舞得如花轮儿一般,空中只见宝剑不见人,这方法从哪里学来,真是奇怪罕有,毕竟也有人赞叹,愿闻愿闻!"吴祯说:"小可年轻力少,哪能如得这几位义兄。"只见邓愈对太祖说:"这个义弟的剑法,前者从云中看见两条白龙相斗,别人都躲过了,不敢看它;他偏看得十分清楚,自后便把剑来舞动。几次有侠客在此较量,再没有一个胜得他的。人人都知道,此是鬼神所授。"

太祖应声说:"列位果是武艺高强。但而今混乱世界,只恐怕埋没了列位英雄。"四五个都说:"正是如此。前者望气的说:'金陵有天子气。'我辈正在此打探,约同去投纳,至今未有下落。只见昨日有一个道人,戴着铁冠在此叫来叫去:'明日真命天子从此经过,你们好汉须要识得,不要当面错过。'我们兄弟,所以今日清晨在此候了,直至如今,更不见有人来往。"正说时,只见吴良、吴祯托出一盘酒菜来,扯开桌子,说:"且请酌三杯。"太祖便起身告辞,吴良兄弟说:"哪有此理,今日相逢,也是前生缘分;况外面恶风甚急,略请少停,待风寂好行。"这些义兄弟也说:"借花献佛,尊客还请坐。"太祖只得坐了。酒至数巡,风越大了,天色渐渐将晚。

吴祯开口说:"尊客今日不如在此荒宿一宵,明日风息,方才可行。"太祖说:"如此搅扰,已觉难当,怎敢再在此住宿。"众人又一齐说:"即今日色又将西落,此去过了五六十里,方有人家,我们众兄弟,都各将一壶榼来,以伸寸敬,便明早去吧。"太祖见他们十分殷勤,且想此去若无人家,何处歇脚? 便说:"既然承教,岂敢过辞,但是十分打搅。"说话之间,这些兄弟们,不多时,俱各整顿七八色果肴来,罗列了四五桌,攒头聚面,都来恭敬着太祖。太祖一一酬饮了十数杯,不觉微醉,便说:"酒力不堪,少容憩息片时,再起来奉扰。"吴祯便举烛照着太祖,转弯抹角,到一所清净的书房,说:"请小息,顷间便来再请。"便反手关了房门去了。太祖抬头一看,真是清香爽朗,竟成别一洞天;和衣睡倒,不提。

却说汤和开口对兄弟说:"列位看这梅子客人,生得如何?"众人都说:"此人相貌异常,后来必有好处。"汤和点头说道:"昨日的道人,也来得稀奇,莫非应在此人身上。"正说间,只见外面多人簇拥进来,说:"吴家后面的书房起火了!"众人流水跑到后面看,不见响动,只见一片红光罩着书房,旁人也都散了。汤和说:"此事不必疑矣,我们六弟兄,不如乘此夜间,请他出来,拜从他,为日后张本①,何如?"六个人一齐走到书房。太祖也恰好醒来。六人纳头便拜。太祖措手不及,流水扶将起来。他六个把心事细说一遍。太祖说:"我也有志于此。"因说起投母舅郭光卿事情。是夜连太祖七个,都在书房中歇了。

次早,天清气爽,太祖作谢了众人起身。他们六个说:"我们都送一程。"路途上说说笑笑,众兄弟轮流把梅车推赶,将近下午,已到金陵。金陵地方,遍行瘟疾,乌梅汤服之即愈,因此梅子大贵,不多时都尽行发完,已获大利。太祖对六人:"我欲往武当进香,送君千里,终须一别,列位且各回家,待我转来,再作区处。"众人说:"我们也都往武当去走一遭。"是日登船渡江,不数日,同到武当。烧了香,回到店中,与六兄弟买酒。正吃间,忽有人来说:"滁州陈也先在此戏台上比试。"太祖说:"我们也去看看。"只见陈也先身长丈八,相貌堂堂,在戏台上说:"我年年在此演武,天下英雄,没有敢来比试的。倘赢得我的,输银一千两。"太祖大怒,便涌身跃上台来,说:"我便与你比比如何?"两人交手,各使了几路有名的拳法。

---

① 张本——预先作后来的地步。

他先欺着太祖身材小巧,趁着太祖将身一低,便一跳将两脚立在太祖肩膀上,喝彩道:"这个唤作'金鸡独立形。'"众人就也喝彩。太祖趁势却把肩膀一缩,把两手扭紧了也先的脚,在台上旋了百十遭,喝声道"咤!"把也先从台上空中丢下来,叫说:"这个唤作'大鹏搅海势。'"众人喊笑如雷。也先怀羞,连呼步兵数百人,一齐涌过动手。太祖跳下台,望东便走,也先随后飞也赶来。只见邓愈、汤和在左边,郭子兴、吴良在右边,两边迎着喊杀;吴祯、郭英,又保着太祖先走。也先并数百步兵,力怯而逃。这四人也不追赶。天晚走进一个玄帝庙,后殿歇息。一更左右,只听得前边草殿鼓乐喧天,太祖同众探望,却正是陈也先饮酒散闷。太祖大怒,四下放起火来,焚了这草殿,也先逃去了,不提。

　　次日,太祖与众人离了武当,返回金陵,只见途中一人口里问说:"足下莫非武当山台上比试的豪杰么?"太祖便应说:"不敢。"那人即同三人拦路就拜。太祖慌忙扶起,问他来见的原由。正是:不惜流膏助仙鼎,愿将桢干捧明君。欲知后事如何,且看下回分解。

第八回　郭光卿起义滁阳

却说太祖同众人路取金陵而回，却有一个人领着三人，闻说是武当山比试的朱公子，拦路便拜。太祖连忙扶起，看那人一表身材，年纪只约有十五六岁，便问："尊姓大名？"那人对说："小可姓花名云。从小儿学得一条标枪，也要图些事业。因见足下台上本事，且一毫没有矜夸之色，后来必大有为。因同这三个结义兄弟华云龙、顾时、赵继祖来投。伏乞不拒。"太祖不胜之喜，领四个见了邓、汤等众，共到滁州。只见娘舅郭光卿已在家中，甚比常时不同。太祖便问说："娘舅何以遽然显赫？"光卿对说："自那日坏了公人，不敢回家，径到淮东安丰，投顺了红巾刘福通。他见我形表异常，因与兵一万，掠淮西一带郡县。谁知兵到濠州，守将孙德崖闻风投降，我因进城招募豪杰，如今恰好回来，看看家眷。为何贤甥身边，也有这些人归附？"太祖也一一把事情说了一遍，因劝娘舅，何不去了红巾，自立王号。光卿依了太祖，自称做滁阳王，令部下去了红巾，以太祖为神策上将军，便把所育的女儿，原姓马氏配与太祖。太祖因感马氏怀饼前情，遂即允诺。又立一个招贤馆，把太祖招集天下英雄。

却说刘福通听了这个消息，便着人来问，何以去了红巾，称了王号？太祖对来人说："方今天下豪杰并起，各据一方，不必相问。若日后你们有厄，我当与你解围，以报起兵之义。"那人回复，不提。

太祖在馆，日夕招纳四方英隽。却已是至正十三年。忽一日，两个人走进馆来拜说："小可是定远人，姓丁名德兴；这个濠州人，姓赵名德胜，闻明公声名，愿归麾下。"太祖看那丁德兴：

　　面如黑枣，眼若铜铃。穿一领皂罗袍，立在旁却是光黑漆的庭柱；杖一条生铁棍，靠在后浑如久不扫的烟囱，真个是：黑夜叉来人间布令，铁哥哥到世上追魂。

太祖因唤他做黑丁。哪个赵德胜膂力异常，魁梧出众，马上使一条花槊①,运动如飞,百发百中,奋勇当先。太祖也命他为前锋。丁德兴即对太祖说:"我们定远有一个唤做李善长,此人足智多谋,潜心博古。当初他的母亲怀着他时,梦见一个绯袍的神说道:'不久该真龙出世,我特把洞明左辅星君为汝子。长来做第一位文臣辅佐。'他后来生下此子,聪明异人。又有兄弟两人,一个唤做冯国用,一个唤做冯胜,他两人一母所生,武艺高强。明公若好贤礼士,德兴当去招他。"太祖说:"我一向闻李公的名,正愁无门可去通个信息,你当去走一遭。若冯家兄弟同来更好。"德兴出馆而去。不一日,请他们三个到馆中,见了太祖。太祖下阶迎接。说话之间,句句奇拔。冯家兄弟,亦各英伟,因说:"果然名下无虚。"遂任善长为参谋;冯家兄弟俱托腹心之任。正说话间,只见外甥李文忠、侄儿朱文正,领着三个人进来。太祖历历说了别来的事务,便指道:"这三位是谁?"文忠等说:"我们路上正走,不意撞着他父子二人。父亲叫耿再成;令郎唤做耿炳文,俱膂②力过人。路中商量无人引进,故我们把他带来。这位姓孙名炎,字伯容,金陵句容人。一足虽跛,无书不读,善于诗歌,向有文学之名,今亦愿在府中做个幕友。"太祖大笑道:"今日之会,叔、侄、甥、舅,文学干戈,都为异集,亦是大快事!"席间便问李善长说:"我欲立一员大将,统领军校,未知何人可用?"李善长道:"昔日汉高祖问萧何谁人可将,萧何对说:'周勃敦厚少知,灌婴爱欲不明,樊哙勇而无才,王陵气小不大。凡为大将者,仁、智、信、勇、严,缺一不可。国君好贤,贤才必至。'高祖因聘募天下豪杰,不上二月,韩信弃楚投汉,遂设坛拜他为天下掌兵都元帅,后来抚有汉祚。今欲求大将,庶几一人,可当此任。"太祖问说:"是谁?"善长说:"濠州城外永丰县,有一人姓徐名达,字国显,祖贯凤阳人。精通韬略,名振乡关。如今也约有二十余岁了。徐寿辉、刘福通、张士诚,常遣人来请,他说彼辈非可辅之人,坚意守己待时而出。常说帝星自在本郡,我岂远适他人! 若得此人,大事可成。"太祖说:"烦公就与我招他如何?"李善长说:"昔汤聘伊尹,文王访吕尚,汉得张良,光武求子陵,蜀主三顾诸葛,苻坚任王猛,此乃礼贤之效,还是明公自去迎他才是。"太祖次日,因去对滁阳王说道:"麾下虽有数万甲兵,惜无大将。今李善长荐举徐达,特请命欲与李善长亲去请他。"滁阳王依允。太祖即同善长策马去请。正是:欲图一统山河业,先觅麒麟阁上人。未知来否,且看下回分解。

---

① 槊(shuò)——古代兵器,一种杆儿比较长的矛。
② 膂(lǚ)——脊梁骨。

第九回　访徐达礼贤下士

却说太祖同李善长辞了滁阳王,前至永丰县。太祖传令三军,不许扰动居民。两人竟下马步入村中,探到徐达门首,忽听得门内将琴弹了几下,作歌道:

万丈英雄气,怀抱凌霄志。
田野埋祥麟,盐车困良骥。
何年龙虎逢?甚日风云际?
文种枉奇才,卞和屈真器。
挥戈定太平,仗剑施忠义。
蛟龙潜浅池,虎豹居闲地。
伤哉时不通,未遇真明帝。

善长便向太祖说:"此歌便是徐达声音。"太祖喜道:"未见其面,先闻其声,只这歌中的意思,便知是个贤才。"善长叩门良久,只见徐达自来开门。太祖看了,果然仪表非常;又温良,又轩朗,又谨密,又奇伟。三人共入草堂,讲礼分宾主坐了。茶罢一巡,徐达问说:"二公何人,恁事下顾?"善长叙出原因。徐达俯谢说:"既蒙光召,焉敢不往?但未卜欲某何用。"太祖说:"群雄竞起,四海流离,特请公共救生灵。"徐达便说:"欲救生灵,还须扫净群雄,统一天下。但今元势尚盛,诸雄割据,亦都富强,以濠州一郡之兵,欲成六合一统之业,不亦难乎?"太祖说:"昔周得太公而灭纣,汉得韩信而楚亡。得贤公辈,仗义诛奸,且俟有德者,以系民望,何虑其难?"徐达笑道:"从来定天下者,在德不在强,明公能以仁、德为心,不嗜杀为本,天下足可平也。"便安顿了家属,与太祖、李善长三人,并马齐至礼宾馆中。太祖细问战攻之术,徐达说:"临时发谋,宜随机转变,岂有定着?但上胜以仁,中胜以智,下胜以勇。仁、智、勇三事,为将者缺一不可。"太祖又问:"为国者,有小而致大,有大而反亡者何故?"徐达说:"合天理,顺人心,爱众恤物,敬老尊贤,人自乐而从之,虽小可以致大;倘奢淫暴虐,或柔而无断,或刚而少仁,或愚昧不明,或好杀不改,未有不亡者也。"太祖大喜。自后与李善长、徐达同眠共寝。次日，引见滁阳王。王授以镇抚之职。

数日后，滁阳王以太祖为元帅，徐达为副将，赵德胜统参军，邓愈统后军，耿再成统左军，冯国用统右军，李善长为参谋，耿炳文为前部先锋，冯胜为五军统制，李文忠为谋计使，率兵七万，攻打滁、泗二州。克日起兵，至泗州界上安营，议取泗州之计。大夫孙炎上前说："泗州张天佑是不才故人，其人刚直忠厚，与我甚契，愿往泗州说他来降。"太祖吩咐大夫用心做事，孙炎辞了出帐，径入泗州城来见天佑。二人叙礼毕。天佑问说："仁兄何来？"孙炎说："某因放志漂流，近投滁阳王帐下。他馆中有个朱明公，才德英明，文武兼备。龙行虎步，必大有为。今提兵取泗州。炎知足下守此，特来相告；倘肯归附，足见达权。"天佑说："我也慕他是一时之英，有人君之度，但我受元爵禄，背之不忠。"孙炎说："今元顺帝以胡元而居中国，淫欲不仁，退贤任佞。君弃暗投明，有何不可？"天佑思量了一会说："遵命！遵命！"即列仪仗鼓乐，出城迎降。孙炎先到营中，具说前事，便引天佑到帐中相见。太祖道："将军来归，真达权知机之士。"遂授中军校尉。太祖引兵入城，抚恤百姓，即留天佑守城。次日起兵，向滁州，以花云为先锋。那先锋怎生打扮，但见：

头顶一个晃朗朗金盔，身披一领密鳞鳞银铠。腰边系一条蛮狮锦带，心前扣一个盘龙金环。弓弰斜挂鱼囊，革铮铮弦鸣五色；箭羽横装象袋，钢铄铄簇聚三棱。坐下千里马，白若飞霜；衬着九云袄，花如映日。手中绾七八条标枪，运将来哪管你心窝手腕；袋里藏六七升铁弹，抛将去决中着脑后胸前。喝一声似霹雳卷风沙，舞几回都锋芒飞剑戟。正是：花貌却如观自在，追魂胜过大阎罗。

单骑在前，恰遇着贼兵数千，那时花云盼着后军未到，便抖擞精神，保了太祖横冲直撞如入无人之地，惊得那数千贼兵，没有一个敢争先抵挡。

元兵溃散，花云因于滁州北门外屯兵。元将平章陈也先横刀直杀过来。后军左哨统制将军郭英，却好迎敌，战了五十余合，不分胜负。元阵上又闪出他儿子陈兆先与姚节、高来助战，早有汤和、邓愈、冯胜、赵德胜，一齐冲杀。只听得东南角上，一支兵呐喊如雷，红旗招展，绣带飞翻。为首一将，坐在马上，竟有五尺余高，生得面如铁片，须似钢针，坐骑赶日黑枣骝，肩挑偃月宣花斧，从元兵阵后冲杀出来。

元兵三面受敌,陈也先大败,不敢入城,竟弃了滁州向北路而走。太祖鸣金收兵,驻扎城外。只见那员大将,身长九尺,步到营前下拜。太祖急将手扶起,问说:"将军何人?"那将说:"小可姓胡名大海。字通甫,泗州虹县人。因芝麻李乱,自集义兵,护持乡间。闻元帅德名,故来助阵纳降。"太祖便授他军前统制。是日,元将张玉献出城投降。太祖入城抚民,将兵次于滁州,仍分兵取铁佛冈寨,攻三河口,破了张家堡,收了全椒,并大柳诸寨,因分兵围六合。裨将赵德胜,为流矢伤了左股,血染征袍,昏晕数次。太祖亲为敷药调治。随令耿再成同守瓦果垒。元兵急来攻打。太祖逐日设计备敌,探知事势稍缓,欲暂回滁州,早有哨马来报说:"元人又集大兵来攻滁州。"耿再成对太祖说:"他兵聚集而来,其势盛大,如此如此何如?"太祖说:"甚好,依计而行。"众将得令,各自整点军马行事。耿再成率了本部人马,自来应敌。正是:大将营中旗一竖,敌人唯有胆心寒!欲知后事如何,而看下回分解。

第十回　定滁州神武威扬

却说诸将各自得令，四下安顿去讫。将军耿再成率了部伍，结束上马，来到阵前一望，只见那元兵，浩浩荡荡，如云如雾的打来。头一员大将，挂着先锋旗号，不通姓名，直杀过来，耿再成见他骁勇，便也不打话，两马相交，战上二十余合，不分胜负。再成便沿河勒马而走，那个先锋便乘机率了元兵，一齐赶来。再成见元兵紧赶便紧走，慢赶便慢走，约将二十里地面只见那柳上插着红旗一面，趁风长摇，再成勒转马来，大喝一声说："元兵阵上来送死也！"喝声未已，火炮一声响亮，左边冲出一标白衣、白甲、白旗、白号的人马来，当先一员大将汤和，左边邓愈，右边冯胜；右边冲出那皂衣、皂甲、皂旗、皂号的人马来，当先一员大将胡大海，左边赵德胜，右边赵继祖，把元兵截做三段。那先锋看势头不好，急叫回军，元军哪里回得及。正惊之间，只见后面城中，又有赤衣、赤甲、赤旗、赤号的人马鼓噪而出，当先一员大将徐达，左有耿炳文，右有姚忠，杀得那元兵血流成河，尸横遍野。那再成挺出凤昔威风，驾着那追云的黑马，向前把先锋一刀，取了首级。有诗为证：

杀气横空下大荒，海天雄志两茫茫。

血痕染就芙蓉水，骸枕堆成薜荔墙。

树列旌旗千里目，江开剑戟九回肠。

应知潭底蛟龙现，处处旗开战胜场。

元兵大败，滁州因得安驻军粮。太祖一面差人报知滁阳王，会守滁州，不提。

却说铁冠道人，已知太祖驻兵滁州，一日竟进帐前说："道人善相，将军要相么？"太祖因记前柳荫中邓愈六人等说，遇见道人，戴个铁冠等话，便迎入账，问道："道人高姓？"道人说："我姓张字景和，江西方外之士。将军若听我，我替你说；若不听我，说也无用。"太祖说："君子问凶不问吉，正要师父直讲。"道人说："声音洪亮，贵不可言，但四围滞气，如云行月出之状。所喜者:准头①黄明,贯于天庭②,直待神采焕发,如风扫阴翳③,便是受命之日,然期也不远,应在千日之内。但边头驿马有惊气,南行遇敌,切须戒慎。"太祖说:"师父肯在此军中,时时看看气色,以知休咎何如?"道人说:"我虽云游天下,却时常可来,你既有盛情,便在此也可。"自此道人常在军中聚首。

且说那滁阳王得了捷报。留都督孙德崖驻扎濠州。即日自率兵到滁州,因命设宴与太祖称贺,且与众官计功行赏。次日,设计攻取和州。却命张天佑、耿再成、赵继祖、姚忠四将,领兵三千,为游击先锋前进。四将得令,望和州进发,直抵北门搦战。城中元将也先帖木儿,急领兵三万迎敌,直取再成。再成舞刀,斗上五十余合,终是元兵势大,两翼冲杀,朱兵溃奔。姚忠接刃复战,恨后队不继,被元兵所杀。日暮,幸天佑等兵至,又大杀一场,元兵方才败走。再成等收兵屯于黄泥镇,损了大将姚忠,折去兵一千余人。二人忧闷,说:"必须元帅兵来,方好取胜。"

且说滁阳王闻再成等败绩,因命太祖率徐达、李善长及骁勇数千人,来到黄泥镇。二人见了太祖,备细说了一遍,伏地请死。太祖大怒,说:"元兵既盛,只宜坚守,取兵救应,何乃轻敌,以致败误?"喝令斩首示众。李善长说:"罪固当诛,但今用人之际,望且姑容这番,待他将功赎罪。"二将叩谢出帐。太祖甚是忧恼。徐达向太祖身边说:"如此如此,不怕和州不得。此事还须耿再成走一遭。"太祖即召再成同继祖上帐,徐达便各与缄帖一纸,再三叮咛说用心做事,再成等领计而行。徐达又唤邓愈、郭英、胡大海,领兵二万,去大道深林中埋伏,如此行事。分遣已定,又对太祖说:"末将自当领兵一万,当先索战,元帅宜与众将将二万兵殿后。"次日,两军对阵,元阵中也先帖木儿出马,说:"若不急退,当以姚忠为例。"徐达说:"大兵压境,尔还不识贤愚,尚自夸诩?"二人举刀对杀。元阵上张国升、秃坚帖木儿,混兵直杀过来。徐达觑空转马便走,元兵随后赶来,未及廿里,只见元兵探马飞报说:"我们被赵继祖劫了大寨,火烧了营帐。"那也先倒戈急走,只见两边伏兵并起,汤和、邓愈、郭英、胡大海夹击而来。

---

① 准头——鼻子的下部。
② 天庭——两眉中间的部位。
③ 阴翳(yì)——阴云。

后面太祖领了大军,又直来攻杀,也先不敢回营,竟领兵奔至和州城边。却见城上都是赤色旗帜,敌楼上徐达大叫说:"也先帖木儿,我已取此城,少报前仇,你还来什么?"此是徐达先着耿再成,假扮元兵,待也先帖木儿出战,乘夜赚开了城门,取了和州。正是:

　　　　计就月中擒玉兔,谋成日里捉金乌。

那也先回身逃命而走,太祖的兵正在追赶,只见当先闪出一彪兵来,勒马横刀,问说:"来将何人?"也先帖木儿说:"吾乃元兵,被朱兵十分追急,若将军救我,当有重报。"那将军大喊一声,将自一纵,在马上活捉了也先帖木儿,绑缚直到太祖军前,下马便拜道:"小可濠州怀远人,姓常名遇春,闻将军仁义。故来相投。特擒元将为进见之礼。"太祖举眼一看,真个是:

　　　　豹头猿眼,燕颔虎须。挺一把六十斤大刀,舞得如风似电;驾一匹捕日乌骓马,杀来直撞横冲。惹动了杀人心,万马千军浑如切菜;奋起那英雄志,铜墙铁壁倒若摧枯。黑着一片铁扇脸,咤一声,哪愁霸陵桥不断!蠢起两只铜铃眼,眨几眨,忧甚虎牢关难过。飞而食肉,世罕有封侯万里威仪;义而有谋,天生成拓靖乾坤品格。

太祖说:"得足下弃暗投明,三生之幸也!"喝令斩了也先帖木儿,屯兵城外,单车入城,抚恤合城百姓,欢天喜地。正是:滁和有福仁先到,神武多谋世莫知。是日,军中筵宴称贺。滁阳王传令加太祖神策将军之职。欲知后事如何,且看下回分解。

第十一回　兴隆会吴祯保驾

却说滁阳王立太祖为神策将军,太祖便为各帅之主:掌文的有李善长、孙炎等;掌武的有徐达、胡大海、常遇春、花云、邓愈、汤和、李文忠等共约三十余人。却又有定远人茅成,台山人仇成来投麾下。太祖总兵和阳,与张天佑等议筑和阳城郭,以为守备之计,测限丈数,克日完工,分兵拒守。因集从计议,授常遇春总兵之职。常遇春叩头谢说:"小将初至,未有寸功,不敢受爵,乞命为前部开路先锋,庶或可以自效。"太祖正欲依允,忽帐下一人叫说:"我来数月,尚不得为先锋,他有何能,敢来压众!"太祖急看,却是胡大海。遇春怒说:"主帅有命,乃敢僭越?你欺我无能,敢来比试否?"二人各欲相逞。太祖说:"君等皆我手足,今欲相争,便似我手足交锋,有何利益!"因令胡大海为左先锋,常遇春为右先锋,待后得头功的为正先锋,二人各拜谢去;一边令人到滁州报捷不提。此时正是新秋节候,和阳亦喜无事。

一日忽报濠州守备孙德崖,领兵到来。太祖惊疑,与徐达说:"濠州不得擅离,他来何意?多是欲分据和阳耳;不然必是濠州失守,故来归附。且容入城,再当议之。"顷刻间。德崖进城,太祖与众将迎入。叙礼毕,因问:"何事到来?"德崖说:"因无粮草,特来就食。"太祖便问:"如此,今令何人守之?"德崖说:"空城无用,守他无益。"太祖暗念:"濠城是吾等本土,如若失守,取之甚难。德崖此行,是通穴鼠了。"因他同起义兵,且自忍耐。却好滁阳王驾到,太祖将取和州原由,备说一遍。王看见旁边立着孙德崖,大惊问说:"你何不守濠州,却在此处?"德崖跪说:"为乏粮到此就食。"王大怒说:"濠州是吾乡土,安得轻舍!"喝令推出斩首。太祖与李善长说:"孙德崖之罪,虽当斩首,还望念故乡旧谊,饶他这次,仍令去守濠州,以赎前愆。"滁阳王即刻与兵一万,前去镇守,吩咐:"有失,决不饶恕!"德崖领命去讫。

却说滁阳王未及半月,偶因惊疑成疾,太祖日视汤药,十分狼狈,因召太祖及李善长、徐达等至榻前,说:"某生民间,因见元纲解坠,群盗蜂起,吾奋臂一呼，得尔等贤能，共守濠州，希成大业，救民涂炭；不意遇此笃疾，我死不足惜，所恨群雄未除，天下未定耳！朱将军仁文英武，厚德宽洪，尔等可共谋翊运①，以定天下。"太祖顿首说："愚昧不堪承大王之志，然敢不竭尽股肱②，以报厚恩。"少顷，目瞑。后人因有诗咏道：

  和州境上见星飞，濠郡江边掩义旗。
  冈上空垂千树柳，年年春半子规啼。

  太祖命军中都易服举哀，哀声动地，葬于和阳城白马冈上。众人因议立太祖为王。太祖说："我等受滁阳王大恩，今尚有子在，可共立为王，亦足见你我不背之心。"众人都道："是。"遂立王子为和阳王，改和州为和阳郡。即日封太祖为开基侯兵马大元帅，徐达为副。众官加爵有差。

  却说孙德崖对儿子孙和说："滁阳既殁，兵权该统于我，今朱君辈外挟公义，立他的儿子，阴窃他的威权，甚可恼恨，我当率兵以正其罪。"孙和说："朱公如此，亦为有名。况他们一班智勇足备，若与争长，恐难取胜。不如在营中设起筵宴，名曰'兴隆会'，假贺新王，请他赴会，席上须逼他引兵来归。倘若见拒，就席中拿住。朱君一擒，权必归父王矣。"德崖大喜，即修书遣人入和州来请。太祖正与诸将议事，却报德崖有书来到，即拆开口念说："都统孙德崖端肃，书奉硕德朱公台下：兹者恭遇新王嗣位，继统得人，下情不胜忻忭③。特于营中设宴，名曰'兴隆'，欲与公共庆雍熙④。翌日扫营敬候。再拜。"太祖与李善长说："此必德崖欲统众军。以我辈立其子，故设酒以挟我耳。不去则彼益疑；若去须不堕其计方好。"徐达说："主帅所料极是，此会犹范增鸿门设宴之意，须文武兼济的辅从，方保无虞。"道未罢，帐前常遇春、胡大海俱愿随往。太祖不许。吴祯道："不才单刀随主帅走一遭。"太祖说："公便可去。"胡大海愤愤不平。太祖说："刀砧各用，鼎鏊不同，吾择所宜而使之。"次日，太祖遂单骑独前，吴祯一身随后，径至德崖营前。德崖见太祖并无甲士相随，心中大喜，

---

① 翊（yì）运——辅佐成就大业的前途。翊，辅佐。
② 股肱（gōng）——股，大腿；肱，臂自肘至腕的部分。比喻左右辅助得力的人。
③ 忻忭（xīnbiàn）——喜悦。
④ 雍熙——兴盛、和乐。

说:"中吾计了。"密令吴通说:"你须如此如此。"便即出营迎朱公。就席把盏,酒至数巡,德崖因说:"滁阳已薨,兵权无统,以义论之,应属不才掌管,故借此酒相烦。"太祖说:"先王有子继统,兵权还该彼掌握。今都统既欲掌时,某回城启知和阳王,即当请在此事。"德崖大喜。孙和思量:"朱君才智过人,此言必诈。"把眼觑着吴通。吴通持杯、剑在手,说道:"小将有杯、剑二件,系周穆时西域献来,名'昆吾割玉剑、夜光常满杯'。此剑切玉如泥,这杯为白玉之精。向天比明,水注便满,香美且甘。称为'灵人之器'。小将愿持杯为寿,舞剑佐欢。"说罢,便将杯献在太祖面前,拔剑起舞,渐渐逼近太祖。吴祯看他势头不好,掣①开佩剑,大叫道:"我剑也不弱!"便飞舞过来,一剑砍去,把吴通砍做两段。旁边吕天寿见杀了吴通,也拔剑砍来。吴祯将身一跳,跳上二三人高,把那剑从空而下,吕天寿的头,早已滚下来。吴祯杀了二人即一手提了剑,一手抠了德崖腰带叫说:"德崖,你何故如此无礼,设计害我主帅,即须亲送主帅出营,万事全休;不然,以吴、吕二人为例!"德崖惊得魂飞天外,魄散九霄,便说:"将军休怒,即刻送主帅策骑先行。"吴祯约太祖去远,才放了德崖的手,说:"暂且放你回去。"即追马保着太祖而行。后人有诗叹赞?

  兴隆会上凛如霜,此处吴祯武勇强。
  剑劈吴吕头落地,雄名应与海天长。
 毕竟后事如何,且看下回分解。

---

① 掣——抽出。

第十二回　孙德崖计败身亡

却说德崖自知计败，便率精锐数千，四下里从小路追赶。早有李善长传令胡大海前来救应，恰好撞着德崖，便大叫道："德崖哪里走？"德崖措手不及，被大海砍做肉酱，造次①中逃走了孙和。大海、吴祯保了太祖入和阳，众等迎接入帐，都说："大帅受了惊恐。"太祖因说："若非吴祯，几乎不保。"备说了会上事情，众将皆称吴祯真是虎将。太祖赐吴祯白金三百两，大海白金一百两。大海不受，但说："主帅向曾有说，得首功者为正先锋。今日诛了德崖，望主帅不食前言。"太祖沉吟不语。徐达说："君虽诛了德崖，尚未为克敌之大，若常将军今日去亦能成功。"众人都说："徐元帅说得极是。"大海方受赏。

话分两头，却说巢湖水军头领俞延玉，有三个儿子：长名通海、次名通源、第三的名通渊。他三个俱膂力异常。能在水中伏得八九个昼夜。大的通海，惯要一个流星锤，索长三丈，转转折折，当着他粉身碎骨。人便有四句口号：

　　一个金锤忒煞精，飞来飞去耀星明。
　　忽朝水低轰雷振，搅得蛟龙梦不成。

那次子通源，使一条铁锏，铮铮有声。小时忽下江中洗澡，陡然云雨四合，水中只见癞头鼋开了个大口，竟来吞他。他手中并无别物，却打一个没头拱，直至水底，摸着四五尺长一块条石，他便担在肩背上，一步步儿踏上水面。那癞头鼋正张开四爪，抢到前面，通源叱咤一声，将那石头砍过去，谁知那鼋的头颈，仰得壁直，凑着石上顽锋，竟做两段，满江中都是血水。岸上人不知通源在水中与鼋交战，只见满江通红，惊得没做理会。歇了半个时辰，通源慢慢地将鼋从水中拖到沙边，便把身跳上了岸，拿条索子缚了鼋②脚，叫岸上人拽鼋上去。那岸上张三、李四、王二、沈六等十

---

① 造次——急促、匆忙。
② 鼋（yuán）

来个,哪里拽得动。通源说:"你们好自在货儿,只好吃安耽饭,这些儿便拽不起。"从新自来,把那鼋如拾芥一般,提上岸去。那些闲汉说:"俞二官人,活的都砍了,我们死的都拽不动,却也好笑。"有人歌道:

江中忽起一条鼋,闪烁风云雷雨翻。却逼通源水底石。呜呼一命在水边。鼋也鼋、冤也冤,我们十来个扛勿动,被他一人一手便来牵,真个是天旋地转气轩轩。

还有那第三个通渊,越发了得,每手用一把折叠韦边刀,那刀用开来,二丈之内,令人仵身不得。曾到江边金龙四大王庙中赛神,那庙前路台上,原铸有铁炉一鼎,有等闲不过的,说:"这等东西,又无关纽,又无把柄,有人捧得动,输与银子十两。"那通渊时只一十四岁,心里想道:"这些儿担不动,恰像终日舞灯草过日子。"走到庙中,虔诚完了神愿,正好来到台上烧纸,只见十五六个好汉,来抬那炉,都抬不动。通渊竟要来拿,看了他们行径,又恐怕掇不动时,反被耻笑。仔细思量,毕竟有斤两数目,铸在上面,近前看得分明。又走过去想道:"只是一千斤,该托也托得起。"便走到后殿,先把别样试试看。抬头一望,却有两个大石狮子,在后边甬道上石栏杆边。悄悄的脱下长袍,趁人不见,把左边石狮子一托便托在左手里,颠上几颠,说道:"约有千斤还多些。"轻轻的便安在地下。再将右边狮子也托一托,正托在右手上,估估斤两,未及放手,只见一个人大叫道:"前上殿二三十人弄不得一个香炉,这俞三官十四五岁一个儿,把石狮子颠来颠去,你们好不羞煞。"道犹未了,这些闲汉都来看。通渊只不做声,把那石狮子连忙放在地下,穿上长袍,望山门外走出去。这些人说:"我们有眼不识泰山,俞三官你何故不做个把式我们看看。"那些人拦了又阻,阻了又拦,恰好父亲俞廷玉走来,看见说:"三儿,你何故被这些人拦阻?"通渊说:"我自在后殿把石狮子托托耍子,不知他们何意拦阻。"那些人便向他父亲备说了原故。廷玉便开口说道:"既如此,你便掇掇把他们看看何妨。"通渊被父亲劝不过,只得走向殿前,把只手托了铁香炉,便下路台,那些人喝彩,如雷震耳。通渊又托上路台,如此三遍,轻轻的放在台下便走。却说管庙的长老,埋怨众人说:"俞三官又去了,这炉又不放在台上,如之奈何?"那些人说:"不要紧,我们几十人包抬齐整还你。"呐喊一声,齐将手来抬,谁知地下是糊泥,这炉越抬越陷下去了,几十个人说:"求求张良,拜拜韩信,还须到俞宅劳小官人走一遭。"这些众人说说笑笑，走到俞宅，见了俞妈妈，说了缘故。妈妈笑道："这个小官人倒会耍人，劳你们远远的走来接他。方才他到后园舞刀去了，你等可到后面见他，他决然肯去。"众人来到后园恳求。通渊只是个笑，也不应他们，大步到庙，仍将手托起香炉，依旧放端正了。惊动得合州县人，哪个不敬他。人也编个歌儿"乌悲词"喝彩他说：

俞家又生了个熊黑呀，忒也稀奇，呀，忒也稀奇。手托千斤，奇打稀，稀打奇；甚差池呀，忒也稀奇，呀，忒也稀奇。举起香炉不费力呀，忒也稀奇。佛前狮子，稀打奇，奇打稀，任施为呀，忒也稀奇，呀，忒也稀奇。

他父亲做个头领，并三个儿子，率副将廖永安、廖永忠、张德兴、桑世杰、华高、赵庸、赵馘等，初投个师巫彭祖。后来彭祖被元兵所杀。庐州左君弼，便以书招降廷玉等一班水军。廷玉等谅君弼不是远大之器，不肯投纳。君弼因统兵来攻，廷玉等累战不利，受困在湖中，因集众将图个保全之计。俞通海说道："今江淮豪杰甚多，不如择有德者附他，庶或来救，不为奸邪所害。"廖永忠便说："徐寿辉、张士诚、刘福通、陈友定、方国珍、明玉珍、周伯颜、田丰、李武、霍武，皆是比肩分居的。"赵庸说："此辈俱贪欲嗜杀，鼠窃狗盗之徒，怎得成事！我说一人，你们肯从么？"正是：知君多意气，仗剑且相投。不知此人是谁，且看下回分解。

第十三回　牛渚渡元兵大败

却说俞廷玉问诸将："谁处可投?"廖永安数出多人,俱是贪财好色的,哪里是英雄出世之主。赵庸说:"我闻和阳朱公,仁德无双,英雄盖世,且将勇兵强。若是投他,他必来救应,可解此危,诸公以为何如?"众人齐声道:"好!"因作书,遣人求救,不提。

且说太祖,一日与诸将会议,说:"此处虽得暂驻,然居群雄肘腋①,非用武之场,必择地方可攻守。"冯国用说:"我看金陵乃龙盘虎踞,真圣主之都,愿先取金陵,以固根本。"太祖说:"我意亦欲如此,但渡大江,必须舟楫,且钱粮不济,奈何!"正商议间,忽报巢湖俞廷玉等遣人持书来见。太祖拆开看本,书中说道:

巢湖首将俞廷玉,并男通海、通源、通渊;裨将廖永忠、永安、张德兴、桑世杰、华高、赵庸、赵馘等,书呈朱主帅台下:玉等向集湖滨,久闻仁德,冀居麾下,不意左君弼累以书招,恨玉不从,率兵围困,廷玉等,敢奉尺书,上干天威,倘振一旅,以全万人,所有战舰千余,水兵万数,资储器械,毕献辕门,以凭挥令。誓当捐躯报命,伏维台亮。

太祖得书,与诸将会议,李善长说:"久闻他们为水军骁骑,今危急来归,若以兵去援,必效死力。且借之以取金陵,此天所以助主帅也。"太祖因召使者到帐下,问他名姓。使者答道:"名韩成。"太祖说:"即今发兵,汝可为向导。"遂留李善长、李文忠等守和阳,总理军务。自率徐达、胡大海、赵德胜等,领兵四万,直抵桐城,进巢湖口。君弼因太祖兵到逃去,俞廷玉迎太祖入寨,备陈归顺原由,蒙提师远救,恩实再生。太祖慰恤备至,驻兵三日。忽报左君弼勾引池州城赵普胜一支兵,截住桐城闸;一支兵,截住黄墩闸。又引元将蛮子海牙,领兵十万,扎住江口,势不可当。太祖大惊,因上水寨,登敌楼观看,果见兵寨数里,旌旗蔽天,金鼓雷振。太祖顾徐达道:"此君弼调虎离山之计,引我入湖,顿兵围困,奈何,奈何!"胡

---

① 肘腋——比喻切近的地方。

大海答道:"主帅勿忧。主帅可领众将压阵,臣愿当先,只须此斧,可破贼围。"太祖说:"不然,贼兵势重,你我纵可冲阵而出,部下兵卒何辜,还宜再思良策。"徐达说:"必须一人密从水中上和阳,调取救兵,内外夹攻,方能出去。"只见韩成说道:"裨将愿往。"太祖即修书付与,吩咐速来,毋得误事。韩成出了水寨,抄巢湖口入江,从牛渚渡河,在水中行三日夜,方得上岸,直抵和阳。见了和阳王,递了太祖的书。李善长说:"即须发兵去救!"传令邓愈为正元帅,汤和为副元帅,郭英为参谋,常遇春为先锋,耿炳文为掠阵使。吴良、吴祯、花云、华云龙、耿再成、陆仲亨,皆随军听用,率兵五万前进,其余将佐,与朱文刚、朱文逊、朱文英,率兵保守和阳。众将领兵至江口,与蛮子海牙对阵。邓愈列阵向前,蛮子海牙急令番将二十员迎敌。尚未及前,先锋常遇春挺枪奋击,元兵阵上如摧枯拉朽,哪个敢当。邓愈等催兵并杀,蛮子海牙大败,遂过了牛渚渡。各部将士,都去收拾元兵所弃马匹、器械、粮草、辎重。只有汤和使帐下兵卒,只砍沿岸一带芦苇、茭草,使绳索一一缚成捆束,共约有千余担。常遇春问说:"要他何用?"汤和对说:"夜间亦可备明。"那时聚集船只,共计一千有余艘。邓愈便令分为五队:邓愈居中,汤和居左,郭英居右,耿炳文压后,常遇春当先,齐往巢湖进发。探子哨知信息,报与赵普胜,普胜遂与左君弼说:"你可领兵当俞廷玉辈内冲,我当领兵拒常遇春等外患。"君弼自己整齐船只,截住桐城闸,不提。普胜领了大船五百只,排开阵势,遇春便挺枪来杀,两下交兵。正是:

浪叠千层龙喷海,风生万壑虎吟山。

　　却说那普胜的战船高大,又从上流,乱把石炮打来,苗叶枪替那箭,像雨点的飞去飞来。朱兵船小,又无遮蔽,不能前进。常遇春正在烦恼,只见汤和领了十数只中样大的船,船上皆把牛皮张定,那些箭石虽然来得猛密,粘着软皮,都下水去了,每船上用水手五十人,齐把那芦苇、茭草点着,恰遇西北风吹得十分紧急,汤和便叫众军放火。那赵普胜的船,都是篾簟竹篷,引火之物,朱兵火箭火炮,飞星放去,便烧起来。风又大,火又紧,咭咭喇喇,把那二百余只船,不过两个时辰,焚毁殆尽。这边众将乘火奋击,贼兵大乱。那普胜只得驾小船向西北上逃走。常遇春恰从上流赶来,大喝一声,把他的兄弟赵全胜,一刀砍落水内。普胜拼命的摇船,径投蕲州徐寿辉去了。邓愈叫鸣金收军,共获战船七百余只,刀杖、器械不计其数。

邓愈说:"今日之捷,是汤和居首。"汤和拱手,说道:"此是朱元帅天威,众将虎力,与和何干?"常遇春说:"我早来见汤公,命军卒束草,只说备明,岂知有此大用。公何不早言之?"汤和道:"机谋少泄,恐反不成。"众将称善。邓愈说:"兵贵神速,乘此长驱,俾左君弼无备,一鼓可擒也。"便都即刻解舟,顺流而下。

此时太祖被困日久,苦无出围之计,只见哨子来报,汤和等连破海牙、普胜等寨,已将至桐城闸了。太祖大喜,即同众将登敌楼观望,果然西北角上大队人马杀来。太祖吩咐:"我们便可从里面冲杀出去。"当下徐达、赵德胜、胡大海,共领兵五万,大小船约二千零四十余只,列成队伍,竟冲出来。喜得左君弼船大,不利进退,赵德胜便以小船对战,操纵如飞。廖永安又绕出其后,两下夹攻,君弼大败。永安直追至雍家城下,奈贼党萧罗,率众舍命而来,箭石如飞蝗雪片,那永安鼻中,中了冷箭,便叫道:"大小三军,更宜努力!"遂将身跳出船头,死力督战。便活捉了萧罗过船,敌人不战而走。

却说邓愈所统大兵,未得入江,太祖船只尚拥溪内,彼此都无策可施。恰好大雨连落十日,看那水势滔天,廖永安喜说:"乘势越山可渡。"中间有一条大涧,断开山岭,山脊上有浔阳桥,这些小船尽皆过涧。太祖所坐战舰,正忧难过,意欲弃舟,另坐别船,永安呐喊一声说:"圣天子百神护卫,桥神自有灵效。"只见那船倏忽间,乌云绕转如飞,从涧里穿过,一毫不差些须,遂入大江,与汤和等相会。太祖备说了被困的事,且慰劳诸将远征,吩咐筵宴称庆,就与新来诸将相叙。欲知后事如何,且看下回分解。

第十四回　常遇春采石擒王

却说太祖出得湖口，与水陆众将聚毕。自此，大将、步将、骑将、先锋将、水将，都已云集。便留步军一万，战船五百，与俞通海、廖永安二将，在牛渚渡扎营操演，其余将士，尽随至和阳。正是："鞭敲金镫响，齐唱凯歌还。"不一日，来至和阳，即欲提兵过江，取金陵为建都之计。和阳王依议，乃留朱文正、朱文逊、朱文刚、朱文英、赵继祖、顾时、金朝兴、吴复等，统兵一万，保守和阳，其余人马，俱随太祖即日引舟东下，向江口进发。恰喜江风大顺，征帆饱拽，顷刻到牛渚渡。俞、廖二将迎接，说道："蛮子海牙屯兵南岸采石矶，阻截要路，势甚猖獗，如之奈何？"徐达说道："兵贵神速，乘此顺风明月驰行，猝然而至，彼必措手不及。"遂分战船为三路：太祖居中队，领战船七百只，郭英为先锋；徐达居左队，也领战船七百只，胡大海为先锋；李善长居右队，也领战船七百只，常遇春为先锋。偃旗息鼓。那时月明风顺，水流江深，这战船如飞驰驶，比至五更，竟到采石矶。元兵哨马报知蛮子海牙，他便挈兵而待，那矶上刀枪麻列，旌旗云屯，水上战船如织，两军相去不及三丈，便摆开阵势。郭英领长枪手，奋勇争先，将及上矶，谁想上面矢石星飞雨洒将来，士卒多伤，不能前进。太祖传令胡大海、常遇春说："二公先锋定在今日，有先登采石矶者，即正先锋。"大海大喜，意在必登，率众向前。谁想岸上炮弩较先更急，大海力不能支。遇春乘快船后至，便领防牌①、神枪手，奋力冲至矶下。元兵见朱兵近岸，炮箭如飞蝗似的放来，防牌也不能遮，神枪也无可用，众兵亦欲退后。遇春大叫道："取不得采石矶，誓不旋师！"便舍舟提牌，挺枪先登。那矶在水面上，约高二丈有余。矶上元将老星卜喇正用长矛戳下，遇春便用右手拿住防牌，护了矢石，把左手便捏住矛杆，就势大叫一声，从空直跳而上，就撇了防牌，将枪刺了老星卜喇。三队军士，看见遇春登岸，各催兵鼓噪而登，元兵弃戈奔走，死者不可胜数。蛮子海牙收拾残兵，退驻西南方山。太祖就于

---

① 防牌——即挡箭牌。

采石矶安营,众将各各献功。太祖便说:"常将军奋勇争先,万将莫敌,攻克采石矶,特拜为正先锋。"遇春叩谢,惟大海有不平之色。太祖又说:"此举非独崇奖常将军,正以激励诸将。"大海气方平妥。

是夕,屯兵矶上。正值新秋,月色如画,众将在帐前共玩明月,尽欢而散。

次早,拔寨直抵太平城下。郡将吴升闻知,便开西门纳降。太祖说:"久闻汝是江左名贤,今日相见,犹恨晚也。"即擢为总管。吴升俯伏谢恩说:"主帅如此恤民抚士,无征不服。"太祖遂命善长揭榜通衢,严禁将士剽掠,城中肃清,便进城抚恤士民。恰有元平章李习,率众来见。习本汉人,博通经术,看得元纲不振,特来投见。太祖说:"太平谁是贤才?"李习对说:"有一人姓郭名景祥。又一人姓陶名安,字立敬,少年敏悟。他年少时,邻近有个土地庙,前通大河,后接深巷,神明极灵。那庙祝①先一夜梦见土地对他说:'明日河中有一件异样的事:其中有一人不久便当辅佐真主,安邦立国,你可十分恭敬他,便留在庙中攻书,不可有误。次日,庙祝绝早起来,呆呆的等到日中,也无人来,也无异样的事。庙祝对众僧说:'大分是个春梦。'正说间,只看见对岸十数个小孩儿,只约有十来岁,在大树底下趁着晴明,猜三角五,翻筋斗,叠灰堆耍子。不知哪处,忽然从河中流过一株紫皮大树来,那大树叉叉丫丫,一些枝叶也不曾去。这十数个孩子,便把一条竹竿到河边搭住那树,那树在水中如解人意,竟贴岸边来。这些孩子,都把身坐在上面,有一个略大些的,把那竹竿在水中撑来撑去,正如船中坐定,说说笑笑,拢了又开,开了又拢,却有十数次。只见一个孩子,在树上立起身来说:'偏你会撑,我也会撑撑耍子。'那大些的孩子说:'使得使得,我正撑得没力气哩,让你耍耍。'那孩子按过竹竿在手便撑,方撑得到河当中,倏然间四边黑云陡合,大雨倾盆。那孩子慌了,流水的拼命要撑拢来,冤家的竹竿陷在泥中,再拔不起。顷刻间,那树头动尾摆起来,竟如活龙在水中游来游去,吓吓有声不止。那雨越落得大,把十数个孩子,都荡在水中,没了性命。只有一个穿着一领紫色袍,绾住了树枝,任他颠颠倒倒,只不放手,竟随风浪过庙岸边来,大叫救人。那些僧人,立在山门屋下,望见,便往雨丛中赶去,扯得

---

① 庙祝——庵庙内管理香火的人。

他上岸。转眼之间,那树也不见了。庙祝暗思道:'昨日神明嘱咐,是这位了。'便问孩子:'你是哪村小官人,姓甚名谁,因何到此玩耍?'那人便对说:'我姓陶名安,是对河陶家村里住。'自后,庙祝便留他在庙读书。近来果是知今达古。那徐寿辉、张士诚等,皆慕他的名,遣人来请,他也不屈节轻仕。"太祖说:"我也素闻他名字,你便可同孙炎去请来。"不知肯来与否,且看下回分解。

第十五回　陈也先投降行刺

　　却说李习荐了陶安，太祖便叫孙炎同去请。二人叫探子探得陶安在村中开馆，便径到馆中来访。三人叙礼毕，备说太祖礼贤下士的虚怀。陶安便整衣襟，同二人来帐中参见。太祖见陶安儒雅，大是欢喜。陶安见太祖龙姿凤采，也自羡得所主，便说："方今豪杰并争，屠城攻邑，然只志在子女玉帛，曾无救民之心。明公率众渡江，神威不杀，此应天顺人之师，天下不难平也。"太祖因问："欲取金陵，何如？"陶安说："金陵古帝王之都，虎踞龙蟠，限以长江天堑，据此形势以临四方，何向不克。此天所以助明公也。"遂拜陶安为参谋都事。

　　次日，太祖与诸将计议，起兵进取金陵。忽报元将陈也先领兵十万，分水陆来犯太平，报滁州之仇。太祖命徐达等防御。徐达出帐，吩咐常遇春、汤和二将，先领兵一支，往南门攻他水军。自家便与邓愈、胡大海等将，率兵五万，出城北门，挡他陆路。两军对围，徐达正欲亲战，只见胡大海挺斧径奔阵前，与也先对战，未分胜败。忽听元兵阵上，大叫："待吾斩此贼，与父亲报仇！"大海看时，恰是孙德崖儿子——前日逃走的孙和。大海便放出平生气力，独来战他，只见陈也先二子陈兆先、陈明先及韩国忠、陶荣四人，又来夹攻。我阵中早有华云龙、郭英、邓愈、花云向前敌住。恰有常遇春、汤和已攻破了水寨，领着部兵，绕出其后。贼兵见势头不好，矢石交集，汤和被矢中了右臂，却杀气益厉，贼兵各弃甲而走。胡大海赶上，将孙和一斧砍倒。陈明先措手不及，被郭英刺死于马下，踏做肉泥。华云龙飞剑斩了陶荣，死者不计其数。陈也先单骑望西逃走，被遇春截住去路，也先便下马拜降。只有陈兆先与韩国忠，引残兵奔回方山寨，不提。徐达鸣金收军入城，众将恰拥也先来见太祖，也先连连叩头说："愿饶草命！"太祖便授也先千户之职。冯国用密言道："裨将看此人蛇头鼠耳，乃无义之相，不可留于肘腋之间；还当斩首，以除奸患。"太祖然其言，又思："斩降诛服，于义不当。"次日，乃宰牛马，与也先歃血。也先誓道："若背再生之恩，当受千刃之惨。"太祖仍令统其所部。自此也先虽有异图，然冯国用时时防备,竟不能为害。

一日,太祖遣徐达为元帅,华云龙为副将,郭英为先锋,领兵三万,攻取溧阳等处。那也先见众将俱各分遣,遂乘机带了利剑,暮夜潜入帐中,看那守帐军卒,又皆酣睡。太祖正在胡床,眠来睡去,再也睡不着,忽觉耳中说:"可快起来,可快起来!"虚空似被人扶起一般。心中正起鹘突①,只听得帐门外呀的一声响,太祖便跳将起来,闪在一处。也先便仗剑砍中床干,知太祖已不在床,遂绕帐乱刺。太祖恰欲出来,又恨无寸铁在手,正急间,忽听帐外人马驰骤,正是冯胜、冯国用,夜哨巡来。太祖大呼:"有刺客在帐!"二将急入擒拿,也先这时,早已从帐后潜逃在外,径奔他儿子兆先去了。国用等遍帐寻觅不得,便说:"此必是陈也先,主帅可传令召他入帐议事。"众军回报,已不见了。国用便说:"裨将向谓此贼是无义之徒,今敢如此,誓必杀之,以报主帅。"

至晓,太祖正欲暂尔歇息,待徐达等众兵回时,方图南进,忽江南巡卒来报,蛮子海牙领兵十万,连营采石矶,挡住江口。陈兆先领兵五万,挡住方山路。朱兵南北不通,粮草断绝。太祖大惊,说:"我将士渡江,其父母妻孥,皆在淮西,今元兵阻路,是绝我咽喉之地,当用何计破之?"李善长说:"他二人连兵来寇,若攻其一处,彼必互相救应,便难取胜。可传令着汤和、李文忠、胡大海、廖永安、冯国用等领兵二万,去攻方山。裨将与众将保主帅领兵攻采石矶。"太祖允议。遂分兵与汤和等去讫。太祖说:"采石矶虽离不远,先须设奇兵以胜之。"常遇春便向太祖耳边密密的说了几句话,太祖点头说:"好,好,好!"便传命唤耿炳文、陆仲亨、廖永忠、俞通海,入帐听令。四将受令,各自依计而行。只见常遇春率精锐三万,径抵采石矶。哨见元兵尽地而来,蛮子海牙横戟早先出马,遇春骤马对海牙说:"你不记昔日牛渚、采石之败乎,还来怎么?"海牙也不打话,舞戟直取遇春。二将战未数合,遇春把身横困在马上便走。海牙只道戟刺伤了遇春,负痛而逃,便望南催兵,只顾赶来。约近十里地面,遇春把号带一拍,忽树林中炮声连天,金鼓大振。海牙急令后兵速退,说未罢,只见耿炳文、陆仲亨在左边杀来;俞通海、廖永忠,在右边杀来;常遇春复转过马来,直捣中间;太祖又引大兵团团围住,似铜墙铁壁一般。海牙前后受敌,势

---

① 鹘(gǔ)突——不懂事,不明白所以。

力难支,逃到东,东无去路;回到北,北是迷途。正是:

  金盔晃晃,背在肩头,好似道人的药葫芦;铜甲铃铃,挂着几片,一如打鱼的破线网。丈八长矛,只剩得半条没头的画棍,只好打草惊蛇;满筒铁箭,惟留得一个滑溜溜的竹管,止堪盛酱盛盐。雕弓半折,将来弹不动棉花;护镜亏残,拿去照不成脸嘴。

只得突围走至江滨,浮舟逃走。遇春、邓愈合兵追赶,更喜顺风,便令将薪草灌了松油,致炮于其中,乘风放火,烈烈的趁着风,飕飕地吹着火,把那海牙的水师并舟筏,一时烧尽。廖永忠、王铭等生擒吴长官辈头目十一人,溺死者不计其数。海牙正坐着小船脱走,忽见上流大船三十来只,也无旗号,向东而来。海牙只道是本军,大叫救应。只见船上一个将军,锦袍、金甲,拈了弓,搭上箭,一箭射来,那海牙应弦而倒。将那残兵杀死殆尽。自此之后,元人再不敢有扼江之战。后人看此,有一篇古风喝彩他:

  凉风嘘碧海,薄雾喷长天,莽苍江色何茫然。岷峨之流奔腾,急走几千里,嵯峨战舰凌江烟。江烟乍开杀气起,离魂愁魄傲波底。剑上斑斑血溅衣,旌旗拂拂霞浮水。夹岸金鼓声不停,恍惚水底蛟龙惊。氊①奴错认援兵集。谁测阎罗江上迎。左手开弓右挟矢,飞来胸前才一指,蓦然公地渺知无,任是英雄今已矣。挺戈纵杀日为昏,直欲旋乾且转坤。试究根苗谁者子?星日乌精沐氏孙。沐家孙子真奇杰,北净胡尘南靖粤。但愿山河带砺券书新,永俾金瓯无少缺。

太祖便令鸣金收军,诸将各自献功。只见那将也收船拢来,合兵一处。不知太祖看了是谁,且看下回分解。

---

① 氊(shān)——同毡。

第十六回　定金陵黎庶安康

　　却说常遇春大破了蛮子海牙，那海牙正坐小船，向北而走，只见战船三十余只，忽从东下，朱文英将海牙一箭射死。常遇春收兵江口，即向太祖前拜倒，说道："朱文英适领兵哨江，凑遇海牙船到，把箭射死了，特来献首级。"太祖大喜，升遇春为行军大总管之职。回兵太平，吩咐与众将筵宴。筵上唤过朱文英来，说："你本是凤阳定远人，沐光之子，沐正之孙。因尔父与我交厚，不幸早亡，母亲亦随丧，就将你寄养丁我。彼时尔方十岁，不觉已是九年。今尔英勇善武，与国建功，吾不忍没耳之姓，可仍复姓沐。异日立大功，成大用，可与尔祖父争光。"因赐名沐英。英再拜叩首谢恩，不提。

　　却说汤和等引兵进攻方山寨，扎寨才定，只见那刺贼也先，挺了枪飞也似杀出来。我阵上廖永安见了他，怒从心上起，便骂道："你这不忠、不义的贼，主帅待你不薄，你却忍行伤害之事。还有何面目来战！"两马搅作一块，一上一下，一来一往，战上三十余合。永安起个念头说："我若再在此与他战，他阵上必然有帮手杀出来，我怎的捉住他？不如放个破绽，待这厮奋力来追赶，我恰好拿他。"便往北路而走，那也先纵马赶来。不上三里之地，永安大叫一声，说："你来得好！"把那马一带，挺着长枪，突地转来。那也先却把身一扭，避那枪头，谁知身子一侧，侧下马来，凑巧脚镫缠住了一只脚，被马横拖倒扯。永安一枪正中其心，手下的兵卒，向前乱砍，也先即时死去。陈兆先因率众而降。汤和领了兆先来到太祖跟前，说道："望主公不记伊父昔日之罪，以安归顺之心。"太祖便说："天下有福的，虽百计不能害之；况古人说：'罪人不孥①。今兆先既诚心款服，吾岂念旧恶哉！即可令他入见。"兆先进帐叩头，说："臣系叛臣也先之子，愿受诛戮。"太祖又说："大丈夫存心至公，何思报后。尔果同心协力，以救生民，他日功成，富贵与共。"即授千军长左军掠阵头目。便命冯国用选

---

　　① 孥（nú）——妻子和儿女。

精锐五百,听其挥使。五百人多疑惧不安。太祖熟视军情,是日即唤兆先同五百人上宿护卫,旧军尽退在外,独留国用伴卧榻前。太祖解甲熟睡达旦。五百人个个安心,都道是天地父母之量。

次日,徐达等攻取溧阳等县,全军而回。太祖便议取金陵之计。那金陵地方,元朝叫文臣达鲁花赤福寿、同武将平原指挥曹良臣把守。二人闻知兵至,曹良臣同福寿说:"和阳兵来,势如破竹。公为文臣,可坚壁固守。我当率兵死战,以保此城。我闻兵法说:'军行百里,不战自疲。'彼今远来,今夜乘其不备,先去劫寨,必获大胜。"福寿说:"此计大妙,只待晚来,依计而行。"

却说太祖兵至城下,在北门外安营。那元将却不肯出兵。太祖对徐达说:"彼必度吾疲惫,今夜决来劫营,须宜预备。"徐达对说:"主帅所见与达暗合。可令各军,俱在远处埋伏,只留一个空营,敌人一至,放炮为号。"盼咐已定,那曹良臣果然更深时分,领二万兵出凤台门,衔枚疾走,直至营前。只听得营鼓频敲,那些军士俱拦路熟睡。良臣大喜,即领兵并力杀入营来。谁知:"地上插旗惟伏兔,营中点鼓是赢羊。"却是一个空寨。良臣知中了计,急令退兵,忽听帐外一声炮响,四下伏兵并起,把良臣二万人,困在垓心。徐达便令旗牌官执了令旗,四下大叫:"劫寨元将,不必冲阵,今和阳朱主帅率精兵二十余万,围得似铁壁铜墙,若来冲阵,徒伤士卒。我朱主帅圣仁神武,宽厚聪明,若降的自有重用。尔等将士,各宜自思。"良臣正在犹豫,那些头目便说:"昔蛮子海牙,有舟师二十万,三战皆亡;陈也先有雄兵十五万,一战而毙。料今日势必不赢,望元帅开一生路,乘机就机,以活二万人之命。"良臣便令小卒对说:"和阳兵!且待到天明,当得投降。"太祖与徐达说:"彼欲迟迟,恐是诈语。"徐达说:"我军紧困,虽诈何为。"顷之,东方渐白,徐达单马向军前说道:"元将可速投降,免受伤杀。"良臣问说:"公是何人?"徐达说:"我是主帅帐前副元帅徐达。"良臣说:"我也闻朱主帅名誉,人皆以圣主称之,若得一见,果如所誉,便当率众投降。"太祖闻说,即至阵前,免胄①示之。良臣见太祖龙眉凤眼,禹背汤肩,便丢去了手中长矛,率众拜降,说:"久慕仁德,多缘迷谬,归顺无阶。今幸宽宥,当效死力,以谢不杀之恩。"太祖便将部下士

---

① 免胄——脱去头盔。

卒，散与各将调遣，乘胜引兵围困金陵城。福寿见良臣被困，因率兵登城死守。徐达等四面围拢。城上矢石如雨的下来，哪里近得前。一连围了半个多月，不能遽取。常遇春率精锐架起云梯，向凤台门急攻。冯国用又领兵协助，城内便不能支。遇春挺枪先登，三军乘势而入。福寿恰向北拜了四拜，哭说："吾为国家重臣，不能固守，城存与存，城亡与亡。"言讫，遂拔剑自刎而死。太祖进城，便谕官吏父老道："元失其政，所在纷扰，兵戈并起，生灵涂炭。吾率众为民除乱，汝等宜各安职业，毋怀疑惧。"当日，吏民大悦，且更相庆慰，遂改为应天府。共得兵士五十万。因立天兴建康翊天元帅府。怜福寿死得忠义，以礼殡葬，敕封凤台门城隍。至今香烟不绝。仍优恤其妻子。即遣使迎和阳王迁都金陵。

不一日，王到金陵，太祖率诸将士朝见毕，王大悦。奉太祖为吴国公，得专征伐。置江南行中书省，把主帅总事，以李善长为参议官。郭景祥、陶安为郎中，分房掌事。置左、右、前、后、中翼元帅府，进李善长左丞相，徐达总督军马行军大元帅，常遇春前军元帅，李文忠后军元帅，邓愈左军元帅，汤和右军元帅，胡大海提点总管使，张彪、华云龙、唐胜宗、陆仲亨、陈兆先、王玉、陈本等，各副元帅。太祖既掌征伐，日命诸军将，统后以征不服。一日，问曹良臣说："金陵人物之地，公等守此土，当为我举之。"良臣说："自今乾坤鼎沸，盗贼如麻。凡豪杰勇士，皆挺身以就群雄；那贤达之士，又韬光以观世变，此处恰不闻得。只知有一个人，小将曾闻得他。"不知国公心下如何，且看下回分解。

第十七回　古佛寺周颠指示

却说太祖新受王命,拜为吴国公,便问曹良臣道:"金陵有甚贤才,烦君推举,我当以礼往聘。"良臣答道:"恰是未闻有人,只有一个姓宋名濂,又不是金陵人氏,乃是金华人。一向闻得他有王佐之才,国公何不去请他来,合议天下大事。"太祖说:"我耳中也闻得有此人,但不知何人可去请他。"只见帐下孙炎挺身出道:"卑职愿往。"太祖大喜,嘱咐孙炎去请,不提。

却说处州有个青田县,那县城外南边有一座高山,俗名红罗山,妙不可言。怎见得他妙处,但见:

层岗叠岭,峻石危锋。陡绝的是峭壁悬崖,逶迤的是岩流涧脉。蓊翳①树色,一湾未了一湾迎;潺潺泉声,几派欲残几派起。青、黄、赤、白、黑,点缀出嫩叶枯枝;角、徵、羽、宫、商,唱和那惊湍细滴。时看云雾锁山腰,端为那插天的高峻;常觉风雷起岭足,须知是绝地的深幽。雨过翠微,数不尽青螺万点;日摇颓蕚,错认做金帐频移。

只因这山,岩穴甚多,内藏妖精不一。闻说那个山中常有毒气千万条出来,或装作妇人去骗男子,或装作男子去骗妇人。人人都说道有个白猿作怪,甚是没奈何他。恰有元朝的太保刘秉忠,他的孙儿名基,表字伯温,中了元朝进士,做高邮县丞。将及半年,猛思如今英雄四起,这个官哪里是结果的事业,便弃了官职回乡。每日手把春秋,到这山下拣个幽僻去处,铺花茵,扫竹径,对山而坐,观书不辍。将近年余了,忽一日崖边豁地响了一声,只见石门洞开,可容一人侧身而进。那伯温看了半晌,便将书丢下,大步跨入空谷中。却有人大喝道:"里面毒气难当,你们不可乱进。"伯温乘着高兴。只顾走进洞中,漆黑难行,有好几处竟是一坑水,也有几处竟如螺蛳湾。伯温走了一会,正在心下狐疑。转弯抹角,却透出一点天光来。伯温大喜,暗想:"此处必有下落了。"又走了数百步,忽见日色当空,

---

①　蓊翳(wěngyì)——形容草木茂盛,绿树成荫。

天光清朗，有石室如方丈大一个所在。石室上看有七个大字道："此石为刘基所破。"伯温心知此是天意，令我收此宝藏。遂抬个石子，向那石上猛击一下，只见毫光万道，即时裂开，一个石函中有朱抄的兵书四卷。伯温便对天叩谢，将书藏在袖中，正欲走出，忽听得豁喇一声，枯藤上跳出一只白猿来，望着伯温张开了口，扯开了脚，竟要扑上来。伯温大喝道："畜生，天赐宝贝，原说与我刘基的，你待怎样！"那猿便敛形拜伏在地，忽作人言说："自汉张子房得黄石公秘传之后，后来辟谷嵩山，半路中将书收藏在内。便命六丁、六甲，拘本山通灵神物管守。丁甲大神在云头上一望，看见小猿颇有些灵气，便拘我到留侯面前。那留侯却把手来打一个圆圈，许我在此，只好到山上山下走动走动，再不得出外一耍。今日，天意将此书付与先生，辅主救民，要我在此无用，求先生方便，破开圆圈，把小猿宽松些也好！"伯温便对他说："天书我虽收得，其中方法，竟未曾看着，待我回家细看，倘其中有破开圆圈方法，我方好放你。目下我如何会得？"白猿只是苦苦哀求，说："先生此时不放我去，何时再得进来？我从前被留侯拘住时，曾问他何年放我，他便说：'留着，留着，遇刘方放着。'今日遇着'刘'，便须遇着'放'。先生可怜见，宽放小猿，待我游行洒落，遍看锦绣江山，则感恩不浅！"伯温看他哀求不过，便要从袖中扯出天书来看，谁知那衣袖太小，书本过大，只得扯出一本来，将手翻开，恰是落末一本，凑巧簿面写着，拘收白猿，管守天书事情，看到后面，果有打破圈箍，放白猿的神法。伯温心中原要试验一番，却又不解此中咒语，只好将他当书诵读。谁想把宽放他的法儿读完，只见那白猿朝着伯温拜了几拜，竟从山后跳出去了。伯温也不顾他，遂放开大步，复从原路而回，回头一看，那石壁依然合了。伯温一路且惊且疑，方到家中，只听得人说："山上有白光一条，光中灿灿的恰如白猿一个，奔到淮西那路去了。"不提。

伯温虽得此书，其中旨趣尚未深晓。因历游名山佛寺，访求异人提醒于他。闻说建昌有个周颠，年四十岁，得了颠疾，便乞食于南昌。及到长成，举措诡怪，人莫能识。每常见人，便大叫："告天平！告天平！"人也解不出。今在淮西濠州山寺。伯温心下转念道："一向观望天象，帝星恰照彼处，今日此行，正好探听。"遂收拾了琴剑书箱，安顿了家中老少，次日起身。

不一日来到濠州，打听周颠下落，人都说在西山古佛寺藏身。伯温便往寺中,见哪周颠,身倚胡床,口中念念的看着一本龌龌龊龊、没头没脑的书。伯温近前便拜,说:"请教请教!"那周颠哪里来睬,伯温随即诉道:"小可不辞跋涉而来,全望先生指教!"周颠见他至诚,便把那看的书递与伯温,说:"你拿去读,十日内背得出,便可教你;不然,且去,不必复来。"伯温遂接过书来一看,与前石匣中所得的大同小异。是日,就在寺中读了一夜,明早俱觉溜口儿背得,于是携书入见。周颠说:"尔果天才也。"因一一讲论,未及半月,完全通辙。伯温欲辞而行,周颠说:"此术是帝王之佐,值今乱离,勿可蹉过①。且回西湖,自有分晓。"

伯温别了周颠,来到濠州城,束装启程,便与店家告别。只见店小二混浊浊的自言自语,一些也不对答。伯温焦躁,说:"你这位小官人没分晓,我在此打搅了一番,自然算房钱、饭钱、酒钱还你;你何须唧唧咕咕,不瞅不睬于我。"那小二道:"客官,不是小人不来理值,但只为我主人孔文秀,有个女儿,年方一十五岁,近来为个妖怪所迷,每夜狂言乱语。今日接个医生来,他说犯了危疾,命在早晚,因此忧虑,冲撞了相公。"伯温问说:"什么妖精,如此作怪?我也略晓得些法术,快对你主人说,我当为你除灭。"店小二不胜之喜,连忙进去与主人报知。顷间,孔文秀出来见了伯温,备诉了妖精事情,因说:"相公果若救得小女,便当以小女为赠。"伯温说:"除灾祛患,君子本心,何以言谢。"便叫文秀领了他到女儿房中,看她光景如何,以便搭救。文秀携了伯温,径到女儿床前,揭起了帐子。伯温轻轻叫道:"可取个灯来,待我仔细观看,便知下落。"正是:伊谁错认梨花梦,唤起闲愁断送春。未知如何捉妖,且看下回分解。

① 蹉过——虚度光阴。

第十八回　刘伯温法伏猿降

　　话说孔文秀的女儿,被妖怪迷住,日夜昏沉。恰听得伯温说,有除妖之术,不胜之喜,便领了伯温到女儿房中,观看怎么模样。孔文秀说:"我女儿日间亦是清醒,但到得晚间,便见十分迷闷。相公日间看视,尚未分明,还到晚间,方见明白。"伯温说:"不妨不妨。"揭起帐来看,但见:

　　　春山云半黡,秋月雨偏催。闷到无言,苦厌厌,恍似经霜败叶;愁来吐气,昏迷迷,浑如烟锁垂条。若明若暗的衷肠,对人难吐;如醉如痴的弱态,只自寻思。花锁千点泪,回云断雨总成愁;香散一天春,怕夜羞明都幻梦。扶不起海棠娇睡,衬不上芍药红残。

伯温看了一回,竟出房来,对文秀说:"今夜可将你女儿另移在别处去睡,至夜来我住令爱房中,自有区处。"文秀得了言语,急急安排静室,移女儿别处去睡。将及一更左右,伯温恰到房里,睡在床中,把一口剑,紧紧放在身边。房门上早已贴了灵符,念了咒语。吩咐众人,都各安心去睡,不必在此惊动搅扰。房间中止点一盏璃璃灯,也不大明大暗。约摸二更,只听帘栊响处,妖怪方才入门,那符上豁喇喇一声,真似:"霹雳空中传号令,太华顶上拆冈峰。"这妖恰已倒在地上。伯温近前一看,就是前者红罗山上用法解放的白猿。伯温便问:"你如何直来到此?"那白猿叩头谢了前日释放之恩,便说:"近因城外钟离东乡皇觉寺内,有个真命天子,因此各处神祇都去护卫,我那日便斗胆在云中翻筋斗过来,不意今日撞着恩主,望恩主宽恕!"伯温便吩咐说:"我前日为好把你宽松些,谁知你到此昏迷妇女,本该将你斩首,姑念你保守天书分上,放汝转去。以后只许你在山林泉石之间,采取些松榛果实,决不许扰害人家!"白猿拜领而去。伯温次早将此事说与文秀,文秀便将女儿为赠,伯温固辞而去,径到皇觉寺来寻访真主;恰又想天时未至,因此取路向青田而行。

　　道过西湖,凑与原相契结的宇文谅、鲁道源、宋濂、赵天泽遇着,便载酒同游西湖。举头忽见西北角上,云色异常,映耀山水。道源等分韵题诗为庆,独伯温纵饮不顾,指了云气,对着众人说:"此真天子出世,王气应在金陵。不出十年,我当为辅,兄辈宜识之。"众人唯唯。到晚分袂而别。

自此,暑往寒来,春秋瞬息,伯温在家中,只是耕田、凿井,与老母妻儿,隐居丘壑之内,不觉光阴已是十年了。那些张士诚、方国珍、徐寿辉、刘福通,时常用金帛来聘他,伯温想此辈俱非帝王之器,皆力辞不赴。

话分两头,却说大夫孙炎,领太祖的军令,来到金华探访宋濂,那宋濂清洁自高,居止不定:

也有时挈同侪①寻山问水,也有时偕知己看竹栽花;也有时冒雪夜行,如剡溪访戴;也有时乘风长往,如出兵千里。心上经纶,倏忽间,潜天潜地;手中指点,霎时里,惊鬼惊神。腹中书富五车,笔下文堪千古。

那大夫孙炎,到了宋濂住宅,谁想紧闭着门,门上大书数字:"倘有知己来寻,当至台州安平乡相会。"孙炎便勒转马头,向台州安平乡进发。不一日,来到安平乡林莽中,远远望见三个人携手而行,俱戴着一顶四角镶边东坡巾,都着一领大袖沉香绵布六幅褶子道衣,腰间各系一条熟经皂丝绦,脚下都套一双白布袜,踹着的是棕结三耳麻鞋。后面又有一个山童,绾一个双丫髻,随常打扮,肩挑着一担琴剑衣包,自自在在的对面走来。孙炎望见举动,不是个村夫俗子形秽,心中想道:"三人之中,或有宋濂在内,也未可知。"便将马拴在柳荫之下,叫从军跟了走来,自家便把巾帻整一整,恰向前施礼,道:"来者莫非是宋濂先生的朋友么?"那三人也齐齐行了个礼。其中一个问说:"尊公要问那宋濂为何?"孙炎看三个虽是衣冠中人,还不知心中怎么,便说:"小生久慕宋先生大名,特来拜谒请教,不意昨到金华,他府上门首大书:'可到台州安平乡来寻。'故而来此。远望三位丰采迥异,此处又是安平乡,故造次动问。"那人便道:"小生就是宋濂,但从来未识尊面,不知高姓大名?今遇田野之中,又失迎待之意,奈何奈何!"只见那从旁二人说:"今尊驾远来,我们虽要出外访友,然此去敝斋不远,便且转去奉陪,再作区处。"孙炎就同三位分宾、主前后而走。那二人也吩咐山童先去打扫等候。但见:

东风芳草径泥香,佳景追游到夕阳。
兴引紫丝牵步障,春怜新柳拂行骖。
夺将花色同人面,望去山光对女妆。
歌吹自喧人意爽,安平相遇且徜徉。

未及半刻,已到书斋,四人逊礼而坐,正是:有缘千里能相会,良友相逢亦解愁。欲知后事如何,且看下回分解。

---

① 同侪(chái)——同辈;同类的人。

第十九回　应征聘任人虚己

却说孙炎等走到斋中，分席而坐。宋濂对孙炎道："请问行旌从何而来？高姓大名？不知来寻在下，有何见教？"孙炎便说："在下姓孙名炎，今在和阳朱某吴国公帐前。我国公只因元将曹良臣以金陵来降，且荐先生为一代文章之冠，故着在下奉迎，且多多致意。凡有同道之朋，不妨为国举荐，以除祸乱。"宋濂便起身对说："不肖村野庸才，何劳天使屈降。有失迎候，得罪，得罪。"孙炎因问二位朋友名姓。宋濂说："这位姓章名溢，处州龙泉人；这位姓叶名琛，处州丽水人。因道合相亲，今因避乱，在此居住。"茶罢数巡，孙炎又道起吴国公礼贤下士，虚己任人，特来征聘的事情，且欲三位同往的意思。宋濂因说："我有契士①姓刘名基，处州青田人。他常说淮、泗之间，有帝王气。今日我三人正欲到彼处相邀，同到金陵，以为行止。谁意天作之合，足下且领国公令旨远来，又说不妨广求俊彦。既然如此，相烦与我同去迎他何如？"孙炎听到刘基名字，不觉顿足，大声叫道："伯温大名，我国公朝夕念念在口，今先生既与相好，便宜同去迎他。"是晚，筵罢安寝。次日，宋濂仍旧收拾了自己琴、书，打点起身，因与孙炎说："此去尚有二三日的路程，在下当与先生同到伯温处迎他同来。章、叶二兄，可在此慢慢收拾，待三五日后，亦可起身，同在杭州西湖上净慈寺前，旧宿酒店相会。"嘱咐已毕，孙炎叫从人备了两匹马，叫人挑了宋先生行李，一半往青田进路，一半留在村中准备薪米，等待章、叶二先生，收拾行李，会同家眷，择日起身，一路小心服侍，不许违误；如违，以军法治罪。此时，章、叶二人，回家整备行李等项，不提。

却说孙炎同宋濂来请刘基。一路风景，但见：

簇簇青山，湾湾流水。林间几席，半邀云汉半邀风；杯水帆樯，上入溪滩下入海。点缀的是水面金光，恰像龙鳞片片；暗淡的是山头翠色，宛如螺黛重重。月上不觉夕阳昏，归来哑哑乌鸦，为报征车且安

---

① 契士——意气相投的朋友。

止;星散正看朝色好,出谷嘤嘤黄鸟,频催行客且登程。马上说同心,止不住颠头播脑;途中契道义,顿忘却水远山长。

正是:

青山不断带江流,一片春云过雨收。
迷却桃花千万树,君来何异武陵游。

孙炎因问宋濂说道:"章叶二人,何以与足下相善?"宋濂对说:"章兄生时,其父梦见一个雄狐,顶着一个月光在头上,长足阔步从门内走来。伊父便将手拽他出去,那狐公然不睬,一直走到伊卧榻前伏了不动,伊父大叫而醒,恰好凑着他夫人生出这儿子来。他父亲以为不祥,将儿接过手来,一直往门外去,竟把他丢在水中。谁想这叶兄的父亲,先五日前,路中撞见一个带铁冠的道人,对他说道:'叶公,叶公,此去龙泉地方,五日之内,有一个婴孩生在章姓的家内,他父亲得了奇梦,要溺死他,你可前去救他性命。将及二十年,你的儿子,当与他同时辅佐真主,宜急急前去。'这叶兄令尊,是个极行方便的善人,又问那道人说:'救这孩子,虽在五日之间,还遇什么光景,是我们救援的时候。'那道人思量了半晌说:'你倒是个细心人,我也不枉了托你。此去第五日的夜间,如溪中水溢,便是他父亲溺儿之时,你们便可救应。'大笑一声,道人不知哪里去了。这叶公依言而往,至第五日的夜间,果然黑暗中,有一个人抱出一个孩儿,往水中一丢,只见溪水平空的如怒涛惊湍一般,径涌溢起来,那孩儿顺流流到船边。叶公慌忙的捞起,谁想果是一个男子。候得天明,走到岸边,探问:'此处有姓章的人家么?'只见有人说:'前面竹林中便是。'叶公抱了孩儿,径投章处,备说原由。那章公、章婆方肯收留,因溪水涌溢保全,因而取名唤做章溢。后来长成,便从事叶公。章兄下笔恰有一种清新不染的神骨。"

那个章公款待了叶公数日,叶公作别而行。到家尚有二三十里之程,只听得老老少少,都说从来不曾闻有此等异事。叶公因人说得高兴,也挨身入在人丛中去听,只说如何便变了一个孩儿。叶公便问说:'老兄们,什么异事,在此谈笑?'中间有好事的便道:'你还不晓么?前日我们此处,周围约五十里人家,将近日暮时,只听得地下轰轰的响,倏忽间,西北角上冲出一条红间绿的虹来,那虹闪闪烁烁,半天里,游来游去,不住的来往,如此约有一个时辰,正人人来看时,那虹头竟到丽水叶家村,竟生下一个小官人来,头角甚是异样,故我们在此喝彩。'叶公口里不说,心下思量说:'我荆妻①怀孕该生,莫不应在此么?'便别了众人,三脚两步,竟奔到家里来。果然,婆子从那时生下孩儿,叶公不胜之喜,思量:孔子注述'六经',有赤虹化为黄玉,上有刻文,便成至圣;李特的妻罗氏,梦大虹绕身,生下次子,后来为巴蜀的王侯,虹实为蜺龙之精,种种虹化,俱是祥瑞。及至长大,因教叶兄致力于文章,今叶兄的文字,果然有万丈云霄气概。他两人真是一代文宗。在下私心慕之,故与结纳,已有五七年了。"

正说话间,军校报道:"已到青田县界。"宋濂同孙炎吩咐军校,都住在村外,二人只带了几个小心的人,投村里而来。宋濂指与孙炎道:"正东上,草色苍翠,竹径迷离,流水一湾,绕出几檐屋角;青山数面,刚遮半亩墙头。篱边茶菊多情,映漾出百般清韵;坛后牛羊几个,牵引那一段幽衷。那便是伯温家里了。"两个悄悄地走到篱边,但闻得一阵香风。里面鼓琴作歌:

　　壮士宏兮贯射白云,才略全兮可秉钧衡。
　　世事乱兮群雄四起,时岁歉兮百姓饥贫。
　　帝星耀兮瑞临建业,王气起兮应在金陵。
　　龙蛇混兮无人辨,贤愚淆兮谁知音。

歌声方绝,便闻内中说道:"俄②有异风拂席,主有故人相访,待我开门去看来。"两个便把门扣响,刘基正好来迎,见了宋濂,叙了十年前的西湖望气之事,久不相见,不知甚风吹得来。宋濂便指孙炎,说了姓名,因说出吴国公延请的情节。他就问:"吴国公德性何如?"孙炎一一回报了。又问道:"我刘基向闻江、淮狂夫,姓孙名炎,不知便是行台么?"孙炎欻俯躬,道:"正是在下。"三人秉烛而谈,自从晌午,直说到半夜,始去就寝。未知后事如何,且看下回分解。

---

① 荆妻——对自己妻子的谦称。
② 俄——突然间。

第二十回　栋梁材同佐贤良

那刘基与宋濂、孙炎说了半夜,次早起来,刘基到母亲面前诉说前事,母亲便说:"我也闻朱公是个英杰,我儿此去也好。"刘基便整顿衣装,对孙炎说:"即日起行。"孙炎吩咐军校将车马完备,离青田县迤逦①向东北进发。话不絮烦,早到杭州西湖湖南净慈禅寺。章溢、叶琛挈领家眷并行李,已等候多时。军校们也合做一处同往。正是:"一使不辞鞍马苦,四贤同作栋梁材。"在路五六日已至金陵。次早,来到太祖帐前谒见。太祖遂易了衣服,率李善长众官出迎,请入帐中,分宾主而坐,太祖从容问及四人目下的治道急务,酒筵谈论,直至天晓。因授刘基太史令,宋濂资善大夫,章溢、叶琛俱国子监博士。四人叩头而退。

太祖对诸将说:"今常州府及宜兴、广德、宁国、镇江等处,正是金陵股肱,若不即取,诚为手足之患。"遂着大元帅徐达挂印征讨。郭英为前部先锋,廖永安为左副将,俞通海为右副将,张德胜统前军,丁德兴统后军,冯国用统左军,赵德胜统右军,领兵五万,征取各郡。徐达等受命而出,乃择日启程。临行之日,太祖出郊戒众统将说:"尔等当体上天不忍之心,严戒将士:城下之日,毋得焚掠杀戮,有犯令者处以军法。"徐达等顿首受命,率兵前进。大兵过了扬子江,至镇江府地面,徐达下令安营,为攻城之计。

却说把守镇江府城,乃是张士诚所募骁将邓清,并副将赵忠二人。他闻金陵兵至,便议迎敌之事。那赵忠说:"我闻和阳兵势最大,所至无敌;且朱公厚德宽仁,真命世之英,非吴王(即是士诚)可比。况镇江为金陵向臂,彼所力争。今我兵微弱,战、守两难,奈何、奈何!我的主意:不如开城投降,一来可救百姓的伤残;二来顺天命之所归;三来我们还有个出头的日子。"邓清听了,大喝道:"你受吴王大恩,不思图报,敌兵一至,便要

---

① 迤逦(yǐ lǐ)——曲曲折折地走。

投降,乃是狗彘①之行。"赵忠又说:"我岂不知,食人之食,当忠人之事,但张士诚贪饕②不仁,决难成事。何如趁此机会,弃暗投明。"邓清愈怒,即抽刀向前,说:"先斩此贼,方破敌兵。"赵忠也持刀相迎。两个战到数合,邓清力怯,便向后堂走脱。赵忠见左右俱有不平之色,恐事生不测,急忙也跑出衙门,恰遇着养子王鼎,备言前事。王鼎说:"事既如此,若不速避,祸必及身。"他二人因到家,载母、挈妻,策马向东而走。邓清闻知,即聚军民一千余人赶来,适遇徐达兵到,赵忠径望军中投拜,说:"镇江副将赵忠,因劝邓清投降,彼执迷不悟,后来赶杀,乞元帅救我家属入营,我便当转杀此贼,以为进见之功。"徐达心中私喜,便与赵忠附耳说了两三句话说:"如此而行。"赵忠得令自去。徐达即催兵前进,与邓清迎敌,我阵上赵德胜跃马横枪,径取邓清。邓清见德胜威猛,不战而走,众兵掩击直逼城下。邓清正要进城,只见赵忠在城上大呼:"奸贼邓清何往?"清知事势紧急,进退无门,遂下马乞降。原来徐达吩咐赵忠,趁两军相敌之际,你可赚入城门,先夺了城池,以截邓清归路,所以赵忠先在城上。徐达入城抚恤了士卒,安慰了百姓,捷报太祖。太祖加徐达为枢密院同签之职,率数万人,攻打常州。太祖对徐达说:"我查张士诚系泰州白驹场人,原是盐场中经纪牙侩。因夹带私盐,官府拿究,癸巳年六月间,聚众起兵,便陷入秦兴,据了高邮州,今称吴王,国号大周,改元天祐。前者,又遣士德,将五万兵渡海,攻陷平江、松江一带,与常州、湖州诸路,地广兵强,实是劲敌。况渠奸诈百出,交必有变,邻必有猜。尔今率三军,攻毗陵,倘有说客,勿令擅言,便阻了诡诈之弊。营垒可坐困也。"徐达等领命而出,即合兵七万,号称十万,径望常州进发。

　　数日间,来到常州南门外安营。先锋郭英便率兵三千出战,那把守常州的正是吴将统军都督吕珍。原来吕珍有谋智、有胆力,善使一条画戟,年纪约有三十五六岁,正直公平,抚民恤孤,每当只是长声的叹息。人问他,便说:"此身已受了他的爵禄,虽死亦是臣子分内事;但恨当时不择所主,将身误托耳!常常闻得金陵朱公声息,便道好个仁义之主,天下大分归统于他了。然也是天数,怎奈何他。只是今日,吾当完吾事体。"探子

---

① 彘(zhì)——猪。

② 贪饕(tāo)——贪得无厌。

报说:"朱兵攻取常州。"他便纵马挺戟来战。与郭英战到三十余合。彼此心中俱暗暗喝彩。只见营内右哨中张德胜持了一管枪,奋力冲将出来,三将搅做一团。吕珍见两拳敌不得四手,便将马跳出圈子外边,叫说:"天色已晚,晚来乘着错误,伤人性命,不见高强,你我俱各记兵多少,来日拼个胜负,方是好汉。"郭英便也鸣金收军。次日,吕珍全身结束,出到城边,早有郭英、张德胜二人迎住,自早又杀到未牌,不见胜负。朱阵上便麾动大军,赶杀过来,吕珍急走入城,坚闭不出;一面做表,唤过儿子吕功,前往苏州去求取接应兵马,不提。

且说吕功抄路往湖州旧馆县,由森林地方,转到苏州。次日,张士诚临朝,文武百官依班行礼毕。吕功出奏常州被困一事。张士诚大怒,说:"彼真不知分量,我姑苏坚甲百万,勇将三千,彼取金陵,我不与争便了,反来夺我镇江,今又困我常州,是何道理!"即召大元帅李伯升,领兵十万往救,又盼咐说:"若得胜时,便可长驱收复镇江,破取金陵,以擒朱某。"伯升得令,叩首将出,只见王弟张士德在阶中大喝一声道:"何劳元帅动兵,乞将兵三万与臣,去救常州,决当斩取徐达首级,入建康掳和阳王,飞报我主,万祈允臣之奏!"士诚闻奏大喜,说:"得弟一行,何惧敌兵哉!"便拜士德为元帅,张虎为先锋,张鹤飞为参谋,率兵五万,前往常州救应。又遣吕功乘势领兵二万,攻打宜兴,以分徐达之势。连夜起行。探事探的实,报与徐达得知。未知后事如何,且看下回分解。

第二十一回　王参军生擒士德

却说吴王张士诚,他有兄弟二人:一个唤做士信,一个唤做士德;那士信足智多谋,熟识兵法,人号为小张良,使一条铁鞭,神惊鬼怕;那士德勇猛过人,雄冠千军,人号为小张飞,用得一条长枪,追风逐电,因辅士诚,夺了苏州,奄有①嘉、湖、杭及松、常、镇三郡地方。又有五个养子,叫做张龙、张虎、张彪、张豹、张虬,在手下操练军士,人因号做"姑苏五俊"。那士诚因吕珍叫儿子吕功求救,便吩咐说:"王弟既然肯往,便当拜为先锋,带了张虎、张鹤飞及三万人马前进。"又召吕功乘势领兵攻宜兴,以分徐达兵势。

徐达得了信,对耿再成说:"宜兴地界,乃常州股肱,士诚以我所必争,故特分兵来攻,以弱我势。你可领兵悉力据守,一失尺寸,则全军败亡,千万小心在意。"再成得令,临行对徐达说:"自从不才从主公于起义之日,得元帅视如骨肉,自谓肝胆惟天可知,今日拜别,决当万死以报国家。倘有不虞②,亦尽臣子马革裹尸之志,惟元帅谅此忠贞!"徐达听了说道:"此行将军自宜努力,生死原各听之于天,你我一心,自可表谅,不久即能完聚。"二人洒泪而别。再成率了兵,即日奔赴宜兴,与吴兵对垒安营,日相持抗。

原来再成极善抚众,如有甘苦,与士卒同受;至于号令之际,又极严明,一毫不许苟且③。适有后军一队,是新归义兵,就令原来头目郑金院统领。那郑金院只好酒吃,是日,轮当夜巡,郑金院带酒来与众饮,这些众军,虽支持了半夜,恰到四更时分,铃柝④也不鸣,更鼓也错乱。再成梦里惊醒起来,却见营中巡逻的,俱东倒西歪,熟睡不醒。再成查是郑金院,便

---

① 奄有——全有,统有。
② 倘有不虞——倘若有料想不到的意外事件。
③ 苟且——不循礼法,任意妄为。
④ 柝(tuò)——打更用的梆子。

驰使唤渠入帐,责道:"军中设夜巡,是以百人之劳,致千人之逸。你今玩事如此,设或有敌兵乘夜劫寨,或有刺客乘夜肆奸,军国大事去矣。且记你这颗首级在头上。"发军政司重责四十棍,穿了耳箭,以警众军。郑金院明知自家不是,然痛楚难熬,且对人前似无光彩。次日夜间,仍领了新归一队义兵,径到吕功处投降,备述受苦一事,且将营中事体,一一诉知。再成正在帐中,忽听得探子报说此事,不觉愤怒起来,便不戴帽盔,不穿重铠,飞马去赶捉他。只见吕功阵中密札札的木栅围住,再成却乘势砍破了木栅,杀入营中,无不以一当百,杀得吕功军中,没有一个敢来抵当。吕功恰待要走,早有夜巡铁甲士一千,走来并力助战,被贼一枪,正破伤了再成额角。再成犹然死杀不休,东冲西突,杀透重围,正到本营,只见头上血流如注。再成晓得甚是沉重,便昏晕中,潦草写了剳子①封好,报太祖;又写一封书,寄与徐达元帅,卒于营寝。正是:"赤心未遂身先死,常使英雄泪满襟。"太祖接报,痛悼不已,便令他子耿炳文袭职,统领兵卒,镇守宜兴,不提。

且说士德领兵望常州进发,不数日,来到常州东界古槐滩下寨。徐达闻知,对众将说:"士德勇而无谋,与之相战,未必全胜。"即传令郭英、张得胜二人,如此如此。再唤赵德胜,王玉二人到帐前,徐达吩咐各带所统人马,并付字纸一封,前去本营二十里外拆封看字,便知分晓。徐达自领兵十万,东路迎敌。恰遇士德军到,两阵对圆,前阵廖永安,跃马出战,士德势力不支,落荒便走。永安独马追赶了十里地面,所恨士卒都在后边,士德恰见永安势孤,因勒马转来,团团的把永安围在里面,便叫放箭,那箭如雨飞来。永安把这枪如飞轮的一般,在马上遮隔了一会,慌忙中不意一箭竟射透了后腿,永安奋出平生本事,冲突而出。士德掩杀过来。徐达见士德兵卒渐近,亦不恋战,便望后阵而走。那士德紧紧来追,经过紫云山崖,转过山坡,恰不见了徐达。众人都道:"将军休赶,恐有伏兵在后。"士德回说:"彼势已穷,何有埋伏!"放心赶去。正赶之间,只见赵德胜当先截战,未及四五合,恰又弃甲而走。士德大叫:"快留下首级了去!"德胜也不回话,把马连打几下,如飞的一般逃走,早已是甘露地方。一声炮响,王玉所部的兵卒都在草中齐喝一声说:"倒了倒了!"原来徐达昨日付与

---

① 剳(zhá)子——古代一种公文,多用于上奏。

王玉字一纸,上写:"伏甘露,掘深坑,擒士德,如违者斩。"因此王玉连夜传令众士,掘成大坑,约五十余亩,二丈余深,上将竹箪虚铺盖了浮土。那士德只认徐达与德胜真败,谁想赶到此间,连人和马,都跌下坑里去。真个是:

汩汩的惟听水响,混混里只见泥泞。满身锦绣,都被腌臢①,哪认青黄赤白;全头躯骸,尽遭龌龊,难辨口鼻须眉。初起时扑地一声,也不知马跌了人,也不知人跌了马;到后来浑沦一滚,哪里管人离却马,哪里管马离却人。护心宝镜,浑如黄豆,围带在胸中;耀目金盔,却如黑嵌,遮挂着脑后。水护了箭羽、弓衣,显不出劲弓利镞;泥糊了金鞍玉勒,摇不响锡銮和铃。

正是:

昔日湖波淹七将,今朝泥水陷张王。

两侧边却把挠钩扎住,活捉了士德上岸,捆缚在囚车中,送到帐前。那张虎与吕功死战得脱,引了残兵,屯住在牛塘谷。

却说张士诚只恐兄弟士德未能取胜,随后便遣弟张九六率兵二万来援。那九六身长八尺,腰大十围,惯舞两把双刀,骁勇无比。兵马将到常州,就闻得士德被擒的信息,随即督兵到常州东门十里外下营。次早,出阵大叫道:"好好还我御弟,方为上策,不然贪得无厌,命都难保!"朱阵上冯国用奋先迎敌,战才数合,被九六一刀,正砍着马脚,国用连忙下马弃敌而走。九六横刀杀入,早有诸将挡住。徐达传令鸣金收军,沉思了半响,恰对冯国用、王玉说:"九六骁勇难当,二公可各引兵,即去牛塘谷边,两旁林中埋伏,待白鸽飞起为号,便宜发动,并力夹攻。今日他挥兵杀来,我们便鸣金收兵,他必信我们气怯,不如乘此退三十里屯扎,彼必连夜追赶,我当且战且走,诱至谷中,好便宜行事。"是时,日尚未西,二人引兵,各自埋伏去讫。顷刻,徐达传令众军,即刻拔寨退三十里屯扎。要有心忙意乱光景,倘或迟误,枭首示众。令下,诸部士卒,俱各狐奔鼠窜退去。只见探子探得移营,竟去报与九六知道。九六大喜,道:"我谅徐达怎的敢来对敌,今彼移营,不去追赶,更待何时!"即叫备马过来,领兵追杀。未知后事如何,且看下回分解。

---

① 腌臢——不干净,弄脏。

第二十二回　徐元帅被困牛塘

却说徐达引兵退三十里屯扎,那张九六果然引兵赶来。徐达且战且走,将到牛塘谷边,是时恰有申牌时分①。徐达见九六赶得渐近,便回身说:"张公,张公,得放手时须放手,你何故逼追得紧?"那九六睁开双眼,飞马抢赶上来,徐达又飞马而走。九六大喝道:"徐达你何不下马投降?"徐达也应声说:"你且看是什么所在,要我投降。"正说之间,恰把手伸入怀中,把一条白带扯出来一抖,恰早是一双白鸽,带了铃儿,咻咻的直飞上半天。那张九六恰把头向天去看,只听一声炮响,左边冯国用,右边王玉,两岸里杀将出来,把九六军马截做两处。徐达见伏兵齐出,便回转马头,并力来战。九六身被数枪,尚不跌倒,负痛而走。才得半里,被王玉拈弓搭箭,叫声道:"着了!"正中九六左目,翻身坠下马来,众军就活捉了,缚在马上,同入帐中,众将一一依次献功。便令把张士德、张九六二人,各处监固,不许疏纵;仍令移兵屯扎旧馆。即遣人赴金陵报捷。太祖得了捷报,说:"士德是士诚谋主,九六是士诚牙将;今皆被擒,士诚事可知也。"即诏徐达等促兵攻城,复谕廖永忠、常遇春攻取池州,不提。

却说张虎、吕功收了残兵,走入牛塘谷,计点人马,折了二万。张虎放声大哭,说:"自我国兴师以来,未有如此之败,急需遣人求救,待得兵来,再作区处。"星夜写表驰奏。那士诚见表,顿足切齿,说:"孤与朱家,真不共戴天之仇。卿等有能为孤报仇者,决当裂土分王,同享富贵。"只见士信上前,说道:"向者二人皆恃勇无谋,故致丧败。臣愿竭驽骀之力,擒徐达,取金陵,以雪二人之冤。"士诚便令其子张虬为先锋,士信为元帅,吕升祖为副将,赵得时为五军都督,统兵十万,来救常州。临行,士诚设酒郊外祖饯。士诚对他们说:"孤与卿等兄弟三人,于白驹场起义。以至今日,威镇江南,无人敢敌。今彼纠集党类:据有金陵,侵我镇江,困我常州,杀我之弟,此仇痛入骨髓,卿当用力剿除,以报此恨。"士信叩头受命。当

---

① 申牌时分——下午三时至五时。

第二十二回　徐元帅被困牛塘

日兵出苏州,背道而行,不一日来到牛塘地方。张虎引兵来接,备称朱兵骁勇多智。士信说:"不足为虑。"引兵屯住谷口。士信骑在马上,把谷口前后、左右,仔细一望,只见:

两边山势巍峨,一片平阳旷荡。峻绝处,便老猿长臂,无可攀援;溪壑间,纵万马齐奔,未知底极。乱石巉岩,忽露一条石窦,往常见雾销云迷;怪林森列,倏开小洞迤逦,此内惟猿啼虎啸。深长八九里,这边唤不应那边;宽绰千百步,此岸看不见彼岸。缪缪风送草声,险恶山峦,这境界未许神仙来炼性;潺潺涧流泉响,横行水脉,那地面庶几鬼魅可潜形。只有丽日中天,堪见一时光彩;倘或雨云坠地,恍如长夜昏迷。

士信看了一看,便对张虎、张虬说:"只此一处,便可生擒徐达了。"就分五万兵,与他两人依计而行。士信自领兵至常州地界,与徐达对阵。徐达便令郭英、张德胜领兵十万,围困常州,自与赵德胜、俞通海、赵忠、邓清领兵十万,与士信迎敌。那士信纵马横枪,直取徐达。徐达也举刀相迎,战下十数合,未分胜败。他阵上吕祖升、赵得时前来冲击;我阵上赵德胜、俞通海恰好接应,杀得士信阵中大溃而走。徐达率众争先,诸军也奋力追杀。追到牛塘谷,方到谷中,被那士信发动伏兵,阻住了东谷口,张虬抗住了西谷口,两壁厢崖上矢石如雨而来。徐达便令:"三军勿得惊乱,是我欺敌,中彼诡计了。你们且暂屯守,另图计策。"正在沉吟,只见后军报来:"邓清乘胜劫了粮草,往投士信去了。"那徐达听了大惊说:"粮草乃兵马生死所关,邓清这贼,直是这般狼恶,誓当擒获,以报此仇。"计点粮草,尚可支持半月,徐达对众将说:"半月之内,救兵必到,尔辈皆宜放心!"因下命掘下深壕,中间填起土冈,约高十丈:一来防士信引太湖水浸灌之患;二来据此高冈,亦可探望四山行径,以图出路,不提。

却说郭英、张德胜,探知徐达被困一事,便议说:"我辈若撤兵往救,吕珍乘势必蹑①其后;况围或未解,反遭其毒。我等还须紧困常州,以抗张虬、吕珍夹攻之患。星夜着人往金陵求救,方保无虞;不然徐元帅粮草一绝,三军之命休矣。"因遣张天佑持表,急忙趋金陵求救。太祖得报大惊,凑遇常遇春、廖永忠等,取了池州,留赵忠镇守,引军来到。太祖喜见

---

① 蹑——轻步行走,不使人知。

眉睫，说："常将军回来，徐元帅无虞矣！"即令遇春为元帅，吴良为先锋，领兵五万行南路去救西谷口；汤和为元帅，胡大海为先锋，领兵五万，行北路去救东谷口，即日兼程进发。两日光景，便到常州与郭英、张德胜兵相合。遇春备问消息。郭英便说："徐元帅已受困十九日了。前日张虬领兵来救常州，我与他相持了数日，彼乃密约城中吕珍，夜来劫寨，内外夹攻，力不能支，因退兵在此。"遇春说："既然如此，须先救牛塘谷，后攻常州。"便令兵直抵西谷口安营。即令郭英、张德胜领兵先抄谷后埋伏，只待我军交战时，更往张虬寨中，用火烧劫辎重、粮草。

却说张虬见常州困解，仍令吕珍守城，复回兵与张虎守住谷口。闻知常遇春来救，对张虎说道："此来必有勇将，吾兄可与邓清谨守谷口，只我引兵去救，若都去，恐挫锐气。"张虎只得依议。张虬便领兵出营，正与遇春相对。两个斗了四五十合，不见胜败，却被那郭英、张德胜发动伏兵，断绝了他后头粮草。张虎恰待求战，被郭英一枪刺死，屯扎的兵，四下奔溃。时张虬正与遇春相持，只听得后军报道，被朱兵焚了辎重，杀了张虎，心下慌张、殆欲逃脱而走，谁想遇春手到鞭落，重伤了肩背，负痛死命的奔回。吴兵杀死的不计其数。徐达在谷中闻得外面锣鸣鼓振杀气冲天，晓得救兵已到，又引兵杀出来。徐达见了遇春，深谢脱难之恩。遇春说："以元帅之德器，天必保佑，断不沦于贼人之手；况主公天命有在，你我皆朝廷股肱乎？"当时，汤和也杀败了士信的兵，转回于东谷口相会。只见胡大海、吴良、吴祯、耿炳文、俞通海、赵德胜、丁德兴、赵忠、张德胜等将，俱各引兵来集，内中只不见郭英。徐达百般忧起来。未知后事如何，且看下回分解。

第二十三回　郭先锋活捉吴将

且说诸将领兵到谷会齐,内中不见了郭英。徐达烦忧,道:"郭先锋不见,多恐没于乱军之中了。但一来他是主公爱将;二来又为不才解围,吾辈不能救取,有何面目再见主上?"因唤过本部士卒细问,都说:"不知下落。"便教四下访寻。正忧闷间,只见探子报说:"郭先锋活捉了一人在马上,远远望见从东边来了。"徐达听了,便同众将出营去望。俄顷时①,见郭英捉了邓清,到帐前下马,与众将施礼。徐达好生欢喜,问说:"将军从何处活捉邓清来?我辈不见了将军,甚是着忙;今不惟得见将军,且得这贼子,忧烦具释,诚生平大快事!"原来郭英一枪刺死张虎,那邓清见势头不好,竟脱身而逃。郭英便单骑追至旧馆桥,生擒了才回,故乱军中不知下落。徐达便指邓清骂道:"昔者兵败投降,吾不忍杀你,使为将帅。今反夺了我的粮草,致使我重困半月,如此不仁不义之贼,更有何说!"叫刽子手取张士德一同斩讫报来。左右得令,不多时报说:"二犯斩讫。"

徐达次日分兵围困常州。吕珍自思兵丁疲惫已极,孤城必定难守,不若领兵东走湖州,再图恢复,胜败还未可知。徐达看吕珍在城,久无动静,谅他必走。即令胡大海、常遇春附耳说了两句话,二将领令而去。因令兵士们,只从南、北、西三面攻打,东边一门势力独宽纵些,那吕珍到晚,向城上观看,但见东门士卒偃甲而睡,便率兵往东冲出,正及冲开,忽闻火炮震天,左有常遇春,右有胡大海,合领伏兵,截住去路。两兵夹击,斩首三千余级。吕珍只得匹马仍复进城,坚拒不出。徐达仍令四围紧困,不提。

且说张士信、张虬、吕祖升、赵得时,收拾残兵,屯住旧馆桥太湖边,遣使求救。吴主张士诚得报大惊,便思既然难与争长,不若且书给之,骗他退兵,再作防御。遂遣人将书到金陵求和。其书说:

向者窃伏淮东,甘分草野,以元政日弛,民心思乱,乘时举兵,遂有泰州、高邮等地,东连海圩。今春据姑苏,若无名号,何以服众;南

---

① 俄顷时——一会儿,时间很短。

面称孤,势所使然。乃二贤以神武之资,起兵滁阳,跨有江东,金陵乃帝王之都,用武之国,可为建大业之贺。向获詹、李二将,礼遇未遣,续蒙通好,理暗未明。久稽行李,先遣儒士杨宪问好,士诚留之不遣。故云今逼我毗陵咎实自贻,夫复何说! 然省已知过,愿与请和,以解围困。当岁输粮三十万石,黄金五百两,白金三千斤,以为犒军之费,各守封疆,不胜感仰!

太祖得书,便命移檄①回报说:

春三月取镇江,抵奔牛垒城,彼时来降,继复叛去,咸尔之谋。约我逋逃②之人,拘我通好之士,予之兴师,亦岂得已。既许给军粮,中更爽约,原其所自,咎将谁归? 今若果能再坚前盟,分给粮五十万石,归我使者,则常州之师可罢,而争端绝矣。

士诚正与诸将商议,忽元帅李伯升奏说:"此贪兵也;兵贪者败。且今两次败绩,皆因我将逞勇而少谋,实非彼之能为。况贪得无厌,如依其议,彼将终何底止,乞殿下假臣以兵,必能成功。"士诚大喜,说:"元帅之言最当。"即日拜伯升为元帅,汤雄为先锋,领五万人马去救应。伯升受旨,次日率兵往常州进发,前至旧馆,与士信等相见,备细问了前事。伯升笑说:"来日当为大王擒之。"即同士信等起兵至古槐滩安营。徐达对众将说:"李伯升乃吴国名将,未可轻敌。"因令汤和、胡大海、郭英、张德胜四将,仍困常州。令常遇春、俞通海领兵一万,抄径路到牛塘谷口埋伏。令赵德胜、廖永忠领兵一万,去劫他的老营。令邓愈、华高领兵一万,冲左右哨。分遣已定,其余众将,俱随大部东向迎敌。列阵才完,那士信帐中,汤雄将槊出战,德兴拍马来迎。斗到三十余合,德兴力怯而走,伯升、士信各驱兵赶来。那邓愈、华高便分兵直冲他左右两哨,吴兵溃乱。徐达因统大队人马,直追至古槐滩。伯升急急回营,早被廖永忠、赵德胜杀入老营,就将火四散放起,烈焰冲天,吴兵鸦飞雀乱的逃走。伯升与士信死战得脱,幸遇张虬兵合做一处同行。方过牛塘谷,当先两员大将,正是常遇春、俞通海,发伏兵到那里等候厮杀,吴兵死的如山堆一般,哪记得数。遇春急赶着汤雄来战,又遇华云龙领一支兵,攻广德州得胜而回,路经旧馆桥,

---

① 檄——含有讨伐内容的文书。

② 逋(bū)逃——逃亡。

见遇春与汤雄鏖战,便大叫道:"常将军待小将来捉此贼。"汤雄就把枪去刺云龙,云龙奋剑砍来,把枪砍做两截。汤雄一惊,将身坠下马来,被云龙舒开快手,活捉在马上,贼兵奔溃。后面徐达又率兵追击,杀得尸横遍野,血染河流。委弃粮草、辎重、盔甲、器械,不计其数。张士信、李伯升,仅以身免。剩得三百残兵,逃向苏州去讫。那吕珍探得援兵尽散,思量独力难支,便开门冲城逃走。郭英驰兵拦住,珍奋力接战,恰有遇春追兵又来,两方夹攻。珍且战且走。竟抄小路,望杭州路回苏州去。常州城池方得底定。大约两兵相持,共将五个月,这吕珍以一身当之;虽是士诚的臣,其功德著在毗陵者不浅。徐达等乃率兵入常州;一面出榜安抚百姓,大开仓廒①,给予士兵,以苏重困。便令汤和率本部镇守城池。徐达与常遇春分兵往宜兴一带地方安辑,并剿捕未降群寇。

却说耿炳文承太祖钧旨,去攻长兴。守将却是士诚骁将赵打虎,单使一条铁棍约五十来斤,在那马上,使得天花乱坠,百步之内,人没有敢近得他。闻得炳文领兵来攻,他便点选铁甲军三千,出来迎战。恰好炳文也披挂上马,但见他:

浑身缟练,遍体素丝。戴一顶五云捧日的银盔。水磨得如电光闪烁;著一件双狮戏球的银铠,素净得如月色清明。手揄②画戟,浑如白练飞空;腰系宝弓,严似素蟾吐月。坐着追风骤日的白龙驹,匹脚奔腾,幌幌长天雪洒;佩着吹毛饮血的纯钢剑,七星照耀,飘飘背地生风。只因他父丧三年,因此上一身皓白。韬戈不动,人只道太白星临;奋勇当场,方晓得无常显世。

两边站定了阵脚,这场厮杀,实是惊人。未知后事如何,且看下回分解。

---

① 仓廒(áo)——粮仓。
② 揄(yú)——提起。

第二十四回　赵打虎险受灾殃

那赵打虎见了耿将军出阵夹战，便叫道："对阵耿将军，你也识得我的才技，我也晓得你是英雄，今日各为其主而来，不必提起。但或是混杀一番，也不见真正手段，你我都吩咐不许放冷箭，只是两人刀对刀，枪对枪，那时方见高低，就死也甘心的。"耿炳文道："这个正好。"两马相交，斗了一百余合，自从辰牌①直杀到未刻②。天色将昏，那赵打虎便道："耿将军，明日再战才是。"耿炳文回说道："顺从你。"两个各回本阵去了。

且说赵打虎来到阵中，对众将说："我的刀枪并矛戟的手法都是天下第一手，谁想这耿家儿子都一一相合；倘得他做个接手，也是天生一对好汉。只可惜他落在别国，倒在此处做了对头，奈何奈何！"心中闷闷不乐，这也不在话下。

却说耿炳文自回帐中，沉想那赵打虎人传他吴国第一好汉，我看来真个高强，不知谁教导他得此手法。明日将何策胜得他，也正在没个理会。只见军中整顿出晚餐，炳文也连啜了几杯闷酒，却有一阵冷风，把炳文吹得十分股栗③。灯烛吹灭了，恍惚之间，忽有一个人来，叫道："炳文，炳文，我是你的父亲。前日因你受了主公钧旨，来此攻取长兴，我便随你在战阵中，今日打虎这厮，好生手段，明日他必仍来搦战，便可对他说，昨日马战，今日当步战，他的气力也不弱于你，待到日中，你可与他较拳，方可赢得；倘他逃走，你也不需追赶。"炳文见了父亲，不觉大哭起来，却被巡夜的锣声惊醒，却是南柯一梦。在胡床上翻来覆去，不得睡着，只听得鸡声嘹亮，东方渐明，炳文坐起身来，吩咐军中一鼓造饭，二鼓披挂，三鼓摆列。不多时，赵打虎早到阵前搦战。炳文一如梦中父亲教导的话对打虎说："今日步战如何？"打虎听了不觉大喜道："我的步战法，哪个不称赞

---

① 辰牌——上午七时至九时。
② 未刻——下午一时至三时。
③ 股栗——两条腿因恐惧而发抖。

的,这孩子反要与我步战,眼前这机关,落在我彀中①了。便应道:"甚好甚好!"两人各下了马,整顿了衣服:一东一西,一来一往,又约斗了六十余合。日且将中,那打虎便叫道:"我与你弄拳好么?"原来这打虎当初是在五台山披剃的长老那里学了"少林拳法",走遍天下十三省,五湖、四海,处处闻名。因见天下多事,便留了头发,投归张士诚,图做些大事业。他见马战、步战俱赢不得炳文,必然是尽拿出平生本事,方可捉他。谁知炳文梦中先已提破,便应道:"这也使得。"两人便丢下了器械,正要当场,只见打虎说:"将军且慢着,待我换了鞋子好舞。"炳文口中不语,心下思量:"鞋儿是甚结作,怎么反着鞋儿,其中必有缘故,我只紧紧防他便了。"两个各自做了一个门户,交肩打背,也约较了三十余围。那打虎把手一张,只见炳文便把身来一闪,那打虎便使一个飞脚过来,炳文心里原是提防,恰抢过把那脚一拽,打虎势来得凶,一脚便立不住,仆地便倒。炳文就拖了他脚,奋起生平本事,把他墩来墩去,不下三五十墩,叫声"叱"!把打虎丢了八九丈高,虚空中坠下来,跌得打虎眼弹口开,半响动不得。阵中兵卒,一齐呐喊,扛抬了回阵去了。炳文飞跳上马,横戈直撞,杀入阵来。那打虎负痛在车子上,只教奔到湖州去罢。阵中也有几个能事的,且战且走,保了打虎前去,不提。炳文鸣金收军进城,安慰了士民。恰有水军守将李福、答失蛮等,都领义兵及本部五百余人,至阶前纳降。炳文也一一调拨安置讫。正待宽下战甲,谁想那打虎脚上的鞋子,原拽他时,投入衣中,今却抖将出来。炳文拿了一看,那面上恰是两块钢铁包成。炳文对众校道:"早是有心提防着他,不然那飞脚起来,岂不伤了性命!所以这贼子要换鞋子,可恨可恨!"一面叫写文书报捷,不提。

且说吴良同郭天禄得令来取江阴,那张士诚闻知兵到,便据秦望山以拒我兵,恰被总营王忽雷奋先力战。适值风雨大作,我军便直上秦望山,杀得吴兵四处奔散。次日,便从山上放起火炮,直打入江阴城中,那城中四散烈焰的烧将起来。四门城上因近山边,人难蹲立,我兵便布起云梯,径杀进城,开了西门。张士诚慌忙逃走去了。遂以耿炳文守长兴,吴良守江阴。捷到金陵,太祖不胜之喜,便对李善长、刘基、宋濂诸人说道:"常州既得,失了士诚左翼,江阴、长兴又为我有,塞住士诚一半后路……"正

---

① 彀(gòu)——箭能射及的范围,比喻圈套。彀,使劲张弓。

在府中商议,乘势攻取事情,忽有内使到阶前,跪说:"我王有命,奏请国公赴宴,顷间便着二位王弟躬迎,先此奉达。"太祖回声说:"晓得了。"那内使出府门出讫,只见李善长、刘基、宋濂诸人过来,说:"和阳王今日请主公赴宴,却是为何,国公可知否?"太祖心中因他们来问,便说道:"诸公以为此行何如?"李善长说:"素闻和阳王有忌国公之心,今早闻说,置毒酒中奉迎车驾,正欲报知,不意适来以国事相商,乞国公察之。"太祖听说,便道:"多谢指教,我自有处置。"府门上早报说:"二位王弟到来,奉迎国公行驾。"太祖请进来相见,叙礼毕,便携手偕行,吩咐值日将官,只在府中伺候,不必迎送;更无难色。两位王弟心中暗喜道:"此行中我计了。怕老朱一人进宫,难道逃脱了不成。"一路上把虚言叙说了数句,将至半途,太祖忽从马上仰天颠头,自语了一回,若有所见的光景,便勒住马骂二王,说:"你等既怀恶意,吾何往哉?"二王假意连声问道:"却是为何?"太祖说:"适见天神说,你辈今日之宴,以毒酒饮我,必不可去,吾决不行矣。"二王惊得遍身流汗,下马拱立,道:"岂敢岂敢!"太祖遂逡巡①而去。他两人自去回复和阳王,说如此如此。三个木呆了一歇,说:"天神可见常护卫他的。"自此之后,再不敢萌动半星儿歹意,这也不提。

且说太祖取路而回,却见一个潭中水甚清漪可爱。太祖便下了马,将手到潭洗濯,偶见有花蛇五条,游来游去,只向太祖手边停着。这也却是为何,且看下回分解。

---

① 逡(qūn)巡——有所顾虑而徘徊或不敢前行。

第二十五回　张德胜宁国大战

却说太祖正在潭中洗手,只见五条花蛇儿,攒聚到手边来。太祖暗祝说:"若天命在予,遂当一心依附我。"便除下头上巾帻,将五条蛇儿盛在巾内。恰喜他蜿蜿蜒蜒,聚做一处不动。太祖正仔细观看,那些值日将官,并李善长、刘基、宋濂一行人,骑着马向前来迎,太祖连忙将巾帻仍戴在头上,路中备细说了前事,倏忽间已到府门。太祖偕众上堂,解去衣冠,另换便服。忽空中雷雨大作,霹雳交加,望那巾帻中烨烨有光,顷间白龙五条,从内飞腾而去,诸将的心,益加畏服。以后如遇交战,巾里跃跃有声,这也不提。

未及半晌,仍见天清月朗,便同李善长、刘基、宋濂等将,晚膳。杯箸方列,太祖便举箸向刘基说:"先生能诗,可为我作斑竹箸诗①一首。"刘基应声吟道:

一对湘江玉细攒,湘君会洒泪斑斑。

太祖蹙眉,说:"未免措大②风味。"基续韵道:

汉家四百年天下,尽在张良一借间。

太祖大笑。酒至数巡,却下阶净手,看见阶前菊花,太祖又说:"我也乘兴做黄菊诗一首。"遂吟与众人听道:

百花发时我不发,我若发时都吓杀。

要与西风战一场,满身披上黄金甲。

诸人敬服,称赞道:"真是帝王气概!"后来天兵俘士诚,破友琼,克元

---

① 斑竹箸诗——出于《雪涛集》:"刘诚意初见高皇,与坐赐食,问曰:'先生能诗乎?'对曰:'吟诗,儒生事也。'高皇因举斑竹箸为题。诚意应声曰:'一对湘江玉并看,二妃曾洒泪痕斑。'高皇攒眉曰:'秀才气味!'诚意曰:'汉家四百年天下,总属留侯一借间。'高帝大悦。"

② 措大——寒士。

帝,大约都在八九月间,亦是此时为之谶兆①。当夜尽欢而罢。次日,商议出兵攻讨之事,不提。

话分两头,却说元顺帝一日视朝,文武百官朝见礼毕,顺帝对群臣说:"目今大江南北,贼盗蜂起,江淮之地,十去其五;河南、河北,或复或失,不得安宁。欲待命将出征,怎奈钱粮缺少,满朝卿等,将如何处置?"只见有御史大夫伍十八上前奏说:"今京师周围虽设二十四营,军士疲弱,实可寒心,急宜选择精勇,以卫京师。若安民莫先足食。还宜降发帑钱,措置农具。命总兵官于河南、河北,克复州郡,且耕且战,方合古者寓兵于农之意。又常委选廉能之人,副府、州、县官之职,庶几军、民得所,天下事尚可图复。"言方毕,武德将军万户平章事朱亮祖出班奏说:"此法极善,但可行于治平的时节。方今事属急迫,还望速开府库,以济饥荒,方止得饥民思乱之事。"顺帝说:"若救济饥民,开发府库,使内帑告竭,何以为国?"亮祖复奏道:"今郡县贪官酷吏,刻剥民脂;况以赋税日增,天灾四至,民生因为饥饿所苦,民贫则为盗贼,干戈焉得不起?望陛下听臣之言,不然恐倾亡立至矣。"顺帝听了,颜色有些不喜。右丞相撒敦便迎旨奏道:"方今民顽,不肯纳税,倘或再发内帑,军国之需,何以供之?此乃误国之言。"顺帝听了,因贬亮祖做宁国守御,排驾回宫。亮祖出朝,收拾行李家属出京,取路向宁国府进发。

不一日,来到该管地方,吏民人等迎接了,不免有许多新官到任,参上司,接宾客,公堂宴庆的行仪,亮祖一一的打发完事,便问民间疾苦,千方百计,抚恤军民。时值深秋光景,忽一日乘兴独步后园,见空阶明月,四径清风,徘徊于篱菊之下,作歌道:

秋风急兮寒露滴,秋月圆兮寒蝉泣。
思乡梦与角声长,去国心同砧韵促。
气贯虹霓恨逐波,时乎奸党奈如何。
空将满腹英雄志,弹剑当空付与歌。

歌罢纵步走过竹林边,只见一个人也对了明月在哪里口吟道:

银烛辉辉四海圆,几人得志几人闲。
未思范老违天禄,欲效韩侯握将权。

---

① 谶(chèn)兆——迷信的人指将来会应验的预兆。

节义有谁怀抱日,忠良若个手擎天?

茫茫大块沉鱼鳖,何处堪容鲁仲连。

朱亮祖听罢大惊,思量决非以下人品,便向前问说:"壮士何人?"那人望见便拜,回复道:"小人是此处馆夫。姓康名茂才,字寿卿,蕲水县人。不知大人在此,有失回避。"亮祖就对他说:"你既有奇才,何为甘心下贱!明日当以公礼见我,我当重用。"茂才别了亮祖,自思:"我做过江西参政,累建奇功,升为参知政事,见世务不好,因而归隐。那徐寿辉闻我贤名,数使人来迎我,我看他不足有为,潜匿到此。近闻金陵朱公是命世之英,只是未有机会投纳,幸闻徐达早晚来攻取宁国,我因托做馆夫,献城投降。你区区一个守御,如何重用得我!"便连夜逃脱而去。

且说亮祖次日早起,叫人去召馆夫,只见驿司报说:"此人昨夜不知何意,偷了一匹马,连夜逃去,尚未拿获哩。"亮祖沉思:"茂才是个有才无德的人。"便对驿司说:"你可令人慢慢的访问了来回复。"

正说话间,探子报道:"金陵朱公命常遇春倾兵来攻宁国,兵马已到城下了。"亮祖便率兵一万,勒马横枪来到阵前。朱阵上常遇春恰好迎敌,两个战了五十余合,亮祖佯败退走,遇春却拍马追来,被亮祖一枪刺着左腿,遇春负痛还营。赵德胜因提刀接战,力量不敌,返骑而走,却被亮祖获去士卒七千余人。明日,亮祖复出城搦战。骁将郭英挺枪直刺过来,战有六十多合,郭英也觉难敌,恰待转身,那亮祖惹得火性冲天,便勒马直追上来。早有张德胜、赵德胜、耿炳文、杨璟四员虎将,并力斗住。郭英便抄兵转来,五个人振了精神,把亮祖铁桶的围将起来。那亮祖身敌五将,横来倒去,竟不在他心上。又战有两个时辰,恰好唐胜宗、陆仲亨,领了伏兵截他后路,见他们五个未能得胜,放马跑入重围喊杀。七个人似流星赶月一般,密攒攒不放些儿宽松,亮祖纵马杀回本阵,方透重围,冤家的马一脚踏空,便蹶①倒在地。亮祖正跳出马外,却望城内早有一将砍倒了几个把门的军校,纵马杀将出来,引入朱军,都登城上排列,心中正慌,谁知一支箭飕的一声射过来,恰中左臂腕肘之上。诸将奋力赶来,把亮祖活捉了马上,元军大败。常遇春领兵入城,一面抚恤军民,一面请过开城投降的壮士,优礼相见;哪知就是康茂才。亮祖见了茂才,便骂道:"你这卖国之

---

① 蹶(jué)——摔倒。

贼,身为馆夫,也受君上升斗之给,怎么潜开城门投献!"大喝一声,把绑缚的绳索,条条挣断,便要夺刀来杀茂才。却幸得绊脚索尚不曾脱,众将慌忙带住。郭英连捶了三铁筒,亮祖方才不得近前。常遇春喝令左右,拥过亮祖到阶,大怒骂道:"匹夫无知,敢以枪来刺我,幸有护甲,不致重伤。今日被拿,更有何说?"亮祖对说:"二国交锋,岂避生死,今事既然如此,便杀我足矣,又何必与你言。"遇春听了益加气恼,叫左右快推出去斩。亮祖回头说道:"大丈夫要杀就杀,何必发怒,况既到你阶前,任你凌辱,虽怒何为。"大步的向外走去。遇春见他勇壮,心中一时转念说:"有如此不怕死的奇男子,真也罕见。"便对诸将说:"不知亮祖可肯降否?"毕竟后事如何,且看下回分解。

第二十六回　释亮祖望风归降

　　那常遇春看了朱亮祖慷慨就死，便转念道："有如此好汉！"因对众将说："昔日张翼德释严颜，后来有收蜀之功；今我欲释彼，以取江西如何？"众将说："常元帅既然惜才，有何不可！"遇春急命且宽亮祖转来，就下帐解了缚索，问说："朱公肯为我用否？"亮祖回说："生则尽力，死则死耳。"遇春急唤取上等衣冠来，与亮祖穿戴了，就说："将军智勇无双，英雄盖世，请上坐指教，以开茅塞。"饮酒间，却把江南、江北攻取州郡的事情访问。亮祖初次也谦让了一会，后见遇春虚心，便说道："江南、江北十分地面，群雄已分据八九，若欲攻打，必由马驮沙清山县而入。今马驮沙一带，俱属某管辖，料用一纸文书，可定之。"本日极欢而罢。次早，亮祖打发各处文书写出，上公、德化一一招降去讫。却有徐达领兵与遇春相会，遇春便领亮祖相见，商议攻取各处城池。就把取宁国收亮祖事情，申报金陵，不提。

　　且说张士诚见朱兵克取镇江、常州、广德、江阴、宜兴、长兴等处，心中甚是惊恐；欲与亲战，又恐不利，统集多官计较。恰有丞相李伯升奏说："自古倡伯业者，国先灭亡。今朱某占据金陵，天下群雄皆怀不平，殿下可以书交结田丰、方国珍、陈友谅、徐寿辉、刘福通，约同起兵讨伐，成功之日，分土为王，雄群必来合应；再一面修表到元朝纳款，许以岁纳金币若干，元必纳受，那时即显暴金陵僭窃之罪，要他兴兵来攻，然后我国乘他虚疲，一鼓而取之，失去州郡，可复得矣。"士诚大喜。因修书遣使，各处借兵去讫。

　　且说顺帝一日坐朝，恰有飞报，说："朱亮祖失了宁国，亦投降了金陵；且勾引马驮沙、池州、潜山等处一带，亦皆投顺。"正在烦恼，忽闻张士诚遣使奉表到来，即命宣入，拆开看道：

　　浙西张士诚死罪上言：臣窜伏东南，岂敢狂图，实谋全命。恒思前事，疾首痛心。臣今一洗前愆①，愿承新命。敬具明珠一斛，象牙

---

①　愆（qiān）——罪过；过失。

二双,敬献。再启:东南盗贼蜂屯,若金陵朱某,尤为罪魁:据名都,夺上郡,诱纳逃亡,事难缕悉。伏乞大张神武,命将征凶,臣愿先驱以清肘腋,不胜引领待命之至。

顺帝看罢,与众官参议,只见淮王帖木儿奏说:"此乃士诚挟诈之计。臣闻士诚为金陵所困,不过欲陛下代彼报仇耳。我兵一动,彼必乘势去取金陵,不如将计就计,许以发兵,便征他军粮一百万石;一来不费军资,二来亦示朝廷不被其诈,方一举两得。"顺帝又说:"不起士诚疑心么?"帖木儿再奏:"今士诚已僭称吴王,陛下可赐以龙袍、玉带、玉印,敕①为吴王,使他威镇群雄,他必倾心不疑,乐输粮米矣。"帝允奏,即令指挥毛守郎赍诏及什物,同吴使到苏州册立士诚为吴王。毛守郎衔命出京,不一日来到武昌郡,即三江夏口。当先一彪人马,十分雄猛,为首的高叫说:"来者何人?"毛守郎即说了前情。那人说:"我是江州蕲王徐寿辉大元帅陈友谅。吾王正欲即皇帝位,龙袍等物,可将与我。"毛守郎不应。友谅纵马向前,把守郎一刀斩讫。正是:"奸臣用计才舒手,天使无心却没头。"众军士见杀了守郎,就将什物送与友谅。友谅回到江州,入城见了徐寿辉,俱言得龙袍、带、印之事,寿辉大喜。便聚臣共议称号改元。明日为始,称道:天完国治平元年。以赵普胜为太师;封陈友谅为汉国公;倪文俊为蕲黄公;以刘彦弘为丞相。诏到所属州郡,话不絮烦。

却说冬尽春来,正是元至正十八年戊戌之岁,春正月,和阳王病不视朝,未及十日,以病毙于金陵。太祖哀恸,便率群臣发丧成服,择日葬于聚宝山中。李善长、刘基、徐达,表请太祖早正大位,以为生民之主。太祖笑说:"诸公专意尊我,足见盛心。但今只得一隅之地,尚未知天心何归,岂可妄自尊大;倘或不谨,以致名辱事败,反遗后羞。唯愿齐心协力,共成大事,访有德者,立之未迟。"十分坚拒不肯,众人因也不敢强。次日,刘基启说:"金华、处州、婺州一带,皆金陵肘腋之患,即望主公留心!"太祖便着徐达南取婺州。刘基说:"徐元帅现镇宁国、常州等处,若令前去,恐奸雄乘机窃发,还得主公亲征为是。"太祖传令,以常遇春为左元帅,李文忠为右元帅,刘基为参谋,胡大海为先锋,郭英统前军,冯胜统中军,华云龙统后军,耿炳文统左军,领兵十万,择日起行。留李善长、邓愈等,权守金陵,录军国重事。

---

① 敕——皇帝的诏命。

不一日,到金华城南十里安营。刘基说:"此城是浙东大藩,控瓯引越,诚为重地。然最是坚固,须计取之。常元帅可领兵三千北门外搦战,胡先锋领兵一万攻西门,待他兵出,当乘机取之,可必得也。"二将得令讫。

却说守将,乃元总管胡深,字仲渊,处州龙泉人。颖拔绝伦①,倜傥②好施。彼若周人的急,便倾囊倒橐③,也是情愿。闻知兵至,与副将刘震、蒋英、李福等议说:"金陵兵极强盛,三公可坚垒而守,待我迎敌,看他动静,方以计退之。"即率兵五千出战。两将通了名姓,战到三十余合,胡深一枪刺来,正中遇春坐马的胸膛,那马便倒。遇春就跳下马步战,也有三十余合,忽听得哨子报来:"胡大海已乘机取城,刘震等俱各投降了。"胡深闻言大惊,慌忙领兵向南而走。遇春追杀,元军大溃。收兵回城,具言步战一事。太祖甚加慰劳,因说:"向闻胡深智勇,军师何策使他来归?"刘基说:"且再处,且再处。"次日,令胡大海与降将刘震、蒋英、李福等领兵一万,镇守金华。便引兵南抵诸暨地界。元将童蒙不战而降。南行七十里,向东径通衢州;又东七十里,就是钱塘江。江东杭州,即张士诚之地。太祖来看,此是四通五达之地,便下令胡大海儿子胡德济,坚筑城池以为诸州郡保障,即率兵南至樊岭。只见那岭四围峭绝,险不可登,乃是处州元将石抹宜孙与参将林彬祖、陈仲真、陈安,将军胡深、张明鉴,列营七座,如星罗棋布,阻塞要路。遇春同副将缪美玉,率精锐争先而行,谁想矢石雨点的来,不能进取。刘基说:"此未可以力争。"令遇春引兵向南寨搦战,引出胡深说话。不多时,胡深果出来相敌。刘基向前说:"胡将军,良禽择木而栖,贤臣择主而佐。我主公文明仁德,真天将之英,何不改图以保富贵?"胡深说:"公系儒生,焉知军务,且勿劳作说客。"刘基便说:"我固儒生,公亦善战,然排兵列阵,恐尚未能深晓。我布一阵,公能破得否?"胡深答说:"使得使得!"刘基便附常遇春耳边说了几句话,遇春恰把令旗转来转去,倏忽间,阵势已定,就请胡深打阵。胡深走上云梯,细细看了一会,却走将下来。不知说些什么,且看下回分解。

---

① 颖拔绝伦——聪明过人,独一无二。
② 倜傥(tìtǎng)——洒脱不拘束。
③ 橐(tuó)——一种口袋。

第二十七回　取樊岭招贤纳士

那胡深走下梯来，暗想他居中竖一面黄旗，四方各按着生克，摆列旗帜，便出阵说："此是'太乙混沌阵'。不许放箭，我自来打。"令军士鼓噪而进。胡深骤马直冲中央，要夺那黄色旗号，谁想刘基先叫遇春当中，登时掘下深坑，约有五十余步，浮盖泥土在上。胡深势来得紧，竟跌入坑中，被挠钩手活缚了送与刘基，刘基即忙喝退军士，亲解了缚索，便拜倒在地下，说："望乞恕罪！"胡深木呆了一时，也不作声。即唤军士推过步车来。刘基携了胡深的手，上车同到太祖帐前，便令叶琛以宾礼邀入。

却说常遇春也驰马追杀了元兵回来。顷间，胡深谒见太祖；太祖慌忙把手扶起，说："今日相逢，三生之幸！当富贵共之。"胡深应道："愿展微才，少酬大德。"太祖即令设宴款待。酒至数巡，刘基说："今日之事，不必久延，即晚便劳胡将军取回樊岭。"就附胡深耳边，说了几句话，见胡深慨然前往，即令郭英、康茂才、沐英、朱亮祖、郭子兴、耿炳文六将，各领兵一千随往。时约三更，胡深却向岭下高叫："山岭守卒，我是胡元帅，早吃他用计捉去，幸得走脱，你们休投矢石。"元兵听是元帅声音，果然寂寂的不响。胡深领了兵，径上岭来，杀散守岭士卒。朱亮祖、沐英、郭英等，六路分兵，驰到六营，各用火炮攻打，顿时六寨火起。宜孙等并力来战，哪能抵挡。宜孙领了部兵，望建宁走了。林彬祖见势头不好，也投温州去讫。六将据住岭北，待至天明，大军齐到，便过岭直抵处州城边。城中守将，乃是李祐之、贺德仁，二人料来难守，开门纳降，太祖入城，吩咐军校不许惊动士民。次日下令，着耿炳文镇守，即率兵南攻婺州。

不数日来到地界。太祖看了地势，命在梅花岭安营，传令着邓愈、王弼、康茂才、孙虎率兵取岭。守岭元将叫做帖木儿不花，闻知，因下岭搦战。自早到晚，不见胜负。邓愈把令旗一招，恰见茂才先去攻岭北；王弼去攻岭南，三路并进，遂拔了老寨。不花早被众军拿住，送到帐前斩讫。太祖安营岭上。却有胡大海领乌江儒士王宗显来见，太祖问取婺州方略，宗显说："城内吴世獻与显旧相识，待我进城打探，事情虚实何如。"太祖说:"极妙极妙!"宗显装起行李,只说来探望亲戚,入得城来,竟到吴家安下。因知城中守将,各自生心。次日,即别了吴世猷,径到帐中,备说细底。太祖说:"若得婺州当命汝为知府。"次日,令金朝兴统领锐卒骂战,再令茅成驻节皋亭山接应。茅成得令前去。元将先锋是李眉长出兵迎敌,战未数合,那眉长转身不快,却被金朝兴擒住。胡大海率领缪美玉趁势追杀,谁想石抹宜孙闻知大兵到来,便率兵从狮子岭抄路来救。太祖就着胡大海、胡保舍分兵梅花岭边,截住救兵,却令郭英引兵一万,扣城索战。守将是僧住、同签帖木烈思、都事宁安庆、李相。那僧住同诸将计议,说:"彼兵乘胜而来,暂且坚守,待其少倦,方分兵三路应之。可先在瓮城①中掘了陷坑,我领兵出北门与战,佯败入城,他必追赶,待至城门,以炮火齐击,必然跌入坑内。将军辈宜各领兵三千,出东、西二门截杀,定可取胜。"分布已定。

　　歇了数日,早有郭英纵兵赶来,看见城门大开,争先而入,都落在坑内,四壁木石弓弩,如雨般下来。郭英急退,又有两个大将截住去路。郭英冲阵而出,二将追杀了许多地面,方收兵回去。郭英收了残兵来见太祖,太祖惊说:"行兵多年,尚然不识虚实,损威折士,罪过不小。"刘基向前,说:"乞主公宽宥,待彼将功赎罪。"便密付一纸,递予郭英,说:"将军可乘今夜,再取婺州。"郭英接过封札在手,却自想道:"白日里尚不能成功,黑夜如何施展。"但不敢不去。此时乃是正月下旬,天色正黑,郭英只得领了兵卒,奔到婺州城边,只带一个火种,便拆开军师封札来看,内中陈说,可竟到东南角登城。看毕,便领了兵马,依令而行,走至其处,却见城角损坏不完。郭英便分兵五千与部将于光,令他南门外接应,只亲率兵二千,从缺处悬石而上。那士卒因地方偏僻,全不提防,都酣酣的大睡。英便轻步捷至南门,守将徐定仓促无备,遂降。乃大开城门,引于光五千兵杀进城来,径到府前。李相因与帖木烈思不和,大开府治以纳我兵。僧住急与宁安庆、帖木烈思等率兵夺门而走。却有朱亮祖、胡大海、金朝兴引兵截住,僧住身被数枪,且战且走,回看四百残兵,更不剩一个,便谓宁安庆等说:"受王爵禄,不能分王之忧,要此身何用!"遂拔剑自刎。安庆、烈思随下马拜降。

----

①　瓮城——大城外面的小城。

太祖领兵入城,抚谕了军民,以王宗显为知府。宁越既定,命诸将取浙东各郡;且对诸将说:"克城以武,安民须用仁。吾师入建康,秋毫无犯,今新取婺州,民苟少苏,庶各郡望风而归。吾闻诸将皆不妄杀,喜不自胜。盖师行如烈火,火烈而民必避;倘为将者,以不杀为心,非惟利国家,己亦必蒙厚福。尔等从吾言,则事不难就,大功可成。"诸将拜受钧旨。便召宁安庆、李相、徐定,问说:"婺州是浙之名郡,必有贤才,尔等可为召来。"徐定答道:"此地有个文士姓王名祎,系金华义乌人。自幼儿生的奇异,他见了元朝政事日非,便隐于青岩山。近因饥馑,徙居婺州。又一个武士,唤做薛显,原是沛县人,勇略出群,曾做易州参将。他也见世事不好,弃职归山,然而家贫,因以枪刀弓矢教人,今流寓在此。倘主公欲见,当为主公请来。"太祖说:"招贤下士,吾之本愿,你可急急去走一遭。"

徐定出帐前去。宁安庆因进婺州户口文册,共二万七千户,计十二万三千五百余人。明日,徐定请了王祎、薛显二人,早至帐下。太祖令文武官将迎入帐中。太祖见二人超脱,因细问治平攻取之策,二人对答如流,太祖大喜,授王祎参奏大夫,薛显帐前指挥使。自是太祖在婺州半月时光,各处州郡,都望风归顺。乃遣胡深镇婺州;耿炳文镇处州,其子耿天璧守衢州;王恺守诸暨;胡大海守金华,其子胡德济守新城。分拨已定,遂率大队人马,向金陵而回。不多日子,却便到了金陵。未知后事如何,且看下回分解。

第二十八回　诛寿辉友谅称王

那太祖领了大队人马，自婺州回至金陵，文武官员，出城迎接庆贺，不提。且说江州徐寿辉，有手下陈友谅夺得龙袍、玉带什物，献于寿辉，择日改了国号，即了天子之位。常虑安庆府为江州左肋之地，不可不取。屡屡遣兵命将，皆不得利，寿辉甚是恼怒。一日早朝已毕，遂遣陈友谅为大元帅，统了十万兵马，驻小孤山。都督倪文俊，领精兵五万，夹攻安庆。那安庆府城，元将姓余名阙，字廷心。世家威武，父亲在庐州做官，遂居住在庐州。元统元年，举进士及第，除授湖广平章，真个是文武全才，元朝第一员臣子。把那徐寿辉麾下攻打的军马七战七败。闻知陈友谅领兵来攻，便纵步提戈，当先出马，与那先锋赵普胜战到八十余合，不分胜败。天晚回兵，将及二更，恰有祝英领兵二十万来接应。陈友谅便叫赵普胜攻东门，倪文俊攻南门，祝英攻北门，自统大兵攻西门，四面如蚁的重重裹来。余阙见西门势头更急，心知寡不敌众，便督敢死士三千，出城与陈友谅对战。从古说得好："一人拼命，万夫莫当。"那余阙到友谅阵中，奋起生平气力，这些随来的精勇，个个拼死杀来，真个是摧枯拉朽，直撞横冲，杀得友谅远走二十里之地。正好追赶，恰听得倪文俊攻破了南门，余阙大惊，把头回看，但见城内火焰冲天，便勒马回兵来救。那友谅也骑马追来，赵普胜、祝英又杀入城中，随行兵将，俱各逃散。余阙独马单枪，与贼死战，身中了十余枪，路至清水塘边，以刀自刎，死于塘内。其妻蒋氏及妾耶律氏，抱了儿子德臣、女儿安安、外甥福童，皆在官署中投水而死。那余阙死时，年才五十有六。著有五经余氏注疏，至今学士遵为指南。葬在南门外。后来太祖一统登基，特嘉其忠，立庙于忠烈坊，岁时致祭，这也不赘。

且说陈友谅既取了安庆，留旗将丁普郎镇守。自领兵回到江州，朝见徐寿辉，备说安庆已取，留兵镇守一节。寿辉大喜，正将赏功，只见倪文俊出班大喊如雷，说："攻取安庆，全是微臣之功，不干友谅之力！"寿辉变色，问说："怎见是卿之功！"文俊奏道："友谅攻打西门，被余阙领敢死之士三千，出城大战，友谅奔走二十里外。臣率士卒奋勇先登，众所共知，怎说是友谅的功绩?"寿辉大怒,对友谅说:"你为元帅,不能对敌败走,且欲冒领军功,欲学晋时王浑乎?"友谅说:"初时四面攻打,余阙只是固守城池,我们兵马谁敢先登;后来余阙因臣攻西门势急,只得引兵出战,臣假作佯输,哄他来赶,文俊方得领兵入。设奇指示,皆臣之力。"寿辉便叱说:"休得胡说。本当治以军法,姑念汝旧功免死。"即刻令左右拘拿印绶,不许与共军国事;惟令朝参。友谅此时真个是:"地裂无处遮丑面,鬼门难进免羞惭。"退出朝堂,闲住在家,甚是恼恨。

原来张定边、陈英杰两人与友谅相善,俱有万夫不当之勇。向来彼此依附,往来极密的。一日,友谅接两人到家,说:"寿辉昔日蕲黄起义,今日据有荆、襄地面,坐享富贵,皆出我万死一生之力;今一旦削我兵权,安置私第,真是无义之徒,令人可恼!"定边对说:"事有何难,今宅中家兵有五百余人,明早可令暗藏利器,伏于朝外,只唤二人带剑随行。元帅佯言上殿奏事,寿辉必无所备。元帅便可挺剑行事,我二人乘机杀了倪文俊,号令满朝文武,事可顷刻而成。"友谅大喜,说:"若得事成,富贵同之。"二人别去,不提。友谅便令家兵准备器械。

次日早晨,友谅便把家兵五百,暗暗的四散伏于朝门之外,只引力士二人跟随。依班行礼毕,便挺身上殿,说:"昔日蕲黄起义,直到如今,无限大功,皆我一身死力成事,今日何故忘我的功劳,夺了我的兵权?"寿辉闻言大怒,喝令左右擒获。友谅便把剑砍了寿辉。倪文俊急夺武士铁挝,还击友谅,早被张定边在后一剑杀死;遂同陈英杰按剑高叫说:"徐寿辉不仁、不义,不足为王;陈元帅英武盖世,才德兼全,我等宜共立为帝,享有大宝。倘有不服者,以文俊为例!"群臣哪个敢再作声。那张定边即令扛去了寿辉、文俊尸首,率群臣下殿,呼拜万岁。友谅说:"今日非我忍为此不仁之事,但寿辉负我恩德,吾故仗义行诛。今张元帅扶我为主,卿等俱宜协力同心,铺成大事,所有富贵,我当照功行赏。"群臣听命。当日,友谅立妻杨氏为皇后,长子陈理为太子,以杨从政为大丞相,张定边为江国公,兼掌兵马大元帅,陈英杰为武国公,赵普胜为勇德侯,各兼平章政事。胡美、祝英、康泰三人,守淇都。建都江州,国号汉。颁诏所属州郡,退朝回宫,不提。

却说陈友谅原是沔阳人,渔家之子。大来做个县吏,嫌出身不大,因弃去了职业,学些棍棒,会徐寿辉起兵,便慨然从之。尝为倪文俊所辱,后来领兵为元帅,与倪文俊争功,便杀了寿辉,害了文俊,自称为汉帝。此时正是至正十九年十二月初旬的事。次日设朝,勇德侯赵普胜出班奏说:"今有池州地界,实为我国藩篱,近被金陵窃据,我国未可安枕,望我王起兵攻之。"友谅准奏。即令普胜为元帅,率兵五万,攻打池州,择日起兵。友谅对普胜说:"金陵人多智勇,猝难取胜,可扬言攻取安庆,使其无备,庶可一鼓而下。"普胜领命,因率兵从南路来寇池州。不一日到城下安营。朱兵镇守池州,向是张德胜、赵忠二人,闻得汉兵猝至,便议道:"此明是袭我无备耳。"赵忠说:"元帅可设备坚守,我当领兵对敌。"次早率兵一千出战,赵忠奋勇先驰,部卒都死力争赴,贼众大败。赵忠乘势追逐,约有五十余里,不意马仆,被贼兵捉去。阵上刘友仁急来救时,又被贼兵万弩俱发,当心一箭,死于阵中。那普胜便领兵围困了池州,攻打甚急。张德胜在城上,把那飞弩、石炮掷将下来,贼兵虽是中伤,然众寡莫敌。正没理处,只见正西角上一支人马飞奔赶来,摆开阵势。德胜把眼细看,却是俞通海取了黄桥、通州一路,得胜回兵来援。那通海水陆并进,士卒勇敢,普胜只得弃州而遁。通海也因升了签书枢院密事,便与张德胜稍稍叙些心事,即日向金陵而回。

且说普胜途中闻知俞通海兵已回去,仍复引兵前来攻打。张德胜出兵对敌,普胜败走,德胜飞奔来追,不防普胜放一标箭,正中右腿,德胜负痛奔回,四下里被普胜紧紧围住。却有养子张兴祖对德胜商议,说:"如此重围急需向金陵求救,方可解脱;不然恐粮草不支,是为釜中鱼矣。"德胜说:"这般铁桶,谁能出去?"兴祖说:"今夜一更,父亲可选精锐兵三百,儿当舍命前往。"德胜依计,草了奏章,至夜付予兴祖,领兵冲出。果然杀透了重围。普胜因见他所部军卒甚是骁勇,也不敢十分赶来。此行却是如何,且看下回分解。

第二十九回　太平城花云死节

那张兴祖领了三百铁骑,连夜冲出重围,离了池州地面,哪里有晓起夜眠,浑忘却饥餐渴饮。在路行了一日两夜,方至潜山地界,正遇常遇春领兵巡行,兴祖便具诉危困的事情。遇春说:"我已知之,特来相救。"因对兴祖说:"吾闻汝智、勇,汝须如此先行。"兴祖受计去讫。便令郭英、俞通海、朱亮祖、康茂才,前去四下埋伏。次日,兴祖过了九华山,径到池州与普胜对阵逆战。普胜便来迎敌,未及数合,兴祖勒马就走,普胜料无伏兵,乘势赶来,约及五十余里,日已将西,恰到九华山谷,兴祖便把马转入谷中。普胜心中想道:"这黄头孺儿,恰不是送死么?到了谷中,怕他走到哪里去。"纵马正赶得紧,只听得一声炮响,两崖上木石、箭弩、铳炮如飞蝗云集的下来。普胜急待回转,那一彪兵马,旌旗蔽日,尘土遮天,恰是常元帅旗号,只得挺枪来战。未及数合,遇春把旗纛①招动,左有郭英,右有俞通海、廖永忠,前面有朱亮祖、赵庸,后边有康茂才、张兴祖,四面夹攻,贼兵大败,斩二万余人,活捉的也有五千余人。普胜单人匹马,躲在茂林中。次早,收拾残兵,只有一千余人。低头叹气,说:"今日折兵败北,有何面目去见汉王!况汉王立心猜疑,若是回去,彼必不容,不如且走汉阳,使人求救,再作计议。"便使人诣友谅处奏知。友谅大怒,正欲唤取殿前刑官,械送普胜回朝取决,张定边轻声向前,奏道:"普胜奸诈多端,膂力出众,今驻兵求援,是欲观陛下何意耳。若以怒激,他必引兵投降别处,是又生一敌也。主公当以好言语慰之耳。"友谅允奏,因遣人到普胜帐前,说:"元帅之功,吾已素知,必欲即日率兵亲征,元帅可引兵来会。"普胜得报大喜,便率兵驰会江州。友谅见了普胜大喝道:"败兵折将,罪将谁归!左右快推出斩讫报来。"普胜悔恨无及。友谅既杀了普胜,因对众人说:"池州之仇,决当亲征报复。"因令太子陈理守国,以张定边为先锋,陈英杰为副将,张强为参谋,选精兵三十万,战船五千只,克日离江州,水

---

① 纛(dào)——古代军队中的大旗。

第二十九回 太平城花云死节

陆并行,向池州进发。

不一日,来至采石矶太平府。守将却是花云,并都督朱文逊、签事许瑷,更深夜静,不提防汉兵直抵矶下,鼓噪而前,惊惶无措。花云、朱文逊,急急忙忙引兵出迎,力战不利,便奔回太平。友谅便乘势追至城下,四面紧困。花云与王鼎、朱文逊分兵拒守。是月十九日,贼将陈英杰舟师直泊城南,士卒缘舟攀尾而上。那王鼎百计力拒,可恨汉兵强盛难支,且战且骂,中枪而死。陈友谅兵奔杀入城。花云闻西南城陷,急同朱文逊来救,却遇张定边、陈英杰、张强三人,一齐逼攻,云等力不能支,都被钩索缚住。云妻郜氏闻夫被擒,便抱了三岁儿子花炜,拜辞了家庙,对众人说:"吾夫忠义,必死贼手,吾岂可一身独存。花氏只此一儿,汝等宜善视之,勿令绝嗣!"言毕投水而死。侍女孙氏大哭,径抱了花炜,逃难去了,不提。

且说友谅进城,直登堂上,定边拥两将来到阶前。友谅吩咐先将朱文逊斩讫,朝着花云说:"你还欲生乎欲死乎?"花云对天叫道:"城陷身亡,古之常事。你这杀君之贼,谁贪你的富贵,还欲多言。今贼缚我,若我主知之,必砍贼为肉脍①。"言罢,大喝一声,把身一跳,那道麻绳,尽皆挣断,夺了阶下人手中的刀,便向前来,又杀了五六人。张定边等一起奋力拿住。友谅便令缚在厅墙之上,着众军乱箭射来。花云至死,骂不绝口,是年方得二十九岁。友谅传令安营。夜至三更,在帐中寝睡不安,只见阴风透骨,冷气侵人,恍惚中忽听得两个人自远而近,渐渐前来,高声说:"友谅,友谅,你这逆贼,快快偿我命来!"友谅近前一看,恰是朱文逊与花云,各带死伤,被他们抱住不放。友谅大惊,极力挣脱,却欲回避,早被花云一箭,正中着左边眼睛,贯脑而倒,大叫一声,醒来乃是一梦。友谅自知不祥。次早对诸将说知,心中正是闷闷不乐,忽报张士诚统兵十五万来取金陵,现在攻打常州。张定边近前,奏说:"此乃上天假陛下取金陵之便也。两虎相斗,必有一伤,陛下但默观动静;若士诚克了常州,乘胜而进,则金陵必当东南之患,我兵乘虚径入,金陵唾手可得矣。今即遣一使,前往吴国通和,然后会同发兵,必成大事。"友谅大喜,遂唤中军参谋王若水,领了健卒数人,前往苏州进发。行有三百余里,忽见当先一队人马,为首一将高叫:"来者何人?"若水答道:"我乃汉王驾下参谋王若水,使吴通好,

---

① 脍(kuài)——切得很细的肉丝。

望乞借路。"那将军大怒,近前大喝一声,竟把若水捉住,王若水连声叫道:"将军饶命!"那将军说:"我与汤和元帅,镇守常州,因不曾与那友谅逆贼交锋,怎么你们悄地犯我太平,把我花、朱二将乱箭射死,今又来与那士诚通好,合兵来攻我们;我华云龙将军,天下闻名,谁人不晓。你却要我假道,且同你去见主公,再作区处。"原来汤和因士诚困打常州,特着华云龙引五百人冲阵,往金陵求援,恰遇着王若水,便捉了解送金陵,不提。

且说探子打听来情,报与太祖;太祖悉知了底里,就集众将商议,说:"我兵虽有三十万,胡大海等镇守湖广,分去了五万;耿炳文等镇守江阴,分去了五万;常遇春等救援池州,又分去了五万;今在帐下,不过十万有余。彼汉兵三十万,吴兵十五万,合谋来攻打,如何抵敌?"俞廷玉说道:"友谅之兵善水战,深入我境,金陵必危。不若且降,再图后计。"赵德胜说:"不可,不可!主公德被四方,名高天下,岂可称臣逆贼。今钟山险峻,夜观天象,旺气正盛,不若权奔钟山,且为固守,再从别议。"薛显上前说:"此亦不可。金陵根本重地,若弃而为贼有,岂可轻易复得,是与宋时昺帝航海无异也。今城中尚有强兵十余万人,同心协办,战未必不胜,岂可议降议迁!"众论纷纷,莫知所定。旁有刘基笑而不言。太祖便问:"先生何独默然?"刘基说:"主公可先斩议降与议迁钟山的,然后贼可破耳。古人说:'后举者胜。'宜伏兵示隙以击之。取威制敌,以成王业,正在此际。"太祖叹说:"先生真不在卧龙之下。"即日取金印拜为军师,刘基力辞。太祖说:"方今苍生无主,贼子猖狂,金陵危在旦夕,定赖先生出奇调度,何乃固推?"刘基方肯受命。恰好华云龙入见,备说张士诚分兵三路攻打:吕珍引兵五万困江阴,李伯升引兵五万困长兴,张士诚引兵五万困常州。特奉汤元帅之命,来求救兵。太祖说:"我已遣徐元帅提兵往救,想此时也到了。"云龙又备说途中遇着王若水事。太祖大怒,令武士推若水出帐斩之,便唤指挥康茂才入帐听令。不一会,茂才向前领旨。太祖对茂才说:"陈友谅将寇金陵,吾意欲其速到,向闻汝与友谅称为旧交,可修书一封,遣人诈降,约为内应,令彼分兵三道而来。倘得胜时,当列尔功为第一。"茂才便说:"养子康玉向曾服侍友谅,令彼赍①书前往,彼必不疑。"太祖大喜。茂才领命而出。不知后事如何,且看下回分解。

---

① 赍(jī)——把东西送给人。

第三十回　康茂才夜换桥梁

那康茂才领了太祖军令，即到本帐修起一封书来，付与康玉，叫他小心前去，不提。却说李善长见太祖如此传令，便问说："太祖方以寇来为忧，今反诱其早至，却是为何？"太祖说："大凡御敌，促则变小，久则患深。倘二贼合并来攻，吾决难支。今如此计诱他，友谅必贪得，连夜前来，我自有计破之；士诚闻风胆落矣。"善长极口称妙。

再说康玉赍了书，径到友谅营前，见了营士卒，备细说有密事奏汉王。守卒报知友谅，友谅认得是康玉，便惊问说："你随尔主在金陵，今竟到来，欲报何事？"康玉不说，假为左右顾盼之状。友谅知他意思，即令诸人退出帐外，止留张定边、陈英杰二人在旁。康玉见人已退，遂在怀中取书，递与友谅。友谅拆开，读道：

负罪康茂才顿首，奉启汉王殿下：尝思昔日之恩，难忘顷刻。今闻师取金陵，虽金陵有兵三十万，然诸将分兵各处镇守，已去十分之八。城中所存仅万，半属老羸，人人震恐。今主公令臣据守东北门，江东大桥，乞殿下乘此虚空，即晚亲来攻取，当献门以报先年恩德。倘迟多日，常遇春、胡大海等兵回，势难得手。特此奉闻，千万台照。

友谅见书大喜，便问："江东桥是木是石？"康玉说："是木的。"友谅说："你可即回报与主人，吾今夜领兵到桥边，以呼'老康'为号，万勿有误。事成之日，富贵同之。"因赏康玉金银各一大锭。康玉叩首而归。张定边奏道："此书莫非有诈么？"友谅说："茂才与我道义至交，必无有诈。今夜只留陈英杰守营，卿等当随孤领兵二十五万潜取金陵。"吩咐已定，只待晚来行事。

且说康玉回见太祖，具言前事。太祖拍手，说："他已入吾掌中矣。"李善长进奏道："此事尚未万全。若友谅引三十万精锐，径过江东桥来攻清德门，亦是危事！据臣愚见，不若即刻将桥砌换铁石，使友谅到此，顿时起疑心，不敢前进。又于桥西设一空寨，他望见营寨，必然来劫。及至寨中，一无所有，令彼惊疑奔溃。然后四围用火攻击，可得全胜。"太祖大喜,即令李善长如法布置,仍听军师刘基调遣。刘基便登将台,把五方旗号,按方运动,发了三声号炮,击了三通鼓,诸将都到台下听令。刘基传下钧旨,说:"今夜厮杀,不比等闲,助主公混一中原,廓清①妖秽,踏平山海,俱是今日打这脚桩;你等显亲扬名,封妻荫子,带砺山河②,也俱在今日。施展手段,稍不小心,有违军令,决当斩首不饶。"诸将一一跪说:"愿领钧旨。"刘基便令冯胜、冯国用、丁德兴、赵德胜四将,领兵三千,埋伏江东桥,据虎口城诸处险隘,只等待友谅阵中马乱,便用神枪、硬弩、火炮等物,一齐击杀,任他奔走,不得阻拦,都只在后边追赶;再令华高、赵良臣、茅成、孙兴祖、顾时、陆仲亨、王志、郑遇春、薛显、周德兴、吴复、金朝兴十二员将佐,领兵二万,在正东深处埋伏,西对龙江,汉兵若败,他必沿江北走,便可率兵从东攻杀;又令邓愈领兵三万,待友谅兵来,便去劫他老营,截他归路;又令李文忠领兵二万,即刻抄龙江竟入大洋,将汉兵所有船只,尽行拘掠,止留破船三百只于江南边,待他败兵奔渡。太祖听令,便在台下称说:"此举宜令片甲不存,军师何以留船与渡?"刘基说:"兵法上说:'陷之死地,必有生路。'昔者项羽渡河,破釜沉舟,以破章邯;韩信背水列阵,以破赵军,俱是此法。倘汉军三十万逃奔采石,无船可渡,彼必还兵死战,胜败又未可知。惟留此破船,待他争先逃渡,若至江心,我军奋力追赶,破船十无一存,始为全胜。"分拨已定,诸将各自听令行事,不提。

却说陈友谅亲督元帅张定边,及精锐二十万,待到西牌时候,都向金陵进发。偃旗息鼓,备道而行,将及半夜,方到江东桥。友谅便问:"桥是如何?"只听前哨报说:"是铁石造成的。"友谅惊说:"康玉分明说是木头的,何故反是铁石,可再探到前面还有木桥否?"那哨子上前探看良久,回报道:"此桥长二十步,尽是铁石甃③砌成,上前去探,更无木桥。"友谅心疑,便自领兵前行数百余步,只见营鼓频敲。友谅喜道:"此必茂才扎下营寨。"即令张志雄领兵前往,密呼"老康",以为内应。谁想志雄前至寨口,隔栅遥望,营中并无一个士卒,只是悬羊驾犬、击鼓如雷。领兵急回阻住,备说前事,不可前往,必有伏兵在彼,勿堕奸计。友谅大惊,说:"吾被

---

① 廓清——清理一切。
② 带砺山河——古时封爵的祝颂语,意即封国永存。
③ 甃(zhòu)——砌,垒。

茂才诱矣。"下令急回兵北走,众军胆碎心惊,奔溃争先。看官看到此想说:"若是陈友谅果有智量,且按兵不动,列阵以待,虽有伏兵,见如此强盛,也决不敢轻犯。"谁知智不及此,只是鼠窜狼奔,哪里挡得住。此时正值暑热,太祖穿着紫衣茸甲,张着黄罗伞盖,与军师登城,坐敌楼中细细而望。众将见友谅兵马奔溃,急欲出战。军师且下令说:"红日虽升,大雨立至,诸将且宜饱餐,当乘雨而击……"说话未完,果然风雨蔽天而来。太祖便击鼓为号,只听得信炮震天,伏兵并起。冯胜、冯国用、赵德胜、丁德兴四将,把那火器追击,驱兵来杀。友谅军中,唯有各逃性命,人上踏人的逃走。张定边见事危急,高叫说:"三军休恐,当并力杀出!"这些军士,哪里听令。四将分兵两翼而攻,容贼夺路而走,只是随后追杀。友谅急奔走本营,那本营已被邓愈杀入,四围放火,黑焰迷天,十万之师都皆逃散。友谅领了残兵,只得沿大江岸边奔走。正行之际,当先一路兵截住,为首一员大将,正是康茂才,高叫:"友谅可速来,老康等候多时了。"友谅听了大怒而骂,便叫:"众将中若能擒得此贼,富贵同之。"张定边拍马来迎,茂才横枪敌住,从中大叫麾军奋击。定边力不能支,勒马转走。茂才乘胜追来,活缚将士共二万余人。张志雄、梁铉、俞国兴,解甲投降。陈友谅引兵突围北走。约有二十余里,忽见旌旗盖天,四下金鼓齐鸣,当先排着华高、赵良臣、茅成、孙兴祖等十二员大将,从东驱兵掩杀过来。友谅不敢恋战,便与张定边斜刺杀出。恰遇李文忠、俞通渊等拘掠友谅战船方回,路至慈湖,又是一番鏖战,擒得副将张世方、陈玉等五人。此时友谅军人已死大半,约剩七万有零,沿岸奔走,自分到江边再作区处。哪想到江一望,楼船、战舰,十无一全,访问舟人说:"李文忠率了精锐焚掠殆尽。"友谅仰天捶胸,忿叫说:"早不听张公之言,竟至如此!"腰间拔出宝剑,将要自刎,那张定边忙来抱住,劝说:"古之圣人,俱遭颠沛,臣请陛下忍一时之小忿,图后日之大功,未为晚也。"友谅只得上马再行,料得来路已远,再无伏兵,无可从容而行。哪想采石矶边,扎驻大营,正是常遇春、沐英、郭子兴、廖永忠、朱亮祖、俞通海、张德胜,倍道从僻路在此阻截,杀得友谅单骑而奔。恰又遇着薛显兵到,大杀一阵,活捉了贼将僧家奴等一十五人。只有张德胜深入贼阵,面中流矢而死。友谅慌忙同张定边逃走,幸得陈英杰领残兵亦至采石,合兵一处,只见破船二三百只,泊在江岸。要知后事如何,且看下回分解。

第三十一回　不惹庵太祖留句

　　却说陈友谅同张定边逃窜,幸得陈英杰领了残兵,亦到采石矶,合做一处,只见破船二三百只,泊在岸边。友谅且忧且喜,说:"我还有一线之路。"那些军士争先而渡。不移时,常遇春等将,一齐杀来到,硬弩、强弓、喷筒、鸟枪,飞也似的打将过来。比至江心,这些破船,一半沉没。常遇春鸣金收军,共计斩首一十四万三千余级,生擒二万八千七百余人。所获辎重、粮草、盔甲、金鼓、兵器、牛、羊、马匹,不可胜数。复取了太平城,引兵回到金陵。恰好徐达同华云龙率兵去救常州,与士城连战得胜。士诚见势头不好,便退兵攻打江阴。徐达等随救江阴,正在交兵,忽报友谅大败亏输,士诚心胆俱碎,连夜逃遁,回苏州去了。徐达等也班师回到金陵。太祖不胜之喜,相与设筵,庆贺诸将,各论功升赏有差。

　　此时已是暮秋天气,营中无事。太祖吩咐李善长及翰林院,都各做起文书,分驰各处镇守将吏,俱宜趁闲修造兵器、甲胄,练习部下士卒;至于牧民州府,俱要小心抚安百姓。秋收之后,及时播种麦、豆,栽桑、插竹,尽力田亩,毋得扰害民生,以养天和;至于远近税、粮,俱因兵戈扰攘,一概蠲免①;所有罪过人犯,除是十恶难赦的,俱各放释回家,并不许连累妻孥,羁縻②日月。文书一到,大家小户,哪个不以手加额,祝赞太平天下,这也不必赘提。

　　忽一日,太祖心下转道:"太平府地界,近为伪汉友谅所陷,至今百姓未知生理如何。"便带了十来个知心将佐,潜出府中,私行打探。却到一个庵院住宿,把眼一看,匾额上写着"不惹庵"。迅步走将进去,只见一个老僧问道:"客官何来,尊居何处?"太祖也不来应。那老僧又问道:"尊官何以不说居处姓名,莫不是做些什么歹事?"太祖看见桌间有笔砚在上,便题诗一首;

---

① 蠲(juān)免——免除(租税、劳役等)。
② 羁縻(jī mí)——系牛、马的绳。比喻牢笼拘束。

杀尽江南百万兵,腰前宝剑血犹腥。

山僧不识英雄汉,只顾唬唬①问姓名。

写完就走。恰有一个癫狂的疯子,一步步也走进来,与那小沙弥②们一齐争饭吃。太祖近前一看,却就是周颠。太祖因问道:"你这几时在何处,不来见我?"他见了太祖,佯痴作舞,口叫"告太平"一会,便塌塌的只是拜,在庵中石砌甬道上,把手画一个箍圈,对了太祖说:"你打破一桶。"太祖一向心知他的灵异,便叫随行的一二人,扯了他竟出庵来,把马匹与他坐了,径回金陵而去。那周颠日日在帐中闲耍,太祖也不十分理论。只见一日间,他突突的说:"主公,你见张三丰与冷谦么?"太祖也不答应。他也不再烦。谁想满城中画鼓齐敲,红灯高挂,早报道元至正二十一年岁次辛丑元旦。太祖三更时分,拜了天地神明、宗庙、社稷,与文武百官宴赏。却有刘基上一通表章,道:

伏维殿下仁著万方,德施四海。如雨露之咸沾,似风雷之并震。窃念:伪汉陈友谅,盗国弑君,乃纠伪吴张士诚,残害善良,如兹恶逆,不共戴天。望统熊虎之师,扫清妖孽之寇,先侵左患,后劫右狭;况观天时,有全胜之机。惟赖宸衷,奋神威之用。冒渎严威,不胜惶恐。谨拜表以闻。

太祖看了表章,对刘基说:"所言正合吾意。"因命徐达掌中军为大元帅,常遇春左副元帅,邓愈右副元帅,郭英为前部先锋,沐英为五军都督点使,赵德胜统前军,廖永忠统后军,冯国用统左军,冯胜统右军。其余将帅俞通海、丁德兴、华高、曹良臣、茅成、孙兴祖、唐胜宗、陆仲亨、周德兴、华云龙、顾时、朱亮祖、陈德、费聚、王志、常遇春、康茂才、赵继祖、杨璟、张兴祖、薛显、俞通源、俞通渊、吴复、金朝兴、仇成、张龙、王弼、叶升等,皆随驾亲征调用。止留丞相李善长、军师刘基、学士宋濂等,率领后军,镇守金陵。择日大军进发。刘基等率群臣饯送,随对太祖说:"此行径逆大江而上,从安庆水道,越小孤山直抵江州,以袭友谅之不备。彼若迎战,我当即发陆兵围之;彼若败走,弃江西而奔,主公不必追袭,惟尽收江西诸郡,然后取之未迟。"太祖说:"军师所谕最是,孤不敢忘。"宋濂因仿渔家傲一

---

① 唬唬(xiāo xiāo)——乱嚷乱叫。

② 小沙弥——初出家的小和尚。

阙,以饯。词说:

  红日光辉万物秀,春风披拂乾坤垢。英雄豪气凌云透,好抖擞,长驱虎士除残寇。圣明诛乱将民救,至德仁心天地厚。旌旗指处群雄朽,须进酒,玉阶遥献南山寿。

  太祖大喜,即命李善长草记其事,刻时起兵。刘基等送至江岸而别,自去不提。

  太祖不日兵至采石矶,令军士登舟逆流而上。但见江水澄清,洪涛巨浪,风帆如箭。俄报兵至安庆。太祖因留郭英、邓愈分兵一万,攻取安庆。自率大兵,经过鄱阳湖口,前至小孤山。有一员大将:

  身长八尺,阔面长须。一双隐豹的瞳仁,两道卧蚕的眉宇。不激不随,又似化成王,又似阎罗王,能强能弱,既如佩着革,又如佩着弦。提起青龙偃月刀,晃晃烺烺,扫尽环中妖孽;跨着赤兔追风马,腾腾烈烈,拓平海内山川。真是人世奇男,原说天边灵宿。

  这个将军,你道是谁?就是陈友谅授他做前将军平章指挥使,姓傅,双名友德的便是。当初祖上住在宿州,后来移居颍川,今又徙砀山,傅善人的儿子。他祖上自来好善,施行阴德。一日间,门首忽有一个道人,浑身遍体,都是金箔般装成的光彩,哄动了一街两岸的人,都来看他。傅善人也走出来看看,便问:"师父何来,尊姓大名?——求教。"那道人说:"我贫道两脚踏地,双手擎天,大千世界①,那个不是这庐。方今从山西平阳地方过来,俗姓姓张,人都称我为张金箔。"这善人又问说:"怎么称师父为金箔,其中必有缘故?"那道人又笑了一声,便道:"你定要打破砂锅问到底。"便脱下了衲裰,叫唤众人,说:"你们午间如若未有米饭的,日来未有柴烧的,家中或有老父、老母、幼女、稚男,没有财物侍养的,或有官司横事没有使费的,都走到我身边来,揭金箔取些用用也使得。"未知如何,且看下回分解。

---

① 大千世界——佛家谓世界有无数,合无数世界为大千世界。

第三十二回　张金箔法显街坊

那张金箔叫唤,人间若没有钱钞使用,无可奈何的,便到我身边来揭取些金箔,去用用也得。只见那些人一个也不动手来取。那道人又唤道:"还有东来西去、一时没了盘缠的,贫穷落难、一时病死没有葬费的,都可来取些用用。"又叫道,"如有稀奇古怪、百计难医的病症也可取些去吃吃。包得你们都好。"如此叫喊了三四遍,那些人都来把他脸上的、或身上的、或腿上的金箔,都去揭取下来。也有重三分的、也有重半分的、也有重一钱的,揭了起去也不见有些疤痕,仍旧见有金箔生将出来。这些人,把金箔放在火中一煎,恰是十成的宝贝,真正好去买卖东西,做正果实用。那善人便向前问道:"师父,你的功德,真是无量;但不知缘何有厚有薄,不同的分量?"那张金箔又道:"这是我因物平分,称他的行事,给付与他的。孔子也曾说:'周急不继富。'怎么可滥予他!"傅善人便说:"请师父到我家素斋了去。"那道人说:"我也要到你家中一看耍子。"这些街上人来取金的,成千成万,一会儿也都把些去了。那道人穿了衲褶,便同善人走入家里来,从袖中取出一个小鸟儿,哑哑的叫,对善人说:"这是毕月鸟精。我闻你家良善,今日远远的特送与你,晚来自有分晓,公可收取在卧房床帐之内。"善人接了上手,好好的走进卧房,把鸟儿放在帐子内。正好走得出来,见这些取金箔的人拈香点烛,一齐拥将进来,说:"我们二三十年不好的病,吃这金子下去,没有一个不好。"还有那揭去买菜、籴①米的,侍养爷、娘、儿、女的,了结官司的,殡送的,都进来把张椅子掇在厅前中心,众人正好礼拜,一阵风过,那道人不见了。众人说:"从来未见过有这样神异。"各各散去,不提。

且说傅善人见众人各自回去,走进房中,对了婆婆说了神异,便也同去看帐中鸟儿。那鸟儿驯驯伏伏,也不飞,也不叫,停在帐竿柱上,一眼儿只看他夫妻两个。他二人看了一会,说说笑笑,道:"不知这师父将他送与我们何意。"善人说:"且到夜来再处。"转过身到外边,吩咐司香的,烧

---

① 籴(dí)——买进(粮食)。

佛前午香,只见丫环翠儿说:"外面钱太医,因院君将产,着人送保生丹在此。"善人说:"可多多致谢他。"丫环便出去回复,不在话下。

看看红日西沉,银蟾东起,不觉又是黄昏时分了。那院君身子甚是不安,却要上床来睡,谁想这鸟儿不住地叫了两声,在帐内飞来飞去,忽然跌在席上,骨碌碌的在席边滚做一团。那院君急把手来捉他,一道清光,径从口中直灌进去,吃了一惊。那鸟便不知何处去了。将近半夜,生下傅友德来,甚是奇伟。将及天明,那张金箔直到傅善人堂中叫了恭喜,便说:"不三十年,令郎自当辅佐真主,建立奇功。"遂别了自去。

那友德长成,果然灵异非常。他见元纲不整,便从山东李善之起兵,剽掠①西蜀;后来李善之事败,便下武昌,从了友谅。前日,友谅为朱兵败于龙江,因使友德把守小孤山。他明知友谅所为不正,特来投降。太祖见了他,心中暗喜,便问道:"既为汉将,何以复来?"傅友德拜说:"良禽择木而栖,贤臣择主而事;昔陈平弃楚,叔宝投唐,皆有缘故。闻殿下神明英武,圣德宽宏,愿竭驽骀,万望不拒。"太祖便授帐前都指挥。即日领兵直抵九江五里外安营,不提。

且说友谅自龙江败回,懊悔自家远出的不是,因此只守原据地方。只道自不来惹人,人也不来惹他,只与诸姬嫔,每日在宫内饮酒欢歌的快乐。一闻天兵突到,以为从天而下,惊得魂不附体,急召张定边议论抵敌。定边说:"金陵将士,足智多谋,前者三十万兵马入龙江,被他一鼓战败。今孤城弱卒,怎能抵当!倘先困吾城,进退无路了。以当今之计,不如暂幸武昌,以图后举。"友谅依计,即刻传旨,令眷属收拾细软、宝贝,轻装快辇,率近臣今夜开北门,径走武昌权避。次日,太祖列阵,叫探子去下战书。探子回报:"城门大开,城中父老皆出城迎伏道左,说:'汉王昨夜挈②官潜遁去了。'"太祖大喜,便率将佐数员,及文官几人,入城安抚百姓。收获友谅华盖③、日月旗伞等物。其余军卒,并不许骚扰地方。次日,留黄胜、章溢镇守。即统本部进至饶州。守将李罗庚,开城十里外迎接。因把兵马直趋南

---

① 剽掠——劫夺。
② 挈(qiè)——携带。
③ 华盖——天子的伞,用绸帛制成。相传黄帝与蚩尤战于涿鹿,常有五色云气,金枝玉叶,盘旋于皇帝头上,像花葩一样,故而作华盖。

第三十二回　张金箔法显街坊

昌府。守将王交任，也出城投降。太祖分拨叶琛、赵继祖守南昌；陶安、陈定守饶州。陶安向前，说："自从主公车驾往返，皆得朝夕依附，今承命守饶州，遂未能日侍主公颜色，奈何奈何！"太祖说："如此重地，非公不可抚理。"陶安拜谢，自去料理府事，只见袁州欧普祥，龙泉彭时中，吉安曾万中等，俱献表纳款。又有康茂才前奉军令，引兵直下蕲黄、兴国、沔阳、黄梅、瑞州等处。谁想各郡闻知大驾亲征，没一处不闻风来降。是日，茂才领全兵而回，尽有江西之地，进帐复命。太祖正在欢喜，却有探子报说："南昌府原任汉将祝宗、康泰二人，同谋杀了知府叶琛，守将赵继祖，复据了城池，甚是毒害无理。"太祖闻报大怒，便遣徐达、邓愈、赵德胜等，领兵一万，即刻攻复。临行吩咐："不五日，大队人马便到，尔等宜尽心征捕，毋得走了逆贼。"那徐达星夜兼程而往。不一日，来到南昌，四下里把兵围住，就布起云梯。顷刻间，军士奋勇上城，把祝宗、康泰二人捉住，落了囚车。次日，太祖恰好也统兵来到，徐达等出城迎接了，便解送囚犯到太祖面前。太祖吩咐军中设祭，遥望叶、赵二灵所葬之处，将祝宗、康泰，斩首致献讫。因对诸将说："南昌为楚重镇，又是西南屏藩①，今得其地，是陈氏断右臂；而士诚亦为胆寒。"即遣朱文正、邓愈等镇守南昌，自回金陵，不提。

且说原先太祖下了处州，有苗将贺仁德、李佑之投降。太祖因命耿炳文暂离长兴，来此镇守。后来长兴一带地方，被士诚搅扰，便着孙炎知府事，以元帅朱文刚、王道童等协力抚治。耿炳文仍去镇长兴。那贺仁德、李佑之二人，各怀异心，只恐镇守金华胡大海来援，因是未敢动手。乃密交金华苗将刘震、蒋英、李福，约定彼此各杀守臣，共据其地，以图富贵。刘震等允许，便招集苗兵数百，只乘空隙儿下手。适值二月初九，李佑之、贺仁德，阴谋乘元帅朱文刚与知府孙炎、王道童，在衙设宴，暗率苗兵三千余围定。一声锣响，杀将进来。朱文刚即提剑上马接战，大骂道："国家何负于汝，汝乎反耶？若不急降，砍汝万段。"李佑之提枪来战，文刚连断其槊。他见势难抵敌，便把手招动，苗兵乱来攒住，文刚转战杀出，不提防贺仁德从后心一枪，坠马而死；王道童亦遇害。仁德把孙炎夫妻二人，幽拘在暗室中，逼他投服。孙炎自思不久救兵便到，就哄他说："倘若不杀我，即成汝谋。"李佑之看他终是不屈的心事，因对贺仁德说："到晚来再处。"后事如何，且看下回分解。

---

①　屏藩——屏障。

第三十三回　胡大海被刺殒命

且说李佑之见孙炎终有不屈的光景，恐留着他反贻后患，约摸黄昏时候，将酒一斗、雁一只，送与孙炎，说："以此与公永诀。"孙炎拔剑割雁肉来吃；且举卮①酌酒，仰天叹了数声，说："大丈夫为鼠辈所擒，不及一见明公，在此永诀；然万古之下，芳名自存。恨这贼奴，天兵到来，难逃凌迟碎剐。但笑肉臭，狗都不要吃他。"苗兵大怒，瞋目而视。孙炎饮酒自若，持剑在手，喝令士卒向前罗跪，吩咐说："我且死，这身上紫绮裘，乃主公所赐，不得毁乱。"回顾其妻王氏已自缢而亡，遂自刎而死。贺仁德、李佑之，因据有其城。千户朱绚，潜夜驰赴金华，报知胡大海；大海大惊，急命刘震、蒋英、李福等，点兵前去，拿获逆贼。那刘震向前，说："此贼全丈标枪，元帅往战，须备弩箭才好！"大海便入帐中，独背自备弩箭，不想蒋英从背后，把剑直刺透大海前心，一时身死。次子关住、郎中王恺、总管张诚俱遇害。适有大海长子胡德济，在诸暨闻变，便奔到李文忠帐前，诉说前事。文忠即刻点兵攻复，路至兰溪，众贼弃城而走。德济奋力直追，以报父仇。恰好追到一个去处，上临星斗，下瞰深溪。刘震、蒋英、李福三贼，见无去路，也冒死杀来。德济眼到手落，一刀削去，把李福腰斩做两段。刘震正待持枪来刺，那刀头一转，把枪头砍将下来，德济大叫："贼奴休走！"刘震连人和马跌落深溪，被朱兵乱刀杀死。蒋英自知无用，连忙跳下马来投降，德济说："杀我父亲，正是你这贼子，不杀你等待何时。"也一刀砍下头来，转马回报文忠，不提。

却说千户朱绚，见刘震等三贼刺死胡大海，便独马奔出金华，乃潜身到处州地面，纠集向来所与将士，约有兵五六百人，攻打处州。那贺仁德、李佑之，一齐杀出，被朱绚背城而战，径据了城门，不放二贼回城。那二贼只得奔走刘山。朱绚吩咐将士百人，守住四门，前领众军追杀。仁德且战且走，恰巧为马所蹶，被军士活捉了过来。李佑之见捉了仁德，心下自慌，

---

①　卮（zhī）——古代盛酒的器皿。

枪法都乱了,急急落荒而逃。朱绚拈弓搭箭,一箭正中佑之咽喉而死。收军回城,把仁德斩首号令,差使报捷金陵。太祖闻报,深羡胡德济为父报仇;朱绚独身恢复,实是难得,各令赏金百两,银五千两,嘉赏功勋,升受有差。因命耿天璧镇守处州。且对军师刘基说:"自随我征战以来,攻城守隘,死于国事者,皆忠义之臣,不可不封,以奖励将士。"即唤工作局设庙于金陵城,塑耿再成、胡大海、廖永安、张德胜、桑世杰、花云、朱文逊、朱文刚、孙炎、叶琛、赵继祖等像,论功追封,岁时祭祀,不提。

却说花云的侍女孙氏,见主母郜氏身死,便抱了三岁孩儿花炜逃难,谁想被友谅部下百户乇元所掳。元见孙氏色美,强纳为妾。孙度不从,必与此儿同被杀害,因不得已从之。后来友谅侵入龙江,王元往江州运粮,因挈孙氏与妻李氏同住。花儿昼夜啼哭,妻李氏甚恶之,欲置之死。孙氏跪泣,说:"万望夫人怜悯勿杀,妾当丢在草野之中,把人抱去,乃是夫人天地之德。"李氏听了,吩咐:"抱了去,可就来。"孙氏出门,抱至江边,拜告了天地,说:"花云是个忠义好汉,死节而亡,天如怜念忠魂,俾其有后,顷刻之间,当有舟师救渡;倘命或该绝,妾身当抱此儿,共赴江水,葬于鱼鳖之腹……"言未了,只见芦苇中簌簌的响,有一个人似渔翁打扮,出来备问其故,孙氏对他说知,渔翁嗟叹不已,便说:"我当为你哺育此儿。"因引孙氏到家中。孙氏细细看了所在,认识了东西南北,便在身上取出金环一只、银钏一只,与渔翁,说:"此物权为收养之资,后日相逢,当出环钏配合为记。"再三叮咛,洒泪而别。仍归王元家中,服侍正室李氏。至次年辛丑,太祖举兵伐汉,友谅见势大难敌,竟弃江州奔到武昌。王元也带军前去,唯留妻与妾孙氏在家。孙氏闻太祖驻扎江州,因往渔家索此儿,以献太祖;不意渔翁无子,且爱他聪明,决不肯还,孙氏只得归去,号哭了七日七夜,因正妻李氏怒骂而止。后复往渔家索之,凑巧渔家往江上捕鱼,其妻亦送饭,反锁此儿在屋子里。孙氏撬开房门,竟负此儿而逃。奔至城中,谁想太祖大驾已去江州。孙氏进退无路,又恐渔翁追寻,只得向夜到江渚边、深草内歇了一夜。次早,出江口买舟过江,又遇陈友谅南昌兵败,争船而渡,造次中,孙氏并花儿,俱被揸落水中。孙氏落水,紧抱花儿不放,出没波浪中,忽见水上有大木如围一条,流将过来,孙氏大喜,遂挈儿攀木而坐,漂来漂去,倏入一个莲渚间,内外、上下俱有荷叶遮蔽。孙氏与儿躲闪不出,因摘莲子充饥。凡在浅渚坐木上,已经八日,得不死。孙氏默祈天神保护。时已半夜,急闻岸上有人说话,孙氏高声求救。只见月明中,一老翁驾了小船,行入渚中,细问来历,因引孙氏并儿上船,且说:"你既是忠臣之裔,我当送至金陵,你勿惊慌。"孙氏与儿坐船内,耳边但闻如暴风、疾雨,眼里只见这船或旋上顶,或涉江滩。欲知孙氏能否脱险,且看下回分解。

第三十四回　花云亲义保儿郎

却说老者将孙氏送到金陵,说道:"天色方明,金陵已到,我当送你进城。"进得城来,正遇李善长路间判断公事。吏人将此事报知,说:"有太平府花云侍女,抱小儿来见。"善长即便唤到面前,那老者具说了一遍。善长叹说奇异,就引孙氏等来见太祖;太祖把花炜坐在膝间,谓众官说:"我不意花将军尚有此儿,真是将种。"因唤老者入问名姓,并赐以金帛。

太祖说:"花将军殉身报国;孙氏艰苦救儿,忠义一门,真正难得。"诏封孙氏为贤德夫人,花炜袭父都指挥之职。待年至十六岁,相材任用。选给官房一所与住,月支米禄优养。

光阴无几,又是元至正二十三年,岁次癸卯,三月天气。那陈友谅逃至武昌。建筑宫阙、都城、朝市、宗庙。时当初夏,友谅视朝,诸文武百官,三呼拜舞礼毕。乃宣江国公张定边向前问道:"金陵恃强侵我江西,此仇不可不复,寡人也日夜在心。前者下诏命卿等招兵买马,不知到今,共得几何?"定边对说:"主公虽失江西,而江北两淮、蕲、黄等处地方,粮储不少。即今诸路年谷不登,人民饥馑。闻殿下招兵,俱来就食。群雄、草寇来投服者,计有六十余万人。"友谅又说:"军兵虽足,这些盔甲、器械、舟船、艘橹①,恐未能悉备停当。"定边说:"臣同陈英杰百计经营,幸已周备了。"友谅又问:"粮草济得事么?"定边把手指计算了一番,说:"以臣计料,也有一百三十余万,尽可支持。"友谅大喜,说:"既如此,便可发兵收复江西,并下金陵,以报前仇。……"言未毕,只见丞相杨从政,出班启奏:"若论此仇,不可不复,奈金陵君臣,智勇足备,不可轻敌。以臣愚昧,细思吴王张士诚,他与朱家久是不共之仇,且兼三吴粮多将众。今主公既欲收复失地,并取金陵,莫若修一封书,遣一个能言之士,往吴国连和,说以利害,使彼愤怒发兵,与朱家作对。主公再令二人,一往浙东说方国珍;一往闽、广说陈友定,一同发兵攻打金陵,则朱兵必当东南之敌。主公然

① 艘(lóu)橹——即大战船。

后统了大军,前驱而进,那时取金陵,在反掌之间矣。"友谅听了大喜,说道:"此计最妙。"遂遣邱士亨往苏州,孙景庄往温州,刘汝往福建,克日启程。

且说邱士亨不日间已至姑苏,竟到朝门外伺候。却有近臣奏知,因引他入见。士诚问了些闲话,便拆书观看,念道:

寓武昌汉王陈友谅,书奉大吴王殿下:伏为元纲解纽,天下纷纭,必有英才,后成功业。兹有金陵朱某,窃形胜之区,聚无籍之徒,侵吴四郡,夺我江西,心诚恨之,时图恢复。乞念旧好,共成其势,两力夹攻,必可瓦解。两分其地,各复其仇,利莫大焉。特命小使会约,乞赐明旨。依期进兵,万勿渝信。友谅顿首再拜。

士诚得书大喜,因对士亨说:"孤受朱家之耻,日夜饮恨,力不能前。若得尔主同力来攻,孤之愿也。"因重赏士亨,约期起兵,令他回国,不提。

次日,士诚便同元帅李伯升、御弟张士信、副帅吕珍,商议乘汉兵夹攻,即当亲征,以复故土。只见丞相李伯清进奏道:"汉王从江下攻金陵,舟师甚便。我若先投其锋,彼必与我相迎,那时汉兵乘虚而入,是于汉有益,于吴有损。以臣愚见,可先领兵从牛渚渡江,攻采石、太平、龙江等处,只约汉兵攻池州西路,则金陵之师,必悉力以拒二敌,此时殿下统大兵,乘虚直捣金陵,势必攻破矣。"又说,"宋主韩林,近处安丰,亦我之肘腋。以兵攻之,彼必不胜,决请救于金陵,是我得安丰,且分金陵势也。"士诚听计,说:"极妙!极妙!"遂宣吕珍、张虬、李定、李宁四将,领兵十万,攻取安丰。自领大部人马,竟向金陵进发。又说:"卿等宜戮力同心,攻复旧壤,平定宋地,并取金陵,遂有淮东,俱当割地封王,以酬功赏。"四人领命,竟取路望安丰而来。

宋主韩林,闻说吴兵骤至,大惊,急请刘福通计议。福通说:"主上勿忧。"便引罗文素、郁文盛、王显忠、韩咬儿,率兵二万迎敌。吴兵阵上,早有张虬领兵一万,到城下搦战。这边罗文素等四将,力战张虬,张虬力不少怯,斗上四十余合。却笑罗文素、郁文盛二将,并马转过东来,那张虬一锤飞去,连中二人面门,都翻身下马,被乱枪刺杀。韩咬儿见势不好,持鞭赶来,张虬也转过一锤,把他脑盖打得粉碎。王显忠急要逃走,张虬纵马奔到,大喝道:"休走!"轻舒猿臂,把显忠活捉了在马上。刘福通因此弃阵逃回,吴兵拥杀过来,十亡八九。韩林传令坚闭城门,再处。便同福通商议,说:"吾闻金陵朱公,兵强将勇,仁义存心,若往彼处求救,必不见拒。"便修表,遣太尉汪全从水关浮出,抄河路十五里,方得上岸,星夜奔赴金陵。

正值太祖升殿,早有近臣上前,启说:"北宋韩林,有使臣到此。"太祖召见了,便拆书来看道:

北宋王韩林,顿首再拜上,金陵吴国公朱殿下麾前:切念我公威震海内,德溥四方。林本欲助手足之形,佐张皇之势;奈因奸党阻梗。今汉贼窥伺江西,吴寇攻扰安丰,望驱一旅之师,以解倒悬之急。林虽无用,亦当图报。势在旦夕,悬拜垂仁不宣。

太祖看书毕,便令汪全馆驿筵宴。遂对众将说:"今吴困安丰,韩林求救,此事如何?"军师刘基说:"此正士诚'假途灭虢之计①'。欲图我金陵耳,安丰是淮西藩蔽,若有疏失,则淮西不安;彼得淮西,必取江南。汉兵又从江西来夹攻,则我有分争之祸矣。"太祖听得,细思了一会,便问:"似此奈何?"刘基说:"凡有病,须医未定之先。主公可同常遇春领兵先救安丰。便遣人往江西调徐达兵来,随后策应,庶几淮西、江南、两保无虞。"太祖又说:"我离金陵,吴兵必来袭我;徐达离江西,汉兵必来攻扰,是内外交患了。"刘基说:"臣与李善长、汤和、耿炳文、吴良、吴祯领兵十万,镇住金陵、常州、长兴、江阴一带地方,便足拒绝吴师。江西有邓愈、朱文正,领兵五万,亦可拒友谅。主公此去,若定淮西,然后或破汉或破吴,但灭得一国,大事可成矣!"太祖称善。便令汪全先回,教宋主坚守城池,自领三军,即日来救。汪全拜谢先去。次日,令常遇春、李文忠,领兵十万征进。留世子朱标,权理朝政。刘军师同李丞相协掌军国重事;再传檄与汤和、邓愈知道,须严整军马,提防东吴及北汉之寇。分遣已定,克日领兵,往安丰进发。

不一日,进泗州界上,传令安营。忽汪全驰至,泣拜说:"臣未到安丰。中途闻知吕珍、张虬,攻破城池,把臣主及刘福通等,尽皆杀害,据有安丰了。"太祖听说大怒,下令诸将,努力攻取,拿获二贼,与宋王报仇。又对汪全说:"尔主既灭,你亦无所归,不若留我麾下,复署旧职。"汪全拜

---

① 假途灭虢(guó)之计——春秋时,晋国向虞国借路去打虢国。灭虢之后,回来把虞国也灭掉了。

谢受职。即日兵至安丰,正南七里安营。

　　且说吕珍、张虬,得了安丰,不胜之喜,终日饮酒为乐。忽报朱兵来救,二人大惊,吕珍说,"金陵兵未可轻敌。今夜可令部将尹义,先将金帛辎重,送赴泰州,明日我辈方领兵对敌,胜了不必说起;若是不胜,便弃城而走,仍奔泰州,以图后举。"张虬说:"极妙!"当夜收拾起细软货物,付尹义押赴泰州去讫。次日,分兵五万,张虬镇后,吕珍当先,旗门开处,早有常遇春横枪在马上杀来。吕珍与常遇春战有许久,吕珍力怯便走。遇春追赶约有十数里,猛听一声炮响,却是张虬领兵五万突出,把遇春三千兵困在核心。遇春大怒,奋勇喊杀如雷。却好太祖大队人马也到,遇春望见我军旗号,催兵在内冲杀,三入阵中,三拔其帜,吴兵大败。吕珍、张虬领兵径奔泰州去了。太祖鸣金收军。入城抚民方罢,忽有哨子报说:"左君弼领兵来取安丰。"太祖对诸将说:"吾方欲乘此取庐州,可奈这贼又来攻扰,是自取其祸了。"即令众将披挂上马迎敌。只见左哨上郭英挺枪直取君弼。战未数合,后阵上常遇春、傅友德、李文忠、廖永忠、朱亮祖、冯胜、冯国用、康茂才、薛显,一齐拥杀过来,君弼舍命急走。忽撞一彪军马又杀将来,正是徐达,在江西得胜,领兵而回,当先阻住。君弼无心恋战,领残兵奔入庐州城,坚守不出。朱军四面围打,徐达收兵,参见了太祖,备说主公威德,江西已定。今蒙军令,特来庐州策应军情。太祖因与徐达计议。未知如何,且看下回分解。

第三十五回　朱文正南昌固守

却说太祖与徐达合兵一处，日夜计取庐州，不提。且说伪汉陈友谅，一日设朝，张定边出班奏说："近闻金陵朱某，领兵十万去救安丰，杀败了张虬、吕珍；不意左君弼来相助，亦遭困败，迫至庐州，坚闭不出。徐达亦往庐州接应，日夜攻打，即今金陵与江西两地皆虚，主公正好乘隙，以图报复。"友谅说："朱某既空国远战，卿等可领兵直捣其境，先取了江西，后克了江南，金陵便可图了。"因令丞相杨从政权军国重事；皇后杨氏权朝政。自与太子陈理、张定边、陈英杰等，率水陆军兵，共六十万，战船五千只，克日由武昌进发，竟过鄱阳湖登岸，至南昌府，离城十里安营。

却说南昌正是太祖侄子朱文正，同左军元帅邓愈、赵德胜把守，闻知友谅兵到，便商议说："此是知我主公远在淮东，故乘虚入境，来取江西耳。但城中兵少，恐难抵敌，似此奈何？"德胜对文正说："将军且勿忧，如今只留一千兵守城，待小将同张子明、夏茂诚，率兵一千出城迎敌。"朱文正说："虽然如此，贼兵势重，未可轻视。"德胜说："不妨。"便领兵出阵来战。汉兵阵上，早有张定边儿子张子昂，纵马相对，被德胜一枪刺于马下。那阵中有金指挥急来抵敌，又被德胜飞箭射倒，斩了首级。德胜便把子昂的头悬在枪竿上，高声叫说："再来战者，当以为例！"定边看见儿子的头，放声大哭，便举刀上马，奔出阵上，与德胜战到三十余合，不分胜败。陈友谅见定边势力不加，便催兵混杀过来。德胜阵上张子明等四将，一齐挡住。那德胜奋勇争先，以一当百，杀得汉兵大败而奔。德胜也不追赶，收兵入城。朱文正说："今日元帅虎威，足破贼兵之胆。但势终难敌，彼必复来困城，还宜修表，令人急往庐州求救，庶保无失。"即遣百户刘和，赍表前去。谁想刘和出城未数里，竟被贼兵拿住。刘和见事败，便将表章扯得粉碎，把口嚼做糊泥一般，只字也看不出，就跳入江中而死。友谅心知此是求援，便于夜间把南昌四面围住，高叫："城中将士，可速来投降，共图富贵。"邓愈等厉声大骂道："弑君之贼，还不知天命，贼巢不守，反来图谋江西，是自取败亡了。"因令众将分派各门拒守，日夜提防。那友谅用云梯百计攻击,邓营将士却用炮石等项,飞打过去,汉兵中伤者,不计其数。时已月余,文正等计算说:"刘和去久不回,大都途中为贼兵所害,还须令人再行方好。"只见张子明向前说:"待末将驾着小船,乘夜越关而出,必然无害。"文正便修表,着子明赍发,依计向夜而行。谁想友谅围住南昌,又分遣知院蒋必胜、饶鼎臣等,将兵一万,攻打吉安。那吉安守将明道,与参政粹中、亲军指挥万中,两情不睦,那明道潜通必胜约期来攻,以城中火起为号。万中迎战被杀,粹中见势便走,又被仇家黄如润所执,便与知府朱华、同知刘济、赵天麟,一齐械送至友谅帐前,被友谅杀了,统号令于南昌城下。文正等安然不理。是日,攻城益急。指挥赵显锐卒开门奋战,杀了汉平章刘进昭、枢密使赵祥;又有谢成,首冒矢石,竟活捉他骁将三人,贼兵方退。惟是赵德胜夜里巡至东门,被贼一箭,正中腰眼,深入六寸。德胜负痛拔出,血流如注,因抚腹叹道:"吾自从军,屡伤矢石,其害无过如此。大丈夫死何足惜,但恨不能从主上扫清中原,勋垂竹帛耳!"言讫遂卒。文正等三军大哭失声,即具棺椁殡殓。益加小心坚守。

却说张子明潜夜驾小船,越水关,晓夜兼行了九日,方抵牛渚渡登岸。又经四个日头,到得庐州,入见太祖,上表求救,太祖说:"这贼乘虚取我江西,大为可恨。"因问:"兵势若何?"子明答说:"彼兵虽多,然闻死者亦不少,此时江水日涸,贼之战舰,皆不利用;况师久乏粮,大兵一至,必可破矣。"太祖因嘱咐子明先回,说:"但坚守一月,吾当取之。"子明辞了出帐,还至湖口,恰被友谅巡兵捉住,送到友谅帐前,子明略无惧色。陈友谅便说:"你招得文正来降,必有重用。"子明暗想道:"若不假从,必至误了军国大事,不如顺口应承,且到城下,再做区处。"便应道:"这个尽使得。"友谅大喜,就封子明为亲军万户侯之职。子明拜谢,便说:"待我去招他来降。"走至城边,大叫说:"前蒙元帅命末将到庐州上表,主公盼咐道:'元帅谨守城池,目下便统大兵自来。'不期回至湖口,为汉兵所获。友谅要我招元帅来降,我特佯诈脱身,来见元帅,告知此情。我今必然死于贼人之手,望元帅尽忠报国,与主公平定天下!"言讫下马,撞阶而死。友谅大怒,说:"吾被这厮所诱了。"命左右枭子明首极,悬于南昌城外示众,不提。

却说太祖闻南昌被围,因还金陵,集诸将商议说:"我今欲救江西,犹恐吕珍、张虬、左君弼,袭我之后;又闻张士诚起兵二十万,侵犯常州四郡,汤和等与战,又不见胜。似此二路兵来,如何设法应敌?"众将都说:"江西离此尚远,今苏湖一带地方,民众肥饶,宜先攻打,待士诚平复,尽力去攻友谅,庶金陵无肘腋之患。"惟刘基说道:"士诚自守弹丸,今虽侵犯东南,有李丞相、汤鼎臣、耿炳文等,连兵拒守,包得不妨。若吕珍、张虬、左君弼等,乘虚袭后,可留一条,领兵五万,驻于淮西,则三贼亦不足惧。惟友谅居上流,且名号不正,宜先剿灭陈氏,后除士诚,如囊中物矣。"太祖想了一会,说:"陈友谅剽轻而志骄,专好生事;张士诚狡懦而器小,便无远图;若先攻士诚,友谅必空国袭我金陵了。"攻取自有先后,军师所见极是。因令常遇春、李文忠,发兵十万,再起淮西水军十万,同救江西,攻取友谅。克日从牛渚渡入大江,逆流而西。

此时正是至正二十三年癸卯,秋七月中旬。太祖乘龙舟中,有王祎、宋濂、常遇春、李文忠等在侧,太祖叹说:"秋江入目,忽起壮怀,卿等可作一词,以记秋江之景。"王祎援笔而就,太祖取来一看,只见写道:

芦花飘白絮,枫叶落红英。霜凋嫩枝,又青又赤映清波;露滴残荷,半白半黄浮水面。渔舟横荡,商韵彻青霄,画舫轻摇,网珠罗碧水。又若万点寒云,归鸦飞落晚州前;一团练雪,野鹭低栖平渚上。岸畔黄花金眼,树头红叶火龙鳞。

太祖看毕赞道:"直写出秋江景色,极佳、极妙!"宋濂亦赋诗一首道:
　　清水秋天晚,孤鸿落照斜。
　　一航风棹稳,迅速到天涯。

太祖大悦,说:"浙江才士,二人不相颉颃①。学问之博,王祎不如宋濂;才思之宏,宋濂不如王祎。各成其妙。"两人俱赐帛五匹。说话之间,却报前路人马已抵鄱阳湖口,早有探马报于陈友谅得知。友谅便宣张定边及帐内多官议迎敌。张定边沉思半晌便上前奏道:"臣已有计在此。"不知如何,且看下回分解。

---

① 颉颃(xié háng)——比喻上下。颉,鸟向上飞的样子;颃,鸟向下飞的样子。

第三十六回　韩成将义死鄱阳

那张定边因友谅会集多官，计议迎敌，上前奏道："可先驱船据住水口，彼不能入，则南昌不攻自破；不然彼得进湖，与邓愈等里应外合，必难取胜。"陈友谅说："此见极是。"急传令取南昌兵及战船，入鄱阳湖口，向东迎敌。两家对阵，在康郎山下。朱营阵上徐达当先奋杀，把那先锋的大船拥住，杀得血染湖波，船上一个也不留，共计一千五百零七颗首级，乃鸣金而回。太祖说："此是徐将军首功，但我细想，金陵虽有李善长众人保守，还须将军镇慑方可。"因命徐达回守，不提。

次日，常遇春把船相连，列成大阵搦战。汉将张定边率兵来敌。遇春看得眼清，弯弓一箭，正中定边左臂；又有俞通海将火器一齐射发，烧毁了汉船二十余只，军声大振。定边便叫移船退保鞋山。遇春急把令旗招动，将船扼守上流一带，把定湖口。那俞通海、廖永忠、朱亮祖等，又把小样战船，飞也来接应，定边不战而走，汉卒又死了上千。到了明日，友谅把那战船洋洋荡荡一齐摆开，说："今日定与朱某决个雌雄。"太祖阵上，也拨将分头迎战，自辰至酉，贼兵哪里抵挡得住。却见朱亮祖跳到一只小船来，因带了七八只一样儿飞舸，戴了芦荻，置了火药，趁着上风，把火刮刮燥燥的直放下来。那些贼船，烟焰障天，湖水都沸。友谅的兄弟友贵，与平章陈新开，及军卒万余人，尽皆溺死，贼兵大败。友谅见势力不支，将船急退。那廖永忠奋力把船赶来，见船上一个穿黄袍的，军士们尽道是友谅，永忠悬空一跳，竟跳过那船上去，只一枪刺落水中。仔细看时，并不是友谅，却是友谅的兄弟友直。原来友谅兄弟三人，遇着厮杀，便都一样打扮，混来混去，使我们军中厮认不定，倘有疏虞，以便脱逃，此正是老奸巨猾处，然也是他的天命未尽，故得如此。太祖鸣金收军，在江边水陆驻扎，众将依次献功。太祖说："今日之战，虽是得胜，未为万全，尚赖诸卿协力设法，获此老贼，以绝江西日后之患。若有奇谋者，望各直陈。"俞通海说："我们兄弟，今夜当领兵暗劫贼营，使他大小士卒，不得安静。来日索战，却好取胜，此亦以逸驭劳之法。"只见廖永忠也要同去。太祖便令点兵五

第三十六回 韩成将义死鄱阳

百,战船十只,嘱咐俞通海等小心前去,约定二更时刻,将船悄悄的掉到友谅寨边。那些贼兵屡日劳碌,都各鼾鼾熟睡。朱兵发声大喊,一齐杀入,贼兵都在梦中,惊得慌慌张张,那辨彼此。朱兵东冲西突,直进直退,那贼人只道千军万马杀入寨来。混杀了一夜,天色将明,乃转船而走。陈友仁纵船赶来,忽见前面却有三十只船,把俞通海等十只船尽皆放过,拦住去路。为首一将,白袍银甲,手执铁棍,正是郭英,向前接应。陈友仁见了郭英,大怒,直把船逼将过来,却被郭英隔船打将过去,把友仁一个躯骸,连船打得粉碎,贼兵大败逃回。郭英便同俞通海合兵一处,来到帐前,备说了一番。太祖说:"昔日甘宁以百骑劫曹营,今日将军以十船闯汉寨,郭将军又除他手足,其功大矣。"

且说友谅被混杀了一夜,折了两千军马,心中纳闷,没个理会处,却有参谋张和燮说:"臣有一计:可将五千战船,用铁索拴为一百号,篷、窗、橹、舵,尽用牛马的皮缝为垂帐,以避炮箭。外边即于山中砍取大树,做了排栅,周围列在水中,非特昼不能攻,亦且夜不得劫。"友谅听了大喜,即令张和燮督理制造。不数日,闻俱已编拴停当。友谅看了,赞道:"真个是铁壁银山之寨,朱兵除非从天而来。"因着张和燮把守水寨,自同陈英杰领了三十号船,出江来战。太祖见了友谅,劝说:"陈公、陈公,胜负已分,何不退兵回去?"友谅对说:"胜败兵家之常,今日此战,誓必捉你。"那陈英杰便统船冲来。只见常遇春早已迎敌,金鼓大振,战了三个多时辰,遇春将船连杀入去。即恨太祖坐的船略觉矮小,西风正来得紧,友谅的船,从上而下,把太祖船压在下流,众将奋力攻打,炮石一齐发作,俱被马牛皮帐遮隔了,不能透入。顷刻间,太祖的船,被风一刮,竟搁在浅沙滩上。众将船只,又皆刮散,一时不能聚合。那陈英杰见船搁住马家渡口,便把旗来一招,这些军船团团围绕,似蚁聚一般。太祖船上只有杨瞡、张温、丁普郎、胡美、王彬、韩成、吴复、金朝兴等八将,及士卒三百余人,左右冲击,哪里杀得出。陈英杰高叫说:"朱公若不投降,更待何时?"太祖对众叹息说:"吾自起义以来,未尝挫折,今日如此,岂非天数!"杨瞡等劝解说:"主公且请宽心。"太祖说:"孤舟被围,势不能动,虽有神鬼,亦奚能为……"正说之间,却见韩成向前,说:"臣闻杀身成仁,舍生取义,是臣子理之当然。昔者纪信诳楚,而活高祖于荥阳。臣愿代死,以报厚恩,敢请主公袍服、冠履,与臣更换,待臣设言,以退贼兵,主公便可乘机与众将逃脱。"太祖含泪说:"吾岂忍卿之死,以全吾生……"正踌躇间,那陈英杰把船渐放近来围逼,连叫投降,免至杀害。太祖只得一边脱下衣冠,与韩成更换,因问:"有何嘱咐?"韩成说:"一身为国,岂复念家!"太祖洒泪,将韩成送出船来。韩成在船头上,高叫:"陈元帅,我与尔善无所伤,何相逼之甚?今我既被围困,奈何以我一人之命,竟把阖船士卒,死于无辜。你若放下将校得生,吾当投水自殉。"只听得陈英杰说:"你是吾主对头,自难容情,余军岂有杀害之理?"韩成又说:"休要失信。"英杰只要太祖投水,便说:"大丈夫岂敢食言。"韩成说:"既如此,便死也甘心。"就将身跳入湖中。后人却有古风一篇,追赠韩成说:

　　征云惨惨从天合,杀气凌空声唵嗒①。貔貅②百万吼如雷,巨舰艨艟环几匝。须臾水泊尸作丛,岸上鹃啼血泪红。古来多少英雄死,谁似韩成待主忠。人道天命既有主,韩公不死谁焉取。不知无死不成忠,主圣臣忠垂万古。此时生死勘最真,舍却一身活万身。圣人不死人人识,韩公非是痴迷人。而今湖水涨鄱阳,铁马金戈谁富长。唯有忠魂千古在,不逐寒流去渺茫。

　　未知后事如何,且看下回分解。

---

① 唵嗒——形容声音宏大响亮。
② 貔貅(pí xiū)——古书上说的一种猛兽,比喻勇猛的军队。

第三十七回　丁普郎假投友谅

却说韩成替太祖投入湖中，那陈英杰对众将说："尔主既死，何不归顺汉王，以图富贵？"杨睍说："我们村野鄙夫，久为战争所苦，每每不欲从军，乞将军高鉴！"两边正把言语相持，忽听得上流呐喊连天，百余只战船冲将下来，剑戟排空。却是常遇春、朱亮祖，闻得太祖被围，急来救应。陈英杰奋力来拒，那亮祖上了汉船，横杀了十余人。陈英杰认说太祖既殁，想他成不了大事，因而转船回去。遇春、亮祖，救得太祖船出，都来拜伏请罪。太祖说："这是数该如此，但若得早来半个时辰，免得忠臣枉死耳。"便说韩成的事。乃命诸军移船罂子口，横截湖西口子，且将书与友谅，说：

方今之势，干戈四起，以安疆土，是为上策。两国纷争，民不聊生，策之下也。曩①者公犯他州，吾不以为嫌，且还所俘士卒，欲与公为从约之举，各安一方，以俟天命也。公复不谅，与我为仇；我是以有江州之役。遂复蕲黄之地，因举龙兴等十郡。今犹不悔，复起兵端，二困于淇都，两败于康山。杀其弟、侄，残其兵将，损数万之命，无尺寸之功，此逆天悖人之极也。以公平日之强，宜当亲决一战，何徘徊犹豫，畏缩不前，毋乃非丈夫乎？公早决之。

友谅得书不报。太祖因韩成替死一节，也只是心中不忍，时时长吁短叹。只见帐外报说："周颠在外面，大步的跨进来了。"太祖便说："你这颠子，近从哪里来？"他也不做一声。太祖又问说："我今在此征友谅，此事如何？"周颠大叫："好，好！"太祖说道："他如今已称为皇帝，恐我难以收功。"周颠仰天看了一会，把手摇着说："上面没他的，上面没他的。"便把拄的拐儿高举，向前做一个奋勇必胜的形状。太祖便留他在帐中宿歇。

当晚，俞通海对众商议，道："湖水有深有浅，不便来回，不若移船入江，据敌上流，彼舟一入，必然擒住。"方欲依议而行，那陈英杰复来搦战。太祖大怒，说："谁与我擒此助虐之贼，以报马家渡口之仇？"恰有杨璟、丁

---

① 曩（nǎng）——从前。

普郎,向前迎敌。英杰望见了太祖,方知昨日为韩成所诱。两边混杀多时,只见俞通海、廖永忠、赵庸、朱亮祖、郭英、沐英六将,各驾着船,内载芦草、火器,杀将上来。且战且进,谁想那贼连着巨舰拥蔽而行。船上枪戟如麻,以拒朱军。太祖看六将杀了进去,一个多时辰,再不见形影。太祖搥胸顿足,叫说:"可惜了!"六员虎将,陷于汉贼阵中,正没个区处,忽然间,看那友谅后船,腾空焰焰的烧将起来。但见:"江水澄清翻作赤,湖波荡漾变成红。"不多时,那六员虎将驾着六船,势如游龙绕出,在贼船之后,杀奔而出。朱军阵上看见,勇气百倍,督战益力,摇旗呐喊,震天动地,风又急,火又猛,杀的贼兵大败。友谅见势头不好,急令众船向西走脱,方得数里,早有张兴祖红袍金甲,手执画戟,挡住大路,大喝道:"友谅逆贼走哪里去!"一戟直刺入脑上,倒船而死,兴祖便跳过船来,割下首级,仔细一认,却是友谅次子陈达,不是正身。鸣金而还。太祖依着俞通海屯兵江中,水陆结寨,安妥了诸将,各自次第献功讫。太祖对众将说:"适六将深入贼中,久无声息,我不胜凄惋,幸得以成大事。今日之功,六将居首。"因命酒相庆,席上复着书,着人传与友谅。中间皆劝其何苦自相吞并,伤残弟、侄,勿作欺人之寇及要友谅即去帝号,以待真主等意。友谅复不答。太祖发了书去,便与众将计议攻取之术。恰好军师从金陵来见太祖;太祖便问军师与张士诚交战胜负的事体。刘基对说:"李善长并汤和、耿炳文、吴祯、吴良等,连兵累败了张士诚三阵,他如今退兵在太湖安营。此乃鼠窃之贼,不足计虑。夜观天象,西北上杀气,甚是不祥,应当一国之主,想来陈友谅合当身亡。然中天紫微垣,亦有微灾,故不放心,特来相探。"太祖把船搁在沙上,韩成替死的事,细细说了一番,就问:"目今陈友谅有五百号战船,每一号计船五十只,兼领雄兵六十余万,联栅结寨,实是难破,奈何,奈何!"刘基听了结寨的光景,便笑道:"孙子曾说:'陆地安营,其兵怕风;水地安营,其兵怕火。上冈者恐受其围,下冈者恐被其陷。'今水上联船结寨,正取祸之道,岂是良策。有计在此,令六十余万雄兵,片甲不回。"太祖听罢大喜,便问:"计将安出?"刘基说:"此须以火相攻,必然决胜。"太祖又说:"两三次俱把火攻,但贼寨深大,四面尽有排栅、铁索穿缚,外面的火,焉能透到里头?"刘基又说:"主公可有友谅部下来投降的将校否?"太祖说:"尽有,尽有。"刘基便令唤来。不多时,却有许多,都来听令。刘基因对他们道:"公等来降,皆是弃假投真,识时务的

第三十七回　丁普郎假投友谅

好汉。今主公欲破贼兵水寨,要用公等,里应外合,此事甚不轻易,必须赤心报国者方能成就。若不愿行的,亦听各人心事,不敢相强。"说罢,却有丁普郎等三十五人,挺身向前说:"向受主公厚恩,愿以死报。"刘基便嘱咐说:"你们今夜可去诈降友谅,明夜只看外面火起,却从内放火为应。"众将听计说:"举火不难,只怕友谅不信,有误军国大事。"刘基便附普郎的耳朵说了两声,各人便整理随身要用的物件,到晚驾一只战船,径抵康郎山下。正是友谅与张定边、陈英杰帐中饮酒,哨子报说:"有丁普郎等来见。"友谅唤至帐下说:"尔等既降朱家,今夜来此,有何议论?"普郎对说:"前守孤城,力不能敌,一时无奈,所以诈降。今夜得便,故率众逃回,望主公容纳!"友谅说:"你必为朱家细作,假意来降。左右们,可尽力捉下,斩讫回报。"只见三十五人,齐声叫道:"我等特来献功,主公反生疑忌。"友谅便问:"你等来献何功?"普郎说道:"我等听他定计,叫常遇春来日领二万雄兵,抄路往康郎山袭取水寨,所以冒险来报,指望封赏,反要杀害,此冤哪个得知。"友谅听了大惊道:"不说不知,几乎杀了好人。"因唤三十五个,都入帐中赐予酒食。未知后事如何,且看下回分解。

第三十八回　遣四将埋伏禁江

　　却说丁普郎等三十五人，说起常遇春要劫水寨一节，友谅惊得木呆，说道："早是你们来报消息，我可预备接应。"便赐予众人酒食。只见张定边、陈英杰在侧，说道："不可收用。"友谅回说："他是我手下旧臣，何必多疑。"因与商议，倘遇春来夺水寨，何计御敌。张定边说："主公且莫惊忧，待臣领兵三万，将康郎山小径，截住了遇春来路。主公若破得朱兵，便引大队人马随后夹攻，定然得胜。"友谅听罢，便令张定边点兵三万，驾着战船三百只，辞去把截，不提。

　　次日，太祖升帐，思量刘基所议，水战火攻，亦是兵家之常。但未知今日制变之法何如。吩咐军中整顿，特请军师行事。只听得辕门之下，画鼓齐鸣。擂了大鼓一通，四下里巡风角哨的，都去通知诸将官，在本帐整齐披挂结束。却有一刻时光，四角上军中鼓乐喧天。太祖大帐前，九紧九慢，又发下一通花鼓。只见诸将官，如云、如雨，似蚁、似蜂。但手各执刀枪，腰挎了宝剑，东西南北，一一的依次排立在行营门外。只待军师升坛布令。又有半刻时光，传说太祖帐内，把云板轻敲了五声，帐外便接应号子三声，画角三声，粗乐、细乐各吹打了两套。早有里班的军卒，把那五军的旗牌，唱名的点单，并要用的什物，俱一一的摆列在坛上、朱红桌子高处。恰好军师高足大步的出来，与太祖分宾主行礼讫。太祖便说："今日特请军师登坛，遣兵调将，破敌除残，末将敬率偏裨，听命于法坛之下。"军师与太祖拱一拱手，竟步步登上坛来。便有五军提点使同那五军参谋使，先进帐中，向军师行了个礼，分立在坛下两边。只听得鼓儿冬冬的响，提点使将五色旗号，各各麾动。那些将官，一一的走到坛前，按方而立；提点使又将五色旗幡总来一展，那些将官又一一的鱼贯而行，序立在坛边，向军师总行了一个礼。那提点使，即将一色素带，飘飘摇摇，在坛中展了一回，那些将官，便一一左右分班，不先不后，序立在两行。走过五军参谋使，即来禀道："众将已齐，请军师法旨。"军师随吩咐说："主公一统之策，全在今朝。众将官俱宜悉心尽力，无落吾事；有功者赏，违令者诛。"众将官俱说:"听令。"军师便将红旗一面在手,唤过俞通海为南队先锋,俞通渊为副,带领华高、曹良臣、茅成、王弼、孙兴祖、唐胜宗、陆仲亨七将,率兵一万,驾船二百只,都是红旗、红甲,头戴冲天彪炽赤色金盔,手执铁焰火燃八龙吐烈枪,按着南方丙、丁、火,往南路进发,待夜分风起时,各将木栅锯开,攻打汉贼西边水寨。又将青旗一面在手,唤过康茂才为东队先锋,俞通源为副,带领周德兴、李新、顾时、陈德、费聚、王志、叶升七将,率兵一万,驾船二百只,都是青旗、青甲,头戴太乙蛟飞翠点紫金盔,手执点铜钢七叶方天戟,按着东方甲、乙、木,往东路进发,待夜分风起时,只看木栅砍开去处,竟冲入水寨军中,砍倒汉贼将旗,从中相帮放火。又将黑旗一面在手,唤过廖永忠为北队先锋,郭子兴为副,带领郑遇春、赵庸、杨璟、胡美、薛显、蔡迁、陆聚七将率兵一万,驾船二百只,都是黑旗、黑甲,头戴玄都豹翼黑色金盔,手执水纹钢链九龙取水枪,按着北方壬、癸、水,往北路进发,待夜分风起时,各将木栅砍开,攻打汉贼南边水寨。又将白旗一面在手,唤过傅友德为西队先锋,丁德兴为副,带领韩正、王彬、梅思祖、吴复、金朝兴、仇成、张龙七将,率兵一万,驾船二百只,都是白旗、白甲,头戴太兄龙蟠珠衔金盔,手执蛟腾出海熟铁点钢叉,按着西方庚、辛、金,往西路进发,待夜分风起时,各将木栅砍开,攻打汉贼东边水寨。又将黄旗一面在手,唤过冯国用为中队先锋,华云龙为副,带领陈恒、张赫、谢成、胡海、张温、曹兴、张翠七将,率兵一万,驾船二百余只,都是黄旗、黄甲,头戴地平雉翅五色彩金盔,手执十二节四方铜点龙吞铜,按着中央戊、己、土,往中路进发,待夜分风起时,各将木栅砍开,攻打汉贼北边木栅。再调常遇春、郭英、朱亮祖、沐英四将,各领战船三百只,水兵一万,左右参差,埋伏禁江小口两旁,若友谅逃出火阵,必走禁江小口,四将宜奋力截杀,擒获友谅,务成大功。又调李文忠同冯胜,领兵十万,驾船随着太祖,把住鄱阳湖口,不许友谅的兵一个逃脱。复唤周武、朱受、张钰、庄龄四将,即刻领兵一千,从小路驰到湖口西北角上,架筑木坛一座,高二十四丈,按着二十四气;大十二围,按着十二个月;四边柱脚,上下一百零八,按着三十六天罡、七十二地煞;层坛之上,整备香烛、素净祭品。分遣已定,诸将各各领计,出帐施行。

军师下得坛,便同太祖驾着赤龙舟,沿岸而走,忽然周颠说:"我也要附舟前去。"太祖吩咐水手,可扶颠子上船。只恨烈日中天,一些风也不生,大船哪里行得动,周颠在船上大叫道:"只管行,只管有风。倘是没胆气行,风也便不来。"太祖便令众军着力牵挽。行未二三里,那风果然迅猛的来。倏忽之间,便至湖口,却望见江豚在白浪中鼓舞。周颠做出一个不忍看的模样来。太祖取笑问道:"为着甚的?"那颠子便对说:"主损士卒。"太祖听了大怒,即令众人扶出在船上,推他下水去。将有一个时辰,他复同这些士卒到船里来。太祖因问:"何不溺死了他?"这些众人说:"把他按在水中十来次,他仍旧好好的起来,怎么溺得他死。"周颠却把衣裳整一整,把头也摩一摩,倒像远去的形状,恰到太祖面前,伸直了头颈,说:"你杀了我吧。"太祖说:"我也不杀你,姑饶你去。"颠子便在船中一跳,跳在水里去了。不提。

此时却已日坠西山,月生东岭,太祖便同军师登岸。那四将已把木坛依法筑成,太祖上坛看了一回,但见浮云一点也不生,河湖澄清,新秋荐爽。日间的风,又是寂了。却问军师:"怎得大风来?"刘基回说:"但请放心,自当借来助阵。"就一边唤四将,作速摆列行仪。军师整肃衣冠,登坛礼请。不多时,果然风起。

这个大风,从来也不曾有,便吹得那人人股栗,个个心寒。陈友谅水栅中,摇摇曳曳,哪里有一息儿定。此时却有二更有余,三更将近时分,诸军将士恰待将睡。未知后事如何,且看下回分解。

第三十九回　陈友谅鄱阳大战

却说大风陡的发将起来，刮得那友谅寨中，刺骨寒冷，那些军士也不提防，况是虎吼龙吟的声响。朱军水上往来，砍关截栅，他帐中一些也不知觉，俞通海等五支人马，四面团团的围绕，三军奋力向前，劈开寨栅，却放起火铳、火炮，只是从里攻击。不多时，四面刮刮燥燥，烈烈腾腾的延烧起来。丁普郎等，见外面火起，知是大兵已到，遂于柴场内也放火烧将出来，内外火势冲天。早又有康茂才等七将，竟冲杀中心，砍倒了将旗，四下里放流星火箭，只是喊杀。陈友谅在帐中方才惊醒，急唤太子陈理并陈英杰细问，谁想火势已在面前，对面不知出路。陈英杰说："势不可救。主公可速奔康郎山，投张定边陆营权避。"陈友谅依议急出，登山涉水而逃，耳边但闻喊杀之声，震撼山谷。此时丁普郎等三十五人，肆行冲击，忽被一阵黑风烟贯将来，把众人一卷，大都烧死。只剩普郎舍身杀出，又避逃兵，互相践杀，把普郎身上刺了十余枪，头虽落地，犹手执利刃。次日，朱军收拾烧残兵器，见普郎直立不仆，说与太祖；太祖隆礼埋葬康郎山下，不提。

且说友谅君臣父子三人走至张定边寨中，备言火烧一节。定边说："此皆是诈降之计，然亦是主公合当有此厄。如今他必乘势来追，决不可在此屯扎，不若竟抄禁江小口，奔回武昌，再作计议。"友谅传令即行。回看康郎山，火势正猛，顿足大哭说："可惜五十余万雄兵，俱丧于此！"比及天明，渐近禁江小口，张定边向前笑道："刘伯温之计，尚未为奇，倘此处伏兵一支，吾辈岂有生路！此正主公洪福，天命有归……"言未罢，忽听炮响连天，两岸伏兵并起。左有郭英、朱亮祖；右有常遇春、沐英四将，截住去路。陈友谅慌忙无措，急令张定边催兵迎敌。

且说太祖正与军师刘基，同坐黄龙船上，细看将卒搏战，那刘基忽然跳起，大呼一声，双手把太祖抱了，跳在别一只船内，太祖一时见他的模样，也不知何故，只听刘基连声叫说："难星过了！"太祖回头一看，适才坐的龙船，被火炮打得粉碎。朱将挥兵涌杀，自早晨直至酉牌，转战益力，军声呼啸,湖水尽赤,汉兵大败。友谅看事势穷蹙,即与长子陈理同陈英杰、张定边,另抢了一只船,径往北奔走。谁想猛风当面刮来,把友谅这只船,盘盘旋旋,倒像缚住的,哪里行得动。黑风影里,友谅却见徐寿辉、倪文俊、花云、朱文逊、王鼎等,立在面前讨命。友谅昏昏迷迷,也竟不晓是南是北,恰有常遇春又来追着。友谅的船,且战且走,未及数里,那郭英、沐英、亮祖,又截住了来杀。两船将近,只见张定边拈弓搭箭,正射着郭英左臂,那郭英熬着疼痛,拔出了箭头,也不顾血染素袍,便也一箭,正中着陈友谅的左眼,透出后颅,登时而死。朱亮祖看见射死了友谅,便俘了次子善儿及平章姚天祥、陈荣、萧寿、吴才等,共军士十万有余。常遇春独夺得战船五千七百余只。那湖中浮尸蠢动,约有四五十里。所获辎重、衣甲、器械,山堆一般。太祖鸣金收军,驻在江岸。众将各各献功,唯有郭英不说起射死友谅的事。朱亮祖见他不说,因对太祖细说:"郭英一箭射死友谅,此功极大。"太祖大喜,称赞郭英一箭胜百万甲兵,有此大功,并不自逞,人所难及。先令人取黄金百两,略酬今日不施逞的大德。当日聚会水陆诸将,筵宴庆赏。大小三军,俱各在本帐宰杀马牛,分给酒食犒赏。

次日,太祖旋师,再入鄱阳湖里来,只见康郎山边,尸首交横,血肉狼藉,不觉泪下潸潸,对众将士说:"我当初从滁阳王起义,今日如此大战,幸得诸将成功,却不见了滁阳王;二来丁普郎等三十五人,并军士三百名,为我立功,一旦身死,忠臣义士,实可怜悯;三来友谅领雄兵六十万,与我交锋,为主者思量大位为天子,为臣者思量富贵作公侯,今者,一旦主死臣亡,三军覆没,尸骨山堆海积,血水汪洋,令我不忍目睹。"刘基等启说:"昔在殷者为顽民,在周者为顺民。彼不顺主公,是自取其死,非人所能害之也。"太祖说:"这也说得是。但如陈兆先是逆贼也先之子,克盖前愆,更可伤心。"因命于康郎山下,建立忠臣庙,春秋二祭。追赠三十六人的官爵,以韩成为首。

　　韩成高阳侯。丁普郎济阳郡侯。陈兆先颍天侯。宋贵京兆郡侯。王洽代原郡侯。李信陇西郡侯。姜润定远侯。王咬柱太原郡侯。王凤显罗山县侯。李志高陇西侯。程国胜安定郡侯。常惟德怀远侯。王德合淝县侯。张志雄清河侯。文贵汝南郡侯。俞泉下邳郡侯。刘义彭城郡侯。陈弼颍川郡侯。后明梁山县子。朱鼎合淝县子。王清盱眙县子。陈冲巢县子。王喜先定远县子。汪泽庐江县子。丁官含山县子。逯德山汝阳县子。罗世荣随县子。史德胜安定县子。徐公辅东海县子。裴轸永定县子。郑兴表随县男。常德胜寿春县男。华昌虹县男。王仁丰城县男。王理五河郡男。曹信含山县男。随死军士三百人,各依姓名,赠为武毅将军,正百户,子孙世袭。

说话间,船已出彭蠡湖口。太祖令余兵俱随常遇春屯扎湖口,只同刘基领兵三万,向南昌而行。早有朱文正、邓愈等将,出城迎接。太祖备称汉兵攻困三月不克,俱是尔等防御之密,即命取黄金二百两、白金一千两、彩缎一百匹,给赏众将。文正因启拒战死事之臣。共一十三人,乞赐褒忠,以慰九泉。太祖便问:"赵德胜为我股肱之将,何以遇害?"邓愈便历历把前事,说了一遍。太祖说:"可怜忠良俱被战死。"吩咐邓愈,依照康郎山,于南昌城中,建庙致祀。却有宋濂在旁,又说:"前日叶琛死王事于豫章,亦宜列位并祀为是。"太祖说:"我正有此意,中书省可议追赠的官爵来。"因定豫章忠臣庙,共祀十四人,以赵德胜为首:

赵德胜梁国公。李继先陇西侯。刘济彭城郡侯。许圭高阳郡侯。赵国昭天水侯。朱潜吉安郡侯。牛海龙山西侯。张子明忠节侯。张德寒山千户。徐明合淝县男。夏茂成总管使。叶思成深直侯。赵天麟天水伯。叶琛南阳郡侯。

太祖定了追赠的官爵,便对宋濂等说:"你们还可做一篇祭文。"令祝史于致祭时,朗诵一遍,且同绢帛焚化。宋濂承命,草成祭文,把与祀官,不提。

且说当晚,太祖在帐中晚膳才罢,却见明月如洗,夜色清和,正是孟冬望日①。徘徊月下,忽有金、甲二神,随着两个青衣童子,走入帐来,说:"臣系武当山北极真君座下符使。大圣有命致意大明皇帝。顷刻大圣即当进帐说话,万勿严拒。"太祖听了便吩咐大开重门,奉延真君圣驾。早有香风缥缈而来,抬头一看,真君已在面前。太祖急急迎进,分宾而坐,未及开口,只见真君就说:"自从前者皇帝来武当赐香以后,未及再晤,今伪汉友谅已亡,其子不久归附,潇湘之上,荆楚而南,不数年间,亦当尽入版图。小神今特奉迎,若草庵见毁一节,成功之后,万惟留心。"太祖应道:"今者友谅虽死,其子又立,本宜乘胜而往,但彼国土卒伤亡已多,一时穷追,恐无完卵,于心惨然。进退正在犹豫,望神圣指教。"真君对说:"这也是劫数应该,何必过虑。"风过处拱手而别,却是睡中一梦。未知后事如何,且看下回分解。

---

① 孟冬望日——孟,起初,开始;孟冬,初冬。望日,阴历每月十五日称望。

第四十回　归德侯草表投降

　　却说太祖次早起来，聚集诸将，商议兴兵伐北之事，恰令军师刘基仍回金陵，与李善长等画策攻取东吴。刘基方要起身，太祖恰也送出帐外。此时正是响午时节，只见红日当中有一道黑光，从中相荡。太祖仔细看了一会，对刘基说："莫非闽、广之地，有小灾么？"刘基说："此不主小灾，还主东南方有折损一员大将之惨，主公可遣使往东南，晓谕将帅谨慎防御。"遂辞了太祖，竟回金陵，不提。太祖便作书，往谕东南守将胡琛、方靖、胡德济、耿天璧等，各须谨慎军情。四下遣使去讫，因对朱文正说："汝可谨守南昌，吾当先下湖、广，次定浙西，然后还建康。"文正等应命。即日，太祖领兵离南昌，至湖边，常遇春接入水寨，吩咐检点军士，共有一十六万。太祖下令诸将，各统本部军卒，悉上武昌，待凯旋之日，一总封赏。言罢，大兵顺流而下，竟过潇湘。太祖乘兴作诗：

　　　　马渡沙头首蓿香，片云片雨过潇湘。
　　　　东风吹醒英雄梦，不是咸阳是洛阳。

　　不一日，竟抵武昌郡岳州府。原来此城三面皆水，惟北边是陆路。太祖便令正北安营，即令廖永忠、康茂才于江中联舟为长寨，绝他出入救援之路。

　　却说张定边在鄱阳大败，便夜里把小船装载友谅尸骸，并长子陈理，奔回武昌发丧成服。因立陈理即了皇帝的位，建元德寿。恰有探子报知，陈理听了大惊，即时与张定边计议。张定边说："臣荷先王之恩，自当死报。"乃率兵二万，屯于高冠山。那山极其峻伟，朱师仰面而攻，甚难措办，彼此相持，将有半月。太祖虽愤怒，亦无可奈何。因对众将说："来朝敢有奋勇先登者，吾当隆以上赏。"只见阵中傅友德当先直上，面上中了一箭，胁下腹中一箭，友德呼噪愈力，颜色不变，郭子兴看友德猛力争登，因相与夹攻，被贼一刀，伤了左手，犹然洒血驰击，斩获甚多，贼遂四散而走。我们军士，便据了此山，俯瞰城中，毫忽都见。太祖亲为友德敷调创药，赞叹说："便是关、张骁勇，亦只如此。"太祖便率兵环攻保安门。

　　恰说陈英杰见朱兵攻门甚急，便启奏陈理，说："昔关羽以单刀斩颜良于百万军中，张飞以一骑当曹兵百万于霸陵之左。臣虽不才，愿以死报主公,冲入敌营,斩那朱某首级回来。"陈理说:"他那里有雄兵二十万,勇将千员,不可轻去。"英杰回说:"彼处方才安营,各将决然都在帐整顿队伍,骤然冲入,必可成功。"陈理说:"纵使成功,恐亦难出敌人之手。"英杰仰天叹息,说:"若杀得朱君,志愿毕矣,虽死何惜。"便纵马持刀,直入辕门。太祖方才坐定在胡床上,只见英杰径至帐中,太祖大惊,只有郭英在帐中,便叫:"郭四为我杀贼!"那英杰径对太祖刺将过来。郭英奋呼直入,手起一枪,把英杰登时槊死,将剑枭了首级。太祖即解所御赤战袍,赐予郭英,说:"真是唐之尉迟敬德。"郭英拜受说:"即今可将这贼首级,招陈理来降。"太祖听计。郭英拿了首级,走至辕门,看着众将,说:"因何不守营门,让贼人肆志冲入?犹幸有我在此救主公,你们合当斩首示众。"这些军士齐齐跪下,道:"果是不小心。奈贼人一路杀死了七八人,凶勇得紧,不能阻挡。且营帐未定,都各自去整理,因此疏虞,望将军宽宥!"郭英吩咐:"姑恕你们的死,发令军政司,各打六十,以惩后来。"说罢,匹马单枪,径直向武昌北门而走。陈理同张定边正在城楼上遥望,只见一将提着首级,飞马而来,二人大喜,只说:"是英杰手到功成。"忽然转念道:"陈将军去时,却是紫袍、金甲,却缘何是白袍、银铠?"便同众人仔细认识,方晓得是郭英。渐渐的来至城下,大叫:"尔等犬羊之徒,焉敢充作虎狼,而戏蛟龙乎?吾今掷还陈英杰首级,汝等若知时务,可速投降;不失富贵。"便将英杰首级从马上一丢,直丢进城里来。又说:"我郭将军且回去,你们可清夜思量。"把马勒转而去。太祖说道:"郭英此去,陈理等必然寒心;然尚在犹豫未决。"便唤编修罗复仁,再到城下,极口备陈利害。那陈理回到殿中,对众人说:"欲降则失了先君的事业;欲不降,则兵粮俱乏,如之奈何!"却闪过杨从政来,说:"昔日秦王子婴降汉,汉且全之;今闻朱公仁德,倘是去降,非惟保身,亦可免及九族黎民之厄。"陈理回看张定边,那定边道:"社稷已危,有负先王之托,惟死而已。"遂拔剑自刎。陈理放声大哭,说:"定边、英杰,是先王托他辅助寡人骁将,今皆身死,孤将何恃!杨丞相可草表投降。"一面吩咐将张定边尸骸,及陈英杰首级俱以礼葬于城外,即进宫中见母亲杨氏,具言纳降一事。杨氏说:"我不能为孟昶①之母。"将头撞柱而死。

---

① 孟昶(chǎng)——五代后蜀主昶,耽于声色犬马,尚奢侈。时中原多故,蜀据险一隅,得以无事,及宋师伐蜀,昶军败降,至京师,封秦国公,七日而卒。

陈理次日,率群臣换了缟素,拜辞家庙及友谅的灵,开北门,径到太祖帐中。太祖看见,甚是不忍,令人解其缚。陈理向前俯伏请罪,蒙主上宽释了,便步随车驾入城。凡府库储积,俱令陈理恣意自取,不杀戮一人,所积仓粮,下令散给远近百姓,以舒饥困,百姓大悦。太祖升殿后,陈理复叩头阶下。太祖说:"待我还到金陵,授你官职。"太祖即令陈理发檄与湖、广未附州县。不数日,尽行纳款。因立湖、广行中书省,以杨璟为参知政事,且籍户口、田地、赋税,并记友谅原留宫殿什物器皿,太祖一一细看。后籍上却写友谅镂金床一张,太祖笑说:"此与孟昶七宝溺器①何异,如此侈奢,焉得不亡。"即令毁弃。此时却是至正二十四年,岁次甲辰二月光景。太祖留军镇守,仍领兵望金陵而回,复入江西至南昌。朱文正、邓愈等,迎接称贺平定武昌一事,不提。

　　且说太祖偶出营前散步,但见四面山水清幽可爱。

　　正是:

　　　　依依柳绿,灼灼桃红。奇花异草,翠柏青松。

　　正看之时,忽听莺声鸟语,林木青苍,心中不舍,只管信步行去,耳畔微闻钟声。太祖定睛一望,只见一所古寺,周围水绕,寺前又有一座石桥,太祖缓缓行至桥上,但见云浪腾空,波涛汹涌。太祖心中惊惧,站立不住,只得走过桥去,已到寺前。山门口上悬一匾,写着"古雷音寺"。太祖正欲进去,不想一阵怪风响过,跳出一只吊睛白额锦毛花斑虎来,好生厉害。太祖猛然一见,早已跌在山崖石边,口内说道:"吾命休矣!"只见寺中忙奔出一个老僧来,形容古怪,须眉皓然,手执竹杖,口内吆喝:"孽畜,休得无理!"那虎俯伏崖边不动。老僧走近前来,用手扶起太祖,便说:"不知陛下驾临,有失迎候,被这恶畜惊了圣躬,实老僧之罪也。"太祖起来,整整衣冠,看见老僧举止异常,乃开口道:"偶然闲步,何幸得瞻慈容,更劳驱逐恶畜,诚万幸也。"老僧又道:"陛下连日运筹帷幄,因便至此,请方丈一茶,少尽山僧微意。"太祖欲待不去,看见景致清幽,心中羡慕;欲待竟去,犹恐久坐耽迟,碍于长行。正在沉吟,和尚又道:"陛下不必迟疑,请献过茶,即送驾返,决不相羁。"太祖遂举步走进山门。但见松柏森森,云连屋宇。又走到一重门首,似王母瑶池,真非人世。不觉已至大殿槛外。太祖抬头一看,正是:

---

①　七宝溺器——七种宝物合成的小便器具。

第四十回　归德侯草表投降

　　黄金殿宇,白玉楼台。一带平坡,尽是玛瑙砌就;两过阶级,犹如宝石嵌成。碧栏外,万朵金莲腾瑞色;宝殿上,千颗舍利放光明。白玉瓶内,插九曲珊瑚树,矮铜鼎中,焚八宝紫真盦。一对青金榻,两扇白玉屏。珍珠亭,焰焰宝光连白日;琉璃塔,腾腾瑞气接青云。三尊古佛,指破有为、有相;十八罗汉,参透无灭、无生。香风细细菩提树,花雨纷纷紫竹林。

　　老僧引太祖进殿,众僧参见,俱道:"陛下享人间富贵,一朝帝主,今到寒寺,山荒径僻,多有亵尊之罪。"太祖道:"今来宝刹,得睹人间未见之珍,天下罕有之物,令人目眩神摇,不知身在何世。"众僧说:"请陛下一观。此处虽系山径荒凉,也是难得到的。"太祖微笑,抬头四下观玩,真是一尘不染,万虑俱消。只见十数众僧人,身披袈裟,手敲钟鼓,诵经礼忏。太祖看毕,将头点了点,道:"真有诚心!"老僧引着太祖行至方丈。老僧躬身,奉请太祖上座,老僧下席相陪。少顷,小沙弥捧上茶来。须臾茶罢,又摆素斋。老僧说道:"山中无物为敬,多有亵渎!"太祖连称:"不敢,后当报答高情。"斋毕,老僧遂于袖中取出一个缘簿来,面上写着:"万善同归"四字。双手递与太祖,又说道:"愿主上早发慈悲之心!"太祖接过缘簿,揭开一看,俱列历代帝王名讳:第一位是汉文帝,喜施马蹄金一万;第二位却是梁武帝,愿施雪花白银一万;第三位便是唐玄宗,乐施珍宝六斤;第四位是傅大士,施财一万;第五位却是吕蒙正,乐助白金二万;第六位宋仁宗,乐输银三万;第七位晁元相,喜助黄金二百两;第八位则天后,发心乐施七千金。老僧在旁,便说:"如今正在起黄金宝殿,尚少一位未得完成,望陛下发念。"太祖心中想道:"行军需用,尚且不足,那有许多金银布施。"没奈何,提笔写道:"朱元璋助银五千两。"老僧接缘簿,深深一揖,再三致谢,即送缘簿回房。太祖自思道:"那簿上如何有前朝的人,想是历代留下来的亦未可知。"又说道:"和尚不是好惹的,见面就要化缘。我本无心到此,被他将茶果诓住,写上许多银子,若我日后登了大位,当杀此贪僧,灭尽佛教。"猛想起道:"我在此游了一会,何不留题,也不枉来此一场。"遂题于碧玉门上:

　　　　手握乾坤杀伐机,威名远镇楚江西。
　　　　青锋起处妖氛净,铁马鸣时夜月移。
　　　　有志扫除平乱世,无心参悟学菩提。

阴阴古木空留意,三啸长歌过虎溪。

朱太祖题毕,老僧出来,看诗句,变色说道:"我这寺里,是清净极乐之乡,无生、无灭之地。今主上杀伐太重,昨日烧汉兵六十万;江东大战,又伤军卒二十多万,虽然天意,亦当体念民生。贵贱虽殊,痛痒则一。尧、舜率天下以仁,而民从之;桀、纣率天下以暴,而民不从。仁与不仁,其理迥别,愿陛下察之。方才以布施之事,陛下即动嗔念,吟诗又动杀机,陛下即有天下,易得之,亦易失之。"遂叫沙弥洗去字迹。太祖自觉惭愧,即便辞回。老僧道:"此地山路险峻,虎狼且多,吾当远送。"二人同行,来至桥上,只见那虎仍然俯伏崖边,太祖看见畏惧。老僧道:"陛下勿惊,此乃家兽耳……"话未说完,老僧又道:"请看军兵,乘舟来寻陛下了。"太祖举目忙看,老僧将手往下一推,扑通一声,跌下河去。太祖大叫道:"死也!"急忙睁眼看时,已在自己营前。众将一见,甚是欢喜,向前问道:"陛下何处去来?吾等水陆寻了三日,今幸得见天颜。"太祖说:"我才去了半日,如何便是三天。"遂把闲游事体,细细说了一遍,众将称异。当晚即在营内治酒贺喜,饮至更深方散,各归寝处。前人有诗说:

庐山高万丈,原何不接天。

一朝云雾起,天与地相连。

此段即是太祖误入庐山也。不提。

却说次日,太祖出城取路而回。不一日,便至金陵。李善长、刘基、李文忠率文武迎于城外。即上表劝登帝位,太祖不允。次日,复同百官劝进,因择三月朔日,即吴王位,升奉天殿,群臣参拜称贺。次日,太祖告庙,建百司官属,并赐平汉功臣,论功行赏,封陈理为归德侯,又顾李文忠问:"卿等与吴兵交战,胜负如何?"文忠说:"臣与汤和,合兵大败士诚,追至湖州旧馆而回。士诚却从杭州过钱塘,侵婺州等处。后闻陛下大破陈友谅,进克武昌,士诚大惧,连夜领兵,仍还苏州去了。"太祖笑道:"此真穴中鼠耳,但我近日闻陈友定为元把守汀州,今却甚是跋扈,迫胁元福建省平章燕只不花,此事你们得知否?"未知如何,且看下回分解。

第四十一回　熊天瑞受降复叛

却说太祖说："陈友定为元把守汀州，闻近来甚是贪残，迫胁元臣，骚扰郡县。我欲遣兵剿灭这厮，你们众官意下如何？"众官都说："主上不忍生灵涂炭，此举甚好。"因命朱亮祖率兵五千，前伐友定，攻取浦城、建阳、崇安等县。亮祖克日领兵，望汀州进发，不提。却有江西守将朱文正等，檄文来报说："伪汉陈友谅旧将熊天瑞，向守赣州、南雄、南安、韶州等郡，复负临江之固，不肯来降，望乞兴兵攻讨。"太祖看罢大怒，说："熊天瑞既已请降，受了厚赏，今复背初言，据我地方，理宜讨罪，以安百姓。"便令常遇春总兵，陆仲亨为副，领兵一万，协同南昌邓愈，合兵南下赣州。遇春得令前去。

话分两头，却说陈友定前者见陈友谅攻陷汀州，便起兵替元朝出力，复下汀州地面。那元顺帝便敕他镇守汀州，十分隆礼他。他一朝威权在手，因迫胁福建平章燕只不花，把他管的军卒，俱纠集在自己部下。近地州县，所有仓库，俱搬运到自己家里来。至于一应官僚，悉要听他驱使，稍不如意，辄行诛戮。威震闽中、福建地面，正是十分强梁。却闻得金陵兴师攻讨，便与手下骁将王遂、彭时兴、江大成、叶凤计议，说："金陵将帅，是难惹他的，我们如何迎敌？"那彭时兴思量了一会，说道："此去城东二十五里地方，有座鹤鸣山。这山四面陡绝，两头只有一条出路，又是奇石峻岩，路口只可以一人一马来往。谷里相传有一个火神庙，甚是厉害；若有人在谷中略有声响，惊动了火神，就是青天白日之下，他放出火驴、火马、火龙、火鼠、火鸡、火牛，不论你多少人，俱登时烈火奔腾，活烧熟来吃了，那地方上人，若要在谷中砍伐些柴草，或牧养些牛马，俱要本日投诚，先献了三牲福礼，又于春、秋二祀，将童男、童女祭献，一年之中，方才免祸。如今金陵兵来，须从这山外大道经过，我们可先遣精兵，在山口埋伏，又于牢中，取出该死的罪犯三六十人，假插将军旗号，径在山外大道截战。若战得他过，便可将功赎罪；若战他不过，就可望谷中而走，引他进来，那时只消借火神一餐之饱。更不然，两边伏兵困住他在里面，多则半月，少则十日,命必休矣。此计如何?"那友定听了,拍手大叫道:"大妙,大妙!依计而行。"正说话间,恰报朱亮祖大军,已将到鹤鸣山左近。友定便吩咐叶凤,领兵一千,埋伏山东口子,江大成领兵一千,埋伏山西口子,只待炮响,两边伏兵齐起,不许放走一人。王遂、彭时兴领兵三千,不时在山中前后提防接应。自己领兵五千,镇守汀州。发出该死罪犯百名,打起先锋旗号,在山外大路截战。若是势力不敌,便往山谷中逃匿,引诱朱兵追赶。众人得令去讫。那朱亮祖一路上率了五千人马,果是:

旗开八面,马列双行。一对对整整齐齐,一个个精精猛猛。阃内用严,阃外用宽①,真是利用张弛;望星而止,望星而行,恰如庶几凤夜。晓得的说是东征西讨,丝毫不犯王师;不晓得的,只道人喜神欢,春秋祭赛的佛会。

前军报道:"却是汀州鹤鸣山下。前边金鼓齐鸣,想是有贼人截战。"亮祖把弓刀一整,当先迎敌。只见这些贼人,也不打话,竟杀过来。亮祖手起刀落,连杀了三十余人,心下思量:"这伙人,刀也不会拿一拿,分明是伙毛贼,我不如活捉几个,问他下落。"杀近前去,把一个竟活捉了,带在马后。这些贼看了,都拍马而走,竟望鹤鸣山谷里去。亮祖也纵马赶来,方才全军进得谷里,只听一声炮响,两下伏兵俱起,东有叶凤,西有江大成,密密层层,将两头山口把定。亮祖即传令,且下了马,另思计议。便带过那活捉的人问道:"这是什么去处,有无去路?你若说个明白,便放了你。"那人备细把火神庙吃人厉害的事,并我们一班俱是罪犯人,假拽旗号,引入谷中的缘由,告诉了一番。亮祖说道:"既然如此,你们众兵俱不可声响,且各队埋锅造饭,众军都可饱餐了,便着三百精兵,随我步行,前后探望些出门入户的路头;一边整齐洁净祭品,待我到庙中祝告他,看这神道是什么光景,何以如此厉害。"吩咐才罢,只见那犯人指道:"山顶上红焰焰的火骡、火马等物,不是精怪来了么?将军可自打点应付他。"亮祖便叫三军一齐都跳上马,不要心惊,就如上阵,也迎他一回,再作计较。方说得完,看他殿中烈烈炽炽,杀奔一阵,火焰,及牛、马、龙、蛇等物出来,中间拥着一个绯袍、金冠、红发、赤脸的妖神,骑着一条火龙,竟向朱

---

① 阃(kǔn)内用严,阃外用宽——阃,郭门。《史记·张释之冯唐列传》:"阃以内者,寡人制之,阃以外者,将军制之。"此处形容纪律森严。

军阵上赶来。亮祖定着眼睛,拈弓搭箭,把那冲锋的火马,一箭射中,那马仆地便倒。这个妖神吩咐队下小鬼,把那箭拔了来看,是什么人如此无礼。小鬼得令,把箭拔来,细看了朱亮祖三字。那神便道:"我道是谁,快回殿中去吧。"原来上阵的箭,恐怕人来争功,那箭上都刻着某人的名字。这个火神,所以晓得是朱亮祖。顷刻之间,山色仍旧清雯。亮祖下了征鞍,对众军说:"这箭虽退了这火神,但不知还是祸还是福,我们还须上山,到殿中探望一番。祭品倘然齐整,即可随用。众军还须各带利器,以备不测。"众人听了,俱说耳朵里也不得闻,眼睛里也不曾见,要都跟随了元帅上山,到庙中探望。亮祖当先,大步地走,行有一里多路,却是山腰光景,造有一个亭子,匾额上写着"天上罗睺"四字。自此直上,俱是大块的火石砌成,约有一丈多阔路道。两边都是松柏的皮,却又似榴树的叶。指着这树问那捉来的人,他说:"这树向来传说是无烟木,火中烧着时,只有焰却无烟,因此人唤他做'无烟木'。"亮祖又走了百十步,早有一阵风来,都是硫磺焰硝气味,却带有腥秽难当之气。那捉来人便说:"这风叫做'火风'。这腥臭便是时常有人不晓得的,来冲撞了神明,便烧杀他吃。那山涧中白骨如麻,都是神道所享用的。"亮祖也不回答,只是放开了脚步。又约有半里地面,却又是三间大一个亭子,四围把砖封砌,匾额上题着"蛮天"二字。只一条路上去。那封砌的砖上,大字写道:"来往人各宜自保,勿得上山,恐触神怒。"那人便立住了脚,对亮祖说:"元帅,到此是了。我们每当地方上祭献,也只摆列在此。"亮祖说:"怎么上面不可去?岂有此理!上面有通衢大路,怎么我们便上去不得?"那人说:"元帅,且看那亭子上,现写着不可去的字,小人怎敢抵挡。"亮祖也只是走,那些随行的军校,也都随从上来。又约有半里路途,只见万木影遮,一亭巍立。亭子前后左右,俱生有四块万刃插天的石壁,只有一条小路,从旁可走。远远地却听见木鱼响声。亮祖心中自喜,便在亭子中立了,对那罪人说:"你道没有人上山,缘何有木鱼声嗒嗒的响?"那人也不敢答应。亮祖再将身走上路来,恰好一个道人,带着个铁冠儿,身上穿一领黄色道袍,手中拄一条万年藤的拐杖,背上背四五个药葫芦,一步步走将下来,见了亮祖,拱一拱手,说:"将军你要上山,可往这条路去。"亮祖正要问他话时,他把手一指,转眼间恰不见了。未知后事如何,且看下回分解。

第四十二回　朱亮祖魂返天堂

却说朱亮祖山上见了铁冠道人，正要问他火神光景，那道人把手一指，转眼间却不见了。转过山弯，已是罗睺神庙。朱亮祖走到殿中，这些军从却把祭品摆列端正。亮祖便虔诚拜了四拜，口中祷告一会，又拜了四拜。军士们将纸马焚化毕。亮祖在殿中细看多时，更不见有一些凶险，唯有这些军士们，只在背后说了又笑，笑了又说，不住的聒絮。亮祖因而问道："为何如此说笑？"军士们哪一个敢开口，却有活捉的犯人对着说："他们军士看见庙中塑的神灵，像元帅面貌，一些儿也不异样，不要说这些丰仪光彩，就是这发髯也都像看了元帅塑的，所以他们如此说笑。"亮祖也不回言，只思量怎么打开敌人，出得这个山的口子。不觉的，那双脚信步走到后殿边，一个黑丛丛树林里。亮祖抬头一看，却是石壁峻岩，中间恰好一条石径。亮祖再去张一张，只听得里面道："快请进来，快请进来！"亮祖因而放胆，跨脚走进石径里去。转转折折，上面都是顽石生成，只有一个洞口，倒影天光，并不十分昏暗。如此转有二三十折，恰见一块石床，四面更无别物；床上睡着一个神明，与那殿上塑的神道，一毫无二。亮祖口中不语，心下思量说："想必此神在此山中显灵作怪，今趁他睡着，不如刺死了他。也除地方一害。"于是怒从心上起，恶向胆边生，把手掣出腰间宝剑，正要向前下手，只听得豁喇喇响了一声，山石中裂开一条毫光，石壁上写道：

　　朱亮祖，朱亮祖，今生今世就是我。暂借你体翼皇明，须知我灵成正果。天上罗睺耀耀明，舒之不竭三昧火。六十余年蜕化神，己未花黄封道左。北靖胡尘西靖戎，尔尔我我随之可。

　　　　　　　　　　　　　　——铁冠道人谨题

亮祖看了一会，心中想道："有这等的事，怪不得从来军士说，殿上神明像我。可见得我这身子，就是罗睺神蜕化的。方才路上遇着的道人，戴着铁冠，想就是题诗点化我来。不免向我前身，也来拜他几拜。"才拜得完，只见一片白光，石壁也不见了。亮祖转身仍取旧路而出。这些军士看见一惊,禀道:"元帅不知道往哪里进去了,众军人正没寻处,元帅却仍在这里。"亮祖道:"我也不知不觉,走进一个所在去,你们寻有多少时节?"众军说道:"将有一个时辰。但下山路远,求元帅早起身回去。"亮祖应道:"说的是。"便将身走出前殿,辞了神祇,竟下山来。只听山下东西谷边,呐喊摇旗,不住的虚张声势。亮祖在山腰望了半晌,没个理会。顷见红日沉西,亮祖也缓缓步入帐中。这些军士进了晚膳,各向队中去讫。亮祖独对烛光,检阅兵书,想那冲围出谷的计策。忽见招招摇摇,一阵风过,只见日间到山上祭的神道,金盔、绯甲,来到面前。亮祖急起身迎接,分宾而坐。那神说道:"将军此身,今日谅已知道。六十年后,仍当还归此地。但今日被友定困住,将军何以解围?"亮祖说道:"此行为王事而来,不意悟彻我本来面目。今日之困,更望神灵显庇,大使法力,与我主上扫除残虐,绥靖封疆。"那神明道:"这个不难。此东西山口,我一向怪他狭隘昏黯,有害生民来往,但我这点灵光,又托付在将军阳世用事,因此不得上玉皇座前,奏令六丁、六甲神将,开豁这条门路。今将军既在此被困,今夜可即付我灵光,上天奏闻;奏回之时,仍还与将军幻体。明日三更,我当率领丁甲、山鬼、神将、东、西、南路,用火喷开,将军即可分兵,乘火攻杀出去。"亮祖说:"这个极好。但我近到山中,闻神祇用火射人,春秋必须童男童女祭献,此事恐伤上帝好生之心。"那神明对说:"此是将军本性上事,将军蜕生时,该除多少凶顽,多一个也多不得,少一个也少不得。只因带来这分火性,自然勇猛难消。既然如此说,今夜转奏朝廷,把将军烈火按住,竟做个水旱有祷必灵的神道何如?"亮祖大喜,说:"如此便好!"于是拱手而别。亮祖便上胡床,恰如死的一般,睡熟在床上。直到五更,天色将曙,那神道从天庭奏事而回,旋入帐中,嘱咐亮祖说:"我已一一依昨晚所说,奏请玉皇,都依允了。灵光仍付将军,将军可醒来,吩咐三军,晚来攻出重围,相逢有日,前途保重!"亮祖醒来,梳洗了,仍领军士上山,焚香拜谢。到得日暮,作急下山,吩咐今夜三更攻打,不提。

却说陈友定在汀州府中,那王遂等四将,把引诱来军攻打消息,报与友定得知,十分欢喜,大开筵宴庆赏。且打发许多酒食,送王遂等四人帐中,说:"功成之日,另行升赏,今日且各请小宴。"这四将也会齐在山前一个幽雅所在,呼庐浮白的快活。亮祖却吩咐三军上山砍取柴竹,缚成火把五六百个,待夜间以山上神光为号。神火一动,军中便点着火把,协力乘火杀出口子。众军得令，各处整理齐备。恰有二更左右，帐中军士，果然望见山上殿中火光烛天，那些火马、火骡、火鼠、火鸡、火龙、火牛等件，一些也不见，只见东西各路，都是些执着斧、锤、锯、錾的牛头、马面，每边约有一二百个，竟奔下来。朱军一齐点起火把，神兵在前，朱兵在后，从东、西山口，悄悄地直杀出来。谁想神兵斧到石落，把口子上的军士，都压死在石头下面。杀到大路，那神明便把手与亮祖一拱说："此处便有幽明之隔，不得同事，趁此静夜无备，将军可逾山而上，径到城中，攻取城池。那友定恶贯未满，尚得逃脱，不必穷追了。"这火神自向山中去讫。亮祖听言，因令三军直登前岭。谁想这城依山而筑，东南角上，果是依山作城。军士衔枚疾走，下得岭来，已在城中。正是友定府墙。三军便团团围住，亮祖当中杀入。那友定在梦中走将起来，只得在茅厕墙上，跳出逃走，径向建宁而去。亮祖待至天明，安抚了远近百姓，便将檄文前往浦城、建阳、崇安等处招谕。不止一日，三处俱有耆老，里甲，带了文书，投递纳降。亮祖自领全军，竟回金陵奏复。

且说陈友定从厕中跳墙而逃，恐大路上或有军马赶来，也向东南角上，登山逾岭，径寻鹤鸣山一路行走。手下只带有一二百精壮。走过山口，但见东西两路二千个士卒，都不是刀剑所伤，尽是石头压死的。至于王遂、彭时兴、叶凤、江大成四将，竟像石栏圈一个，把四将头颈箍死在内。友定摇头伸着舌，说："这朱亮祖甚是作怪，怎能运动这些石片下来攻打，稀奇，稀奇！"回看山口，又是堂堂大路，与前日光景，一些也不同。叹息了一回，寻思元朝建宁守将阮德柔，极是相好，不如且去投他，做些事业，报复前仇，也还未迟。一路之间，提起朱亮祖三字，便胆战心寒。说总有神工鬼力，哪有这等奇异，说话之间，已到建宁地面。友定走进德柔府中，将石压军士，失去浦城等事，与德柔细说一遍。那德柔也惊得木呆，半日做不得声。未知后事如何，且看下回分解。

第四十三回　损大将日现黑子

且说元将阮德柔把守建宁,却有陈友定从汀州逃脱来见。那德柔听了朱亮祖劈开石壁,杀伤士卒稀奇的事,便说:"仁兄此来,我当为你报仇。此地离处州界限不远,我如今点兵四万屯住锦江,复领一支兵绕出处州山背,便当一鼓攻破城池。"友定应道:"绝好!绝好!"就整顿军马起行,不提。

却说处州镇守大将,姓胡名深,字仲渊,此人沉毅有守,智勇兼全。又评论时文,高出流辈。大小三军,莫不畏之如神,亲之如父;真是浙东一方保障。探子报知信息,他便上了弓弦,出了刀鞘,统领铁甲雄军三千,上马出城迎敌,正遇友定兵到,两边射住了阵脚。

友定看胡深人马不多,纵马直杀过来,胡深把大刀抵住,你东我西,你来我往,战上五十余合。胡深兵十分精猛,各自寻个对手相杀;杀得友定阵中,旗倒盔歪,十停之中,留有五停,友定大败,忘魂丧胆。天色已晚,两家收兵,明日再战。友定自回本阵去讫。胡深领兵入得城来,恰好儿子胡祯迎着,问:"今日之胜,虽荷主上洪福得胜,但父亲不着孩儿出阵,决要自战,却是为何?"胡深说:"你不晓得,那友定因输与亮祖,又失了若干地方,此行倚仗阮德柔,以图报复。其势必劲,其谋必深,你少年人那识行兵神妙。但我今日虽然得胜,此贼明日必另有诡计应付我师,我前日接主上密札,吩咐说:'日中有黑子,主东南主将不利。'我连日坐卧不安,心神若失,不意此贼搅扰界限,倘有疏失,我当万死以报主公。你为我子,更宜戮力为国尽忠,为父争气。"言毕不觉泪下。胡祯慌忙答应:"父亲放心,料当必胜。"军中把酒已罢。

次日,黎明时候,胡深传令军中造饭,结束齐整,三千铁甲兵,没一个被半点伤痕。正要上马,只见走过儿子胡祯来说:"父亲今日可令孩儿出阵搦战,稍稍替你气力,父亲可督中军压阵。"胡深笑道:"孩儿不需挂心,我今日若不出阵,那友定便说我畏惧,气力不加,反被贼人笑侮。你可领兵去镇守城池。"吩咐才罢,便跳上马,把身子一扭,那马飞也似当先去了。刚刚排列阵势完成,早有陈友定前来,大叫道:"胡将军出来相对,决个胜负。"胡深听了,便说:"陈元帅你为何迷而不悟?你阵上四万甲兵,到晚点数,不上二万有零;我兵三千,全军而返。昨日之战,已见分明,元帅何不顺天来归?我主公仁明英武,群臣乐用,不久四海自当混一。昔日窦融归汉,至今称为英雄。元帅请自三思,何苦伤残士卒!"友定听了一会,也不回言,驰兵竟向阵中杀入。胡深大怒,领三千铁甲兵,杀入重围,把那贼大寨栅登时斫倒,杀到核心。那二万余人,又去了十分之四。友定大败,勒马向建宁路上逃走。胡深纵马赶来,约有二十余里,看看较近,那友定心下转说:"前者被亮祖出奇兵夺去了建阳、崇安、汀州等地,无可安身,幸有阮德柔肯分兵与我报仇,今只存得残兵万余,虽然回去,有何面目见江东父老。谅他后面又无接应兵马,不如拼死与他再战。"这也是胡深命合当休,上应天象,那友定大喊一声,转马来杀。胡深道:"你正该受死。"两马正将凑合对敌,谁想胡深坐的马,被那旗幡一动,日光竟射过来,只道是什么东西,把双脚一跳,凑巧前脚踏着一把长草,那草把后蹄一绊,绊倒在地。胡深虽便跳下马来,却被贼兵挠钩搭住不放,众军便活缚了过去。三千铁甲兵直冲过来救应,那友定奋力杀奔前来,无可下手,三千铁甲兵士,只得含泪逃回,报胡祯得知。那友定见军士四散,便拍马先回建宁城中见了阮德柔,说:"捉大将胡深到来。"德柔大喜,就请友定暂回本营,解甲安息,待众军解到胡深,方请公堂筵宴庆贺。友定回至本营,未及半刻,众军把胡深解到。友定便下了阶,解去了缚,说:"且请上堂说话。"胡深只得上堂,便开口说道:"既然被擒,愿得一死。倘如释放,便当与公同事圣明,不枉了君明臣良之大道。"说了又说,劝了又劝。友定心中甚是尊爱。不想阮德柔处,屡次打发人来请赴宴,因友定听了胡深言语,只是沉吟,不见发付,便不敢上堂相禀。谁想德柔之贼,坐在自己堂上,正要十分施逞快活,怎奈二三十个差去接的人,都不去回复,忍耐不住,便放开脚步,走到馆门首,大喝道:"陈将军把这胡深一刀两断便了,何必待他说张说李,终不然放了他不成?"友定慌忙下堂迎接,那德柔已到堂前,喝令中军把胡深斩讫报来,连友定也没做理会。顷间,军士献上首级。德柔同友定到府中筵宴。

话分两头,胡深儿子胡祯,在城上自早盼望到晚,杳无消息,自要领兵出城接应,又恐孤城失守。正在狐疑不定,心惊肉跳,却有一种口里说不出的光景。隔不多一会,铁甲兵士到来诉说,马绊被捉事情。胡祯放声大哭,哀动三军。晕倒了半日方醒。次日,申发文书,知会四方接应:一面将事情上表奏闻太祖,申请急调兵将把守,不在话下。

却说朱亮祖承命攻取汀州等处,得胜而回,不日来到金陵。次日,入朝朝见,礼毕出班,将前事一一面奏。太祖不胜欢喜,便令御马监将自己所乘骏马,并库中金、银、彩缎,及表里赐予亮祖:亮祖拜谢出朝。只见殿中走过一位使臣,将表章托在手上,口称:"处州府镇守胡深子胡祯,遣来奏闻的表章。"太祖听了"胡深子胡祯"五字,吃了一惊,便问:"胡元帅好么?"那使臣不敢答应,只是两眼泪汪汪。太祖慌忙把表章一看,方知胡深被害,便对宋濂说:"胡将军文武全才,吾方倚重,不意竟为友定这贼所害!"即追赠"缙云伯",遣使到处州致祭。就荫长子胡祯处州卫,用为将军指挥佥事之职。正在调遣间,恰好徐达领兵回见太祖。太祖见了,便问吕珍消息。徐达回奏:"吕珍闻主公取了湖广,因遁迹苏州。那左君弼来攻牛渚渡,幸托主公洪庇,被臣连败六阵,追至庐州。左君弼复弃庐州,北走陈州。臣即俘其老母妻子解送军前。"太祖令将君弼家眷,择深大宫舍寓寄,支领官俸,优恤隆眷。即对徐达说:"前者军师刘基,在豫州别我时,曾言日中黑子相荡,主损东南方大将之象。今胡深与陈友定相持,马蹶被捉,不屈而死,大可痛怜。我今思量,向年廖永安领兵往救常州,被吕珍所获,后来我兵活捉张九六,他要将永安来换,彼时不知主何意思,不换与他。至今守义不屈,被其羁禁。你可唤咐中书写诰文与他,遥授光禄大夫程国江淮行省平章事楚国公,以表孤不忘远臣至意。"徐达领命而出。未知后事如何,且看下回分解。

第四十四回　常遇春收服荆襄

　　话说太祖因胡深不屈身死，辗转念及廖永安，陷于张士诚，守义有年，敕授官爵命中书写谕与他家内，以勉忠贞。早有细作报与士诚得知，且说太祖加称吴王封号等事。士诚即自称为帝，改国号为大周，改年号为天祐。立长子张龙为皇太子；次子张豹、张彪、张虬，总理军国重事；以大元帅李伯升，领兵十万，把守湖州；以潘原明领兵五万，把守杭州，阻住钱塘江口；以万户平章尹义，守住太湖。封弟张士信为姑苏王，李伯清为右丞相。一面请命于元朝。而今他也晓得元朝遮护他不得，且做事还有妨碍，尽把监制他的元臣，一一逼胁身死，放情自纵。每常只有提防朱家兵马、征伐浙右意思，这也慢表。

　　且说常遇春同邓愈领兵进攻赣州，贼将熊天瑞，从东门外十里列阵迎敌，相持日久，胜负未决。太祖乃遣左司郎中汪广洋前往参谋。因谕遇春等道："天瑞困守孤城，犹笼禽阱兽，谅难逃脱。但恐破城之日，杀伤过多，尔等须以保全生命为心：一则可为国家使用，二则可为未附者戒，三则不妄诛杀，子孙昌盛，汉时邓禹可以为法。前者，友谅即败，生降诸军，或逃归者，至今军为我用，民为我使。后克武昌，严禁军士入城，故得全一郡之命。苟得郡而无民，虽得何益。"正说间，汪广洋来到军中，传与上命。当时幕冬天气，江西近赣诸地，颇苦严寒，闻有天命来谕，保全民命的话，便觉阳和春色，一时照临，都如挟纩①一般。遇春见天瑞拒守益坚固，命军士深掘沟池，广立栅闸，周匝围绕，以防救援，且绝城中往来信息。日复一日，已是元至正二十五年，岁在乙巳正月元旦。常遇春等领诸军，在赣州东向金陵称臣祝寿，呼天动地。那天瑞在城上遥望了一会，对那些军士说："朱家真好臣子，真好礼体，以此光景，颇有一统规模。但未识朱公德量如何？前闻使者到军中传谕，不许妄杀，未知果否？"自言自语下城调遣军士把守。此时春色已动，朱军加倍精锐。又将半月，天瑞自揣力不能

---

①　挟纩（kuàng）——比喻受人恩惠，像穿棉一样温暖。纩，丝绵。

支,只得写降书,开门送遇春营内。遇春细看了来情,并问来人心事,已知天瑞困迫。因对来人道:"前者我王驾到江西,你将军已是投降,并收了我主许多赏赉。不意他复生歹心,劳我师旅。今日本当不受纳降,但我何苦为你将军一人之头,带累许多无辜之众。你今回报,叫他再清夜自思,不可造次做事。倘或目下势迫而降,后来仍如今日叛逆,天兵一到。决不容情。"那人回城,备讲了这一番话。次日,天瑞亲到军中负荆纳款①。遇春因传令诸军,不许搅动村居百姓,各守队伍。倘有一军走入民居者,刖足②示众。号令已毕,只率从者十人进城,调查户籍,释放无罪良民,将存有仓储,尽行散给远近人民,以济骚扰之苦。一面申奏朝廷,一面传檄南安、南雄、韶州等郡,曲谕主上之德意,诸处望风而降。因令原守韶州同知张秉彝,仍守韶州;指挥王屿守南雄;自己统领三军,不日回至金陵。太祖临御戟门颁赏犒劳,因对遇春说:"孤闻将军破敌不杀,足称仁者之师。曹彬之下江南,何以有加。此真天赐将军,以隆我国家也。但思安陆及襄阳一带地方,正是江西肩背,不可不取,还烦将军一行。"遇春拜谢赏赉,口衔新命,即日出城,往荆州进发,不表。

且说伪周张士诚、元帅李伯升,见朱兵往江西一带征取,湖州谅来无事,悄地率众二十万,星夜兼程而进,竟把诸全新城围住。主将胡德济坚守,即遣使往李文忠处求救。李文忠得报,便率众来援,未至新城十里,土名龙潭地方,文忠传令前军,据险安营搦战。德济知文忠已到,遣人间道对文忠说:"众寡不敌,将军少待大兵,一齐攻杀,方保无虞。"文忠对来使说:"以众论,则我非彼敌;以谋论,则彼非我敌。昔谢玄以兵八千,破苻坚雄兵八十万。若未与战,便遽退避,则彼势益炽,纵有大军到来,难为攻矣。莫若与之一战,死中求生,正在今日。"遂下令说,"彼众而骄,我寡而锐,可一战而擒;擒彼之后,轻重车马,任汝等所取,汝等当戮力同心厮杀。"明日,两军相对,文忠仰天大叫:"朝廷大事,在此一举。敢自爱其身,以后三军哉!"即横槊上马,领了数十铁骑,乘高而下,直捣伯升阵后,冲开中军,一把刀登时砍倒二十余人。即督众乘势四下赶杀,贼兵大溃,自相践踏。胡德济在城,闻知文忠力战,因率城中将士,鼓噪而出,声震山

---

① 纳款——指投降。古时战败投降,要缴纳投降的条款。
② 刖(yuè)足——古代砍掉脚的酷刑。

谷,旌旗蔽天,无不以一当百,斩首万级,血流成河,河水尽赤。伯升却要望东而逃,又遇左翼指挥朱亮祖,却好领兵杀来,把大营四下放火腾烧,活捉同佥韩谦、元帅周遇、萧山等六百余人,散卒军士七千余众,马一千八百余匹。弃去的辎重、铠甲、器械,山堆阜积。众军士搬运了五六日,尚不能了。李伯升领残兵万余,保伪周五太子,星夜赴苏州而去。文忠仍领兵镇守旧地。

话分两头,却说太祖命元帅常遇春往取安陆、襄阳、复调江西省左丞邓愈,为湖广平章事,领兵接应。因使人谕知邓愈说:"凡得州郡,汝宜驻兵抚辑降附。近闻元将王保,现集兵汝宁,他的行径,如筑堤壅水,惟恐漏泄。尔往荆南,倘能爱恤军民,则人心之归,犹水之就下。是穿其堤防,使所聚之水,都漏泄也。用力少而成功多,正在今日,尔宜敬之。"邓愈奉命,来至遇春营前,那遇春正与安陆守将任亮血战。看那任亮甚是骁勇,二将斗到五十余合,未分胜负。邓愈大叫道:"常将军,待末将为公活擒此贼……"声未绝,手中展开锦索,向天一撒,把那任亮活捉到马上去了。一个回马,把马一拍,向自己营中跑回。着三军将任亮打入囚车,解金陵候旨发落。遇春见邓愈捉了任亮,便纵马入城,抚慰百姓。即令沔阳卫指挥吴复,在城把守。次日,发兵前至襄阳。只见城门大开,百姓携老扶幼,一路跪接,备说镇守元将,闻风逃遁。遇春吩咐后兵传言,请平章邓愈进城,安辑人民,出榜晓谕,自己统领大兵追杀元将五十余里,因俘士卒五千余众,获马七百余匹,粮一千余石。正要转身回军,恰有元佥院张德山、罗明,跪在马前,将毂城一带地方,与思州宣抚并湖广省左丞田仁厚等将,所守镇远、吉州军民二府;婺川、功水、常宁等十县;龙泉、瑞溪、沿河等三十四州,尽行附降。遇春即令军中取过马匹,与三人骑了同至襄阳城中。早有邓愈在府整备筵宴邀入相聚;一面再将得胜纳降事务,修成表章,申奏金陵。内并请改宣抚司南镇西等处宣慰使司,仍以田仁厚为宣慰。未知后事如何,且看下回分解。

第四十五回　击登闻断明冤枉

却说常、邓二将军，统兵攻取荆、襄之地，恰有张德山、罗明、田仁厚三人，闻风而来，归有许多地面。因一面申文保留仁厚为宣慰使，又备说元将任亮，虽被擒获，然壮毅可用。太祖俱允奏。以田仁厚巡抚荆南，仍授宣慰之职；释任亮为指挥佥事；敕令邓愈为湖广行省平章，镇守襄阳；常遇春暂领兵回金陵，听遣征讨。

是时湖广江西皆平，太祖因会集多官计议，说道：“张士诚贪得无厌，僭称皇帝，倘不及时剪灭，小民何忍受其凌辱！”因吩咐将士：“明日在教场观兵，倘能战胜者，受上赏；其有被伤而不退怯者，亦是勇敢之气，受中赏。”诸将帅领命退朝，整点各部军马去讫。次日五更，太祖出宫，排驾直到演武场中坐下，即谓起居郎官詹司，从旁登记今日比试胜负于簿上，以便赏罚。大小三军，个个抖擞精神：遂队、遂伍、遂哨、遂营，刀对刀，枪对枪，射的射，舞的舞。十八般武艺，从大至小件件比试过了。又命火药局装起火铳、火炮、火箭、鸟嘴喷筒等项，都一一试过。自黎明至天晚，太祖照簿上所记胜负，各行赏罚。排驾回宫，昏暗中远远望见一人，倚墙而立，太祖问巡街兵马指挥说：“那人是谁？”指挥即刻将此人拘押到驾前，询问籍贯、姓名。那人回说：“小人攸州人氏，姓彭，双名友信。县官以臣文学，齐发来此。今早方到。闻吾主选拔将士，不敢奏闻，适见驾回，遍走民家回避，以面生可疑，无人许臣进门，因此倚墙而立。”太祖听他言辞清亮，且举动从容，抬头一看，天边霓色粲然。因说：“我方才登驾，以云霓为题，得诗二句。你既有文学，可续成么？”友信奏说：“愿闻温旨！”太祖吟道：

　　谁把青红线两条，和云和雨系天腰？

友信接应答道：

　　玉皇知有銮舆出，万里长空驾彩桥。

太祖听罢大喜，即令明早入朝进见。次日，钟声方歇，太祖密着内臣出朝，探视友信来否。只见友信整衣肃冠已到多时。太祖视朝礼毕，对侍臣说:"此有学有行之士,我欲任为翰林编修,众卿以为如何?"廷臣齐声应道:"极当,极当!"友信拜谢方毕,只听朝门外鼓声咚隆的响,原来太祖欲通天下民情,及世间冤枉,倘无人替他伸理,便任百姓到朝挝击此鼓,名叫"登闻鼓"。如有大小官军,阻遏来人者,处斩。太祖听见,便宣击鼓的进见。不多时,只见一个极美极洁的妇人,年纪只有二十余岁,飘飘冉冉,走向殿前叩了几个头,跪着诉说:"小妇人周氏,父亲是扬子江边渔户。将奴嫁与李郎,在金山寺附近捕鱼为业。方嫁两载,生下一个孩儿。时常有邻家江妈,送我些胭脂花粉,小妇人亦时常把些东西回他,因此往来甚是亲密。一日,李郎捕鱼未回,妇人因邀江妈到家相伴同睡,谁想江妈,暗将僧鞋一双藏在床下。次早,江妈回去,恰好李郎归来,在床下见有僧鞋,疑是妇人与和尚通奸。任我立誓分辩不信,逐我回到娘家。离别时,曾占诗一首,诉明衷情。那诗记得说:

　　去燕有归期,去妇有别离。妾有堂堂夫,妾有呱呱儿。撇了夫与子,出门将何之?有声空呜咽,有泪空涟涟。百病皆有药,此病最难医。丈夫心反复,曾不记当时:山盟与海誓,瞬息竟更移。吁嗟一妇女,方寸有天知!

　　李郎也只做不闻,只得长别。自此,将及半年,有个新还俗的僧人,叫做惠明,原是金山寺和尚,托媒来说,要娶妇人。父亲做主,便嫁了他。前晚酒中说出,当年江妈妈时常送些花粉、胭脂,及藏僧鞋的事务,原来都是这和尚的奸谋,因此将小妇人夫妻拆散。后诉本地知县做主,谁想他又央人情,不准呈词。这段冤枉,全仗皇上审理。"太祖听了大怒,即唤殿前校尉,星驰拿促奸僧、江妈并本地知县,同金山寺合寺僧众到殿前鞠问。不一日,人犯齐到,一一都如妇人所言。登时,命将惠明凌迟处死;江妈主媒枭首。同寺内十二个僧人,坐知情罪杖责;知县遏绝民情,收监究问;其余寺僧,具发边远充军;这妇人仍着原夫李郎领回,永为夫妻。判讫。

　　暑往寒来,不觉又是孟冬天气。太祖对徐达、常遇春说:"今日士卒训练已精,资粮颇足,公等宜率马、步、舟师,一齐进取淮东,先克淮安。顺便攻泰州一带,剪去士诚东北股肱之地。"二将领名辞朝,择日率兵二十万,向淮东一路进发。

　　且说士诚知朱军攻取风声,即召满朝文武商议。恰有四子张虬向前奏说:"臣意金陵兵马,本欲先取淮安,后攻泰州,我处不如遣舟师进薄淮安,次于范蔡港口,以疑彼师,使他进退两难,彼此分势,日久师老,不战自退。"士诚听了称说有理,即令张虬带领舟师,依计而行,一面又遣人驰赴泰州,令守将史彦忠,小心防守不表。

且说太祖在金陵,探子报知士诚如此行兵信息,因作书谕徐达道:

贼兵驻扎范蔡,不敢陈于上流,分明是欲分我兵势耳,非真有决机之谋也。宜遣廖永忠等,率舟师御之。大军切勿轻动,待他徘徊江上,听其自老。乘其怠情,攻之必克矣。泰州既克,则江北瓦解,不卜可知。

徐达接谕,即率兵驰赴,由淮安至泰州安营。泰州史彦忠早已知风,便对众人商议说:"金陵兵势浩大,若与对敌,必不得利。以我见识,城中粮饷甚多,只宜固守。一面使人往姑苏,求取救兵接应,方可迎敌。"众人都说:"元帅高见。"史彦忠即修表,遣人往苏州求救,调各将士固守城池。朱兵直抵城下,每日令人大叫骂战。彦忠只是坚闭不出。徐达传令,在正南上七里外安下大营。众将都来议围城攻击之策。徐达说:"吾知此城极其坚固,而且兵多粮广,以力攻之,必不易克,徒伤士卒之命。莫若乘机另生计较。"因命众将每日遣小卒在城下百般毁骂,激他出战。那史彦忠只是在城坚守,不许一人出城,一连相持了半月。徐达见众军无事,即令冯胜帅所部军马一万,进攻高邮去了;过有七八日,又命孙兴祖领兵一万,把守海安去讫;又对遇春、汤和、沐英、朱亮祖、郭英等,说:"我想史彦忠乃东吴善守之将,不若乘此严冬,人将过岁,吾有方略在此。只是事机要密,诸公幸勿漏泄。"即向众人耳旁说了几句,如此,如此。众将说:"元帅之计,甚妙。"次日,徐达传令:"诸军在此,以客为家。今彦忠既不出战,亦且听其自然。目下已是除夜元旦,汝等自宜庆贺数日,以享韶华。"说完,即在帐下设一个大宴会,齐集众将,高歌畅饮,扮戏娱情,一连的热闹了七八日。未知后事如何,且看下回分解。

第四十六回　幸濠州共沐恩光

且表徐达见史彦忠坚守不战,因此设计,令军士也不攻城,趁着三阳佳节,解甲休兵,大吹大擂,一连饮了七八日光景。早有细作看了朱军这般光景,报与彦忠知道。彦忠大笑,说:"如此村野鄙夫,岂堪出任大将。今彼既自骄自肆,上下各无斗志,不如乘机破之,何必定要外兵来援,方才迎敌。"彦忠又恐未必的实,就唤儿子史义说:"我令你前往打探虚实,汝可将书一封,假以投降献城为名,观其动静,事成之日,重重奏请升赏。"史义领令,赍①了降书,径投徐达营前,令士卒报入。那些士卒也不阻止。史义直入营中,但闻笙歌聒耳,嬉戏的妆生妆旦,抹朱搽粉,在堂中搬演杂剧。那个徐达元帅,与这些众将,沉酗狼藉,略无纪度。史义在旁,细看了一会,也没有人来查他姓张姓李,又是半晌走到桌子边,摸出书来投递。徐达假作醉眼,问他:"你是何人?"史义答说:"小的是史彦忠帐下将书来的。"徐达慢慢地拆开,念说:

泰州守将万户侯史彦忠端肃书奉大德总戎徐公麾下:伏念彦忠思圣泽,愿沃仁风。昨闻师临敝邑,即欲衔命投降;奈吴有监史,未得隙便。今监使已回,谨献户归降;乞保余生。特此先容,余当面禀。

徐达看书大喜,便以酒与史义吃,问说:"主师几时来降?"史义权对说:"明日即来。"徐达既传令军中,说:"泰州已降,正可设宴作贺。明日可增多筵席十桌。至如带来军士,且到临时,宰杀牛、马犒赏。"史义即时出得营来,又听得帐里鼓吹声歌,不住交作,喜不自胜,即刻回到了泰州,备说三军的榜样。彦忠大喜,说:"今夜不杀徐达,永不为大丈夫。"是日,正是元至正二十六年,丙午正月七日。约摸一更左右,彦忠率兵二万,出泰州南城,悄悄的驰至徐达营前。但闻营中更鼓频敲,便引兵直向营侧,只见满地士卒,皆熟睡不醒。彦忠吩咐将卒说:"汝等不必杀死士卒,径杀徐达,方为大功。"帐中灯烛微明,遥见徐达隐几而卧。彦忠遂令三军,奋力杀入。谁想方踏进营中,都落入坑中。坑深达四丈,下面都是两头尖

---

① 赍(jī)——拿着,带着。

第四十六回　幸濠州共沐恩光

的铁钉、狼牙、虎爪,陷入即死。仔细一看,却是草人。彦忠大惊,倒戈退步而走,忽听得一声炮响,伏兵尽起。东、南、北三面,密密丛丛的军校,杀将拢来。只有西面兵马少些,彦忠便命令军士投西而走。徐达传令,即将火铳、火炮、火箭、长枪手,一齐追来。面前皆是大沟,阔有二丈零,深有三丈零。泰州兵马,坠死不计其数,只约剩有百余士卒。彦忠只得踏着浮尸而逃。此时天色已明,彦忠深恨为朱兵所诱,且行且怨。只见当先一军阻住,为首大将却是汤和,高叫说:"不如早降,免得身死!"颜忠大怒,纵马来战。汤和便举刀相迎。未及数合,彦忠勒马而逃。汤和乘势追杀。将到泰州城边,唯见城上摇摇曳曳,曜日遮云,俱是金陵常元帅旗号。吊桥边旗杆上,早将史义首级,悬在高头。彦忠自度力不能胜,拔剑自刎而死。徐达带领数十人,入城安抚人民。其余军士,不得乱离队伍。次日,发兵一万,前往高邮助冯胜攻打。那高邮守将俞中,被冯胜日夜督战,正在危急,俄闻泰州又破,且益雄兵万余,前来攻打,只得出降,不提。

　　且说太祖一日说:"濠州是吾家乡里,今被士诚所据,是吾虽有国而实无家!"前者,命韩政率顾时领兵攻取,谁想守将李济领兵拒敌。又着龚希鲁去说萧把都,亦观望未决。因点兵一万,攻他水濂洞内城,又连兵攻打西门。那李济拒守益坚,伤残士卒,难以下手。徐达既取泰州,太祖即驰书与韩政、顾时,命以云梯、炮石,四面并力攻打,誓在必克。李济力不能支,遂出城纳款。太祖得了捷报,大喜,说:"吾今有国有家矣。"即日启程,驾幸濠州,拜谒陵墓。礼毕,即与诸父老排宴欢叙。因令修城浚池,着顾时驻扎。驾留五日,仍回金陵而去。濠州既降,淮东遂失左臂。于是淮安伪周守将梅思祖,徐州、宿州守将陆聚,皆望风来归。

　　却说孙兴祖前领徐达将令,把守海安。那兴祖方才扎营十余里,士诚的兵果然来寇海口。兴祖便率兵并力攻杀,活擒将士四百余人,杀死约二千余众。士诚的兵,遂连夜逃遁而去。孙兴祖即进攻通州。那通州守将吴魁,严兵相拒。兴祖向东城外五里安营,便排开阵势,单刀纵马杀来。对阵中米尔忠、张大元、虎布武、李通,一齐接住。兴祖统兵大叫,声震天地,河水若立,把四将一齐杀死,斩首数百级。吴魁连忙奔入城中,紧闭了城门不敢出战。兴祖也暂领兵而回。

　　却说徐达见淮安等处投降,便统兵渡江,过了常州,从长兴大路进发,径到太湖,贴着湖州岸上安营。早有伪周守将尹义,练着战船一千余只,在东岸截住去路。哨子探知来报,徐达思量太湖是东吴要地,正宜固守,即遣郭英驰入长兴,取船二千余只,同耿炳文调水军在湖边驻扎。次日,即领兵径泛太湖。郭英得令,遂向长兴进发。明日黎明,已同耿炳文到军前来会。徐达见了炳文,便道:"自从将军镇守长兴,备御多方,贼人远遁,毫不敢犯,真非他人所及。"炳文回说:"卑职效劳,是臣子分内之事,末将愧无才能,但心中可尽,不可不为耳。"徐达因问郭英说:"昨劳先锋料理船只,可曾完备否?"郭英道:"已有三千余只,整备湖口了。"徐达便别了耿、郭二人,领兵直至太湖,望东南而行。但见绿水潺潺,清波渺渺,南接洞庭,东连沧海,西注钱塘,北通扬子。五湖之景,此为第一。徐达回顾湖景,因对众将说:"湖光浩荡,长天一色,吾恨无才,不足以写其妙。聊作春湖歌一首,念与诸公请教:

紫气参差烟雾绕,清波荡漾连蓬岛。
湖中落日映金盘,水上风生飞翠鸟。
芦舞银花白蒂轻,荷生翠点青钱小。
洪涛滚滚连天涯,雪浪滔滔连海表。
睍睆①黄莺诉景和,呢喃燕子啼春老。
鱼龙吹浪水云腥,珠浸湖中烟月晓。
岸边游士唤开舟,船上渔翁拖短棹。
南越凭依作障篱,东吴倚借为屏保。
千团星月玉珠帘,万里烟霞瑞气好。
胜景繁华第一寺,轻帆破浪奸邪扫"。

歌毕,众将俱称嘉美。满湖中但见旌旗蔽日,金鼓喧天。远望东岸,一派号旗林林的布立得整齐。岸下战艘蜂屯,正是伪周虎将尹义屯扎的水寨。他兵望见朱师将至,便摆开船只,头顶着尾,尾旁着头,一字儿摆开,飘飘荡荡,恰有十里之路,每船上只见头上立着二人,艄上一人,中间舱内五六人,也不呐喊摇旗,鸣金击鼓,俱是一把长枪在手,直冲前来。常遇春与众将看了,大笑说:"这是渔翁的把式,说什么舟师!"惟是主将徐达见如此形势,急传令三军:"且宜慎重,万勿轻敌。我看他们,必有诡计……"传令未完,不料他军看见如此光景,便纵船杀入。约有五百余号,后船略不相接。只见小船上号炮一声,那些头尾相接的船,飞也似围将过来。未知后事如何,且看下回分解。

---

① 睍睆(xiànhuǎn)——形容鸟声清和圆转。

第四十七回　薛将军生擒周将

　　话说我们水军，前船杀进，约有五百余只，后船不继。谁想伪周的小船上，一声号炮，那些一字儿摆开的兵船，却飞也似围将拢来。先前每船上只不过有六七人在上，不知而今平白里，倒有七八十人。画角一声，重重叠叠，如蜂似蚁的围住。朱军的船在内，前后分作两段。只是虚声呐喊，却也不近前厮杀。

　　且说常遇春、王铭、俞通源、薛显四员虎将，分头杀出，但是我军将到，他们军士便都跳下水去，我船略开，他们仍然跳回船上来。遇春传令说："他军既然如此，不过欲老我兵耳。但是我军粮草不继，如此三日，则枵腹①了，何以当劲兵？我们的船，且集在一处，再作商议……"说还未已，只见船上都说道："不好了，不好了！我军船底被他们凿破，涌进水来了。"众军着急，都去舱内补塞。未及半晌，那些水军纷纷的在水上，如履平地而来。将我在外的船只，提起铁锤，只是乱打。顷刻间，朱军溺死的已是一千余人。常遇春等无计可施，遥看三面俱是芦荡，约有二十余里。芦荡之外，仍是无边水面，要望外边援军，他又尽将巨舰在十里之外，重重隔断，声息无闻。遇春仰天叹说："不意此身沉没在此。"薛显说："常元帅，你且慢着心焦。这场事务，须从万死一生中，寻个计策。我们且把船一齐荡开，不可聚在一处。倘若他四下里以火相攻，比凿穿船底尤是厉害。我有一计，即唤众军收捞已坏的船只，尽将舱底打，只留船底，将铁链缚船成，铺浮水面。每片约长十丈，阔二十五丈。板多则负重。每板上立四十人，各持火铳、火炮、火箭等物，乘他巨舰挨挤水面之时，今夜以火攻向前去。其余不坏船只，紧随火器厮杀，必能杀开重围。"俞通源听了摇头说："不可，不可！我军驾着船板而行，仰视艨艟巨舰，多有二三丈之高，一时难得上去，且风又不便，二者毫无掩蔽，则重伤必多，此计未妥。我仔细思量，尹义守此，不过十万之师，他如今驾着大船，当湖心截住前

———————
①　枵（xiāo）腹——肚子饥饿空虚。枵，空虚。

后,则众军必然尽罄的俱在水面上把守。岸上陆兵见我们前后不应,必不准备,莫如今夜将船分半,竟抵彼岸,直劫他岸兵。这叫做出其不意,攻其无备之法也。未知将军以为可否?"遇春听了便说:"二位的议论都好,我如今都用。但只与二位相反的:薛将军说将船底连拢去向后边放火,俞将军虑及以下攻上,且无掩蔽,重伤必多。我如今尽将好船带领火器,到他拦阻的船边放火攻杀,便有遮隔,也无俯仰之苦。俞将军说将船直抵彼岸,乘其无备,劫他岸兵,我们又苦无船可渡,薛将军将船底连拢渡去,此正如破釜沉舟,置之死地而后生的计策,使他两下救应不及,二位以为如何?"众人都说:"绝妙,绝妙!"即令众军将打坏不能装载的船,尽行拆散,把铁链如法连成一片。如今反将底面向天,以防钉脚损伤士卒,及到岸边,仍然翻转,将面子向天,防他水兵被火,逃脱上岸,一时触伤脚底,难以向前。又令在船众军,整理火器等件。俞通源、薛显领兵攻打水寨。自同王铭领兵攻劫岸兵。只待夜间,分头行事。急忙料理,不觉红日西沉,但见湖中清风徐来,水光接天,众籁无声,一碧万顷。可惜只为王命在身,无心盼睐①烟光景色。

却说元帅徐达,在中军听得一声炮响,忽见尹义阵上的船,如飞围绕,把我截做两段。倏忽之间,大船如云而来,似铜墙铁壁,拦阻在湖心内。自知中他奸计,急令军士慢施橹棹,且集众将细议攻打。军令一下,众将会集到船,都说:"起初之际,更不见一只大船,只是几处芦苇荡边,有些捕鱼小船,我们因此也都放心,谁知落他的圈套。"正说话间,那些被溺死的军士,飘飘荡荡,竟如雪片的流到船边,心中十分不忍。欲要打探,更无去路。又不见里面一些响动。俞通海、俞通渊因有兄弟通源截住在内,不觉放声大哭起来。众军汹汹茫茫,也没有个理会。徐达此时待将转回湖口,又思前军无人接应,欲杀向前去,那船上只是把喷筒、火炮、火铳等物,不住地打过来。刀枪、剑戟,密密摆列船上,不让你近前。徐达只是口中不住的叹气,看看傍晚,无计可施,但只吩咐各船上,夜间小心巡哨,静听里面,恐有声闻,以便救应。众将得令。但听得伪周船上鸣锣击鼓,画角长鸣,四下里分头巡更,不觉已是初更左右。只见月色朦胧,星火暗淡,朱军侧耳细听,并不见有一毫动静。将近二更,只见水面上刮起波纹,早有

---

① 盼睐(lài)——欣赏或领略之意。

软浪,打到船头。徐达独坐舱中,闻得风声,愈加烦闷。且说里面被围,水帅俞通源、薛显传令,凡是好船,都撑转船头,仍从原路而行。恰好趁着顺风,倏忽之间,都顶尹义大船的舵上,只待常遇春等船板渡军上岸,以放炮为号。一边放火杀出,一边上岸杀入。且喜他的船上,都料如此布列,万无一失,俱各放心安睡。起初,敲更鼓的,与那提铃、喝号的,虽是严明,挨至三更,俱各倦然睡去。我们在船板上渡水的军,虽遇了风,幸无篷扇,止得一片光板,奋力撑持,已到彼岸。遇春即令将船板尽行翻转,塞满岸边,即衔枚疾走,不及一里,已是尹义陆寨,更没有一人巡视。遇春吩咐军士,四下里放起火炮。一时火光烛天,直杀入寨里去。此时只有伪周副将石清在寨把守,梦中惊起,不知此兵从何而降,盔甲都不及穿。遇春带领虎将王铭,横冲直撞,喊杀连天,没一个敢来迎敌。即将石清擒住,不表。

且表俞通源、薛显,因顺风船到得早,即令齐将火炮、火铳、火箭及芦苇引火之物,轻轻着水军抓上各船艄上,设法准备。正好安置妥帖,只听得一声炮响,即便同时发作起来。火又猛,风又大,尹义听得喊声从后而起,即披甲跳出舱来。只见火光彻天,一时间,水上连拢的船一只也放不开,只得向小船中逃走。外面徐达船上,看见敌船上火起,不住地喊杀,也杀将进来。不上一个时辰,将三千敌船,尽皆烧了,没有一个逃脱的军士。真好一场厮杀。正是:

　　万道红光,满天烟障。远望似片片云霞,罩着湖中绿水,近观如条条锦绣,映来水面清波。三江夏口,那数妙计周郎,骊山顶头,不羡美人褒姒。起初间烈焰焰一丛不散,便浮梁御器厂闪烁惊人,到后来虚飘飘万点移开,便深秋萤火虫焰光满目。沸水腾川,不让昔咸阳三月,炊人爨骨①,谁说道鬼火神灯。真是:丙丁烘得千千里,萤火烧得万万魂。

尹义落得小船逃走,回看一眼,伤心顿足,道:"可怜!可惜!只说要围他,谁知反受其害。"正在顿足不暇,又被朱亮祖、沐英,将小船杀近前来。约到岸边,满岸口都是船板,钉头向天,正要提步而走,早有朱亮祖追上,一锤打落水中,活捉去了。未知后事如何,且看下回分解。

---

①　爨(cuàn)骨——烧煮。

第四十八回　杀巡哨假击锣梆

且说常遇春分兵两支，水陆夹攻，前后接应，将及天明，一齐会集。徐达传令鸣金收军，与常遇春、俞通源、薛显、王铭等相见。真如再生兄弟，梦里重逢，不胜之喜。即唤军士将尹义、石清枭首。随集众船，直走湖州的昆山崖边屯扎。与伪周的兵，水陆交战，共计有五阵，伪周兵马大败。遂统三军，直抵湖州城下。丞相张士信闻知大惊，即率境内精兵十万，径往旧馆地方，以击朱军之背。常遇春探知此信，便对徐达说："贼兵此计，是欲使我兵前后受敌。既来困我的兵，又来分我的势，不可不防。不如待末将与朱亮祖、王铭拣选健士三千，径从大全港而入，结营东阡，复抗敌人之背。因令军士负土阻塞港口，绝其归路，此计何如？"徐达道："所见亦妙，常将军依此而行。"遇春领令，即引兵前往东阡屯驻。士信阵上，早有先锋徐义出马迎敌。遇春一边摆开阵势，一面唤众将士，吩咐说："今日士信有兵十万，我兵仅止三千，尔等切须努力尽心，功成之日，当受上赏，决不食言。"便传令军中将酒过来。遇春酌酒在手，对众将说："敢有面不带矢，身不被伤者，有如此酒。"即持刀勒马，当先而出。一见徐义，也不打话，便把刀乱砍，好似剖瓜切菜。那三千人看见，即放马杀去。杀得士信阵上的兵，人人胆战，个个心寒，只得四散而脱。徐义引残兵数百，向树林中伏了一夜，方才脱逃得去。遇春一领绿色征袍，及一匹追风白马，俱被染得浑身血迹。东阡前后五里地面，东倒西歪，都是死尸堆积。张士信连夜申奏士诚，说："金陵兵势浩大，望御驾亲征。"士诚允请，即刻带五太子及吕珍、朱暹等，再添兵五万，驾了赤龙船，列阵于乌龙镇上，与朱军相去不远。常遇春即唤副将王铭说："我闻五太子虽然矮小，其实精悍，力敌万人，人都说他平地能跃起三丈。又吕珍亦是力雄气足，非比寻常。今又加兵五万前来。我兵三千，明日何以抵敌？今我再三思量，士诚驾了大舟而来，其兵必疲，不如今夜乘其困怠，汝速领水军驾小舟百只，各带火具，傍近大船，四散放火攻杀。他见势头不利，必然登岸而逃。我于东、南、北三面树林中，插旌旗，挂灯火，令军士五百人击鼓呐喊。他必向西路而走,我同朱将军带领二千勇士,于西路左右,参差犄角,待他来时,分头而出,倘不能擒,亦必破胆。"王铭领命。将近初更,先驾一舟前往。恰好士诚水寨中有五六个一队,在岸上左右巡哨过来。王铭向前,将一个敲锣的一把扭住,说:"你且勿叫,若叫起来,吾即杀你。你本身姓甚名谁?派在何营巡哨?"那人便说:"我姓王,排行第七,叫做王七星。派在前营巡风,一连六个人。"王铭一一问个仔细,将六人杀了,把号衣剥将下来,交与面貌相似的六人,依照巡哨的打扮,即叫军士把那六人尸首,丢在远处河中。正好收拾停当,又见一伙儿六人,又慢慢地提铃击梆走将过来。王铭叫道:"阿哥,我王七星早在镇上抢有熟牛肉一包,我们同伴邱大元又抢有白酒一樽。我们今日辛辛苦苦,到晚上却要坐享了,到船艄上去安睡,不意又派令巡哨。阿哥们,可怜儿见,替我们在此巡哨一回,待我兄弟们走到船吃些儿就来,也不枉了同伙共事。"其中有两个便说:"这个有何不可,但我们也要吃一盅酒,嚼块儿肉,方肯替待替待。"王铭便答应说:"这些酒,这些肉,又不是真金白银买来的,不过是用首饰货换来的。俗说:'首饰买的,将来结交兄弟。'有何不可,就请下船。"直到半路光景,中间一个说:"我们两处巡哨人,俱走了来,倘有失误,明早吃军政司棍子。王七哥,你可先同他们伙中四位去吃一些儿,再来换我们。公私两尽何如?"王铭答道:"好,好,好!"一头走,一头问他们是张三李四的名字。倏忽间,将近船边,王铭先跳上船,把后脚将岸一蹬,那船忽地里离岸有二三丈。王铭便把篙子在手,撑将过来,说道:"列兄,逐位儿请下船,但船小不堪重载。"舱中早有一个知心的持刀在手。王铭先把手接着一个下船,便将身子故意一推,将那人推进船舱里。那人叫一声:"啊呀!"就不见响。王铭因而再把手接一个下船,接连四个,皆如此做作。谁知那人叫得一声,俱被舱中人杀了。王铭即时收拾起四人尸首,把他衣服与我军士四人穿了。又到岸上来,叫两个吃酒。那两人又被朱军照前方法结果了性命。王铭侧耳一听,已是三更一点,即唤从军招呼众船,到来行事。正说之间,又有南边巡哨的人六个走来。王铭把嘴一拱,只见我军士即将他们两个扭住厮打,说:"今朝为何没有饭分与我等吃?"那二人说:"我何曾认得你!"扭来扭去,四个滚作一团,一滚直滚落河岸边去了。朱军即掣出刀来砍了。口里叫说:"你便诈死,我明日与你哨长处讲理。"扒上岸来,那四个人亦被王铭一般把来结果了性命。三处巡哨的,此时却已都是王铭手下所扮的，敲锣击柝，走来走去，不上半会，只见朱军的船如蚁而至。王铭便在岸上大叫说："张千户，偏你护驾来迟，王爷发怒，方才被我们遮过也。如今你这百只小船，不可在外，可分投里面去支值，省得再误大事，招惹受军政司计较。"那小船上便应道："岸上招呼的莫不是羽林卫左哨王七哥么？"王铭应道："正是，正是。"那人叫声："多谢回护，明日店中相谢。"便领了小船儿，只向大船儿边撑进去。那船上人只道果是护驾的官军，又是王七星在岸上打话，哪里来提防他，任他分头在船旁往来。再停了半会，将近三更左侧，王铭在岸上越发敲得响朗，即对船上说道："船上官长，趁我此时精神，可以略略睡一睡儿，若到四更左右，我招呼你们苏醒，那时候待我们也偷些懒儿如何？"船上人说："这等甚好，你们却要小心。"王铭说："这个敢替你取笑耍子哩。"那船上因此也都去打睡了。王铭低叫众军说："此时不动手，更待何时？"那小船上人，便即四下放起火来。王铭看见火热已猛，四下已难救了，便唤众人驾的小船，一一放开，在岸上大喊道："船中有火，可起来，可起来……"方叫得完，那船上的人，梦中惊跳起来。见士诚龙舟上已是烈焰腾空，连自家带来的火具，见火一齐发作。五太子见势头不好，便从烟火中抢得士诚出来，登岸而逃。吕珍、朱暹在后面相随。其大小官军，约摸烧死了大半。逃得性命的，昏昏花花也分不清东南西北。王铭假意上前跪说："王爷还向西路而行，庶于姑苏近路。"便又指南边、东边、北边三处说："他三路兵，又赶来了。"众军也说陛下还是向西边为妙。士诚说："巡哨军士，极说得有理，明日可到军前请赏。"王铭一路走，一面喝道："小的是左哨王七星，求王爷抬举！"未及半里，忽见一个水缺，假意一跌，直跌到河边，大叫："疼杀我也！"那士诚及残军，已去的远。走上岸来，一望，那水寒正聒聒噪噪，火势十分猛烈。恰有朱船一只摇来，王铭跳上船头，自回营中而去。那五太子保着士诚向西而行，说道："远望朱兵都从东、南、北三面追赶，偏独不晓得我们从此逃脱，是天赐一条便路，以宽我王之忧。"未知逃出性命否，且看下回分解。

第四十九回　张士诚被围西脱

那士诚从水上逃脱，因王铭假说，果然向西而走。又见朱军东、南、北三方尽布旗旆①，越发不敢向别路去。但只见：

路途间高高低低，也分不出是泥是石；黑暗地挨挨错错，又那辨得谁君谁臣。一心要走苏州，恰恨水远山遥，不曾会得缩地法；转念回思水寨，猛可天昏地黑，谁人解有反风。虽船底便是波涛，救不得上边烈焰，说什么火水既济，本性原无尔我。突地的竟成仇敌，哪里是四海一家。乌龙镇上驻不得赤龙舟，搅得翻江震海；大全港中做不得周全事，空教拔地摇山。

此时天色已是黎明，士诚带领残兵，放心前行。远远望见一座丛林，正要走近，谁想一声炮响，杀出一支人马来。当先一员大将，正是朱亮祖，在前阻住。士诚见了，慌做一堆，说："如此残兵，何能对敌？"五太子走上前来，说："臣儿敌住朱军，父皇可与吕珍、朱暹竟从荒郊之内，保驾而走，庶可保全。"众将都道："有理。"五太子领兵万余，排开阵势，叫道："谁人敢来阻挡，可晓得五太子么？"朱亮祖便持刀杀出阵来，喝道："好不识天时。你若与父同降，包你后半生受用；不然，恐大祸一到，悔之无及。"五太子听了大怒，直抢刀乱砍。亮祖因而抵敌，来来往往，约有二十回合。那五太子虽然勇悍，因夜来被火惊呆了，且一心上要保护士诚，哪里有心贪战。亮祖明知伪周的阵上，只有他与吕珍，略略较可，我如今不放他宽转，便听士诚落荒而走，料常遇春在前，必捉得住。因此只是诱他相杀。古来说得好："一身做不得两件事，一时丢不得两条心。"那五太子没了心思，刀法渐渐乱了。朱亮祖心中忖道："杀死了他，也不为难，不如活捉了这贼。走向前面，把士诚看看寒心，恰有许多妙处。"便纵马向前而去，五太子只道亮祖竟去追赶士诚，也纵马赶来。亮祖轻轻放下大刀，带回马头，喝道："哪里走！"这一声，真个似地塌天倾，山崩雷震，吓得五太子打一个寒噤，即便抢上一步，劈

---

① 旗旆(pèi)——泛指旌旗。

手的将五太子活捉过来,唤军士用软索团团的捆了。那太子身原矮小,团拢来竟像一个大牛粪堆。落了囚车,解往军前而去。只听得后面叫一声:"朱将军,你捉的是何人?"亮祖回身一看,恰是王铭,打发水军船往河里自回。他率精兵一百人,从陆路赶来,帮捉士诚等众。亮祖说:"你来得正好,前面烟尘蔽天,必定是常将军发动伏兵,挡住士诚不放。我如今和你分为左右二翼,前去接应,杀一个干净,心上也爽利些。"二人行约里许,果见吕珍、朱暹同遇春三人,杀做一堆,在狭隘路口阻住士诚过去。看官看到此处,必以为既有遇春与二人相敌,又有亮祖、王铭杀来,不要说一个士诚,便十个士诚,走哪里去。谁知士诚的性命,尚未该绝,忽地里起了一阵狂风,飞沙走石的卷来。恰好遇春、朱暹二人的马,一齐滚下田坡里去。那坡底有一丈余深,泥污坑坎,一时难得起来。吕珍即领残兵,保了士诚,如飞的过了这个路口去了。那些军士也都乘势逃脱而行。那两个在坑中光拳的厮打。亮祖即同王铭另寻一条下礉①的小路,走上前去,轻舒猿臂,把朱暹捉住,陷在囚车上,即忙与常遇春另换了身上衣服,整顿上马。遥望士诚的败兵残卒,已离有十余里,追之料来不及。因率兵前往湖州,与徐达相会。那士信闻知士诚兵败,也舍了旧馆地面,领残兵而回。

恰说湖州正是伪周虎将李伯升,领着十万雄兵镇守。闻知朱兵攻打,他便引兵迎敌。阵上常遇春当先出马,叫道:"李将军何不早献城池,以图重用。"伯升回道:"你不守地方,犯我境界,丧亡就在眼前,为何反说大话!"遇春听了这一句话,怒气填胸,无明火直高三丈,手起鞭落,打中伯升后心,那伯升负痛而走。遇春催兵追杀过来,死者不计其数,降的也有万余人。伯升连夜申奏苏州求救,即紧闭城门,不敢出战。徐达乘势便令大小三军,将那湖州围住。不上两日,丞相李伯清接着湖州求救的表文,即转奏士诚说:"金陵的兵围困湖州甚急,乞早定退兵之策……"说犹未了,只见张士信过来,说:"臣愿领兵前往,以保湖州。"李伯清说:"朱兵粮多将勇,今若与战,恐未必胜;以臣愚见,不若径往建康,说以利害,使两国休兵,庶为长策。"士诚听了,便说:"此事即烦贤卿一行。"仍遣士信为元帅,吕珍副之;张虬为先锋,领兵十万,前往湖州救援;一面打发李伯清到金陵讲和,不表。

且说太祖见士诚遣兵调将,都去救援湖州,因对军师刘基商议,说:"不

---

① 礉(kàn)——山崖。

如趁着此时,攻取浙江一带何如?"刘基道:"好!"即传令速到金华,命李文忠总水陆军兵,向临安、富春一路进发,全收江北地面。军师刘基致书道:"此行不数日间,即当获一伪周细作,元帅可以正理折之。"文忠领旨,取路前进,分遣指挥朱亮祖、耿天璧前攻桐庐。那守帅戴元,闻知亮祖来到,摇头伸舌,对军士说:"这就是与陈友定交兵,运石劈死士卒的朱将军。我们何苦送死。"便率众出降。文忠在军中闻报,随着亮祖同耿天璧及指挥袁洪、孙虎进克富阳。那富阳县治,前面大江,后枕峻岭,右有鹤山,插出江口,石骨崚嶒①,朝夕当潮水浸射。再下又有大领头,又有扶山头,都是山高水深,易于把守。至如左边有鹿山,绕住水口;再上十里,有长山弄;再行三十里,有清水港,重重围绕。真个是"一夫当关,万人莫敌"的去处。那亮祖得了将令,因对三人说:"此行不可当耍,我们须把水、陆二军,俱屯扎在幽静所在,且先向前打探出门入户的径路,并看好我军可埋伏接应的所在,方可进攻。"便令天璧、袁洪二人,带领能事的十余人,驾着小舟,扮着长江上打鱼的渔户,往前面打探水路,及沿江共对岸动静,自己便同孙虎带领壮兵二三千人,手持钢叉、戈箭,穿上虎、豹、麋鹿等皮袄,扮作捕野兽的猎户,径往后面山上寻取小径,探望陆路关隘及城中消息。再着报子知会文忠,叫他水、陆军马,缓缓而来。又吩咐本部水、陆官军,亦不许擅离部位,如违,按军法处斩。

且说耿天璧、袁洪同十数人坐着六只小船,带了捕鱼网罟②,依着萧山岸边捕鱼地方慢慢的放过富阳扶山头来,一望渺茫,再没有一个船只往来。只见大岭头左右战船约有二百余只,屯在江里。那六只船,或前或后,顺流撒起渔网来。船后艄敲着渔梆,舠舠③荡荡,正贴拢岸边而来。只见兵船上几个人,在舱中伸出头来,看了一看,叫道:"这是什么太平时节,你们大胆在此捉鱼哩!"那渔船上便应道:"船上长官,我们岂不知生死,因诸暨县太爷,不知要办什么酒席,发出官票来,要取鲥鱼④二十尾,每尾俱要八斤重,一样的大。小人也曾禀知:'江上防守甚严,一时措手难办。'他便大怒,把我们各打三十大板,克期定要。"未知如何,且看下回分解。

---

① 崚嶒(léng céng)——形容山高。
② 罟(gǔ)——捕鱼的网。
③ 舠舠(liāo)——舠,小船。舠舠,此处指小船一条挨一条。
④ 鲥(shí)鱼——是一种名贵的食用鱼。属于海产鱼类,春季到珠江、长江等河流中产卵。

第五十回　弄妖法虎豹豺狼

且说兵船上人看见打鱼的船,渐渐傍来,即便喝道:"你船上捕鱼的,敢是铁做的头么,敢在此来往。"船上一齐应道:"长官且听,我们也只为官差,没奈何,在此辛辛苦苦的。你们不信,臂腿打得破烂在这里……"说未完,一个人便脱下裤子来,两腿上血淋淋的怕人。那些军士便都道:"可怜!可恨!就似我们县里的瘟官,一样不通人情的。"又有一个打鱼的说:"你们县官,一向闻将说好,怎么你们也说这个话儿?"恰有一人道:"好,好,好!只恐干事不了,我们这个李天禄,终日克减军粮,如今却要我们当风抵浪,可惜只是朱兵不来;若来呵,我们这伙儿散了,还在这里不成。"那打鱼的摇着船,也笑道:"长官,长官!怕众人不是你一人的心哩。"那人又道:"这个倒是人人的真情,怕他做甚?"渔船上因唱个吴歌道:

峻嶒石壁倚江干,水阔渔船卧晚烟。
夕阳万树依岩岸,秋影千帆接远天。
接远天,接远天,寒云落雁渡沙边。
耳中听说心中语,说道无缘也有缘。

一边摇,一边唱,渐到鹤山嘴子上又望见一丛兵船,大大小小也有二百只,恰一般如此,懈懈的不甚提防。那六只渔船,摆来摆去,不住在东西打探实落消息。又只见一个官儿,远远的骑着匹马,前面却有数十对弓兵,俱执着枪刀或火器的。又有两个人,背着两面水牌,牌上写许多字迹。一声高一声低,喝将过来,在水兵船边坐下。这些船上官兵,俱披挂盔甲,手执器械,在船边立着。赵甲、钱乙、孙丙、李丁逐名的点过去。一船完了,又是一船。看看点完了,又听得那官口里吩咐道:"主将有令,建康朱兵不日到来,你们须要小心把守。岸上人不许下船,船上人不许上岸。江上船只不许一个往来,恐有奸细。若是岸上有些疏失,罪坐陆兵;若是江上有些疏失,罪坐水兵,杀得朱兵一个,赏银十两;杀得十个,赏银百两,官升三级。前者,或有粮饷扣除,今尽行补足外,又每日每名加给行粮银二钱。汝等须要努力同心,务在必胜。"吩咐才完,人人皆奋勇十倍。那官儿正欲起身,忽指着这渔船说:"这些船决不许一个拢来,你们可吩咐他们,火速回去;倘若不从,拿来枭首示众。"那渔船听了,便也慌忙依他撑过鹤山去了。渐到江心,六只船商议道:"看了起初光景甚觉容易,及至号令,便大不相同。我们且把船荡去,看鹿山头边施为怎么,方可计较用事。"说说笑笑,因指一个说:"你先前腿上的血,从哪里来的?"那军士应说:"这就是早时杀鸡来吃饭的鸡血。"十余人拍手大笑。不觉的船到鹤山嘴上,只见远远的兵船,望见我们的渔船,便都立在船头摇着旗,弯着弓,喝道:"你们这些船做什么的?"渔人见问,便流水将网撒到大江中去。这些水兵看是捕鱼的,各各下舱去了,众人打个暗号,仍旧放到江心里来。日间大都如此了,夜里再放了船去打探,话不絮烦。

且说亮祖同孙虎带了些人,径寻富阳后山小路而行。由先贤程伊川的衣冠墓,上鹿山麦阪岭,又过了十来个山头。天色向晚,路径错杂。远远望见一个坡里,盖着几间茅屋,一点灯光射将出来。亮祖便领众人上前叩门,只见一位六十多岁的老儿在门里盘问说:"是哪一个?"亮祖便应说:"我们是桐庐猎户张十七,因赶一个野兽儿在这近边,如今天晚,不便找寻,特到府上讨扰一宵,明日奉酬金帛。万望父老相容。"那老儿摇得头落说:"客官请别处方便,我这里一来浅窄;二来寒舍偶有小事;三来前面不上半里路,就有宿店,何不到那边倒稳便。"才说得完,即走进里面去了。亮祖因叫人去前后树林探望,再没有一个人家可以借宿,只得再去叩门。哪里面任你怎么叫,再不来睬你。惹得孙虎火性起来,跑到后门边,恰有一只犬,狺狺①的吠,他即抽出腰刀一刀,说:"你家里人,一毫不晓事。我们奉了上司明文,到此要虎胆合药,限定时日,不许有违。在山砍山,遇水渡水。先前明明赶了个大虫到你后园,你这人家怎么如此大胆,竟闭了门,不许我们来捉。你等今日既不开门,只恐明日禀知上司,教你这老头,死不死,活不活的苦哩。"别叫几个军士,假意在后树林中,不住的叫喊。又爬到树上,故意截些竹、木,在屋上草里乱丢下去。顷刻间,又砍了一堆茅草,放在他的房边,便把取火的石头敲了几下,那火烘烘的着起来。里面人只当延烧屋宇,慌忙开了后门来救。那些军士,一个做恶,一个做好,早把身子捱进他家里去。那老儿见势头不好,只得张起灯来,

---

① 狺狺(yín)——羊犬吠声。

开前门接入。亮祖等一伙人,进内坐下。朱亮祖到堂上与老儿施了个礼,说:"老丈休得见怪,我们只因前后没处安身,故此兄弟们造次行事。"老儿道:"列位大哥,休要发恼。我这里地名叫做塔前。近来有个姓宋的,专能行妖术,兄弟四人,俱会剪纸为马,撒豆成兵。平日间,只在村坊上,或邻近地方,卖些符法;敬重他的,他便乘机骗些财帛,或是酒食;倘若不敬重他,他便在人家门首边,或厨头边,或厅堂边,做下些妖法,使你家中日夜不得安稳,然后待人去请求他,他便开了大口,要多少谢仪,方肯替你收拾回去。因此,人都称他做宋菩萨,或称为殿下,今者我们县官,为建康朱兵杀来,因此礼请这宋殿下,要他在军中作法救护。他说一句话儿,官吏无不奉行。我们近邻与他有口舌的,他就乘机报复。今早,又叫县官行牌来说:'朱兵既取桐庐,谅不日要来攻打,必有细作到来打探虚实,须要严行保甲,不许容留一个来历不明的人。'在下原与他有些小隙①。今见大哥们一伙人,又不是我本县居民,倘有些山高水深,必然落在他的圈套里,所以方才不敢应命。"亮祖说:"我们只道为着甚的,原来如此,请老人家宽心!"那老儿叫伴当快关好了前后门,便告辞进去了。亮祖因吩咐从人做了晚膳,各取出被铺来睡了。次早起来,吃些早膳,仍然猎人打扮,别了老儿,上山取小路而行。翻山过岭,约有十余里,恰见树木参差,郁葱葱的俱是长松翠柏,地上俱是矮蓬的竹条荆棘。真个是上不见天,下不见地。亮祖把眼细细一望,正是官衙后面,所以荫养这些草木。亮祖便对孙虎说:"你可记着此处。"孙虎应道:"得令。"正待要走过去,只见摇旗呐喊,火炮连声。亮祖吃了一惊。原来县官在哪里操演军士。亮祖因而立住了脚,细细看他的光景,马军步卒一共也不上五千之众。未及半个时辰,恰见一连三四个,都一般披了发,叉了剑,口中念念有词,喝声道:"如律令!"只见一个红葫芦,早有许多盔甲、军马,分着青、黄、赤、白、黑五方旗号,倒将出来。又有一个把药葫芦一倾,却是许多虎、豹、狮、象,张牙舞爪,在演武场中扑来扑去,把这些军士赶得没处安身,那县官也没做理会。未知如何,且听下回分解。

---

① 隙——仇怨。

第五十一回　朱亮祖连剿六叛

却说那四个人，起初一个，从葫芦内放出许多兵马，在场中厮杀。又一个，放出花花斑斑一阵的虎、豹、狮、象，往来扑人，那些人东奔西走，不住逃避。正在没可奈何，恰又从中一个，把手一伸，将头发一抖，那头发便冲出万道火光，直射出来，这些人马、走兽，都在火中奔窜。谁想走过人来，把剑一指，陡地飞沙走石，大雨倾盆，那火也渐渐没了，人马、走兽也都不见了。须臾仍然天清月朗，雨散云收，演武场上打了得胜鼓回军。朱亮祖看了一番，同众人取旧路而回，径到鹿山嘴上，远望江中恰好六只渔船，也趁着月色摇上来。众人立在岸边，打个暗号，都落了船，回得本寨，便商议道："明日耿天璧，可领兵四千，驾船百只，往对岸而行，待我陆兵交战时，以百子炮为号，炮声响处，便将船直杀过来；再令袁洪带领水军一千，往来江上接应；孙虎今夜更深时候，率领短刀手，带着防牌，仍到山边小路，直到县治背后，树林里埋伏，也待百子炮响，竟在山后杀出，放火烧他衙署。"亮祖自领岸兵，到大路上攻打，水陆兵马，俱带牛、羊、狗血，装贮竹筒，若遇妖人，便一齐喷出；一边着人火速催赶元帅李文忠大队人马到来督阵。分调已毕。

次日黎明，拔寨而进。探子报知李天禄，天禄即请宋家兄弟四人，在阵后相机做法对战，自领岸上人马，直来抵敌。两马相交，那天禄战了不上两合，便往本阵而走，亮祖督率三军奔杀过去，只见黑风过处，有许多人马，分着青、黄、赤、白、黑旗甲，并那些虎、豹、狮、象等兽，狰狞咆哮的，一齐乱杀出来。亮祖已知他是妖术，即令三军把马头掇转，团团的驻扎在一处，其余步兵，依着马军向前而立。一个槟榔间着一个钢叉，一个滚牌间着一个鸟嘴，并一个长枪，五个一排，五个一排，周围的扎着。听他横冲直撞，只把牛、马、猪、狗等血喷出，不许乱动。众人得令，但见这些妖物，撞着血便飘飘化着纸儿飞去。那宋家兄弟，看大军不退，便把妖火来攻杀。朱兵也识得破，全然不怕。亮祖便着三军叫道："你这宋贼妖法，我们阵中个个晓得，不必再来施逞。"李天禄听了，因此舍命而逃。未及半里，只

听得一声百子炮响,震得:

  天柱折了西北,地角陷了东南。蛟龙在海底,惊得头摇;猛虎在林间,忙将尾摆。

  亮祖乘势紧紧地追来,将到鹤山嘴边,早有孙虎在山后,领着群刀手奋杀出来。四下里杀入官衙,把火炽炽放着。军马杀伤大半,这些妖人,幸得逃脱。天禄便舍命逃到江口,跳下船来。那船上人欣欣的说:"元帅可将身钻进舱中,免得建康军看见了来赶。"天禄把头一低,正要进舱,被这船头上人,将手来反绑了,说道:"你这贼,可不认得耿将军,竟来虎头上搔痒,船上军人可把他捆了,解送营里去。"正好捉得上岸,恰有李文忠大军已到。朱亮祖、耿天璧、孙虎、袁洪等来到帐中。文忠对亮祖说:"桐庐、富阳是杭州东南要路,将军一鼓而下,功绩非轻。明日将军可合兵进围余杭,然后议取杭州。"当日驻扎富阳,寨中筵宴,不提。

  且说伪周丞相李伯清,承命到金陵讲和,晓得湖州有兵阻隔,行路不便,乃抄杭州望钱塘而去。渡江来到富阳,当先遇着一彪哨马,伯清知是朱军,急下马而走,被哨军捉住,送到文忠帐下。原来伯清前曾通使金陵,太祖命文忠陪他饮酒,因此识面,便问说:"你莫不是东吴丞相李伯清么?"伯清低着头应说:"不敢。"文忠便令解去绑缚,问道:"何故私行过江?"伯清说:"不敢相欺,只因徐元帅围住湖州,故奉主命讲和以息兵争。"文忠说:"此意虽美,但大势所在,丞相知之乎?据丞相论,今日尔主与我主,品孰优劣?"伯清说:"俱是英雄。"文忠便道:"品既相同,吾恐一穴不容二虎,英雄不容并立。昔日友谅势力十倍于尔主,友谅既灭,天心可知。尔主今日来顺,方不失为达变①之计,奈何兵连祸结,累年战争?今吾主上告天地,有灭周之心,因令徐元帅攻打北路,我攻打南路,尔国之亡,且在旦夕,犹欲讲和,是以杯水救燎原,势必不得已也。"伯清低着头,沉吟无语。文忠因讽他道:"足下亦称浙西哲士,请审汝主何如?不然他日就擒,恐悔无及。"伯清长叹一声,说道:"背主不仁,事败不智!"恰把头向石上一撞而死。文忠笑说:"这狂贼汝待欲降,谁肯容你降。"便令左右扛去尸首,埋于荒邻之下。因思前日军师有书来说,有伪周细作来见,不知军师何以先晓得?真稀奇,真稀奇。正与亮祖等说话间,忽听辕门外击

---

① 达变——遇有特殊情况,须采用从权应变的非常办法。

了大鼓四声，大门上便击有花鼓四声，二门上也击有云板四声。文忠说："不知何处来下文书？"因同众将到帐前，着令中军官领来究问。没多一会，那中军官领一个人报说："谢再兴同子谢清、谢浚、谢洧、谢洪、谢洋，领兵五万，连营阻住钱塘江口，水军不得直下。"文忠大怒，骂道："再兴曾为主公部将，今复叛降士诚，又来阻路，若不擒此贼，永不渡江。"遂折箭为誓，即刻令大军登舟东渡。只见贼军剑戟如林，朱军难于直上。文忠传令战船列为长阵，用那神枪、弓弩，间着铳炮，飞去冲击，岸兵大溃。文忠因同亮祖等，挺戈先登。他长子谢清、谢洋，跃马横刀砍来。亮祖也不及排列阵势。向前直杀过去，手起刀落，把谢清一劈，劈做两段。那谢洪、谢浚见势不好，帮着谢洋来杀。文忠拈弓搭箭，叫声道："倒了！"便把谢洪当心射死在马下。再兴便挺戈同三个儿子前来报仇，朱军阵上亮祖领兵在右边，耿天璧领兵在左边，文忠率着中军，大队混杀。再兴恃着有力，大呼入阵，又被文忠一枪，刺在左膛，坠下马来，军中砍做肉酱。谢洋正要来救，遇着天璧，战了四十余合，自知气力不加，恰待要走，被朱军砍断马脚，翻个筋斗，跌下马来，颈骨跌做两段。众将乱踹，骨头也不知几处。谢洧方与亮祖迎敌，那谢浚也赶来夹攻，谁知谢浚一枪，这枪头恰套着亮祖刀环里，那亮祖奋力一搅，把枪杆搅断，谢洧连忙转身，把亮祖一戟，那亮祖左手正接戟的叉口，右手乘势把戟一扯，那戟早夺将过来，便大喝一声，把刀砍去，将谢浚腰斩而死。谢洧把马勒转，飞走逃命，亮祖一箭正中着后心。众兵勇气百倍，杀得那伪周军士，百不留一。文忠传令收军。就于诸暨抚民。一宿，次日起兵，径至杭州，向北十里安营。正集诸将商议攻打之策，只听外边有人来报。不知何事，且看下回分解。

第五十二回　潘原明献策来降

且说李文忠率领大兵,驻扎在杭州江上,向北十里安营,正集诸将商议。文忠说:"此城粮多将广,况是守将潘原明。向闻他是个识时务、爱士民的汉子,甚难下手,奈何,奈何!"只听外边有伪周员外郎方彝,奉主帅潘原明来书献城纳降。文忠便令他进见。方彝走进辕门,但见剑戟森森,弓刀整肃,远远望着里面,文忠凛然端坐,阶前如狼如虎的将官,排列两行,就如追魂夺魄的一般,甚是畏惧,缩缩的走至帐中。文忠高声说:"大军未及对阵,而员外远来,得无以计缓我么?"方彝答道:"元帅奉命伐叛,所过地方,不犯秋毫,杭州虽是孤城,然有生齿①百万;我主将实是择所托而来,安有他意。"文忠看他真心,便引入后寨欢笑款待,因命他规画入城次第,明朝即着回去。那原明便封了府库,把军马、钱粮的数目,一一登记明白,且捉了苗将蒋英、刘震贼党,带出城来,叩见文忠。文忠当晚便宿在城内,下令如有军人敢离队伍,擅入民居者斩。恰好一个才走民家,借锅煮饭,文忠登时杀戮示众。全城帖然②,更不知有更革事务。当日申奏金陵。太祖以原明全城归降,百姓不受锋镝,仍授浙江行省平章。随令军中悬胡大海画像,把刘、蒋党众,割其心血致祭。且下平伪周榜文说:

吴王令旨:尝闻王者伐罪救民,往古昭然;非富天下也,为救民也。近睹有元,生居深宫,臣操威福,官以贿求,罪以情免。羞贫优富,举亲劾仇。添设冗官,又改钞法。役民数十万,湮塞黄河,死者枕于道途,哀声闻于天下。不幸小民复信弥勒为真有,冀治世而复苏。聚党烧香,根蟠汝、颍,蔓延河、洛。焚烧城郭,杀戮士民。元以天下之势而讨之,愈见猖獗。是以有志之士,乘势而起,或假元世为名,或托香车为号,由是天下瓦解土崩。余本濠梁之民,初列行伍,渐主提兵。见妖言必不成功,度元运莫能济事,赖天地祖宗之灵,仗将相之

---

① 生齿——人口。
② 帖然——顺从。驯服。

力,一鼓而有江左,再战而定浙东。鼓鑫交兵,陈氏授首,兄弟父子,面缚与衬,既待之不死,又爵以列侯。士位于朝,民休于野。荆、襄、湖、广,尽入版图,虽教化未臻,而政令颇具。惟兹姑苏张士诚,私贩盐货,行劫江湖,首聚凶徒,负固海岛,其罪一也;恐海隅一区,难抗天下,诈降于元,坑其监使,二也;厥后掩袭浙西,兵不满万,地无千里,僭号改元,三也;初寇我兵,已擒其亲弟,再犯浙省,又掳我近郊,乃复不悛,首尾畏缩,四也;诈害谋杨左丞,五也;占据浙江,连年不贡,六也;知元纲已坠,僭立丞相、大夫等,七也;诱我叛将,掠我边人,八也。凡此八罪,理宜征讨,以靖天下,以济斯民。受命左相国徐达,统帅马步舟师,分道并进,歼厥渠魁,协从罔治。凡逋逃臣民,被陷军士,悔悟来归,咸宥其罪;凡尔张氏臣僚,识时知事,或全城附顺,或弃刀投降,名爵赐贵,予所不吝;凡尔百姓,果能安业不动,即为良民。旧有田舍,仍前为生,依额纳粮,以供军储,更无苛取。使汝等永葆乡里,以全家室,此兴兵之故也。敢有千百相聚,抗拒王师者,即当剿灭,且徙宗族于五溪、两广,以御边戎。凡余之言,信如皎日。咨尔臣庶,毋或自疑。

这榜文一下,海宇内外,人人都生个喜欢心。

且说张士信领兵十万,来救湖州,却在正东地方皂林屯扎。探马报知,徐达因对众将说:"士信是伪周骁将,伯升又坚城固守,倘或他约日内外夹攻,势恐难敌。众将内敢有东迎士信的兵么……"话犹未了,只见常遇春说:"我去,我去!"徐达向他道:"将军肯去,此贼必擒。但士信狡猾之徒,切须谨慎。"遂令遇春同郭英、沐英、廖永忠、俞通海、丁德兴、康茂才、赵庸等,领兵七万,离了大营前去。遇春因唤赵庸、康茂才领兵一万,抄着湖边小路,径入大全港,过皂林,约在战日,劫他老营。郭英、沐英领兵二万,到前面大路边埋伏,只看流星炮为号,便发伏兵奋力夹攻。廖永忠领兵二万,自去搦战,可佯输诱他追赶。分拨已定,廖忠因领兵前去皂林,摆开阵势。

且说那伪周阵上,早有一将,身穿铠甲,坐骑乌骓①,勒兵向前,说:"来者何人,可晓得丞相张士信手段么?"永忠就说:"想吾兄永安,为你士

---

① 骓(zhuī)——毛色苍白相杂的马。

德所杀；士德虽亡，恨尚切齿。吾今上为朝廷，下图报复，何必多言。"便举刀直向士信杀去，战未数合，忽闻喊声大起，左边张虬、右边吕珍，两翼冲击出来。永忠随回马而走。士信催兵奔杀过来，约有十里之地，只听一声炮响，常遇春领着大队人马，高叫："张士信何以不降，还来迎敌！"士信便独战了遇春。张虬、吕珍夹攻着永忠，又战数合，恰好哨探报说："我们老营却被朱兵劫了。"士信回头一望，果然本营四下里烘天焰日的大火，急回救取。常遇春、廖永忠驱兵逼来，谁想速的一声，一个流星钻在半天，遥遥的分作两条龙一般下来了。早有沐英在左，郭英在右，深林中突然挡住了相杀。此时士信人马杀死大半，士信也没可奈何，幸喜得张虬、吕珍拼命的保护；恰又有康茂才、赵庸两将劫寨而回，大叫道："张士信，你的老营已是块空地，要走哪里去！"挺着枪径抢上来。士信只得单骑脱围而走。丁德兴、廖永忠也来紧紧追着，只不放宽。那张士信又不见了帮手，便向壶中取了支箭，将身扭过，正要拈弓射来，不防前边是个大坑，连人和马，跌将下去。军中就用挠钩钩起，活缚到阵里来。常遇春即日拔寨，仍回湖州；恰好徐达升帐，即与遇春相见。那些军士已将囚车解入送来。徐达看了士信说："你弟兄何不早降？自遭其祸。"士信回说："昔日原与你为唇齿之邦，今日你等来取湖州，是你等先解好成仇。皇天不佑，将我堕马，岂真汝等之力乎？"徐达大怒，命把士信枭首。未知后事如何，且看下回分解。

第五十三回　连环敌徐达用计

那张士信被军士捉住,解送到帐前来,徐达吩咐推出斩首。恰说张虬、吕珍领了残兵东走,只得在旧馆驻扎,即日修了表文,令万户徐义,前往苏州求救。士诚见了放声大哭,说:"吾两弟一兄,皆死于仇人之手。李伯清到金陵已久,生死又未可知。杭州潘原明,又以城投降金陵,使我束手无策,奈何!奈何!"徐义便说:"今事在危急,何不招募天下勇将,以当大敌?"士诚叹息几声,说:"仓促之间,何处去寻。"只见殿前都尉韩敬之向前,奏道:"重赏之下,必有勇夫。臣举二人,可以退敌,不知殿下用否?"士诚便道:"此时正是燃眉之急,岂不用他。但不知卿举者何人?"韩敬之说:"吾闻临江有兄弟二人,一个叫金镇远,身长丈二,腰阔三尺,就是个巨无霸,一只手能举五百斤;一个叫纪世雄,身长一丈,腰大体肥,浑似个邓天王,膂力千斤。他二人一母两父,因此各姓。只为世乱,没人晓得他,所以潜居草野,以武艺教人过活。"士诚听了,便着韩敬之到临江召来,二人参见已毕。士诚见了,果是奇异,不胜之喜,就说:"今徐达围困湖州甚急,汝能与我迎敌么?"二人答道:"若论文章,臣不能强;若论相杀,臣敢当先。"士诚叫取金花、御酒过来,便授二人同金先锋之职,若得胜时,世袭公侯。二人叩头拜谢。

次日,正是黄道吉辰,敕令世子张熊权朝,张彪授元帅印,张豹副元帅,随驾亲征。率兵二十万,取路望旧馆进发。吕珍、张虬,闻知士诚驾到,出城迎接,备把遇春用埋伏之计,擒了士信,不能取胜的话,说了一遍。士诚说:"今后发兵,必须审度虚实停当,方可进战。"连同旧馆兵六万,共合二十六万。翌日起行,直抵皂林。那徐达在帐,探子将士诚亲领兵三十万,来救湖州,已抵皂林的事报知,徐达因对众将说:"士诚倾国而来,其计必然穷蹙,众将军须努力此战,东南混一之机,全决于此。可留汤元帅分兵七万,与耿先锋、吴将军等,牢困湖州。我自己与诸将领兵十三万东破士诚,如此方无前后腹心之虑。"众将齐声道:"此真万全之术。"即日,徐达起兵东行,与士诚兵隔五里,驻扎大寨。士诚闻知兵至,便排阵迎敌,左右诸将簇拥着士诚出马。徐达认是士诚当先,自己也披挂了出来,说道:"衣甲在身,乞恕不恭之罪。"士诚就将鞭指说:"孤与尔主,各居一天,何故屡相攻杀?"徐达答道:"天命归一,群雄莫争。昔唐太宗不许窦建德三分鼎足;宋太宗不容卧榻之中,他人鼾睡。今元世衰亡,英雄竞立,不及十年,吾主公剪灭殆尽。天命人心,已自可知。足下若能洞悉时务,真心纳款,谅不失为藩王之贵,何自苦乃尔!"士诚大怒,说:"天下有孤及元,岂得便成一统,汝等徒生这妄想耳。"徐达便说:"足下不听好言,恐贻后悔。"言毕,两马俱回本阵。那士诚左哨上,恰有新先锋金镇远突阵杀来,常遇春便纵马迎敌,未分胜负。沐英见遇春不能胜他,因奋勇大叫,出来助战。金镇远就舞刀直取沐英,被沐英起手一枪,正中镇远的左臂,这把刀便拿不住,直堕下地来。遇春就把枪刺中左胁,堕马而死。敌兵大溃。徐达因把大旗麾展,这些大队军士,追杀过来。赶得士诚守不住皂林,只得拔寨十五里外屯扎。天晚收军。士诚闷闷不悦,对纪世雄道:"今日之战,先锋金镇远败没,又折兵六万有余,将何处置?"世雄说:"朱兵智巧勇力,谋出万全,恐非一战便能得胜。今日他追杀十余里,战既得胜,必众心疏略,我们不如同众将暗去劫营,这是乘其不备,必可生擒徐达矣。"士诚听计,便令众将整备劫营,不提。

且说徐达回到帐中,说:"今日士诚虽败,其锋尚未尽颓,明日还宜相机度势,使他片甲不反,方才丧他的志气……"正说间,忽见帐前黑风骤起,吹得烟尘陡乱,树木摧摇。徐达看了风色,对众将说:"此风不按时气,主有贼兵劫营。今夜与明日之战,非同小可,当用'八方连环阵'抵敌,擒拿这厮。尔等急宜造饭饱餐,到营前听令。"诸将听了盼咐,即刻来到各营,蓐马①饷军。没有半个时辰,早听得大帐中擂鼓一通,催发各营军将披挂起身。又没有一顿茶时,恰又把画角吹了七声,那些军将,都齐齐排列在辕门之外。只见云板五下,主帅徐达升了中军帐。五军点提使,已把名字逐一在二门上挨次点将进来,诸将鱼贯而行,都一一排立在阶前左右。元帅便道:"今日东、西二吴,势无并立。从古帝王之兴,全赖名世之士;今日我主上高爵厚禄,优待我辈,全图我辈舍生拼死,受怕担惊;我辈所以血战心劳,亦指望个带砺山河,封妻荫子。今日诸将军,宜各尽力,

---

① 蓐(rù)马——喂饱马匹。蓐,丰厚之意。同"蓐食"。

以成大功。倘若有违,吾法无赦。"诸将齐声应道:"是,谨听令。"元帅便将令箭一支,唤俞通海、俞通源、俞通渊三将向前,着领水军三万,即刻抄小路到大全港口,闸住上流,待吴兵半渡,只听连珠七声炮响,将闸边四下掘开,决水冲入,溺死吴军。又将令箭一支,唤郭英、沐英二将向前,着领马兵二万,即刻到士诚老营埋伏,且先分军一队,假装西吴探子,径到士诚营中报说,纪世雄前去劫营,被朱兵大败,现今徐达乘势追杀将来,待彼拔寨而起,便发伏兵追击。又将令箭八支,唤康茂才、朱亮祖、廖永忠、赵庸、丁德兴、张兴祖、华云龙、曹良臣八将向前,着每将各领兵马五千,分着方向,到旧馆要路上埋伏,但听轰天雷八声响亮,八方虎将,应声齐起,团团围杀。又将令箭一支,唤常遇春同左哨薛显、右哨郭子兴向前,着令马步军校三万,前至白沙岛,截住士诚去路。自家带领大队人马,纷纷的拔寨,乘夜便往西北而行,待他追赶。调遣已定,众将各各领了号箭,分头自去,不提。

　　将近一更光景,张士诚犹恐徐达帐中有备,因使纪世雄率兵三万为前队,张虬率兵三万为中队,吕珍率兵三万为后队;一队被害,二队救应。世雄等领命出营。约摸二更,将至徐达寨边,但听营中鸦飞雀乱的扰攘,世雄便先令哨子去探虚实。没有半晌,那探子报说:"朱兵想是因我兵来,俱向西北逃窜,并无埋伏。"世雄大喜,便催兵追杀。比及五更,只见大全港中,徐达带了甲兵,如蜂似蚁的,在港中争渡。世雄在马上把眼一看,那水极深处也不满二尺,便道:"不杀徐达报仇,不是大丈夫!夺得头功者,即时奏闻,加官重赏。"催动后军,过河冲击。三万军士,个个争先。此时已是黎明,军士正在半港,猛听连珠炮响,徐达的军便从闸口掘开,河水骤涌起来,横冲三十里地面。世雄的兵进退无路,溺死者二万有余。纪世雄也做了膨膨气胀的水鬼。其余爬得上岸,被众军活捉的也约有八千有零。未知后事如何,且看下回分解。

第五十四回　俞通海削平太仓

　　话说纪世雄三万军马都没于河水之内，或有识水的，挣得上岸，亦被朱军捉住。主帅徐达，因收兵在河口安营。那士诚见世雄等三队人马去了，半夜不见回来，正在疑惑。恰见一队哨马，约有五十余人，径撞前来，报说："大王爷，祸事到了，还不晓得？"士诚连忙问说："祸从何来，事在哪里？"那哨子就在马上指道："纪世雄三万人马，都被河水淹死，一个也没留。现今徐达乘势赶来，正要活捉大王，大王可急急拔寨而行，还且自在哩。"便把哨马紧紧的一路叫喊道："快快逃命！快快逃命呀！"士诚听罢，惊得魂不附体，即令三军望苏州进发。这些军士只恐朱军追及，哪里肯依行逐队，都争先奔溃而走。未及一里，忽听一声炮响，左边郭英，右边沐英，两处伏兵冲出击杀。幸有张彪、张豹分身迎敌。士诚在车中吩咐："且战且走，不可恋敌。"那张彪、张豹也只要脱离苦难，谁想战未数合，郭英、沐英放条生路，拨马向前而去。半空中如雷震一般，轰天炮响，不住的震了七八声：正东上康茂才，正西上朱亮祖，正南上廖永忠，正北上赵庸，东南上丁德兴，西南上张兴祖，东北上华云龙，西北上曹良臣，各带精兵五千，团团的杀将过来，把士诚铜墙似的围困在内。他使张彪、张豹拼死的杀条血路逃走。八员虎将，拼命也追杀不放。约有五里地面，正是白沙岛边。常遇春又在柳荫深处杀将过来，挡住去路，大叫道："士诚，你此时不降，更待何时！"吓得士诚正是：

　　　　胆破心惊，手摇脚战。一张脸无些血色，浑如已朽的骷髅；两只眼没个精芒，径似调神的巫使。一个降祸祟太岁，领着八大龙神，哪怕野狐精从天脱去；四对追灵神魔王，随着阎罗天子，便是罗刹鬼何地奔逃。

　　正是：任他走上焰摩天，脚下腾云须赶上。
　　谁知士诚乃是苏州人，毕竟乖巧，便将黄袍玉带，并头上巾帻，都脱下来，扎起一个草人，将前样服色穿带了，缚在六龙盘绕的香车绵帐之内。

自己随换了小军衣服,跨上一匹蹑云捕影①乌骓,与张彪、张豹打个暗号,趁个时机,带领一队人马,飞也似逃走。那张彪、张豹假意儿只保着龙车厮杀。约摸士诚相去已远,又望见一彪人马,恰正是吕珍、张虬赶来救主。他二人便卖个破绽,一道烟落荒寻着士诚,同路而行。追来九个将军,哪知道这个缘故,只望着龙车儿围困过来。就是吕珍、张虬也不解此事,死命保着。看看天晚,恰好郭子兴、薛显又分两翼喊杀向前,把眼在车中一望,见是草人,便叫道:"列位将军,只捉了吕珍、张虬也罢,这士诚想是去远了。"众人才知堕了奸计。常遇春因对吕、张二人说:"二位何不揣度时势?我主公英明仁武,统一有机,二位何执迷如此?"吕珍接应说:"元帅所言亦是,但降服者降服其心。昔日吕布辕门射戟,心服纪灵。如元帅也有射戟的手段,吾辈即当纳降。"遇春笑道:"这有何难。"便令人三百步外,立一戟。连发三矢,三中其眼。吕珍、张虬大惊,下马拜说:"真天神也!吾辈敢竭驽骀②之用,情愿领兵六万投降。"遇春大喜。便令军政司计收器械、盔甲。因着俞通渊领下步兵三千,押送新降士卒,前至金陵,请太祖令旨,或令为民,或分编各队。即日起行。遇春检点降兵去了,便登帐请张虬、吕珍进见。吕珍说:"败降之卒,愿受抗军之罪。"遇春笑道:"何罪之有?东汉岑彭,初佐王莽,与光武大战,光武几受其危。后知天命在于光武,因弃邪归正,名列云台③。前后事体。略不相妨。但今日之降,在吕将军可留,若张将军乃吴世子④,我当择日送还姑苏。"张虬说:"元帅勿疑,自当尽力图报!"遇春回说:"假如着将军去攻姑苏,岂有子弑父之理。吾岂不爱将军雄杰,但天理人情上,难以相款。"张虬听罢,对天叹息了数声,便说:"吾听常将军之言,反为不忠不孝之人矣,有何面目再生人世乎!"登时自刎而死。遇春假意吃惊说:"将军为何如此,是我之罪也!"传令军中具玉带、朱冠、棺椁葬回旧馆兰水桥下。因留胡济美统本部兵,屯扎旧馆。仍令大军回至湖州,见了徐达,且将前事说过了一遍。徐达说道:"将军处分极是。至如先令六万降军,散回金陵,使张虬进退

---

① 蹑云捕影——比喻快。
② 驽骀(nútái)——驽、骀皆劣马,比喻庸才。谦词。
③ 名列云台——比喻功名高大。云台,汉宫高台,因其高耸入云,故名云台。
④ 世子——古时称诸侯的嫡长子。

无路,更是高见!"遇春便对徐达商议:"湖州久不能下,以卑职拙见,乘此长胜之势,即令吕珍往说何如。"吕珍向前说:"自思不知顺逆,悔恨归降之晚。元帅有令,即当尽心。"徐达大喜,便着沐英、康茂才领兵一千,护送吕珍直至湖州城下。李伯升闻得消息,急上城问说:"吕将军因何到此?"吕珍回说:"自元帅受困,主公两次亲来救援,前者被火攻,今者又被水溺,折兵共约廿万,暂且遁回。今姑苏士卒与粮饷俱已空虚,士信与张虬皆已身死。我见常遇春射戟神手,因也拜降,特来告知元帅。想是西吴亡在旦夕,元帅可早顺天命,开门纳款,庶不失为达人①哲士。"李伯升听罢,沉思半响,狐疑未决。吕珍又道:"元帅岂不闻韩信弃楚归汉,敬德弃周降唐?见机而做,方是正理。"伯升便道:"是,是,是。"遂率左丞张天龄等,同吕珍到帐前纳降。徐达见了,设宴相待。次日带领侍从十余人,入城安抚,便留华高领兵二万,镇守湖州等处,已毕,一边申奏金陵;一边令华云龙率本部取嘉兴;一边令俞通海率本部攻太仓;一边仍率兵二十余万,径向苏州进发。兵过无锡,那守将莫天祐坚闭不出。常遇春即欲攻打,徐达说:"若攻打非数日不能下,况苏州离此不上百里,张士诚得知,必生异谋,反为不便。不如长驱先破苏州,则此城不攻自下。"遇春依计,遂过无锡,径到苏州城外安营,不提。

且说张彪、张豹,看见吕珍、张虬接应,便一道烟落荒寻小路而走,赶着士诚,一齐登路。计点人马,只约二万有零。渐到苏州,太子张龙早有哨马报知逃窜信息,便发兵出城五十里保驾。进得城门,真个是父子重逢,君臣再会,忧喜交集。次日坐朝,士诚聚群臣议救湖州之危。只见哨子报道:"李伯升把湖州,吕珍把旧馆,俱降建康。张虬自刎而死。今徐达亲领雄兵二十万,虎将五十员,在正北十里外安营搦战。"士诚闻报,不觉两行泪下,说:"四子张虬,膂力超群,同五太子一般精悍,今两弟沦亡,两儿继丧;若吕珍向称万人之敌,又到彼麾下,此事怎了!"恰有平章陶存议启说:"今朱兵强盛,所至郡县,莫敢当锋。以臣愚见,不若献玺出降,庶免刀兵之苦,不然天时已迫,必非人力能支。……"言未已,只见一人大骂道:"辱国反贼,长他人志气,灭自家威风,此事断然不可!"士诚定睛来看,恰正是三王子张彪。士诚便问:"吾儿,你的意下如何?"且看下回分解。

---

① 达人——通达事理的人。

第五十五回　张豹排八门阵法

却说三王子张彪，听了陶存议的说话，大恼道："吾父王威镇江淮数年，岂可一旦称臣于孺子，贻笑于后世？城中尚有铁甲五十万，战船五千艘，粮积十年，民多富足，乃不思固守，却欲投降，甚非远图。况此地离太仓不远，万一不胜，还可航海远遁，以为后图。臣意正宜死战，是为上策。"士诚与太子张龙俱说："最是！最是！"便开库取出金银财宝，置在殿中，谕群臣中有勇敢当先，舍身保国者，随意所取。待退敌之后，裂土封王，同享富贵。当下就有都尉赵玠、平章白勇、万户杨清、指挥吴镇、千户黄辙、总管万平世、统制李献、金院郑禄八人，公然上殿分派了宝物，向前启说："臣等各愿领兵一万，为主公分忧。"士诚便敕张豹为总督都元帅，张龙为左先锋，张彪为右先锋。八个新领兵的，俱带本身职役，阵前听令。张豹当日簪了两朵金花，饮了三杯御酒，挂了大红剪绒葡萄锦一匹，跨着雪白腾空战马，大吹大擂，径到演武场中军厅坐下。

众将官自小至大，一一依军中施礼毕，张豹便吩咐说："今日之战，国家存亡，在此一举。惟不曾卧薪尝胆，因此须破釜沉舟。凡我三军，各宜努力！我今排下了一个太乙混形、九星户转的阵法。你们俱要认着方向，击父则子应，击首则尾应，击中则父子首尾皆应。恰又变化无端，便是鬼神莫测。你等要小心听令而行。"那张豹便着军政司，将青色令旗一面招动，千户黄辙一营军马向前。吩咐本营驻扎正东方，俱青旗、青甲，坐着青鬃马，上按北斗贪狼星镇寨，将白色令旗一面招动，都尉赵玠一营军马向前。吩咐本营驻扎正西方，俱白旗、白甲，坐银鬃马，上按北斗破军星镇寨。将黑色令旗一面招动，指挥吴镇一营军马向前。吩咐本营驻扎正北方，俱黑旗、黑甲，坐着乌色骓，上按北斗文曲星镇寨。将红色令旗一面招动，万户杨清一营军马向前。吩咐本营驻扎正南方，俱红旗、红甲，坐着大红骝①，上按北斗廉贞星镇寨。将黑间白色令旗一面招动，总管万平世一营军马向前。吩

---

①　骝——良马。

咐本营驻扎西北方,俱白镶黑色旗、白镶黑色甲,坐着黑间白点子马,上按北斗武曲星镇寨。将黑间青色令旗一面招动,平章白勇一营军马向前。吩咐本营驻扎东北方,俱青镶黑色旗、青镶黑色甲,坐着青鬃马,上按北斗巨门星镇寨。将青间红令旗一面招动,金院郑禄一营军马向前。吩咐本营驻扎东南方,俱红镶青色旗、红镶青色甲,坐着火色青鬃马,上按北方辅弼二星镇寨。将白间红色令旗一面招动,统制李献一营兵马向前。吩咐本营驻扎西南方,俱白镶红色旗、白镶红甲,坐着火色白点马,上按北斗禄存星镇寨。将黄色令箭一支招动,自己主帅帐前大队人马向前。吩咐当于本营之中,俱黄衣、黄甲,坐着黄色马,上按北极紫微垣临镇中宫。按着本日的干支,移换那队的旗甲,倘有疏虞,八营齐应。将赤色令箭一支招动,王子张彪所部人马向前。吩咐当于紫微垣前,东南相向,俱红间黄的旗甲,坐着青黄杂色的龙驹,从正东方起,环列至西南方止,上按太微垣,外应正东、正南、东南、西南四营的不测。将金色令箭一支招动,太子张龙所部人马向前。吩咐当于紫微垣后,西北相向,俱黑间黄的旗甲,坐着黄黑杂色的乌骓,从正西方起环列至东北方止,上按天市垣,外应正西、正北、西北、东北四营的不测。这些将士,看张豹分拨已定,便发了三声号炮,呐了三声喊,一直的径到十里之外,登时依令屯扎了营寨。那张豹也轩轩昂昂,在后面徐徐而行。

　　早有哨马报与徐达得知,徐达便叫军中搭了云梯,同常遇春、沐英、郭英、朱亮祖四人,仔细一看:但见各阵有门,各门有将,有动有静,倏开倏闭。中间一片的浩浩荡荡,列列森森,不知藏着几十万兵马。徐达笑了一笑,对着四位说:"不想此人也有这学问,且到明晨挑战,方知他的光景。"下得云梯,恰好俞通海取了太仓并昆山、崇明、嘉定、松江等路;华云龙取了嘉兴等县,全军而回,来见主帅。徐达见二将得胜,喜动颜色,吩咐筵宴,与二将节劳。此时却是暮冬天气,瑞雪飘飘而下,虽然酒对数巡,诸将见徐达只是踌躇不快,便问:"元帅却为什么来?"徐达对说:"方才看见张豹这厮,排下那阵,甚有见识,我忧此城,但恐一时急攻难下,故深忧耳!"正说间,辕门外传鼓数声,传说王爷有令旨到。徐达慌忙撤席,接入看时,原来是文武各廷臣,屡表劝进大位,太祖从请,自立为吴王。议以明年为吴元年,立宗庙社稷,建宫阙①。令部下官员,将宫室图画以时。命协律

---

① 阙——这里指帝王住所。

郎冷谦,以宗庙雅乐音律,又钟磬等器并乐舞之制以进,晓谕天下,故军中咸使闻知。徐达同诸将以手加额,说:"只这几件事务,便是主公唐、虞三代的盛心了。"当晚极欢而罢。

次日黎明,探子来报:"周军摆阵。"徐达细思了一番,说:"此行还用常、朱二将军走一遭。"便命常遇春、朱亮祖两将迎敌。临行之时,对二将说:"二公可先往,我当另遣将接应。但此阵甚难测度,倘得胜时,切勿轻骑追赶,防他引诱。"二将得令,便率兵一万前去,阵前摆开厮杀。只听张豹阵上传令说:"今日须是吴指挥出阵,黄千户、赵都尉接应。"吩咐才了,但见正北营门内,放了三个轰天的响炮,挨挨挤挤,轰轰烈烈的拥出一万有余兵马,直杀过来。遇春、亮祖见他来的势猛,便分开两路夹攻前去。那吴镇毫无惧怕,二将正好混杀。谁想正东营里,与那正西营里,倒像约会的一般,不先不后,一声锣响,两边人马盖地而来。未知后事如何,且看下回分解。

第五十六回　二城隍梦告行藏

　　话说遇春、亮祖正对着吴镇厮杀，谁想一声锣响，正东营里，与正西营里，两彪人马，盖地里围将拢来，把遇春军马截做两段。遇春叫说："朱将军，你去救援后军，我当保着前军，力战那厮。"亮祖拼命的撞入后阵来，那些军士看见亮祖来救，就是如鱼得水，欢天喜地的跟着喊杀。两个将军分做前后对敌，自辰至午，互相杀伤，更不见一些胜负。只见北边一队人马，恰是郭英、汤和、孙兴祖、廖永忠前来接应。张阵上见遇春兵来，便将重围散开，各自寻对头相并。前后六将，合做一处，对着黄辙、赵玠、吴镇三匹马又战了两个时辰，看看天晚，两边收了军马，明日再战，两阵上各回本营，不提。

　　却说遇春等领兵回寨，备说了他出兵的方向，并救应的事体。徐达便取过历头来看了，说："今日是壬子干支，遁甲①宜该在坎方做事。但不知何以正东、正西上出来接应。"自此以后，一连相持了半月。但见他阵中甚是变幻，一时难得通晓。恰好明日是吴元年，岁次丁未的元旦。徐达在帐中为着一时难得取胜，十分烦恼。忽听帐外报道："伪周阵上遣使来见。"徐达因升帐问来使道："你三将军张豹，因何着你到来？"那人答道："我主帅多拜上将军说，明日系是元旦，彼此相持，未便见分晓，且各休息数宵，待好良辰，再下战书迎敌，特此来约。"徐达因胸中也未有决胜之策，便随口应说："这也使得。"那使者领了回音，出帐而去。次早，徐达率众将在营中朝北拜贺毕，便与众人各各称庆。筵席间细商破敌之计，恨无长策。当晚筵罢，各散回营。徐达独坐胡床，恍惚中见一个金童，向前说："滁州城隍同姑苏城隍，二位到帐相访。"徐达急急披衣延入，分宾主而坐，便道："草茅下士，荷蒙神圣降临，有失远迎，望乞恕罪。"滁州城隍回说："自从元帅诞生之后，一缘幽明阻隔，二以元帅时出省邑征讨，因此甚

---

①　遁甲——星象家一种迷信的说法，依干支推算以趋吉避凶的一种术数。

相疏阔。今主公改元,不三年间便成一统,主帅倘念及桑梓①之地,乞于皇帝前赞助,褒崇赐号,以显小神护翊②皇明之灵,是所望也。"徐达便应道:"某致身王家,十有余年,仰荷天地眷佑,圣主洪威,所在成功;但今受命攻吴,谁料张豹布成此阵,两月以来,不收寸功,尚未知后来是何景色。适闻神明所言,三年之间,便成一统,恐不若此之易。"只见姑苏城隍说:"此阵虽是有理,不过以北斗九星八方生克。元帅只从克制的道理,分兵八队前去攻打,他自然救应不及。又里面他列为紫微、太微、天市三垣,分应八宫,元帅当以太极、两仪③之理制之。士诚气数不上一年,元帅何必过虑。但恐攻城之时,有伤虎将,为可悲耳。"徐达听得有伤虎将一句,惊得木呆了半晌,便道:"我同来将士,俱各赤心图报朝廷,分有偏裨,情同骨肉。此时全望神明佑助;倘得一旅不伤,一将不损,降城之日,即当重修庙貌,申请褒封。"那城隍道:"今以元帅至此行军,我们便在此保护,但其中也有在劫在数的,怎么十分救应得无事。元帅既如此嘱咐,当曲图遮蔽,全他首领便了。"两神整衣而起。徐达方送得出营,却被巡哨的一声锣响,把徐达猛然惊醒,知是一梦。次早起来,吩咐各营趁闲整理军器,待彼下书交战,另行调遣,不提。

且说伪周无锡守将莫天祐,从小儿便习武艺。身长丈二,面如喷血,有万夫不当之勇,人都称他为莫老虎,善使一把偃月刀,屯兵十万,在无锡城中,足为士诚救应。他见朱军驻扎姑苏,日夜攻打,终有难保之势,心思一计,修下三封书:一封着人往方国珍处投递;一封着人往陈友定处投递;一封着人往扩廓帖木儿王保保处投递。约他趁朱兵攻打苏州之时,正好乘势侵扰地方,朱兵彼此不支,必然得胜。他三处得了天祐来书,果然友定从闽、广来到界上侵扰;国珍从台州来到界上侵扰;王保保遣左丞李弐来到陵子村,在徐州界上侵扰。三处的文书,齐至金陵,太祖便令李文忠率钱塘兵八万,东敌方国珍;令胡德济、耿天璧率婺州、金华兵八万,东南上敌陈友定;令傅有德率兵五万,西北上敌李弐;一面又着人到徐达帐前

---

① 桑梓——乡里。
② 护翊——在旁保护。翊,辅助。
③ 太极、两仪——太极,古时传说,天地起初是混沌一体的,未加开辟,叫做太极。两仪,指天地。

知会,各家兵马俱动,都是莫天祐之故,可仔细提防。徐达得了信息,朝夕在帐计议。

只见张豹打下战书说道:"上元已过,十八日交战。"徐达将姑苏城隍嘱咐,生克分兵相制的话,仔细思量了一夜。次早,升中军帐,着军政司打了几通鼓,吹了几声画角,那些将军依次聚在帐前。徐达便道:"明日交兵,诸将俱宜小心听令而行,以济大事;倘不遵法,罪有难逃。"诸将齐声道:"听令。"徐达恰取号箭一支,唤过俞通海充正西队先锋,华云龙、顾时为左右翼,领精兵五千,俱用白色旗甲,攻打伪将正东营。取号箭一支,唤过耿炳文充西北队先锋,孙兴祖、丁德兴为左右翼,领精兵五千,俱用黑白杂色旗甲,攻打伪将东南营。取号箭一支,唤过朱亮祖充正南队先锋,张兴祖、薛显为左右翼,领精兵五千,俱用红色旗甲,攻打伪将正西营。取号箭一支,唤过吴祯充正北队先锋,曹良臣、俞通渊为左右翼,领精兵五千,俱用黑色旗甲,攻打伪将正南营。取号箭一支,唤过郭英充西南队先锋,俞通源、周德兴为左右翼,领精兵五千,俱用黄色旗甲,攻打伪将正北营。取号箭一支,唤过沐英充正东队先锋,赵庸、杨璟为左右翼,领精兵五千,俱用青色旗甲,攻打伪将西南营。取号箭一支,唤过康茂才充东南队先锋,王志、郑遇春为左右翼,领精兵五千,俱用青红杂色旗甲,攻打伪将东北营。取号箭一支,唤过廖永忠充中将左哨先锋,唐胜宗、陆仲亨为左右翼,领精兵一万,俱用黄黑杂色旗甲,从东南营杀入,攻打伪将太微垣。取号箭一支,唤过冯胜充中军右哨先锋,陈德、费聚为左右翼,领精兵一万,俱用黄红杂色旗甲,从东北杀入,攻打伪将天市坦。取号箭一支,唤过汤和充中军正先锋,郭子兴、蔡迁为左翼,韩政、黄彬为右翼,统精兵三万,俱用纯青、纯白、纯红、纯黑四色旗甲,从正北营杀入,攻打伪将紫微垣,砍倒将旗,四围放火。取号箭一支,唤过王弼、茅成、梅思祖三将,各领兵五千,出阵迎敌,待他明日那营出兵,必有两营接应,只可佯输,诱其远赶,以便我兵乘势夺寨。取号箭一支,唤过陆聚、吴复二将,各领本部人马,坚守老营,以防冲突。常遇春独领精兵五千,沿路冲杀,只留西北一营不去攻打,以便彼兵逃窜。自率大队从后救应。分拨已定,只等明日行事。且看下回分解。

第五十七回　耿炳文杀贼祭父

却说徐达依了苏州城隍托梦，分兵做十路攻打，调遣已定。次早正是十八日，只见哨子来报，东北营中平章白勇领兵一万杀过来了。我军阵上，早有王弼持刀迎敌，未及半个时辰，他正南上杨清，西北上万平世，各领兵前来接应。恰好茅成、梅思祖放马前来拦挡，六匹马搅做一团。只见梅思祖卖个破绽，径落荒而走。杨清便勒马来追，那白勇与万平世，恐杨清得了头功，因一齐赶上来。王弼、茅成也装一个救思祖的模样，也将马放来厮杀。正杀得十分热闹，只听得寨中一声炮响，十路兵马，都杀出来，径往张彪阵中分头的去攻打。他营中只说朱军与阵上军马相杀，哪晓得这般神算，慌促之中，俞通海等杀入正东营内，朱亮祖杀入正西营内，汤和率了中军，径杀入紫微垣。惊得张豹上马不及，汤和便一刀砍折了马脚，张豹只得从军中逃窜。郭子兴两翼兵马，就营下放起火来，中军帅旗，早被乱军砍倒，烟尘满眼，个个只得寻路而走，那一个敢来对敌。吴祯杀入南营，谁想杨清一营已在外边接应白勇，竟是一个空寨，便帮着耿炳文等杀入东南上。那营中正是金院郑禄把守，他看朱军杀入，便也率众相持。炳文大叫说："郑禄，你记得当初带了义兵，投降吕功，致我父亲追赶，撞木栏而死，你今日当碎剐万段，还走哪里去！"手转一枪，正中着郑禄左腿，耿炳文便活捉了，吩咐军士押在囚车内，杀得营中一个也不留。吴祯对炳文说道："杨清既在阵前，我自赶去杀了杨清，才完得我的事。"炳文点着头说："是，是。"吴祯也自去了。炳文径杀入张彪阵内，那张彪正与廖永忠三将相持。炳文大喊一声杀来，张彪见不是事，即带了残兵，只向兵少的去处逃走。那朱亮祖杀入西营，只见些散军一路跪着迎降，更不见有赵玠，亮祖便坐在本营厅上问道："你们赵玠走往何处？"那些小军回说："赵都尉闻知将军杀来，便登时逃走，不知去向……"说犹未了，谁想这贼躲闪在门后，把刀向背上竟砍将过来，幸得恰是刀背，把亮祖肩上击了一下。亮祖忍着疼痛，跳转身，急抢刀在手，就在堂上两个战了数合。那赵玠看本事难当，拖着刀向外便跑，亮祖赶上一刀，分为两段。张兴祖、薛显,起初看见营中投降,只道无事,把马在外边寻人相杀,听见营中喊声,方杀入来,那赵玠已结果了。营中一万人马,尽皆投降。亮祖仍出营来,见沐英三将,已杀了李献;俞通海三将已杀了黄辙;郭英三将,杀了吴镇;四哨人马,合做一处,望着张豹的中营,且是烈焰焰的烧得好,便将马从西北上放来,听得天市营内喊声大震,沐英、郭英、朱亮祖、俞通海吩咐各哨两翼将军,俱率兵在外,不必随入相混,只四马赶入,看他光景。只见张彪、张豹领了残兵,聚集天市营内,保着张龙太子,与冯胜、汤和、廖永忠、耿炳文等厮杀。沐英四将,乘势赶进救应,杀得他尸如山积,血似河流。张彪保着张龙,拼命向西北路上奔走,张豹一人力敌众将。那阵下白勇、万平世、杨清,正与王弼等交战,忽听得朱兵分头杀入老寨,回头一看,烟障冲天,三个飞也似赶回。恰撞着吴祯一彪军来,手起一枪,正中着万平世的心口,立死于马下。白勇急上前来救,那枪梢转处一带,径把白勇一只眼珠带将出来。俞通渊赶上一刀,连人和马砍做两截。杨清便勒马腾云的相似,往别路逃走去了。张彪保着张龙而行,只见林丛中叫道:"还哪里走!"睁眼看时,是常遇春挡住去路。兄弟二人道:"一身气力,杀得没有些儿,又撞着对头,奈何!奈何!"正没做理会,恰好张豹带了残兵逃走过来,兄弟合做一处,也不与遇春相对,径冲阵而走。遇春飞马追赶,将到城门,那城上矢石铳炮如雨的飞下来,遇春也不回兵,便令后军迎元帅大队人马到来,分头攻打苏州。

　　顷刻之间,诸将军毕集。吴祯把万平世首级,沐英把李献首级,朱亮祖把赵玠首级,郭英把吴镇首级,俞通渊把白勇首级,俞通海把黄辙首级,一一到帐前依次献了。只有康茂才一哨人马,竟无消息,徐达令探马四下哨探消息,恰有耿炳文令军卒推过囚车上帐,说:"先父因金院郑禄投降伪周追赶身死,今托虎威,活捉此贼到帐,乞主帅下令处置!"徐达便命军中急办牲醴,把耿君用公神像中堂悬挂,自己同诸将行了四拜礼。那炳文在旁边回了四拜,即下堂朝了元帅及诸将军拜谢了,依旧上堂,换着一身缟素便服,朝着父亲神像,拜了又哭,哭了又拜。徐元帅一边唤了军校,把金院郑禄活绑过来,就一刀剖出心肺,放在盘子里,供养君用像前。那炳文看见摆列着那清清的酒卮,香香的肴馔,活鲜鲜的肺心,爽爽朗朗的香烛,仪容空对,音响无闻,眼泪不止,一路的捶胸顿足,愈觉哀恸①起来。帐前军士,没一个不酸心含痛,声彻天地。惊得那张士诚在城里也不知为着甚的。约有一个时辰,徐元帅同着诸将齐来劝说:"耿公请自宽心,今日公能为父报仇,又为国出力,忠孝两全;便是先公灵在九泉,也必喜悦。万勿过伤,且请治事。"炳文只得住了哭声。一日之间,不住欷歔②,杯酒片肉,毫不粘牙,真实难得。话不絮烦。

却说康茂才同着王志、郑遇春带了人马,杀入东北营中,只有二三百个守营的颓③卒,因各转身沿路去寻白勇下落。只听人说:"白平章今日当先骂阵,倒不见这般凄怆。"茂才听知,便往场上杀来,恰撞着巡哨贼徐仁、尹晖两个,带领五千精兵,从北路而行,阻住去路。茂才心中转道:"这送死贼,倒替了白勇的晦气了。"便排开阵势,匹马混杀了一个时辰。后来徐仁望见中营火起,即刻同尹晖脱身,朱军阵上哪个肯放,古人说得好:"心慌意乱,自没个好光景做出来。"那尹晖枪法渐乱,茂才转过一刀,结果了残生。徐仁便杀条血路而走,茂才招动人马来追。谁知杨清见吴祯杀了万平世,俞通渊杀了白勇,便领残兵逃走,正撞着徐仁,合兵做一处。那徐仁见杨清既来,茂才一面兵又没接应,仍来迎敌。且说郑遇春看见徐仁马头将近,大叫一声,道:"看箭!"徐仁只道果然有箭,把头一低,遇春趁着势一刀,正把头砍将下来。茂才心知杨清又要逃走,把旗一招,朱军便密匝匝只围他在中心。茂才等三将,横来直往,把他围在核中厮杀。未及半响,被王志一枪中着马脚,那马仆地便倒,众军向前,把杨清砍做数段。茂才方得收兵转来。哨马望见了茂才一彪人马,飞也似报与元帅,说:"康将军从东路来了。"徐达听得,便同众将出帐外来望,恰好茂才下马进来,备说前事。徐达大喜。未知后事如何,且看下回分解。

---

① 哀恸(tòng)——哀痛过度。
② 欷歔——悲泣貌。
③ 颓——衰老之意。

第五十八回　熊参政捷奏封章

　　且说徐达大军驻扎在姑苏城下，只不见康茂才这支人马，正在狐疑，恰有哨马报道："康将军得胜，由东路回来了。"徐达不胜之喜，因令冯胜为首，协廖永忠、郭英、吴祯、赵庸、杨璟、张兴祖、薛显、吴复、何文晖九员虎将，将兵二万，围住葑门。汤和为首，协曹良臣、丁德兴、孙兴祖、杨国兴、康茂才、郭子兴、韩政、陆聚、仇成九员虎将，领兵二万，围困胥门。常遇春为首，协唐胜宗、陆仲亨、黄彬、梅思祖、王弼、华云龙、周德兴、顾时、郑德九员虎将，领兵二万，围困阊门。沐英为首，协俞通海、俞通源、俞通渊、费聚、王志、蔡迁、郑遇春、金朝兴、茅成九员虎将，领兵二万，围困娄门。朱亮祖领兵三万，屯扎城西北上。耿炳文领兵三万，屯扎东南上。筑设长围，架起木塔，树着敌楼，四处把火炮、喷筒、鸟嘴火箭，及襄阳炮，日夜攻击。徐达自统大军六万，环迭诸军之后，相机救应，防御外边来救兵马。诸将得令，各自小心攻打，不提。

　　且说张龙、张彪、张豹，领着残兵，不上万余，逃入苏州城，见父王张士诚，哭诉朱兵十分厉害，无可处置。士诚正是烦恼，恰见探子慌忙入朝，报道："朱兵四下密布，重重地把各门围了。"士诚惊得手脚忙乱，便集民兵二十万，上城看守，炮弩、矢石、防设甚严。朱兵屡被伤折。围有三个月日。太祖在金陵闻知难于攻打，因此使人传谕，令三军勿得轻动，以待其自困。徐达接旨，对使者说："我也不敢急性行事，但虑莫天祐这厮，奸谋百出；前者以书招三处贼兵，幸我边境东南闽、广诸路，有峻山阻隔，谅无他虞。但患的彭城一带；彭城四无险阻，倘或天祐约渠顺黄河而下，间道由江北抵吴淞与姑苏结为表里，便一时难为支吾耳。"那使者对道："元帅如此说，还未知那傅将军近来行事哩。"徐达便说："我正在此记念他，近日如何行事，并未有消息，是以日夜不安，你且细说与我听着。"使者道："前日主公着我来时，正在殿中给予我的路引，只见通政司一员官过来，奏道：'徐州参政熊聚差人奏捷。'主公便道：'连人与表章即刻一齐进来……'说犹未了，那承差跪在殿外，备说徐州熊参政令指挥使傅友德率

第五十八回　熊参政捷奏封章

兵三千，逆水而上，舟至吕梁，正遇元将左丞李弎出掠。傅友德率众便舍舟登岸，击元兵。李弎即遣裨将韩一盛引兵接战，友德手起枪落，把一盛刺死马下，元兵败走。友德揣李弎必然广招部将来斗，即令人驰还城中，开了城门，着兵卒布列城外，皆坐地持枪而待，以鼓声为号，一齐奋发。顷刻之间，那李弎果招上许多毛贼到来。友德望贼将近，鸣鼓三声，我师猛发，直冲过去，贼众大溃，争先渡水而逃，溺死者不计其数。现生擒李弎及其他头目二百七十余人，获马百余匹，乞令旨发付。主公听了大喜，令把李弎在西郊外枭首，其余所虏人犯，羁候细审，重赏来差，即手书褒嘉友德加升三级。我临行目睹来的。"徐达听了，说："如此，姑苏便不足虑矣。"遣使者出帐回金陵而去。

正转身回寨，忽人报水关巡军，获得一个细作，特送到元帅帐前发付。徐达便令押至军前，问说："汝是何人，敢来越关？若从直说来，饶汝之死。"那人说："小人是无锡莫天祐手下总领官杨茂。惯能游水，特往姑苏上表的。"徐达因问："表在何处？"杨茂站起身来，把肚兜解下，摸出一个蜡丸子，说："这表在丸子里。"徐达将丸剖开，细看了表章，就问："你家还有谁人，还是要生还是要死？"茂回报："有老母及妻子，望元帅活蝼蚁①之命！"徐达把杨茂发去俞通海处做个水军头目。随暗地唤华云龙入帐，着领小心聪慧军校二十名，潜往无锡，去诱杨茂家小，并且探听城中虚实。云龙得令，随见杨茂，备问了住处及儿子名字，来到营中，说："莫天祐这厮，不是戏耍，他看我军攻打苏州城时，必定仔细盘话。我们二十人，可分作六七样打扮。闻无锡大小人家，也都结蒲鞋面贩卖，我们着五个会打绍兴乡谈的，扮作贩鞋客人。县前专做好鱼面，我们可着两个，买大鱼数头，鳝鱼数斤，挑了鱼担儿，沿街卖货入城。再着三个扮作福建打造那假银首饰的银匠，细巧锥凿，俱要随带备用。又将牲口五只，装着糙粞②、大麦，把五人扮作乡间大户人家，籴③来粞麦，挑进城内糖坊里用。后面即着两个挑了糖担，一头办有摇鼓儿、引线儿、纸糊小匣儿，丁丁当当，跟着糖铺的人，一伙儿走。都约在西门水濂街会齐。"吩咐已定，各人整备了。

---

① 蝼蚁——蝼蛄和蚂蚁。比喻轻微渺小的东西。
② 粞(xī)——粹米。
③ 籴(dí)——买进米谷。

次早,走到城边,那城上果然逐一查问。一伙过了又是一伙,都被这巧计儿零星走入了城。他们穿街走巷,城中虚实,早已打探清楚,便径到水濂街。那云龙走到一个裁衣人家,便道:"师父,此处总领杨茂官人在那家是?"那裁衣说:"杨官人正在转弯红角子门里。"云龙问了的确,叫声起动,转过弯来,直到红角子门里撞进,连声叫道:"杨名官在家么?"那杨名知有人叫他,就走出来问道:"客官何来?"云龙回报道:"你们父亲承着官差,一路上得病未好,今已到西门外。那病十二分重,命在须臾,要见你母亲及祖母,与你一面,特央我来通知,你们可急急去;倘得见他,也好永诀。"杨名走进去说了,祖母与母亲又出来问了详细,便同云龙直到西门。只见两个鱼担儿,三个糖担儿及五六个贩鞋面的,五六个空手走的,笑笑说说,看看云龙道:"这客官就是前面酒店里病人,央来报信的,恰也又出来了。世间有这等热心人,真个难得。"云龙把眼一梭,这些人三脚两步,四下都走前面走了。约至五里路程,只见路上有个小车,辘辘的往前面推着。云龙便叫道:"推车的长官,我有两位内眷,到前面王家酒店里,探望一个病人,他们弓鞋脚小,一时赶不上路,劳你带一带在车儿上,我重重送酒钱与你。"那汉子便站定说:"上来上来,前面酒店路也不多,谅想你们也不亏我。"云龙便扶着他祖母与母亲上了车儿,自同杨名一路的说,一路的走。那个推车的,推动这车似飞而去。云龙故意叫道:"长官,长官,便慢着些儿也好,倘若先到王家酒店,千万坐坐,待我数钱与你买酒吃。"那汉子指一指道:"日已西了,还迟到几时!"约摸二十余里,杨名又问道:"还有多少路?"云龙笑着说:"你且跟我来。"不上里许,却是个黑林子。但见十六七人叫道:"杨名你还待怎的?吾奉金陵徐元帅将令,你父杨茂越关被获,已愿投降。徐元帅恐莫天祐害及你家属,特来取你归营;你若狐疑,有剑在此。"杨名同他祖母、母亲三个,都呆了口,也没得回报。华云龙脱下了便服,换了盔甲,便叫杨名一起同众军跨着飞马,押了车子,紧赶着上路,将及二更,已到军前,不提。未知后来如何,且看下回分解。

第五十九回　破姑苏士诚殒命

却说那华云龙用了一番心机,挈取杨茂家属,将及二鼓,才到军前。辕门上把守的禀道:"元帅正在帐中相等。"云龙便进去,备数了事情一遍,且说他家属现在营外。徐达即令送至后营,因唤杨茂说:"吾恐莫天祐害你家小,已令人挈取来营,足下可去相见。"杨茂见了母子、妻儿,不胜之喜,便说:"殒首碎躯,莫能图报!"当晚归本帐而去。过了数日,徐达写了一张柬帖,唤取杨茂到帐,说:"我欲你干一件事,你可去么?"杨茂说:"小人受了大恩,赴汤蹈火,甘心前往。"徐达便取柬帖递与,吩咐出营五更,可看了行事。杨茂接过在手,走至前途,开封一看,大笑道:"元帅要我去赚莫天祐,这有何难。"便放脚走入无锡城中,参见了莫天祐。天祐见杨茂回来,大喜问道:"主公有何话说?"杨茂道:"主公吩咐,徐达军粮屯于桃花坞中,明晚是八月十八,城中当举火为号,主公领兵冲阵,命元帅赴桃花坞烧毁他的粮草,即往东攻杀围兵,内应外合,不得有误。"天祐说:"这计较极好!"遂留兵五万守城。次早,带领精锐五万出城,径到桃花坞密林中屯住。将及二更,遥见东门起火,天祐便唤杨茂引路,将到坞边,只听一声炮响,四下伏兵齐起。天祐大惊,说:"吾中徐达奸计了!"连叫杨茂,不知去向,因引兵冲西而走。徐达阵上俞通海拼命赶来,身上被了四箭,头上被了一箭,血染征袍,白练尽赤,犹是奋勇冲杀,尸横遍野。殆至黎明,才知此身带着重伤,负痛而返。徐达只得令本部士卒,星夜送还金陵调治,不提。

那个天祐逞着骁勇,冲阵回至无锡,唯见城上遍插的是金陵徐元帅旗号。大濠之间撞见郭英、俞通渊杀来,大叫:"莫天祐若是早降,免得一死!"天祐纵马来敌,恰被俞通渊后心一枪,下马而死。徐达入城,抚辑①了军民才去。原来十八之夜,徐达先令四将,各提兵一万,前来攻杀。一夜之间便取了无锡而回。仍令众将回攻姑苏。忽见前军报道:"军师刘

---

①　抚辑——安慰调和。

基来访。"徐达迎入帐中,诉说苏城久攻不下,全望军师指教。

次日早起,刘基、徐达二人同在城下,走来走去,熟察形势。忽见一个头陀①与一个金色道人,飘飘的乘风从胥门城脚而来。那头陀一跑跑到身边,叫道:"刘军师,徐主帅,一向好么?为何二人在此来往?"刘基一看就是周颠,便问:"你一向在哪里?"颠子应道:"我自在这里,你自不见哩。"呵呵的只是笑。徐达因问:"这位师父是谁?"颠子说道:"这是张金箔。就是与张三丰一班儿在铁冠道人门下的,你还不认得么?"军师与元帅心知他们俩是异人,便四个交着手,走向营里来。杯酒之后,共谈破城之法。张金箔说:"此城竟是龟形。盘门是头,齐门是尾。龟之性,负水而出,乘风则欢。今暮秋之时,正水木相乘之会,刘军师当择水木干支的日子,借风驳击其尾,则其首必出,决当歼灭伪周矣。"元帅听了大喜。刘军师把手掌一轮,说:"事不宜迟,明日便可动手。"急令各将于各城大河外四周,筑成高台十座,每台长五十步,阔二十步,与城一样高。上盖敌楼,以便遮蔽。整备铳弩攻打。未及三个时辰,各营齐报高台依法齐备。

那士诚看见外面如此光景,与群臣设计抵挡。张彪奏说:"不如潜夜出城,径作航海之行为上。"士诚听了,便收拾宝玩、细软财物,挈领家眷,深夜开城,突围而走。常遇春一见,便分兵截住,那士诚军马,拼死地厮杀良久,胜负未分。此时王弼统领左军,遇春见了抚王弼肩背说:"军中皆称足下与朱亮祖为雄,今亮祖独屯兵于西北,不当机会,足下何不径取此贼?"王弼听了,直挥双刀,奋勇向前,敌众方得少却;遇春便率众乘之。恰好亮祖又到,三面夹攻,喊杀将来。士诚兵马大败,溺死沙盆潭者,不计其数。士诚坐着飞龙追日千里马,也几乎堕入水中。遇春同亮祖并力追赶,一枪刺去,正中世子张龙,下马而死。士诚惊忙逃回城中,坚闭不出。

次早,周颠与张金箔作别要行,军师与徐元帅再三留住,他们却说:"后会有期,不必苦留。"说罢便出帐而去。刘基看高台已筑,因令众将率军校上台攻打,只留正东的台听起自用。刘基按定吉期登坛,披发仗剑。不一时间,忽见雷霆霹雳交加,大雨奔注,台上众军一齐放起火箭、神枪、火铳、硬弩飞将过去,盘门果然大开。城上民军,争先冒雨奔走。只听大震一声,把姑苏城攻倒三十六处。徐达便传令四面军士,俱依队伍入城,

---

① 头陀——和尚的别称。

第五十九回　破姑苏士诚殒命

不许越次乱杀。如有生擒张士诚者,与金千两;斩首来献者,与金五百两;斩渠①妻子一人者,与金百两。那士诚看见城破,便率了子女及妻刘氏,并家属同登齐云楼,于天泣道:"今日至此,免为他人所辱。"自行放起火来,把合家烧死了。自走至后苑梧桐树边,大叫数声:"天丧我也!天丧我也……"正要解下丝绦自缢,突然走过沐英,一箭射断了丝绦,士诚仆然堕地。沐英着军校上前捉住。徐达收了图籍并钱粮器械,即与众将启程,回到金陵,只留数将在苏镇守。谁想那士诚拘在军中,只是闭着双眼,咬着这口牙齿。军校们劝他吃粥吃饭,只是不吃。

将到金陵,徐达先遣人报捷。太祖便命丞相李善长远出款接。士诚也毫不为礼。善长戏道:"张公,你平日据土称王,智勇自大,今日何为至此!且吾之尽礼于足下,正以王命,不欲自失其仪,足下还重己轻人乎。"顷刻,已至龙江,诸将把士诚缚了,送到太祖面前。士诚也只低头闭目,朝上着地而坐。太祖叱他道:"你何不视我!"士诚大声答道:"天日照你不照我,视你何为!"太祖大怒,命人将士诚监禁,排驾回宫去了。士诚自思赧颜②,泣下如雨,至夜深以衣带自缢而死。太祖敕令为姑苏公,具衣冠葬于苏城之下。这些高官厚禄之臣,闻知苏州城破,或投降的,或逃走的,且有替我兵私通卖国的,更没有一个死难。后来唐伯虎有"清江引"词,道:

　　皂罗辫儿锦扎梢,头戴方檐帽。穿领阔袖衫,坐个四人轿;又是张吴王米虫儿来到了。

太祖次日早朝,将削平伪周诸将,一一升赏有差。恰有徐达奏道:"臣等攻打苏州,曾檄俞通海提兵到桃花坞荡贼老营,身中流矢,因毒甚,送还京师。闻主公亲幸第宅,问他死后嘱咐何事,通海已不能语,主公挥泪而出。次日报身没,车驾复临恸哭,惨动三军,莫能仰视。臣等身在远方,闻此眷注,不胜感激。又阵中丁德兴,被刀折其左股而亡,茅成被火箭透心而丧,俱乞殿下褒封,以表忠节。又前者正月朔日③,臣夜梦姑苏城隍与滁州城隍,同至帐中,恍惚言语,谓主公三年之间,混一大统;士诚不

---

①　渠——同"他"。

②　赧(nǎn)颜——因羞愧而脸红。

③　朔日——阴历每月初一日。

及一载,决至沦亡,但虎将不免殒伤。臣因求其保护,今皆保回首领而没。全望主公勉赐褒崇,以表神爽;又今苏城天王堂东庑①,土地神像,俨然像圣容,三军无不称贺,亦望主公裁处。"太祖便说:"随吾渡江精通水战者,无如廖永安、俞通海。又丁德兴、茅成俱是虎臣,今功成而身死,深为可惜!"因命有司塑像于功臣庙中致祭,永安向死于苏州,可迎葬于钟山之侧。未知后事如何,且看下回分解。

---

① 庑(wǔ)——正房对面和两侧的小屋子。

第六十回　哑钟鸣疯僧癫狂

且说太祖下命，着有司将廖永安等塑像于功臣祠，岁时祭祀；一边迎永安灵柩葬于钟山之侧；又说："滁州城隍与苏州城隍，军中显灵，可同和州城隍，共敕封'承天监国司命灵护王'，特赐褒崇。其敕书用锦标玉轴，与各处有异；至如天王堂东庑之土地神像，重建金殿遮盖。"徐达领命出朝而去。

却说当初唐时有个活佛出世，言无不灵应，甚是稀罕，人都称他做宝志大和尚。后来白日升天，把这副凡胎，就葬在金陵。前者诏建宫殿，那礼、工二部官员，奏请卜基，恰好在宝志长老冢边。太祖着令迁去别处埋葬，以便建立。诸臣得令，次日百计锄掘，坚不可动。太祖见工作难于下手，心中甚是不快。回到中宫，马娘娘接问道："闻志公之冢甚是难迁，妾想此段因果，亦是不小，主上还宜命史官占卜妥当，才成万年不拔之基。且志公向来灵异，冥冥之中，岂不欲保全自己躯壳？殿下如卜得吉，宜择善地，与他建造寺院，设立田土，只当替他代换一般，做下文书烧化，庶几佛骨保佑，不知殿下主意何如？"太祖应道："这说得极是。"次早，便与刘基占卜。卜得上好，就着诸工作不得乱掘。太祖自做下交易文书，烧化在志公冢上。因命在钟山之东，创造一座寺院，御名灵谷寺。遍植松柏，中间盖无梁殿一座，左右设钟鼓楼，楼上悬的是"景阳钟"。又唐时铸就铜钟一口，欲为殿上所用。铸成之日，任你鼓击，只是不响。那时便都叫道"哑钟"，且有童谣说道：

　　若要撞得哑钟鸣，除非灵谷寺中僧。
　　殿造无梁后有塔，志公长老耳边听。

殿成之日，寺僧因钟鼓虽设，然殿内还须有副小样钟鼓，逐日做些功课，也得便当。正在商议，忽然有个头陀上殿说："那'哑钟'不是好用的。何必多般商议。"这些僧人与那诸般工作，拍手大笑，道："你既晓得'哑钟'，用他怎么？"那头陀回说道："而今用在这殿中，他就不哑了。"众人也随他说，更不睬他。那头陀气将起来，大叫道："你们不信，贫僧也自由你。若我奏过朝廷,或依了我,悬挂起来,敲得旺旺的响,那时恐怕你们大众得罪不小,自悔也迟。"便把衲袄整了一整,向长安街一路的往朝里来。这些人也有的只说这头陀想是疯子,不来理他;也有的只说此钟多年古物,实是不响,这头陀枉自费心;也有的说我们且劝他转来,倘或触动圣怒,也在此自讨烦恼,便一直赶来劝他。那头陀说:"既是你们劝我,想你们从中也有肯依我的了,我又何苦与你们作对。"因也转身到寺里来。那些人因他到了,都不做声,开着眼看他怎么。那头陀便向天打了一个信心,就向这钟边走了三五转,口里念了几句真言,喝声道:"起!"这钟就地内平空立将起来。这头陀把钟上泥,将帚拂拭净了,看殿上钟架恰好端正的,便以手指道:"你自飞悬架上去罢。"那种又平地里走入殿来,端端正正挂在架子上。看的人堆千积万,止不住喝彩。头陀便从袖中取出一条杨枝,与一个净瓶来,将瓶中画了道符,那瓶内忽然现一瓶净水,便念动几句梵语,将净水向钟上周围洒了三遍,取一纸来焚化在钟边,把手四下里一摸,只听得铿然有声。他便取木植一株,轻轻撞将过去,那钟声真个又洪又亮,这千千万万人,齐声道:"古怪!古怪!"合寺僧人,同那善男信女,纳头拜道:"有眼不识活佛,即请师父在此住持。"那头陀道:"我自幼出家,取名宗泐①。去无踪,来无迹,神通变化,哪个所在能束伏我这幻躯?近闻大明天子,将我师父志公的法身迁移到此,且十分尊礼,我因显这个小小的法儿,你们不须在此惊扰。"正在这边指示大众,谁想在那边监造的内使,见他伎俩,飞马走报太祖。太祖便同军师刘基及丞相李善长一行人众,齐到寺来。宗泐早已知道,向前说:"皇帝行驾到此,我宗泐有缘相遇。但今日也不必多言,如过年余,还当再面。"在人丛中一撞,再不见了。太祖看殿已造完,便择日迁起志公肉身,犹然脂香肉腻,神色宛然如生,另造金棺银椁藏贮。即发大愿说:"借他一日,供养一日。"椁上建立浮图,大十围,高七层,工费百万。再赐庄田三百六十所,日用一切之资,来给志公供养。

天色将晚,太祖便同刘基等从朝天宫微服步行而回。忽见一妇人,穿着麻衣,在路旁大笑。太祖看他来得怪异,便问:"何故大笑?"妇人回说:"吾夫为国而死,为忠臣,吾子为父而死,为孝子;夫与子忠孝两尽,吾所

---

① 泐(lè)。

以大喜而笑。"太祖因问:"汝夫曾葬么?"那妇人用手指道:"北去数十里,即吾夫葬所。"言讫不见。次早,着令有司往视,唯见黄土一堆,草木葱郁,掘未数尺,则冢头一碑,上镌着:"晋卜壶之墓"五字。棺已朽腐,而面色如生。两手指爪绕手六七寸。有司驰报,上念其忠孝,遂命仍旧掩复,立庙祭祀。正传诏令,恰好孝钧城西门之内,也掘出个碑来,是吴大帝孙权之墓。众臣奏请毁掘行止,上微笑,说:"孙权亦是个汉子,便留着他守门也好;其余墓坟,都要毁移。"

明日,正是仲冬。一日,李善长、刘基、徐达率文武百官上表,劝即皇帝宝位。太祖看了表章,对众臣说:"我以布衣起兵,君臣相遇,得成大功。今虽拥有江南,然中原未定,正有事之日,岂可坐守一隅,竟忘远虑。"不听所奏。过了五日,李善长等早朝,奏说:"愿陛下早正一统之位,以慰天下民心。"太祖又对朝臣说:"我思:功未服,德未孚,一统之势未成,四方之途尚梗。昔笑伪汉,才得一隅,妄自尊大,迨至灭亡,贻笑于人,岂得便自效之;果使天命有在,又何必汲汲①乎!"善长等复请说:"昔汉高祖诛项氏,即登大位,以慰臣民。陛下功德协天,天命之所在,诚不可违。"太祖也不回复,即下殿还宫,以手谕诸臣说:"始初勉从众言,已即王位。今卿等复劝即帝位,恐德薄不足以当之,姑俟再计。"乃掷笔易便服,带领二三校尉,竟出西门来访民情。迅步走到一个坍败的寺院,里面更没有一个僧人。但壁间墨迹未干,画着一个布袋和尚,旁边题一偈②道:

大千世界浩茫茫,收入都将一袋装。
毕竟有收还有散,放宽些子又何妨。

太祖立定了脚,念了几遍,说:"此诗是讥诮我的。"便命校尉从内亟索其人。毫无所得。太祖怅怅而归。走到城隍庙边,只见墙上又画一个和尚,顶着一个禅冠;一个道士,头发蓬松,顶着十个道冠;一条断桥,士民各左右分立,巴巴地望着渡船。太祖又立定了身,看了半晌,更参不透中间意思,因教敕坊司参究回报。次日坊司奏说:"僧顶一冠,有冠无发也;道士顶十冠,冠多发乱也;军民立断桥,望渡船,过不得也。"太祖于是稍宽法网。未知后事如何,且看下回分解。

---

① 汲汲——急切的样子。
② 偈(jì)——佛家的唱词。

第六十一回　顺天心位登大宝

话说太祖微行看了两处画壁，分明晓得是隐讽的，心中忽然儆①醒，因谕中书省御史台臣及刑部官定为律令，颁行四方，不许以意出入。次日视朝，李善长等复表劝进登皇帝大位。太祖又说："中原未平，军旅未息。且当初朱升来见，我问天下大计，朱升复我说：'高筑墙，广积粮，缓称王。'此三语，我时时念及；你等何为如此着急。此事关系极大，尔等须一一酌礼仪而行，不可草草。"李善长等得蒙允奏，不胜之喜，便传军令着郭英领民兵三万，于南郊筑坛受禅。礼官议定择来年戊申岁，正月四日乙亥即皇帝位。三日之前，坛已告成，一应礼仪俱备。礼官备将行仪申奏。太祖传旨，着群臣斋戒沐浴，至期同赴南郊。銮舆所过，远近观看的填街塞巷。

不移时，驾到南郊。当时公侯将相诸臣，扶拥太祖高皇帝登坛。坛上列着皇天后土，日月星辰，风云雷雨，五岳四渎，名山大川之神，及伏羲三皇，少昊五帝，禹、汤三代圣君之位。坛下鼓乐齐鸣，作了三通。太祖行八拜礼。太史官弘文馆学士刘基读祭文道：

　　维大明洪武元年，岁次戊申，正月壬辰，朔越四日丁亥，天下大元帅皇帝臣朱，敢昭告于皇天后土，日月星辰，风云雷雨，天地神祇，历代圣君之灵。道：天地之威，加于四海。日月之明，昭于八方。云雷之势，万物咸生。雨露之恩，万民咸仰。伏以上天生民，俾以司牧，是以圣贤相承，继天立极，抚临亿兆。尧、舜相禅，汤武吊伐；行虽不同，受物则一。今胡元乱世，宇宙洪荒，四海有蜂虿之忧，八方有蛇蝎之祸。群雄并起，使山河瓜分；寇盗齐生，致乾坤鼎沸。臣生于淮甸，起自濠梁。提三尺以聚英雄，统一派而救困苦。托天之德，驱一队以破肆毒之东吴；仗天之威，连千艘以诛枭雄之北汉。因苍生无主，为群臣所

---

① 儆（jǐng）——让人自己觉悟而不犯过错。

推,臣承天之基,即帝之位,忝为天吏,以治万民。今改元洪武,国号大明。仰仗明威,扫静中原,肃清华夏;使乾坤一统,万姓咸宁。沐浴虔诚,齐心仰告,专祈协赞,永克不承。尚飨①。

刘基读了祭文,坛下音乐交奏。太祖合群臣设三十六拜。祭告之时,但见天宇澄清,风和景霁,氤氲香雾,上凝下霭,中星辉露。顿与连朝雨雪阴霾的气色迥异。人人说是景运休徵。祀毕下坛,李善长率文武百官及都城父老,扬尘舞蹈,山呼万岁,五拜三叩头毕。太祖引世子及诸王子、文武群臣,奉四代神主回城,送入太庙。追尊:

高祖考德祖玄皇帝,高祖妣②玄太皇后;曾祖考③懿祖桓皇帝,曾祖妣懿圣皇太后;祖考熙祖裕皇帝,祖妣裕圣皇太后;考仁祖淳考皇帝,妣淳圣睿慈皇太后。

上玉玺宝册,行追荐之礼,因对群臣说:"朕何蒙先德,庆及朕躬,今遵行令典,尊崇先代,奉主之时,若或见之矣。"言讫,登辇升殿,受群臣称贺。命刘基奉宝册,立妃马氏为皇后;且说:"朕念皇后,偕起布衣,同甘共苦。常从朕在军,自忍饥饿,怀糗以饲朕。又朕素为郭氏所疑,皇后从中百般调停,百计庇护,得免于患。家之良妇,犹国之良相,未忍忘之。"退朝回宫,因以语皇后。后回报说:"尝闻夫妇相保易;君臣相保难。望陛下今日正位以后,时当兢惕④,以保久安长治之业,是所愿耳。"次日设朝,文武朝见毕,命立世子朱标为皇太子。赠李善长为银青荣禄大夫、上柱国中书左丞相、太子太师宜国公。赠刘基右丞相、太子太傅安国公。刘基再四恳辞不受,说:"臣赋命浅薄,若受大爵,必折寿命。"太祖见他恳切,乃授以弘文馆大学士太史令。赠徐达上柱国中书右丞相、太子太保信国公。赠常遇春中书平章鄂国公。其李文忠、邓愈、汤和、沐英、郭英、冯胜、廖永忠、吴祯、吴良、朱亮祖、傅友德、耿炳文、华云龙等,封爵有差。群臣叩首拜谢。命改建康金陵府为南京应天府。布告天下,改元洪武。只

---

① 尚飨——亦作"尚享"。旧时用作祭文的结语,表示希望死者来享用祭品的意思。
② 妣——已故的母亲。
③ 考——已故的父亲。
④ 兢惕——小心谨慎。

见翰林学士王祎出班叩头,上一篇报天下成大业,祈天永命的表章。中间要求减茶课,免军需,轻田租,蠲边郡税粮,以顺人心等语。太祖看了大喜,赐帛五匹。便宣大元帅徐达说:"朕思胡元未定,中原未收,又闽、广、浙东、两广等处,尚未归附,四海黎民未安,此心殊是歉然。卿宜与常遇春、冯胜、郭英、耿炳文、吴良、傅友德、华高、曹良臣、孙兴祖、唐胜宗、陆仲亨、周德兴、华云龙、赵庸、康茂才、杨璟、胡美、江信、张兴祖、张龙等,率兵十万,北伐大元,以定天下。以汤和为元帅,领吴祯、费聚、郑遇春、蔡迁、韩政、黄彬、陆聚、梅思祖等,率兵十万,伐陈友定,取闽广之地。李文忠为元帅,领沐英、朱亮祖、廖永忠、阮德、王志、吴复、金朝兴等,率兵十万,伐方国珍,取浙东之地。邓愈为元帅,领王弼、叶升、李新、陈恒、胡海、张赫、谭成、张温、谭兴、周武、朱寿、吴德济等,领兵五万,取东西两广未附州郡。"四将领命出朝,专候择日起兵前去。次早,徐达率领众将,入朝请旨。太祖命礼官将兴兵四讨救民伐暴的情由,做了祭文,上告天地山川之神祇。复命众将一一向前。吩咐:"决不许妄行杀害,荼毒生灵。"众将拜命,陆续分兵往各路进发。

先说李文忠统了诸将军马,离却金陵,望浙东而行。不一日,到温州城南七里外安营。那方国珍得知兵到,便与儿子方明善欲计谋厮杀。那明善细思了半晌,对父国珍说:"朱兵雄勇难当,且李文忠所统将校,个个是足智多谋之士,若待围城,必难取胜。不若乘其远来疲困之时,先出兵冲杀,或可取胜。"国珍说:"我意亦欲如此。"即日便领兵一万,至太平寨排开拒截。哨马报入营来,文忠便率兵将对阵,却见明善出马。文忠在旗门之下说:"今主上混一天下,指日可成,你们父子不思纳款,而区区守一隅之地,以抗天兵,将复为陈、张二姓乎?"明善大怒,骂道:"你们贪心无厌,自来寻死耳,何用多言。"便纵马杀来。恰有左哨上廖永忠抡刀向前迎敌,两下喊杀,约有四十余合。右哨朱亮祖恐难取胜,因从傍直向明善刺来;明善力怯而走。明兵乘势赶杀,破了太平寨,追到城边。那明善领着残兵,急急进城,坚闭了城门不出。未知如何,且看下回分解。

第六十二回　方国珍遁入西洋

却说明善领了残兵，奔回城中，紧闭着城门不出。李文忠召诸将商议，说："今日大败，贼众心胆俱寒，即宜四下攻打，却可拔城。"众将得令。亮祖就遣指挥张俊、汤克明攻打西门，徐秀攻东门，柴虎率游兵接应。城下喊声雷动。亮祖自统精锐，不避矢石，驾着云梯径从西门而上，捉了员外郎刘本善及部将百余人。国珍看见城破，即便带领家属，出北门冲阵，径往小路，直走海口，落了大洋，遂向黄岩上台州与弟方国瑛合兵一处再图恢复，不提。

那朱亮祖奉了元帅李文忠入城抚辑。即日把军情申奏金陵，太祖看了表章大喜，便令承差到殿前，说："那国珍遁入海洋，必向台州与弟国瑛合兵据守。事不宜迟，即着中书省写敕专付朱亮祖，仍带浙江行省参政职衔，率马步舟师，向台州进发。"差官星夜火速谕知。亮祖拜命，遂进天台。那天台县官汤盘闻知兵到，出二十八长亭迎降。亮祖在马上安慰了黎庶，着汤盘仍领旧职抚理本县地方。自己带了人马兼程直到台州城下搦战；一边把令牌一面，邀廖永忠入帐，说如此而行。永忠得令去讫。再令阮德、王志、吴复、金朝兴四将，领兵二千，前至白塔寺侧，左右埋伏，夜来行事，不提。那方国珍与弟国瑛及子明善三人商议，说："这赤城形势最是险阻，今我军合兵一处迎敌，必然取胜。"便放了吊桥，出城对敌。未及十合，明善力不能支，转马而走。朱亮祖乘势剿杀，力气百倍。国珍父子三人，连忙驱众入城。亮祖因吩咐四下围住，只留东门听其逃走。约摸初更，亮祖令军中砍木伐薪，缚成三丈有余的燔燎①一般，立于城外。布起云梯，纵铁甲军五千，从西右而上。城中见四下火光烛天，军民没做理会，惊得国珍兄弟父子，胆怯心寒，开了东门，径寻小路，往海边进发。此时已是三更有余，谁想家眷带了细软什物，正好奔到白塔寺边，计到海口仅离二里，只听一声炮响，左边阮德、金朝兴，右边王志、吴复，两下伏兵尽

---

① 燔燎——燃烧着的火把。

起,追杀而来。国珍等拼命登得海船,吩咐水手用力撑开,未及三五里之地,早有一带兵船,齐齐拦住去路。马上鸟嘴喷筒,如雨围将过来。火光之下,却有廖永忠绯袍、金甲,高叫道:"方将军,你父子兄弟何不知时势。我主上圣明英武,又是宽大仁慈,胡不归命来降,以图富贵,何苦甘为海岛之贼。况此去如将军逞有雄威,占得一城、一邑,亦不过外中国而别亲蛮夷。倘或不能为唐之虬髯,汉之天竺,则飘飘海上,将何底止。且将军纵能杀出此岛,前面汤将军见受王令,遵海往讨陈友定,舟师十万,把守大洋,亦无去路。怕一朝势败,将军悔无及矣。请自三思。"方国珍听了说话,便对国瑛、明善说:"我巢已失。今朱兵莫当,便出投降,以保身家,亦是胜算。"因回复道:"廖将军言之有理。"即于船内奉表乞降。次早仍回城,见了朱亮祖;亮祖慰劳了一番,吩咐拔寨来会李文忠。此时浙东地面,处处平服。文忠便差官申奏金陵,一面与朱亮祖等计议,道:"今汤元帅进征福建,未闻报捷,我们不如乘便长驱延平,合攻陈友定,令渠彼此受敌,还怕友定不亡乎。"亮祖说:"主帅所见极妙。"便发兵即日起身。

且说汤和统了吴祯、费聚等八员虎将,雄兵十万,前取闽、广,直到延平地面。拒守元将,正是陈友定。那元顺帝以友定败了朱将胡深,便命为福建行省平章政事。自行之后,友定益肆跋扈,遂有雄踞福建之心,兴兵取了诸郡,声势甚是浩大。且命儿子陈海据守将乐,以树犄角。元帅汤和屡次以书招谕,友定说:"我这八闽,凭山负海,为八州的上游;控番引夷,为东南的岭表。进足以攻,退足以守,你朱兵奈何我不得。"因与参政文殊、海牙等商议拒敌。汤和四次搦战,友定只是坚壁固守,以老其师。恰好报说,李文忠同沐英、朱亮祖等,率陆兵七万,前来接应。

且说廖永忠统领水师三万人,依水列营,以分友定之势。汤和得报,喜不自胜。便令哨兵传令沐英、阮德、吴复领所部径攻南门;朱亮祖、王志、金朝兴统所部径攻东门;李文忠统大队为游兵,接应东南二处。原在将校郑遇春、黄彬、陆聚统所部协攻北门;原在吴祯、费聚协助同新到彦永忠,统领水军径攻水西门;自领蔡迁、韩政、梅思祖率水陆游兵,接应西北二处,昼夜攻击。那友定在敌楼上看见明兵勇壮,不敢争锋。只见骁将萧院,慌慌张张向前禀说:"朱兵日夜攻打,精力必疲,倘驱十万兵奋勇出战,必可得胜,何苦坐视其危。"友定沉思不语者久之。未知后事如何,且看下回分解。

第六十三回　征福建友定受戮

　　自古道:"疑人莫用;用人莫疑。"又说道:"三思而行;再思可矣。"谁想这友定听了骁将萧院的言语,存省了半响,方才说道:"彼兵正锐,何谓疲竭,汝等那得乱惑军心。"便叫阶下群刀手,推出斩讫报来。不多时,那萧院做了黄泉之鬼。自此之后,这些军将,哪个敢说一声;便有许多乘夜越城出来投降的。明营军中看他这等光景,四下里攻打益急。早有朱亮祖率着部军,攻破了东门,军校争呼而入。文殊海牙见势头不好,便也开水门出降。廖永忠率水军鼓噪,直杀到官衙河畔。友定仰天叹息,退入后堂,正要服毒而死,恰被官兵缚住,解送到营。
　　次日汤和着令部将蔡玉镇守延平。那友定儿子陈海,闻得父亲被执,也服毒而死。汤和令军中将友定送京,听旨发落。即会同李文忠所部人马,乘势径趋闽县,奄至成都。镇守元将乃郎中行省柏帖木儿,闻大兵到来,知城不可守,便引妻、妾上楼,说:"丈夫死国,妇人死夫,从来大义如此。今此城必陷,我亦旋亡,汝等能从之乎?"妻妾相对而泣,尽皆缢死,只有一乳媪,抱幼子而立。木儿熟视良久,叹道:"父死国;母死夫;惟汝半岁儿,于义何从,留尔存柏帖一脉可也。"便收拾金宝,嘱咐乳媪说:"汝可抱儿逃匿民间,倘遇不测,当以金珠买命。"乳媪领命自去。有顷,大兵进城,木儿从楼中放火,自焚而死。汤和闻知如此忠义,传令于灰烬中觅取骸骨,备冠带衣衾,葬于芙蓉山下。因将圣主恩德,驰谕省下郡邑,诸处俱各望风纳款。恰好胡天瑞率兵攻取兴化,那建阳守将贾俊畴、汀州守将陈国珍也都降顺。于是泉州、漳州、潮州等处悉皆平定。汤和见福建安妥,仍会李文忠整旅回京。未及一月,诸将解甲韬胄①,午门外朝见。太祖面加奖慰,赏赉有差。这方国珍反复无常,枭首示众;这陈友定赐予胡深之子胡祯,将渠脔取血肉②,以祭父亲。三军为之称快。

---

① 解甲韬胄——此处意为脱下战衣。
② 将渠脔(luán)取血肉——将他剁成肉块。渠,他;脔,切成肉块。

次日早朝,百官行礼方毕,走过中书左丞王溥出班奏说:"近奉敕督采黄木建告皇殿,却于建昌蛇古岩采取,忽见岩上有一人,身着黄衣,口中歌道:

虎踞龙蟠势苍茫,赤帝重兴胜六朝。
八百余年正气复,重华从此继唐尧。

其声如雷,万众耸听,如此者三遭,歌毕忽然不见。乞付史馆,以纪符瑞。"太祖听了说:"此事终属诬罔,今后如此无凭信的虚声,一切不可申奏。因令工人在大内图画的四壁,俱采豳风七月之诗①,及自己历来战阵艰难之事,绘图以示后世,"且说:"朕家本农桑,屡世以来,皆忠厚长者,积善余庆,以及朕躬。乃荷皇天眷命,方有今日。特命尔为图,凡有流离困苦之状,悉无所讳②,庶几后世子孙,知王业之兴极其艰难,庶有儆惧,毋自干淫,以思守成之道;尔等做官的,亦宜照朕立法,以警后来,方可保有富贵。"群臣皆呼万岁。正及退朝,却见有个内官,着了新靴,在雨中走过。太祖大怒,道:"靴虽微物,然皆出自民财,且非旦夕可就,尔等何敢暴殄天物③如此?朕尝闻元世祖初年,见侍臣着有花靴,便杖责说:'汝将完好之皮,为此费物劳神之事。'此意极美。大抵尝历艰难,便自然节俭。稍习富贵,便自然奢华。尔等急宜改换。"随发内旨,今后百官入朝,倘遇雨雪,皆许穿油衣雨服,定为常训。明日天晴,太祖黎明临朝,宣廖永忠、朱亮祖上殿,谕说:"两广之地,远在南方,彼此割据,民困已久。定乱安民,正在今日。朕已令邓愈等率师征取,久无捷音。尔平章廖永忠可为征南将军;尔参政朱亮祖可为副将军,率师由海道取广东。然广东要地,惟在广州。广州一下,则沿海州郡自可传檄而定,海北以次招徕,务须留兵镇守。其有归款迎降的,尔可宣布德威,慎勿乱自杀掠,阻彼向化之心。仍当与平章邓愈等协心谋事。广东一定,径取广西,肃清南服,在此一举。"永忠与亮祖二人,受命出朝,择日领兵前去,不提。

且说徐达引大兵已到山东。镇守山东却是元将扩廓帖木儿,原是察罕帖木儿之子。先是癸卯年元顺帝曾着尹焕章将书币通好于太祖,太祖因遣都事汪可答礼。汪可去至元营,细为探访军务。这扩廓帖木儿便起疑心,拘留住

---

① 豳(bīn)风七月之诗——《诗经·国风》之一,讲稼穑勤劳之事。
② 讳——此处为隐蔽之意。
③ 暴殄天物——耗费物品,毫不爱惜。

汪可,不令还朝。后来太祖连修书二封问讨,那扩廓帖木儿倚着兵势,不以为然。才过一年,不意顺帝削了他的兵权,使他镇守山东,甲兵不上五万。是日闻徐达兵过徐州,扩廓帖木儿甚是惊恐,登时聚众商议。有平章竹贞说道:"元帅麾下,虽有数万之众,发散在山东、河南、山西等处,一时难聚。如今徐达智勇无双,常遇春盖世英雄,还有一个叫做朱亮祖,他能神运鬼输,当年曾在鹤鸣山,劈石压死陈友定许多军马,不知如今阵上,他来也不来。至如郭英、耿炳文、吴良、华云龙、傅友德、康茂才等一班,俱是骁勇的虎将。元帅与他拒敌,只恐多输少胜。莫若权弃山东,且往山西,再聚大兵,以图恢复。"扩廓帖木儿听竹贞许多言语,便说:"这话儿极讲得有理。"急忙领兵,夜间潜回山西太原府而去。哨兵报知徐达。徐达对众将说:"扩廓帖木儿算是元朝重臣,他今恐惧逃走,则各处守臣,必皆震惶无疑。料这山东、河南唾手可得;河北燕京亦指日可定矣。"便领兵直至山东沂州驻扎军马。守将王宜闻知,即率各司官吏出城迎降,峄州地方,也即投顺。大兵径到青州郡,青州守将恰是普颜不花。这不花守御地方,甚是了得,向来抵当徐寿辉并陈友谅,前后拒战三月有余。固守城池,调遣军马,俱有方法,誓与此城同存亡,真个是赤心报国的忠臣。他见大军压境,便领了三千敢死之士,当先出战。又分兵七千,为后哨埋伏。我这里郭英出马,对了不花说:"守将,尔可知天命么?"不花回说:"我等为臣的只晓得忠义为心;至于天命去留,付之命数,何必多说。"便挥刀直取郭英。两人力战良久,未分胜败。忽听一声呐喊,那七千埋伏元兵,尽行拼力杀来,把郭英困在核心,如铁桶铜墙,更无出路。郭英心中忖道:"从来闻这不花手段高强,今日方见他的力量。"便吩咐三军,面不带矢者斩。三军抖擞精神,奋力的冲杀。恰好向南一彪人马,为首的大将乃是常遇春,领了三万人从外攻入。郭英又从内攻出,内外夹攻。不花见势不好,便领着残兵急走入城,坚闭不出。徐达因令前军直至城下,四围攻打。不花退入官衙,见了母亲,说道:"此城危在旦夕,儿此身决以死报国,忠孝难以两全,如何是好?"那母亲回答道:"有儿如此,虽死何恨。况尔尚有二弟,我的老身,自可终养。"正要抱头而哭,只见外面报道:"平章李保保开门投降,明兵已入城了。"不花即至省堂服鸩酒而死。其妾阿鲁贞抱了幼子,携了幼女,俱到后院池中投水而亡。徐达命将不花及殉节家小,备整齐棺衾,以礼殡葬,一面安辑人民,三军不许混离队伍。于是山东济宁、莱州、登州诸郡,望风归顺。未知后事如何,且看下回分解。

第六十四回　破元兵顺取汴梁

却说元帅徐达,既定了山东诸郡,便率兵向河南进发。不数日来到大梁,真实好个形势。但见:

中华闽奥,九州咽喉。虎踞龙蟠,从古来称为陆海;负河面洛,到今来人道天中。左孟门,右太行,沃野千里,描得上锦绣乾坤;东成皋,西渑池,平衍膏腴,赞不尽盘纡山水。中间有具茨山、白云山、黄花山、蓟门山、王屋山、女儿山、桐柏山、朗陵山、云梦山,簇簇堆堆,隐隐显显,都留下仙迹神踪;又有那灵岩洞、华阳洞、水帘洞、王母洞、白鹿洞、达摩洞、空同洞、浮戈洞、灵源洞,幽幽窈窈,折折弯弯,无非是罕见奇闻。钟灵毓美,多少帝,多少主,多杰少豪;建都立国,控齐秦,夸燕赵,俯视荆吴。

唐时有韦苏州诗说:

夹水苍茫路向东,东南山豁大河通。
寒树依微远天外,夕阳明灭乱流中。
孤村几岁临伊岸,一雁初晴下朔风。
为报洛阳游宦侣,扁舟不系与心同。

徐达领兵来到汴梁,与元将平章李景昌相持了二十余日。那李景昌只是紧闭上城门,日夜提防,不敢出战。副将军常遇春向前,谏道:"元帅攻山东,一鼓而下。今到此日久,不能拔得一城,倘河南诸郡及元帝遣兵来援,反而不美。我思量洛阳俞胜、商嵩、虎林赤、关保这四个人,号为胡元智勇之士。可分兵五万,随裨将先取洛阳,便攻河南诸郡,则汴梁自不能守;汴梁既得,据有东西二京,形势之地,虽有元兵来援,不足惧矣。"徐达大喜,说:"常公此言极妙。"遂命傅友德、康茂才、杨睍、任亮、耿炳文等,领兵五万,随遇春向西进发。是日天晚,兵便到了洛阳。就令在洛阳之北,列阵搦战。那元将脱因帖木儿,恰同都统俞胜、商嵩、虎林赤、关保四人,率兵五万,对阵迎敌。那虎林赤生得好条大汉,甚是丑恶难看。你道如何?真个好笑:

黑踢塔一张阔脸,狠粗疏两道浓眉。尖着雷公嘴,好挂油瓶;弯着鹦鹉鼻,紧连脑髓。两耳兜风,尽道卖田祖宗;络腮胡子,怕看刷帚髭须。睁开了一双鬼眼,白多黑少,竟是那讨命的无常;洒开了两只毛拳,肉少筋多,何异那催魂的鬼判。喝一声,响索索,破锣落地;走几步,披离离,毒虺①轻移。

他也不打话,竟对了常遇春直杀过来。常遇春心下想道:"天生出这班毛鬼,也敢在世间无礼。"叱咤一声道:"看箭!"这箭不高不低,正望着咽喉射去,那虎林赤应弦而倒。遇春便招动三军,左有任亮、耿炳文;右有杨璟、傅友德;后军又有康茂才,一齐杀奔前来。杀得元兵大败亏输,俘获无算。那脱因帖木儿收了败兵,径走陕西去了。遇春入城安抚百姓;那百姓扶老携幼,说道:"我等陷没元尘,已经九十余年,岂想到今朝还能复睹天日!"常遇春令三军秋毫无犯。百姓欢声动天。次日下令,着任亮往谕嵩州。那嵩州望风投款。遇春因令傅友德守洛阳,任亮守嵩州。自领兵攻取附近州郡,不提。

且说元朝知明兵攻取中原乃招扩廓帖木儿为大元帅,经略山东等处,保守河北。李思齐为左元帅,张良弼为右元帅,会陕西八路的兵马,出潼关恢复河南。又着丞相也速,领兵十万,捍御海口,以次恢复山东。那李思齐、张良弼,克日东出潼关,过了阌乡、灵宝等县,径到碛石山前屯扎。大兵一连布列数里地面。两个商议道:"大明将士,颇善冲击。今此地最为平坦,可以依着山岸筑立排栅。两旁现有树木,坚立营寨,教他驰突不得,然后再议迎敌为是。"哨马备将军务报与徐达。徐达对众将说:"今在此围困汴梁,徒耽日月,久无利益。今洛阳、新安、渑池等处,虽见新附,然常将军攻取颍川未还,倘他们元将仍来收复,占了形势之地,于我反为不利矣。况李景昌苦守汴梁,全望河北、陕西两处来援,我们不如且弃汴梁,将兵竟去破了李思齐,则汴梁不战自服。"诸将齐声赞道:"此论极妙,元帅果是神算。"徐达便令三军,即日解围,向陕西进发。那李景昌在城,不知何故,也不敢来追赶。明兵不数日,已到陕西,与李军相近。徐达传令离山二十里安营,谨防元军冲突。三军各自饱食而进。未及半路,果然元兵大至。李思齐当先出马,明阵上郭英纵马迎敌。两将交战良久,思齐自己力量不加,转马逃

---

① 虺(huǐ)——古称蝮蛇一类的毒蛇。

回本阵而去。徐达即着冯胜扎驻大兵,亲身便同郭英领了三千人马,乘势追杀。冯胜上前,说:"我闻元兵二十余万,驻在硖石山边,元帅只带三千士卒,倘有不测,何以支应?"徐达不听,挥兵而行,约有六七里之地,那些元兵俱直登了硖石山。徐达盼咐便也追到山上,不得退步。早见山上木石如雨的打将下来,明兵不能抵挡,被他伤残的约有二百余众。徐达把眼仔细看了山寨,便令夺路而回。恰听一声喊叫,四下伏兵杀将拢来,东有张良臣,西有赵琦,南有张德钦,北有薛穆飞,统了五万人马,截住去路。徐达唤令不许交战,只是奔走,我军又折了千余,走得回营。冯胜接着,道:"元帅今日孤军深入贼营,竟受惊厄。"徐达回说:"此等小事,何忧之有。"急令帐中将奔回将士,重加犒赏,以慰劳力;如有伤残的,速为调治。徐达到晚筵宴,谈笑自若。冯胜等见他更不着意,便问:"元帅今日以轻身入虎穴,必有深思,偏裨愚才,敢问其略。"徐达道:"迎锋对敌,岂能保得士卒不伤。然用兵者,全要按其寨之虚实。吾舍不得千人,何以破李思齐二十万之众,故我冒危前去,以探敌情。今见他倚树立栅,左边积粮草,右边出军卒,于兵法大是不合。若以火攻之,其破必矣。"冯胜等深为敬服。

　　次日,徐达向辕门外传令各营将帅会齐,早入营前听令。只见营前不紧不慢,打了三通鼓,里面接应击了三通云板,吹了三声画角,这些将官,芸芸簇簇,整整齐齐,都站立在辕门之外,只等营门开了进来。徐达听见外面打了报时鼓,已知众将齐集,随将五方旗牌,交付了旗牌官,跟随着升了中军宝帐。三声铳响,鼓乐齐鸣,辕门外东西两班的将官,鱼贯而入,排在阶下。五军提点使,逐名点过,诸将应了本名,都立在两旁听令。徐达传令吴良、华高二将,统领刀斧手三千,乘夜上硖石山东寨,砍倒树栅,随带火器前进攻打,孙兴祖率本部铁甲军五百接应;陆仲亨、张兴祖二将,统领刀斧手三千,乘夜上硖石山西寨,砍倒树栅,随带火器进内攻打,赵庸率本部铁甲军五百接应;周德兴、华云龙二将,统领刀斧手三千,上硖石山南寨,砍倒树栅,带着火器进内攻打,唐胜宗率本部铁甲军五百接应;薛显、曹良臣二将,统领刀斧手三千,上硖石山砍倒北寨树栅,带着火器进内攻打,胡美率本部铁甲军五百接应;自领中军铁骑五千,张龙为左翼,郭英为右翼,直取李思齐中营;冯胜权守兵营;汪信率本部军校为游兵,捕获逃兵,左右来往报信。分拨已定,各将出营,整备行事,只待夜间进发。未知后事如何,且看下回分解。

第六十五回　攻河北大梁纳款

那李思齐见徐达追赶上山，四下里将木石打将下来。徐达急令退走，又被张良臣等四路伏兵喊杀，杀伤明兵有一千余人。这思齐不胜之喜，对了张良臣等，夸着大口说："如此光景，怕中原不复，王业不兴？"即日大开筵宴称贺，自午至夜，那些小兵卒，都也熟睡，东倒西歪。也不见有摇铃击柝①的，也不见有查夜巡风的。约近二更光景，明兵衔枚疾走，各听将令，分行直至硖石山腰。四边一齐将树栅砍开，火铳、火炮处处发作，须臾之间，五七处火焰冲天，金鼓大震。元朝的兵，都在睡中惊醒，刀枪器械，俱被黑烟涨满，那处去寻。只是四散奔溃，被火烧死的，倒有大半。逃得下山，又被路上游兵捕捉投降的，也有七千余众。东寨张良臣，正要上马迎战，撞着吴良杀到面前，一枪中着面门而死。那张德钦看见烟尘徒乱，望寨外飞跑，被薛显大喊一声，吃了一惊，竟从山坡上直跌下去，撞着周德兴，手起刀落，砍做两段。赵琦、薛穆飞二人保着李思齐逃走山下，恰好徐达大兵迎住，左翼张龙，右翼郭英、冲杀将来，元将无心恋战，领着残兵前往葫芦滩而去。谁想冯胜在营，哨报明兵大胜，便令拔寨而行，已据葫芦滩，进取华州，将兵径向潼关。李思齐料知无可潜身，弃关径往凤翔去了。徐达鸣金收军，粮草、辎重、衣甲、头盔、器械、金鼓，所获不计其数。众将称贺，说："元帅舍小败成大功，真非诸人所及。"徐达回答道："列位将军，以为李思齐雄心顿输，于我看来，今日虽胜，他此行必还聚三秦之士，为右胁之患，不可不防。"因令冯胜、唐胜宗、陆仲亨、曹良臣四将，领兵五万，镇守潼关，以挡思齐之兵。自家引了大队，会齐常遇春兵马，收取河南之地。冯胜等四将即日领了将令自去。

且说李景昌坚守汴梁，只道李思齐及扩廓帖木儿两人驻扎太原，前来恢复河南，到如今闻得李思齐二十万人马，被徐达杀了八停；又闻扩廓帖木儿驻兵太原，公然不来接应，景昌十分畏惧，连夜引兵弃了汴梁，奔走河

---

① 柝(tuò)——旧时巡夜人敲击用以报更的梆子。

北地面。徐达正商攻城之策,恰有哨子报道:"汴梁黎民扶老携幼,烧烛焚香,直至营前迎接入城。"徐达唤令纳款民人,进营问了来由,便令十数骑官将,入城抚辑。路间凑巧,常遇春也平定了汝南一带郡县,撤兵而回,与徐达相见。徐达便写了表章,差官前到金陵报捷。那官儿兼程而进,得到朝门,正值早朝时候。那个光景,有唐王维诗为证:

绛帻鸡中报晓筹,尚衣方进翠云裘。
九天阊阖①开宫殿,万国衣冠拜冕旒。
日色才临仙掌动,香烟欲傍衮龙浮。
朝罢须裁五色诏,佩声归向凤池头。

差官跟随着一班申奏的使臣,上了表章。太祖看了,喜动颜色,便对李善长及合朝众臣说:"朕今欲幸河南,肃清北土,激励将士,共徐元帅谋取燕都,卿等以为何如?"善长等回奏说:"此乃陛下神明之见,有何不可?"太祖即令新回元帅汤和、李文忠,以及原在朝文臣刘基、宋濂等,整备择日起行,留李善长等辅佐皇太子保守京师,且吩咐道:"邓愈、朱亮祖、廖永忠,平定两广而回,可令邓愈领本部兵士暂驻京师,朱亮祖、廖永忠二人,前至汴梁,候旨调用。"善长等叩首受命。次日,太祖领兵十万,向北往汴梁进发,不数日驾到陈州郡。守将恰是元朝左君弼。当初左君弼因帮着吕珍与徐达战于牛渚渡,被我师追赶,杀奔至庐州。我师攻逼庐州,君弼弃州而逃。徐达拘了他的母亲与妻子来到金陵,太祖知君弼是个豪杰之士,因厚待其家属,不期君弼降于胡元,元顺帝使为陈州太守。太祖欲其来降,驾发之日,令军中携其家属而行,及至陈州,遣人致书说:

大明皇帝,书付左将军君弼:曩②者朕师与足下为敌,不意足下竟舍亲而之异国,是皆轻信他言,以至于此。今者足下奉异国之命,御彼边疆,与朕接壤,然得失成败,自可量也。且朕之国,乃足下父母之国;合肥之城,乃足下邱陇桑梓之乡,宁不思乎?天下兴兵,豪杰并起,宁独乘时以就功名哉!亦欲保亲属于乱世也。足下以身为质,而求仕异国,既已失察,且使垂白之母,糟糠之妻,天各一方,朝思暮想,

---

① 阊阖(chāng hé)——宫门。
② 曩(nǎng)——以往,以前。

以日为岁。足下纵不念妻子,何忍于老亲哉?富贵可以再图,亲身不可复得。足下若能幡然而来,朕当待以故旧之礼,足下亦于天理人心,无不顺也。特修书以表朕意。"

君弼得书,犹豫未决。太祖复将他的家属给还君弼;君弼感泣,出城拜降,说:"下愚迷谬,误抗天颜。今深荷仁恩,伏乞容宥!"太祖说:"昔雍齿归刘①,岑彭降汉②,何尝念及旧恶。"便封君弼广西卫指挥佥事。太祖驾入陈州,抚慰百姓。仍留君弼把守,自率师前往汴梁。早有徐达率诸将出城迎接。太祖温旨慰劳。恰好陕西哨子报道:"冯胜等杀入陕西,元将薛穆飞、张良弼阵亡,连取华阴、华州一带地面。"太祖不胜之喜,对诸将说:"华阴等地,是潼关左股,今幸有此,可稍宽西顾之忧。"便令军中将金帛百端,白金五十两,黄金二十两,赍发潼关赏赉冯胜等将。

次日正值孟秋朔日,太祖行驾,驻跸③汴梁,受百官朝贺,即遣徐达、常遇春、张兴祖等,率兵攻取河北,并道而进,以克燕京,只留郭子兴、王志、陆聚、费聚、黄彬、韩政、蔡迁、吴美八员护驾。徐达等拜受敕旨,当日领了二十万军马,出汴梁,自中栾地方渡了黄河,便令薛顾、俞通源前攻卫辉、彰德、广平等地。薛显等得令,领兵到了卫辉。守将龙二,弃城而走。步将杨义卿,率有兵船八十五只来降。彰德、广平、顺德及东路临清、德州、沧州、长芦,以至直沽,俱望风而附,势如破竹。明兵径到直沽海口,前面却有元丞相也速领兵十万,水陆结寨,把住海口。徐达听了哨马来报,便拘集海船,先着顾时带领水兵一万,疏通一路坝闸,以通船只。复着常遇春领骑将张兴祖、吴良、周德兴、薛显、张龙、汪信、赵庸七员,率兵五万,由左岸而行。郭英领骑将孙兴祖、华云龙、康茂才、金朝兴、华高、郑遇春、梅思祖七员,率兵五万,由右岸而行。俞通源领水军耿炳文、俞通渊、杨璟、吴祯、吴复、阮德六员,率舟师三万,战艘二百只,随着顾时进发。李文

---

① 雍齿归刘——雍齿,沛县人,随刘邦起兵后即叛离,不久复归刘邦,从战有功。但刘邦总是有点不快。后从张良言,封雍齿为什邡侯。于是诸将皆喜曰:"雍齿且侯,吾属无患矣。"
② 岑彭降汉——岑彭,韩阳人。王莽当政时被众推为县长。汉兵起,率众归附,封为归德侯。
③ 驻跸(bì)——古代帝王出行时留宿。

忠率兵三万,策应左岸。沐英率兵三万,策应右岸。自同汤和率舟师从水上分岸哨探,以为游兵,支应不虞。只见海口地面,丞相也速将舟师摆开阵势,专待厮杀。徐达传令水陆三军,一齐进战,以防贼众,彼此支持。那水师正是元平章俺普达朵儿。左边岸寨,是知院哈嗽孙;右边岸寨,是省丞相颜普达。明营军校得令,便各自准备厮杀,这一场真实稀罕。未知如何,且看下回分解。

第六十六回　克广西剑戟辉煌

却说那三军水陆鏖战，彼此相持，在那直沽海口之上，真个好场厮杀，但见：

怒涛涨海，杀气迷天。岸上旌旗倒映，水中波浪腾翻。浪里蛟龙，船中金鼓间敲；陆上烟尘，岸边骅骝奔逐。得志的横冲直撞，似陆走蛟龙，水奔骏马；失魂的东逃西窜，像龙游浅水，虎入深林。高高原上鹞儿飞，你猜我，咱忌他，认道是伏兵的号带；渺渺浪头鱼影跃，此担惊，彼受怕，都恐是策应的艋船。初时绿水黄沙，忽变做骨堆血海；正是青天白日，倏然间风惨云愁。

这三处正杀得热闹，尚未曾见得输赢，谁想一声炮响，后面翻江搅海的杀将来，恰是左翼朱亮祖、右翼廖永忠，各驾小船一百号，飞前奔杀救应。

原来朱、廖两将，前领敕旨，帮着邓愈等征攻两广。他二人宣力进兵，取了两广梧州，恰遇着颜帖木儿、张翔募兵，与明兵迎战，亮祖设奇应敌，他便率军千余人前走郁林。亮祖随领兵追至郁林，斩了张翔，余众降服。因而浔州、贵州、容州等处以次来附。亮祖遂出府江，克平乐，又进克了横州，兵到南宁、土浪。屯田千户何真，闻风降顺。亮祖即令何真把守南宁。恰好元平章呵思兰驻扎宾州等地，亮祖令指挥耿天璧追至宾州，势不能支，也率所部诣军门拜降。亮祖便同廖永忠等共收银印三颗，铜印三十七颗，金牌五面，广西悉平。

且闻邓愈统兵，亦克随州、信阳、舞阳、罗山、叶县等处，因此朱亮祖、廖永忠二将先回，来至汴梁，朝见拜复。太祖大喜，赏赉封爵有差。就于本日传令二将，星驰分兵策应北伐诸将。二人兼程而进，径至直沽海口。只见杀气横空，烟尘盖野，便喊杀进来。那水师俺普达朵儿转着船头迎敌，正好撞着亮祖的小船，从上风头溜来。亮祖趁势一跳，竟跳在俺普达朵儿的船上，大喊一声，把俺普达朵儿砍做两段。那把艄的好员狠将，弯着弓射将过来。那亮祖左手持刀，右手轻轻地把来箭抢在手内，叫声道：

"你要怎的!"飞一般跑入后艄,把那员狠将紧紧抱了,道:"下去!"竟丢在水中去了。众水军见杀了头脑儿,齐齐拜倒在船,都愿归附。廖永忠因与亮祖议道:"我们便舍舟登陆,分兵杀上岸去如何?"亮祖道:"极是好!"招动水军,两边各上了岸,一直径去劫他老营,焰焰的放起火来。那元军望见营中火起,急忙各自逃回。哈嗽孙恰被吴良一剑斩折了左臂,翻身落马。汪信赶上一枪,结果了性命。那俺普达领着败兵而逃。郭英勒马追及百步之内,背后一箭,直透心窝,众军乱砍做十数段。丞相也速领了残兵,夺路各自逃生,径往辽东去了。俘有将校二百六十三人,水、陆散兵四万七千余众,辎重器械三百五十六车,粮二万八千六百余石,马三万九千六百余匹,船七百四十三只,牛、羊之类,不计其数。徐达传令诸军,陆续俱到济宁会齐。各营拔寨起行,未及两日,俱到中军帐参见。徐达对朱亮祖、廖永忠道:"今日之捷,二位将军为最。且二位新平百粤而旋,未及解衣,复星驰而来,又是劳精费力,所到成功;功莫大焉,勤莫殷焉,真是难得!"朱亮祖与廖永忠谦让不胜。

当晚筵席间,徐达因问广西形胜。朱亮祖应声而起,说道:"这个广西,上应轸翼之星,古为荆州之域,为府十一,为州有八,为长官司有二;襟有岭,控南越,襟山带江,西南都会。唐叫建陵,宋叫静江,这是那桂林府。山水清旷,居岭峤之表,汉属郁林,晋叫象郡,唐叫龙城,这是那柳州府。江山峻险,为岭南要地,在汉名交趾、日南,在唐叫粤州、龙水,这是那庆远府。山极清,水极秀,为岭表之咽喉,汉属苍梧,吴名始安,唐为昭州,周为百粤,这是那平乐府。地总百粤,山连五岭,湖湘之襟带,水陆之要冲,汉叫交州,宋叫梧镇,这是那梧州府。山水奇秀,势若游龙,梁叫桂平,唐叫浔江,这是那浔州府。内制广源,外控交趾,南濒海徼,西接溪岗,唐叫邕州,宋叫永宁,这是那南宁府。峻岭、长江,接壤交趾,汉叫丽江,唐为羁縻州,宋立五南寨,这是那太平府。石山峻立,江水溁洄①,唐置上石,宋置下石,这是那思明府。山雄水绕,势立形奇,这是那恩恩军民府。峰高岭峻,环带左右,这是那镇安府。若夫山明水秀,地僻林深,汉属交趾,今叫泗城,则州之最首者也。山高水深,为利州之胜;山环水带,是为奉议州之

---

① 溁洄——水流回旋状。

胜。龙蟠虎踞,岭绝峰高,这是向武州。山嵬①江险,威生不测,这是都康州。控南交为极边之地,则为龙州。山林环秀,回顾有情,则为江州。诸峰簇秀,二水交流,则为思陵州。累峰据前,峻岭峙后,那是上林长官司。群峰耸峙,涧水环流,那是安降长官司。"诸将把酒在手,尽皆称奖,说:"朱平章真可谓指顾山川,尽在掌上,敬服!敬服!"徐达又问:"何真以岭表地方投降,今主上何以待之,不知当初何真何以据有此地?廖将军必悉知底里。"永忠对说:"他是广州东莞人,英伟好书史,学剑术,出仕于元,后以岭海骚动,弃官保障乡里。却有邑人②王成构乱,他纠集义兵,共除乱首。谁想王成筑寨自卫,坚不可破,何真立榜于市。说:'有人缚得王成者,赏给黄金十斤。'不料,王成有奴缚之而出。何真大笑,对王成说:'公奈何养虎为害,此正自作之孽,天假手于奴耳。'便照数以金赏他,一面令人置汤镬③,驾于车轮之上,令将王成之奴,于镬中烹之,使数人鸣鼓推车,号于众说:'四境之内,无如奴缚主,以羁此刑也。'由是人人畏服,遂有岭南。一方之民,果蒙保障。闻明师至潮州,何真上了印章,即籍所部郡县户口、兵马、钱粮,奉册归附。主上特赐褒嘉,命其乘船入朝,宴赏甚厚。"说话之间,不觉军中漏下二鼓,诸军各回营安歇。次日,徐达备将军情,差官到汴梁申奏,不提。

且说元顺帝自从受了太尉哈麻女乐,宫中日夜欢娱,又有妹婿秃鲁帖木儿等,撺哄做造魔天之舞,雕龙之船,晏安失德④,四方战争的事,俱不奏闻。便略有些声响,都被这些奸人遮糊过去,顺帝也不留心。忽一夜间,顺帝在宫中甚是睡不安稳,朦胧之中,见有一个大猪徘徊都中,径入宫内,把身子直扑过来。顺帝连忙逃走,躲在一个沙尘烟障去处。惊醒了,甚是忧闷。披衣而起,待得天明,正将视朝,忽有两只狐狸,黑黢黢的毛片,披披离离,若啼若哭,从内宫内殿,直跑上金交椅边,咬了顺帝的袍服。拖扯出去的一般。顺帝如痴如醉,没个理会。两边宫娥、内监,看了急来救应,那两个狐狸,望外边直走,顷间,更不知哪里去了。欲知后事如何,且看下回分解。

① 山嵬——山高而不平。
② 邑人——同乡的人。
③ 汤镬(huò)——盛装沸水的大锅,用来烹人。这是古代的一种残酷的刑具。
④ 晏安失德——贪图安逸,有失品德。

第六十七回　元宫中狐狸自献

且说胡元满朝臣子,且不行君臣之礼,只去寻捉狐狸,那知道两个孽畜,一阵烟便不知哪里去了。倏忽间转出一个官来,奏道:"臣司天使者,前日癸酉,都城中红气布满,空中如火照人,自寅至巳,此气方息,如此二日。昨者乙亥,又见黑气弥漫,十步之内,昏不见人,亦自辰至巳方消。占及天文,似主不吉。今夜又闻清梦不宁,朝来又有二狐啼哭,伏乞陛下修省,以正天变。且又闻得大明之兵,已至济宁,此去甚近。倘或不备,都城恐难坚守。"元帝听了,惊得魂不附体,因对众将说:"前者脱脱为丞相,但有四方边警,他便在孤家面前百计商量,调兵征剿,近来闻得他已没了,此处更不见一人说及征战之事。今闻大明攻取中原,已诏谕扩廓帖木儿挂帅,经略山东,据保河北。李思齐为左帅,张良弼为右帅,会陕西八路之兵,出潼关转河南。丞相也速领兵十万御海口复山东。何以诸处不闻一些信号,反又说大明兵至济宁。众卿有何妙计,为朕分忧?"只见诸臣面面相视,不能对答。元帝长叹一声,闷闷排驾回宫。

且说徐达令诸将会集济宁,一面差官到汴梁申奏军情,一面与众将定取燕都之计。仍令朱亮祖同廖永忠集水寨俞通源等八将,选战船六百只,分为东西两路,进攻闸河。前番分班进征的陆兵,俱合大部听遣。又拨郭英领兵三万为先锋,吴复、周德兴、薛显、张兴祖,率兵一万为左翼。华云龙、孙兴祖、康茂才、华高,率兵一万为右翼。常遇春、李文忠领铁甲兵五千,为右军接应。汤和、沐英领铁甲兵五千为左军接应。徐达自己督领张龙、汪信、赵庸、金朝兴、郑遇春、梅思祖压阵而行。分拨已定。此时正是夏去秋来,一向苦于无水,一应船只,胶不可动。朱亮祖行了火牌①令济宁知府方克勤,火速派拨民兵一万,自己亦令舟师一万,星夜开浚。民与兵各分东西,量定丈数疏通,稍自迟延,依军法处斩。克勤看了火牌,欲待

---

① 火牌——古时因公远行,由本地官署签发的符信,经过的州县,均会供给车马、夫役和食宿。

开浚①,苦于劳民;欲待不开,苦于违法。正在十分烦恼,那儿子叫方孝孺上前对父亲说:"军令开浚,岂宜有违?但非民力之所能为。我闻圣天子行事,自有神助。父亲还当虔诚祷告于天,早赐甘霖,以济行兵,以苏民苦,庶几有济,亦未可定。"克勤听了儿子的话,也不差派民工开浚,只在府城中心,青衣素带,率了耆老百姓,连日哀告天地,拜了二日。亮祖的水军,依令疏通东边,开有二十余里,更不见方知府差一个人儿浚掘,亮祖也不知克勤如此情由,一时着恼起来,说道:"这是元帅军令,约着水、陆兼程而行,那方知府何故敢于怠缓。即刻提他书史各于军前捆打三十大棍,押解下来,火速拨民疏浚。"且说天有感应,夜来大雨如注。将及黎明,水深六七尺。舟师奋力而进。遂克了河西,竟去湾头上岸。恰好郭先锋人马也抵通州。只见大雾迷江,数步之间,不见人面。郭英大喜,便对水帅廖永忠、朱亮祖等十将说:"如今大雾迷江,不若乘此机会,公等十人,分着东、西,各带兵五千埋伏道侧,我自领兵前进。只听连珠炮响,公等张两翼而出。"永忠等依计而行。郭英直至城下骂阵。拒守的正是元将五十八国公,从来号为万夫不当之勇。每常闻说大明将校智勇,他只狠狠的对人说道:"只是不曾逢着敌手,天下哪有常胜的。可恨我不曾与他们对手。"如今把守通州。他便摩拳擦掌,说道:"决不许朱兵驻足三十里之内。"谁想大雾弥漫,直至朱军攻城,方才知觉,就同知院卜颜帖木儿率敢死士一万,开城迎敌。郭英对敌多时,一来自觉力不能支;二来原欲诈败诱他追赶着,即便把马紧加一鞭,夺路而走。那五十八招动元兵,拼命的赶着。约将廿里之地,郭英把号带一招,从军便点起了连珠炮。轰天的振响。早有廖永忠、吴祯、吴复、阮德、杨睨领着精兵从左边杀来。朱亮祖、俞通源、俞通渊、耿炳文、顾时领着精兵从右边杀来,把元兵截做两处。杨睨一箭射去,那卜颜帖木儿应弦而倒。朱兵横来直去,斩首七千余级。五十八见势不好,不敢进城,被亮祖、炳文两将活捉过来,斩于马下。将至三更,乘势克了通州,捉了元宗室孛罗、梁王等十人。徐达大兵也到,遂令城外安营。次日进取燕京,不提。

且说元帝闻知兵到,因命丞相庆童把守宏文门,中丞满川把守建德门,伯颜不花守安庆门,朴赛因不花守顺承门,大御署令赵弘毅守齐化门,

---

① 浚(jùn)——疏通。

侍制王殷士守西宁门,枢密院黑厮宦守厚成门,左丞相失烈门守振武门,右丞相张康伯守天泰门。都总管郭允中率雄兵十万,在城外十里驻扎,防御朱兵近城攻打。左丞相于敬可率游兵五万,近城五里外策应。淮王帖木儿不花领铁甲兵十万,在城上为游兵,相机御敌,日夜戒严固守。恰有探子报说:"大明兵已驻通州,不日即至大都。"顺帝甚是忧烦。群臣都说:"陛下且请宽心,倘或近逼都城,城中粮草,已有十数万之积,还可坚壁而守。山、陕之间,必有勤王之师,前来救应。"顺帝道:"到那地位,恐已迟了……"正说间,但闻杀气动地,金鼓振天。顺帝带领群臣,上城细看:只见郭英当先,左边吴良等四个翼着;右边华云龙等四个翼着,其后又有廖永忠、朱亮祖等十员大将,紧紧接应。未有五里,惟是茫茫荡荡,耀日的是刀枪,飘扬的是旗帜,漫天盖地而来,哪里算得出若干军马。顺帝捶胸顿足,只是叫苦。忽听得一声炮响,两阵对圆。一边郭允中,一边郭英,两马相交,战上二十余合。一个儿手高;一个儿眼快,一箭射来,恰中郭英冠上的红缨,嗆的一声响。郭英心中暗想道:"这元将也有这般伎俩。"趁他弯弓未放,将画戟一转,正中在允中左肋之上,腾空跌将下来,被乱军踏做泥酱,便招动后军,直砍过来。左丞相于敬可急令精兵策应,左边周德兴正好迎着。两边张翼向前,把于敬可围在核心,更无出路。华高向前一刀砍死。这五万兵,当不得个砍瓜切菜,且战且进,直抵燕都城下。顺帝惊得木呆,做不得声。早有九门拒守将官,各将那火箭、石炮飞一般打将下来。郭英传令三军,且待后面大队人马齐到,另行攻取之计。顷间,徐达统率后军,到城下安营,便着哨子在城外绕转了一遍,看城中无甚动静,因同汤和、沐英、常遇春、李文忠四人,率领铁骑一千,自自在在,往城外逐步而行。看了形势,复到营中,对众将说:"这等高城深池,若仅平平的照常攻打,他恃着积蓄,仓促难破。我意当趁此大胜之势,盛兵而前,使敌人心寒胆落;否则彼将老我之师,且外边必有相救之兵,那时反难料理。不如连夜乘势行事为妙。"未知如何,且看下回分解。

第六十八回　燕京破顺帝出亡

却说徐达细看了城池，回到营中，对众将说："只宜乘势攻打才是。"即下令：安庆门，吴良、张龙领兵一万攻打；振武门，华云龙、赵庸领兵一万攻打；西宁门，康茂才、梅思祖领兵一万攻打；顺承门，朱亮祖、华高领兵一万攻打；天泰门，耿炳文、张兴祖领兵一万攻打；宏文门，薛显、吴祯领兵一万攻打；齐化门，俞通源、周朝兴领兵一万攻打；建德门，廖永忠、孙兴祖领兵一万攻打；厚成门，俞通渊、周德兴领兵一万攻打。再令沐英带游兵一万，在西城策应；李文忠带游兵一万，在南城策应；常遇春带游兵一万，在东城策应；汤和带游兵一万，在北城策应，截断外边来救军马。吴祯、杨䁔、郭英、顾时分率铁骑四万，随处相机布设云梯，树筑高台，与城一般相似，施放火器，使元兵城上站立不住。自领大队压阵。郑遇春、阮德分为左右二哨，各带兵三千巡逻。调遣已定，诸将即刻分队行事，都令各带防牌、神枪手攀城而上。外边的或是云梯，或是高台，不住的将喷筒、鸟嘴、火铳、火箭俱打将进去。顺帝看见知难固守，便集三宫后妃、太子、太孙、驾着飞辇，点勇敢拼死的军士约有二万人，三更之际，潜夜开了建德门，杀条血路而走。众将死留不得。殆及天明，淮王帖木儿不花，被郭英火炮打死。中丞满川把守厚成门，正在敌楼边横枪出视，俞通渊看定一箭，正中咽喉而死。丞相庆童，闻知顺帝脱逃，正不胜悲哭，薛显飞刀砍来，把头劈做两块。安庆城楼，被吴良火箭射来，左角上焰焰火着。那伯颜不花，急令军卒打灭火焰，早被吴良、张龙派统卒，逾城直上，那伯颜不花撞着张龙，一枪仆于地下，取了首级。耿炳文同着张兴祖，攻打天泰门，那张康伯十分凶勇，朱兵上前不得。耿炳文斩袍而誓，说："不杀张康伯，俱各自愿就死。"众军冒矢石先登，城上长枪乱杀下来，炳文乘势扭着长枪，从空一跃而上，杀倒了守踩子的统卒十有余人，叫声道："好了！"诸军相继登城。张康伯舍命来战，恰被死尸绊倒，耿炳文向前结果了性命。黑厮宦把守建德门，谁想被廖永忠等领强兵一时拔掘，竟攻破了一角，三军蹑级前行，黑厮宦知事不济，服鸩毒以死。王殷士在西宁城上，窥探朱兵，恰巧杨䁔驾着飞天炮,直打过来,把头顶打得粉碎。华云龙、赵庸二将,发愤来攻振武门,恰好顾时筑起高台,便率众登台对杀,失烈门忽中流矢,平空的跌出城外来,被我军乱刀砍死。朴赛因不花领羸卒数千,把守顺承门,预知必不能守,因对赵弘毅说:"国事如此,有死而已。"忽报元帝已走,正要自尽,被朱亮祖捉住,终不肯屈,复送军前杀了。赵弘毅看四下军兵缭乱,即下城与妻解氏及儿子赵恭与孙女官奴共入中堂,穿了公服,北面拜罢,一家悬梁自缢。在城军将,俱开了城门,四边策应人马,一齐杀入。徐达即令军士,不许扰害良民,擅离队伍。因是燕京人民安堵①。徐达便入元宫,检有玉印二颗,承宗玉印一颗,就封了府库,锁了宫门,财帛、妇女,一无所取;即差官持表到汴梁奏捷,说道:"洪武元年,岁次戊申,秋八月二十庚午,平定了燕京。"太祖看了表章大喜,驰官赏赍封爵有差,改大都为北平府。即令都督冯胜移镇汴梁。都统孙兴祖领燕山、骁骑、虎贲永清、龙骧、豹韬六卫的兵镇守居庸关,以御北平。原守潼关总督指挥曹良臣移镇通州,以御辽东。取李文忠回汴梁,带领锦衣刀手羽林等军,护驾南还金陵。原任常遇春、汤和、沐英、朱亮祖、郭英、吴良、廖永忠、俞通源、俞通渊、耿炳文、吴祯、吴复、杨璟、阮德、顾时、华云龙、华高、康茂才、周德兴、薛显、张兴祖、张龙、赵庸、汪信、金朝兴、梅思祖、郑遇春二十七员,又新撤回傅友德,并汴梁护驾郭子兴等八员,共三十六员大将,俱随大元帅徐达攻取河北诸郡。

徐达拜受明旨,即日统兵二十万前行。所过涿州、定兴、保定、定州、易州、中山、河间等郡,不战而附。直至真定府。守将正是洛阳的逃贼俞胜。徐达传令常遇春、朱亮祖入营,附耳说了两句话,二将得令前去。因使赵庸、王志、韩政、黄彬各率精兵三千搦战。俞胜料来孤城难守,竟领兵西出小北门而去。未及数里,早有遇春在东边,亮祖在西边,截住去路。常遇春挺枪直入阵去,活捉了俞胜到营。原来徐达谅他必走太原府,与扩廓帖木儿会兵,以图后举,故先着两将截路,果然不出神机。军前把俞胜斩首,揭之竿头,一路号令去讫。次日便进攻山西。

且说驾返金陵,所过地方,备细访问民间的利病,做官的贤愚。忽见江左途中,有个孩儿充作驿卒。太祖召问:"何以充此,今年几岁?"那孩

---

① 安堵——安定如常。

儿奏道:"今年七岁,为父亲虽死,名尚未除,因而代役。"太祖当出一对道:"七岁孩儿当马驿。"孩儿应声道:"万年天子坐龙廷。"龙颜大喜,即令蠲恤。那孩儿谢恩而去。

未及半里,远望一簇人,抬着香烛,后面托着一个盒盘随着。太祖因也召问。只见盒盘中盛着一个杀死的小孩子,太祖惊说:"你们是何人,将此死儿何干?"那人道:"小人辈都是江伯儿的亲戚,这个江伯儿母病之时,割下自己肋肉煎汤,来救母亲,未及痊好,他便悬祷于泰山神前,告诉母好之日,杀子以祭。如今他的母亲病果脱体,他便杀这三岁的孩儿,为母亲还愿。小人们见他孝心感应,故也随他到庙烧香。"太祖听了喝骂道:"父子是天伦极重的至情,古礼原为长子服三年之服。今忍杀其子,绝伦灭礼,惨毒莫此为甚,还认是孝子!"发令刑官把伯儿重杖一百,着南海充军。这些亲戚忍心不救,各杖三十。因命礼部今后旌表孝行,须合于情理者,不许有逆理乱行。

发放伯儿等才去,只见两个使臣,及一个百姓,带一个女儿,到驾前跪说:"臣江西蕲州知州差来进竹簟①的;臣浙江金华府知府,差来进香米的。"太祖笑对中书省官说:"方物之贡,古亦有之。但收了竹簟,天下必争进奇异之物。朕闻所贡香米,俱于民间拣择圆净的,盛着黄绢囊中,封护而进,真是以口腹劳民!今后竹簟永不许献;朕用米粒,也同秋粮一体,纳在官仓,不必另贡。"使臣领旨自去。

又问这百姓领此女子来见何故?那人奏道:"此女年未及笄,颇谙诗律,特进宫中使用。"太祖怒道:"我取天下,岂以女色为心耶?可即选佳婿配之。你做父亲,不令练习女工,反事末务!"发刑官杖六十而去。途中许多光景,不能尽说。来至金陵,太子率百官出郊迎接。次日设朝,不提。

那元帝自领亲属,逃脱燕京,退居应昌府,乃下勤王之诏。以扩廓帖木儿为大元帅,督山西十八州及云中会宁之兵,攻取大都,恢复中原。他便集兵三十万,出雁门关,取保定路,来攻居庸。徐达进攻山西,出了滹沱河,令前军抄取近路,直抵泽州城外,便命安营搦战。未知后事如何,且看下回分解。

---

① 簟(diàn)——竹席。

第六十九回　豁鼻马里应外合

　　却说大明兵到泽州搦战，那守将就是原任山东劝扩廓帖木儿奔走山西的平章竹贞，率兵五万，由东门对阵。徐达见了竹贞，说道："竹平章，今日之势，元室不振可知，公何不顺天而行？我主仁圣，亦不轻待。"竹贞应道："南北中分，从古自定。今与元帅讲和，我大元守陕西、山右、云中、应昌等处；大明守江、浙、闽、广、中原、河北、燕京等处，两相和好何如？"徐达答说："中原本人伦之地，被汝等混乱百年。今日我主，应天挺生，不数间，灭汉歼吴，擒国珍，执友定，四海咸归，宁容讲和乎？"即令挥兵合战。元兵久未操练，未及交锋，奔溃而走。竹贞便弃了泽州。徐达进城，出了安民的榜文，便与众将定取山西之策。众将说："今扩廓帖木儿进攻居庸，深恐北平难保，我兵宜先救心腹之忧，后除手足之患。"徐达说："不然。彼率师远出，其势实孤，孙都督总六卫之师，自足捍御。我等正宜乘其不备，直抵太原，倾彼巢穴。则彼进不利，退无所栖，此兵书所谓：'推穴捣虚之法'也。"诸将称善。遂率兵前进。
　　太原守城的恰是统都贺宗哲，不敢出战，遣人星夜上居庸关求救。扩廓帖木儿得知信息，即统元兵来迎。徐达便令傅友德、朱亮祖、郭英、薛显领兵二千，分左右探听虚实。四将分做四路前往，见元兵队伍不整，旗号披离，因各回营报说："元兵虽多而不严；虽锐而无备。我们步卒未至，然骑兵已集，不若乘夜劫营，贼众一乱，主将可缚也。"徐达说："我正有此意。"只见扩廓步将豁鼻马使人求见。徐达令门上放他进来。那人向前禀说："左部将豁鼻马，特着小人纳降，且为内应。"徐达细问了端的，因着郭英、傅友德领铁骑一千，依照元兵装扮随着使人，混入元营，半夜举火为号。即令：朱亮祖带部兵一万，埋伏正南方，顾时、阮德为左右翼；康茂才率部兵一万，埋伏东北方，赵庸、汪信为左右翼；常遇春率部兵一万，埋伏西南方，张龙、陆聚为左右翼；汤和率部兵一万，埋伏正东方，胡美、蔡迁为左右翼；杨璟率部兵一万，埋伏正西方，费聚、黄彬为左右翼；华云龙率部兵一万，埋伏正北方，韩政、王志为左右翼；张兴祖率部兵一万，埋伏东南方、梅思祖、郑遇春为左右翼；俞通源率部兵一万，埋伏正北方，周德兴、金朝兴为左右翼；自同沐英、吴祯等八将，统领大军，在后截杀。专候营中火起为号，众将得令而行。那郭英、傅友德领兵随了来使，混入元营。约至三更时分，郭英吹了一声觱篥①，朱军将火器四下里一齐举放。顷刻间营中火焰冲天，喊声动地，八面埋伏兵在外，也同声而起。元兵大乱。扩廓帖木儿方燃烛独坐帐中，听得众军扰乱，急急披甲而出，看见凶险势头，马也不及备鞍，脚也不及着靴，与十八个骑兵，冲阵向北而逃。元兵死者大半。豁鼻马率余众来降。计得六万六千七百余人，马亦如数；刀、枪、剑、杖、牛、羊、辎重，不可胜计。

此时天已大明，徐达即令前军直逼太原城下安营，城中早有王保保领兵出阵相拒。常遇春当先迎敌，华高、吴复、沐英、廖永忠、吴祯等，相继接应。他也势大不怯。惟是郭亮同着朱高祖二十余骑，望平原高阜②之处，纵马而行。在那里立定，看了半晌，方才回营。王保保也高叫道："日已将晡③，各自收兵，明日再战何如？"保保领兵回营自去。我们众将，俱到大营，议道："王保保这厮，名不虚传。"徐达道："我兵连夜攻打，精神固是困倦的。且到明日，再做计较。"恰有郭英、朱亮祖上前，说："我二人方才登高细望，敌营终是散漫。不如乘夜劫他的寨，是为上着。"徐达说："有理！有理！"便令耿炳文、廖永忠、吴良、郭子兴四将，各带铁骑五千，近城埋伏，看见元兵追赶我军，赚开城门；吴祯、吴复、薛显、华高四将，各带本部人马，埋伏十里之外，以备我军移营时元兵赶来的救应；朱亮祖、傅友德、常遇春、郭英、俞通海、康茂才、梅思祖、顾时八将，带领二万人马，分为四处，近伏元营，若见他领兵追赶，即杀入他老营，四下放火烧他营寨；自率大队人马，乘此月光，急急退走，诱他追杀。军令一下，我兵纷纷逐逐，鸦飞雀乱的移营。恰有哨马报与王保保知道。那保保笑道："我今日力敌十将，故知朱兵退怯，不如乘此追击。"便令铁骑三万，随着自己赶杀，其余大队，俱听大将貊④高约束，守着本营，不得乱动。吩咐已罢，便跨上

---

① 觱篥（bì lì）——古代管乐器，用竹做管，用芦苇做嘴，汉代从西域传入。
② 阜——土山。
③ 晡——午后。
④ 貊（mò）。

了马,如云如电的杀来。朱军只是倒戈而走。约及十里境界,黑林之中,两边杀出四员将军。正是薛显、华高、吴祯、吴复带领伏兵迎敌。大队人马,因而都勒转马头,裹住元兵,厮杀不放。朱亮祖等八将,看见保保领兵追杀我军,约有十里之遥,一声炮响,四下伏兵俱杀入老营中来。貃高挺刀来战,被傅友德一箭射中左臂,朱亮祖赶上一刀砍死。其余杀得尸横血溅,投降的约有三万余众。日间密扎扎了多少营垒,到夜来光荡荡一般白地。耿炳文、廖永忠、郭子兴、吴良,黑暗里带了人马,径到城边,叫道:"快开门!快开门!"镇守的军士,只道王保保回来,连忙放入。谁知恰是大明兵卒。贺知哲坐在官衙,着人探听,朱兵早已杀到衙前。他便往后堂寻条小路,逃脱六盘山去了。可怜这王保保被我兵围杀了一夜,三万铁骑,剩无十分之一。将至黎明,四下里叫道:"元帅将令,着各将暂且收军,听王保保自去。"王保保冲开血路,竟向旧寨而走,谁知成了一块白地。纵马来到城边,城上耀日迎风,都是大明旗帜。闷着一口气,只得往定西而逃。

徐达鸣金收军,但不见了朱亮祖、薛显两员大将,便令哨卒四下探望。半日之间,更没一毫影响,因唤各军之中,查原随朱、薛两部兵卒,这些人也都在那里找寻,渐渐天色晚了,徐达垂着双泪,对众说:"朱平章、薛参使,勇智俱奇,若是被元兵杀了,也须有个骸骨;若是追杀元兵,也须带本部军兵。如此一日,查无下落,何以为情,日后又何以回复圣主!"此时正是腊尽春初,当晚飘飘的下了一夜大雪,越觉凄惨,越觉更长。猛想着武当山有个炼真的道人,髭髯如戟,不论寒暑,只衣一件衲衣,或处穷寂,或游市井。人问他吉凶,无不灵验,号叫张三丰,又自号为邋遢张。人如有斋供他,或升或斗,无不立尽;若没人供养他,半月一月,周年半载,也只如常。登山步岭,其行如飞。隆冬卧倒雪中,也只鼾鼾的睡。近闻得栖于五台山上,此处离彼不远,急唤请汤和、傅友德、华高、郭英四位,领马军五千,火速请来,叩问前事。比时军中漏下,才是一更时分。他们一来是军令;一来念及同胞最好,便骑马冒雪而行。抬头一望,正好一派五台景色。只见:

　　左带大河,右连恒岳。五峰高出于云汉,清凉回异于尘寰。月色横空,疏淡的是半山松影;雪风飘漾,氤氲①的是一阵梅香。初时天

---

① 氤氲(yīnyūn)——形容烟或气很盛。

连山,山连雪,洒洒扬扬,还认得有雁门关、石楼山、中条山、太行山、姑射山、贺兰山,都像玉攒银砌;后来月满山,山满雪,层层密密,纵然有玉华峰、盘秀峰、砥柱峰、过雁峰、五老峰、桃花峰,更无凸凹睭歌。征雁嘹呖断人肠,封不定禅心枯寂;孤鹤翩跹惊客梦,抛不开佛子凄凉。向来说:文殊舍利,在上修行,谁知那,道骨仙风,从中磨炼。

孟浩然题禅房诗道:

义公习禅寂,结宇依空林。

户外一峰秀,阶前众壑深。

夕阳连雨足,空翠落庭阴。

看取莲花净,方知不染心。

四将一路叹赏不已,不觉早到了五台山。未知如何,且看下回分解。

第七十回　追元兵直出咸阳

　　四将乘夜冒雪而行。天色将明，已到五台山下。正要上山求见张三丰，恰有一个小童在门外扫雪，便对汤和说："四位将军，莫不是大明徐元帅差来，谒见三丰师父的么？"汤和听了这话，便道："你师父真好灵异，缘何得知我们到此？我四人正是来见三丰师父的，烦你指引。"这童子道："我们师父昨日早间在庵中与天目使者周颠、铁冠道人张景华、不坏天童张金箔三人，软流对弈饮酒，杯中忽见火光两道，直冲西北，便对他三位说：'今日大明之兵，以火攻取太原了，我们四人即可跨鹤下山，乘势引着朱亮祖、薛显追赶元兵，涉历了潞州、汾州、崞州、忻州、朔州、代州、岚州，使这些地面望风而降，庶几三府十八州，都属大明，以成一统之业；且救了多少生灵如何？'他三人应声道：'好。'我师父跨鹤将行，吩咐我说：'明日黎明时候，有四位将军，冒雪来此寻我，你可直以此言回复，说我保护了朱、薛两将军，随到扬州琼花观看花，叫他们旋师之日，到琼花观中，便知分晓。此书一封，可付与汤、郭、傅、华四公开看。又有书一封，即烦四公带去，付与常遇春将军收拆。'这书都在这里。"四人听了消息，便知朱、薛二将军的事情，便带笑拆开前书来看。只见上面写诗一首，道：

　　　　琼枝玉树属仙家，未识人间有此花。
　　　　清致不沾凡雨露，高标犹带古烟霞。
　　　　历年既久何曾老，举世无双莫漫夸。
　　　　便欲载回天上去，拟从博望借灵槎。
　　　　右咏扬州琼花观一律，请致汤、郭、傅、华四位将军麾下。

　　四人看罢，也不知其中之意，便将香烛礼仪，送在童子面前，说："此是徐元帅的下情。今日不见师父道范，敬留此山，以表微忱。"那童子对四将收了，因请上山清斋供养。四将说："军情重大，不敢迟延。"即刻辞了童子，跨马紧紧的走着。一路上雪霁天晴，风和日朗，处处是堪描堪画的人世蓬莱，种种是难说难穷的幽奇景致。未及下午，已到营中，恰值常遇春也在座。四人将前事备细说了一遍。徐达说："既如此，朱、薛两将

军必有下落了。"四人又将书一封,递与常遇春说:"此书是张三丰送与将军开拆的。"常遇春急急开来看时,也是四句诗:

一世多英武,胸中虎豹藏。
先于和里贵,后向柳中亡。

常遇春见了惊得呆了半晌,因向众位说:"这诗是当初老母生下不才之时,方才三日,忽有一位老人,走到堂前说道:'你家新生令郎,大有好处,我有小诗一首,是他终身谶兆,你可收而留之。'言罢,便不见了老者。后来不才长大,老母就将此诗,置在锦囊之中,付我收留。不才承命外出,也带之而行。今看此诗字迹,与前诗字迹毫无两样,因此心下惊奇。"一面说,一面就在左手佩带中,取出紫囊内的诗来看,果然无差。众人也都惊讶。恰好营前报道:"朱、薛两将军到来。"徐达连忙出帐接道:"两位将军哪里去来?我等在营中,寻觅不见,十分焦躁。"朱亮祖、薛显便说:"我二人同诸将追逐王保保之时,意下也要收兵,忽遇一个道人,将手指说:'两位将军,前面骑马的不是王保保么?你两位趁此不捉了他更待何时!'我们二人便纵马去赶,那王保保飞烟也似的去,我们两马也飞烟也似的随着他,及至天晚,已过了潞安等府。只听路上人说:'真是神兵从天而降,哪个敢不顺服。'夜间也止不住马头,唯见一个头陀,三个道士,驾鹤而行,便觉七八万人,拥护在后边随着。因此潞州、汾州、朔州、忻州、崞州、代州、岚州,所有山西地面,三府十八州,俱皆纳款。今早旋马而回,来见元帅。"徐达不胜之喜,此是洪武二年己酉春正月,平定了山西,便一面差官申奏金陵,一面设宴与朱、薛二位将军称贺。把酒之中,说起张三丰神异等事,各人神情悚然。

次日徐达便领兵下陕西。兵至潼关,与唐胜宗、陆仲亨相会,议取陕西诸郡。众将俱说:"张思道之才,不如李思齐,且庆阳势弱,易于临洮。不如先取庆阳,后从陇西进取临洮为是。"徐达说:"那庆阳城险而兵悍,未易猝破。彼临洮之地,西通陇右,北界河湟,得其人民,足以备战斗;得其地产,足以供军储。我以大军蹙之,李思齐必然束手就降,临洮既克,诸郡自下矣。"诸将悦服。遂进兵克了陇州、秦州及巩昌地方。因集马骑步卒,一齐直趋临洮府正东五里紧兰滩安营。徐达对诸将说:"我想思齐其势已穷,得一人谕以利害,必来投顺。"只见蔡迁欲往。徐达便令轻装,直至城下,与思齐相见。蔡迁委委曲曲的劝他纳款。思齐犹豫未决,又有养子赵琦相阻说:"如果不胜,尚有西番可连。"惟是诸将齐声道:"还是早降,可免杀伤之厄;况今元兵百万,且不能胜,纵连西番,亦无用武之地,不如降为上策。"思齐便随蔡迁奉表乞降。徐达待以国士之礼。安抚了百姓,便起兵攻庆阳。

那城池是张思道同弟张良辅把守。朱军阵上,郭英扣城搦战。思道即欲率兵出迎。良辅向前说:"大明兵势如山,李思齐尚且降伏,兄将何为! 弟意不如假意献城,图个空隙,刺了徐达,以报元主,也显得我们的忠心。不然,孤军出战,既无后援;弃城而走,又遗耻笑,兄请度之。"思道从计,遂开门出降。郭英引见了徐达。徐达留了部将,镇守庆阳,令张思道等,随军中向西征平凉府。在路二日,军至延陵地界,思道自恃兵精将悍,且有王保保为声援,贺宗哲为羽翼,平章姚晖为爪牙,见徐达前军已行,便随后杀了军卒数千人,截了粮草一半,径向北而走。哨子报知徐达。徐达大惊,说:"真个是海枯就见底,人死不知心。不料思道兄弟,如此奸毒。"即令郭英、朱亮祖、傅友德,各带兵马三千,分着三路追赶。

且说思道同弟良辅,杀死朱兵三千有余,抢得粮草数万,心中甚是快乐,向北而行,恰到泾州地面,当先一军,正是催粮骑将廖永忠,便勒马横枪来问。良辅不知情由,便道:"吾乃张良辅同兄思道,近以庆阳降大明徐元帅,今奉军令,上山西、河北催粮。"廖永忠心下思量:"我奉军令催粮,岂有用他再催之理? 况从来钱粮重事,元帅决无差托新降之将,且原何更无他人同催,径用他兄弟两个?"便大叫道:"你既催粮,何不向前行,反从北走,必是降而复叛之贼,劫我粮草的。"良辅被永忠说破,无以为应,便挥刀来敌。永忠奋力敌住他兄弟二人,战未数合,恰好郭英、朱亮祖、傅友德三人赶至,两下夹攻。良辅兄弟力不能支,遂逃入泾州。士卒死者过半。徐达便遣四将抄他出入之路,俞通源略其西,傅友德略其东,朱亮祖略其南,顾时略其北。良辅着人夜半缒城①往宁夏求救,又被巡军所拿,于是音信隔绝。城中乏食,只得煮人汁和泥食之。徐达四下着人布令,说:"反叛的只是张良辅兄弟,其余皆是良民。如有生擒来献者,赏银千两;斩首来献者,赏银五百两;开门投降者,赏银一百两。如终抗拒,城破之日,尽行诛戮。"良辅部下万户挥使姚晖与子姚平商议,诈称西门城

---

① 缒(zhuì)城——从紧闭着四门的城中,缒挂城墙而出。

垣将倾，请良辅上西城审探修葺。良辅只道是真的，果然往到西门。他父子上前一刀砍死，乘势开门纳降。徐达统兵入城。张思道因挈妻正要投井被军士枭首来献。徐达令将首级一路号令前去，出榜安民。于是陕西八府，悉皆平定。次日上表奏捷。差官出得城来，恰报有圣旨到来。未知何事，且看下回分解。

第七十一回　常遇春柳河弃世

却说徐达见有圣旨到来，即忙整排香案，迎接到堂，三拜九叩首，山呼万岁礼毕。使臣宣读诏书道：

敕谕大元帅徐达：朕闻卿等屡次捷音，所向必克，此朕得所托也。不期元主，即今三路分兵，侵我边鄙。以丞相也速为南路元帅，领兵十万，从辽东侵蓟州；以孔兴同脱列伯为西路元帅，领兵十万，从云中攻雁门；以江文靖为中路元帅，领兵十万，攻居庸；三处最急。特令李文忠前到军中，副常遇春领兵十万，以当三路之患。卿宜统率大兵，镇守山西、陕西沿边地方，以杜王保保入寇。特此诏示，望勿羁迟。

徐达得诏，即令常遇春为大元帅，李文忠为左元帅，郭英为右元帅，傅友德为前部先锋，朱亮祖为左翼先锋，吴祯为右翼先锋，华高、薛显、蔡迁、费聚、金朝兴、梅思祖、黄彬、赵庸、韩政、顾时、汪信、王志、周德兴、张龙、十四员大将率本部军校步兵十万，随行听遣，即日出延安府进发。兵至潼关，常遇春对诸将说："元兵三路来侵，乃虎护九谷之势，我军先救何处为是？"李文忠说："孔兴与脱列伯二人进侵山西，有徐元帅沿边镇御，必无他患。今江文靖来攻居庸，那居庸是北平左辅，乃蓟镇所控，东至辽阳，西至宣府，约有一千余里，中间古北口、石门寨、喜峰口、镇边城、黄花岭、八达岭、俱极冲要，诚为紧急，兼之他进攻辽东，以为恢复北平之计，使我兵东西受敌，元帅宜领兵径抵居庸。若擒了江文靖，则余兵自然落胆。"常遇春依计，便整肃队伍，从蒲州、河北一路来援居庸关，不提。

且说元丞相也速，领兵过蓟州、遵化、香河、宝坻，前至通州正东十里安营。我们总管曹良臣镇守通州，闻知元兵大至，因与部将陈亨、张旭议道："我兵只有三千，何以迎敌？还宜设计以破之。"因下令集民间驴、骡，不拘多少，身上缚草为人，穿戴衣甲，执着长枪、大弓，依着树木，插立鲜明旗号，于十里外，高原之上屯扎下，用妇女三百，俱扮作男人，擂鼓敲锣，不住的呐喊。城头之上，也一般装扮把守。陈亨可率精锐一千，于大河左边埋伏。张旭可率精锐一千，于大河右边埋伏。只看林莽中高悬红灯为号，一齐发

第七十一回　常遇春柳河弃世

伏追击。曹良臣自率精兵一千,二十里外迎敌。再选居民壮丁五百,执着五色旗号,按方而列,驻在城外深池之旁,中间设立高台,上缚草人,着了衣服,虚张声势。众将得令,依法而行。恰好也速大兵已到,良臣奋力来迎,自未至申①,天色渐渐将晚,良臣拨马便走,那也速乘势赶来。一路高原之上,但见军马摇旗呐喊,远望竟有数十万之众,驻扎不动。也速正在疑心,早见绿林中一盏红灯笼,朗然高挂,两边伏兵不知多少,横冲直撞的来,真所谓:"兵在精而不在多,将在谋而不在勇。"左有陈亨,右有张旭,后有曹良臣,三千兵拼死攻击,杀得元兵四散奔溃。也速只得领了败兵,向辽东而走。曹良臣等,只是鼓噪赶来,直到蓟州而还。恰有元兵江文靖领兵来攻居庸,也速幸得合兵一处。镇守居庸的原是都督孙兴祖,闻元兵合来侵犯,正要出兵迎敌,只见哨子报:"有常遇春领兵十万,前来救应。"不胜之喜。次日,江文靖在锦州列阵搦战,常遇春自挺枪相迎。未及五六合,把也速一枪刺死。江文靖舍命而逃。遇春骤马追到,便活擒于马上。元兵踏死者不计其数,斩首一万六百七十余级。常遇春对着孙兴祖说:"都督可仍镇此关,我们当提戈北往。"即日进发,克了大宁、兴和、开定,竟至开平府十里外安营。

开平守将乃元骁将孙伯役与平章王鼎。他二人便出城拒敌。常遇春令左翼朱亮祖,右翼吴祯三路分兵而进。郭英把王鼎活擒过来,送至军前枭首号令。逃脱了孙伯役,遇春既取开平府,遂进兵到柳河川安营。

当晚遇春独坐营中,忽然得疾,精神甚是恍惚。帐中军校,即时传与各营,众将都来问安。遇春说:"某与诸公数年共事,期享太平,不意今日在此地,与诸公永诀。"众将惊问缘故。遇春将生时老者的诗,与前者五台山张三丰送来诗的事情,重新说了一遍,因说:"'先于和里贵,后向柳中亡。'我于和州得遇圣主,幸而所在成功,受了显爵,今兵至柳川,其亡可知。且病体十分沉重,诸公可为我料理身后之事。"驻在营中,约摸半月,果然病笃,瞑目而逝。时年四十岁。李文忠下令诸将,且勿举哀,将衣衾、棺木,备得齐整,殡殓了,即着金朝兴领兵三千,保护灵柩而回。不一日来到龙江驿。太祖闻得信息大惊,御制祭文,亲至驿中致祭,驾诣柩前,拈香、敬酒、焚楮,长揖痛哭而还。且命葬于钟山草堂,追封翊运推诚宣德靖远功臣,开府仪同三司,上柱国、太保中书、右丞相、开平王。谥曰:忠武。配享太庙。长子

---

①　自未至申——午后一时至五时。

常茂袭郑国公；次子常荫袭开国公，三子常森袭武德侯。追赠祖考三代。

却说孔兴、脱列伯二人，闻知常遇春身故，进攻大同甚急。太祖传旨：李文忠为大元帅，汤和补左元帅，其余将佐，仍供旧职，来救大同。李文忠领兵过云中出雁门，次①马邑地方，遇着元兵数千突至。文忠乘其不备，挥兵一鼓而败之，捉了平章刘帖木儿及龙虎四大王。此时天大雨雪，文忠疑有伏兵，因令哨骑出入山谷，查视彼卒往来。却见哨马回报："我军前队已去敌五十里之地屯驻。"文忠与诸将商议，说："我军去敌五十里之遥，分明示之以弱。"即传令去敌五里，阻水为营，乘晚而进。一边传与原守大同将帅汪兴祖得知，以便彼此攻杀。大兵驻扎方定，忽见黑云一片，压住营垒，宛如复盖。文忠望了半响，对诸将说："有此云气，必主贼兵劫营。"传令傅友德率前军三万，张龙、周德兴二将接应；朱亮祖率后军三万，王志、汪信二将接应；吴祯率左军三万，顾时、韩政二将接应；郭英率右军三万，赵庸、黄彬二将接应。俱北退五十里，于白杨门四面埋伏。只候晓星将落，东日将升，林中放震天雷为号，便发伏围剿元兵。汤和统军五万，分作十营，如连珠相似，布列平坦地面，一路接应我军。但只护行，不必相杀。自领大队三万，秣马饷军，安住营寨，坚立不动，只待元兵来劫，便向北且战且走。众将得令而去。将及三更，果然脱列伯领着元兵，竟从西营杀入。李文忠挥兵北走，脱列伯骑兵赶来，路上早有十营军马相继救应。比及天明，前至白杨门，文忠大队人马，都投深林中去。只听轰天一声炮响，四下伏兵一齐杀出，密密的把元兵围住了厮杀。文忠立马于高原之上，着人高叫："元兵中擒得脱列伯来降的，从重加赏，决不食言。"须臾之间，果有本部将士，缚着脱列伯来献。文忠即令军中取过白金五百两、彩绢二十匹，重赏来将。投降士卒，计有二万多人。辎重、马匹，不计其数。孔兴闻知信息，也解了大同之围。绥德部将，乘机斩首，来到军前纳降。哨马星飞报于元主；元主晓得事都不济了，从此以后，越发的往北而行，无复南向之心矣。西北一带地方，悉皆平定。李文忠便班师驻于汴梁，差官奏捷。太祖看表大喜。只见太史令刘基出班奏道："臣观北兵今日势衰，不如乘此锐兵，四路穷追剿灭，庶几后无他患，古人说：'除恶务尽，树德务滋。'伏唯陛下圣裁，以便诸将行事。"未知后事如何，且看下回分解。

---

① 次——动词，止宿的意思。

第七十二回　高丽国进表颂扬

且说刘基奏称："元兵既败，正宜乘势剿击。"恰好邓愈等向承钦命，征讨广东、广西洞蛮，及唐州一带地方，也得胜而回。太祖因对刘基说："平定中原及征南诸将，尚未赏赉。朕欲赏赐之后，方议出师。"刘基回奏说："陛下英明神武，所见极好。"即命库内办取赏赐纹银，次日颁出：徐达白金五百两，文币五十表里；李文忠、廖文忠各白银二百五十两，文币二十五表里；胡廷瑞、杨璟、康茂才各白银二百五十两，文币十七表里；傅友德、薛显各白金二百两，文币十七表里；冯胜、顾时、朱亮祖、郭兴等各白金二百两，文币十五表里；其余将士俱各赏赐有差；诸臣顿首拜谢。当日设宴殿臣，文臣刘基等在左班，武臣徐达等在右班，一一赐坐。唯有丞相李善长以有病不与。太祖因命刘基侍坐本席，附耳问道："朕向欲易相，不意去年九月，参政陶安卒于江西，今年冬，中丞章溢又丁忧①回乡，谁人可以代之？"刘基对道："国之有相，犹家之有栋梁，若未毁坏，不宜轻去；若无大木，不可轻易。今善长系陛下勋旧，且能和辑臣民②。"太祖便笑说："渠每每欲害汝，汝反为之保耶？杨宪可为相么？"刘基应声说："宪有相才，无相量。尝思为相的，宜持心若水，不得以己意衡之。今杨宪不然，恐致有败。"又问："汪广洋、胡惟庸二人若何？"刘基摇着头说："广洋懦不任事，且量小又褊浅③；胡惟庸小犊也，此人一用，必败辕破犁④。"太祖听了言语，红着圣颜说："朕之相，当无如先生。"刘基即离席叩首，说："臣福薄德浅，且多病态。况性最刚狠，疾恶太深，又才短不堪烦剧，胡能当此？"言讫，赴本位而坐。当晚饮酒，极欢才罢。

次日，御文华殿。却有通政使司奏说："高丽国遣使嘻哩嘛哈，以明

---

① 丁忧——遭父母丧，旧时称丁忧。
② 和辑臣民——使官民能融洽和睦。
③ 褊浅——气量狭小。
④ 败辕破犁——比喻败坏事情。

日是洪武三年元旦,故奉表称贺。"太祖将表章看了,因宣嘻哩嘛哈问彼国风俗。他便不烦检点,口中念出一首诗道:

国比中原国,人同上古人。

衣冠唐制度,礼乐汉君臣。

银瓮储新酒,金刀鲙锦鳞。

年年二三月,桃李一般春。

太祖听了,对朝臣道:"莫谓异地不生人才,只此一诗,亦觉可听。"传旨提督四夷宾馆官,好生陪宴,不提。

随有一个职官的内眷,满身素裳,向前行礼毕。太祖看他仪容闲整,因问:"老媪为谁?"那内眷跪奏道:"臣妾系原任江西中书省参政陶安之妻。"太祖惊道:"是陶先生之嫂乎?说起陶先生,使人心怀怆然!"又说:"嫂有儿子么?"老媪对说:"妾有不肖子二人,近被事无辜论死。家丁四十人,悉补军伍。今以一丁病故,州司督妾就道补数。犬马余年,无足顾惜。惟望圣恩,念先学士安一日之劳,令得保首领,以入沟壑①,则妾幸矣!"太祖立即召兵部官谕说:"朕渡江之初,陶先生首为辅佐,涉历诸艰,功在鼎彝②。方尔形寂③,遽令子孙残落,深可怜悯!尔可尽赦四十余军,还养老嫂。"再问老媪说:"你今家业何如?"那老媪唯有血泪千行,愁肠一缕,哪里回报得出。太祖即令内库将白金二千两,布二百匹,赐予老媪。又说:"原住舍宇,所在官司可为修葺;并记得朕前赐予门联说:'国朝谋略无双士,翰苑文章第一家。'可仍装刻,以显褒崇之意。"那夫人辞谢出朝。

翌朝,太祖因新年万几稍暇,命驾随幸多宝寺。步入大殿,见幢幡上,尽写多宝如来佛号,因出对说:"寺名多宝,有许多多宝如来。"学士江怀素在侧,进对道:"国号大明,无更大大明皇帝。"龙颜大喜,即刻擢为吏部侍郎。

寺中盘桓半晌,又步至方丈之侧,恰有彩笺,上书维扬陈君佐寓此。太祖因问住持说:"陈君佐非能医者乎?"僧人跪对说:"能医。"太祖道:

---

① 以入沟壑——古人谦称死去。
② 鼎彝——古代的彝器。上面刻有文字,以表彰有功之人。
③ 形寂——犹言人已死去。

"吾故友也,可即唤来相见。"陈君佐早到圣前,山呼拜舞毕。太祖带笑问道:"你当初极喜滑稽,别来虽久,谑浪①如故乎?"陈君佐默然。太祖便问:"朕今既有天下,卿当比朕似前代何君?"君佐应声说:"臣见陛下龙潜之日,饭糗②茹草,及奋飞淮泗,每与士卒向受甘苦,臣谓酷似神农;不然何以尝得百草。"太祖抚掌大笑,联手而行,命驾下人,俱各远避。只有刘三吾、陈君佐随着,便入一小店微饮,奈无下酒之物,因出对道:"小村店,三杯五盏,无有东西。"君佐立对说:"大明君,一统万岁,不分南北。"太祖对他说:"朕与卿一个官做如何?"君佐固辞不受。刘三吾将钱酬还了酒家。

正要出店,只见一个监生进来。太祖问道:"先生何处人,亦过酒家饮乎?"那人对道:"本贯四川。雅慕德化,背主远来坐监,聊寄食耳。"太祖便与生对席同坐,即属词道:"千里为重,重水、重山、重庆府。"监生对道:"一人是大,大邦、大国、大明君。"太祖便将几上片木,递与监生说:"方才对语颇佳,先生可为我即木赋诗。"监生便吟道:

　　片木原从斧削成,每于低处立功名。
　　他时若得台端用,还向人间治不平。

太祖私心自喜,拱手别去。回宫,即令监中查本生名字,拜受礼部郎中。次早视朝,监生朝见,方知酒肆中见的是太祖。

刘基因奏:"春气将和,乞命将四出,以犁边廷③。"便调徐达为征元大将军,带领沐英、耿炳文、华云龙、郭英、周德兴、梅思祖、王志、汪信八员虎将,并所部军兵十万,自潼关出西安以搗定西;李文忠为左副将军,带领傅友德、朱亮祖、廖永忠、赵庸、薛显、黄彬、吴复、张旭八员虎将,并所部军兵十万,由北平经万全进野狐岭一带地面北伐;汤和为右副将军,带领俞通源、俞通渊、胡廷瑞、蔡迁、郑遇春、朱寿、张赫、谢成八员虎将,并所部军兵十万,出雁门关北伐;邓愈为东路都总管,带领吴良、吴祯、康茂才、唐胜宗、陆仲亨、杨国兴、韩政、仇成八员虎将,并所部军兵十万,出辽东北伐,务在肃清,方许班师;再令中书省写敕旨,令汪兴祖、金朝兴守大同,孙兴

---

① 谑浪——说笑话。
② 饭糗(qiǔ)——干粮。
③ 以犁边廷——扫荡边防。

祖守居庸,曹良臣守通州,郭子兴、张龙守潼关,张温守兰州,俱是切近边鄙地方,宜小心提防,操练军将。又念伪夏据有西蜀,明升尚幼,都为奸臣戴寿所惑,特令都督杨碌持书,谕以祸福,开其纳款之门。叶升、李新二将,辅翼同往。分遣已毕,诸将择日取路,分路进发。那徐达引兵,前至定西界安营。早有元兵护廓帖木儿与王保保互为犄角之势,列着营栅,向前拒敌。徐达传令沐英领兵三万,敌住护廓帖木儿,耿炳文、周德兴分为左右二哨接应。郭英领兵三万,敌住王保保,华云龙、梅思祖分为左右二哨接应。自领王志、汪信压后。两边一齐进发,杀得元兵大败。所获人马、辎重无数。生擒元将严奉先及元公主以下一百零七人,散卒六万有余。那扩廓帖木儿与王保保,竟望西北挣命的奔走去了。

且说李文忠统了将校,出居庸关,前至野孤岭。只见岭上突出一彪兵来,与我军对敌。旗号上写着:太尉蛮子佛思。未及战得五合,被傅友德一枪刺死,催动大兵,便至白海子骆驼山驻扎。这个山离应昌府七十里之程,却是应昌藩屏。元帝着太子爱猷识里达腊与丞相沙不丁及大将陈安礼、朵儿只八喇,率兵三十万,据守此山。文忠便令于山南安营。次日,排开阵势,在山下搦战。未知胜败如何,且看下回分解。

第七十三回　获细作将计就计

却说元太子知我军山下搦战,因与众将商议。丞相沙不丁上前,奏说:"殿下且勿忧愁,这骆驼山势若长城,险过华岳,臣请率兵下山迎敌,胜则乘势追杀,败则列寨固守。大明兵将,如或登山,只需将炮石打下,必不能当。况粮草积有六七年之资,军兵尚有三十万之众,彼南人不禁水草之苦,朔漠之寒,以臣计之,当得保胜。"太子道:"丞相虽然如此,勿视等闲。"沙不丁遂领兵一万来战。两阵方交,元兵终是气怯,奔溃而走。文忠便令薛显率领铁甲五百,乘势上山攻打。那山上矢石,如雨飞来,朱军伤死者七十余人,薛显只得收军回阵。次日,李文忠会集傅友德、朱亮祖、廖永忠、薛显等八将,细议说:"你们八人,可分兵四支,各带马兵三千,四下沿山,远哨山中虚实,并峰峦夷险,回来做个计较。"各将分头去讫。恰好军前报说:"军师刘基到来。"文忠慌忙迎入,且说骆驼山难克一事,刘基也没个理会。将及半响,四路哨军回来,都说山势甚是绵延险阻,元兵营寨,密密的驻扎。军马、钱粮,想都周实;况他只是坚壁不动,看来不易攻取。自此相持了二十余日。忽一日报有巡逻的捉得细作,在帐外听元帅发落。刘基便附李文忠耳朵说:"如此,如此,何如?"文忠一面同刘基升帐,一面低头说:"甚好!甚好!"只见那细作跪在面前,刘基看了,反佯问他说:"你是本营小卒,前者差你去上骆驼山打听,何故而今才回?"那人见刘基错认,也便奸诈,回说:"小人奉命打探元兵,山上把守极严,未可一时攻打。"刘基说:"正是。如此,奈何,奈何!"那人未见发落,尚跪在帐前,忽有一个官儿,口称军政司来说,军粮已尽,只可应今日支用。刘基便假意对李文忠并合帐将校说:"粮储大事,你这官所掌何事,且到没了,方才报知,推出辕门斩讫报来。"那官儿十分哀告求生。刘基便吩咐,着令辕门官捆打八十,就令三军今夜密地拔寨而行,回到开平,待秋深再议攻取,切不可把元兵知觉,恐其乘势追赶。因复发落那人说:"你可仍到元营细探下落。我在开平驻营,倘若他们把守稍懈,即来报知。"且叫军中取三两重的银牌一面赏他,以酬劳苦,待回来之日,再行奏请升职。那人领赏暗喜,径回骆驼山见了太子,备言前事,且说:"赏我银牌,如此侥幸。"太子听了大喜,便令陈安礼领兵三万为左哨,朵儿只八喇领兵三万为右哨,即同沙不丁领兵五万为中队,连夜下山追击。沙不丁说:"殿下且莫轻动,待臣同朵儿只八喇各领兵三万,分左右追赶,殿下还宜同陈安礼把守老营。"太子说:"这也有理,依卿所奏。"元将整备夜来追杀,不提。

且说刘基把细作发付出营,便令哨子暗地随他打探,回报今夜果来追赶。因密授傅友德、朱亮祖领兵四万,分伏骆驼山左右,只听本营的连珠炮响,便上山如此而行;赵庸、黄彬各领兵一万,分左右接应;胡美、吴复各率本部兵马五千,在营中乘暗迤逦而行,向开平原路走动,诱元兵追杀;廖永忠、薛显各领兵三万,在营两边深林里埋伏,待元兵来劫营,以赛月明①在空中放起为号,便两胁夹攻而入;李文忠自同军师刘基,领着大队人马,俱饱食带甲而睡,营中并不许张点灯烛,只待元兵到来,一声炮响,四下里齐燃庭燎杀出。分拨已定。约摸二更时分,是夜月色朦胧,烟雾四起,果有两员大将,领着兵马,分左右赶杀出来,正到营前,不见文忠动静。沙不丁传令三军,趁早上前追赶。未及说完,忽听暗地营中一声炮响,四下火光烛天,大队人马,东、西、南、北,处处杀将出来,早有赛月明不住的放到半空中明亮。沙不丁大叫中了刘基的计了,可即取路而回。却好廖永忠、薛显,两边发动伏兵,奋力夹攻过来。那沙不丁被廖永忠一枪,刺中咽喉而死。朵儿只八喇舍命而回,将到骆驼山,把眼一望,但见山上星罗的营寨,俱各火焰烘天,金鼓震地,满山都是大明的旗帜。正欲沿山逃走,被接应的左哨赵庸,一锤飞来,把脑盖打得粉碎。原来傅友德、朱亮祖听得老营炮响,明知元兵与我军大战,因乘机装做元兵杀输逃窜模样,把马直奔上山。那元兵黑夜中,只道是自家军马回来,也不提防,竟被朱兵杀入营寨。元太子慌忙上马,仅有残兵六七百骑相随,连夜走应昌去了。元将陈安礼被乱军中砍做数十段。真个杀得斗转星移,尸山血海。天已大明,李文忠把大队人马,径抵应昌城外安营。这正是刘军师施的调虎离山之计。

且说元太子领了残兵,不上一千,逃入应昌城中来见元帝。元帝闻说大惊,向染痢疾,愈加沉重,四月二十八日,身入黄泉。太子便权葬在城中玄隐山下。李文忠知元帝已死,传令众将围攻应昌。约定三日之间,决然

---

① 赛月明——照明用的弹药。

第七十三回 获细作将计就计

要下。诸将四围攻打,却有元平章不花,看这势头破在旦夕,便对太子说:"何不弃此北去?"太子含泪,吩咐部将百家奴、胡天雄、杨铁刀、花主帖木儿等,率领所有兵马万余,开了北门,杀条血路而走。谁想东西两彪人马,烟尘陡乱起来,截住去路。哨马探看,却是汤和带了俞通源等八将,统兵十万,出雁门,一路荡除未降元兵;邓愈带领吴良等八将,统兵十万,从辽东一路荡除未降元兵。恰好东、西合着混杀。元兵死者过半。百家奴等保着太子爱犹识里达腊,不上三千骑,落荒拼命逃去。李文忠率师入了应昌城,抚安百姓。获元太孙买的里八喇并后妃、宫嫔、王子里的罕、国公答失帖木儿,及宋、元所传玉玺、玉册、玉圭、玉斝、玉斧、玉图书等物。元臣达鲁化赤因也归顺。李文忠一概纳降。当日三处统兵元帅,都会齐在应昌,开筵庆叙。刘基说:"元太子北走,诚为后患。汤、邓两位元帅,可领本部屯扎此城。李元帅还当剿捕余党。"即日,刘基、李文忠等,进兵北追,在路三日,到麻歌岭地面。时天气暑热,三军一路烦渴,更无滴水可济,沙尘噎人,死者竟至数千。李文忠便令三军驻扎。自己下马,便告天神,说:"如大明圣主有福北征,诸将不致灭亡,愿天降甘霖,地开泉脉,以济三军之渴!"众将虔诚一齐下拜。恰有文忠所乘青骢捕影的龙驹,向天长鸣,把身子周围在军前,双足跑了三匝,向前跑在一个去处,爬开沙土,有五尺余深,忽见甘泉涌流,涓涓不竭。军士直如波罗蜜一般,个个死中复生。文忠便杀乌牛、白马,祭答天地。至今麻歌岭有马跑泉胜迹。又行了四日,只见哨马报说:"前是红罗山,元太子在此屯扎。过此山后,但见茫茫白水,渺渺烟波,也没有桥梁,也没有舟楫,一望无际,更不知什么结局,特此报知。"刘基听了哨报,沉吟半晌,叹息道:"可见定数,再莫能逃。"文忠便问道:"军师何出此言,想来必有缘故,末将愿闻其详。"后事如何,且看下回分解。

第七十四回　现铜桥天赐奇祥

却说军师刘基听了红罗山三字,不胜叹息,被李文忠定要问个根底。刘基道:"敝处青田,也有红罗山一座。不才当年未遇圣主之时,每爱此山幽僻,常在山中,行思坐想这道理。不期一日,见山岩中响亮一声,开了一条石窦,不才挨身而入,果有些异见异闻。当日回家,夜来忽梦金甲神口吟诗句,叫不才谨记在心;还说:'是你一生之事。'那诗道:

南北红罗一样名,只将神变显清声。
大大明大胡边靖,妙玄玄妙匣中兴。
卯金刀是角蛟精,未头一角尔峥嵘。
须念机关无尽泄,甪①端见处一身清。

不才时常思量,只有首句与末句,未有应验。今日复遇有红罗山,想此生结局,只如此了。"文忠叹息了一回,因商议攻取之计。刘基说:"必须先看山势,夷险如何,方可定策。"便令傅友德、廖永忠领兵三千,到前探望。但见林树参天,荫翳满地,密密营栅,甚是列得周匝。回来报知。文忠说:"既是这般,便有固守之意。然我兵远来,只宜急攻,不宜缓取。我意今夜以火攻之,必然得胜。"刘基大笑道:"我心下亦欲如此。"就遣赵庸、黄彬、吴复、胡美四将,各领铁甲五千,带着斧锯并火器,四面分头,夜至红罗山下埋伏。待半夜时候,炮响为号,一齐上山攻开树栅,便各处放火。朱亮祖、薛显领兵二万接应。傅友德领兵一万,直捣中营。廖永忠领兵四万,山下截杀逃兵。李文忠自率大兵随后。各将得令前去。待至二更左右,只听得半空中一声炮响,四将登时上山,砍开山栅,火铳、火炮、火箭处处发作。倏忽之间,火势焰天,惊得元兵在梦中醒觉,自相残杀,四散奔溃,挣命而逃。百家奴被傅友德砍死。胡天雄被薛显一枪当心刺死。杨铁刀恃着凶勇,保了元太子及些残兵败卒,约有二千余众,向北而驰,被朱亮祖同廖永忠赶上,朱亮祖一箭射去,正中杨铁刀脑后,落于马下。只有花

---

① 甪(lù)——兽角。

主帖木儿紧随太子北行。殆及天明,李文忠大兵驻在红罗山上,埋锅造饭。恰有一个老儿,皓首苍髯,童颜鹤骨,来见李文忠,说:"某乃此地居民,有一札启上。"李文忠看他言貌非常,将手接他札子看来,只见有诗四句,道:

> 兵过红罗山,须知见甪端。
> 倘然不相信,士卒必伤残。

文忠看完时,抬头来看,那老儿随风冉冉的去了,即请刘基商议。刘基说:"我因前者梦中神人的诗,因查得甪端乃是神兽。既有此言,元帅不可不信。况茫茫沙漠之地,纵取来亦无益于朝廷。"文忠应道:"军师之言有理,可即在此屯兵,末将当与傅、朱二先锋领兵过山,追袭元太子,试看此老之言,果有灵验否。"刘基说:"这也使得。但元帅此去果见甪端,可速回兵。"文忠唯唯而行,遂率兵追过红罗山。将及五十里地面,遥望元兵无食可飧,俱从旷野中拔草为粮。看见我兵将到,惊慌逃避。傅友德、朱亮祖奋击而前,斩获二千余级。只有三五百骑,随了元太子前至乌龙江,渺渺茫茫,无船可渡。朱兵又追赶渐渐近来,那太子血泪包着双珠,下马跪在地上,望着青天祷告,说:"我世祖奄有中国已经百年,今大明追逐我们至此,无路可逃,全望苍天不殄灭我等,曲赐全周!"三五百人个个号天呼地。忽然江中雪浪分开,狂波四裂,显出一道长虹,横截那千顷碧水上一条铜桥,待元兵一拥而渡。朱兵连忙追击,将欲上桥,谁想是空中一条白浪,何从得济。文忠看了半响,叹息数声,说道:"可知皇天不欲绝彼。"惆怅之间,只听得响亮一声,看见红罗山上有个东西,身高六尺,色若乌云,头上一角,碧色的一双眼睛,如笙如簧的叫响。文忠对傅、朱两人并所领士卒,说:"此必是甪端神兽了。"因高叫说:"甪端,甪端,尔乃天之神奇,物之灵异,必能识天地未来气数。倘元人此后更不复生,尔可藏形不叫;若是元人复生,尔可叫一声;若止南侵,不能进关,尔可叫两声;若复来犯边,尔可叫三声。"文忠盼咐方罢,那兽连叫三声而去。文忠心知天意,便引兵乘夜回红罗山。天明到了本营,将铜桥渡元兵,及山上见甪端的事,一一对刘基说了一遍。刘基道:"真是奇异。"即日拔寨而起,回至应昌,与邓愈、汤和等将相见了。文忠具言前事,诸将叹息不已,因留将镇守应昌抚慰军兵,其余兵卒,俱随文忠、邓愈、汤和等回京。恰好大将军徐达与诸将西征土番①,克了河州。那土番元帅何锁南、普花儿等,皆纳印请降。便将兵追元豫王至西黄河,直到黑枪林杀了阿撒秃子。于是河

---

① 土番——元、明时的外藩。即现在的新疆、甘肃一带。

州以西甘朵乌、思藏等部,来归者甚众。甘肃西北一带数千里,不见一兵卒,因也收兵回京。太祖闻得胜旋师,乃率众臣出劳于江上。

次日,徐达等进平沙漠表章。太祖因对朝臣说:"尔等戮力王家,著有茂绩,非有世赏,何以报功。朕已命大都督府及兵部官,禄诸将功绩,吏部定勋爵,户部备礼物,礼部定礼仪,工部造铁券,翰林撰制诰①。明日是仲冬丁酉之吉。诸臣各宜明听朕言。"本日退朝。次日五鼓,太祖夙兴②,御奉天殿。皇太子及诸王、文武百官,朝见礼毕,排列在丹墀左右。太祖说:"今日定行封赏,非出一己之私,皆仿古来之典。向以征讨未遑③,故延至今日。如左丞相李善长,虽无汗马之劳,然供给军粮,更无缺乏;右丞相徐达,朕起兵时,即从征讨,摧坚抚顺,劳勋最多,二人进列公爵,宜封大国,以示褒嘉,余悉照功加封。书经上说:'德懋懋官,功懋懋赏。'今日若爵不称德,赏不酬功,卿等宜廷论之,毋得退后有言。"于是封徐达为开国辅运推诚宣力武臣,进光禄大夫左柱国太傅中书右丞相,进封魏国公;参军国事,食禄五千石,赐诰命铁券。因着中书宣卷文,道:

朕闻自古帝王创业垂统,皆赖英杰之臣,削群雄,平暴乱;然非首将智勇,何能统率而成大功。如汉、唐初兴,诸大名将是也。当时虽得中原,四夷未及宾服,以其宣谋效力之将比之,岂有过我朝大将军之功者乎?尔徐达起兵以来,为朕首将。十有六年,廓清江汉、淮楚,电拂两浙,席卷中原,威名所振,直连塞外,其闻降王缚将,不可胜数。顷令班师,星驰来赴。朕念尔勤既久,立功最大,天下已定,论功行赏,无以报尔,是用加尔爵禄,使尔之子孙,世世承袭,朕本疏虞,皆遵前代之典礼。兹与尔誓:除谋逆不宥,其余若犯死罪,免尔二死,子免一死,以报尔功。呜呼!高而不危,所以长守贵也;满而不溢,所以长守富也。尔当慎守朕言,谕及子孙,世世为国之良臣,岂不伟欤?

宣读已毕。那铁券制度,宛如大瓦一片,面刻诰文,背锅免罪减死俸禄之数,字画俱用金嵌成。一片藏在内府,一片给与功臣。两边相合,因叫做铁券。这规矩依照宋时赐钱镠王的铁券造成。太祖特令使臣到浙江台州钱王的子孙那里,取样铸造的。要知后事如何,且看下回分解。

---

① 制诰——敕封官职的文书。
② 夙兴——早起。
③ 未遑——未有闲暇。

第七十五回　赐铁券功臣受爵

　　却说太祖赐券与徐达后,因封李善长太师守正文臣韩国公;食禄四千石。封常遇春子常茂郑国公,李文忠曹国公,冯胜宋国公,邓愈卫国公;食禄三千石。封汤和信国公,耿炳文长兴侯,沐英西平侯,郭子兴巩昌侯,吴良江阴侯,廖永忠德庆侯,傅友德颍川侯,郭英武定侯,朱亮祖永嘉侯,吴祯靖海侯,顾时济宁侯,赵庸南雄侯,唐胜宗延安侯,陆仲亨吉安侯,费聚平凉侯,周德兴江夏侯,陈德临江侯,华云龙淮安侯,胡廷瑞豫章侯,俞通源南安侯,俞通渊越西侯,韩政东平侯,康茂才蕲春侯,杨璟谕蜀未还,遥封营阳侯;并食禄一千五百石。王志六安侯,郑遇春荥阳侯,曹良臣宜宁侯,黄彬宜春侯,梅思祖汝南侯,陆聚河南侯;并食禄九百石。华高广德侯,食禄六百石;并赐铁券,子孙世袭。又封孙兴祖燕山侯,张兴祖东胜侯,薛显永成侯,胡美临川侯,金朝兴宜德侯,谢成永平侯,吴复六安侯,张赫航海侯,王弼定远侯,朱寿舳舻侯,蔡迁安远侯。叶升在蜀未回,封靖宁侯,仇成安襄侯。李新在蜀未回,封崇山侯,胡德济东川侯。其余诸将,各照功升赏。又追封冯国用邓国公,俞通海虢国公,丁德兴济国公,加封耿再成泗国公。

　　只有刘基初封上柱国安国公,他再四拜辞不受,说:"臣命轻福薄,若今日受恩,必折寿算,伏乞陛下俯从臣请。"太祖因他力辞,改封为诚意伯;食禄二千四百石。应日筵宴而散。过了数日,杨璟率副将李新、叶升朝见,太祖便问伪夏明升的事务。杨璟说:"那明升年只一十四岁,其罪虽轻,但为丞相戴寿专权,蠹①国残民,生黎极苦;况是梁王所封,是元朝余孽。前者臣受明命,将书晓谕祸福,那戴寿公然大言,说彼西川,北有陈仓之险,东有瞿塘之固,南有汉洋之隘;大明幸而得志中原,何敢轻我西夏?将圣谕丢弃在地,甚是无礼。伏望陛下大振神威,肃清巴蜀。"太祖听了大怒,便沉吟了一会,说:"西川山水险阻,我军未知道路,不利进攻。

---

① 蠹(dù)——侵蚀。

奈何,奈何!"杨碌从袖中取出一个手卷,说:"臣前日行时,也虑及伪夏必然抗拒,因着画工随行,暗将地理夷险处,细细图画于此。他日进兵道路,尽可了然在目。"太祖含笑,就将手卷展开,果然山川形势,尽可揣摩,便下令徐达,以兵镇守山、陕等处;邓愈以兵镇守广、浙等处;李文忠以兵镇守山东、河南等处:汤和、傅友德二人,可率廖永忠、曹良臣、周德兴、顾时、康茂才、郭英等十八员大将随征,分道而进。因命太史择日,祭告行师。太史奏说:"今洪武四年辛亥,三月初二日可祭告天地,初八日可出师西行。"至日,太祖乘銮舆率文武群臣,直至南郊,设奠行礼,读祝文,道:

大明洪武四年三月初二日,皇帝臣谨以牢醴①致祭于昊天后土、太岁风云雷雨、岳镇海渎、山川城隍,旗纛②之神,曰:臣起布衣,率众渡江,平汉吴,立国业,削群雄,定四方,于今十有七年。有凡水陆征行,必昭告于神祇,受命于上苍,赖神阴佑,天下一统。惟西蜀戴寿,假幼主之权,恣行威福,据一隅之地,戕贼生民。声教既有彼此之殊,封疆实宜中原所统。若恣其桀傲,必损我藩篱。特拜汤和为征西大将军,率杨碌、廖永忠、周德兴、曹良臣、康茂才、汪兴祖、华云龙、叶升、赵庸,从瞿塘以攻重庆;傅友德为征西前将军,率耿炳文、顾时、陈德、薛显、郭英、李新、朱寿、吴复、仇成、从阶、文以趋成都。二路分行,咸祈神佑。

祭告礼毕,驾回奉天殿,命汤和挂征西大元帅金印,廖永忠为左副帅,周德兴为右副帅,康茂才为先锋,率京卫荆湘舟师一万,由瞿塘趋重庆;命傅友德挂前军元帅金印,汪兴祖为左副帅,耿炳文为右副帅,郭英为前锋,率河南、陕西步骑十万,由秦陇趋成都。因谕众将道:"今天下惟巴蜀未平,特命卿等,率水陆之师,分道并进,首尾攻之,势应必克,但行师之际,在严纪律,以率士卒;用恩信,以怀降附,无肆杀掠;王全斌之事,可以为戒,卿等慎之。"诸将拜辞。上复密谕傅友德道:"蜀人闻吾西伐,必悉其精锐,东守瞿塘,北拒金牛,以拒吾师。谓恃彼地险,我兵难至也。若出其不意,直捣阶文,门户既隳③,腹心自溃。兵贵神速,尔须留心。"友德复顿

---

① 牢醴——古代祭祀用的牲品和美酒。
② 纛(dào)——古代军队里的大旗。
③ 隳(huī)——毁坏。

首听命。是月八日,大兵分南、北二路前进。

且说汤和率杨璟、廖永忠等九将,从南路进发,先令赵庸分兵五千,合攻桑植芙蓉洞及覃垢茅冈寨,皆平之。因逼取龙伏隘,恰有佥事任文达迎敌。曹良臣奋马而前,把文达斩于马下,擒获五千余人,遂攻天门山。那山正是伪帅张应垣及小张佥事把守。周德兴、华云龙各领兵三千,分左右冲杀。他也分两支接应。小张佥事,看了华云龙凶勇,早已心寒,未及战得两合,被云龙一鞭,把腰脊打断。云龙乘势赶杀,看见张应垣与周德兴两马交锋,正是放泼,大叫道:"周将军,伪贼的枪杆都折了,不活捉他,再待何时?"那应垣听得枪杆折,只道果然,把头回转来看,被华云龙一箭正中左眼,翻空落马而死。朱兵大胜,便直至归州城下安营。汤和对康茂才说:"归州地面,去瞿塘不远,必期破敌,以震蜀人之心。"茂才回说:"不必元帅劳心,末将自有方略。"即率兵三千搦战。守归州的乃蜀中虎将龚兴,便出城对杀。茂才纵马向前,如入无人之境,力气百倍,喊杀震天。龚兴哪能抵挡,不敢进城,经往瞿塘关去了。茂才杀入城中,便令哨马报知汤和。抚安百姓。留参将张铨镇守。

次日起行,来到大溪,离瞿塘二十里屯驻。汤和随遣杨璟、汪兴祖、康茂才,领游兵五千,探取虚实。他两个出营西去,前至瞿塘关。关前是金沙江。应初诸葛武侯于此江中树立石桩铁柱,约有千余,便用铁索周遭绕住,以拒东吴之师。后来蜀王孟昶,复于柱间筑成关隘,名叫瞿塘关。此处正是夏丞相戴寿、元帅吴友仁、副将邹兴、枢密使莫仁寿,又有归州逃来龚兴在关把守。戴寿因看山势,南有赤甲山,北有羊角山,彼此相望,便把两山分开石窍,用铁索子万条相连,横截关口。铁索之上,铺着大片木板,号为飞桥,以通往来。桥上备着矢石、铳炮等物,以备攻击,真所谓:"一夫应关,万人莫敌。"桥下水势弥天,泙湃若立。盛夏雪消,水势汹涌,直如万马奔腾,不敢行船。数里之间,石刳①成穴,如箱子一般,因又名风箱峡。山高水深,峭壁万仞,惟是日正午时,始见日色。三将细看了形势,叹羡咨嗟②。只听得一声炮响,早有吴友仁的虎将,一个叫做飞天张,一个叫做铁头张,两边带领雄兵,夹击而来,直取汪、康、杨三将。茂才见势

---

① 刳(kū)——挖空。
② 咨嗟(jiē)——叹息声。

头不美,挥戈迎敌。杨碌与兴祖也跃马相持,杀得伪兵大败,倒戈曳甲,拼命的走过铁索板桥。茂才同兴祖飞兵来赶,谁想桥上的矢石、箭炮,横冲过来,就如飞蝗猛雨一般,可惜茂才与兴祖两个英雄,竟被飞炮所中而死,杨碌急收兵退回,亦被滚木滚来,连人和马扑入水中,幸得未受大伤,只害了坐下乌骓,只得步行,引着残兵,收了两将的尸首,来见汤和,具言失陷之事。汤和与众将放声大哭,具棺椁殡葬于大溪口山坡之麓。与廖永忠众将商论,都道:"这等汹涌险峻,舟楫难施,且待秋后,方可攻打。"不提。

且说太祖以诸将伐蜀,未见捷报,因复命永嘉侯朱亮祖为征西右将军,率兵往助,大会进征。亮祖得令,星夜驰发,至陕西西安府,恰好傅友德率大队暂住西安。亮祖备言上旨说久未见捷。傅友德说:"一来粮草未足;二来诸道兵马未集,所以暂住于此。"亮祖听了便对友德耳边说道:"如此如此。"未知所说何事,且看下回分解。

第七十六回　取西川剑阁兵降

却说朱亮祖对着傅友德说："今主将暂屯于此,齐集兵粮,不如乘机就机,一面声言进取金牛,入栈道攻剑阁;一面暗使他人,观青川、果阳地面虚实,以图进取何如?"友德道："极是妙见。"即刻差人哨听。不数日间,哨人打听回来,报说："青川、果阳守备空虚;阶、文地面,虽有兵垒,而兵资单弱。"友德听报,就拔寨直取陈仓。又令朱亮祖领精骑五千为先锋,攀缘山谷,昼夜兼行,两日夜竟抵阶、文之地,离城五里安营,方才整列队伍。守阶州的是伪夏平章丁世珍,正与虎将双刀王、众多官长宴乐,席间说及朱兵,便道："戴丞相同吴友仁等守着瞿塘,何大亨将十万雄兵守着剑阁,我这阶州,料他插翅也飞不来,且可安心把盏。"忽有哨子报道："大明兵不知何处过来,现在城外五里扎营搦战。"世珍对众将说："他既远来,必然劳困,即日便当点兵出城迎杀。"早有王子实上马,领着精兵二万,挺枪杀过阵来。亮祖大怒,纵马交兵,未及二合,手起一刀,那子实的头骨碌碌滚下地去。世珍看势头不好,急命双刀王接应。那双刀王跳马上前,说："平章放心,待小将砍他首级,以报前仇。"亮祖见他来得奋勇,便放马出阵,双刀王把刀儿舞得飞轮似的杀来。亮祖看的眼清,便一只手拿着刀,一只手展开浪索,从空中洒开,叫声："着!"将双刀王反缚的一般紧紧拴住,活捉过马上,便扯腰间宝剑,剁下头来,乘势杀入伪夏阵内。丁世珍望风逃脱,到文州去了。友德大队人马,却好也到,遂合兵至文州,离城二十里,行到白龙江边。蜀军把吊桥拆开,以阻朱军。郭英同朱亮祖督兵乘夜将寨栅登时转移,布成水桥,顷刻而度,直至五里关下寨。世珍复集兵据险而战。傅友德奋力急攻,伪兵大败。世珍只带得数骑往绵州而走。遂拔了文州,留将镇守,便统大兵来攻绵州。明军威势大振,人人震恐,都弃城遁逃。不劳寸刃,又连取川、阳二城。

兵到绵州,丁世珍对着守将马雄商议交锋。马雄说："此何足虑。他们长驱得志,只是未逢敌手,且请平章同到阵前,看下官击杀来将。"原来这马雄身长不满四尺,力敌万人,手中舞一把五十斤重的铁杆钢叉,飕飕的浑如灯草,一向负着雄名。他也自夸着大口。世珍认是真正好汉,果然同出搦战。朱亮祖看了马雄,便飞也杀将出来。两边一声锣响,两马合做一处,未及三合,亮祖大叫一声,把马雄一刀砍于马下。傅友德催兵涌杀,世珍大败而走。将及城门,只见城上都是大明旗号。原来傅友德先令耿炳文、顾时、薛显、陈德四将,带着雄兵一万,装作蜀军,赚开城门,复令郭英领兵五千,在城东埋伏。世珍看见城池已破。果然从东而走,当先一将,截住去路。世珍也举刀来挡,恰被郭英手起一枪,正中世珍的右眼,落马而死。明军驻于绵州城外。次早,便趋兵往汉阳江岸安营。友德要把取胜之事,报与汤和、廖永忠得知,以便彼此乘势攻取;奈山川遥隔,无路可通,幸得一夕水势涨大,便令军中造成木牌数千,上面备将克取阶、文等州年月写明,浮于江面那水流直下,这也不提。

且说汉阳蜀屯兵在西岸,那员大将恰是何大亨。隔江对阵,彼此相看了五日。朱亮祖说:"今日之势,更不可缓,元帅尊意何如?"傅友德说:"兵法上说:'察事而行。'今彼雄兵十万,阻绝汉水,我师明渡,必不得胜,我正待蜀兵少懈,然后攻之。"便令军中暗地造竹筏三百余扇,令郭英、李新、朱寿、吴复,率领铁甲兵二万,将筏尽载火器前进,余兵随筏而行。待夜三鼓,顺流而下,直抵汉阳江右。探那汉阳军卒,果然熟睡无备,便令士卒,将火器齐发,喊声震天,夏兵惊溃四散奔走。傅友德、朱亮祖率领大兵相杀,斩首二万余级,汉水为之咽流。何大亨潜夜匹马投汉州去了。纳降的军马,计有三万七千之数。友德即督兵困住汉州。

那夏主明升在重庆府设朝,闻报知大明军将明进金牛,暗渡了阶、文,三败了丁世珍,又取了青阳、绵州,今因汉州最急,便大惊讶,道:"起初只听得大明攻瞿塘,因遣丞相戴寿,统精兵相敌,不料他探穴捣虚,竟从西北而来,据取剑阁汉江之险,若再失了汉州,都城必不能保。便差官星夜至瞿塘报戴寿得知,着他分兵来救汉州才是。"不只一月,戴寿探到信息,即对诸将商议,说:"此事不可迟缓,可留莫仁寿、邹兴、龚兴、飞天张、铁头张五将,以三万兵固守关口;我与吴友仁元帅,领兵七万,去迎傅友德相杀。"吴友仁说:"吾闻傅友德昔日曾辅先王,先王不用,便从了友谅;友谅待他甚薄,后方归了大明。友德文武兼全,且今又闻得大明皇帝,因久征无功,复敕朱亮祖为副,此人更是智勇足备。当年曾在鹤鸣山设奇运石,压死敌兵。今已入川,犹虎之入室也。我与丞相可分兵而进,丞相从西路,末将从东路,又约何大亨从南路,三处为掎角之势,以拒友德,只待他粮完师老,必可得胜。"戴寿说:"此说亦是;但分兵则势孤。今友德领着雄兵十万,来困汉州,我等只得七万,不如俱从西路进发为是。"次日,到汉州城下,正西安营。明兵闻他救兵已到,便撤围在南向驻扎。城中何大亨即与黄龙、梁士达,领精锐三万出城,与戴寿合兵列寨。傅友德整肃三军,下令说:"戴寿领兵远来,何大亨又一向怯弱,心中甚是慌张,尔等各宜奋力,平蜀之功,只在今日。"便令朱亮祖统左军,陈德、薛显接应;顾时领右军,赵庸、李新接应;自与郭英等统着中军,向西南迎杀。两阵对圆,那夏阵中吴友仁、何大亨、黄龙、梁士达、胡孔章五将,一齐分兵来战。朱亮祖、郭英、顾时三路,也各寻着对头相杀。郭英一枪刺死了黄龙。顾时刀头转处,把梁士达砍在马下,胡孔章被朱亮祖一箭射倒了坐马,轮转枪来一枪,倒在尘埃。那戴寿即要走去,傅友德早已料定,便纵马赶来,一刀直砍过去,把金盔劈得粉碎。幸得马快逃得性命,便与何大亨脱逃往成都去了。吴友仁也从乱军中逃脱,往古城而去。傅友德招动大兵,杀入汉州城,活捉了招讨王隆,万户梁丞等一百余人。连夜追至古城,又捉了宜谕赵秉圭及马、骡五百余匹。友仁复逃走保宁去了。大军径向成都。那余川、九龙山等寨,并平章俞思忠,率官属,军民三千余人,献良马十匹,到军前纳降。

且说夏王明升对廷臣数说:"这蜀中之地,号为四川:以成都为西川,潼关为东川,利州为北川,菱州为南川。中有六个大山,是:峨眉山、青城山、锦屏山、赤甲山、白盐山、巫山。其间有金水江、白龙江、汉阳江,极为江之险阻。又如瞿塘为第一关,剑阁为第二关,阳平为第三关,葭萌为第四关,石头为第五关,百牢为第六关。从来说,秦资其富,汉用其财,今如此光景,险阻去其大半,奈何!奈何!"未知后事如何,且看下回分解。

第七十七回　练猢狲成都大战

　　且说伪夏明升,对着众臣说:"巴蜀的险阻,已失去了一半,如何是好!"正在忧恼,恰有哨子来报:"大明兵将竟到成都府正东安营。"守成都的是戴寿、何大亨两将,又有吴友仁,也从古城逃来,便商议道:"今日之事,若用人力,必难取胜。此处城东七十里有座黑支山,极多猢狲,向来游手游食的人,都将他教成拖枪舞棒,扮演杂戏。我们不如下令,凡民家所养猢狲,尽行入宫,每猢狲十头,出狱中死囚一人,率领在前厮杀,继后便以大兵相随。那猢狲随高逐低,扳援林木,踏山越岭,极是便利,朱兵料难抵挡,此计何如?"众人应道:"大好,大好!"即刻拘集猢狲,接连在城中,令死囚演习了十余日,只不开城迎敌。傅友德对众将说:"他们何故如此迟延,若是待救兵来,则重庆地面是个孤城,他恐我分兵攻取,必不分兵来救。瞿塘地面,去此甚远,且汤元帅等在彼攻打急迫,也难分兵来救;若要坐老我师,则内边兵粮闻得积聚不多,不知何故如此?他们必有奸计,我等须要提防。"因而下令哨子,暗行打探,不提。

　　且说太祖一日视朝,通使奏说:"外有一人,自称赤脚僧。从峨眉山到此,求见陛下,言国祚的事。"太祖恐他出言惑众,不令相见,次日,忽然龙体不安。太医院官,未敢造次进药。却又报道:"赤脚僧说,天目尊者着他转送药方。在午门外候旨,毕竟要求一见。"太祖因念当年师过五台,汤和等去访张三丰,那道童备言天目尊者便是周颠。且今赤脚僧道从峨眉山而来,大军已征巴蜀,未知下落,便令一见也可。乃传旨出去。那僧人见了太祖,袖中取出一件东西,说:"这是温良石,须以金盘盛水,磨药饮下,那病便好。"太祖看他来得奇异,即令内侍照方磨服,果然胸次即刻平安,倍觉精神。那赤脚僧即大步从外面走进,太祖连忙向前问道:"周颠年来未见,恰在何方?且师父说从峨眉山来,不知近来晓得征讨伪夏的消息否?"那僧答道:"天目尊者在庐山与张金箔、谦牧、宗泐四人,轮番较棋,你可着人往问;若是巴蜀事务,七月中旬,可以称贺。但此时傅、朱二元帅,陆路军马,大是犹疑。我此去可同冷谦一走,指与方略。"太祖便说:"冷谦我一向闻他善于仙术,至于卜课、乐律之伎,更是精工。他如今在此做官,师父既同他至军中,不知几时得有晓报哩?"那赤脚僧道:"这也容易,成都得胜,便着冷谦来见。"太祖允奏。他便同冷谦登云而去。按下云头,正是匡庐山上。赤脚僧与周颠等三人相见,备说把药医治了太祖。并说太祖要巴蜀近日攻讨信息,因要冷谦同行。冷谦道:"我一向在金陵做个太常协律郎,近来颇厌尘务,今日尘累将满,我便同你巴蜀走遭去,报与大明之主也。"便同赤脚僧飞向成都而来。在云头一望,但见伪夏戴寿等,在城中演练猢狲,教他拖枪舞棍,抢箭夺刀的把式。看了一回,竟从朱、傅二元帅营前歇下。走到辕门,叫辕门军校报知。傅友德、朱亮祖听了,便着中军官迎到寨中,分宾主而坐。将伪夏闭门不战,拖延时日,忧闷无处,细说把二个得知。赤脚僧道:"我们方才看城中百般演习猢狲,元帅可谨慎提防。"冷谦又道:"细观气数,并按着干支,明日他决然出战。这只是些逆畜,其类属火,所以依山林、岩石而生。山林岩石,俱能生火。今在巴西,又为金方;火、金相克。他们用此,虽是困苦无奈,其实也合此道理。明日行军,俱可用赤旗、赤甲、赤马、火炮、火铳、火箭等物,取以火胜火之义。朱元帅为前锋,傅元帅当后阵,其余将军分翼而前,必然取胜。"傅友德听计,便令军中旗甲、鞍马,俱改做了赤色。但于号带之间及旗巾之上,暗分队伍,整备明日厮杀。待至天明,只听一声炮响,成都城中果然拥出许多猴子,并人马冲突将来。朱亮祖即令前军用标枪、榔棍,间着火器,密密的排列在前,施放过去。那些猢狲闻了硫磺、硝焰之气,又被杀伤,都转头望本阵而逃,自相冲杀。明兵乘势攻击,夏兵踏死者有一大半。吴友仁回阵要走,被郭英大喊道:"你这贼惯会逃脱,今待哪里去!"一枪直透前心而死。戴寿、何大亨领了残兵,连忙进城不出,这也慢说。

  只是明太祖接连三日,望着赤脚僧回报,也没有响动,恰有管内帑的奏说:"臣把守内库,时常检点库中银两,每有缺失,细觅踪迹,更无可得。今日进库,忽见一张凭引①,失在地下,臣意库中严密,哪得有人进来,今金宝失去无踪,反而凭引一纸,伏乞圣裁。"太祖便令五城兵马司,照凭上

---

① 凭引——身份证之类的证件。

姓名,拘拿到殿鞫审①。不及半刻,那人拿到。太祖细行审问,那人道:"臣向与冷谦友善,渠怜臣亲老家贫,难以度日,即于臣寓所壁间,画着库门一座,白鹤一只,因对臣说:'若要银子时,可将画门轻敲,其门自开,一进内便有银两,但无得多取。'微臣依法行事,果然开门,可以进取。昨日之间,臣见金银满库,或多取也不妨,便恣意取之而出,不觉失下凭引。臣出无奈,实是冷谦所为。"太祖笑道:"那冷谦前日方与赤脚僧前往巴蜀去了,你何得调谎弄舌?"那人道:"臣岂敢妄言,他方才尚在家中。"太祖随令御前校尉收取冷谦。校尉一到,便说:"冷谦,圣旨所在,不得迟延。"便随校尉行至午门前,且对校尉说:"今日我死也。但是十分口渴,列位可将水一碗略解吾渴,亦感盛情!"校尉看他哀诉,便汲水一碗,把他喝了,一眼但见冷谦一个身子,都在碗中,恁你拽扯,只是不起,倏然之间,连形连影一些也看不见,只有清水一瓯②。校尉高声的叫道:"冷谦,冷谦,你既如此,我们都要死了!"正要啼哭,那水碗中忽发声响,说:"你们都莫忧虑,将水进上御前,你们必然无害;且我也有话正要奏闻。"那校尉只得收泪,把水盏进上,并他的言语一一申奏。太祖便说:"冷谦,可显出来见朕,朕必不杀你。"那碗中便应道:"臣有罪决不敢出。"龙颜大恼,将盏击碎于地,令内侍拾起,片片皆应。太祖因问巴蜀情由,他细把以火胜火的军情,备说了一番,便说:"臣自此同周颠、谦牧、张金箔游于清宇之间;朝北海,暮苍梧。唯愿圣躬万寿无疆,清宁多福,臣从此辞矣!"太祖听其自匿,吩咐管库官仍旧供职。那失凭引的,追出原盗金银;然孝念可原,但行笞罪去讫。

且说汤和、廖永忠等,向因江水泛涨,驻兵大溪口。一日间,巡江逻卒报说:"金沙江口,得木牌数百面。牌面恰是颍川侯傅友德把由陈仓取阶、文、青阳、绵州、汉州等日期,报与汤元帅得知的。"汤和便说:"既是如此,伪将俱必胆寒,我们正宜乘势攻取。"廖永忠细筹了一会,道:"今舟师既不得进,可急密遣精锐千人,照像树叶的青绿之色,做成蓑衣,各带糗粮、水筒,以御饥渴,只拣山崖峻险草木茂密处,鱼贯而前,且行且伏,逾山渡关,埋伏在上流。约定五月廿五日更,在上流接应;水寨将士,可将铁包裹船头,尽置火器,在船备用;元帅可带曹良臣、周德兴、仇成、叶升为左右

---

① 鞫(jū)审——审问。
② 瓯(ōu)——小碗。

哨,领陆兵六万去攻龚兴的陆寨,末将自带华云龙、杨璟为左右哨,领着水师,驾着小船,从黑叶渡攻邹兴的水寨。若水寨一破,便烧断了铁索,毁去了桥栅,一过瞿塘,自可直趋重庆。"汤和听计,因遣精兵千人,扮成青绿色的衣裳先行,只待廿五日在上流行事。那蜀兵见我们寨中向来毫无动静,也便懈怠,不甚提防。至廿五日五更,汤和领了陆兵去攻陆寨。廖永忠因令水师,奋力挽水而行,把火炮、火筒,一时发作,水将邹兴中着火箭而死。一边厮杀,一边炬火烧着铁索,趁红斩断,遂焚毁了三桥。早见上流埋伏的精锐,扬旗鼓噪,迅疾攻杀。蜀人上下抵挡不住,便活捉了有职的官员蒋达等八十余人,斩首二千余级,溺死者不计其数。莫仁寿却被华云龙一刀砍死。那陆兵飞天张、铁头张同龚兴前来相迎。廖永忠在船头望得眼清,那火箭射来,正中铁头张面门,落马而死。龚兴正要逃走,周德兴赶来一刀两断。飞天张便脱了衣甲,混在众军中奔逃,被军中缚了,解送军前。汤和令同职官蒋达等斩首号令。水陆二路兵马,直过了瞿塘关,仍合一处,汤和因与众将说:"趁此前往,可保势如破竹。廖永忠当率曹良臣、叶升、仇成率本部兵,从北路而行。我当同华云龙、周德兴、杨璟率本部兵从南路而行。"即日拔寨而往,四方州郡,望风投附。

洪武四年,七月中旬丙申日,大兵径抵了重庆府,离城十里正东铜罗峡安营,明升闻报大惧。右丞相刘仁劝说:"且奔成都,再图后举……"未及说完,只见探子又报道:"大明傅、朱二元帅,把成都攻困甚急,来求救兵。"那明升与刘仁面面相看,更无计较。其母彭氏,吞声饮泪,对着明升道:"事已至此,不如早降,以免生灵之苦。"明升从了母亲的说话,便写表着刘仁赴大明营中谒降。汤和便知会廖永忠,陈兵于重庆府朝天门外。明升带了家属,待罪军门。那成都城中戴寿、何大亨,知本王已降,也将城出献。傅、朱二元帅入城安民已毕。于是三巴地面,尽归大明。三月出兵,七月平蜀,百日之间,底定了伪夏。汤和、傅友德、朱亮祖、廖永忠择日班师回朝。在路早行暮止,于民间秋毫无犯。所得西蜀金宝、玉册、银印五十八颗,铜印六百四十颗。路府有七,元帅府有八,宣慰安抚司二十有五,州三十有七,县六十有七所。俘官吏将士,与所获牛、马、辎重,俱以万计。太祖临朝,等第平蜀功绩:傅友德第一,廖永忠第二,朱亮祖、汤和第三,各赐银一千两,彩缎五十匹;其余俱各赏赉有差。明升率家属门外候罪。未知如何处理,且看下回分解。

第七十八回　皇帝庙祭祀先皇

那伪夏明升率了家属,在午门外戴罪来降。太祖怜他年幼无知,因封为归命侯,赐以居第,在南京城里,随廷臣行礼朝谒。若致君无道,暴虐烝民,俱是权臣戴寿,命将戴寿斩首,为权臣误国之戒。其余胁从,罪有大小,咸各赦除。且亲制平蜀文,命官载入史籍,以彰诸臣勤劳王家之绩。唯有曹良臣、华高,因领人马追击夏兵,马陷坑阱,被枪而死,太祖甚是痛惜,追封安国公,且说"不意西征伤我康茂才、汪兴祖、曹良臣、华高四员大将!"因令所在有司,建祠岁祭。且与文臣宋濂等说:"从古历代帝王,礼宜祭祀。卿等当访旧制参酌奏行。"

未数日间,礼官备将具奏,请每年一祀,每位帝王之前,通酒一爵。时值秋享,太祖躬临祭献。序至汉高祖前,笑道:"刘君,刘君,庙中诸公,当时皆有凭借以得天下,惟我与公,不惜尺土,手提三尺,以登大宝,较之诸公,尤为难事,可供多饮二爵。"又到元世祖位前,只见面貌之间,忽成惨色,眼眶边若泪痕两条,直垂至腮。太祖笑道:"世祖,你好痴也!你已有天下几及百年,亦是一个好汉。你子孙自为不道,豪杰四起,今日我到你庙宇之中,你之灵气,亦觉有荣,反作儿女之态耶?"太祖慰谕才罢,世祖面貌稍有光彩。至今对汉高祖进酒三爵,遂为定制。至如元世祖泪痕宛然犹存,亦是奇迹,此话不提。

且说太祖出庙,信步行至历代功臣庙内。猛然回头,看见殿外有一泥人,便问:"此是何人?"伯温奏明:"这是三国时赵子龙。因逼国母,死于非命,抱了阿斗逃生。"太祖听罢,说道:"那时正在乱军之中,事出无奈,还该进殿才是。"话未说完,只见殿外泥人,大步走进殿中。太祖又向前细看,只见一泥人站立,便问:"此是何人?"伯温又道:"这是伍子胥。因鞭了平王的尸,虽系有功,实为不忠,故此只塑站像。"太祖听罢,怒道:"虽然杀父之仇当报,为臣岂可辱君,本该逐出庙外。"只见庙内泥人,霎时走至外边。随臣尽道奇异。太祖又行至一泥人面前,问道:"此是何人?"伯温奏道:"这是张良。"太祖听罢,烈火生心,手指张良骂道:"朕想当日汉称三杰,你何不直谏汉王,不使韩信封王,那蹑足封信之时,你即有阴谋不轨,不能致君为尧、舜,又不能保救功臣,使彼死不瞑目,千载遗恨。你又弃职归山,来何意去何意也?"太祖细细数说,只见张良连连点头,腮边吊下泪来。伯温在旁,心内踌躇,"我与张良俱是扶助社稷之人,皇上如此留心,只恐将来祸及满门,何不隐居山林,抛却繁华,与那苍松为伴,翠竹为邻,闲观麋鹿衔花,呢喃燕舞,任意遨游,以消余年。"筹划已定,本日随驾回朝。

且说太祖在龙辇中,遍望城外诸山,皆面面朝拱金陵,直是帝王建都去处。却远望牛首山并太平门外花山,独无护卫之意。太祖怅然不乐,命刑部官,带着刑具,将牛首山痛杖一百,仍于形像如牛首处穿石数孔,把铁索锁转,令伊形势向内,遂着隶属宣州,不许入江宁管辖。花山既不朝拱钟山,听大学中这些顽皮学生,肆行樵采,令山上无一茅,不许翠微生色。且谕且行,不觉已进东华门殿间。正见画工周玄素承旨绘天下江山图于殿中通壁之上,其规模形势,俱依御笔,挥洒所成,略加润色。太祖便问道:"你曾画牛首山与花山么?"素弃笔跪复说:"正在此临摹。"太祖命把二山改削。玄素顿首道:"陛下山河已定,岂敢动移。"太祖微笑而罢。然圣衷终以二山无情,便有建都北平之意。

次日太祖设朝,刘基叩首奏道:"臣刘基今有辞表,冒犯天颜,允臣微鉴。"太祖览表,说道:"先生苦心数载,疲劳万状,方今天下太平,君臣正好共乐富贵,何故推辞?"伯温又奏道:"臣基犬马微躯,身有暗病,乞放还田里,以尽天年,真是微臣侥幸,伏唯圣情逾允。"太祖不从。伯温恳求再三,太祖方准其所奏。令长子刘连,袭封诚意伯,刘伯温拜谢,辞出朝门,即日归回,自在逍遥,不提。

太祖便问待制王祎等官道:"朕看北平地形,依山凭眺,俯视中原,天下之大势,莫伟于此。况近接陕中尧、舜、周文之脉,远树控制边外之威,较之金陵更是雄壮。朕欲奠鼎彼处,卿等以为何如?"恰有修撰鲍频奏说:"元主起自沙漠,故立国在燕。及今百年,地气已尽。今南京是兴王本基,且宫殿已成,何必改图?古人说:'在德不在险。'望陛下察之。"太祖变色不语,看了王祎道:"还须斟酌。"王祎道:"前年鼎建宫阙,刘基原卜筑前湖为正殿基址,已曾立桩水中,彼时主上嫌其逼窄,将桩移立后边。刘基奏说:'如此亦好,但后来不免有迁都之举。'今日萌此圣念,或亦天数使然。但今四方虽是清宁,然尚有顺帝之侄,把匝剌瓦尔密封授梁王,据有云、贵等地,还是元朝子侄。以臣愚见,待剪灭此种之后,再议改建之事为是。"太祖道:"梁王自恃地险兵强,粮多道远,因此不来款附,朕意欲草敕一道,谕以祸福,开其自新;一向难于奉使之人,所以未曾了此一段心事。"王祎便奏:"臣当不避艰险,前奉圣旨招降。"太祖大喜,即日着翰林官写敕与王祎上道,复命参政吴云,副祎而行,两人在路上顺览风景,不提。

不一日前至云南,见了梁王,将书敕开读了,付与梁王尔密自家主张,梁王送王祎等在别馆室,日日供饮。数日后,王祎谕说:"余奉命远来,一以为朝廷,一以念云南生灵,不欲罹于锋镝耳。公独不闻元纲解纽,陈友谅据荆湖,张士诚据吴会,陈友定据闽、广,明玉珍据全蜀。天兵下征,不四五年,尽膏斧钺。唯尔元君,北走而死,扩廓帖木儿辈或降或窜,此时先服之,赏以爵禄;违抗者,戮及子孙。公今自料勇悍强犷,比陈、张孰胜;土地甲兵,比中原孰胜;度德量力,比天朝孰胜;推亡固存,在天心孰胜;天之所废,谁能兴之? 若是坚意不降,则我皇上卧榻之侧,岂肯容他人酣睡?必龙骧百万,会战于昆明,公等如鱼游釜中,不亡何待?"梁王君臣听了这些说话,都各心惊胆怯,乃有投降的念头。谁想故元太子爱猷里达腊仍集兵将立于沙漠,着侍郎雪雪从西番僻路而来,征收云、贵粮饷,且约连兵以拒大明,恰好来到。早有小卒把天使招降事情,说与雪雪得知。雪雪因责梁王说:"国家颠覆而不能救,反欲降附他人,是何道理?"梁王看事势瞒隐不下,因引王祎、吴云与雪雪相见。雪雪也不交话,就把腰边剑砍将过来。王祎大骂道:"你这不知进退的蛮奴,今日天亡汝元,我大明实代之。譬如爝火①之余燃,尚敢与日月争光乎? 我承命远来,岂为汝屈,今日只有一死。但你一杀我,我大兵不日就到,将汝碎尸万段,那时悔将不及。"梁王便也软言苦劝,雪雪不听。王祎与吴云遂被害。此地时却洪武六年,冬尽的光景。梁把匝剌瓦尔密心暗想,惹起祸事,声声只是叫苦。因同丞相达里麻等商议,整备上好衣衾、棺、椁,连夜送到地藏寺左侧埋葬。又恐声闻到大明地面来便把那抬送安葬的人,尽行杀除,以灭其口。因此,后来更没有晓得大明使臣的葬处,这也休题。

---

① 爝(jué)火——火把。

第七十八回　皇帝庙祭祀先皇

且说太祖登基，宏开一统，自从洪武六年，直至洪武十四年，这几年间，也有时改筑天地、日月、星辰、风雪、雷雨的坛宇，上答乾坤的生化；也有时创四代祖宗的大庙，并同堂异室的规模；也有时教民间栽种桑麻，开衣食的本原；也有时量天时，浚免税粮，溥无穷的惠泽；最急的设立学校，养育千人之英，万人之杰；至紧的钦定律令，爱惜蝼蚁微命，草木残生。因北平沙漠之地，冰厚雪深，加给将士的衣袄；因倭番朝贡之便，梯山航海，曲致怀远的恩威。乐奏九章：其一曰本太初，二曰仰大明，三曰民初生，四曰品物亨，五曰御六龙，六曰太阶平，七曰君听清，八曰圣道成，九曰乐清宁。命尚书詹同、陶凯等，革去鄙陋的淫词，雍雍和和，播出广大宽平之趣。爵列九品，则有若：正一品与从一品，正二品与从二品，正三品与从三品，正四品与从四品，正五品与从五品，正六品与从六品，正七品与从七品，正八品与从八品，正九品与从九品。命学士宋濂等，分定尊卑的服制，冠冠冕冕，弘开声名文物之观。收罗天下英豪，有文、有武、有贡，并用三途。怜恤战死家丁、老亲、孤子、娇妻，赐居存养。仁政多端，说不尽洪恩大惠，天地万儿。古诗说得好："暑往寒来春复秋，夕阳西下水东流。将军战马今何在？野草闲花满地愁。"数年来，那些功臣，如文有刘基，虽然因病致仕回家，以前者论相，说胡惟庸是败辕之犊，惟庸怀恨于心，转倩医人下毒而死。学士宋濂，以胡惟庸谋逆事泄，语侵宋濂，太祖竟欲杀他，以太后苦劝赦死，充发茂州，惊泣而亡。邓愈在河南班师，路上得病而死。廖永忠以坐累而死。陈德从巴蜀回，以多饮火酒，病疽而死。吴祯以督海运，冒风寒而死。朱亮祖征蜀有功，随因浙江、金华等处多贼难治，太祖特命兼程以往，镇抚两浙。亮祖才到浙省，贼众改行自新。未及一年，太祖又以广东苔僮作叛，专命亮祖移镇广东。番禺知县道同，恰是方孝孺门生，孝孺为前者父亲方克勤，以河干不浚，王师不能征进，被亮祖提他吏书责治，此耻未雪，因谕道同上疏奏其不法。太祖以其功多，且所以示信，但令罢战归京。亮祖忧愤，不久病死。太祖哀悼不休，仍以侯礼赐葬。吴良偶以痰病而死。华云龙镇守北平而死。陆仲亨也因胡惟庸事，许令致仕还家。他如徐达率李新、郭子兴、周武三将，镇守山、陕一带边关。薛显督理屯田北平地面。李文忠镇守山东。朱文正镇守南昌。周德兴镇抚湖南五溪。冯胜镇抚汴梁。汤和镇抚两广。唐胜宗督理陕西二十二卫马政。谢成镇抚北平以训练士卒。耿炳文训练陕西军士，兼理屯田。俞通源、俞通渊、戴守、张温督理海运粮储。杨碌训练辽东士卒。

陆聚镇守徐州。胡廷瑞改名胡美,督造各王分封所在的宫殿,这也不提。

且说太祖每念:王祎前去云、贵招谕梁王来降,何以音信杳然,更无消息?忽一日,四川地面,把王祎、吴云被害的声息申报。太祖龙颜大怒,即刻令五军都督府,及兵部官将,留京听遣的将帅,一一备开点单奏闻,以便随时任使。次日黎明太祖驾御戟门。文武大臣朝见礼毕,五军提点使,将花名手册呈览,以便点用。却只有沐英、王弼、郭英、傅友德、金朝兴、仇成、张龙、吴复、费聚、陈桓、张赫、顾时、韩政、郑遇春、梅思祖、王志、黄彬、叶升一十八员大将。因命傅友德为征南大元帅,沐英为左副元帅,郭英为右副元帅,王弼为前部先锋,张龙统前军,陈桓、费聚为翼;吴复统后军,顾时、韩政为翼;仇成统左军,郑遇春、梅思祖为翼;金朝兴统右军,叶升、黄彬为翼;王志、张赫督理军储马料。九月初七黄道良辰,发兵起行。太祖出饯于龙江。但见那:

旌旗蔽江,干戈映日。三十万军马,浮舳舻①而上,个个虎贲龙骧;五十号艘船,载精锐而前,人人忠心烈性。尾接头,头接尾,鱼贯行来,哪敢挨挨挤挤;后照前,前照后,雁行列去,无非济济跄跄。明月映芦花,助我银戈挥碧汉;秋霜染枫叶,使人赤胆逼丹霄。刁斗风寒,漫应渔棕轻响;军营夜萧,频看鹤翅横空。白下溯浔阳,渺渺长江,盼不到楚天遥远;荆南控滇水,茫茫图宇,数不了大地山河。

正是:

山川扰扰战争时,浑似英雄一局棋。

最好当机先一着,由他诈狠到头输。

太祖对诸将说:"云南僻在遐荒,全在观其山川形势,以视进取。朕细览舆图,咨询众人,当自永宁地方,先遣骁将分兵一支,以向乌撒,然后以大军从辰沅而入普定。分据要害,才可进兵曲靖,以抗云南之咽喉。彼必拼力以拒我师。审察形势,出奇制胜,正在于此。既下了曲靖,便可分兵直向乌撒,以应永宁之师。大军直捣云南,彼此牵制,彼疲于奔命,破之必矣。云南一失,可分兵径走大理。军声一振,势将瓦解。其余部综,可遣人招谕,不必苦烦也。"谕旨已毕,銮驾自回。诸军奋迅而往。未知后事如何,且看下回分解。

---

① 舳舻(zhú lú)——指首尾衔接的船只。舳,船尾;舻,船头。

第七十九回　唐之淳便殿见驾

　　且说傅友德领了大兵，一路由江而上，来至湖广地方。友德对众将军商议，道："皇上英明天纵，睿审性成。前日临行所谕旨极称神算，我等亦须依旨行师。我同郭元帅、王先锋率费聚、顾时、黄彬、梅思祖统兵十五万入四川、永宁路去攻乌撒；沐元帅可统大队人马，出辰沅路，入贵州、普定、普安、曲靖，共约在白石江会齐。"各将分兵前进。
　　且说沐英望辰沅前至贵州，那土酋安赞领着士兵出城迎敌。沐英当先出阵，那蛮兵未经汗马，一鼓成擒，士兵都四散逃窜。安赞上前叩头说："元帅若饶了蝼蚁的命，愿将贵州一路尽行投降。"沐英看他出于真情，因饶他性命，便入贵州城，抚慰了百姓，仍留安赞守城。次日起兵南行、三日内早至普安南五里安营。次早，沐英亲至城下搦战，守城的是梁王手下平章段世雄，甚是厉害。听了哨马的报，便着了虎皮袍，挂上犷猊铠，跨上一匹黄骠马，轮一把合扇刀，领着铁骑五万，横刀直取沐英。沐英大怒，手提钢锤，飞一般打去，战有二十余合，把世雄一锤打死于马下，蛮兵大败。沐英随杀进普安城。这些人民俱各烧香燃烛，家家归顺。沐英留部将张铨镇守，即刻起兵南至普定城池。罗鬼苗蛮子仡佬闻知天兵来到，率众投顺。明早正欲南行，恰见西角上一路兵马冲来，沐英疑是蛮兵来敌，令众急急迎敌，谁知傅元帅同郭副元帅领兵攻破了永宁，将欲进取乌撒，因此统兵前到白石江相会。沐英大喜。两下合兵，共取云南，不提。
　　且说梁王把匝剌瓦尔密闻大明兵分两路而来，心甚惊恐。遂遣大司徒达里麻为元帅，率兵十万，把住着曲靖、白石江的南岸，以拒朱军。大明军马离着白石江约有五十里地面，忽然一日大雾，从天而下，蔽寨四野，对面不辨形影。傅友德要待雾消进兵，沐英沉思了一会，说："彼方谓我师疲于深入，未必十分忧虑，趁其无备，必可败之。况如此大雾，恰是皇天助我机会，正当乘雾进兵，蛮人一鼓可破矣。"傅友德道："极是极是！"便直抵江岸驻扎，与蛮兵对面安营。依山附水，十分停当。恰好雾气开豁，蛮兵望见，报与达里麻知道，惊得舌吐头摇，脚忙手乱，说："大明兵分明从天而降,奈何,奈何!然事势既已如此,也须迎敌厮杀。"便分兵列阵在南岸。友德传令,兵卒登舟过江攻取,沐英说:"我看蛮兵俱用长枪、劲弩,排列江边,若我师渡水,未必得利。元帅不如先令郭英元帅、王弼先锋各领精兵五千,从下流分岸潜渡,绕出蛮兵之后比及彼处,各把铜角吹动于山谷林木之间,高立旗帜,以为疑兵。再分兵呐喊摇旗,从后杀来,岸边蛮兵,决然乱奔。我们舟中更把铁铳之士,并善于泅没者,长矛相向,中间再以防牌竹摺遮护前边,我师方可安然渡江。若得上岸,就把矢石,铳炮一齐发作,复用铁骑捣彼中坚,不愁蛮兵不破。"友德大笑道:"足下神算,真出万全!"因令郭、王二将,依计领兵先行,陈桓、顾时领兵三千接应,约定次日午时,彼此前进。再令沐英统率张龙、吴复、仇成、金朝兴四将,各乘大船,领兵先渡。傅友德自领大队随后,相继而行。吩咐已毕,各将整备前往。翌日辰刻,达里麻在岸边,望见明兵大部,要从舟而渡,将杀过江,因令沿岸一带精勇,俱各长枪、劲弩,与那火铳、火炮间花儿列着,拒着吾舟。真个是密密攒攒,我兵插翅也飞不上岸。蛮兵恰要施放火器,忽听背后山林之中,一声炮响,铜角齐鸣,不知多多少少人马,都排列在山上。正是寒心,又见两彪精勇,俱各摇旗呐喊,往后面杀将过来。达里麻欲待率兵转身迎敌,又见江舟奋迅而前。顷刻之间,舟师俱上彼岸,便把火炮、火铳一齐施放。那蛮兵背后受敌,前后相攻。我师声震林谷,水陆之师互为接应。蛮兵自相残杀,尸堆似岭,血溅成河。达里麻即欲逃脱,被郭英一枪刺死。曲靖一带地方,尽行降服。友德下令,凡在投降者,各归本业安生,前罪并不究治。夷人老老幼幼,个个顶礼拜谢,犹如时雨之至,喜其来悲其晚。友德因对沐英说:"我当率师三万,去击乌撒,足下当领前兵竟走云南。"沐英得令,即领神枪、火炮、精锐一万兼程而往,不提。

且说先年翰林院有个应奉官,唤做唐肃,太祖每喜他的才华。一日侍膳,自己食罢,把两手拿着箸儿甚是恭敬。太祖问:"此是何礼?"答说:"臣幼习的俗礼。"上怒,说:"俗礼可施之天子乎?"坐不敬,谪戍桂林。生子名叫之淳,文名亦重。今大兵征取贵州,傅友德闻之淳文学,因延至军中,草为露布①上奏。太祖看露布做得好,随着使臣访于友德;友德把转延之淳的草笔事情,一一实报。太祖便令飞骑召之淳到京师。使者不将

---

① 露布——古时战胜报捷的文书,不用封缄。

第七十九回　唐之淳便殿见驾

旨意明谕,之淳恐以文得罪,不能自保,悚惧特甚。到得京师,嘱托姑娘,说:"圣威不测,姑娘可为我敛尸首。"使者急催进朝,行至东华门,门已关闭,守门的传旨说:"可将之淳把布包裹,从屋上递入。"守门官依旨奉行,把之淳如法从空累累递进,直至便殿,奏说:"之淳到了。"太祖命将布解开,之淳俯伏阶下,望见殿上灯烛辉煌,龙睛阅书者久之,忽问说:"尔草露布耶?"之淳奏说:"臣昧死代草。"太祖命中官将几一张,放在之淳面前,几上列烛二台,因说:"朕在此草封王册,你可膝坐,少为朕加润色。"之淳叩头奏,说:"龙章凤篆,出自神明,臣万死不敢。"太祖笑道:"尔即不敢,须为旁注之。"之淳如命。改定讫,上令中侍续报。遥望烛影之下,龙颜微喜,因次第下凡十篇。每改奏,俱嘉悦。此时夜犹未央,上命仍如法递出,且着之淳明早朝谒。之淳到得姑娘家中,深相庆幸。

次早朝见,命嗣父亲官职,因与说:"朕闻金华浦江有个郑家,他的匾额是'天下第一家'。卿可星夜召渠家长来问。"之淳得旨,不一日领郑家家长前到金陵朝见。太祖问道:"你何等人家,名为第一?"那人对说:"本郡太守,以臣合族已居八世,内外无有间言,因额臣家以励风俗,实非臣所敢当。"上复问:"族人有几?"对说:"一千有余。"太祖亦高其义。忽太后从屏后奏说:"陛下以一人举事有天下;彼既人众,倘有异图,不尤容易耶?"上深以为然,遂又问:"汝辈处家,亦有道乎?"那人再叩头,道:"但大小事,不听妇人言。"上大笑而遣去。

恰好河南进有香水梨,命赐二枚,此人叩谢,双手把梨顶之趋出。太祖早着校尉尾其行事。见他至家,召合族置水二缸于堂,将梨碎投水中,合族各饮梨水一杯,仍向北叩头拜谢。校还报,尉太祖因题为郑义门,推作粮长。屡以事入观,上必细询近来风俗并年岁丰歉。谁想有人告他家与权臣通相贩易,太祖将族长治罪。恰闻郑濂郑湜兄弟二人,争先就史就鞠,太祖可怜他道:"朕知义门,必无是事,残人诬之耳。"且官郑湜为福建参议;诬告者依律惩治。

发放才罢,有一刑官奏说:"东华安街,张校尉妻被卖菜王二杀死,邻右捉拿究罪,蒙旨将卖菜王二抵罪,及上法场,忽有一校尉出叫道:'张妻系我手杀,不得冤枉王二,甘心就刑。'待请圣裁。"太祖听了说:"此又是奇事了,快召来再审。"不移时,法官将愿死的跪在殿前。太祖一一细问,那校尉说:"臣向与张交尉妻和奸,前日五更,瞰渠亲夫出去,臣因而入门同寝,不意丈夫转意回来,臣惶急中伏于床下。其妇问他,何以复回,他说:'天色甚寒,恐你熟睡,脚露被外,特回与你盖被而去。'臣思其夫这般恩爱,此妇竟忍负情,一时愤怒,把佩刀杀死,即放步走出门外。不意卖菜王二,照常到彼卖菜,邻人因起而疑,捉送到官。今日临刑,人命关天,自作自受,臣岂敢妄累他人,故来就死。"太祖叹息了数声,说:"杀一不义,生一无辜,尔亦义人也;张妻忍于背夫,罪当死。王二与你,俱各赦罪。邻右妄累平民,更无实迹,法官可各笞五十。"这也不必多说。

且说梁王把匝剌瓦尔密闻达里麻兵败亡,茫然无措。早有刀斯郎、郎斯理二将上前叩头,启道:"臣等向受厚恩,且敌人虽是凶勇,臣等当矢志图报。臣看殿前,现有虎贲①之士五万,可用大象百只,尾上灌了焰硝、硫磺,头上身中都各带了利刃,驱到阵前,便把火点着,那猛兽浑身火痛难当,必然奔溃,纵是强兵,岂能对敌?后便以虎士相继而行,料来百战百胜。"军中设法得停停当当,只待大明兵到厮杀。本日恰好沐英统兵径薄城边。只见:

> 林翳间红日西沉,林樾内震起清风。雉堞②傍危峦,显得严城高爽;风铃应铁马,增添壮士凄凉。空蒙河汉照天衢,灭灭明明,早催动城头鼓角;隐嚁③云霞澈清碧,层层密密,偏惊闻塞上笳④声。

沐英看那城边,悄然无声,便吩咐前军,且莫惊动,只将部伍严整,待至明天,相机攻取。军中得令,各各驻扎。沐英独坐帐中,忽见一阵清风,辕门上报说:"铁冠张道人要进帐相见。"沐英倒屣相迎,分宾主而坐。沐英开口,叙了寒温,便说:"今日攻取云南,师父必有指教。"道人说:"我适与张三丰、宗泐及昙云长老四人将一苇渡过西海,望见云南梁王将殄灭;但明日元帅出战,恐军士亦遭刀火之伤,特来相报。"沐英应声说:"昙云法师,不是先年护我圣主,后来在皇觉寺中坐化的么?"道人说:"此老正是。"沐英听有刀火之惨,便说道:"既有此厄,万望神圣周旋!"道人口中不语,把手向袖中扯出一条如纸如钢的东西来,约有三五寸阔,递与沐英

---

① 虎贲(bēn)——古代帝王左右的勇士。
② 雉堞——古代在城墙上面修筑的矮而短的墙,守城的人可借以掩护自己。
③ 嚁(dí)——声音。
④ 笳(jiā)——我国古代北方民族的一种吹奏乐器,似笛。通常称"胡笳"。

手中,说:"元帅可传令军中,连夜掘成土坑,长三百六十丈,深三丈六尺,阔四十九丈,上用竹簟盖着浮土,以备蛮兵。若见畜类横行,便将此物从空丢去,必然获胜。"沐英说:"谨领教诲。"即令军中连夜行事,不提。

却说梁王在城中,哨子将大明兵情,火速报知,梁王便令驱象出城迎敌。将及天明,只见郎斯理领虎贲二万,驱着猛象五十只,从南门杀出来;刀斯郎领虎贲二万驱猛象五十只,从东门杀出来。明兵擂动战鼓,正欲交兵,且见蛮兵将象尾烧着,那象满身火起,痛疼难当,飞也似冲将过来。沐英看见势头凶猛,把那一条如纸的物件,从空抛去,早见铁冠道人在云中把剑一挥,蛮兵和象俱陷入土坑之内,像缚住一般,不能转动。未知后事如何,且看下回分解。

第八十回　定山河庆贺封王

却说刀斯郎领得残兵二千，逃入城内。沐英下令，张龙、仇成率所领军士，将坑内人畜擒获。其余将帅，乘势追赶。刀斯郎正收兵殿后，沐英拽开劲弩，一箭飞去，正中咽喉而死。便要纵马入城，忽听一声炮响，城门左右并那城头上，飞砖走石，如骤雨打将下来。沐英大叫："云南之捷，在此一举。大小三军如有不带残伤者斩。"人人勇增百倍，展起神枪，施发火炮，间着防牌短剑，一齐而入。那守东门的，紧把城门紧闭。军中驾起火炮，一个打去，竟开了城门，明兵蜂拥蚁聚，杀入城中。梁王知事不济，领了眷属，走到滇池岛中，先把妃子缢死，便服药跳入水中而亡。后宫嫔妃，投水的亦难计数。城中父老，填街塞巷，在金马山边焚香拜迎。沐英出榜安谕士民，秋毫无犯。封锁府库，收得梁王金印并一应官吏符节，及户口田地图籍，遂定了云南。只有金朝兴被乱箭射死。实是洪武十四年十月廿四日也。次日升帐，正要具表申奏，恰好傅友德前者由曲靖过格孤山，合了永宁兵马，正直捣乌撒。明军鼓噪而登，元右丞实卜闻、胡升等俱各奔溃，因得了七星关。于是东川、乌蒙芒部诸蛮，皆来降服。傅友德也班师，还至云南省城相会。沐英不胜之喜，令军中排筵称贺。铁冠道人在筵头，驾着祥云一朵，对着诸将说："道人从此相辞，烦寄语圣君，万岁千秋，享有国祚。昙云法师自元朝丁卯十二月廿四夜，与滁州城隍在天门边看玉皇圣旨，吩咐金童玉女下世救民，到今一统山河，且喜亦是十二月廿四日。灵爽不忒，惟圣主念之。张三丰并多致意。"吩咐已毕，清风一阵，将祥云冉冉飞送而去。傅友德、沐英同诸将，不胜感慨叹说："圣人天助，有开必先。我等须即旋军，把神道变灵的事奏闻才是。"因算自九月出师，至今十二月，未及百日，底定了滇、黔两省，真是德威所播，万国咸安。择日起兵，离城望金陵进发。路途中好一派初春景色。但见：

桃杏争妍，蕙菊竞馥。无数旌旗掩映，名香朵朵；多般盔甲照耀，芳英累累。奏凯的把画鼓齐敲，一声声和着呢喃春燕；得胜处如大同递奏，响咙咙应着百转黄鹂。和风拂面，鞍马起轻尘；霁日亲人，征衣烘弱暖。潺潺流绿水,几湾湾处漾清波;点点缀清山,高顶顶头遮翠色。真个是:依依弱柳弄春晴,惹动关中万里情。幸得功臣青鬓在,堪从宇内乐平生。

不一日,前至南京,驻军于城外。次日,傅友德、沐英、郭英、王弼率诸将,入朝拜见,进了平定云南的表。太祖看罢,随降敕进封傅友德为颍国公,沐英为黔国公,其余将帅,郭英、王弼、张龙、费聚、吴复、顾时、韩政、郑遇春、梅思祖、叶升、黄彬、仇成、王志、张赫,俱各论功升赏有差。金朝兴令所在有司,岁时致祭。

却说太祖敕封已定,恰好徐达、子兴二人,令裨将李兴、周武署镇山陕一带边关;冯胜令裨将胡海署守汴梁;周德兴令裨将曹震署抚湖南;薛显、谢成、杨碌三人,也令裨将盛庸、李坚、孙恪署领屯田训练之职,从辽东、北平取路向金陵进发朝贺。路过山东,谒见李文忠。文忠说:"我与圣主分则君臣,思原甥舅,三位在路少待。"因托都门胡显署事,同日进京。比至徐州,恰好耿炳文、唐胜宗也将督理马政、训练士卒的职事,着张翌、濮玙代理,从陕西入京,同在徐州支应。把守徐州的陆聚说:"我也同走一遭。"来至南京,在通政司报了朝见名姓。只见朱交正、汤和也从南昌两广来到。

次日,正是洪武十六年,岁次癸亥,正月元旦。各功臣齐集午门,又遇着督理海运的俞通源、俞通渊、朱寿、张温并督造各王分封宫殿的胡美也赶着岁旦回京。都顶朝冠,穿着朝服,履着朝靴,捧着朝笏,同征取云南新回元帅傅友德、沐英等一十七员,整整齐齐,在门外伺候。

太祖视朝,受百官称贺,礼毕,说道:"今日喜是元辰,更见国泰民安,元勋聚集。前曾作册文,即日当分封诸子。"因封长子为皇太子,次子秦王都关中,普王都太原,成祖文王帝初封燕王,都北平,周王都开封。以上皆高太后诞生。楚王都武昌,齐王都青州,潭王国除,鲁王都京州,蜀王都成都,湘王都荆州,代王都大同,肃王都甘肃、移简州,辽王都广宁、移荆州,庆王都宁夏,宁王都大宁、移南昌,岷王都云南、移武冈,谷王都宣州、绝,韩王都平凉,沈王都潞州,安王、绝,唐王都南阳,郢王、绝,伊王都洛阳。皆诸王妃所生。诸王顿首受命,当即择日辞朝就国。再命将开国起兵时,御用盔甲,藏在内库,铁枪藏在五凤楼上,渡采石的龙船,复于龙沙江,护着朱阑,示后来创业艰难光景。武当建天玄宝殿,以报神庥。至如归德侯陈理,是友谅的嫡男;归义侯明升是玉珍的嫡侄,留在中华彼还不快,用船送往高丽,听其自乐;元太孙买的里八喇,以礼送归塞北。远方来贺臣僚,俱赐金帛燕赏。将及半月,太祖仍敕各公侯、将帅,分镇原有地方。加敕沐英镇云南,去讫。自后:瑞气常呈,祯祥累现。谷生三穗,年年社雨饱春膏;麦秀两歧,处处村云蒸夏泽。宅畔闲栽五柳,曾无小犬吠清霜;道旁似有遗舍,羞见途人撄白日。文明丕显于清庙,东壁映图书之灿;豪杰挺生于盛世,泰阶欣熙皞之年。是用渥沐皇床,讴歌颂美。然而天生圣人,岂徒一手足之烈;惟是从龙伟士,汇是桢干之材。贞淑聚于滁、和,清静贻于海宇。仰瞻莫馨,用吐长歌:

　　当年造化辟神奇,真龙崛起淮泗湄。
　　肇开宇宙还宁一,德威茂著天壤驰。
　　友谅士诚最叵测,潜借胡元为羽翼。
　　西川东浙举兵戈,鼎沸玄黄无霁色。
　　诸豪振振鬼神谋,谈笑功名千百州。
　　城上愁云洒锦绣,湖边春色润莹篌。
　　从今清化满冠裳,鳞在郊兮凤在冈。
　　太平气象谁能说,只有家家清酒香。

续英烈传

炎黄春秋

目 录

第 一 回	幸城南面试皇孙	承圣谕阻止传贤	……………	（265）
第 二 回	刘基就人论兴衰	太祖顺天传大位	……………	（269）
第 三 回	姚广孝生逢杀运	袁柳庄认出奇相	……………	（272）
第 四 回	席道士传授秘术	宗和尚引见英君	……………	（276）
第 五 回	姚道衍借卜访主	黄子澄划策劝君	……………	（281）
第 六 回	建文帝仁义治世	程教谕术数谈兵	……………	（286）
第 七 回	葛诚还燕复王命	齐黄共谋削诸藩	……………	（290）
第 八 回	徐辉祖请留三子	袁忠彻密相五臣	……………	（295）
第 九 回	避诏书假装病体	凑天时暗接龙须	……………	（298）
第 十 回	北平城燕王起义	夺九门守将降燕	……………	（301）
第 十 一 回	攻王城马俞败走	夺居庸二将成功	……………	（305）
第 十 二 回	设奇计先散士卒	逞英雄杀入怀来	……………	（307）
第 十 三 回	燕王定计取两城	炳文战败回真定	……………	（310）
第 十 四 回	李元帅奉诏北征	康御史上疏直言	……………	（314）
第 十 五 回	燕王智袭大宁城	刘贞误坠反间计	……………	（318）
第 十 六 回	李元帅屯师北地	瞿都督保帅南奔	……………	（321）
第 十 七 回	掩败迹齐黄征将	争战功南北交兵	……………	（324）
第 十 八 回	燕王乘风破诸将	景隆星夜奔济南	……………	（328）
第 十 九 回	铁铉尽力守孤城	盛庸恢复诸郡县	……………	（331）
第 二 十 回	燕王托言征辽东	张玉暗袭沧州城	……………	（335）
第二十一回	假示弱燕王欺敌	恃英勇张玉阵亡	……………	（337）
第二十二回	闻捷报满朝称贺	重起义北平誓师	……………	（339）
第二十三回	明降诏暗调兵马	设毒谋纵火焚粮	……………	（342）
第二十四回	间计不行于父子	埋伏竟困彼将士	……………	（345）
第二十五回	梅驸马淮上传言	何将军小河大捷	……………	（349）

第二十六回	魏国公奉旨助战	李都督恃勇身亡	……………（352）
第二十七回	燕大王料敌如神	何将军单骑逃脱	……………（354）
第二十八回	燕王耀兵大江上	建文计穷思出亡	……………（357）
第二十九回	欲灭迹纵火焚宫	遵遗命祝发遁去	……………（360）
第 三 十 回	梦先帝驾船伺候	即君位杀戮朝臣	……………（363）
第三十一回	一时失国东入吴	万里无家西至楚	……………（367）
第三十二回	士卒奉命严盘诘	君臣熟视竟相忘	……………（371）
第三十三回	耶水难留再至蜀	西平多故遁入山	……………（376）
第三十四回	忠心从亡惜身亡	立志逊国终归国	……………（380）

第 一 回
幸城南面试皇孙　承圣谕阻止传贤

诗曰：
　　治世从来说至仁，至仁治世世称淳。
　　谁知一味仁之至，转不如他杀伐神。
又曰：
　　称帝称王自有真，何须礼乐与彝伦①。
　　可怜正统唐虞②主，翻作无家逭逸人。

　　尝闻一代帝王之兴，必受一代帝王之天命，而后膺一代帝王之历数，决无侥幸而妄得者。但天命深微，或揖让而兴，或征伐后定，或世德相承，或崛起在位。以世俗论之，或惊以为奇，或诧以为怪。不知天心之所属，实气运之所至耳。必开天之圣主，名世之贤臣，方能测其秘密，而豫为之计，若诸葛孔明未出茅庐，早定三分天下是也。远而在上者，凡二十一传，已有正史表章，野史传诵，姑置勿论。单说这明太祖，姓朱，双名元璋，号称国瑞。祖上原是江东句容朱家巷人，后父母迁居凤阳，始生太祖。这朱太祖生来即有许多征兆，果然长大了，自生出无穷的帝王雄略，又适值元顺帝倦于治国，民不聊生，天下涂炭，四方骚动，这朱太祖遂纳结英雄豪杰，崛起金陵，破陈友谅于江右，灭张士诚于姑苏，北伐中原，混一四海，遂承天命，继了大位。开基功烈，已有《英烈正传》传载，兹不复赘。唯即位之后，兴礼乐，立纲常，要开万世之基。后来生了二十四子，遂立长子标为皇太子，次子为秦王，三子为晋王，四子为燕王，其下诸子，俱各封王。这长子标既立为皇太子，正好承继大统，为天下之大主，不期受命不永，到了洪武二十五年四月，竟一病而薨。太祖心甚悼之，赐谥号为懿文太子，遂立懿文太子的长子允炆为皇太孙。这皇太孙天性纯孝，居懿文太子之父

---

① 彝伦——天、地、人类社会的常道、常法。
② 唐虞——指上古陶唐氏(尧)、有虞氏(舜)。

丧,年才十有余岁,昼夜哭泣,水浆具不入口,形毁骨立。太祖看见,甚是怜他爱他,因对他说道:"居丧尽哀,哭泣成礼,固是汝为人子的一点孝心,然此小孝也。但我今既已立汝为皇太孙,上承大统,则汝之一身,乃宗庙社稷臣民之身,自有事我之大孝。况礼称'毁不灭姓'①,若不竟竟保守,以我为念,只管哭泣损身,便是尽得小孝,失却大孝也。"皇太孙闻言大惊,突然颜色俱变,哭拜于地道:"臣孙孩提无知,非承圣训,岂识大意。今当节哀,以慰圣怀。"太祖见了大喜,因用手搀起道:"如此方好。"又将手在他头上抚摩数遍,细细审视,因见他头圆如日,真乃帝王之相,甚是欢喜,忽摸到脑后,见微微扁了一片,便有些不快,因叹息道:"好一个头颅,可惜是半边月儿。"自此之后,便时常踌躇。又见第四子燕王棣,生得龙姿天表,英武异常,举动行事皆有帝王器度,最是钟爱,常常说:"此儿类我。"

一日,春明花发,太祖驾幸城南游赏,诸王及群臣皆随侍左右。宴饮了半日,或献诗,或献颂,君臣们甚是欢乐。忽说起皇太孙近日学问大进,太祖乘着一时酒兴,遂命侍臣,立诏皇太孙侍宴。近臣奉旨而去,太祖坐于雨花山上。不多时,远远望见许多近臣,簇拥着皇太孙骑了一匹御马,飞一般上岗而来。此时东风甚急,马又走得快,吹得那马尾,飑飑拂拂,与柳丝飘荡相似。太祖便触景生情,要借此考他。须臾,皇太孙到了面前,朝见过,太祖就赐坐座旁,命饮了三杯,便说道:"诸翰臣皆称你近来学问可观,朕今不暇细考,且出一对与你对,看你对得来么?"皇太孙忙俯伏于地,奏道:"皇祖圣命,臣孙允炆敢不仰遵。"太祖大喜,因命侍臣取过纸笔,御书一句道:

风吹马尾千条线;

写毕,因命赐与皇太孙。太孙领旨,不用思索,一挥而就,书毕献上。太祖见其落笔敏捷,已自欢喜,乃展开一看,见其对语道:

雨洒羊毛一片毡。

太祖初看,未经细想,但见其对语精确,甚是欢喜,遂命传与诸王众臣观看。俱各称誉,以为又精工,又敏捷,虽老师宿儒,不能如此,真天授之资也。太祖大喜,命各赐酒,大家又饮了数杯。太祖也欲自思一对,一时思

---

① 毁不灭姓——应作"毁不灭性",指不要因丧亲哀伤过度而毁形灭性。语出《孝经·丧亲》。

想不出,因问诸臣道:"此对,汝诸臣细思,尚有佳者否?"诸臣未及答,只见诸王中早闪出一王,俯伏奏道:"臣子不才,愿献一对,以祈圣鉴。"太祖定睛一看,不是别人,乃第四子燕王棣也,因诏起道:"我儿有对,自然可观,可速书来看。"燕王奉旨,遂写了一句献上。太祖展开细视,却是:

　　日照龙鳞万点金。

太祖看了,见其出语惊人,明明是帝王声口。再回想太孙之对,虽是精切,却气象休雄,全无吉兆,不觉骇然道:"才虽关乎学,资必秉于天。观我儿此对,始信天资之学,自不同于寻常,安可强也。"因命赐酒,遍示群臣。群臣俱称万岁。君臣们又欢饮了半日,方才罢宴还宫。

　　正是:

　　　　盛衰不无运,帝王自有真。

　　　　信口出天语,应不是凡人。

　　一日,太祖坐于便殿,正值新月初见,此时太孙正侍立于旁,太祖因指新月问太孙道:"汝父在日,曾有诗咏此道:

　　昨夜严滩①失钓钩,是谁移上碧云头?

　　虽然未得团圆相,也有清光遍九州。

此汝父诗也。今汝父亡矣,朕每忆此诗,殊觉惨然。今幸有汝,不知汝能继父之志,再咏一诗否?"太孙忙应奏道:"臣孙允炆,虽不肖不才,敢不勉吟,以承皇祖之命。"遂信口长吟一绝道:

　　谁将玉甲指,掐破青天痕。

　　影落江湖里,蛟龙不敢吞。

太祖听了,虽亦喜其风雅,但觉气象近于文人,不如燕王之博大,未免微微不畅。自是之后,每欲传位燕王,又因见太孙仁孝过人,不忍舍去,况又已立为皇太孙,一时又难于改命,心下十分狐疑不决。

　　忽一日,众翰臣经筵侍讲,讲毕,太祖忽问道:"当时尧舜传贤,夏禹传子,俱出于至正至公之心,故天下后世,服其为大圣人之举动,而不敢有异议。朕今欲于传子之中,寓传贤之意,尔等以为何如?"言未毕,只见翰林学士刘三吾,早挺身而出,俯伏于地,厉声奏道:"此事万万不可!"太祖

---

① 严滩——地名。故址在今浙江省富春山。因东汉严光(字子陵)隐居此处垂钓而得名。

道:"何为不可?"刘三吾道:"传贤之事,虽公而易涉于私,只有上古大圣人,偶一为之,传子传孙无党无偏,历代遵行,已为万世不易之定位矣,岂容变易,况皇太孙青宫①之位已定,仁孝播于四海,实天下国家之大本也,岂可无故而动摇!"太祖听了,心甚不悦,因责之曰:"朕本无心泛论,汝何得遂指名太孙,妄肆讥议。"刘三吾又奏道:"言者,事之先机也。天子之言,动关天下之祸福,岂有无故而泛言者。陛下纶音②,万世取法。今圣谕虽出于无心,而臣下狗马之愚,却不敢以无心承圣谕。故私心揣度,以为必由皇太孙与燕王而发也。陛下如无此意,则臣妄议之罪,乞陛下治之,臣九死不辞;倘宸衷③有为而言,则臣言非妄,尚望陛下慎之,勿开国家骨肉之衅。"太祖含怒道:"朕尝无心,即使有心,亦为社稷灵长计,为公也,非为私也。"刘三吾哭奏道:"大统自有正位,长幼自有定序,相传自有嫡派,顺之,则公,逆之,虽公亦私也。先懿文太子,长子也,不幸早薨,而皇太孙,为懿文嫡子,陛下万世之传,将从此始。如必欲舍孙立子,舍子立贤,无论皇太孙仁昭义著,难于废弃,且将置秦晋二王于何地耶?"太祖听之,默然良久道:"事未必然,汝何多言若此耶?"刘三吾又哭奏道:"陛下一有此言,便恐有人乘间播弄,开异日争夺杀伐之端,其祸非小。"太祖道:"制由朕定,谁敢争夺?"刘三吾道:"陛下能保目前,能保身后耶?"太祖愈怒道:"朕心有成算,岂迂儒所知也,勿得多言!"刘三吾再欲哭奏,而太祖已艴④然还宫矣。刘三吾只得叹息出朝,道:"骨肉之祸已酿于此矣。"次日有旨,降刘三吾为博士。

正是:

只有一天位,何生两帝王?

盖缘明有运,变乃得其常。

太祖由此,心上委决不下,一日坐于便殿,命中官单召诚意伯刘基入侍。只因这一召,有分教:天意有定,人心难逆。欲知后来如何,且看下回分解。

---

① 青宫——太子居东宫,东方色为青,故称太子宫为青宫。
② 纶(guān)音——称皇帝的诏书、制衣。典出《礼·缁衣》。
③ 宸(chén)衷——帝王的心意。
④ 艴(bó)——发怒的样子。

第 二 回
刘基就人论兴衰　太祖顺天传大位

却说太祖单召刘基入侍。你道这刘基是谁？他是处州府青田县人，表字伯温，幼时曾得异人传授，上知天文，下知地理，前知已往，后知未来，推测如神。在周可比姜子牙，在汉不让张子房①、诸葛孔明，在唐堪与李淳风②、袁天罡③作配。元末曾出仕，做过知县，后见元纲解纽，金陵有天子气，遂弃职从太祖创成，一统天下，受封诚意伯之爵。真足称明朝一个出类拔萃的豪杰。

这日闻太祖钦召，即随中官而入。朝见过太祖，赐座赐茶毕，太祖因说道："今天下已大定矣，无复可虞④，但朕家事尚觉有所未妥，故特召先生来商之。"刘基道："太孙已正位青宫，诸王俱分封有地，有何不妥，复烦圣虑？"太祖蹙了眉头道："先生是朕股肱，何得亦为此言！卿且论皇太孙为人何如？"刘基对道："陛下既以股肱待臣，臣敢不以腹心报陛下。皇太孙纯仁至孝，继世之令主也。"太祖道："仁孝能居天位否？"刘基道："仁则四海爱之，孝则神鬼钦之，于居天位正相宜。"太祖听了，沉吟良久，道："卿且说四子燕王为人何如？"刘基道："燕王龙行虎步，智勇兼全，英雄之主也。"太祖道："英雄亦能居天位否？"刘基道："英雄才略能服天下，于居天位又正相宜。"太祖道："负帝王之姿，亦有不居天位者乎？"刘基道："龙必居海，虎必居山。帝王不居天位，是虚生也。从来天不生无位之帝王。"太祖道："帝王并生，岂能并立？"刘基道："并立固不可，然天既生之，自有次第。故宋陈希夷⑤见了宋太祖与宋太宗，有一担挑两皇帝之谣，安

---

① 张子房——西汉张良，字子房。
② 李淳风——唐岐州人，明天文历法，造浑天仪，太宗时官至太史令。
③ 袁天罡——也作"袁天纲"。唐成都人，精于相人之术。据传撰有《九天元女六壬课》一卷。
④ 虞——忧虑。
⑤ 陈希夷——宋代陈抟。宋太宗赐号希夷先生，著有《指玄篇》，言道家修炼之事，精象数之术。

可强也。"太祖道:"废一兴一,或者可也。"刘基道:"天之所兴,人岂能废。"太祖道:"细听卿言,大有可思,但朕胸中,尚未了然。国家或废或兴,或久或远,卿可细细为朕言之。朕当躬采成法,以教子孙。"刘基道:"陛下历数万年,臣亦不能细详。"太祖道:"朕亦知兴废,古今自有定理,但虑长孙不克永终,故有此问。先生慎勿讳言。"刘基见太祖属意谆谆,因左右回顾,不敢即对。太祖知其意,即命赐羊脯汤、宫饼。刘基食毕,太祖乃屏退左右近侍,道:"君臣一体,出卿之口,入朕之耳,幸勿忌讳。"刘基道:"承圣恩下问,愚臣焉敢隐匿?但天意深微,不敢明泄,姑将图识之要,以言其略。陛下察其大意可也。但触犯忌讳,臣该万死,望陛下赦之。"太祖道:"直言悟君是功也,何罪之有?即使有罪,亦当谅其心而赦之。卿可勿虑。"刘基乃于袖中取出一册献上,道:"此柬明历也,乞陛下审视,自得其详。"太祖接了,展开一看,只见上写着:

戊申龙飞非寻常,日月并行天下光。
烟尘荡尽礼乐焕,圣人南面金陵方。
干戈既定四海晏,威施中夏及他邦。
无疆大历忆体恤,微臣敢向天颜扬。
谁知苍苍意不然,龙子未久遭夭折。
艮孙嗣统亦稀奇,五十五月遭大缺。
燕子高飞大帝宫,水马年来分外烈。
释子女子仍有兆,倡乱划策皆因劫。
六月水渡天意微,与难之人皆是节。
青龙火裹着袈裟,此事闻之心胆裂。

太祖看罢,怫然不悦道:"'五十五月',朕祚①止此乎?"刘基道:"陛下圣祚绵远,此言非关圣祚,别有所指也。"太祖道:"'燕子'为谁?'释子'又为谁?"刘基道:"天机臣不敢泄,陛下但就字义详察,当自得之。"太祖沉思半响,道:"天机亦难细解,但观其大意,必有变更之举。朕日夜所忧者此也。先生道德通玄,有何良策,可以为朕消弭?"刘基道:"杀运未除,虽天地亦不能自主,神圣亦不能挽回,况臣下愚,有何良策?唯望陛下修德行仁,顺以应之,则天心人事,将有不待计而自完全矣。若欲后事而图,非徒无益,必且有害。"太

---

① 祚(zuò)——福气。

祖长叹不已,道:"天道朕岂敢违,但念后人愚昧仁柔,不知变计,欲先生指迷,庶可保全。"刘基道:"陛下深虑及此,子孙之永佑。"太祖道:"朕思'青龙'者,青宫也;'火里'者危地也;袈裟者,僧衣也。此中明明有趋避之机,先生何惜一言,明可指示乎?"刘基忙起立道:"臣蒙圣谕谆谆,敢不披沥肝胆。"反回头,左右一看,见四旁无人,因趋进一步,俯伏于圣座之前,细细密奏。语秘人皆不闻,只见太祖又加叹息。君臣密语半晌,刘基方退下座来。太祖乃传旨,敕礼部立取度牒①三张,又敕工部立取剃刀一把,僧衣鞋帽齐备。又斥退左右,君臣们秘密缄封停当。又敕一谨慎太监王钺,牢固收藏,遵旨至期献出。又赐饮数杯,刘基方谢恩退出。

正是:

天心不可测,圣贤能测之。

祖宗有深意,子孙哪得知。

太祖自此之后,便安心立皇太孙为嗣,遂次第分遣诸王,各就藩封。诸王受命,俱欣然就道,唯燕王心下不服。原来这燕王为人智勇绝伦,自幼便从太祖东征西战,多立奇功。太祖深爱之,燕王亦自负其才,以为诸王莫及,往往以唐朝小秦王李世民自比。自见皇太孙立了东宫,心甚不悦,只因太祖宠爱有加,尚望有改立之命。不料一时竟遣就藩封,心下愈加不服,然圣旨已出,焉敢有违,只得怏怏就封燕国。这燕国乃古北平之地,自来强悍,金元皆于此而发;这燕王又是一北方豪杰;况且地灵人杰,适然凑合,自然生出许多事来,谁肯甘休老死。故燕王到了国中,便阴怀大志,暗暗招纳英豪,只候太祖一旦晏驾,便思大举。国中凡有一才一略之人,皆收养府中。但燕地终是一隅,不能得出类拔萃的异人,因遣心腹之人,分道往天下去求。只因这一求,有分教:熊飞渭水明王梦②,龙卧南阳圣主求③。不知访出何人,且看下回分解。

---

① 度牒——旧时官府发给僧尼的证明身份的文件,也叫戒牒。
② 熊飞渭水明王梦——指周文王梦飞熊于渭水边访吕尚(即姜子牙)事。
③ 龙卧南阳圣主求——指刘备于南阳隆中访诸葛亮事。

第 三 回
姚广孝生逢杀运　袁柳庄认出奇相

　　大凡天生一英武之君以取世，必生一异能之臣以辅佐之。且说南直棣长洲地方有一人姓姚，双名广孝，生得姿容肥白，目有三角，为人资性灵警，智识过人。幼年间父母早丧，只有一个姊姊，又嫁了人。因只身无依，便祝了发，在杭城妙智庵为僧，改个法名，叫做道衍，别号斯道。他一身虽从了佛教，却自幼喜的是窥天测地，说剑谈兵。常以出身迟了，不及辅太祖取天下成诰命功臣为恨。因此出了家，各处去遨游。

　　一日游于嵩山佛寺，同着几个缁流①，在大殿上闲谈。忽走进一个人来，无意中将道衍一看，再上下一相，忽然惊讶道："天下已定矣！为何又生出这等一个宁馨②胖和尚来？大奇，大奇！"因叹息了数声，便走出殿去了。道衍初听时，不知他是何人，不甚留心，未及回答。及那人走去了，因问旁人道："此人是谁？"有认得的道："他就是有名的神相袁柳庄了，名字叫做袁珙。"道衍听知，方心下骇异，便辞了同伴，急忙出寺赶上袁柳庄，高叫道："袁先生，失敬了，请暂住台驾，还有事请教，不可当面错过。"袁柳庄回转头来，见叫他的就是他称赞的那个胖和尚，便立住脚，笑欣欣说道："和尚来得好，我正要问你一个端的。"携了手同到一个茶馆中坐下。袁柳庄先问道："你这等一个模样，为何做了和尚？且问你是何处人，因甚到此？"道衍道："贫僧系长洲县人，俗家姓姚，双名广孝，只因父母早亡，因此出家，法名道衍，贱号斯道。不过是个无赖的穷和尚，有甚奇异处，劳袁先生这般惊怪？"袁柳庄笑道："和尚，你莫要自家看轻了。你容色皙白，目有三角，形如病虎，后来得志，不为宰相，则为帝王之师，盖刘秉

---

① 缁流——指僧尼之流。
② 宁馨——晋宋时语，意谓：这样、如此。

忠①之流也。但天性嗜杀,不像个佛门弟子。奈何！奈何！"道衍笑道："天有杀运,不杀不定。杀一人而生万人,则杀人者正所以生人也,嗜杀亦未为不可。但宰相、国师,非英雄不能做,先生莫要轻易许人。"袁柳庄道："和尚须自重,我袁柳庄许了人,定然不差。但愿异日无相忘也。"道衍道："异日若果应先生之言,无论是人,虽草木亦当知报。"袁柳庄又道："这样便是了。只是还有一件要与你说,你须牢记,不可忘了。"道衍道："先生金玉,敢不铭心。"袁柳庄道："得意之后,万万不可还俗。"道衍连连点头道："是,是！"仍又谈了半晌,方才作别。

正是：

　　破衲尘埃中,分明一和尚,

　　不遇明眼人,安能识宰相。

道衍自闻袁柳庄之言,心下暗暗喜欢,因想道："要为宰相、国师,必须有为宰相、国师之真才实学,方能成事。这些纸上文章,口头经济,断然无用。"遂留心寻访异人,精求实用。由此谢绝交游,隐姓埋名,独来独往。一日偶然到郊外闲步,看看日午,腹中觉饿,足力疲倦,就在一个人家门首石上坐下歇息。才坐不多时,只见门里一个白须老者,领着一个十来岁的小学生走了出来,口里说道："日已午了,怎么还不见来？"忽抬头看见道衍坐在石上,忙定睛将道衍看了两眼,遂笑嘻嘻地拱拱手道："姚师父来了么？我愚父子恭候久矣。"道衍听了,忽吃一惊,忙立起身来道："老居士何人,为何认得贫僧俗家之姓？"那老者又笑笑道："认得,认得。请里面坐了好讲。"道衍只得随着老者,入到草堂之上。分宾主相见过,道衍忍不住又问道："贫僧与老居士素昧平生,何以认识,又何以知贫僧今日到此？莫非俗姓相同,老居士错认了？"那老者道："老师俗讳可是广孝,法讳可是道衍么？若不是便差了。"道衍听了,愈加惊骇道："老翁原来是个异人！我贫僧终日访求异人,不期今日有缘,在此相遇。"遂立起身来,要向老人下拜。那老者慌忙止住道："姚老师,不可差了！我老汉哪里是甚异人,因得异人指教,正有事要求老师,故薄治一斋,聊申鄙敬。"原来斋是备端正的,那老者一边说,家下人早一边拿出斋来,齐齐整

---

① 刘秉忠——元初邢州(今河北邢台市)人,字仲晦,自号藏春道人。辅助元世祖忽必烈登位,定朝仪官制等事。

整摆了一桌。道衍道:"既蒙盛意,且请教老翁高姓?"那老者道:"我知老师已饥,且请用过斋,自当相告。"道衍见老者出言如神,不敢复强,只得饱餐了一顿。斋罢,那老者方慢慢说道:"我老汉姓金,祖籍原是浙江宁波鄞县人,因避军籍,遁逃至此。"因指着那小学生道:"我老汉今年六十三岁,只生此子,名唤金忠,才一十三岁。去年九月九日,曾有一个老道士过此,他看见了小儿,说他十年后,当有一场大灾,若过得此灾,后面倒有一小小前程。老汉见他说得活现,再三求他解救。他说道:'我不能救你,你若要救时,除非明年三月三日午时,有一个胖和尚,腹饥到此,他俗名姚广孝,释名道衍,他是十年后新皇帝的国师,你可备一斋请他,求他救解。他若许你肯救,你儿子便万万无事了。'故老汉今日志诚恭候。不期老师果从天降,真小儿之恩星也,万望垂慈一诺。"道衍听了,又惊又喜,因说道:"挂衲贫僧,哪能有此遭际? 若果如老翁之言,令郎纵有天大之灾难,都是我贫僧担当便了。"金老听说,满心欢喜,遂领着儿子金忠,同拜了四拜。拜罢,道衍因说道:"万事俱如台命矣。但这老道姓名居住,必求老翁见教。"金老道:"那老道士姓名再三不肯说,但曾说小儿资性聪明,有一种数学要传授小儿,叫小儿过了十八岁,径到桐城灵应观,问席道士便晓得了。"道衍听了,心中暗暗惊讶道:"桐城灵应观席道士,定是席应真了。此人老矣,我时常看见,庸庸腐腐不像有甚奇异之处,全不放他在心上,难道就是他? 若说不是他,我在桐城出家,都是知道的,哪里又有一个席道士? 或者真人不露相,心胸中别有些奇异,也不可知。不可轻忽于人,等闲错过。"遂谢别金老父子,径回桐城来寻访。

正是:

  明师引诱处,往往示机先;
  不是好卖弄,恐人心不坚。

道衍回到桐城,要以诚心感动席道士,先薰沐得干干净净,又备了一炷香,自家执着,径往灵应观来。原来这灵应观,旧时也齐整,只因遭改革,殿宇遂颓败了,徒众四方散去。此时天下才定,尚未修葺,故甚是荒凉。道衍走入观中,四下一看,全不见人。又走过了大殿,绝无动静。立了一回,忽见左边一间小殿,殿旁附着两间房屋,心中想道:"此内料有人住。"遂从廊下转将入去。到了门边,只见门儿掩着。就在门缝里往内一张,只见一个老道士,须鬓浩然,坐在一张破交椅上,向着日色,在那里摊开怀,低着头捉虱子。道衍看明白,认得正是席应真。遂将身上的衣服抖一抖,一手执香,一手轻轻将门儿推开,捱身进去。走到席道士面前,低低叫一声:"席老师,弟子道衍,诚心叩谒。"席道士方抬起头来,将道衍一看,也就立起身来,将衣服理好,问道:"师父是谁?有甚话说?"道衍道:"弟子就是妙智庵僧人,名唤道衍,久仰老师道高德重,怀窥天测地之才,抱济世安民之略。弟子不揣固陋,妄思拜在门下,求老师教诲一二,以免虚生。"席道士听了,笑起来道:"你这师父,敢是取笑我?一个六七十岁的老道士,只晓得吃饭与睡觉,知道什么道德,什么才略,你要来拜我?"因同进小殿来让坐。道衍双手执着香,拱一拱就放在供桌上。忙移一张交椅,放在上面,要请席道士坐了拜见。因说道:"老师韬光敛采,高隐尘凡,世人固不能知,但我弟子,瞻望紫气,已倾心久矣。今幸得与老师同时同地,若不依傍门墙,则是近日月而自处暗室也,岂不成千古之笑。"说罢,纳头便拜。席道士急忙挽住道:"慢拜,你这师父,想是认差了。"道衍道:"席老师天下能有几个,我弟子如何得差?"席道士道:"你若说不差,你这和尚,便是疯子了。我一个穷道士,房头败落,衣食尚然不足,有甚东西传你?你拜我做甚?快请回去!"道衍道:"老师不要瞒弟子了。弟子的尘缘,已蒙老师先机示现,认得真真在此,虽死亦不回去,万望老师收留。"说罢,遂恭恭敬敬拜将下去。席道士挽他不住,只得任他跪拜。转走到旁边一张椅子上坐了,说道:"你这和尚,实实是个疯子。我老人家,哪有许多力气与你推扯,只是不理你便了。你就磕破头,也与我无干。"道衍拜完四拜,因又说道:"老师真人,固不露相,弟子虽愚,然尚有眼,能识泰山。望老师垂慈收录。"席道士坐在椅子上,竟不开口,在道衍打恭叩拜时,他竟连眼也闭了,全然不理。道衍缠了一会,见席道士如此光景,因说道:"老师不即容留,想是疑弟子来意不诚,容弟子回去,再斋戒沐浴三日,复来拜求。"因又拜了一拜,方转身退出。只因这一退,有分教:诚心自然动人,秘术焉能不传。欲知后来如何,再听下回分解。

第 四 回

席道士传授秘术　宗和尚引见英君

　　道衍拜完，出了观门，走在路上，心中暗想道："我看此老年纪虽大，两眼灼灼有光，举动皆有深心，定然是个异人，万万不可当面错过。"回到庵中，志志诚诚又斋戒了三日。到第四日凌晨，便照旧执香，走到小殿来。只见殿旁小门已将乱砖砌断，无路可入，立在门边往里细听，静悄悄绝无人声。道衍嗟叹不已，要问人，又无人可问，只得闷闷地走了出来。刚走出观前，忽见个小道童，坐在门槛上玩耍。道衍有心，就也来坐在门槛上，慢慢地挨近前，问道："小师父，我问你句话：里面席老爷，门都砌断，往哪里去了？"那小道童将道衍瞅了又瞅，方说道："席老爷前日被一个疯和尚缠不过，躲到乡下去了。你又来问他怎地？你莫非就是前日缠他的那位师父？"道衍笑道："是不是你莫要管，你且说席老爷躲在乡里什么地方？"那道童道："你若是前日的师父，我就不对你说，说了恐怕你又去缠他。"道衍又笑笑道："我不是，我不是。说也不妨。"小道童道："既不是，待我说与你：

　　　　东南三十里，水尽忽山通；
　　　　一带垂杨路，斜连小秘宫。"

道衍听了，因又问道："如何'水尽'？如何'山通'？毕竟叫甚地名？"小道童道："我又不曾去过，如何晓得？但只听见席老爷常是这等说。你又不去，只管问他怎地？"说罢，遂立起身来，笑嘻嘻走了开去。道衍听了又惊又喜，暗想道："此皆席师作用。此中大有光景。席师定是异人。"因回庵去。

　　又斋戒沐浴了三日，起个早，出山南门，沿着一条小溪河，往东南曲曲走来。走了半日，约有二三十里，这条溪河弯弯曲曲，再走不尽。抬头一望，并不见山，心下惊疑道："他说'水尽'、'山通'，如今水又不尽，山又不见，这是何故，莫非走差了？我望'东南'而来，却又不差。欲要问人，却又荒僻无人可问。"只得又向前走。又想道："莫非这道童耍我？"正犹豫间,忽远远望见一个牧童,骑着只牛,在溪河边饮水。道衍慌忙走到面前,叫他道:"牧童哥,借问这条溪河走到哪里才是尽头?"牧童笑道:"这条溪河,小则小,两头都通大河,如何有尽头之处?"道衍又问道:"这四面哪里有山?"牧童道:"四面都是乡村原野,哪里有山?"道衍听得呆了半晌,因又问道:"这地方叫甚名字?"牧童道:"这边一带只接着前面杨柳湾,都是干河地方。"道衍心下想道:"'水尽',想正是干河了。但不知如何是'山通'?"听得前面有杨柳湾,只得又向前走。走不上半里多路,只见路旁果有许多柳树,心下方才欢喜。又走得几步,只见柳树中又闪出一座破寺来。走到寺门前一看,这寺墙垣虽多塌倒,却喜匾额尚存,上写着"山通禅寺"四个大字。道衍看得分明,方才大喜道:"席老师真异人也!颜渊说'夫子循循然善诱人'①,恐正谓此等处也。"发坚心勇往,又向前走。

　　走不上二三箭路,早望见一座宫观,甚是齐整。再走到面前,只见席道士坐在一株大松树下一块石上。看见道衍,便起身迎说道:"斯道来了。我在此等你,你果然志诚,信有缘也。"道衍看见席道士,已不胜欢喜,又见席道士不似前番拒绝,更加畅快,慌忙拜伏于地道:"蒙老师不弃,又如此垂慈引诱,真是弟子三生之大幸也。"在地下拜个不停。席道士忙挽起,就叫他同坐在树下道:"我老矣,久当隐去。但天生一新君以治也,必生一新臣以辅之,斯道正新君之辅臣也,故不得不留此以成就斯道。今日斯道果来从吾游,虽人事,实天意也。"道衍道:"老师道贯天人,自有圣神之才,详明国运。但弟子愚蒙,窃谓我太祖既能混一天下,又有刘青田名世斡旋,今日天下大定,若有未了之局,岂不能先事而图,何故隐忍又留待新君?"席道士道:"天下有时势,势之所重,必积渐而后能平。天地有气运,运之所极,必次第而后能回。戎衣一着,可有天下;而胜残去杀,必待百年。太祖虽圣,青田虽贤,也只好完他前半工夫;后人之事,须待后人为之,安能一时弥缝千古。"道衍听了,因又离席再拜道:"老师妙论,令弟子心花俱开,谨谢教矣。但还有请。"席道士道:"你坐了好讲。"道衍坐下,又问道:"定天下非杀伐不能,若今天下已定,自当舍杀伐而尚仁义。"席道士道:"仁义为圣贤所称,名非不美,但用之自有时耳。大凡

---

① 夫子循循然善诱人——语出《论语·宪问》。夫子,指孔子;循循,有次序的样子;诱,引导。

开创一朝,必有一朝之初、中、盛、晚,初起若促,则中盛必无久长之理。譬如定天下,初用杀伐,杀伐三十年,平复三十年,温养三十年,而后仁义施,方有一二百年之全盛,又数十年而后就衰。此开国久远之大规模也。若杀伐初定,而即继以仁柔,名虽美,吾恐其不克终也。"道衍听了大喜道:"老师发千古所未发,弟子方知治世英雄之才识,与经生腐儒相去不啻天渊。"席道士见道衍善参能悟,也甚欢喜,就留在观中住下。日夕计论,又将天文地理、兵书战策,一一传授。道衍又坚心习学,一连五年,无不精妙。

正是:

名世虽天生,学不离人事。

人事合天心,有为应得志。

一日,席道士对道衍说:"汝术已精,可以用世矣。今年丙子天下机梏将动,汝可潜游四方,以观机会。他日功成,再得相会。"道衍道:"弟子闻隆中有聘①、莘野有征②贤者之事,弟子虽不肖,岂宜往就?"席道士道:"彼一时,此一时。况征聘也不一道,有千金之聘,不如一顾之重者。存其意可也,不可胶柱而鼓瑟③。"道衍道:"老师吩咐,敢不佩服。即此行矣。"

又过了数日,道衍果别了席道士,又向四方遨游。但这番的道衍,与前番的道衍大不相同。

正是:

当日才华俱孟浪,而今学已贯天人。

从来人物难皮相,明眼方能认得真。

道衍胸中有了许多才略,便觉眼空一世,每每游到一处,看的世人都不上眼,难与正言,遂常作疯癫之状。一日游到帝阙之下,见许多开国老臣,俱已凋谢,而后来文武,皆白面书生,不知事变。天下所畏者,太祖一人耳。太祖若一旦不测,而诸王分到太侈,岂能常保无虞?遂逆流而上,游三山

---

① 隆中有聘——指三国时刘备往隆中聘诸葛亮事。

② 莘(shēn)野有征——莘野,有莘国之原野;征,征聘。《孟子·万章上》:"伊尹耕于有莘之野,而乐尧舜之道焉。"

③ 胶柱而鼓瑟——瑟;古乐器;柱,瑟上调节声音的短木。用胶把柱粘住,柱不能动,音调就不能调整。比喻拘泥固执,不知变通。

二水。又乘流而下,遂于金焦北固。历览那些山川形胜,因浩然长叹道:"金陵虽说是龙蟠虎踞,然南方柔弱,终不能制天下之强。"一日坐在金山寺中亭子上,偶赋览古诗一首,遂书于壁上道:

谯橹①年来战血干,烟花犹自半凋残。

五州山近朝云乱,万岁楼空夜月寒。

江水无潮通铁瓮②,野田有路到金坛③。

萧梁④事业今何在,北固⑤青青眼倦看。

道衍题罢,甚是得意,不提防亭子背后,走出一个人来,将道衍劈胸扭住道:"好和尚,你在此鄙薄南朝,讥诮时政,将欲谋反耶?"道衍听了,吃了一惊,吓得面如土色。忙忙回头一看,原来不是别人,却是一个老和尚,法名宗泐,是太祖敬重的国师。看他道容可掬,不像个坏人,心下方才放了一半,因说道:"弟子无心题咏,有何不到之处,老师便以谋反二字相加,莫非戏乎?"宗泐道:"你这和尚,还要嘴强!我说明了,使你心服。你首二句:战血干、花凋残,说杀伐虽定,而民困未解,是也不是?第三句山近云乱,明明讥刺江南浅薄,而王法无序。第四句夜月寒,明明讥诮时政,而王纲不振。第五句至末句,明明是慕北平形势,胜江南浅薄,无乃有意于北乎?你不要瞒我,我心亦与你相同,何不与我共商之。"道衍道:"实不瞒老师说,关中气竭,伊洛四冲⑥,当今形势,实在北平。但不识燕王何如王耳?"宗泐道:"燕王龙行虎步,大类当今皇上。你若不放心,我打听得他,只在这些时该来朝。我同你候他一见,便知道了。"道衍道:"如此甚好。"

二人商量定了,遂同到金陵。恰好燕王来朝见过,就要回国,有敕大小群臣,护送出城。这日,燕王起驾,群臣俱纷纷送出龙江关外。宗泐与道衍见迟不得,只得也就混在众臣中,只说是奉旨护送。众臣都知道宗泐

---

① 谯橹——设于道上的门楼,供守望之用。此处指战事。

② 铁瓮——即铁瓮城。江苏镇江县子城。相传为三国时孙权所建。

③ 金坛——县名,属江苏省。明清时属镇江府。

④ 萧梁——指南北朝时梁朝,为梁武帝萧衍所创立,故称。

⑤ 北固——即北固楼,在今江苏省丹徒县北固山。

⑥ 伊洛四冲——伊洛,伊水和洛水。伊水和洛水四出漫流则竭。《国语·周语》:"昔伊洛竭而夏亡",此处指建文朝气数将尽。

是太祖敬重的国师，皆让他先见。燕王素亦深知，便先宣他进去。宗泐见宣，就领道衍，一同入去。宗泐先进朝见，燕王道："寡人还国，维蒙圣恩，敕诸臣护送，怎好劳重国师。"宗泐道："贫衲一来奉旨护送，二来有一道友，愿见殿下，故领来一朝。"说罢，就叫道衍，也过来朝见。道衍一面朝见，一面就将燕王细视。见燕王龙形凤姿，瞻视非常，自是帝王气象，满心欢喜，便疯疯癫癫拜了四拜。燕王看见道衍形状奇古，不像和尚的举动，分明是个异人，便留心问道："你这和尚，一向做何事体，今日要来朝见寡人？"道衍戏着脸答道："贫僧朝见殿下，也没甚事，只要送一顶白帽子与殿下戴。"此时百官俱在门外察听，左右近侍又多，燕王心知道衍话中有因，欲要再问，恐怕他又说出什么不逊之言，被人察听不便，只得转作含怒道："原来是个疯和尚！看国师面上，既朝见过，去了罢！"道衍道："去，去，去！"遂下阶走出。只因这一去，有分教：驱将猛虎归去，引得神龙出来。不知燕王再说何话，且看下回分解。

第 五 回
姚道衍借卜访主　黄子澄划策劝君

　　当时燕王见道衍去了,然后宣宗泐上殿,赐座赐茶,又宣近前,密语道:"国师,这位道友哪里人氏?是何法号?甚不寻常。但此间瞩目之地,寡人不便领教,敢烦国师,为寡人道意,得能辱临敝国,则厚幸矣。"宗泐道:"此人俗家姓姚,名广孝,法名道衍,长洲县人。实抱经济之才,可备顾问。既蒙殿下令旨,当图机会,送至贵国。"燕王喜道:"如此则国师之赐也。是必留意,不可忘了。"宗泐领了令旨,起身辞出。燕王也就发驾去了。

　　宗泐回来就将燕王旨意细细与道衍说了。道衍欢喜,因又叹息道:"老师在上,不是弟子好为倡乱,因看燕王天生一个王者,如何教他不有天下!"宗泐也叹息道:"天心气运如此,你我只好应运而行,岂可强勉?此事当图一个机会为之。"

　　过了数日,恰好太祖凤病初起,坐在便殿,有旨召宗泐入侍。宗泐奉旨入朝,赐坐殿上,讲谈许多佛法。太祖大喜,因说道:"治天下,固有圣人之道,然佛法微妙,亦不可不闻。朕诸子俱分封在外,虽贤愚不等,未有不教而善者。卿秉教沙门,如有高僧能助教者,可荐数人来,待朕分遣诸王,使他们闻些佛法也好。"宗泐领旨退出,过了数日,就将几个高僧,分荐各地,因将道衍荐作北平庆寿寺住持,入侍燕王。

　　不数日,奉了圣旨,道衍拜谢宗泐,扬扬得意,竟往燕地而来。到了燕国,便报名来朝见燕王。燕王闻知大喜,但因想:"这和尚疯疯癫癫,有些自恃。如今若厚意待他,恐他一发狂妄,且挫他一挫,看他如何。"遂宣他进见,并不加礼。道衍也不放在心上。虽然做了住持,全不料理佛事,只疯疯癫癫,到处游戏。

　　却说燕府有一个心腹指挥,姓张名玉,是河南祥符人。在元时曾做过枢密知院。后元君北遁,归顺太祖。生得虎头燕颔,智勇兼备。太祖爱之,因燕王分封北平,与胡①相近,边防要紧,故赐与燕王,练兵防守。燕王知其为人,遂待以心腹。一日,有酒在庆寿寺请客。客散了,张玉问道:"我在这寺里半日,住持是谁,何不来见我?"管事僧答道:"住持法名道衍,有些疯癫,每日只是游行,寺中应酬之事,全不管账。因他是皇帝差来的,无人敢说他。"张玉道:"就是皇帝差来,不过是一个和尚,如何这等大?可叫他来见我。"管事僧道:"如今不知往哪里去了。"说完,只见道衍偏袒一领破衣,歪戴一顶僧帽,高视阔步,走进寺来。管事僧看见,忙迎着说道:"燕府张爷在此,老爷礼当接见。"道衍道:"燕府张爷,想是张玉了。他是个豪杰,我正要见他。"遂走进殿来,对着张玉拱手道:"张老先请了。"张玉此时听见叫他名字,又说他是豪杰,心下已有几分耸动,因假怒道:"你大则大不过是一个和尚,文不能安邦,武不能定国,如何这等放肆?"道衍笑道:"你这老先儿,也算是一个人物,怎么不达世务?我虽是一个和尚,若无隆中抱负,渭水才能,也不到这里来做住持了。"张玉听了,忙离席施礼道:"老师大才,倾慕久矣。此特戏耳。"说罢,二人促膝坐谈。道衍文谈孔孟,武说孙吴,讲得津津有味。把一个张玉说得心花都开,连连点头道:"我张玉阅人多矣,从未曾见如老师这等学问。明日当与千岁说知,自有优待。"

　　张玉别了道衍,到次日来见燕王,说道:"殿下日日去天下求访异人,如今有一个异人在目前,怎不刮目?"燕王道:"谁是异人?"张玉道:"庆寿寺住持道衍。臣昨日会见,谈天说地,真异人也。"燕王道:"此僧寡人向亦知他,故招他到此。但他疯疯癫癫,恐他口嘴不稳,惹出事来,故暂时疏他。"张玉道:"此人外虽疯癫,内有权术,非一味疯癫者,决不至败事。殿下不可久疏,恐冷贤者之心。"燕王点头道:"是。"

　　燕王因命人召道衍入内殿相见。燕王问道:"张玉说你有文武异才,一时也难验较。寡人闻古之圣贤,皆明易理。你今既擅才艺,未知能卜乎?"道衍道:"能卜。臣已知殿下要臣卜问,现带有卜问之具在此。"随即于袖中取出三个太平铜钱,递与燕王道:"请殿下自家祷祝。"燕王接了铜钱,暗暗祷祝了,又递与道衍。道衍就案上连掷了数次,排成一卦,因说道:"此卦大奇!初利建侯,后变飞龙在天。殿下将无要由王位而做皇帝

---

① 胡——封建时代对少数民族的蔑称。此指长城塞外的少数民族。

么?"燕王听了,忽然变色,因叱道:"你这疯和尚,不要胡说!"道衍又病癫癫答道:"正是胡说。"也不辞王,竟要出去。燕王道:"且住!寡人再问你,除卜之外,尚有何能?"道衍笑道:"三教九流诸子百家,无所不知,任殿下赐问。"此时天色寒甚,丹墀中积雪成冰,燕王因说道:"你这和尚专说大话,寡人且不问你那高远之事,只出一个对,看你对得来否?"道衍又疯疯癫癫地道:"对得来,对得来。"燕王就在玉案上亲书两句道:

　　　天寒地冻,水无一点不成冰;

书毕,赐与道衍。道衍看见笑了笑道:"包含着水字加一点方成冰字,这是小学生对句,有何难哉!"因索笔即对两句,呈与燕王道:

　　　国乱民愁,王不出头谁是主?

燕王看见,王字上加一点,是个主字,又含着劝进之意,心内甚喜。但要防闲耳目,不敢招揽,假怒道:"这和尚一发胡说,快出去罢。"道衍笑道:"去,去,去!"遂摇摇摆摆,走出去。

张玉暗暗奏道:"殿下心事,已被这和尚参透。若只管隐讳,不以实告,岂倾心求贤之道?"燕王道:"参事已至此,料也隐瞒不得。"遂于深夜,悄悄召道衍入内殿,对他实说道:"寡人随皇上东征西战,立了多少功劳。若使懿文太子在世,他是嫡长子,让他传位,心也还甘。今不幸薨了,自当于诸子中择贤继立,如何却立允炆一小子为皇太孙,寡人心实不平。皇上若不悔,寡人决不能株守臣子之位。贤卿前在京,初见时即说以白帽相赠,寡人细思,今已为王,王上加白,是一皇字。昨又卜做皇帝,未知贤卿是戏言,还是实意?"道衍因正色道:"国家改革,实阴阳升降一大关,必经几番战戮,而后大定。唯我朝一驱中原,而即归命,于理察之,似有一番杀戮在后,方能泄阴阳不尽之败气。今观外患,似无可虞,故皇上不立殿下,而立太孙,正天心留此以完气运也。故臣敢屡屡进言。若以臣为戏,试思取天下何等事,殿下何如主,臣何如人,焉敢戏乎!"燕王听了,大喜道:"贤卿所论,深合寡人之心。但恐寡人无天子之福,不能上居天位耳。"道衍道:"以臣观殿下,明明是天子无疑。殿下若不信,臣荐一相士,殿下试召他来一相,便可决疑矣。"燕王道:"相士是谁?"道衍道:"相士姓袁名珙,号柳庄,风鉴如神。"燕王道:"寡人亦久闻其名,但不知游于何地,召之未必肯来。"道衍道:"这不难,目下国中逃军最多,只消命长史出一道勾军文书,差几个能事人役,将文书中串入袁珙名字,一勾即来,谁敢阻挡。"

燕王大喜,遂命长史行文,差人往南方一带去勾摄。原来袁柳庄名重天下,人人皆知,差人容易访问。去不多时,即将袁柳庄勾到燕国。燕王想到:"道衍既荐袁柳庄,自是一路人,我若召他相见,他自然称赞,如何辨得真假。莫若我私行,去试他一试,看他如何?"遂先命一个心腹侍臣,引袁柳庄在酒肆中饮酒。又在宿卫军士中,选了九个体格魁梧的。自家也取军士的衣服穿了,与九人打扮做一样,共凑成十人,一同步行到酒肆,就坐在袁柳庄对面吃酒。袁柳庄忽然抬头看见,吃了一惊,忙起身看着燕王道:"此相,帝王也。如何在此,莫非是燕王么?"因拜伏于地道:"殿下他日贵不可言,不宜如此轻行。"燕王假惊道:"你这人胡说,我十人皆宿卫长官,什么殿下!"袁柳庄又抬头一看道:"殿下不要瞒我。"燕王笑一笑,就起身去了。不多时,即召袁柳庄入见,因问道:"寡人之相,果是如何?汝当实言,不可妄赞。"袁柳庄道:"殿下龙形凤姿,天高地阔,额如圜璧,伏犀贯顶,日丽中天,五岳附地,重瞳龙髯,五事分明,二肘若玉,异日太平天子也。"燕王道:"汝之称许,虽不尽妄,但天子之言,则未足深信。"袁柳庄道:"殿下若果应天子之相,请自看脚底有两黑痣,文尽龟形,方知臣言不妄。"燕王喜道:"寡人足底,实有两黑痣,从无人知。卿论及此,真神相也。但寡人如今守王位,何时能脱?"袁柳庄道:"必待年交四十,须过于脐,方登大宝。"燕王大喜道:"若果如卿言,定当厚封。"赏赐千金,命出不提。

且说燕王原有大志,时时被道衍耸动,又经袁柳庄相得如神,便满心欢喜,决意图谋。因命心腹臣张玉、朱能,暗暗招兵买马,聚草屯粮,只候太祖晏驾,便行好事。时时差人入京察听。

此时天下太平。太祖虽则虑皇太孙不能常有天下,却见他仁孝异常,十分爱他,竟为他图谋万全。一日视朝,因问各边将官名姓。兵部对答不来,太祖又问道:"诸臣中也有知道的么?"只见礼部主事齐泰出班,将各边名姓,一一奏明,不遗一个,又且随并方略陈之。太祖大喜,就升齐泰为兵部尚书。因顾谓皇太孙道:"朕事事都为你处置停当,你只消安享太平,但要修身齐家,敬承天命。"

皇太孙叩头谢恩退出。因思皇祖之言,不觉忧形于色。就坐在东角门踌躇,适遇太常卿黄子澄走过。这黄子澄,曾为皇太孙侍读过。看见了,遂问道:"殿下为何在此,有不悦之色?"皇太孙道:"适才皇祖圣谕,说事事为孤处置停当,遗孤安享,真天高地厚之恩。但孤思之,尚有一事未妥,孤又不便启奏。"黄子澄道:"何事?"皇太孙道:"方今内外,俱安无事,独诸王分封太侈,又拥重兵,加以叔父之尊,倘不肯逊服,何以制之?"黄子澄道:"昔汉文帝分封七国,亦过于太侈,太傅贾谊痛哭流涕上书,言尾大不能掉,后来必至起衅。文帝不听,至景帝朝,吴王濞果警跸①出入,谋为不道。赖晁错划策,渐渐消夺浸弱。后虽举兵,便易制也。此前事也,异日若有所图,当以此为法。此时安可言也!"皇太孙听了,方欢喜道:"先生之言甚善,孤当佩之于心。"说罢,各各回去。只因这一语,有分教:君亲无仁义之心,骨肉起嫌疑之衅。不知后事如何,且看下回分解。

---

① 警跸(bì)——古时帝王出入称警跸。

第 六 回
建文帝仁义治世　程教谕术数谈兵

话说太祖在位三十一年,享年七十一岁,忽一日寝疾①不愈。皇太孙日夜侍奉,衣不解带,饮食汤药,俱亲手自进。太祖病了两月,到闰五月一日,鼎湖上升②。皇太孙躃踊③哭泣,哀毁骨立。群臣百姓,望见其毁瘠之容,深墨之色,与哭泣之哀,莫不举手加额,喁喁有至德之思。到十六日,始遵遗诏,登了大宝。改元建文,大赦天下,并颁孝诏于天下。诏颁去后,忽闻诸王皆来会葬。建文帝因诏百官商议道:"诸王各拥重兵,借会葬之名,一时齐集京师,恐有不测。奈何?"太常卿黄子澄出班奏道:"诸王齐集,诚为可忧,陛下虑之良是。但陛下颁诏止之,诸王必不肯服,且示疑畏。须早草遗诏一道,称地方为重,诏诸王唯在本国泣临,毋得奔丧。则会葬之举自然止矣。"建文帝道:"卿言有理,然既称遗诏,何不更于诏尾添一条,令王国所在吏民,悉听朝廷节制。"黄子澄道:"圣谕允合机宜,宜速为之。"建文帝因命翰林草诏,即刻颁行。

诏到各国,诸王开读了,皆大怒道:"父王殡天,何等大事!即庶民父子,也须抚棺一恸,况诸子备居王位,哪有不奔丧会葬之理,这还说地方为重!如何叫王国吏民,悉听朝廷节制!殊与丧礼之遗诏无关,这明明是怕我们会葬生事,故假遗诏以弹压耳。"诸王虽怒,却也没奈何,只得于本国泣临罢了。

唯燕王有心窥伺,一闻太祖驾崩,即走马奔丧。及遗诏下时,早已到了淮安。燕王接了遗诏,不肯开读,道:"诏书原敕孤到本国开读,孤已先出境,今虽路遇,却不敢违旨路开。烦钦使先至本国,容孤走马到京会葬

---

① 寝疾——因病而卧床。
② 鼎湖上升——指皇帝死亡。典出黄帝铸鼎于荆山,鼎成,有龙迎黄帝上天。见《史记·封禅书》。
③ 躃(bì)踊——捶胸顿足,形容哀痛的情状。

过,然后回国开读,便情礼两尽了。"赍诏官听了,哪里敢强他开;又知诏书是只他会葬,若放他到京,岂不获罪,只得奏道:"殿下大孝所感,既已匆匆出境,又匆匆而回,自非殿下之心;但适与遗诏相遇,若弃而竟行,亦似不可。乞殿下少缓数日,容臣遣人,星夜请旨定夺,方两不相碍。"燕王不得已,只得在淮安住下。不数日,只见朝廷差了行人,赍了敕书,勒令燕王还国。燕王见敕,起怒道:"望梓宫①咫尺,不容孤一展哭泣之诚,是断人天伦也。既无父子,何有君臣!"遂恨恨而归。还到本国,即与道衍商议道:"父皇新逝,孤欲亲到京中,看他君臣行事如何。无奈一诏两诏,勒令还国,殊可痛恨。"道衍道:"遗诏但只殿下一时不会葬,未尝只殿下终身不入朝。请待葬期已过,殿下悄悄去入朝,看他们行事,未为不可。他难道又好降诏拦阻?"燕王听了大喜道:"汝言有理!"

　　到了建文元年二月,竟暗暗发驾入京。到了关外,报单入城,朝中君臣,方才知道。果然不好拦阻,只得宣诏入朝。燕王原是个英雄心肠,横视一世。此时建文帝是他侄子,素称仁柔,谅不能制他,又看得两班文武,如土木偶人,全不放在心上。故进了朝门,径驰丹陛,步步龙行虎跃,走将上去。到了殿前,又不山呼万岁,行君臣之礼,竟自当殿而立,候旨宣诏。忽左班中闪出一人,执简当胸,俯伏奏道:"天子至尊,亲不敌贵,古之制也。今燕王擅驰御道,又当陛下不拜,请敕法司拿下究罪。"燕王听了大惊,忙跪奏道:"臣棣既已来朝,焉敢不拜。但于路伤足,不能成礼,故鹄立候旨。"建文帝传旨道:"皇叔至亲,可勿问说不了。"又见右班中闪出一人,俯伏奏道:"天子伯叔,何代无之! 自古虎拜朝天,殿上叙君臣之礼;龙枝拂地,宫中叙叔侄之情。今燕王骄蹇不法,法当究治。"建文帝又传旨道:"皇叔至亲,朕为屈法,可勿问也。皇叔暂退,容召入宫相见。"燕王奉旨趋出。早有户部侍郎卓敬,俯伏奏道:"燕王智虑绝人,酷类先帝,况都北平,乃强干之地,金元所兴也,不如乘其有罪,早除之以绝后患。若陛下念亲亲之谊,不忍加诛,当徙封南昌,以绝祸本。"建文帝大惊道:"燕王至亲,卿何论至此!"卓敬道:"杨广、隋文②,非父子耶?"建文帝听了,默然良久道:"卿且退,容朕细思。"卓敬退出不提。却说燕王趋出,忙问左

---

① 梓宫——帝王、后妃所用,以梓木做成的棺材。
② 隋文——隋文帝 杨坚。

右道:"此二臣为谁?"左右道:"右班乃御史曾凤韶,左班乃侍中许观。"燕王叹道:"莫谓朝中无人!"候宫中朝见过,恐怕有变,忙忙还国去了。

再说齐泰、黄水澄密奏于帝道:"燕王名虽入朝,实是窥伺动静。又当陛下不拜,藐视朝廷。既经御史、侍中弹劾,就该敕法司拿下,以绝祸根,不宜纵虎还山,以贻后患。"建文帝道:"燕王为先帝爱子,今山陵骨肉未寒,即以小礼治之,不独失亲戚之义,而亦非孝治天下之道,朕不忍为也。"齐泰又奏道:"陛下以仁义待人,真尧舜之心也,但恐人不以尧舜之心待陛下。今闻燕王以张玉、朱能为心腹,招军买马,聚草屯粮,又遣人招天下异人,以图不轨。今不剪除,必有后患。"建文帝道:"燕王既所为不法,当徐图之,决不可因其来朝,辄加谋害,以生诸王之心。"因顾黄子澄道:"先生尚记东角门之言乎?"黄子澄道:"臣安敢忘!但事须渐次图之,不可骤也。"建文帝道:"渐次当从何国为先?"黄子澄道:"燕王预备已久,一旦削之,彼或不反,是促其反也。今闻周王与燕王,相与甚密,结为唇齿。若是先削周王,使燕知警;燕不知警,再加削夺,则势孤而可取矣。"建文帝道:"容朕熟思而行。"

到了次日,建文帝览表,竟然见四川岳池教谕程济一本,奏道:"臣夜观乾象①,见荧惑守心②,此兵象也。臣以术数占之,明年七月,北方有大火起,侵犯京师,为害不小。乞陛下先事扑灭,无贻后悔。"建文帝见了,甚是忧惧,因下其章,命群臣合议。群臣奉旨会议,奏道:"程济以一教谕,无故出位,妄言祸福,且事关藩主,大逆不道,罪当斩首。"建文帝见奏,暗想道:"北平燕王,谋为不轨,已有形迹。这程济一小官,而敢于出位进言,必有所见。今其言妄与不妄,尚未可知,而无端先斩其首,岂不冤哉。"次日设朝,召程济入朝,而叱之道:"你多大官儿,有何才能,辄敢妄言祸福!可细细奏明。"程济道:"臣子官阶,虽有大小,而忠君爱国之心,则无大小也。出位言事,固有大罪,然知而不言,则其罪不更甚于出位乎!臣济幼年,曾遇异人传授,善天文术数之学。今观荧惑守心,久而不退,且

---

① 乾象——天象。
② 荧惑守心——荧惑,火星的别名;心,心宿,二十八宿之一,有星三颗。火星围绕心宿三星,古人认为是战争征兆。

王气见于朔方①,不但明年北方兵起,而弑夺之祸,有不忽言者。陛下躬尧舜之仁,以至诚治世,文武群臣,又皆白面书生,但知守常,而不知驭变,恐一旦噬脐②,悔之晚矣。臣明知其故,岂敢惜一死,而不为陛下陈之。"一面奏,一面痛哭失声。建文帝听了,殊觉动情,尚不忍加罪,当不得左右朝臣,一齐跪下,奏道:"今治国有道,臣子论事有体。今天下太平,国家全盛,而程济借术数荒唐之说,敢痛哭流涕,而妄言祸福,以耸动人主,当与妖言惑众同罪。陛下若不明正典刑,则谶纬之学进,而仁义道德之政微,何以治世?何以示后?"建文帝闻奏,心虽知程济之忠,但屈于群臣交论,无可奈何。正要传旨拿人,忽视程济又叩头奏道:"臣罪至大,固不敢求赦,但求陛下缓臣之死,将臣系狱,候至明年七月,北平若无兵起,臣到那时,虽被斩首亦甘愿矣。"建文帝道:"此时斩汝,殊觉无名,到明年斩汝未迟。"因传旨将程济下狱,候至期定夺。武士领旨,就将程济押入狱中监禁。只因这一事,有分教:今日触怒皇上之日,异日可显忠臣之日。毕竟后来如何应验,欲知端的,请看下回分解。

---

① 朔方——北方。
② 噬脐——比喻后悔已晚。

第 七 回
葛诚还燕复王命　齐黄共谋削诸藩

诗曰：
　　帝王立国最难论，治到亲亲更失伦。
　　大赦无加谁见德，严纶才及便伤恩。
　　仁柔寡断终非圣，惨刻由人亦是昏。
　　览史不须三叹息，枝柯虽异实同根。

　　话说建文帝将程济下了狱，群臣退出，遂驾至便殿，遣人密召齐泰、黄子澄入殿，说道："程济之言，虽未足深信，然燕王之心，路人知之，亦不可不备。"齐泰奏道："燕王久蓄异谋，但未发动，若以春秋无将之义①诛之，亦未为不可。但陛下存心仁义亲亲，又不欲以隐罪加兵。若不预备，恐一旦有警，猝难图也。"建文帝道："备固不可少，但何以备之？"齐泰道："臣已思之熟矣。目今北平缺布政，臣举工部侍郎张昺。此人忠直，有心计。改他为北平左布政使，圣上直谕其事，使他时时察访燕王举动。倘有异谋，即可扑灭。"黄子澄道："张昺文臣，恐不济事，莫若再升谢贵为都指挥使，同守北平，则万无一失。"建文帝听了大喜，遂传旨吏兵二部，着升张昺为北平左布政使，谢贵为都指挥使，二臣临行，建文帝诏入便殿，面谕同察燕王之事。

　　二臣领旨趋出，即时上任。报到北平，燕王忙召道衍商量道："朝廷差张昺、谢贵来，明明是疑我，预作防御之计，但不知是谁人起的衅端？又闻有一人奏称明年北平兵起，现今监候，不知此是何人，有此先见？寡人欲差一人前去打探。你道何如？"道衍道："打听固好，但得心腹机密之人方妙。"燕王道："长史葛诚，寡人素待之厚，况其人谨慎可用。"因召葛诚入内，面谕道："寡人本高皇帝嫡亲第四子，先懿文皇兄既已早薨，秦晋二王，又相继而逝，承大统者，舍寡人而谁？今允炆小子，侥侥得国，不思笃

---

① 春秋无将之义——无将，不得叛乱。《公羊传·庄公三十二年》："君亲无将，将而诛焉。"

亲亲之义,尊礼诸叔,乃当太祖晏驾之初,就假传遗诏,不许诸王会葬,断人父子之恩。今又铨选官吏,监察人国,全无叔侄之情。推其设心置虑,不尽灭诸王不已也。此虽允炆小子不知世故所为,当必有奸臣为他图谋,故至此也。今遣汝入朝,只说奏报边情,并防御之功,实欲汝细细访明:朝中当国者何人?用事者何人?朝廷意欲何为?寡人好为防备。汝若能打听详明,归来报命,寡人异日得志,定有重赏。"葛诚道:"臣既蒙殿下委用,敢不尽心图报。"燕王大喜,赐宴遣行。

葛诚领了王命,赴京而来。一路想道:"孔子尊周,尊天子也。我虽燕臣,然燕、王也,建文、天子也,即我之臣燕,实受天子之命,以臣燕也。若受燕王之命,而图建文,是尽小忠而失大忠也。岂孔子尊周之意哉。"主意定了,及到京师,报名朝见。建文帝正要问燕国消息,随即召入。葛诚朝见过,一一将燕王要他奏报边情并防御之事,数陈明白。建文帝道:"燕王为朕坐镇北平,使边疆无虞,非不劳苦功高,但君臣有分,各宜安之。朕既承先帝传位,年虽冲,君也;燕王职列藩位,分虽叔,臣也。前入朝时,擅驰御道,当陛不拜,貌视朕躬,廷臣交论。朕念亲亲,置之不问,自宜洗心涤虑,安守臣节。奈何北来之人,尽道燕王屯集军马,招致亡命,以图不轨。廷臣皆劝朕先事扑灭,朕思欲以仁孝治天下,先于骨肉摧残,岂齐家治国之道。故中外有言,朕俱不信。汝真诚之士,燕王所为,果系何如,可细细奏知。"葛诚因俯伏奏道:"臣蒙陛下圣恩,拔为燕府长史,则燕王、主也,臣、臣也,以臣言主之过,罪固当死。然陛下又天下主也,臣若讳而不言,则是以臣下之臣,而欺天下之主,罪尤当万死。故臣宁甘受负燕王之罪,而不敢当负天子之罪,故不得不实言。燕王近日所为,实如陛下所闻。即臣今日之朝,亦欲臣打探消息,非真为奏报边情也。"建文帝听了,叹息道:"汝一小臣,能斟酌大义,不欺朕躬,真忠义臣也。朕当留汝大用。但燕王既如此设谋,将来必有不测,朕若欲更遣人打探,未必忠义如卿,莫若暂屈卿,仍委身燕国,就以燕王之耳目,作朕之心腹。虽曰小就,实为朕之大用也。异日事定,当有重报。"葛诚道:"陛下既诚心委用,臣敢不竭其犬马?臣还国之后,凡有闻见,即报陛下。"建文帝大喜。又细细问燕王举动,葛诚俱一一奏知。建文帝长叹道:"燕王与朕同本同枝,何不相忘如此!"留葛诚数日,恐燕王动疑,即赐宴遣还。

葛诚回到燕国复命,燕王问道:"曾召见否?"葛诚道:"臣到之日,即蒙召见。臣将边情叵测,并殿下防御之功,细细陈说。皇上大喜,甚称殿下劳苦功高。"燕王又问道:"曾问寡人有异志否?"葛诚道:"竟不问及。"燕王又问:"你访得前日张籨、谢贵,是谁之意遣来?"葛诚道:"是兵部尚书齐泰,太常寺黄子澄二人之意。"燕王又问:"前日有人奏北平兵起者是谁?"葛诚道:"是教谕程济。皇上不听其言,今已监禁狱中,只待过期斩首。"燕王又问:"有人议论欲加兵于寡人否?"葛诚道:"时时有人,皇上都不深信,决不允行。"燕王道:"据你说来,他竟相忘于寡人矣。"葛诚道:"纵不相忘,亦实无苛求之意。殿下不必疑之。"燕王道:"既如此,寡人可无忧矣。"遂命出。因召道衍商量道:"吾观葛诚言语支离,似怀二心,以后有谋,不可使知。"道衍道:"葛诚腐儒,但知小忠,而不知开国承家之大计,宜有如殿下所虑者。但未可说破,留彼讹以传讹可也。"燕王点头称是,按下不提。

却说建文帝自闻葛诚之言,方信燕王阴谋不轨是实,日夜忧心。到了元年四月,忽有人告周王橚①与燕、湘、代、岷四府通谋,建文帝因召齐泰、黄子澄商议道:"二卿前言削周使燕知警,朕非不即举行,因念无实迹可据,而辄加废削,非亲亲之道。今既有人告周王与四国通谋,则废之削之,不为无辞矣。朕意欲降诏,削周王爵为庶人,迁之他方,使他彼此不相顾,庶可无忧。"齐泰道:"陛下念及此,社稷之福也。若明明降诏削爵,则周王必不奉诏,即连合四国,而兵起矣。莫若密遣一武臣,提兵暗至其地,执之到京,然后削之迁之,方无他变。"黄子澄赞赏道:"齐泰之言甚善。"建文帝道:"二卿如此尽心谋国,何忧天下不治。但此举谁人可遣?"黄子澄道:"曹国公李景隆,实有文武全才,陛下遣之,当不辱命。"建文帝依奏,即传旨,令李景隆暗领兵马,擒捉周王并家属到京回话。

李景隆领了密旨,悄悄带了一千甲士,潜至河南,将周王府围住,一一捉出周王并世子阖宅眷属,不曾走了一个,尽解至京师复命。朝廷发下旨意,说周王大藩,不思卫关,乃交结诸王,谋为不道,本当加法,笃念亲亲,姑削王爵,废为庶人,改迁云南,涤心易虑,以保厥终。周王奉旨有屈无伸,只得领了世子眷属,迁往云南而去。

正是:

　　九重龙种高皇子,一旦迁为滇庶人。

---

① 橚(sù)——草木茂盛。

第七回　葛诚还燕复王命　齐黄共谋削诸藩

王法无情乃如此，算来何贵又何亲。

周王迁废之后，各国亲王闻知，俱大惊疑，各不自安。山东齐王，恐怕朝廷议己，因轻身入朝，留住京师数月。看见朝廷举动，一味仁柔，全无重兵防御，心下想道："京师重地，疏虞至此，若有精兵一支，可袭而得也。"因悄悄差一心腹归国，密令护卫柴真，训练兵马，以图袭取。不料差的心腹，一时不密，为青州中护卫军曾深探知，竟入京告柴真练兵从王谋反。有旨拿柴真赴京师典刑，废齐王傅为庶人还国。

过不多时，又有人告湘王伪造宝钞，及残虐杀人等事。廷臣议欲加罪。建文帝念其事小，但降诏切责，令其修省。原来湘王名柏，是太祖第十一子，生得丰姿秀骨，具文武全才，好结交名人贤士。自分封到荆州，造一景贤阁，以延揽四方俊彦，一国士民皆称为贤王。今忽被诏书切责，心甚不平，因口出怨言，谢恩表又词多不逊。朝廷大怒，发兵至荆州围其城，又围其宫，欲执之京师，削夺迁徙。湘王愤恨，便欲自尽。左右劝解道："殿下无罪，到京自有辩处，何苦乃尔。"湘王道："寡人非不自知无大罪。但思寡人是太祖之子，今上之叔，南面为王，尊荣极矣。如今为小人离间，遭兵相逮。若至京师，自当听一班白面书生、刀笔奴吏妄肆讥议，心实不堪。况太祖不豫，寡人不及视疾；太祖殡天，寡人又不能会葬，使寡人抱恨且痛，何乐为人！而犹欲向奴吏之手，苟求生活，寡人不愿也！"因痛哭，呼"太祖父皇"不已，洒泪满地，泪尽继之以血。左右见者，皆唏嘘不胜。湘王又道："寡人，王者，仓促效庶民自裁，殊失大体。"因命宫中纵火，聚妃妾于大殿，自具衣冠，向北拜辞宗庙。拜毕说道："寡人文武才也，苟为乱，孰能当之！"遂乘马执弓，跃入火中而死。阖宫妃妾，尽皆赴火焚死。使者细细回奏，建文帝听了，惨然不乐。

过不多时，又有人告岷王凶悖，有旨削其护卫。过不多时，又有人告代王贪虐，将为不轨。朝廷议要发兵讨之，侍读方孝孺奏道："治民者当以德化，不当以威武，况诸王至亲乎？诸王有过，若尽用兵，则存者无几，枝叶尽而根本孤，岂立国亲亲之道哉？"建文帝道："朕亦知威武不如德化，但诸王骄肆异常，非德化所能入。朕之用兵，不得已也。"方孝孺道："人生有贤有不肖，贤者不肖之师也。臣闻蜀王好善乐道，四海钦其贤哲。今代王不肖，与其发兵执之，莫若下诏，迁之于蜀，使与蜀王相亲，则不肖者，将渐积而为贤矣。"建文帝闻奏大喜："卿言是也，惜朕不早闻此佳谋,令骨肉多惭。"因诏迁代王于蜀。只因这废削五个亲王,有分教:衅起朝廷,祸生藩国。不知后来如何,且看下回分解。

第 八 回

徐辉祖请留三子　袁忠彻密相五臣

话说周王、齐王、湘王、岷王、代王，不上一年，尽皆废削。报到燕国，燕王大怒道："允炆小子，如此听信奸臣，杀戮诸王，如同草芥。今我若不发兵制人，后将渐次及我矣！"遂欲举兵。道衍忙止住道："举兵自有时，此时若动，徒费刀兵，未能成事。"燕王道："若不举兵，目今太祖小祥①，例当入祭。寡人不往，朝廷必疑；寡人若往，朝廷奸臣甚多，又恐不测，却将奈何？"道衍道："殿下不可往，宜遣世子代之。"燕王道："遣世子代往固妙，倘拘留世子为质，又将奈何？"道衍道："臣已算定，彼君臣不知大计。我以礼往，彼留之，畏我有辞，必不敢留。"燕王道："既不敢留，单遣世子高炽一人，莫若并遣次子高煦、三子高燧同往之，更为有礼，愈也使朝廷不疑。"道衍道："殿下之言是也。"燕王遂遣三子，备了祭礼同往。

到了京师，朝见过，齐泰密奏道："燕王不自来，却遣三子来，当拘留他。拘留三子，亦与拘留燕王无异。乞陛下降诏拘留之，以系燕王之心。"黄子澄道："不可，不可！前日废削五王，皆五王自作之孽，非朝廷无故加罪。今燕王遣三子来行祭礼，是尊朝廷，无罪也；无罪而拘留之，则燕王之举兵有辞矣。莫若遣还，以示无知。"建文帝道："拘留非礼，子澄之言是也。"

原来燕王之妃，即魏国公徐辉祖、都督徐增寿之妹，燕王三子，即辉祖之甥。三子到京，就住在母舅徐辉祖府中。辉祖见次甥高煦，勇悍无赖，因暗暗入朝密奏道："燕王久蓄异志，今遣三子来，实天夺其魂。陛下留而剪除之，一武士力耳；若纵归回，必贻后患。"建文帝道："留之固可除患，但恐无名。"徐辉祖又奏道："臣观三子中，次子高煦，骑射绝伦，勇而且悍，异日不独叛君，抑且叛父，陛下拘留无名，乞且遣世子并高燧还国，单留高煦，亦可剪燕王之一臂。"建文帝踌躇不决，命辉祖退出。召徐增

---

① 小祥——父母死后一周年的祭礼。

寿问之,不期增寿与燕王相好,力保其无他。建文遂不听辉祖之言。俟太祖小祥,行毕祭礼,竟有旨着三子还国。辉祖闻旨,忙忙入朝,犹欲劝帝拘留。不期又被增寿得知消息,忙通知高煦。高煦大惊,此时旨意已下,遂不顾世子与高燧,悄悄走入厩中,窃辉祖一匹良马,假说入朝,竟驰马出城而去。辉祖候了一会,见建文帝无意拘留,因暗称道:"朝廷虽不拘留,我即以母舅之尊,留他些时,亦未为不可。"忙归府中。早有人报知高煦窃马逃去之事,辉祖大惊,忙差人追赶。去远追不及了,心下想道:"高煦既遁,留此二甥何益?"遂奉明旨送二甥归国。

正是:

忠臣虽有心,奸雄不无智;
岂忠不如奸,此中有天意。

却说世子高炽并高燧,赶上高煦,一同归见燕王,将前情一一说了。燕王大喜道:"吾父子相聚,虽彼君臣所谋不臧①,实天赞我也,何忧大事不成!"因问道:"近日朝廷有何举动?"世子道:"亦无甚举动,但闻要册立皇子文奎为皇太子。"燕王笑道:"先皇兄既号懿文,他又自名允炆,改年号又曰建文,今太子又命名文奎,何重复如此! 使臣民呼年与呼名相同,无乃不祥乎? 且文奎二字,乃臣下儒生之常称,岂有一毫帝王气象? 小子吾见其败也。"

过不多时,忽闻有旨,以都督耿瓛②掌北平都司事,以左佥都御史景清署北平布政司参议,又遣都督宋忠,调缘边各卫马步军三万,屯开平备边,燕府精壮,悉选调隶于宋忠麾下。燕王闻报大怒,因与道衍说道:"前遣张昺、谢贵二人来,明明为我,又今遣耿瓛、景清、宋忠三人来,亦为我也。朝廷如此备我,我其危矣。"道衍笑道:"殿下勿忧。臣视此辈正如行尸耳。莫说这五人,即倾国而来,有何用处?"燕王道:"寡人闻人说,景清、宋忠,皆一时表表人物,汝亦不可轻视。"道衍道:"非臣轻视,彼自不足重耳。殿下若不信臣言,有神相袁柳庄之子,名唤袁忠彻,相亦称神。待三司官来谒见,例当赐宴。赐宴时,可令袁忠彻扮作服役之人,叫他细相五人,便可释大王之疑矣。"燕王道:"如此甚妙。"

---

① 臧——善。
② 瓛(huán)——古代的一种玉,长九寸。这里是人名。

不数日,景清等俱到,朝见过,燕王择了一日,令一同赐宴三司官。这日景清、宋忠、耿瓛,并张昺、谢贵,一齐都到,照官职次第坐定饮宴。燕王叫袁忠彻假作斟酒人役,杂于众人中,执着一把酒壶,将五个大臣细细相了。不多时,宴毕散去。燕王问袁忠彻道:"五人之相何如?"袁忠彻道:"宋忠面方头阔,可称五大,官至都督至矣,然身短气昏,两眼如睡,非大福令终之人。张昺身材短小,行步如蛇。谢贵臃肿伤肥,而神气短促。此二人不成大事,目下俱有杀身之祸。景清身矮声雄,形容古怪,可称奇相,为人必多深谋奇计,殿下当防之,然亦必遭奇祸。耿瓛颧骨踵鬓,色如飞火,相亦犯凶。以臣相之,此五臣皆不足虑也。"燕王闻言,大喜道:"若果如此,寡人无忧矣。"只因这一相,有分教:今日评论术士之口,异日血溅忠臣之颈。欲知后事如何,请看下回便知。

第 九 回
避诏书假装病体　凑天时暗接龙须

话说五臣在燕府宴毕散去,到了次日,宋忠即奏诏旨,要调选燕府精壮兵马,隶守开平。燕王因问道衍道:"如此奈何?"道衍道:"任他调去不妨。"燕王道:"府中精壮,能有几何,若被他调去,明日谁人为用?"道衍笑道:"调是凭他调去,用是终为我用,殿下勿忧。"燕王犹不深信,然无可奈何,只得开了册籍,听宋忠选调。不期这护卫中有两个官旗,一个叫做于谅,一个叫做周铎,俱是精壮,大有勇力,恰恰宋忠选调中有他二人名字。他二人商量道:"我二人皆燕王心腹,异日燕王举义,我二人在阵上一刀一枪,博得个封妻荫子,也不枉一身本事。今若调去守边,混杂行伍中,何日能出头?"遂用银子,在管事人手中,买脱名字,又另签两个。那两人不服,访知于谅、周铎密议之言,就告在百户倪谅处。倪谅闻知,见事有关系,就星夜奔到京师关下告变。建文帝即传旨,将于谅、周铎二人,拿至京师,付法司审问。法司严刑拷打,审出真情,遂将二人斩首。因二人口称"异日燕王举义"等语,遂降诏切责燕王,诏曰:

天下一家,国无两大。朕系高皇帝嫡孙,既承大统,王虽尊,属臣也。前入朝不拜,擅驰御道。朕念亲亲,屈法赦王。王宜改过,作藩王室。奈何蓄谋叵测,致及士卒有异日举义之词。其为大逆不道甚矣。姑念暧昧不究,诏书到日,宜尽削护卫,以尊朝廷。特诏。

诏书将到之日,燕王先已探知,忙与道衍商量道:"朝廷有诏来,迫我甚矣。此时若不举事,尚待何时?"道衍道:"此时尚早,王须耐之。"燕王道:"非寡人不耐,诏书一到,何以对之。"道衍道:"这也不难,殿下只托疾,不开读便了。"燕王点头解意,遂假装中恶之病,忽然佯狂起来,也不带人,也不冠履,竟跑出宫来,满街乱走。宫门近侍,谁敢拦阻,只得紧紧跟随。燕王走入市中,看见各店饮食,便取来乱吃。哭一回,笑一回,口中胡言乱语。走得倦了,看见街上土堆,便睡在上面,全不怕汗秽。近侍慌了,只得抬入宫去,遍召医生下药。或说中痰,或说中风,俱不知其故。

第九回　避诏书假装病体　凑天时暗接龙须

过了数日,诏书到了,因王病狂,不省人事,只得将诏书供在殿中,候王病好开读,写表申朝廷。布政张昺,都司谢贵,每日入宫问疾。此时夏月,天气炎热,见燕王拥着烘炉而坐,犹寒战不已。张昺退出,与谢贵说道:"燕王何等英雄,今一旦狼狈如此,真朝廷之福也。我欲飞表,将燕王实病消息,报知朝廷。谢贵道:"你我外臣,纵然体察,不过得其大概,内中发病详细,必须会同葛长史,共同出本详报,方见你我做事的确。"张昺道:"有理。"遂密遣心腹吏李友直,请葛长史来议事。葛诚被请至,问道:"二位大人,有何见谕?"张昺因斥退左右,邀入密室,说道:"我等奉命,来守兹土,实为监制燕王。若有差池,我等罪也。今幸燕王大病,昨见他这等炎天,尚拥炉称寒,料不能痊矣。就使好了,也难图大事。故拟会同贵司,将燕王病状,细细奏闻,使朝廷得以安枕。你我责任,也可以少些。"葛诚道:"二位大人若如此轻视燕王,我等不久皆为燕王戮矣。"张、谢大惊道:"何以至此!"葛诚道:"燕王之疾,诈也。就其诈而急图之,使彼不暇转圜,庶可扑灭。若信以为真,防守一懈,彼突然而起,则堕其术中矣。"张昺道:"贵司何以知其诈,莫非有所闻见乎?"葛诚道:"非有闻见,以理察之。盖因让责诏书将到,不便开读,故作此病态,固不可知。然夏月非拥炉之时,而故拥炉,拥炉非有寒可言,而特特言寒,非诈而何?"张、谢二人听了,连连点头道:"若非贤长史才智深微,几乎被他瞒过。但此事如此区处?"葛诚道:"如今可乘其诈病,人心解体之时,急急请旨,夺其护卫,拿其官属,然后系之逮之,一夫之力耳。"张昺大喜道:"承教,承教!即当行之。"葛诚、谢贵辞出,张昺就在后堂,斥退书吏,写下表章稿儿,报说燕王之病是诈,乞速敕有司削夺护卫,并拿有名官属等事。做完本稿,又亲自写成表章,密密封印停当。犹恐怕内中有甚差讹,拿着本稿,只管思察。不料一时腹痛,要上东厕。本稿不敢放下,就带到东厕上,重复审视。看了半晌,觉无差错,便将本稿搓成一团,塞在厕中一堵破墙缝内,料无人知。上完厕,走了出来,将封印好的本章,差人星夜送往京师去了。

不料这事被那心腹吏李友直看在眼里。原来这李友直,最有机智,久知燕王是个帝王人物,思量要做个从龙功臣,时常将张昺的行事,报知燕王,以为入见之礼。燕王甚是欢喜,吩咐管门人说:"这人来,即时引入见我,不可迟缓。"这日,恰恰李友直看见张昺叱退书吏,自坐后堂,写下表章。知与燕府有些干碍,便留心伏在阁子边,悄悄窥看。看见张昺写完表章,封印停当，又看见他将本稿带到厕上，去了半晌，及出来，都是空手，步到堂上，发过本，自回私衙去了。李友直放心不下，走到后堂，细细搜寻。不见有甚踪迹，又走到厕上来寻。也是合当有事，那厕边破墙缺中，露出一些纸角来。他信手扯出来，理清一看，恰正是参燕王的本稿，谢贵、葛诚，俱列名在内。遂满心欢喜，以为此本稿，又是一个进身好机会，忙忙拿了，即去报知燕王。走到燕府，管门人认得李友直，是燕王吩咐的人，即时引他入见燕王。李友直将张簭之事，说了一遍，就将本稿呈上。燕王看了，大怒道："这等奸臣，怎敢如此害我，我必要先杀他！"就对李友直说道："你为寡人如此留心打探，异日事成，寡人自然重重赏你。"李友直叩谢，退出去了。

燕王就召道衍，将本稿与他看，又说道："寡人诸事已备，如今时势又急，正宜发动，不可迟缓。"道衍道："大王独不记袁柳庄神相之言乎？他许大王年交四十，髯过于脐，方登大宝。今大王年虽才交四十，似乎可矣，但臣窃观大王，髯倘未过于脐，则犹未可也。"燕王听了，不悦道："年可坐待，而髯之长短，却无定期，如何可待？若必待髯长过于脐，方登大宝，寡人恐大宝之登，又成虚望了。"道衍道："大福将至，鬼神自然效灵，非可寻常测度。愿大王安俟之，髯生不过旦暮事耳。"燕王似信不信，无可奈何，只得退入内宫，时时览镜，自顾其髯，或拈弄而咨嗟，或抚视而叹息。

徐王妃见了，问知其故，暗想道："髯乃气血所生，必积渐而后长，怎能顷刻便过其脐。王情急切，何以得安，必须如此如此，方可稍慰王怀。"算计定了，因治酒，苦劝王饮。燕王被诳，多饮几杯，不觉大醉，就倒在榻上睡下。徐妃乘王睡熟，因将自己头发，检选了数百根，摘下来，悄悄用手将一根根都打一个结儿，结在燕王龙须之上。接完了，再用手细细拂拭，竟宛然如生成一样。及燕王酒醒，坐起身来，徐妃贺道："恭喜大王，美髯得时乘运，已长过于脐矣。"燕王听了，低头一看，用手一捋，果然黑沉沉一缕香髯，直垂过脐，不觉又惊又喜。因看着徐妃笑说道："我只睡得片时，为何须忽长如此？虽鬼神栽培，亦所不及。贤妃忙忙贺我，定知其故。"徐妃笑而不言，燕王再三盘问，徐妃方奏道："此妾之发也，因见王情不悦，妾心正忧，故将妾发，戏接王须，以博大王之一笑。不期天假妾手，竟若生成，实大王之洪福也。"燕王听了，大喜道："此乃凤毛接龙须也。"因挽徐妃同坐道："贤妃有如此灵心，又有如此巧手，异日同享富贵，是贤妃自得，非寡人所及也。"二人甚喜。只因这一事，有分教：天心有定，人事凑合。欲知后事，请看下文。

第 十 回

北平城燕王起义　夺九门守将降燕

再说张昺疏到了京师,朝廷果差一个内官赍诏来,坐名捉拿护卫官属。又敕张昺、谢贵协同捉拿,不许走漏一人。张昺、谢贵得旨,便将北平城中护卫兵马,并屯田军士,俱调来布列城中,暗暗围着王府。又恐怕王城中有兵突出,复于端礼等门,尽将木栅塞断,甚是严谨。但未奉诏擒王,不敢逼入王宫,只日夜提防。而燕府中,只称王病,不开读诏书,内臣不敢拿人,捱了数日,见燕府只是如此,内臣急了,只得与张昺、谢贵商量道:"诏书原敕王自拿官属付我,而王只托病,不开读诏书,我辈岂敢妄动。"三人只得又共同飞疏,奏报朝廷。

朝廷又降下密敕与卫官张信,敕他乘入卫之便,手执燕王。张信接了密敕,大惊道:"朝廷殊无分晓,燕王何人,我一卫官,怎能手执?"又系密敕,不敢与人商量,只得告知母亲。其母甚是贤智,因说道:"此事断不可行。汝父在日,常说天下的王气,在于燕分。故今燕王所为所行,豁达大度,有王者气象。妾闻王者不死,岂汝所能手执?若从密敕,轻举妄动,徒自取灭亡耳。"张信道:"若不执王,何以缴此密敕?朝廷问罪,祸亦不免。"其母道:"不如转祸为福,密告于王。王无祸,则汝亦无祸矣。"张信细细忖度,知母言为是。遂暗怀密敕,走到燕府,要见燕王。府中人辞以王病,不敢通报。张信道:"我之要见王,非我私自要见,乃奉朝廷密敕要见。就病在床,也须一面。"府中人只得通报,就引他入去。燕王见张信奉敕来见,不知何意,愈加装出许多病态。张信见了,拜伏于地道:"微臣犬马之诚,实在殿下。殿下不必瞒臣,有事当与臣商之。王若必以臣为不诚,过加疑忌,则臣奉有密敕,在此执王,王须就执。"一面说,一面怀中就取出密敕,呈与燕王。燕王看了,真是密敕,忙忙起来,用手挽扶张信道:"贤卿救我一家性命,何以报德?"张信道:"君臣何言报也。但事急矣,愿大王早为之计,迟则恐有变。"燕王肯首道:"卿言是也。可暂退,即当举义,决不使朝廷累你。"张信因退出去。

燕王召道衍入宫,将密敕与他看了,遂问:"今用何计?"道衍道:"今大王不必问矣,年至四十,鬓已过脐,将士聚集,兵马训练,钱粮充足,七月交秋,天时已至,朝廷一诏二诏,人事又迫,此时不举义,更待何时!"燕王大喜,遂召张玉、朱能入宫,谕以举义当从何起。朱能道:"士卫兵马,虽布满城中,不过虚张声势而已。大王起义之日,只消臣带护卫一二百人,先擒张𬮱、谢贵来,斩首祭旗,则其余自惊散矣。"道衍道:"将军以兵擒之,不如以计捉之。"朱能道:"国师有何计策?"道衍道:"只须依诏书将所逮官属收下,命谢贵、张𬮱入宫付之。彼一入宫,须如此如此擒之。"燕王大喜,遂传出命旨,称说病愈,约壬申日亲御东殿,将所逮护卫官属,照坐名拿下,召谢贵、张𬮱入宫,查明交付内宫,以复明诏。正传旨间,忽殿之前檐,堕下一片瓦来,跌得粉碎。燕王见了,不悦道:"莫非此举不祥?"道衍道:"此大吉之兆,非不祥也。"燕王道:"何以言之?"道衍道:"旧瓦碎,欲殿下易黄瓦耳。"燕王方才大喜。

到了壬申这日,燕王清晨出来,坐于东殿,暗暗埋伏精兵于殿旁之两庑,然后大集王府官僚,传出令言,召布政张𬮱、都指挥谢贵入宫,交付朝廷所逮官属。张𬮱、谢贵以为兵马围绕王府甚众,燕王计穷,诈病不能了局,故不得已而交付所逮官属,遂信为实情,昂然而入。走到殿前,望见殿上燕王,虽然病愈,却尚倚仗而坐,只得朝见。朝见过,因奏道:"前奉朝廷明诏,坐名逮护卫并官属人等,今又奉殿下令旨,捉拿交付臣等,故臣等特来朝见领去。"燕王道:"你要拿人么?这个容易。"将头一举,近侍就大呼道:"护卫何在,有旨拿人。"殿上只传得一声,两庑下早涌出二百精兵来。有许多跑到殿前,将张𬮱、谢贵绑缚起来。又有许多走到殿上,将长史葛诚拿将下去。三人被擒,忙大叫道:"此系朝廷明诏所为,与臣等何干?今殿下加罪臣等,莫非殿下之病尚未痊愈?"燕王大怒,因将所倚之杖,投于地上,大骂道:"我有何病,不过为你一班奸臣所逼耳!"张𬮱道:"殿下今日倚着伏兵,诱杀臣等,但恐朝廷闻知殿下擅杀钦命大臣,怎肯甘休!那时大兵临门,恐大王悔之晚矣。"谢贵道:"一时之怒,终身之祸,大王须三思而行。莫若姑留臣等,尚可挽回。"燕王道:"寡人大兵,就要南下,朝廷救死不暇,焉敢加予。今先斩汝三奸人之首,悬之藁街①,晓谕

---

① 藁(gǎo)街——街市。

满城奸人,使他知警。留之何用!"因叱校尉,把三人推出斩首。

就要发兵去夺北平城九门,忽官僚中闪出一人,俯伏殿前,大声痛哭道:"大王斩此三人,祸不久矣。"燕王视之,乃伴读余逢辰也。因骂道:"迂儒!寡人今日起义,乃大吉之期,为何哭泣,说此不祥之语!"余逢辰道:"臣见大王所为非礼,又有三大不可,故一时激切言之。至于吉不吉,祥不祥,不暇计也。"燕王道:"有什么'三大不可'?"余逢辰道:"朝廷,君也;大王,臣也。以臣杀君之臣,名分必有伤,此一大不可也。朝廷所有,天下也;大王所据,不过一隅。以一隅而欲抗衡天下,势力不敌,此二大不可也。朝廷不加兵,而以诏敕劝戒,仁义也;大王不谢过,而擅杀命臣,暴虐也。以暴虐而欲加仁义,人心必不服,此三大不可也。有此三大不可,故臣但见为取祸,不见为举义,乞大王加察。"燕王听了,又骂道:"腐儒!只知死泥虚名,不知深思实义。寡人乃高皇帝嫡亲第四子,以上三皇兄皆薨,则高皇帝之天下,原寡人之天下,孰当为君,孰当为臣,天下虽大,而一小子与两班书生,岂能用之? 寡人一隅纵小,明日兵出,不异汉之席卷三秦,势力又安在哉? 若其不一年而废削五皇叔,今又兵围寡人,仁义乎? 暴虐乎? 寡人遵祖训,今日先诛此三奸,明日再举兵向关,尽除君侧之奸,使朝堂肃清,迹虽似乎暴虐,实大圣人之真仁义也。汝腐儒拘谨固执,安能知之! 此等腐儒,留在世间,误天下苍生不少。"因命校尉,亦推出斩首。

随即令张玉、朱能,领兵擒捉围绕王城将士,并分夺省城九门。二将奉旨领兵突出,正要擒捉围城将士,不料围城将士,听见燕王杀了张籨、谢贵,大家心慌胆碎,一齐散去。及二将领兵突出王城,已不见一人。正欲分夺九门,忽见一将,领着千余人,竟奔府城而来。原来来的这将叫做彭二,也是一个都指挥,与谢贵同一营。听得谢贵被燕王诱去要杀,不胜愤怒,忙传号令,招呼兵将,要攻入王城去救。不料将士不齐心,一时招呼不来,招得半晌,只招得千余人,遂领了竟奔王城而来。恰遇着张朱二将领兵而来,彭二一马当先,大叫道:"燕王藩臣,敢于擅杀天子命吏,已犯大逆之罪。汝臣下之臣,复助纣为虐,其罪更当何如?"朱能大怒道:"燕王举义靖难,汝等一辈为难奸臣,不杀何为!"因举枪劈面刺来,彭二忙侧躲过,亦举枪还刺。朱能初出王城,正要卖弄英雄,斗了数合,就乘空大喝一声"着",将彭二刺死于马下。众兵见彭二刺死,早纷纷逃散。及张、朱分夺九门,九门将士,早有八门自知力不能敌,皆拱手而降。唯西直门守将坚持不下,有人报知燕王。燕王复遣指挥唐云,传谕守将:"汝毋自苦,朝廷已听燕王自制一方矣,汝为谁守?"守将信之,遂亦降燕。燕王一举义,诛了五臣,夺了九门,满心欢喜,遂与道衍商量后事。只因这一商量,有分教:征诛得计,仁义抱惭。不知后事如何,且看下回分解。

第十一回
攻王城马俞败走　夺居庸二将成功

却说燕王既遣张玉、朱能、唐云，夺了省城九门，便要捉拿三司众官，道衍因说道："凡举义必须有名。今大王举义，若不倡一举之美名，则人必以为是夺建文之天下，则有或符或违，非为全算。"燕王道："然则将何为名？"道衍道："臣读祖训，见内有清君侧之恶训。今齐泰、黄子澄，是君侧之恶，朝廷之难，乃彼而作。大王何不以靖难为名，请诛二人，使天下知大王非私天下，则举义之名正言顺矣。"燕王听了大喜，遂命内臣为文，以誓师道：

予太祖高皇帝之子也，今为奸臣谋害。祖训有云："朝无正臣，内有奸恶，必训兵诛之，以清君侧之恶。"况今祸迫于躬，义与奸邪，不共戴天，故率尔将士讨之。罪人既得，则当法周公以辅成王。尔将士其体予心，毋违命！

文末止书二年七月，竟削去建文年号。

燕王誓师毕，又出榜于通衢道："三司奸臣张籨、谢贵、彭二，及长史葛诚，伴读余逢辰，同恶相济，今已擒诛。其兵从正者，速赴府报名，照传供职。"不一日，布政司秦政、郭资，按察司副使墨麟，都指挥同知李睿、陈恭，并府县各官，俱次第到王府报名入册。唯都指挥使马宣、俞瑱二将不服，竟统领麾下兵将，来攻王城。朱能、张玉闻知，便率兵抵敌。大家在城中，或大街，或短巷，东边赶到西边，南头杀到北头，竟混战了一日。马宣、俞瑱毕竟众寡不敌，被张玉、朱能杀败了。马宣逃走，往蓟州去。俞瑱逃走，往居庸关去，按下不提。

却说朱能、张玉，见马俞二人败走他方，也不追赶，忙收拾兵马，查点捉获兵卒。直乱三日，然后城中大定，百姓安靖如故。此时燕王雄踞北平，以为根本，竟自署官属，遂以邱福、张玉、朱能，为指挥佥事，统领合城兵马。又擢布政司吏李友直，为本司右参议，掌管府郡政事。凡有关系军务，不论大小，皆奏请燕王亲自裁夺。

城中既定，众将报功毕，遂将当阵擒获从乱士卒，册籍呈上，候旨枭首。不期燕王未出，适值道衍入见，偶将册籍一看，见内中有金忠名字，打动他十年前的心事。因叫长随去查问："这金忠系何处人，为何在此从马宣、俞瑱作乱？"长随问了，来回复道："这金忠说是浙江宁波鄞县人，为因有罪，遣戍到马宣卫所。马宣作乱，不得不从。"道衍问明，候燕王出殿，即奏道："臣有一故人，叫做金忠，今犯从乱之罪，乞大王赦之。"燕王问故，道衍遂将十年前席道士指点之事，细细说了。燕王听了，喜道："原来尘埃中，原有异人。"因传令旨，将从乱尽行枭首，单赦金忠，召入殿来。金忠承召，叩首谢恩，燕王因问道："姚国师说，你受了席道士一种数学，可为寡人细细一卜，看靖难师出，胜负何如，几时能成大事？"金忠领旨卜完，因奏道："此卦乃潜龙升天，大吉大卦。靖难师出，攻无不克，战无不胜。但遇大木穿日，小不利耳。若问成事，只候水拥马来，便登大宝矣。"燕王问道："何谓'大木穿日'？何谓'水拥马来'？"金忠道："此系天机，臣不敢泄，时至自知。"燕王大喜，遂令金忠为府中纪善，随侍帷幄。

金忠谢恩退出。燕王问道衍道："北平自城，既已定矣，靖难之师，亦已起矣，为今之举，当取何地？"道衍道："南征为缓，北伐为急。若不先清北地，必有内顾之忧。今宋忠拥兵居庸，意在图燕；既闻镟、贵受诛，其谋愈急；又兼俞瑱败走，与他合党，宜急攻之。"燕王深以为然，遂召集诸将，说道："居庸关路隘而险，乃北平之咽喉。我师必得此，方可无北顾之忧。今为宋忠、俞瑱所据，非我之利。又闻宋忠退保怀来，单留俞瑱守关，须乘其初至，众心未定，急往攻之，则易取也。若稍稍迟缓，彼部署一定，必增兵坚守，再欲取之，则未免费力。"诸将皆应道："是！"燕王就令指挥徐安为将，千户徐祥为先锋，率兵先行，自帅大兵在后压阵。徐安兵到关下，徐祥看见关前，并无准备，因领一队兵马，大呼杀入。俞瑱见了，慌忙招呼将士迎敌。仓促中怎挡得燕兵奋勇而来，左冲右突，杀得马倒人翻。俞瑱支持不住，只得弃关，领了残兵，逃往怀来，报知宋忠而去。

燕王兵到，见得了居庸要地，满心欢喜，就要发兵袭取怀来。诸将道："宋忠调集沿边的兵马甚众，今尽在怀来，我师若往袭取，不过数千，恐彼众我寡，难与争锋。况居庸一关，乃彼必争之地，俟彼来争，则破之易耳。"燕王道："凡用兵当以智胜，难以力论，宋忠拥兵虽众，然无才胆不，又轻躁寡谋，闻我诛了张镟、谢贵，今又夺了居庸，彼心已碎，焉敢出兵。今乘其无措，潜师而往，破之必矣。"遂亲帅八千兵马，倍道而进。只因这一进，有分教：兵称有制非关众，将贵先机亦在谋。欲知后来胜败，看下回分解。

第十二回

设奇计先散士卒　逞英雄杀入怀来

却说宋忠奉旨来调集沿边兵马，又选燕府精壮，隶于麾下，一时兵多将广，可以压住燕王的邪谋。若使宋忠果有忠君之志，定乱之才，一闻燕王起义，杀了张昺、谢贵，便当率沿边将士，杀入燕府，可一时扑灭。不期宋忠果然无才胆小，忽闻燕王起义，恐祸及身，早退保居庸。及俞瑱败走居庸，他见势头不好，又退保怀来，单留俞瑱坐守居庸。不料燕王又夺了居庸，俞瑱逃到怀来，二人正慌张无措，忽又报燕王亲帅大兵，来取怀来。宋忠闻报，这一惊不小。因心生一计，聚集调选燕府的精壮，说道："燕王反叛朝廷，谋为不轨，汝等知道否？"众兵道："已知道了。"宋忠道："前日朝廷旨意，选调你们到我麾下，是爱你们精壮，可以边上立功名。故着你们家小，原住北平，异日立了功名，封妻荫子。不期燕王反了，道你们归顺朝廷，不助他为恶，一时恼怒，遂将你们家小都杀了。你们知道么？"众兵听了尽吃一惊道："这事小的们全不知道，只怕信还不确。"宋忠道："我已见报，怎么不确。"众兵见是确信，皆放声大哭道："朝廷调选我们，我们原不情愿，因被燕王送出册子，故无奈何，抛弃父母妻子而来，为何转说我们归顺朝廷，杀我们家眷。这冤屈何处去伸？"宋忠见人心已动，因说道："你们父母妻子，已被他杀了，哭也无用。莫若抖擞精神，与我去擒燕王，与你们去报仇。"众兵厉声答道："莫不致死！"宋忠大喜，遂命指挥彭聚、孙泰，率领众精壮为前部，先渡河迎敌。自领众兵在城，为阵以待。

早有细作探知其事，报与燕王。燕王因命军中查出选去精勇的子侄来，叫他张用旧时旗号。又叫众精壮的亲戚、朋友、乡邻，同聚一队，向前厮杀。又立起一面招降旗，招呼精壮归降。不多时，两军相遇，各各射住阵旗。众精壮远远望见燕阵中的旗帜，倒有一半是他们旧时名号。有眼快的说道："那个少年拿枪的，不是我儿么？"又有看见的，指说道："那个中年骑马的，不是我叔么？"这个认出家人，那个认出朋友；这边呼名，那边答应；那边招手，这边点头。大家看得明白，尽欢喜道："原来是主将骗我们！我们家眷俱各无恙。"又看见燕营竖着招降旗号，早纷纷过去了一半。彭聚、孙泰哪里禁压得住。

忽见燕阵上张玉提刀跃马，冲过阵来。彭聚忙提枪迎敌，两将并不答话，即时交战。战了数合，彭聚当不得张玉力大，渐渐要败。孙泰见了，只得把马冲出，提刀来攻，两下混战，张玉全无惧怯，愈觉精神。燕阵上朱能见两将夹攻，遂提枪跃马冲出，大喝道："我来也！"那马冲到彭聚面前，照左肋下一枪刺来。彭聚措手不及，早被枪尖刺着，挑下马来。那孙泰正与张玉苦战，忽见彭聚被朱能刺死落马，惊得魂魄全无，策马退后便走。张玉放马赶上，把刀砍来，孙泰躲闪不及，早已被砍为两段。合营将士看见两个主将阵亡，精勇又招去一半，谁敢守阵，只得抛旗弃鼓而走。

燕王看得分明，将鞭鞘一举，指挥将士渡河追赶。赶到城下，见宋忠将数万人马，摆成阵势，列于城外。他见自家的败兵涌至，早已冲动阵脚，又听说燕兵勇不可当，虽奉军令不许擅动，心下实是慌张。及燕师赶到，诸将还打算与他对垒。燕王忙召张玉、朱能，并诸将激之道："兵不在多而在精。我观宋营无头无尾，无正无变，阵不成阵；孰偏孰里，将不成将；东西散乱，兵不成兵。人马虽众，不过蜂蚁耳。众将军若奋勇直冲，自不战而鸦鹊乱矣。不乘此时擒捉宋忠、俞瑱，更待何时！"张玉、朱能与众将听了，齐应道："燕王详审兵势，有如观火，已明示臣等功名之路。臣等敢不效力！"燕王见众将齐心，大喜，因各赐酒三杯，命军中擂鼓发炮。众将一齐上马，带领精兵，乘着震天鼓炮，竟如一阵猛虎直往宋营杀来。宋忠看见，急合众将迎敌。众将虽有百余员，却你推我，我推你，无一将敢奋勇当前。宋忠见了大怒，遂挥剑临阵，要一一斩首。众将慌了，遂一齐拥出阵前。恰值燕将冲到，只得倚着人众，一齐上前混战。怎奈人虽多，却非惯战之将。战不多时，张玉早刀砍了两个，朱能早枪挑了三个，邱福早鞭打了一个，唐云早枪刺了两个，直杀得众将胆战心慌，这个东边闪开，那个西边遁去，一霎时杀得一个将官也不见了。众燕将看见宋营，果然将不成将，兵不成兵，阵不成阵，遂一齐呐喊，杀入阵中，横冲直撞，如入无人之境。宋忠看见势头不好，只得从后营飞马遁入城中去了。合营军士虽有数万，但见主帅已逃，哪个还立得住脚，遂一哄都往城里乱窜。

此时俞瑱正守城门，见宋忠逃走入城，恐燕兵乘势赶入，急令关闭城门。怎奈数万败兵一涌入城，几乎连城门都要挤破，怎容得你来关闭。败

第十二回　设奇计先散士卒　逞英雄杀入怀来

兵入城尚未一半，后边燕兵乘胜赶来，杀开一条血路，已冲入城中矣。俞瑱在城上看见燕兵入城，知守不住，慌忙下城，奔到宋府，要约宋忠同逃往宣府去。遍寻宋忠不见，乃要自逃，而燕兵已围住宋府，不能得出。燕兵拥入宋府，看见俞瑱，先捉了。遍搜宋忠，只是不见。直寻到东厕中，方才将宋忠捉出，就乘势夺了怀来城池。

此时燕王也飞马入城，出榜文，招降兵马，安抚百姓。不多时，宋忠沿边调来的三万兵马，都随着燕府选去的精壮来投降。燕王大喜，因谓张朱二将道："前日宋忠调选精壮时，姚国师就说，'调是凭他调去，用是终为我用'，今果然矣。"遂命张朱二将，将三万兵马，分隶各部。不多时，众将把宋忠、俞瑱解来，燕王因笑问道："二位将军，为国防制寡人，可谓劳苦矣。然不知大命，劳而无功，却将奈何！"宋忠、俞瑱一言莫对。燕王又说道："留汝不如杀汝，以成汝名。"因命军士推出斩之。

正是：

　　尽忠自恨无才，甘死方知臣节。

未知燕王又取何方，再看下回分解。

第十三回

燕王定计取两城　炳文战败回真定

　　燕王既得了怀来，斩了宋忠、俞瑱，又传檄山后诸州，而开平、龙门、上谷、云中诸守将，皆来归附，一时兵威大震。探马报到朝廷，朝廷闻知北平兵起，因命廷臣议计之。廷臣皆荐长兴侯耿炳文老将知兵。建文帝因降诏，命耿炳文佩征北大将军印，帅兵三十万北伐。耿炳文奉诏，忙下教场，点齐三十万人马，选都指挥杨松为先锋，都督潘忠、徐凯为左右翼，择吉出师，星夜往北进发。一日兵到真定，耿炳文探知燕兵已到涿州，相去不远，因命驻师，待燕王兵至好接战。又想兵聚一地，不足张威。就合先锋杨松，领兵九千，进据雄县，以为前部；又遣都督徐凯，领兵驻河间；又遣都督潘忠，领兵驻莫州，三路以为声援。自以为分拨有方，连络合法。

　　早有细作打探明白，报知燕王。此时正是八月十五，燕王因命众将，潜师屯于娄义。候至日晡①，乃谓诸将道："用兵有机，机不可失。今夕中秋，南将贪饮为乐，必不设备。此破之一机也，愿众将军努力。"众将道："大王神机妙算，自无遗策，敢不效命！"燕王大喜，遂命秣马会食，乘着黄昏时候，带领三千甲士，渡过白沟河，行到半夜方抵雄县。果然静悄悄，竟无准备。遂一声炮响，众将引军，竟破城而入。此时杨松已醉，听见炮响连天，吓得胆战心摇，急披挂上马，招呼麾下迎敌。众军皆在醉中，而燕兵已涌入营来，刀枪齐下，竟如砍瓜切菜，不独自身战死，而九军俱不能生还。

　　燕王遂取了雄县，诸将皆称大王用兵之妙，孙吴②不及也。燕王笑道："不独此也，诸将军若不惜劳苦，寡人还有一计，可乘此生擒潘忠。"众将惊讶道："潘忠在莫州，去此百里有余，大王何计可以生擒？末将不解也。"燕王道："寡人今夜破雄县，潘忠未知，可遣一人装做杨使，乘夜到

---

① 晡——古代指申时，即午后三时至五时。
② 孙吴——春秋战国时名将孙武、吴起。

莫州报与潘忠,只说燕兵围城,求他来救。耿炳文分他在莫州,原为声援,他闻报自然速来。来时伏兵断其归路,两处夹攻,未有不成擒者。"众将听了,皆称奇计。燕王就差人装做杨使,去报潘忠。又命谭渊领兵一千,伏于月漾桥水中,候潘兵过后,听号炮一响,即起据桥,以断归路。分拨已定,然后自率众将,在雄县以待。果然潘忠闻报雄县被围,即时领兵飞奔而来,以为救援。过了月漾桥,将到雄县,前哨探马来报道:"杨松被杀,雄县已失。"潘忠听了大惊,方悔来差了,急急传命回兵。忽见城上金鼓齐鸣,炮声震地,燕将一齐拥出城来,喊杀连天。潘忠见退不及,只得指挥众将,上前迎敌。众将既传令要退,又指挥迎敌,便觉人心不一,虽勉强交锋,毕竟疲怠,怎挡得住。燕王以为得计,更加猛勇。潘兵战不多时,阵脚立不住,只管挫将下来。潘忠看见势头是个败局,遂令后营改作前营,速速退过月漾桥,以为接应。不期后营退到月漾桥,又被谭渊领水中的伏兵,排列于月漾桥之两岸,伏弩齐发,炮声震地。稍若近前,矢石如雨。潘兵见了,忙去报与潘忠道:"不好了,归路已被燕兵阻断。"潘忠大惊,因传令道:"前有劲敌,后无归路,为今之计,唯有舍命力战而已。"令虽传下,怎奈军心已乱,哪里禁约得定。前营战败,逃到后营,后营无路,又奔前去。前后一齐乱窜,燕兵四面围袭,只叫要拿活的,不许走了潘忠。潘忠主张不定,只得弃了众兵,策马往小路而逃。不期小路中又有埋伏,把挠钩套索将潘忠捉住绑缚,解去见燕王了。潘兵进退无路,又听见主将被捉,只得四散逃生。逃不去的,不是被杀,就是投降,还有许多淹死在月漾桥水中。燕王料莫州城空虚,乘胜进兵,取了莫州。众将皆进贺道:"大王妙算,真有鬼神不测之机。如此取天下,不啻摧枯拉朽矣!"燕王道:"此小敌耳,何足言奇。耿炳文虽称老将,实不知兵。今大队在真定,闻杨松之死,潘忠之擒,必不敢妄动。众将军不趁此时破之,更待何时?"众将道:"大王胜算,自合兵机,末将敢不效力!"燕王遂点起精兵三万,命张玉、朱能领了前部,先去与耿炳文对垒,自率大兵在后压阵。

再说耿炳文兵马驻扎真定,指望杨松前进一步,然后自进。不期驻扎不久,早已报杨松战败而死,心内犹想尚有徐凯兵在河间,潘忠兵在莫州,相为犄角,燕兵或未敢深入。不期隔了一日,又报潘忠领兵救援雄县,已被生擒,心内十分惊惧。暗想道:"久闻燕王善于用兵,我还不信,今我尚未与他接战,他竟袭破二军,取了两城,真可谓迅雷不及掩耳。但恐他乘胜突至真定，我须要严阵以待，使他知我有备，方不敢轻觑。"因命左副将李坚，右副将宁忠，与左都督顾成，列营于滹沱河，准备炮石，埋伏弓弩。知燕兵必由西北而来，遂将西北一带，守得铁桶相似。

燕王领兵乘胜而来，离真定还有二十里，不知耿兵屯于何处，因叫前哨，去捉了几个城中出来采樵的百姓，问他耿兵屯于何处，百姓道："耿元帅大兵，俱在真定城中。今闻得大王兵从西北来，遂命李、宁、顾三将军，列阵在滹沱河北岸，以待大王。雄兵战将，密密排布，七八停都聚于此。"燕王又问道："东南也有营阵么？"百姓道："营阵虽有，但守卫单薄，料大王不从此来包。"燕王问得明白，厚赏百姓遣去。就命张玉、朱能，领众兵鸣锣击鼓，从西北向直奔耿营作正兵，与之交战。自带邱福，暗暗领三千精骑，绕过城西，直逼东南的营阵作奇兵。

正是：

兵有奇正，所以能胜。

单奇不正，全无把柄；

单正不奇，只好听命。

奇正不知，如坐陷阱。

奇正之用，虽有万端，

奇正之理，则唯一定。

却说张玉、朱能，奉燕王令旨，领了大兵，向真定来到了耿炳文阵前。耿炳文打探燕兵将到，恐三将有失，亲自出城，临阵督战。张玉、朱能恐燕王的奇兵未曾绕到，不敢逼近耿营。见他矢石坚守，便也扎住营盘，休息兵力。到了次早，方同众将，跃马出阵前。南阵上耿炳文也领众将，立马门旗之上，请燕王答话。张玉厉声道："燕王乃高皇帝嫡子，今皇上之叔。汝何人，敢请答话！"耿炳文道："叛逆何尊之有？吾奉命讨燕，非不能战，而请燕王答话者，盖有善言奉劝，欲保全燕王也。"张玉大怒道："燕王举义是遵祖训，以靖难诛奸，何为叛逆？汝既奉命为将，而用兵之大义，尚且未知，更有何善之可言！"耿炳文道："皇上以仁义治天下，而天下安如磐石，有何难可靖！朝廷文武，尽皆忠良，有何奸可诛！若要靖难，除非自靖；若要诛奸，除非自诛。"张玉道："周、齐、湘、岷诸王，皆高皇帝之子，有何罪过？而听齐泰、黄子澄之谋，削之、夺之、迁之、死之，非难而何？非奸而何？今又屡诏，削夺燕王之护卫。燕王何如主，而肯受奸人之播弄！故

第十三回　燕王定计取两城　炳文战败回真定

举兵诛之若罪人。斯得自效周公之辅成王，非有他也。汝不达大义，摇唇鼓舌，以惑三军，真奸人之尤也。我若不先把你这老奸诛之，谁肯知警。今日汝来，是送死也。"因举刀纵马，直冲过阵来，要擒炳文。炳文因命李坚出战，李坚忙挺枪冲出阵前，大叫道："反贼慢来，认得我李将军么？"张玉道："我认得你是替耿炳文搪刀！"一面说，一面就举刀照头砍来。李坚忙用枪拨开，劈面相还。这一场好杀，但见战鼓齐鸣，阵面上征云滚滚，枪刀并举；沙场里杀气腾腾，一往一来，一上一下。两人直战了三十余合，不分胜败。耿炳文恐怕有失，忙令宁忠助战。宁忠马才到阵前，燕阵上朱能早飞马接住厮杀。耿炳文又令顾成助战，燕阵上谭渊又接着厮杀。六个将军作三对，正杀到龙争虎斗之时，耿炳文只顾立在阵前，催军督战，不提防燕王暗暗地从小路绕过城西，将东南二营袭破，转从东南直杀到耿炳文西北的营后而来。忽有东南的败卒报知耿炳文。炳文吃了一惊，急急分兵救应。而燕王与邱福的三千精骑，已从营后突入，横冲直撞，如一群猛虎。耿炳文营中，兵将虽多，今突然受敌，出其不意，便心下惊慌，把持不定。及听得燕兵喊声震地，杀将近来，部伍东西乱窜，自料是个败局。又闻燕兵个个大叫，要活捉耿炳文。炳文听见，十分慌张，哪里能顾得众将，竟带了一队亲兵，从右营突出，逃回真定城中去了。只因这一逃，有分教：尸横遍野，血流成河。不知后来如何抵敌，且看下回分解。

第十四回

李元帅奉诏北征　康御史上疏直言

诗曰：
　　为将虽然拥节旄，威名却不在弓刀。
　　奇功早定风云略，胜算先成虎豹韬。
　　六国势分亏借箸①，八千人散赖吹箫②。
　　若无张玉轻来去，虽保头颅不被枭。

　　却说刘坚、宁忠、顾成三将，奉耿炳文之令，苦战张玉、朱能、谭渊等将，已讨不得半点便宜。忽听得东南二营破了，燕兵又从后营杀入，主帅已逃回城中去了，心下十分慌张，哪里有心恋战，要退入营中。见营中兵将，已鸦飞鹊乱，料难镇定，只得望斜刺里，各自逃生。李坚虚晃一枪，奔往西山，要逃入城去。不期转过山嘴，忽山凹里冲出一将，手持铁棒，劈头打来。李坚急用枪招架，那铁棒却不落下来，早掣回着地一扫，将马脚打断。马倒了，将李坚掀下马来。这将却是薛禄。忙用铁棒按定，叫跟随用绳索缚了解回。这边李坚被擒，不料那边宁忠、顾成要逃走过河，亦被燕将捉住。其余兵将莫不受伤。这一阵斩首三万余级，获马二万余匹，尸横满地，溺死于滹沱河中者无算，逃入城中者，不及十停之二三。此时耿炳文逃在真定城中，收拾残兵，紧守四门，不敢再战。燕王挥兵围城，攻打两日不下，道衍因对燕王道："燕之得天下，不在此城。请还师北平，以休养兵力。"燕王以为然，遂收兵舍之而去，按下不提。

---

①　六国势分亏借箸——秦末楚汉相争之时，郦食其劝刘邦立六国后代，共同攻楚。张良认为不可，借刘邦当时吃饭用的筷子，为他筹划形势。事见《史记·留侯世家》。

②　八千人散赖吹箫——秦末楚汉相争故事。项羽军队被刘邦军队包围于垓下。夜晚之中，汉营有人用箫吹起了楚调；有人唱起了楚歌，楚军军心涣散，无心再战纷纷逃散，楚军遂大败。八千人，即项羽起义时，跟随他的八千江东子弟兵。见《史记·项羽本纪》。

第十四回　李元帅奉诏北征　康御史上疏直言

且说耿炳文兵败之信，报到朝廷，建文帝听知大惊。因问群臣道："耿炳文宿将，领兵三十万，征进北平，不过一隅，为何一败至此。"黄子澄道："胜败兵家之常，偶然失利，陛下不必深忧。若再调兵五十万，以天下之力，剿制一方，众寡不敌，燕王自成擒也。"建文帝道："耿炳文既败，不可复任。不知谁堪为将？"黄子澄道："曹国公李景隆，文武全才，可当此任。陛下前日若用李景隆去，必无今日之败矣。"建文帝深信之，遂召李景隆陛见，赐他斧钺，使得专征伐。师行之日，亲饯之江干。自北平起兵之时，已赦教谕程济出狱。以其言验，升为翰林院编修。今遣景隆为将，遂诏充军师，护诸将北征。程济辞道："臣之术数，不过前知祸福，实非有经济之才。恐滥处师中，无济于用。乞陛下另选贤能，以当大任。"建文帝道："祸福既能前知，则胜败自在掌握之中。卿幸勉为之勿辞。"程济只得受命而去。又传诏镇守北边诸将，各发兵征北平。

有人告大宁宁王，潜与燕王合谋，有事成中分天下之约，因降诏削宁王护卫。监察御史康郁因上疏奏道："臣闻亲其亲，然后可以及于疏。此语陛下讲之有素，奈何辅佐无人，遂令亲疏莫辨。今夫诸王，以言其亲，则太祖高皇帝之遗体也；以言其贵，则懿文太子之手足也；以言其尊，则陛下之叔父也。彼虽有罪可废，而太祖之遗体可残乎？不可残乎？懿文之手足，可缺乎？不可缺乎？叔父之恩，可亏乎？不可亏乎？况太祖身为天子，而一旦在天，遂不能保其诸子，使迂儒苛求，以致受祸，则其心宁不怨恫乎？臣每念及至此，未尝不为之流涕。此岂陛下不笃亲亲哉？皆残酷竖儒，持惨刻之偏见，昧一本之大义，病藩王之太重，谋削夺之，所以至此也。吾其进言，不过曰六国反叛，汉帝未尝不削①；二叔流言，周公未尝不诛②。一言耸动，遂使周王流离播迁，有甚于周公之诛管蔡③。况周王既

---

① 六国反叛，汉帝未尝不削——指汉初吴楚等诸侯王叛乱之事，六国应为七国。吴楚齐等七国势力强大，威胁到汉王朝中央政权，文帝、景帝两代采用贾谊、晁错建议，逐步削去王国封地。景帝时，吴王刘濞等七国起兵叛乱，被平定。

② 二叔流言，周公未尝不诛——二叔，即管叔、蔡叔；周公，即周公旦，西周周武王之弟。周武王死，成王继位，由于年幼，周公代为摄政。管、蔡二叔散布谣言，言周公想篡位。后管、蔡叛乱，被周公平定。

③ 管蔡——管叔、蔡叔，为周公之弟。

窜,湘王自焚,代王被迁,而齐王又废为庶人,为燕计者,必曰兵不举,则祸必加。则是燕之举兵,皆朝廷激变之也。及燕举兵,至今两月,前后调兵,不下数十万,乃日闻丧师,并无一夫之获。何谋削夺则有人,谋残骨肉则有人,及谋应敌除患则无人?谋国如此,谓之有谋臣可乎?当今之时,将不效谋,士不效力,徒使中原无辜赤子,困于道路,迫于转输,民不聊生,日甚一日。而帷幄大臣,反扬扬得意,竟以削夺藩王为得计者,果何心哉?陛下此时,若再不悟削夺之非,异日必有噬脐之悔矣。俗语云:'亲者割之而不断,疏者续之而不坚。'伏愿少垂洞察,兴灭继绝,释齐王之困,封湘王之墓,还周王于京师,迎代王于蜀郡,使其各命世子,持书劝燕,以罢干戈,以敦亲戚,则天下安,而国家靖矣。"建文帝览表,虽则感动,然行之恐燕王未必便退,故置之不问。

次日,都督府断事高巍,亦上表奏道:"昔贾谊有言:'欲天下治安,莫若众建诸侯而少其力。力少则易使,国少则无邪心。'此真制众侯之良策也。为今之计,莫若师其意,勿行削夺之谋,而行推恩之令。命秦、晋、燕、蜀四府子弟,分王于楚、湘、齐、兖;楚、湘、齐、兖四府子弟,分王于秦、晋、燕、蜀。其余比类皆然,则藩王之权,不削而自弱矣。"建文帝见奏,以为奇,因降诏命高巍,参督李景隆军务。

却说燕王自还北平,日与道衍商量南征之计。道衍道:"朝廷不以北平为意者,以天下之兵众也。今欲以一方之寡,而往敌天下之众,是寡劳而众逸,非为胜算。莫若声言靖难,而且自展疆域。则彼必劳师而远来,师劳,则彼自就于弱;我展疆域,则地必广,地广,则我日就于强。然后一举而渡淮涉江,孰能当之?则大事成矣!"燕王大喜道:"此论甚妙!"但广地而大宁最要,不可不取,然取之无计。忽闻朝廷有诏,削宁王护卫,因又大喜道:"此天赞我也!"忽又闻朝廷拜李景隆为元帅,领兵五十万北伐,师已至德州。燕王因大笑道:"李九江膏粱竖子耳,寡谋而骄矜,色厉而中馁,忮刻而自用,况又未尝习兵,见战阵而辄怯。今朝廷以五十万兵付之,是自丧之也。"忽又报朝廷诏各镇守诸将,发兵征燕,故辽东守将江阴侯吴高,已发兵围永平。燕王听了,谓诸将道:"我欲取大宁以自广,但无故出师,而大宁将刘贞、卜万等,必惊而设备。今吴高来侵永平,吾欲借救永平之名,而便道暗袭大宁。不知诸将以为何如?"诸将道:"吴高之围永平,势非危也,而李景隆大兵,闻已至德州,其势必压北平。大王兵出而李

第十四回　李元帅奉诏北征　康御史上疏直言

师猝至,却将奈何?"燕王道:"李景隆虽奉诏而来,然中心实怯,闻我在此,必不敢至。彼不至而吾往攻之,必不能覆其全师。莫若借援永平之名,吾率师自出,彼闻我出,必悉众来攻北平。俟其深入,吾回师击之。彼时坚城在前,大兵在后,彼虽欲走而无路,必成擒矣。"诸将道:"大王妙算固深得其情,但恐北平兵少,不足当景隆之众。"燕王道:"城中之众,以战则不足,以守则有余。且世子能推诚任人,足以御敌,不必忧也。"诸将道:"北平纵无忧,而卢沟桥乃北平之要地,亦须命将守之。"燕王道:"今吾之出,欲诱景隆之深入,若守卢沟桥,则景隆何由顿兵于城下而受困哉。诸君勿忧,吾筹之熟矣。"遂吩咐世子守城方略,而已竟帅大兵出援永平矣。只因这一援,有分教;进得雄疆,退擒大敌。不知后事如何,且看下回分解。

第十五回

燕王智袭大宁城　刘贞误坠反间计

却说江阴侯吴高镇守辽东,今奉诏征燕,只以为李景隆大兵将到北平,燕王必无暇他援,故引兵来到永平。不期围不多时,忽闻燕王亲自率兵来援,自知不敌,遂引兵逃归山海。燕王探知,忙遣张玉率兵追之,斩首数十而还。

燕王既解永平之围,遂召诸将议取大宁。诸将道:"欲取大宁,必由松亭关而过。今松亭关有刘士亨率大兵守之,必破关然后得入。况此关险隘难破,倘迟留于此,而李景隆师至北平,北平兵少,恐城中惊恐,奈何?莫若且回师先破景隆,然后来取大宁,此万全之计也。"燕王道:"不然也。袭取之兵,妙乎神速,归遏之师,利其老顾。今由刘家口径取大宁,不数日便可至。况大宁城中精勇,俱调守松亭,守城者不过老弱军耳,兵到即可破。城破之日,因而抚绥守松亭将士家属,则松亭之众,若不迹,必自降也。大宁既得,则大宁之精勇,皆我之精勇。率兵而归击景隆,直摧枯拉朽。毋虑北平,北平深沟高垒,守备完固,纵有百万之众,未易敢窥。其师顿一日,老一日,诸君勿忧。"遂进兵往袭大宁。

却说大宁守将有四人。两个都督,一个叫做刘贞,一个叫做陈亨。两个都指挥,一个叫做卜万,一个叫做朱鉴。刘贞为人柔懦不断,易于欺瞒。陈亨小有才干,却怀二心,往往与燕府通谋。朱鉴一味朴实,却不知变。唯卜万智勇超群,一心护卫朝廷。此时燕王正虑卜万骁勇,欲思有以制之,未有计策。忽前军获大宁探卒十数人,解上帐来。燕王心思一计,因召一卒到面前,问道:"你叫什么名字?"其卒道:"小人叫做王才。"燕王道:"吾有一封紧要书,要寄与卜将军,你能替我悄悄送去,不但饶你之罪,且有厚赏。"王才道:"千岁爷告饶了小人之死,莫说送书小事,便蹈汤赴火,亦不敢辞。"燕王大喜,命赏他酒饭,吃得烂醉。遂写了一封书,叫人替他缝在衣襟之内。再三吩咐他,小心送去,不可遗失。又赏他十两银子,遣他去了。然后吩咐将众卒系了,叫人看守内中一卒。他叫做李代,

第十五回　燕王智袭大宁城　刘贞误堕反间计

为人甚奸,因问守者道:"这王才,为何千岁爷不系,又赏他酒饭银子?"守者道:"千岁爷要他送书与卜将军,故此赏他。"李代道:"千岁爷差错人了。这王才好酒,不小心,最要误事。若差他下书,定要弄出事来。你需禀知千岁爷,改差我去,方才谨慎细密。我又不要赏赐。"守者道:"你若果有好心,待我与你禀千岁爷。"因走去半晌复来,说道:"我已禀明千岁爷,千岁爷说:'王才既已遣出,不便又改。他既不要赏,又肯出力,就遣他同去,候事成一总赏罢。'"李代听了大喜,遂辞守者,赶上王才,同回大宁。

李代要与王才分赏,王才不肯,道:"这是燕王赏我的,为甚我分与你?"李代怀恨,遂悄悄报知刘贞、陈亨道:"王才因探事被获,私受燕王之赏,替燕王传书与卜将军。"刘贞道:"如今书在何处?"李代道:"现在王才穿的衣内。"刘贞忙叫人将王才捉来,也不问长短,竟将他衣服剥下来。内中一搜,果然有书,密密地缝在衣内。拆出来打开一看,只见书中一半是褒奖卜万,并谢他通好的言语,一半是诋毁刘贞,叫他周旋之意。遂大怒道:"原来卜万与燕王相通,怪道他屡屡要取大宁。"因与陈亨商量道:"外有强敌,内有接应,此城危如累卵矣。这事若待奏闻,你我性命必不能保。"陈亨道:"兵法云:'先发制人,后发制于人。'况将在外,君命有所不受。今事在危急,先发后闻也。"刘贞以为然,遂伏兵两廊,着人请卜万议事。卜万不知,竟只身而来。刘贞因喝伏兵拿下。卜万惊问道:"为何拿我?"刘贞道:"不必问我,你自做的事,岂有不知!"因取燕王之书与他看。卜万看了,急辩道:"此燕王之反间计也,将军为何误信之,以自伤羽翼!"刘贞道:"是真是反间,一时也难辩,但城池为重,既有通书,岂敢复以地土托将军!将军且请狱中坐一坐,候皇上裁酌可也。"因叫人押至狱中。卜万苦苦分辩,刘贞终是不听,竟置于狱,又将卜万的家私抄了。就写疏飞奏朝廷。又把王才监候,做个证见,不提。

却说燕王打听得卜万拿了,满心欢喜,遂发兵从刘家口暗袭大宁。大宁虽然设备,然精勇俱调往松亭守关。大宁不过老弱,闻知燕兵到了,慌做一团。报与刘贞,刘贞虽是都督,但武艺平常,临不得大敌。只有卜万善战,却又下在狱中,不便复委。陈亨又东西推脱。只差朱鉴一人出城迎敌。朱鉴虽奋不顾身,直杀向前,怎当得燕兵个个猛勇。战了半日,后无接济,竟被张玉斩了。朱鉴既死,众兵支持不住,竟败走入城。燕王遂乘胜夺了城池。刘贞闻知大惊，只得自负敕印，单人独马，走出东门，逃往辽东，浮海以归京师去了。

燕王入城，忙着人到狱中去请卜万。不期卜万在狱中，已被众兵杀了。燕王闻知，不胜叹息。一面出榜安民，一面在都督府取出册籍，查点调往松亭守关将士之家，皆开仓厚加存恤。初时报到松亭，众将士闻知大宁被燕王夺了，皆以为家属未免受伤，尽惶惶不宁，思量要图报复，不料过了两日，纷纷信来，皆传说燕王厚恤之事，众将皆感激道："燕王既厚恤吾家，则吾等皆受燕王之惠矣，如今何不降燕！"于是守关都督陈友，都指挥房宽，指挥徐理、陈文、景福，皆相率骁勇来降。燕王大喜，俱优礼厚赏，待以心腹。原来这大宁，城居辽东宣府之中，在喜峰口外，俯视北平，实一雄镇。太祖不轻托人，故分封宁王于此，作东北一大藩。不意朝廷疑宁王与燕王合谋，因诏削他护卫，故宁王无权，一任燕王袭取。

燕王虽得大宁，恐留宁王于此，终非己有，因将大营扎在城外，亲自单骑入城，到宁府来见宁王。宁王闻知，忙出来相见。行礼毕，燕王就执宁王手而大恸道："吾与王皆高皇帝之子，纵不能传位为天子，封列藩王，亦礼之自然。奈何建文小子，听信奸臣，苦苦见逼。周、齐、代、湘、岷五王，既已相继受祸，今又命李景隆以大兵五十万，直加于我。使我进不能陈情，退不能守位，万不得已而用兵以救命。其穷蹙为何如，王弟得不怜我乎？"宁王道："建文一味仁柔，但凭齐、黄作恶。前日有诏，说我与王兄通谋，将弟护卫削去，殊可痛恨。今王兄既穷蹙如此，弟应上表，细诉此情，自然有个处分。"燕王致谢道："得王弟用情，感激不尽。"彼此欢喜，留居数日，情好甚笃。燕王出入无忌，因得结交思归之士，并招致守边精勇，同归北平。临行之日，宁王不知燕王有谋，亲送之郊外。燕王已暗命众将，拥归北平。宁王大惊，问故众将，故众将道："大宁将士，皆四方遣戍之人，边地寒苦，实不愿居。今蒙燕王招归北平，尽乐从命。将士皆去，大宁城为之一空，大王独留于此，外临边地，岂不危乎？燕王有所不安，故命众将，启请大王，同至北平，共享富贵。"宁王道："燕王既有此意，何不早言？"众将道："燕王原欲早言，恐大王狐疑不决，故临行上请也。"宁王暗想事已至此，料难退去，只得说道："既蒙燕王美意，但寡人无孤行之理。"道得令旨，着王府官吏奉世子妃妾，将府中所有资财，悉装载明白，随向北平去。只因这一去，有分教：疆域广而兵威盛，精勇多而攻战克。不知后事如何，再看下回分解。

第十六回

李元帅屯师北地　瞿都督保帅南奔

却说李景隆大兵驻扎德州,闻燕王在北平,不敢进逼。后打听得燕王率众去救永平,就要进兵,袭取北平,心下犹恐燕王有诈。过了数日,又打听吴高逃归山海,永平之围解了,燕王就乘便去袭大宁,心下想道:"燕王只贪袭人,不顾自家非为妙算。此时北平只一空城,若不引兵去取,更待何时?"遂率全师,竟往北平而来。

到了卢沟桥,料必有人把守,不期兵到桥边,竟无一人。景隆喜道:"燕兵不守此桥,则城中将帅,吾知其无能为矣。"遂令兵马直奔城下,高筑营垒,将九门紧围。又遣一将去攻通州,又恐燕兵从大宁一时突至,因结九营于郑坝村,以待之。时时亲督兵将攻城,见九门紧闭,不能得破,遂令兵将放火焚烧城门。燕府李让,及燕将梁铭等,奉令守城,见李兵放火烧门,随令军士汲水扑灭。景隆又命用炮打城,又命架云梯攻城,又命穴地道入城。外面百般攻打,内里百般拒守,并不能入。燕世子选募勇士,乘夜坠下城来,鸣锣击鼓惊搅,各营将士,睡不能安。景隆无奈,只得将营退下来。

忽一日,张仪门偶然守得单薄,被都督瞿能父子,借云梯之力,奋勇登城。守城军士敌他不住,遂被他砍开城门,领千余人,要杀入城。又恐城中宽大,千余人攻不入王府,又恐城外无兵接济,转被燕兵围住,不得脱身,因立在城门,招呼后兵接济。众兵看见,忙报景隆道:"瞿将军父子,已夺了张仪门,立在城门,招呼后兵。元帅须速速发兵接应,便立刻破此城矣。"景隆听了,暗想道:"我统五十万兵攻城,怎破城之功,倒被瞿能夺去?况此城已在垂危,既瞿能今日可登,则他将明日亦必可登。"因发令箭一支,叫人飞马传与瞿能,叫他千余孤军,万万不可轻易入城,恐被人暗算。俟明日率领大队,一齐杀入,未为迟也。瞿能得了令箭,不敢违他,只得退出。

正是:

　　小人别自具心胸,不望成功只忌功。
　　朝不识人用为将,江山那得不成空。

瞿能既退,燕世子吃了一惊,亲自临城审视。见城土干硬可登,忙督士卒汲水灌湿。时正天寒,一夜西北风起,早已水冻成冰,滑如油矣。景隆次日带领兵将,亲到张仪门,再要登城。见城上之冰,已冻成一片,哪里有容足之处。瞿能看了,深叹失了机会。李景隆全不追悔,竟想这城,破在旦夕。

不多时,忽探马来报道:"燕王将大宁得胜之兵,已回至会州。"景隆听了,心下着急,急忙令都督陈晖,领兵一营,渡过白河迎敌,又令郑坝村九营兵,紧守要害,不许放燕兵过来。自却列成一大阵,命将士昼夜防守。时正苦寒,将士昼夜立在大雪中,不得休息,冻死者甚多。燕王兵到会州,探知其事,因对众将道:"景隆违天时,自毙其众,我等可不劳而胜矣。"因检阅将士,分立五军,命张玉将中军,朱能将左军,李彬将右军,徐忠将前军,房宽将后军。五军又各置副将,把大宁归附强兵,分隶其中,连环而进。兵马正行,忽报南将陈晖,领兵在前面拦住归路。五军即欲并进,燕王道:"此小敌也,何必动众。"因自率精骑薛禄等击之。薛禄早一骑马,冲至阵前,陈晖挺枪迎敌。战未三合,燕王早挥精骑,一齐冲突过来。陈晖只一营兵马,如何抵挡得住,早马倒人翻,尽被践踏。陈晖看见一营兵马尽覆,怎敢恋战,忙在败军中逃出,只剩一个身子,飞马报与景隆道:"燕兵一大半是边关勇壮,锐不可当。小将一营兵将,被他铁骑冲突尽了。元帅须急准备。"景隆道:"你一军或者抵他不住,吾于郑坝村,已结连九营,用重兵把守。燕兵纵勇,恐一时也难飞过。"陈晖道:"燕兵势大,恐九营兵也拦他不住。"说尚未了,忽见探马来报道:"郑坝村九营兵已被燕兵破了七营,那二营也怕难保,元帅须发兵急救。"景隆听了,着惊道:"燕兵有限,为何如此厉害?"探马道:"燕兵也不知有多少,但是人强马壮,杀到面前,就似猛虎一般,谁敢与他对敌。"景隆还踌躇裁划,忽又探马来报道:"燕兵分做五军,连络而进。郑坝村九营兵俱被他破了,只在时刻,就逼近大营了。"景隆听了,十分着急,只得聚集众将,齐列辕门外,准备厮杀。但南兵虽众,俱是照策点来,未经选练。今忽闻燕王兵还,不一日之间,早杀了陈晖一军,又连破了郑坝村九营,今又逼近老营,先声赫赫,早使人惕怯,只思退避。唯瞿能父子猛勇,又因景隆忌功,不敢向前。

不多时,金鼓连天,炮声动地,燕王率领精兵,直压李营。张玉在阵前高叫道:"李景隆,纨绔匹夫,膏粱竖子,怎敢妄领大兵,擅自围城,暗袭王府!早早出来授首,使齐泰、黄子澄知警。"李景隆出阵应道:"吾奉诏讨

第十六回　李元帅屯师北地　瞿都督保帅南奔

叛逆,不知其他!"张玉大怒道:"谁是叛逆?你要讨谁?今且拿你来与千岁爷自问。"遂提刀跃马,冲过阵来,要捉景隆。景隆忙挥众将迎敌。众将看见张玉,俨若天神,俱皆退缩,不敢上前。还是瞿能看不过,就纵马出阵,喝道:"叛贼不要侥幸,得了小利,便眼底无人。你认得我瞿将军么?"张玉道:"且待我割下你头来,细细看,自然认得。"二人刀对刀,一搭上手,真是一双蛟龙,两只猛虎,直杀得天惨惨,日昏昏,云霭霭,雾腾腾。两人斗到四十余合,不分胜败。燕阵上朱能看见,大叫道:"五十万兵,如此俄延,杀到几时?我且先杀了李景隆这奸贼!"遂挺枪跃马,飞过阵来。邱福看见,也挺枪跃马,飞过阵来,大叫道:"偏你会杀李景隆,难道我不会杀李景隆?"景隆在阵前,看见二将冲来,忙挥一班二十员将,一齐出阵迎敌。二十员将,见主帅催战甚急,只得一齐拥出来,迎着二将厮杀。战不上三四回合,朱能早左一枪,右一枪,挑了两将下马。邱福也一枪,刺死了一将。瞿能正战张玉,看见朱能、邱福,连刺三将下马,恐主帅有失,因丢了张玉,来与二人交战。张玉看见瞿能去战朱能、邱福,便乘空飞马,直奔李景隆。景隆远远望见,只倚人多,忙又挥一班众将来迎敌。谁知众将虽多,皆非惯战之人。看见阵上杀得山摇地动,早已慌张,及令他出战,未免胆怯。当不得军令催促,只得一齐出来,接着张玉厮杀。燕王在阵前,看见燕将只三人,南将倒有四五十。虽如虎入牛群,时时斩将落马,犹恐寡不能夺众之气,遂鞭鞘一举,挥喝五军并进。这五军人强马壮,一时并进,就似山岳一般压来。李景隆看见,恐怕冲入营来,忙吩咐排列炮石、弓弩,紧守阵脚。吩咐未完,忽后营兵马,纷纷来报说:"城中九门大开,无数兵马,杀了出来,势甚猛勇。元帅快分兵去迎敌。"李景隆又吃一惊,主张不定。张、朱、邱三将,在阵上看见本营中五军齐出,一发有势,枪刀到处,只见马倒人翻,直杀得南军人人害怕,个个胆寒,只管退缩下来。

　　李景隆看见内外夹攻,势头不好,思量要逃走,却又见燕兵四围合来,无个去路,只在营前立马观望。瞿能苦战多时,见众将渐败,主帅又无变通,料想独力难支,遂将枪一摆,回马对李景隆说道:"兵势已如破竹,元帅此时不走,更待何时?"景隆道:"非不欲走,奈无去路!"瞿能遂叫儿子,领了数百家将,保护李景隆在后,自却一马当先,杀开一条血路,向南而奔,回德州去了。燕将见瞿能父子英勇,便也不敢拦阻。南营将士,闻知元帅已逃,哪里有心坚守,便逃的逃,躲的躲,被杀的被杀,投降的投降,一时鼎沸。只因这一败,有分教:主帅掩饰托言,廷臣隐讳不奏。毕竟后事如何,再看下回分解。

第十七回
掩败迹齐黄征将　争战功南北交兵

燕王既破景隆之师，又解北平之围，又得大宁的雄镇雄兵，兵威一发大震。这日得胜回城，众将俱来称贺道："臣等前日见景隆兵到德州，皆请大王先破景隆，而后攻大宁。大王不从，要远袭大宁，而诱景隆深入，然后以归师遏之。臣等初以为危，然自今观之，一一皆如圣算，真睿计神谋，高出孙吴万万。"燕王道："寡人想景隆柔懦无谋，又想大宁有可乘之机，偶为之，赖诸君之力，得以成功。然诸君前言，自是万全之策。不可以此为常，后有所商，不妨直言。"诸将逊谢，按下不提。

再说李景隆败回德州，收拾残兵，不肯明明认败，见人只说天气严寒，进战恐苦士卒，故退回德州休养，以待来春大举。然败走之信，纷纷传到京师。黄子澄与齐泰，打听的确，皆吃一惊。欲要奏闻，又奈是黄子澄自家力荐的，只得隐忍住了。此时齐黄二人，得君宠任，二人不言，也无人奏闻。当不得外人传说得多，早有中官传到建文耳朵里。建文因召黄子澄问道："闻得外边传说李景隆兵战不利，不知果然否？"黄子澄奏道："此信不确。但闻得与燕兵相持一月，不分胜败，近因冬残，北地寒冷，恐士卒不堪，只得暂回德州休息，俟来春更图大举。外面闻知退回德州，故有此乱传。"建文帝道："既北地严寒，将士劳苦，李景隆督师于外，深为可怜，朕当遣使赐赉，使将士知感。"就遣中使赍貂裘文锦，以及美酒赐之。其余将士，俱各颁赏。李景隆得了此赐，知北平之败，弥缝过了，心方放下。又招集人马，以图掩饰。

燕王打探得知，因与诸将议道："李景隆虽然败去，然士卒实无大伤，使之安坐德州，以养锐气，殊非算也。"众将道："唯有发兵攻之，彼方不安。"燕王道："发兵去攻他，则我劳而彼逸，亦非算也。"道衍道："大王莫若领兵三千，去攻大同。大同必告急于景隆，景隆此时要整饰封疆，不得不往救。俟其往救，大王然后退师。大同苦寒之地，南军脆弱，疲于奔命，则冻馁逃散者必多。兵法所谓'逸而劳之，安而动之，不战而屈人之兵'

第十七回　掩败迹齐黄征将　争战功南北交兵

也。"燕王听了称善,遂亲领兵三千,出居庸关,围蔚州。蔚州守将王忠、李远,自知不敌,遂以城降。燕王得了蔚州,就进取大同。大同守将紧守关隘,飞骑告急于李景隆。景隆道:"大同雄镇,安可失守!"欲遣诸将往救,诸将皆以天寒推托。景隆大怒,遂亲自帅师,往救大同,众将士谁敢不从。大同连报燕兵围攻甚急,景隆急急率众出紫荆关,昼夜兼行,到了大同,而燕兵已由居庸关,退还北平矣。当此隆冬天气,紫荆关又道路崎岖,景隆驱众将士,星夜奔来,今燕兵已退,又要星夜奔回,南军柔脆,比不得北军生长北地,耐得岁寒,奔来奔去,早冻死了许多,饿死了许多,奔走了许多,驼负不起,铠甲与衣粮,委弃于道旁者,不可胜算。及回到德州,景隆就夸耀于人道:"往援大同,击走燕兵。今奏凯而旋,劳赏称贺。"而不知损了朝廷多少资财,丧了朝廷多少士卒。

　　景隆外面虽然夸张,而心中却甚惧怯,又不敢明告于人,只得暗暗恳求黄子澄道:"燕王兵马虽寡,却有张玉、朱能、邱福、薛禄一班战将,与次子高煦,皆能争惯战,力敌万人。朝廷将士照册点名,虽有数百余员,及至临阵,却无一人能挺身力战。唯瞿能父子,方算得好汉,又独力难支,所以往往失利。明春大举,必须举选几员名将,搴旗斩将,方可成功。"黄子澄深以为然,因与齐泰商量,又荐武定侯郭英,安陆侯吴杰,越隽侯俞通渊,都督平安、胡观,请旨俱着会兵真定,以征燕。又请旨赐李景隆斧钺旌旄,加阶进级,使得一意专征,节制诸将。朝廷俱准了,例下旨来,各各奉行。中官领了敕书,斧钺旌旄,往赐景隆。不期渡到江中,忽然风雨大作,浪颠舟覆,将所赐之物,尽没于水。人人见了,皆知为不祥之兆,只得另备诸物,遣别官往赐。景隆见进阶太子太师,又受斧钺旌旄,得专生杀,一发骄恣起来。及过了新春,又交四月,不得住在德州观望,只得发兵。前至河间,遍传檄文,会郭英、吴杰等众将,期于白沟河,合势征燕。

　　燕王探知,因率兵将,进驻固安。道衍奏道:"燕虽连胜,却是宋忠、耿炳文、李景隆一辈无谋之人,故所向无前。今朝廷会集名将,合势同进,却非前比。大王须命众将,鼓勇励志,方能克敌。若轻觑之,必有小失。"燕王道:"国师之言是也。然据寡人看来,李景隆志大无谋,又喜自专,固是无用之物。郭英虽系名将,然今老迈,定退缩而不敢前。平安虽英勇善战,却刚愎自用,无人帮助,不足畏也。至于胡观,骄纵不治。吴杰、俞通渊,懦而无断,皆匹夫耳,无能为也。所以敢来者,恃其兵众耳。然兵众岂可恃战？不知兵众则易乱，击前则后不知，击左则右不应。既不相救，又不相闻，徒多何益。欲如古人之'多多益善'者，能有几人。况彼将帅不专，而政令不一，纪律纵驰，而分数不明，皆致败之由也。甲兵虽多，何足畏哉！诸君但秣马厉兵，听吾指挥，吾取之如拾芥耳。"众将皆踊跃道："大王料敌如神，臣等敢不效命。"燕王大喜，遂进兵苏家桥，列营以待。

李景隆一向惧怕燕王，今见朝廷救命郭英等诸将相助，合兵进讨，不觉一时又胆大起来，竟领诸军，进次于白沟河。因命郭英、吴杰、俞通渊，各自分营，相为犄角。瞿能、平安、陆凉、滕聚众将，俱齐集麾下。朝廷又虑景隆轻敌，复令魏国公徐辉祖，率军三万，以为景隆之殿。一时聚会白沟河，合兵共六十万，连营数十里，旌旗耀日，金鼓震天。视彼燕军，直如泰山压卵。

不知燕王龙观虎视，全不放在眼里，竟列两营，一营列于河南，一营列于河北，亲自往来指挥众将出战。李景隆见燕王临阵，也建大将旗号，立马营前发令道："燕王背负朝廷，系是反叛，谁能擒来，便算头功。"令还未曾传完，瞿能早飞马出阵应道："待末将擒来，献与元帅。"就冲出阵来。燕阵上邱福看见，忙接住厮杀。二人战了三十余合，不分胜败。瞿能之子，看见父亲不胜，便一马冲出夹攻。燕阵李彬，早接住厮杀。平安看见杀得热闹，因大叫道："无名小子，怎容他久战，我来也！"燕阵上陈忠看见，便纵马而出，接着厮杀。燕营将士见瞿能父子与平安勇不可当，邱福三将敌他不过，一时心惊，忙着人去报知燕王。

时燕王正在河北，与郭英等交战。郭英自恃老将英勇，阵上往来驰骋。忽燕阵上一个内官，小名叫狗儿，看见甚愤，因跃马挺枪，直刺郭英，道："你自夸是老将，我偏要杀你。"千户华聚亦跃马冲出道："老将不用汝杀，留与我杀罢。"两员将，两条枪，裹住郭英。郭英虽然英勇，果非少年，杀来杀去，只杀得个手平。燕王见了，率精兵从左右夹击，遂杀了数千人，生擒了都指挥何清。南阵上亏得吴杰、俞通渊两支兵护侍，郭英终是老将，久战不败，故不致大失。

燕王忽闻报河南失利，燕兵被杀甚众，忙忙率兵来救。奈天色已晚，日渐黄昏，分辨不出对手，只取巧便砍，乘空便杀，箭射来，撞着的受伤，炮打去，遇着的被害，你不肯休，我不肯罢，直杀到入夜，彼此俱看不见，方各鸣金收军回营。检点兵马，互相杀伤，两下相当，也算不得输赢。燕王因问道衍道："今日杀伤相当，算不得胜负。南兵势大，明日一战，如何得成

第十七回　掩败迹齐黄征将　争战功南北交兵

功,令他丧胆?"道衍道:"南兵不独势大,而瞿能父子与平安,皆系战将,欲一战而令他丧胆,也不容易。"燕王道:"若如此说,却将奈何?"道衍道:"吾闻朝气锐,暮气衰,兵家之常也。大王若能鼓舞将士,朝气暮气,始终不衰,则明日一战成功矣。"燕王听了,遂激励诸将道:"剑不利不能斩蛟,箭不力不能穿杨。明日与南军血战,一日若不大破南军,誓不还营。"诸将皆应道:"愿效大王之命。"

燕王遂劳赏将士,秣马待旦。到了天明,令张玉将中军,朱能将左军,陈亨将右军,房宽为先锋,邱福为后继,共率马步十余万,尽渡过白沟河,直压南营。又令高煦率精奇左右策应。自却总兵督阵。南阵上瞿能见燕兵渡过河来,大怒道:"你是什么英雄,敢逼近我营?不要走,叫你认得我瞿将军。"遂提刀杀去。房宽正遇着,忙接住厮杀。两将战了二十余合,房宽正难招架,忽平安与瞿能之子分做两翼,又夹攻将来。房宽还抖擞精神,要极力抵挡;当不得众将士,见南军势大,渐渐披靡下来,故房宽独力难支,遂败下来。瞿能父子与平安,乘势追杀了数百余人。张玉将中军兵正进,忽见房宽败阵,忙报知燕王。燕王即麾亲随精锐数千,直欲突入南军。张玉中军,并朱能左军,陈亨右军,见燕王先驰,忙督兵齐进。燕王突至阵前,见瞿能与平安、俞通渊、陆凉,列阵甚坚,未易冲突,遂先率精勇七骑,驰击以试之。瞿能见燕王轻身而出,恐有奇计,不敢出应,但以炮石御之。燕王以七骑驰击,见无动静,麾众前突。乃突至前,见炮石交下,又复退回。退回无恙,仍又挥众前突。且进且退,如此者数十次,两下杀伤甚众。南军飞矢如雨,燕王全不惧避,故飞矢每每射中燕王之马。战不半日,燕王换过了三次马。燕王被射中了三次,而回箭射之,已不知射倒了许多南军。再欲射时,而所带三服箭皆已射完,只得提剑刹击。此时燕阵众将,见燕王如此血战,谁敢不努力向前。故南阵战将,皆有对头厮杀。只杀得阵云滚滚,杀气腾腾。

瞿能看见燕王马经屡换,箭已射尽,所挥之剑,剑锋又已击缺,渐渐往后退出,因叫道:"燕王倦矣,不趁此时擒之,更待何时!"遂提刀纵马赶来,道:"背负朝廷的逆贼,哪里走?我瞿将军来也!"燕王看见,急呼众将,而众将皆在阵上酣战;欲要自战,而剑锋又缺,吃了一惊,只得策马绕着一带长堤而走。不期跑到堤尽头,那堤高有五尺,战马又乏,一时跳不上去,后面瞿能又紧紧追来,十分紧急。只因这一追,有分教:八面威风,不及百灵相助。欲知明白,再看下回分解。

第 十 八 回

燕王乘风破诸将　景隆星夜奔济南

话说燕王被瞿能追到堤尽头，奈堤高马乏，跳不上去。瞿能渐渐赶上，燕王事急，大叫道："什么小将，敢逼我至此！要天地鬼神何用？"叫声未绝，座下的马，忽惊嘶一声，平地里一蹄，早蹄起五尺高，竟跳上堤去。瞿能赶到堤边，把马缰一提，也跳上高堤，随后赶去。忽见燕王次子高煦，领一队精勇来接应。看见瞿能追赶，因大骂道："该死的贼，有甚本事，敢追逼我父王！"瞿能也不容话，就抡刀来战。高煦笑道："你的威风，只好在别处去逞，怎敢在我面前施展？"因举铁槊，劈面相还。二人在这边酣战不止。

那边阵上，平安正与陈亨对战，忽见瞿能追燕王下去，因大怒道："他倒擒王去了！我怎一将也不能诛？"遂奋力一枪刺去。此时陈亨战久刀乏，躲闪不及，竟被平安刺死。朱能看见陈亨被刺，忙丢了别将，来与平安接战，道："你能杀人，我岂不能杀你！"平安道："来得好！叫你来一个，死一个。"二人苦力相持。陈忠乱战时，忽被刀伤了两指，已将断了。陈忠恨一声道："身犹不惜，何况两指！"因自割断，裂衣包好，复向前大战。当不得南阵上将广兵多，俞通渊、胡观、陆凉、滕聚，见阵上瞿能与平安战得兴头，亦引兵围上来。瞿能见有兵接应，因挥众进前，大呼道："今日誓死，必要灭燕！"

此时日已过午，燕王已战得精疲力倦，又见南兵众盛，诸将血战，不能成功，因大怒，向天道："鲁阳尚能挥戈返日①，光武尚且坚冰渡河②，我独不能乎？"说不了，忽旋风大作，一霎时沙土漫天，从北直卷入南营。战场

---

① 鲁阳尚能挥戈返日——鲁阳，鲁阳公，春秋时楚国县公。传说鲁阳与人酣战，日已暮，鲁阳挥戈，日为之返三舍。事见《淮南子·览冥》。
② 光武尚且坚冰渡河——光武，汉光武帝刘秀。刘秀一行人逃出饶阳，到呼沱河，没有船只，河水突然结冰，得以通过。事见《后汉书·光武帝纪》。

第十八回　燕王乘风破诸将　景隆星夜奔济南

上的将士，俱开眼不得。燕王见烟云里，隐隐有一位尊神，披发仗剑，乘着风势向前杀去。因大喜道："此天赞我也！不乘此破敌，更待何时？"因传令众将努力，自引铁骑数千，乘着风沙迷目，人不留心，竟绕出南阵之后。又暗算道："直突不如横冲。"遂从旁突入，喊声动地。南兵突然被冲，尽惊得乱窜。燕王冲来冲去，竟冲到瞿能之营。瞿能望见燕王冲破其营，心下甚慌，急欲回救，而高煦的铁槊，紧紧缠住。欲与高煦苦战，而燕兵又在脑后冲来。再看各阵，俱被风沙卷得乱纷纷，竟不知谁胜谁败。正在着急，忽又听得燕兵乱喊道："大王有令，不许放走了瞿能。"瞿能听了，不敢恋战，只得回马就走。不期燕兵裹紧，无路可走，只得往前。正要冲开夺路，早被高煦赶上，一槊打落马下。瞿能之子，见父亲被打死，惊得魂飞魄散，那里还能交战，亦被燕兵杀了。平安力战朱能，正讨不得便宜，忽风沙北起，卷到面前，迷目难开。朱能乘着顺风，只管杀来。平安见势头不好，回马便走。南营众将，见瞿能父子被杀，平安败走，又见一班燕将，如龙似虎，哪个还有斗志，尽皆奔溃。俞通渊与滕聚奔不及，皆被北兵杀死。燕王见南兵虽败，营垒尚固，一时冲突不动，遂命众兵，乘着上风，放起火来，将营垒烧得烈焰腾空。此时郭英尚据住西营，李景隆尚守住老营，欲收拾败兵，待风定再战。不意燕兵乘风纵火，风狂火猛，霎时烧到营前。心下大惊，只得也随众而奔。此时两不相顾，郭英遂奔而西，李景隆遂奔而南，遗弃的器械辎重，有如山积。被燕兵杀死者，不下十余万。燕兵乘势追至月漾桥，一时杀溺踩躏死者，又不下数万，尸横百余里。李景隆见事急，只得单骑走入德州。唯有徐辉祖领京军三万，在后为殿。见诸将纷纷败走，欲上前救援，因风势甚猛，知救援不得，唯密排炮石，紧守营寨。燕兵不敢犯，故得全军而还。燕王打探李景隆败走德州，因谕众将道："追奔逐北，贵乎神速，不可令其停留长志。"遂检点兵将，来攻德州。

　　当时李景隆军中，有一个山东参政，姓铁名铉，朝廷命他督饷从征。他见景隆毫无才略，举动皆合败辙，心甚愤愤不平，每与参督军高巍谈论。今见景隆败走德州，自恨无兵权在手，不能出力支撑，只得随他奔到德州。又闻燕王追来，事势紧急。此时正值端午，铁铉置酒邀高巍同饮，饮到半酣，因慷慨涕泣道："事有常变，不能守经，便当用权。我与你既为朝廷臣子，则朝廷之事，亦你我之事，岂可坐观成败？今燕兵乘胜追来，李元帅又半筹莫展，唯有败走。败走一城，遂失一城，败走一邑，又失一邑，自北而南,多少城邑,可尽供其败走哉!"高巍道:"明公所论最是。但兵权在他掌握,岂容明公作主?"铁铉道:"德州已为彼据,不必论矣。但我乃山东参政,济南乃山东地界,我当为朝廷死守也。"高巍大喜道:"此论是也!"因沥酒誓死同盟,协力共守济南,以待后援。遂不告景隆,趋还济南,一面招集义勇兵将,一面收集溃亡士卒,坚守济南,以待燕兵。

　　再说李景隆逃入德州,喘息未定,忽又报燕兵追至,惊慌无措,只得写一封书,叫人上与燕王,求他息兵讲和。燕王得书,看了笑道:"乃已至此,兵可息乎?和可讲乎?"道衍道:"虽然不可,宜缓之以懈其心,不可说破。"燕王点头道:"是。"回书道:"要息兵讲和,必得齐泰、黄子澄二奸人方可。"景隆得书,只得将书上与朝廷。朝廷见了,遂暂罢齐泰、黄子澄之职,以谢燕。不意燕王竟不肯息兵,而追来愈急。李景隆欲要又逃,却不知逃往何处去好。忽有人说道:"闻铁铉招集兵将,保守济南,可往依之。"景隆大喜。欲明明遁去,又恐燕兵追赶,只捱至夜间,方率兵逃往济南。只因这一逃,有分教:逃身有路,再战无功。欲知后事,且看下回分解。

第十九回

铁铉尽力守孤城　盛庸恢复诸郡县

　　却说李景隆率兵逃到济南，铁铉接了入城。李景隆就要归并其权，铁铉不肯，道："元帅奉旨讨燕，屡屡失利，驻扎无定。至于守济南之城，乃铁铉地方之责。若元帅并去，倘一旦有失，则罪将谁归？"景隆道："既如此说，你须坚守。"铁铉一力应承不提。

　　且说燕王到德州，见李景隆已走，城中空虚，遂入城出榜安民。一时官吏尽皆归顺，唯教谕王贵，闻知燕王破了城，因升明伦堂，召诸生齐集，大哭道："此堂名明伦，今日君臣之伦安在？倘欲苟活立于此，岂不愧死！"遂以头触柱而死。诸生哀而厚葬之。

　　燕王既下了德州，闻景隆逃往济南，遂又引兵追至济南。此时景隆虽然屡败，尚有兵十余万。打探来追的燕兵，只三千人，一时胆又大，欲列阵城外，候燕兵初至，人马困乏以击之。铁铉劝道："燕兵精勇，不在疲劳；我师柔靡，实难取胜。莫若协同坚守，我主彼客，久之不利，自然退去。"景隆道："三千人不能击走，倘后兵齐到，却将奈何？你不要阻我。"遂将十余万人马，都调出城，要列成阵势以待燕兵。不期阵尚未曾列定，而燕王早已追至。燕兵虽只三千人，却不与你将对将厮杀。但闻得金鼓连天，炮声动地，忽一队从东杀入，忽一队从西杀入，忽又一队从中突至。东边入的，忽杀到西边；西边来的，直杀往东去；中间突至的，又两头分杀，将南阵冲突得七零八落。景隆又没才干调度，一任兵将乱战，战不多时，当不得燕兵猛勇，逃的逃，躲的躲，早又败将下来。又听得燕王传令，要活捉李景隆。景隆慌了，早乘空单骑走入城去。铁铉知道景隆必败，单放了景隆入去，遂督兵排列炮石，紧紧守城。城外的胜败，他俱不管。南阵中没了主将，谁肯力战，都想要逃入城，又见城门紧闭，只得四散逃去。燕王也不追杀，但令兵将将济南的四门围了，按下不提。

　　且说李景隆自白沟河大败，逃至德州，德州再败，又逃入济南，今济南大败，亏铁铉死守城池。先后俱有飞报，报到朝廷。建文帝闻知大惊，忙问齐黄二人。二人隐瞒不得,黄子澄方伏谢误荐李景隆之罪,请召回诛之。齐泰因荐左都督盛庸,才勇过人,堪代其任,右都督陈晖大可副之。建文帝准奏,因降旨:诏李景隆回命,盛庸为征北大将军,以专其兵,陈晖副之,铁铉保守济南,升为山东布政使。命下,盛庸与陈晖星夜赶去督师。不日李景隆诏回,入朝请罪。黄子澄奏道:"李景隆辱国丧师,罪应万死,乞陛下正法。"建文帝道:"李景隆罪固当诛,但念系开国功臣之后,姑屈法赦之。"黄子澄道:"法者,祖宗之法,行法者以激励将士也。今景隆奉皇命讨逆,乃怀二心,观望不前,以致丧师,虽万死不足以尽其辜,陛下奈何赦之?"建文帝道:"论法本不当赦,但彼原无才,误用在朕,诛之有伤朕心,故不如赦之。"因命释去。景隆蒙赦,忙谢恩欲退,忽有副都御史练子宁,忙出班来,手执景隆,哭奏道:"败陛下大事者,此贼臣也,断不可赦!"建文帝道:"为何不可赦?"练子宁又哭奏道:"受陛下隆恩,而拥节旄,专征伐者,此贼臣也,乃毫无才略,一败于北平,再败于白沟河,三败于德州,四败于济南,自南而北,疆界已失一半。今济南若无铁铉死守,不又引燕兵进犯淮上乎?臣备员执法,若法不行于此屡败之贼臣,则臣先受不能执法之罪,虽万死不辞。"建文帝道:"卿执法固是,但朕既已赦出,不容反汗①。"因命退出。在廷诸臣,无可奈何,唯有浩叹而已。

正是:

　　仁乃君之美,然而不可柔;

　　一柔姑息矣,国事付东流。

且说燕兵见燕王先引精锐围了济南,遂一时云集,将济南围得水泄不通。铁铉在城中,督率将士,分班昼夜坚守,亲自领数百精骑,四门驰视,若一门有警,便飞骑救之,故燕兵虽勇,不能近城。燕兵架云梯,铁铉即放火炮,烧其云梯。燕兵穴地道,铁铉即用槌杵,坍其穴道。燕兵百计攻城,铁铉即百计御之。燕王无奈,道衍因说道:"河高城低,何不决水以灌城?"燕王大喜,就令将士决河。铁铉探知,因与高巍商量,如此如此。就教几个能言的百姓,悄悄出城来,见燕王诈降道:"济南孤城,苦苦坚守者,乃铁布政不知天命,非百姓之意。千岁爷若决水灌城,铁布政不过一逃,则满城百姓,皆为鱼鳖矣。百姓皆千岁爷赤子,闻决水之令,甚是惊

---

① 反汗——反回。汗一出就无法反回。

第十九回　铁铉尽力守孤城　盛庸恢复诸郡县

慌,故私自出城来见千岁爷,情愿瞒铁布政,开西门投降。请千岁爷切不可灌城,伤残百姓。"燕王大喜道:"汝百姓既知天命,开城迎降,我又决水灌城何为。但不知约在几时开城?"众百姓道:"铁布政守城甚严,今又闻朝廷差都督盛庸并陈晖领兵来帮手,只在早晚便到,若到了一发难下手。事急矣,只在今夜五鼓,便聚百姓开城。需求千岁爷亲自领兵入城接济,若是来迟,百姓便要受铁布政之屠戮矣。"燕王道:"汝等既输诚迎降,我自亲身入城,拿擒铁铉。但汝等切不可误事。"众百姓领命去了,燕王遂收回决水之令。张玉因说道:"小将闻铁铉足智多谋,今百姓来降,莫非是铁铉之计?"燕王道:"孤城被围了三月,百姓岂不困苦?今又闻决水灌城,自然慌张出降。多是实情。纵是铁铉之计,不过伏兵城门。若吾兵得入,纵有伏兵,何足畏哉。"因检点兵将,伺候五更入城。到了五更,果听得西门城上,喊声动地,又见灯火乱明。燕王知是百姓有变,恐去迟失了众百姓之望,遂不候齐将士,竟先带数十亲随精勇,飞马而去。到得城边,是众百姓皆伏于地,齐呼千岁,欲拥燕王入城。燕王因往城中一看,见城中点得灯火就如白昼,静悄悄,并不见有一兵一将。一时忘情,遂随众百姓跃马入城。不期到了月城边,众百姓呐一声喊,忽城楼上一声锣鸣,早呼啦一声响,城门中忽放下一块千斤闸板来。燕王吃了一惊,忙拽马往后退时,仅仅躲过身子,那马早已被千斤闸板闸做两半。燕王跌下马来,喜得亲随精勇,俱跳下马,扶起燕王,另上一马,奔出城外。而铁铉在城上,把炮石弩箭,如雨放下。燕王身中数箭,幸有护身铠甲,不致透入。后兵接着归到营中,不胜大怒。遂命将士,绕城四面,架起无敌大将军铁炮来打城。那铁炮打到城上,轰轰喇喇,就像雷响一般,东边打倒了几处垛子,西边又震坍了一带垣基。铁铉看见城崩只在旦夕,因心生一计,叫人将白木为牌,上写"高皇帝神位"五个大字,用绳子遍悬挂于城上崩颓处。燕兵看见,不敢放炮,忙禀知燕王。燕王听了,也无法处,只得缓攻。铁铉乘其缓攻,叫人连夜修城,心内想道:"如此示弱,燕兵如何肯退?"因选募壮士,乘燕兵不意,突出击之。击了一处,忽又一处,燕兵虽不至大伤,也被他扰得不静。忽闻都督盛庸,与陈晖的救兵皆到了,道衍因劝燕王道:"凡用兵见可而进,知难而退。今围济南三月,顿师坚城之下,可谓老矣,纵胜亦不能长驱,莫若暂还,再乘机出。"燕王大悟道:"卿言是也。"因下令撤围,竟班师还北平去了。

铁铉就开城迎盛庸、陈晖入城,商量道:"燕兵虽退,非败也。还须紧守,不宜轻视。"盛庸道:"燕兵虽然屡胜,皆是李景隆毫不知兵之所致也。今遇明公才略超群,善于守御,仅一孤城,便不能破。今撤围而去,虽其知机,然用兵之妙,亦可见矣。何不乘其惰归①,恢复了德州,诸郡县也见得朝廷专天下之威命,虽暂败必复,非一隅之比。"铁铉以为然,遂与盛庸进兵北向。不月余,竟将李景隆所失的德州诸郡县,俱收复了。忙遣人报知朝廷。只因这一报,有分教:事动君心,谋生藩府。不知后事如何,且看下回分解。

---

① 惰(duò)归——精神不振、疲惫,无心前进。《孙子兵法》:"避其锐气,击其惰归。"

第二十回
燕王托言征辽东　张玉暗袭沧州城

却说建文帝闻报铁铉与盛庸，恢复了德州诸郡县，龙颜大喜，遂升铁铉为兵部尚书，主理大将军兵事，都督盛庸进封为历城侯，仍掌大将军事，总平燕诸军北伐，又命副将吴杰屯兵定州，都督徐凯屯兵沧州，相为犄角，一时兵威又复大盛。

再说燕王既归北平，因问道衍道："前番屡战屡胜，皆因是耿炳文、李景隆不知兵之将耳。今盛庸、铁铉等颇有才略，寡人欲再出破之，不知可能得意否？"道衍道："大王之兴，上合天心，安有不得意之理。盛庸纵有才略，不过多费两日耳，他何足虑！"燕王大喜，因打听得盛庸北居德州，吴杰屯定州，徐凯屯沧州，遂佯为不知，竟自下令，要率将士往征辽东。将士听了，尽皆不悦，多有闲言。燕王闻知大怒，遂立即出师，违令者斩。众将士无奈，只得奉命启行。行到通州，张玉与朱能也自狐疑，因乘间问燕王道："今敌兵已将压境，急思破敌为上，奈何远道征辽？况辽东严寒，士卒未免不堪。不知大王何故，定为此举？"燕王大笑道："寡人之征辽，正思破敌，诸君有所不知耳。"张玉道："臣等愚蠢，实不知征辽之为破敌，乞大王明示。"燕王道："寡人下令征辽者，是因目今盛庸、铁铉屯德州，吴杰、平安屯定州，徐凯、陶铭屯沧州，相为犄角，皆吾敌也。既已压境，岂不思破之？但思欲破德州，而德州城壁坚牢，又为敌众所聚，破之不易。欲破定州，而定州修筑已完，城守悉备，欲破之亦殊费力。唯沧州乃土城，况倾圮日久，徐凯兵至，虽欲修葺，而天寒地冻，兼之雨雪泥淖，谅亦未能成功。我乘其不备，出其不意，急趋而攻之，必有土崩之势。若明往攻之，彼必提防矣。故今扬言往征辽东，示无南伐之意，以怠其心耳。况往日李景隆兵至，吾下令征大宁，后实征大宁。今率师征辽，彼必信之。乘其信不为备，因偃旗息鼓，由间道直捣沧州，则破之必矣。沧州破，而德州、定州，自不能守而移营矣。岂非征辽即破敌乎？但机事贵密，故不敢令众知耳。"张玉与朱能听了大喜，因叩头称赞道："大王妙算，真鬼神莫测也。"

因明言征辽,而暗袭沧州。

正是:

> 兵机妙处无端倪,明击于东暗击西。
> 笑杀父书徒读者①,但能口说实心迷。

却说徐凯分守沧州,初到时,见城郭不完,也紧紧防燕,后来因探知燕王往征辽东,遂大喜,不为防备,竟遣军四出,伐木运土,昼夜修城,以为万万无虞。不期燕兵行到直沽地方,燕王因对诸将说道:"徐凯闻我征辽,必不防备,即能防备,亦不过但备青县与长卢二处,至于砖垛儿与灶儿坡数处,一路无水,必不知备。若从此急进,便可径至沧州城下,一鼓破之。"诸将以为然,遂率领士兵,于夜半起程,一昼一夜就行了三百里路。若撞着沧州的哨骑,皆尽杀之,故无人报信。第二日早饭时,燕兵已掩至城下,而徐凯不知,尚督军士运土筑城。及听得马嘶人喊,方知兵到,吃了一惊不小。急急再点兵,闭了城门,分守城堞。众军士皆仓皇股栗,人不及甲,马不及鞍,且一时分拨不定,唯有东西乱蹿。燕兵见南兵惊慌,愈加鼓炮震天,四面紧攻。张玉见城东北一带坍城,尚未修好,遂带了一队勇士,将盔甲卸去,肉袒了,爬将过去。南兵看见,喊一声道:"不好了,燕兵已入城了!"遂乱纷纷尽都跑散。张玉既到了城里,遂率众砍开了城门,放燕兵入去。燕王见城破了,知徐凯要走,先命兵将埋伏于归路之旁。候徐凯马到,一齐拥出捉住,解往北平。朱能等入城乱战,将士见主帅被擒,尽皆投降。燕王急传令止杀。而众将报功,已斩首万余级矣。只因这一事,有分教:胜在兼程,败于两日。欲知后来之事,请看下回分解。

---

① 笑杀父书徒读者——用"纸上谈兵"典故。战国时赵国名将赵奢之子赵括,学习兵法,善于谈兵,连赵奢也难不倒他。后来带兵只知道根据兵书,不知灵活处理,结果全军覆没。事见《史记·廉颇蔺相如列传》。

第二十一回

假示弱燕王欺敌　恃英勇张玉阵亡

诗曰：

兴亡既已曰天数，杀伐征诛，又是何缘故？若言战胜方遭遇，所卜天心无乃误。谁知一定者吾素，扰攘纷纭，无非乱其度。不然胜败顷刻中，何以先知早回护。

却说燕王既袭破了沧州，生擒了徐凯，报到德州，盛庸怒恨道："朝廷用无能之将，不如无将！"因与铁铉商量道："燕王出奇兵，暗袭沧州，必乘胜而骄，若与之战，恐难大破。莫若声言乏粮，移营东昌以示弱，诱其深入，然后伏兵合击之，未有不成功者。"铁铉道："移营东昌，伏兵合击，固是妙算。但燕王善战，麾下将士，俱皆勇猛。伏兵必须多伏精锐，合击必须遍合英雄，方能挫其狂锋。若突起不多，合围单薄，擒捉不住，令其冲驰而去，岂不反为所轻。"盛庸道："公言是也。"遂一面移营东昌，一面会合众兵，一面聚集大兵，分到四境，只候燕兵入境交战之时，号炮一响，即四面围来，合击燕兵，生擒燕王，若有一路放走燕王者斩。分拨已定，因宰牛犒将士，誓师励众。然后又率精兵，背城而阵，以待燕兵。

却说燕王袭取沧州者，原为要震动德州，今打探得盛庸移营东昌，因大喜，谓诸将道："盛庸亦易取耳。"诸将问道："大王何以知其易取？"燕王道："今盛庸无故而移营，必乏粮草。彼既乏粮而就东昌，岂知东昌素无积蓄，其何所恃乎？吾乘胜掩攻，破之必矣。"众将军拜服，燕王遂挥众而进。燕兵恃其屡胜，不复提防，望见庸军，竟鼓噪而进。不期将近营垒，忽一声炮响，火器与矢石齐发，犹如雨打来。燕兵一时不曾准备，尽皆受伤。燕王看见，吃了一惊，忙令急退。而四面的伏兵，已一层一层紧紧围来，平安与吴杰的兵又到，与盛庸兵合做一处，就围了数重。燕王与张玉、邱福等一班战将，还认做是李景隆之师，一冲突便破。不期盛庸的令严法重，将士有进无遏，任燕将左冲右突，战了半响，竟冲突不开。燕王方才着急，因挥剑力战道："不努力破贼，不许生还！"张玉应道："今日正英雄效命之时,谁敢不努力!"因跃马提刀,东西驰击。盛庸看见燕将被围,犹敢战不惧,恐怕战久走脱,复又督兵紧围急战。

张玉见南兵苦战,皆是盛庸督战,暗想道:"要脱此围,除非斩了盛庸,方才能够。"因大喝道:"盛庸奸贼,勿要逞雄,且吃我一刀!"遂舞刀直杀过来。不期盛庸贴身,皆有精勇弓弩护持,看见张玉突来,一齐放箭。张玉躲闪不及,左臂上早中了两箭。再欲回马,而盛庸挥众齐上,竟将张玉斩于马下。原来燕兵壮气,全倚张玉,忽见张玉被斩,尽皆惊慌。又见南兵喊声动地,炮矢如雨,受伤者众,欲要逃走,却又围在垓心,无路可逃。事急了,要保性命,只得解甲而降。

燕王战到此时,四围冲突不出,未免力疲。喜得朱能、周长兵在后队,未曾被围。闻知燕王困在围中,因率一队兵,从东北角上,奋击救援。东北围兵被击得凶猛,渐渐有分开之势,盛庸看见,因撤西南围兵,往救东北。邱福看见,忙对燕王道:"东北上兵马纷纭,想有外兵冲突,大王何不乘此时,率众往东北内外夹攻,则此围可脱。"燕王道:"东北被击,盛庸既调西南兵往救,则东北正其属意之地,虽夹攻之,亦未易破。莫若转从西南,乘其不意,突然冲击,自可出也。"邱福点头道:"是。"燕王遂挥众兵,发一声喊,直攻西南。西南兵将早被撤去,围得单薄,竟被燕王率兵将冲开而去。盛庸听知,甚是懊恼,急急遣将来追。只杀了无数燕兵,而燕王已追之不及。盛庸心不肯甘,犹络绎不绝的遣将来追。燕王此时人困马乏,不复交战,唯向北奔。

盛庸追兵将及,忽燕王次子高煦,领兵前来策应。看见追兵追赶燕王,迎着说道:"父王请先行,待儿擒斩追将。"因横槊纵马当先。追兵不知,竟拥上来,早被高煦挺槊打死了数将,又生擒了指挥常荣而去。追兵方知高煦之勇,渐渐退回。燕王勒马看见大喜,深加赞奖道:"此儿肖我!"遂引残兵回北平去。只因这一去,有分教:虎离陷阱依然猛,龙脱深渊照旧飞。不知后来如何,且看下回分解。

第二十二回
闻捷报满朝称贺　重起义北平誓师

当时盛庸既战败燕王,遂与铁铉飞表奏捷。此时正是建文三年正月元日,正在设朝,而东昌捷至,建文帝亲览捷文,龙颜大悦,群臣称贺,遂降诏褒赏将士,一面入太庙告东昌大捷,一面诏回齐泰、黄子澄,仍预军国之事。又闻得燕王被围,几乎不免,因降诏谕众将道:"燕王虽然叛逆,然是朕叔父也,只可生擒,不可暗伤,使朕有杀叔父之名。"诏书下去不提。

且说燕王败回北平,因召道衍问道:"我前日去兵,你言无不得意,为何今日败还?"道衍道:"臣前已言之矣,特大王不察耳。"燕王道:"卿何曾言东昌之败?"道衍道:"臣言'多费两日','两日'非昌字而何?非但臣言之,昔年金忠为大王卜数,他说'靖难师出,攻无不克,战无不胜,但逢大木穿日,小不利耳'。'大木穿日',非东字而何?胜败皆已前定,大王再统众出师,万万勿疑。"燕王听了,回想前言,方大悟道:"原来东昌一败,也有定数。卿能知祸福,不啻蓍龟①矣,敢不敬从。"复下令检阅将士,以备南下。

临行之日,亲祭东昌阵亡将士张玉等。一面奠酒焚帛,一面大恸道:"胜败兵家常事,不足深计,所恨者艰难之际,丧吾一良辅,令吾至今寝不贴席,食不完咽。"说罢,涕零如雨,又自褪所服衣袍,命左右焚之,以衣亡者。诸将看见,尽皆感激,情愿效力。燕王祭毕,又烹宰牛羊,以飨将士。因谕诸将道:"凡为将惧死者必死,捐生者必生。前白沟河之战,南军怯懦,见敌即走,吾兵故得而杀之,所谓惧死必死也。尔等不畏刀枪,不顾首领,故能出百死而全一生,所谓捐生必生也。今贼势鸱张②,渐渐见逼,与其坐而受制,莫若先击之。诸君若体予言,自能一战而成功。"诸将皆顿首道:"谨遵令旨。"

燕王遂出师,行至保定,打探得盛庸已离德州,而进兵于夹河;平安之

---

① 蓍(shī)龟——古代用蓍草和龟甲占卜。此指卜卦。
② 鸱(chī)张——嚣张。

兵，驻于单家桥。因命兵将，由陈家渡过河，与盛庸之军相逆。盛庸探知，也列阵以待。到了次日，两阵对圆。燕王闻知朝廷因东昌之捷，有"只须破敌，无使朕有杀叔父之名"之诏，心胆愈大。因先帅三骑，掠阵而过，以观南营之虚实。盛庸恐其有诈，又受帝戒，不敢轻动。燕王掠阵归营，遂挥兵攻其左腋。看见南军拥盾自蔽，矢刀皆不能入，因制下铁钻，长六七尺，钻上皆横贯铁钉，钉末又有利钩，令勇士奋勇掷于盾上。若被钉钩钩住，遂牵连难动，不可轻举以为蔽。再以矢石攻之，南军无以蔽，遂弃盾而走。燕兵乘其走，驰骑蹂躏之，南军遂哄然奔溃。燕将谭渊看见南军败走，遂率部下指挥董中峰等，从旁转出而迎击之。不知南军奔溃，只因拥盾为铁钻钩牢，一时矢石骤至，无以为蔽，实非战败。今忽见谭渊阻其归路，南将庄得遂率众上前死战。南兵人人要归，则人人死战。谭渊虽勇，如何抵敌得住，遂同董中峰，皆被南军杀死。燕兵欲去救援，因天色近晚，遂各鸣金收兵。

　　到了次早，燕王谓诸将道："为将事敌，贵乎审机识变。昨南军虽少挫，然其锋尚锐，谭渊竟去逆击，欲绝其生路，彼安得不死战耶？皆致丧身！今日若败走，须顺势击之，自大破之。"众皆从计，因麾众进战。盛庸亦遣将来迎。先还是将对将，杀了半响，不见胜负。这边添将，那边加兵。渐渐两家兵将，一齐拥出。遂战作一团，杀做一块。但见旌旗蔽日，金鼓震天，枪刀乱舞，人马纷驰，箭下如雨，炮响若雷。阵面上，杀气腾腾，不分南北；沙场中，征云冉冉，莫辨东西。虽不分胜败，早血流满地；尚未定高低，已尸积如山。自辰时战起，直到未时。真是棋逢对手，犹龙争虎斗不已。此时盛庸军在西南，燕王军在东北。燕王战急了，因又挥剑，仰天大叫："鬼神助我！"叫声未绝，忽东北风大起，卷得尘埃障天，沙砾满面。吹得南军眼目昏迷，咫尺看不见人。燕兵知是天助，乘风大呼纵击。南兵乱慌慌，只觉风声皆兵，哪里还敢恋战，遂兵不由将，将不顾兵，个个奔溃。燕兵乘胜从后追杀，斩首数万，溺死滹沱河及被追骑蹂躏死者，不可胜计。盛庸无奈，只得单骑逃归德州。

　　却说吴杰与平安，闻燕兵攻盛庸，遂引兵欲与盛庸会合，同破燕兵。未至夹河八十里，忽有人报燕兵已大破盛庸；盛庸已败去德州矣。吴杰、平安听了大惊，欲要上前，又恐燕兵乘胜，难与争锋，只得退还真定。燕王既击走盛庸，因谓诸将道："盛庸虽败去，尚有吴杰、平安据守真定，未经一创。欲移兵击之，但思野战易，攻城难，莫若设计以诱其来，则破之易也。"邱福道:"闻吴杰、平安,昨日来会盛庸,因探知盛庸兵败,遂引兵回,焉肯复来。"燕王道:"当计诱之。"因散军四出,声言各境取粮。又密令校尉扮做百姓,怀抱婴儿作避兵之状,奔入真定城内,布散流言道:"燕王在夹河乘风之利,胜了一阵,却因胜而骄,凡精勇兵将,皆遣去四境取粮,军中竟不设备。盛元帅是奉旨征燕的,今虽失利,焉肯就往。倘若再来,燕兵定败。小民等住居,不幸与燕营相近,故各自逃生,以避其难。"吴杰与平安听了,信为实然,立刻出师,欲掩其不备。不半日,即至滹沱河,距燕营七十里。探马报知燕王,燕王大喜,忙下令起兵渡河。有将道:"日将暮矣,夜战不便,请俟明早,未为晚也。"燕王道:"彼坚城不守,忽尔自至,此时也机也。乘时与机,当急击之不可失。若缓至明辰,彼探知吾兵有备,退守真定,城坚粮足,再攻之,难为力矣。"都指挥陆荣道:"时机虽不可失,但今乃十恶之日,为兵家所忌,不宜进兵,奈何犯之?"燕王笑道:"拘小忌者误大谋,吾焉肯自误。"遂拔剑挥众道:"敢有不进者斩!"将士不敢少停,遂拔营急进,与南军遇于藁城。吴杰见燕王迎战,知其有备,虽悔其误来,然而不可退矣,因列方阵于西南以待。燕王看见,谓诸将道:"方阵四面受敌,岂能取胜?我但以精兵攻其一隅,一隅败,则其余自溃。"因令兵将盛陈旗鼓,以虚糜其三面,另命朱能、邱福率精勇,击其北隅。朱能、邱福领命,引兵正与南军酣战。燕王就领骁骑数百,沿滹沱河绕出其阵后,大呼突入,奋勇驰击。南军一时无将可敌,唯强弓硬弩,紧紧守护。一时矢下如雨,燕王贴身所建的宝纛①旗,箭集于上,就如猬毛。燕师多被射伤。燕王正无奈何,忽东北大风又起,一时风沙走石,废屋折树,乱扑向南军。燕兵看见,以为天助,急乘势杀来,南军遂溃。燕王率众紧追,直追至真定城下,俘斩六万余人,生擒都指挥邓戬、陈鹏等。吴杰与平安,仅保入城。南兵被擒与投降者,燕王俱不杀,悉释之南还。南军甚是感激,由是南军征燕之气,愈不振而解体矣。

正是:

　　三次大风起,三番成大功;

　　始知圣天子,消息与天通。

只因这一胜,有分教:强者愈强,弱者愈弱。欲知后事,再看下回分解。

---

①　纛(dào)——古代军队里的大旗。

第二十三回
明降诏暗调兵马　设毒谋纵火焚粮

燕王既战胜还营，看宝纛旗上之箭，甚是寒心，因说道："寡人虽感上天庇保，身不被伤，然征战之危，亦可见矣。"即叫人将旗送回北平，谕世子可善藏之，使后世无忘今日创业之艰难也。遂发兵进徇河北诸郡县。诸郡县探知南兵败，多降于燕。燕兵遂进次于大名，一面休养人马，一面上书朝廷，请诛齐、黄，即罢兵息民，以懈朝廷之心。

朝廷先闻了盛庸兵败，后又报吴杰、平安亦败，甚是惊慌，急诏廷臣商议。廷臣并无别策，唯有请降之名，实征兵调将而已。今见燕王上书，请诛齐、黄，方肯罢兵。只得传旨逐齐泰、黄子澄于外，令有司籍其家，以谢燕人，希图燕王罢兵。但齐、黄虽然逐了，而帝心殊觉怏怏。方孝孺与侍中黄观同奏道："陛下令逐齐泰、黄子澄，虽因燕王要挟，然此一举，却实与兵机相合。"建文帝道："如何相合？"二人道："目今盛庸兵败，一时征调未集，正欲缓之，而燕王忽有此请。陛下既逐齐、黄以谢之，何不更遣一使臣，降诏以赦其罪，而令其罢兵还燕。况燕军久驻大名，暑雨为沴①，已将困矣。若将诏赦之，彼定依从。彼若依从，自然驰备。而我调兵马渐集，自强弱分矣。再调遣东军，以攻永平，扰燕根本。彼自然往救，俟其往救，然后集将调兵，追蹑其后，则破之必矣。"建文帝闻奏大喜，遂命黄观草诏，赦燕王之罪，使归本国，仍复王爵，永为藩屏，以卫帝室。诏成遣大理寺少卿薛岩赍往燕营，以谕燕王。又命黄观作宣谕，一道刊印数千纸，付岩带去，密散燕营将士，使归心朝廷。

薛岩受命而往，既至燕营，使人报知，燕王命入。薛岩捧诏直入，欲燕王拜受。燕王不肯，道："不知诏中何语，语果真诚，再拜不迟。"因索诏书读之。读完，燕王大怒道："此诈我也！既要我罢兵，为何自不罢兵，又遣吴杰、平安、盛庸，暗暗出兵，扼我饷道？此不过借此缓我进攻，少待其征

---

① 沴（lì）——旧指灾气。

兵调将耳。你今敢入虎穴,而捋虎须,可谓目无寡人矣!"叫勇士把薛岩推出斩首。众勇士得令,竟将薛岩拖翻,要跣剥了去斩。薛岩大惊失色,忙大叫道:"朝廷诚伪,朝廷之事,小臣不过奉命而来,焉能与知?大王斩臣,实系无辜!"燕王听了,方命放了。又说道:"懿文皇兄既薨,齐晋二王又逝,当嗣大统者,非寡人而谁?即使太祖误立建文,然寡人皇叔也,齿属俱长,正当尊礼。奈何听信奸人齐泰、黄子澄之言,乃迁张籨、谢贵等,至北平监制寡人;又明诏内臣,削夺护卫;又暗敕张信,手擒寡人,意何惨刻!寡人不得已,而举兵诛君侧之奸,使朝廷明亲疏之分。送齐、黄于寡人,则寡人自还燕而守臣节。乃转付托齐、黄以大权,而调天下兵以压制寡人,试思寡人从太祖征战以取天下,遇过了多少英雄,寡人俱视如土苴①。今日用这几个朽木之兵,粪土之将,来与寡人抗衡,何其愚也。彼其意,不过恃天下之兵多耳。何不思耿炳文以三十万败于真定,李景隆以五十万败于北平,吴杰、郭英等以六十万败于白沟河。由此观之,兵多岂足恃乎?岂不闻'兵不在多而在精',一旅精兵,可破顽师十万,彼庸碌臣,乌足以知之。汝今既来我营中,我营兵将威武,也该看个明白,回去报知他君臣,方不虚此一行。"因传令着各营将士,分队扬兵较射。又着一将,领薛岩各营观看。薛岩死里得生,哪里敢违拗分毫,只得随着一将,一营看过,又是一营,戈甲相连,旗鼓相接,一路看来,约有百余里。各营兵将,莫不驰马试剑,演武较射,真是人人豪杰,个个英雄。薛岩细细看了,不觉胆寒,回见燕王,唯有称赞,以为天兵而已。燕王见薛岩称赞,因笑道:"兵强何足道,妙在更有用兵之方略耳。吾欲直捣长驱,有何难哉!"因留薛岩住了数日,方才遣还。临行又说道:"朝廷既诏求罢兵,寡人非不欲罢,但怪朝廷心不相应耳。汝且先归报知,寡人亦遣使来问明白。"薛岩即归,遂将燕王之言奏知,建文帝听了不悦。

过了数日,燕王果然遣指挥武胜来上书。书内称:"朝廷既欲罢兵,昨获得总兵官四月二十日驲②书,又有会合军马之旨,此何意也?由此观之,则罢兵之言,为诚乎?为伪乎?不待智者而后知也。不过欲张机阱,以陷人耳。人虽至庸,岂能信此!"建文帝看了,知燕王不肯罢兵,遂大

---

① 苴(jū)——苴草。
② 驲(rì)——通"驿"。驿传,即以骑马传递。

怒,命系燕使武胜于狱。早有跟随武胜的人,忙报知燕王。燕王大怒道:"敌国虽隙,从无斩使臣之理!彼敢如此者,未遭吾毒手也。吾必要荼毒他一番!"众将道:"荼毒无过杀戮,但彼兵散处北地,纵能杀戮,亦算不得荼毒。"燕王道:"彼兵聚集北地,所资之粮,必由徐沛而来。吾今遣轻骑数千,邀截而烧绝之。则彼兵缺粮,兵虽多,势必瓦解矣。"众将道:"若能烧绝其粮,则此番涂毒,可谓真涂毒矣。"燕王见众将皆以为然,遂命指挥李远,领兵六千,由徐沛一带扰其粮道。又令邱福、薛禄合兵,潜攻济州,以焚沙河、沛县之粮。三将受命,各各分路而去。

且说李远,领兵六千,暗带火器,突至济宁。此时燕王大兵驻扎大名,去济宁甚远,故济宁守备不严。忽被李远等突至,忙聚众防守。李远等却不侵搅地方,待奔至,忽而将仓廒放火烧将起来。守兵知是焚粮,急来救营,可是火猛风狂,早已将所积之粮,俱已烧得罄尽矣。再说邱福、薛禄,合兵一处,往攻济州。原来济州,地非险要,城郭不坚。邱福、薛禄兵到了,也不攻打,竟命军士架起云梯,一拥登陴。城虽破了,却不据城。探知南来粮船,正在河下,遂潜师竟至沙河沛县,先分兵据在两头,再细细看来。果有数万号粮船,塞满于中。邱福、薛禄遂命军士,将带来的火药,分数十处放起火来。及火烧着了,南军方才知道,慌忙要救,而火势猛烈,扑灭不得。船多拥塞,撑放不开,只得任他延烧。一霎时,数百万粮米,悉被烧毁,直烧得河水有如沸汤,鱼鳖尽皆浮死。漕运军士,一哄逃去。邱福、薛禄与李远三人,见粮尽烧完,大功已成,归报燕王。燕王大喜,命各记功。原来朝廷虽然屡败,然天下终大,兵损又增,粮饷不缺,气尚未馁,今被此一烧,德州之粮饷,遂觉流难,将士之气,未免索然。一时报到京师,朝廷臣民,尽皆大震。无可奈何,只得又命户部行文,各处催解粮饷接济。只因这一事,有分教:南军不振,北军愈壮。不知后来如何攻战,再看下回分解。

第二十四回
间计不行于父子　埋伏竟困彼将士

　　却说燕王既烧了南粮，知南军不振，遂遣兵攻取彰德。彰德守将乃都督赵清，闻燕兵来攻，紧紧守护。燕兵攻之不克，遂绝其樵采，而伏兵诱之。赵清不知是计，又因城中乏薪，因遣兵追击，而欲护民樵采。忽城旁山麓，伏兵齐出，遂被杀伤千有余人。赵清忙闭城门，不敢复出，令民拆屋为炊，以救目前。燕王屡攻不下，因遣使入城招之道："天下大势，已八九归燕，彰德孤城，何能坚守，莫若早早请降，可以转祸为福。"赵清应道："天命在燕，臣非不识。时势归燕，臣非不知。但臣受朝廷之命，而守此城，今天命尚未改，时势尚未定，而一旦以城降人，恐燕殿下亦不乐有此不忠之臣也。殿下若期至京城，夕下二指之帖以召臣，臣不敢不至。今为朝廷守此城，死则死此城，尚不敢贪富贵，而贻羞于古也。"使者以其言回报燕王，燕王听了，甚喜道："此不随不抗，识时守正之臣也，姑缓之。"遂命撤兵，罢其攻。

　　忽燕世子星夜遣人，赍文书来告急，称南将平安，自真定率兵来攻北平。兵雄将猛，攻打甚急，乞速发兵救援，以固根本。燕王看完，大怒道："平安怎敢大胆乘势袭我！"因问诸将："谁敢往救北平？"忽见都指挥刘江，挺身出道："臣不才，愿往救之。"燕王问道："往救之兵，不过满万，而欲破平安围城之众甚难，不知计将安出？"刘江道："末将闻'兵不厌诈'，实击之，不如虚声惊走之为妙。末将此去，明言救援，直与对垒，则众寡见矣，难保必胜。臣有一计，将兵分为二，以炮声为号。臣先率一半，不与之战。竟放一炮，突然决其围。若放第二炮，则臣已决围而入矣。若放第三炮，则臣已决围而入城矣。若不闻第三炮，则臣战死矣。臣若入城，声言救至，守城军士，自勇气倍增，而愿战矣，后兵一半，预令每人各带十炮，俟臣三次炮响后，远远近近，放炮不绝，使彼闻之，必谓有大兵来救援。臣再往城中杀出，平安虽勇，而将士人各一心，亦必震惊而走矣，何患北平之围不解哉？"燕王听了大喜，称为妙计，因呼酒壮其行。刘江率兵至北平，如其言而行之。果大败平安,擒斩数千人。

平安遁还真定,报马报到京师。建文帝愈加不悦,因诏群臣廷议。众臣皆无一言,唯方孝孺奏道:"目今河北师老无功,德州饷道又被烧绝,事势艰危,大有可忧。向以罢兵之说诱之,既不能行,则当别用一策以图之,安可坐视以待祸。"建文帝道:"卿有何策,可试言之。"方孝孺道:"臣闻燕王平素最爱次子高煦,及三子高燧。世子高炽,为人朴实,尝为二弟所谗。今世子居守北平,而高煦、高燧,随征在外,正嫌疑之际,何不因其嫌疑,而用计离间之。使燕王信谗,则必疑其子,而趋归北平矣。俟彼趋归北平,然后徐图其后,不又易为力乎?"建文帝听之大喜,即命孝孺草诏赐燕世子,令其背父归朝,许以燕王之位。遣锦衣卫千户张安,赍赐燕世子。又令张安至北地,故露消息,与人知觉。

张安受命而行,既至燕国,遂悄悄进见世子,将朝廷诏书赐与,令其拜受开读。燕世子正色说道:"在朝廷则大君为重,在家庭则严父为尊。寻常细事,尚且父在子不得自专,何况朝廷诏命,为子者焉敢私开?"张安忙说道:"此天子密诏,单赐小殿下,不可使燕大王知之。"燕世子道:"为君可以疏臣,为子焉敢背父!"因命得当将官,将诏书并张安,送赴军前。张安百般劝诱,世子只是不听。张安此时不过一人,如何拗得世子过,只得听其送来。

且说燕王有一个宦臣,叫做黄俨,素与三子高燧相好,忽闻得朝廷赐书与世子之信,遂乘此而献谗言于燕王道:"世子近来与朝廷甚亲,往往有密谋相通。今又闻朝廷有秘诏至燕赐与世子,千岁爷不可不察。"燕王不信道:"世子为人纯谨,焉肯背父,而与朝廷交通?"高煦亦谮说道:"黄俨之言非虚,父王若不信,可遣人回国,访问朝中可曾差人来往,便明白了。"燕王踌躇不决,忽报世子遣官送诏并赍诏人张安至。燕王接诏书看了,因叹息道:"吾父子至亲,犹思离间,何况君臣乎?奸臣乘机播弄,安可免也。且建文小子,动以仁义为名,如此诏书,教子不孝,诱臣为奸,是仁乎?是义乎?殊可笑也。"因对张安道:"汝何等狗官,也敢来摇唇弄舌,离间吾父子!本当斩首,姑念非首谋。若竟纵汝还朝廷亦不知辱。"因命系之于狱。又想朝廷用计离间我父子,不胜愤怒,遂命邱福、朱能、房宽、张信、李远、陈文一班将士,各率靖难师,分路南伐。

众将领命,一时齐发,声势之盛,远近震惊。不多时,报靖难兵攻破河东及东平,擒获指挥詹暾,其余官吏俱遁去。唯吏目郑华,知势不支,先托妻子于友人,自率民兵守城,城破而死。不多时,又报靖难兵攻破汶上,擒获指挥薛鹏。又报靖难兵攻沛县,未及战而指挥王显早以城降;知县颜伯玮,衣冠升堂,向南再拜恸哭道:"臣文臣,无能报国!"遂自缢死;主簿唐子清,典史黄谦,皆被擒获,不屈而死。

此时南兵屡败,各郡县守将,皆惊惧无策,但愿燕兵不至为幸。唯徐州乃南北必经之道,守将畏怯,只要坚守,不敢议战。却亏了翰林程济,正奉命监军于此,因对守将道:"诸君奉命守城,但务守城,未尝不是,但须知战守,原合一者也,未有不善战而能善守者。今燕兵乘胜而来,若容其围城,则必心高气扬,极力攻打矣。莫若伏兵要地,乘其远来疲劳,突出而迎击之,彼纵不大伤,亦必为吾一挫。挫后再来围城,亦为易守矣。"众守将听了,皆喜道:"参谋之论是也,末将等自当努力,但不知燕兵从何路来,当伏兵于何地,并乞参谋教之。"程济道:"燕兵自从北来,众将军可分兵作三队,俱出北门外,十里一队,十五里一队,二十里一队,俱捡由深树密处埋伏。燕兵初来,不可轻出。俟燕兵过尽围城,城中兵放炮出战之时,然后十里埋伏的人马,速放炮震天,从燕兵之后杀来。燕兵自着惊,不敢恋战而败走矣。燕兵败走之时,切不可苦苦邀截,若苦苦邀截,彼必死战矣。可纵其败走,却合兵逐之。至十五里,伏兵起而击之,至二十里,伏兵再起而击之,彼自心寒胆丧而远走矣。"众守将听了,更加欢喜,就要分兵去埋伏,程济止住道:"燕王三日后方到,埋伏太早,未免将士劳苦,后夜发兵,未为晚也。"众将皆依计而行。

果然三日之后,燕兵突然涌至。此时燕将张武、火真,因屡屡战胜,绝不提防徐州有埋伏,竟长驱而来。直到城下,正欲围城攻打,不意城上炮响如雷,鼓声动地。不多时城门大开,拥出两将,统兵出来大叫道:"从叛逆贼,不要逞强!今汝身入重地,料想不能生还,莫若速速投降归正,还保一条性命。若不悔悟,只怕顷刻之间,立为齑粉矣!"张武与火真大怒道:"一路来经过了多少城池,望见靖难旌旗,便远远迎降,稍若不知天命,即立见摧残。今汝这几个残兵败将,怎敢说此大话!"就挺枪直冲过来,与二将对敌。两下里战了十余合,忽听得燕兵阵后,炮响连天,鼓声震地。燕兵纷纷来报道:"南兵埋伏精兵,转从阵后杀来,甚是凶勇,须速分兵迎敌!"张武、火真听了,着慌道:"不曾提防,误中他计了!"遂不敢向前苦战,忙撤回兵马,往阵后来救应。到了阵后,恐被南兵拦住,前后夹攻,遂拼死杀开一条血路而走。喜得南兵只是杀人,却不阻截归路,让燕兵败回,却合伏兵随后赶杀。燕兵既脱出了险地,犹自夸道:"南兵终是胆怯,若围紧了不放,岂不尽受伤残。"正说不了,忽又听得鼓炮震天,突出一支伏兵来邀杀。二将大惊失色,只得挥兵苦战了一番,被杀了许多,方才脱去。走不得四五里,忽又听得鼓炮震天,突出一支伏兵来邀杀。二将惊得魂魄全无,被伏兵杀得七损八伤,方才脱去,报知燕王。只因这一报,有分教:小小孤城,不当大敌。欲知后事,请看下回分解。

第二十五回

梅驸马淮上传言　何将军小河大捷

却说燕王见张武、火真来报徐州战败缘故,不觉大怒,复发兵来攻徐州。当时徐州众守将,见杀败燕兵,皆以为从来未有之功,便出檄文,申文书,各处报捷。又请文人铺叙战功,立一石碑,竖在北门外。程济再三劝止道:"不可,不可,此招灾惹祸之端也!"众守将正兴兴头头,哪里肯听。程济无法,只得捱到夜深,悄悄叫人备了祭礼,自往碑下祭之。众守将闻知,皆笑他作怪。不期过了些时,燕王亲率大兵,破了徐州。看见立碑在此,勃然大怒,命左右锤碎。左右领命,方锤得一锤,燕王又止住道:"且录下碑文来看了再锤。"及录下碑文来看时,而程济的名字,已被先一锤锤下去矣。后来燕王照碑上名字诛人,而独不及于程济,故程济得安然从建文帝之亡,人方知程济道术之妙,此是后话。

且说燕王攻破徐州,守将皆逃,就乘胜一路抢州夺县,而来势甚强旺,早有朱能、邱福,并一班将士,共上一表道:"大王功高德盛,宜早即皇帝位,以慰天下臣民之望。"燕王不允,道:"寡人举兵者,为靖难除奸也,非私天下也。此事岂可轻议?但诸将士,劳苦有功,不可不少为升擢。"就升邱福、朱能、张信、刘才、郑亨、李远、张武、火真、陈皀、李彬、房宽等,为五军都督佥事;纪善、李忠,升为右长史;其余将士,俱进秩有差。一面发兵来攻淮安。

朝廷闻知,见声息日近,举朝张皇失措,无一人可用,因思驸马梅殷。他尚太祖宁国公主,大有才智,太祖最为眷注。临崩时,梅殷侍侧,太祖因嘱之道:"汝老成忠信,可托幼主。"复出遗诏授之道:"敢有违天者,汝讨之。"建文帝因事急,遂将各地招募的民兵,合在军营上,共四十万,命梅殷统领,驻扎淮上,以扼燕师。梅殷受命统兵,谨守要害,以防燕师侵犯。报到燕王,燕王因思梅殷系太祖驸马,亲爱相关,难于攻逼。因写书一封,遣使送与梅殷,内言:"往南者,欲进香金陵,以展孝思,非有他也。敢烦假道。"梅殷看了,回书道:"进香乃王之孝,但皇考有禁,不许进香。遵禁者为孝,不遵禁即为不孝。况奉命守淮,岂敢假道?"燕王看了回书,因大怒,又致书道:"进香有禁,是矣,寡人遵祖训;而兴兵以诛君侧之奸,难道亦有禁乎?况寡人乃太祖嫡子,伦叙当承,今又为天命所归,岂汝人力所能阻也!"梅殷览书亦大怒,因叫人将来使的耳鼻割去,道:"来书词语狂悖,我也难回答,只好留汝口,报与燕王,说:'当今天下,乃太祖之天下。当今天子,乃太祖所立。王既系嫡子,太祖何不立王?太祖既不立王,则王臣也,宜安守臣位,不可作此叛逆之想,以成千古不忠不孝之罪人'。"使者归报燕王。燕王知梅殷忠直,难于煽动,遂舍淮安,竟往徐、宿而来。

不期平安自围北平被刘江炮声惊走后,访知燕王大兵进至淮徐,遂暗算道:"燕王只知乘胜而前,却不防后,我今领兵从后追之,前后夹攻,自成擒矣。"因选精兵四万,随后赶来。燕探马报知燕王,燕王道:"平安暗暗袭人,以为得计,必不防我有备。"因遣都督李彬等,领两队人马潜伏于淝河左右以待之。平安一时贪功,果不防备,打听燕王的营寨,离此不远,遂进兵。不期到了淝河,忽一声炮响,左右突出两队伏兵,截住厮杀。平安吃了一惊。虽急急交战,终觉被算,人心慌张。而李彬又系勇将,战不多时,平安料不能胜,只得领兵退走。燕王见了,也不命将追赶,竟乘势分兵打破了宿州。一时齐鲁诸营堡将士,闻知燕王势盛,皆相率来降。

那平安虽遇伏兵截杀,一时退兵,但兵精将猛,不曾大损。闻知总兵官何福,领兵屯于小河,遂引兵前来,与之相合。何福正虑燕兵势大,己军单薄,见平安引兵来合,不胜欢喜,因商量道:"燕兵一路来犯,乘胜至此。今既至此,离神京不远,若不努力,大杀他一两阵,使他心寒远遁,则朝廷事危矣。我虽拥兵于此,却恨寡难敌众。今幸将军天降,誓当同心,以报朝廷。但不知燕王之众,何以破之?"平安道:"燕王自幼从太祖东征西战,久称知兵,凡诸巧计,俱算他不倒。唯有鼓励将士,奋勇血战,倘或朝廷福大,伤残得他,方能平此祸难。"何福道:"将军之言是也。"因激励将士,打点鏖战。

却说燕兵到了小河,要渡过南来,见无桥梁,大将陈文令众军伐木为桥,先将步卒并辎重渡了过去,随后又渡骑兵,就分兵守桥。何福见了,因对平安道:"此时不战,更待何时!"平安道:"将军请先率步兵,沿河而东,争其所守之桥,诱其兵出,然后待末将驰骑兵奋击之,自无不胜。"何福以为然,遂领了许多步兵,分做两翼,沿河而来,欲夺燕兵所守之桥。燕王看

第二十五回　梅驸马淮上传言　何将军小河大捷

见,先命大将王真,领兵过河追击,自却随后接应。王真过得河来,看见何福的步兵散漫,犹未急击。不料平安领一队精骑,忽然冲至面前,大叫道:"燕王逆贼,怎不自出,却叫你来替死!"就挺枪劈面刺来。王真暗吃一惊,急急躲过,再举刀相还,怎奈一时神气不振,又当不得平安勇猛,斗不上三合,早被平安刺死落马。陈文看见,吃了一惊,忙要上前接应,不期何福率步兵从桥后突到,四围逼紧,脱身不得,也被何福杀了。南兵见杀了两员燕将,不觉勇气百倍,遂乘势渡过桥来。燕将张武正在林中放马,忽见王真、陈文被斩,忙忙提刀上马,从林中突出,大叫道:"什么人敢大胆杀人!"此时燕王看见,也带着指挥韩贵,赶来接应。遂合兵一处,向前攻击。南阵上早有丁良、朱彬二将,接着厮杀。平安看见燕王立在阵前,暗想道:"射人先射马,擒贼必擒王。杀这些散贼何用?"遂乘众人酣战,竟悄悄纵马挺枪,飞奔燕王。燕王看见大惊,欲挥将与战,而众将皆有敌手,只得回马就走。平安紧紧追来,燕王见平安追得紧,欲待回身接战,却奈剑系短兵,挡不得大战。又知平安雄勇,敌他不过。事急了,大叫道:"什么贼将,敢追寡人!"平安道:"我是平将军,奉献大王一枪!"一面说,一面将枪尖指着燕王的头。相去不远了,果是圣天子百灵相助,平安的战马,忽一个前蹶,跪倒在地,早将平安跌下马来。平安急急爬起来,再翻身上马,欲往前追,而燕王已驰去远矣。平安方知燕王有些奇异,不复来追。再到桥边,早见丁良、朱彬战败,为燕兵捉去,而燕将韩贵,也被南兵杀死,因又助着何福,大杀一阵。燕兵见燕王被追而去,不敢恋战,俱渐渐退过桥去。何福见了欢喜,遂申文奏报小河之捷,又请增兵破敌。只因这一请,有分教:勋臣统兵,勇将阵亡。不知后来如何,且看下回分解。

第二十六回

魏国公奉旨助战　李都督恃勇身亡

却说建文帝见何福上表报捷,龙颜大悦,因降诏褒奖,又敕魏国公徐辉祖,率京军五万助战。徐辉祖奉旨领军,连夜赶至小河。

此时燕兵屯在齐眉山下,与何福、平安,日日对垒,不能取胜,正自忧疑。忽又听得报徐辉祖率京军来助战,军心愈觉彷徨。燕王毫不在意,但激励众将,奋勇与战。临对阵时,何福、平安乘着屡胜,其气已壮,今又增了徐辉祖,领五万京军来助战,一发添上威风。何福又请徐辉祖掌了中军,却自与平安两骑马飞出阵前,往来索战。北阵朱能,光与平安对战。战不多时,又是薛禄与何福对战。北阵上又有一将出,南阵上就有一将与之交锋。南阵上又有一将冲来,北阵上就有一将与之抵敌。从午时杀到酉时,直杀得征云滚滚,战气腾腾,并不见有输有赢。

忽北阵上又突出一员大将,乃是都督李彬,十分骁勇,此时见两家苦战,并无胜负,因大叫道:"厮杀不能斩将,直管杀些什么?待我斩一个大将,与你们看看。"遂一骑马飞过阵来,直奔徐辉祖。不期徐辉祖"忙家不会,会家不忙",看见有将冲来,知他要乘空袭取,因将刀按在身边,只做不知。待他马冲到面前,枪刺近身边,方提起刀来,将枪隔去。还趁势劈一刀来,大骂道:"你要枪刺人,独不怕刀砍你么?"李彬被徐辉祖伏刀将枪隔去,又随手还刀,知是惯家,方吃了一惊,急急勒马倒退以避刀。不料那马跑急了,陡然勒回,未免要往后一挫。谁知这一挫里一个后蹶,竟将李彬闪了下来。徐辉祖麾盖下一班将士,见李彬闪下马来,遂一齐上前捉人。李彬自知不免,遂弃长枪,拔出短剑,大叫道:"今日之死,误也!但我也不肯独死!"独挥剑斩了数人,方被南兵乱刀杀死。

北阵将士,尽知李彬骁勇,今见他被杀,未免心寒,又见天已薄暮,遂个个皆退去。南阵平安、何福,并诸将见斩了李彬,诸将又皆败去,一发有兴,喊叫连天道:"今日定要打破燕营,生擒叛贼!"如狼如虎,一齐逼近燕营。亏得燕王见势头不好,忙将强弓硬弩,射住阵脚。南兵攻打不入,方才退去。燕营将士,想起前日一路而来,俱是乘胜,意气扬扬,不期今日连输了两阵,又兼勇将李彬被杀,便觉兴致索然。诸将中就有进言的道:"北兵虽强,不过一方;南兵纵弱,天下皆是,只管征调得来,况朝廷名分尚在。恐一时成功不易,莫若且还北平,养成精锐,俟有衅隙,以图再举。若不揣势力,强争苦斗,恐怕有失,非算也。"又有的说道:"见可而进,知难而退,兵法也。大王深知兵法,岂可强为。"燕王听了,知人心摇动,不便以威势压之,因默然不语。喜得朱能挺身而出道:"诸将为何出此言也?昔汉高祖与项羽争天下,汉高祖连败七十二阵,志气不衰,遂一战而胜,终有天下。今大王自起兵以来,所取非一地,所败非一人,自北而南,一路攻城,交战克捷多矣,今奈何偶然一挫,便辄议还师。且请问诸君,还师北平,还是自立乎?还是北面事人乎?凡为此言者,非不智则不忠也,乞大王速斩以警众。"燕王听了大喜,道:"诸将亦非不忠,各人智略不同耳。然究竟思之,终以朱将军之言为是。为今之计,唯有急思破敌,再言还师者斩。"众将方不敢言。然虽不敢言,而请燕王北还之议,早纷纷传到何福耳朵里。何福满心欢喜,以为燕兵一还,则我执燕之功成矣,遂按捺不定,竟将燕王北归消息,报知朝廷。朝廷闻知又按捺不定,遂君臣商量道:"燕王既北还,则徐辉祖率京军五万,无战可助矣。驻兵于外,未免要运粮接济,不如召还,以实京师。"建文帝以为然,遂降诏召还。只因这一召,有分教:南军失势,北将成功。欲知后事,再看下回分解。

第二十七回

燕大王料敌如神　何将军单骑逃脱

再说燕王自两败之后，因与众将商量道："平安、何福，皆久战之将，今又加徐辉祖相助，实难摧挫。若苦苦与之争锋，徒劳杀伤，莫若且坚壁勿战，只作北还，以懈其心。况彼驻扎之地，非城非廓，粮草皆须搬运，我但暗暗遣兵，或断其饷道，或绝其樵探，彼自不能安而搅乱矣。"众将皆以为然。燕王算计已定，故平安、何福屡屡来挑战，俱坚壁不出。平安、何福无可奈何，忽又有旨召徐辉祖还京，锐气未免减少了一半，也就不敢十分来挑战。

燕王打探得徐辉祖召还，知何福失势，遂遣朱荣、刘江，暗暗率兵，四处断其饷道，又遣游骑，四处捉其樵探。何福闻知，急急差兵救护。东边才保全了回来，西边又报劫夺，日日惊扰，不得安宁，乃愤怒要与他大战。燕兵又坚壁不出，每日空来空往，把一团锐气，又消磨了几分。因与平安商量道："我兵驻扎此地，要搬运粮草，利于速战，而燕王又不明战，只暗暗侵扰，未免我劳彼逸，殊非算也。莫若移营灵壁以就粮，既可免其惊扰，又可坚持以待战，不知将军以为何如？"平安道："此言是也。"遂令军士移营于灵壁。

此时燕王虽坚壁不出战，然而两垒相对，恐有意外之变，日夜提防，将士不解甲者月余，未免劳苦而生怨，诸将因请燕王道："目今盛夏，淮南一带，地土卑湿，又兼暑雨连作，军中常恐瘟疫。今南兵已移营灵壁，大王何不且渡过河去，择一善地，休息士马，相机再进，何如？"燕王道："诸君只知过河为安，却不知过河有大不安也。既两敌相持，进则人心奋，退则人心馁。今将士虽劳苦，然心中必惕厉而思破敌。若一渡河，乐于便安，则人心懈矣。人心一懈，则敌人乘势来击，未免被其戮辱。安乎？不安乎？今何福图安，移营灵壁，即诸君之劝我渡河也，吾见其锐气索然，不出数日，吾自有计击走之。"诸将道："大王妙算过人，臣等不及也。但击走何福，更有何计，请大王明示。"燕王道："兵贵乘隙。寡人闻得南军运粮五

第二十七回　燕大王料敌如神　何将军单骑逃脱

万将到,平安帅兵六万,前往护还,此隙也。我往击之,我自猛而彼自怯也。兵又贵击惰,我亲领兵与战,彼自尽力相持,俟彼此战疲,我败走以诱之,彼见我败走,力虽疲亦必追逐。疲而追逐,其惰可知。我再伏精锐,出而击之,彼纵英勇,亦未有不惰而败走者。"诸将听了,大喜道:"大王神算,真无遗策。但他运粮已近,宜速为之。"燕王因命次子高煦,领精兵一队,伏于林间,再三诫之道:"纵我战败,亦不许轻出,必要窥伺敌兵疲倦之极,方可出而击真惰归,不患不成功矣。"高煦领命而去。燕王就分遣壮士万人,四路掩击护粮之军。自引兵分作两翼,进攻灵壁。何福见燕王久不出战,今忽来攻,必然有谋也,坚壁不出。

且说平安率兵护粮,也防抢夺,将六万兵分列于外,叫负粮者居中而行。忽见燕兵来抢夺,就引兵纵击,杀伤燕王甚众。燕王乃回师,命众将与平安交战。战了许多,不见输赢。燕王临阵细观,见其兵将前后连络,更班出战,因亲麾一队,转出其旁,横冲其阵。南军不曾提防,被燕王冲做两段,首尾不能相顾,兵心遂乱。燕将乘其乱,一发奋勇力攻,平安渐渐退下。何福在壁上,远远望见平安有败阵之势,忙引大兵,开了壁门,冲将下来,大叫道:"平将军勿慌,我来也,誓必破贼!"平安见何福兵出,胆又壮了,遂复抖精神,向前力战。一班燕将虽不畏怯,但战已久,忽又何福的大兵齐出,一时只好抵敌,哪里又能斩将搴旗,何福、平安转攻,致使时有杀伤。此时高煦伏在林间窥看,早有副将说道:"燕师受伤矣,可出击之。"高煦道:"燕师虽小有杀伤,却大势不败。南兵何福初出,正在奋勇之时,此时我若出击,纵能击败,他亦未至寒心。非父王命我伏兵意也,须再俟之。"又窥了多时,见两军血战既久,俱有疲倦之色,燕王引众渐渐退去,高煦方挥众道:"此其时也。力战成功,在此一举!"遂放起号炮,一齐冲出林来,邀击南兵之后。南兵苦战了一日,虽侥幸战胜,却已精疲力竭,忽见有伏兵邀击,怎不心慌。又见邀击之将,乃是高煦,素知其勇,一发手忙脚乱,不敢恋战,唯有夺路而走。平安、何福虽亦吃惊,然欺高煦兵少,尚拼命相持。当不得燕王大兵听见炮响,知高煦伏兵已出,又复杀回。何福、平安不能支持,只得弃了粮,率领败残士卒,奔回灵壁,坚闭不出。高煦东西驰击,斩首万余,获马数千,五万南粮,俱为北兵得了。

何福败还,与平安商议道:"兵败犹可再胜,军中正尔乏食,五万粮饷,又尽失去,何以支合?"平安道:"将士乏食,守此何益?为今之计,唯有率众,乘燕王不备,突围而出,就食于淮,再作他图。"何福道:"将军之言是也。"因传令将士道:"粮饷被劫,军中乏食,需就食于淮,以待后运。但燕兵围营,必须突出,方能前往。尔众将士,俟明日号炮三声,即齐心奋勇而出。违误者斩!"众将士苦战了一日,又见有明旦突围之令,尽去安歇,以待炮声早起,好去突围。不期燕王用兵神速,见何福败还灵壁,坚守不出,锐气正衰,恐其停留长志,又有救援,遂不待天明,即躬率将士,悄悄攻其壁垒。诸将见燕王先登,谁敢不前,一时尽蚁附而上。燕王命放炮三声,众将齐攻壁门。燕王这边放炮,南军在睡梦中听见,认是本营将军放炮,催众突围,往淮就食,忙忙爬起来收拾了,奔到壁门。你见我来,我见你至,都认以为真,竟将壁门开了。走到门外一看,见外面燕兵摆满,方知误了。及再要重闭壁门,而燕将早已喊声如雷,有如潮水一般,一涌杀入矣。南兵不曾提防,突被杀入营中,一时鼎沸。诸将也有卧而未起的,也有起而未及披挂的,或被杀,或被擒,无一人得免。燕王忙传令禁止杀人,但早已杀得人马濠平堑满矣。诸将报功,生擒武臣陈晖、平安、马溥、徐真、孙成、王贵等三十七员,文臣陈性善、彭与明、刘伯完等一百五十人,降者无数,唯何福一人逃脱。只因这一败,有分教:满朝失色,再谋无功。欲知后事,且看下回分解。

第二十八回
燕王耀兵大江上　建文计穷思出亡

却说灵璧之败，报到朝廷，君臣闻之，皆无人色。廷臣只得又议各处召兵，建文帝又遣礼部侍郎黄观往安庆，翰林修撰王叔英往广德，都御史练子宁往杭州，三处招募义勇民兵，入援京师。三人受诏出朝，因诣黄子澄而问计。黄子澄大恸道："人势去矣，吾辈万死不足赎误国之罪！诸公此行，恐亦无济。不过臣子之心而已，他难论矣。"三人闻言，遂号泣而往。然所到之处，已知金陵不能守，并无一人应矣。

再说燕王既破了何福，遂引兵要渡过淮来。此时盛庸自夹河败后，不敢南还，因走至淮上，收拾了马步兵数万人，战船数千只，镇守淮河南岸。燕王兵到北岸，诸将说道："彼南岸有船，我北岸无船，何以能渡？"燕王笑道："同一淮河，彼南岸之船，即我北岸之船，又何分焉？"诸将不悟，无言可对。燕王因命众军，伐木造筏，又命扬旗击鼓，声张其势。若将待筏成，早晚即渡者。南军在南岸望见，虽知其造筏艰难，一时未必能渡，却见他猛勇之势，未免惧怕。盛庸因吩咐排列炮石，紧紧护守。不期燕王却遣朱能、邱福等将，率数千骁勇，悄悄西行二十里，于无人之处，用小舟潜渡过南岸。南军只虑北兵筏成要渡，哪里有防潜袭。忽炮声大作，邱福、朱能等将，率兵冲入其营，大叫道："燕王大兵已尽在此矣。有令不许走了盛庸！"南兵突然被攻，又见喊声动地，金鼓震天，心胆俱破，皆无斗心，四散而走。盛庸要逃，不及上马，只得登一小舟，潜逃却去。朱能、邱福见南兵逃走，忙挥南舰往渡北兵。燕王笑笑道："诸君试看，这些战舰，属南平属北平？"众将皆拜服道："大王胜算，真如观火，非诸将所能及也。"

燕王既渡，又与众将商议道："此去京师，东西皆路，不知当从何路为直截？"诸将中有说当先取凤阳为直截，有说当先取淮安无后患，燕王道："皆不然也。若先取凤阳，我想凤阳楼橹坚定，非攻不下。若攻，则未免震惊皇陵，试思皇陵岂可震惊乎？若先取淮安，我想淮安积储饶裕，人马众多，攻之岂易破乎？若攻不破，势必旷日持久，那时援兵再集，岂我之利乎？莫若乘胜直趋扬州、仪真，况两城兵弱，不须苦战，可招而下。既得真、扬，耀兵江上，则京师震骇，必有内变矣。京师既定，凤阳、淮安又何虑焉？"诸将皆喜道："大王之言是也。"燕王因遣指挥吴玉，前往扬州招降，然后发大兵随之。

此时扬州守备，乃指挥崇刚与御史王彬，二人皆忠义之臣。燕兵未至，有一个指挥叫做王礼，颇有才勇，闻知燕势日强，因说崇刚与王彬降燕以明知机，而图富贵。崇刚、王彬大怒不从，遂将王礼下狱，欲论其罪。及吴玉来招降，崇刚、王彬又拒绝道："奉命守土，但知杀贼，焉肯从贼！"吴玉见二人固执不降，遂密写了飞书，散入城中招降道："有人能擒守将献城者，加官重赏。"早有一个千户叫做徐政，原与王礼同谋，因王礼下狱，不敢复言。今得吴玉飞书，暗暗通知王礼，又会同一班党羽，候燕兵一到城下，即拥众鼓噪，打开狱门，放出王礼，同拥至守备衙，捉住崇刚与王彬，大开城门，献于燕王。燕王大喜，遂升二人为都指挥。又欲崇刚、王彬归降，二人不屈，遂命斩之。扬州既下，仪真孤城，不劳力而亦破矣。

仪真既破，北军登舟往来江上，旌旗蔽天。南军望见，知势难遏，尽皆解体。建文帝闻报，慌张无措，方孝孺奏道："事急矣，宜以计缓之。"建文帝道："何计可缓？"方孝孺道："如今事急，唯有遣人，许以割地，讲和或者可延数日。倘东南招募一集，况有长江之险，彼北军又不惯舟楫，再与决战江上，则成败未可知也。"建文帝不得已从之。又思外臣讲和，恐其不信，因假太后之命，遣庆成郡主往燕营讲和。郡主既至燕营，道达太后之命，以割地分南北为请。燕王笑道："此非太后意也，特欲假此缓我师耳。军中非叙亲情之地，郡主请回，无多言也。"郡主无奈，只得还朝复命。

燕王在江上，独往独来，并无一人与之相抗。唯盛庸又领许多海舰，至浦子口迎战，连战至于高资港。朝廷闻知，忙遣都督佥事陈瑄，帅舟师助之。陈瑄既至，知势不可为，遂叛而降燕。陈瑄既降，而盛庸败绩矣。燕师至龙潭，朝廷又遣李景隆并尚书茹瑺往龙潭，仍以割地讲和为请。燕王终是不肯，竟遣李景隆等回朝。建文帝见割地讲和不听，因急召齐泰、黄子澄，入朝议事。近侍奏道："齐泰已奔往广德，黄子澄已奔往苏州，口说征兵，实不知所为何事？"建文帝道："起事皆出汝辈，而今事败，皆弃朕去了！"因长叹不已。忽报燕兵已进屯金川门，左都督徐增寿守左顺门，竟对众宣反，谋开门迎降。御史魏冕听了大怒，因手击之，又奏闻于帝。

第二十八回　燕王耀兵大江上　建文计穷思出亡

帝大怒,命左右擒徐增寿至廷,责以不忠,亲自下殿手诛之。

既诛徐增寿毕,有茹瑺等众臣劝帝幸湖湘以避之,又有王韦等众臣劝帝幸浙海以避之。方孝孺独奏道:"国君与社稷同死生,避之非是,臣请效死勿去。"建文帝道:"方卿之言是也,朕意已决,卿等且退。"众臣退出,忽又一臣跪下奏道:"事已定矣,时已至矣,陛下宜早为之,不容缓矣。"建文帝视之,乃是向日奏北平兵起的程济。知他是个异人,因问道:"大位已不可保,汝云事已定,时已至,莫非欲朕死社稷乎?"程济道:"陛下大位虽不保,而太祖的社稷却未曾失,何必死殉。"建文帝道:"社稷既不必死,臣下有劝应幸湖湘的,也有劝朕幸浙海的,莫非此中尚有义,可赴乎?"程济道:"陛下以天下之大,尚不保此位,岂湖湘、浙海之死灰,得能复燃耶?"建文帝道:"一方之死灰,既不能燃,则燕王北平一方,为何而猖獗至此乎?"程济道:"此中盖有天命也。天命所在,不当以大小论也。"建文帝道:"既天命在燕,太祖何不立燕王,而竟立朕,毋乃不知天命乎?"程济道:"太祖,圣主也,又有贤臣刘青田辅佐之,岂有不知天命。然太祖不立燕王,而立陛下者,正知陛下亦有天命,且知天命之气运有后先,不可强,故委曲而为之也。"建文帝沉吟道:"殉社稷既不必,图兴复又不能,然则朕一身将何所寄?"程济道:"唯有出亡而已。"建文帝道:"出亡固是一策,但行之于列国则可,行之于当今则不可。列国时诸侯割据,晋亡则于秦,楚亡则于吴,故出境则免。今天下一家,何地不入于版图,一稽查而即得,况燕王既不念君臣大义,又何有于叔侄之亲。万一后日求而得之以被害,莫若今日死社稷之为得体也。"程济道:"兴亡既有天命,死生独无天命乎? 陛下之大位固止于此,而陛下之生却正未艾,陛下又何虑乎?"建文帝道:"天命既然一定,而人事亦当先谋。朕帝王也,一旦出亡,不知税驾何所? 为士为农,为工为商,亦当先定其名,方不露相。"程济道:"士农工商,皆非帝王之事,唯有祝发,庶可游方之外。"正说未完,忽一老太监哭奏道:"万岁爷,今日遇难,奴婢有事,不敢不奏。"只因这一奏,有分教:龙体披缁,帝头削发。欲知后事,请看下文。

第二十九回
欲灭迹纵火焚宫　遵遗命祝发遁去

词曰：

　　弱者败来强者胜，尽忠虎斗龙争。谁知胜败是天生。得昌方得位，无福自无成。暗测潜窥虽莫定，其中原有高明。似聋似哑似惺惺，已将善后计，指点作前程。

　　却说建文帝正与程济商量出亡之事，忽一个老太监，叫做王钺，跪下哭奏道："万岁爷，今日事急矣，奴婢有事，不敢不奏。"建文帝道："你有何事奏朕，快快说来。"王钺道："昔年太祖爷未升遐之先，知奴婢小心谨慎，亲同诚意伯刘基，封了一个大箧子，付与奴婢，叫奴婢谨谨收藏，在奉先殿内，不许泄漏，只候壬午年，万岁爷有大难临身之日，方许奏知。今年已是壬午，奴婢又见燕兵围城，万岁爷进退无计，想是大难临身了，故不敢不奏知。"奏罢涕泪如雨。建文帝听了，忙命取来。王钺因往奉先殿，叫两个小近侍抬到御前。建文帝一看，却是一个朱红箧子，四面牢固封好，箧口用两柄大铁锁锁好，锁门俱灌了铁汁，使人轻易偷开不得。建文帝见了，大恸道："前人怎为后人如此用心？"因命程济打去了铁锁，将箧子开了。一看却无别物，只得为僧的度牒三张，袈裟三套，僧帽三顶，僧鞋三双，并祝发的剃刀亦在内。度牒一张是应文名字，一张是应贤名字，一张是应能名字。又朱书于箧旁："应文从鬼门出，其余从御沟水关而行，薄暮会于神乐观西房。"建文帝细看明白，再三叹息，向程济道："你方才议及祝发，朕犹诧以为奇异，不知太祖数年前，早已安排及此，唯智者所见相同，然亦数也！"因对箧子再拜受命，就要叫人祝发。程济忙止道："且少缓，此秘举也，不可令人知，宜应酬外事，掩饰耳目。"建文帝会意，乃传旨，着众亲王并勋卫大臣，分守城门。

　　到了次早，乃六月十三日，燕王正围城攻打，谷王橞与李景隆分守金川门，知大势已去，就开城门迎燕王。燕王大喜，遂率兵将一涌入城，先使人在前宣言道："逆命者死，投诚者荣！"早迎降者，纷纷逃走者不绝，唯刑

第二十九回　欲灭迹纵火焚宫　遵遗命祝发遁去

科给事中叶福、工部郎中韩节,也不降,也不逃,尚立于城门死守,早被燕兵杀了。又有一个门卒,叫做龚翊,年十七岁,众门卒见城破了,叫他同报名去降,他不听,竟大哭一场,逃遁而去,隐于昆山,终身不出。当日燕王兵到,城中迎接者,皆称功颂德,甚是快畅。忽御史连楹,冲着马头而来,燕兵只认他是迎降,遂让他走到马前,不期他对着燕王大声说道:"燕殿下乃太祖嫡子,既奉太祖之命,分列燕藩,便当尽孝,以遵太祖之成命,而羽翼王朝,为何乘朝廷之柔弱,遂为此叛逆之事?殿下纵恃兵强,篡了大位,而不忠不孝,如何能服天下?"燕王道:"此天命也,汝迂儒不知,但当顺受。"连楹道:"天命篡君,既可顺受,倘天命杀父,亦当顺受耶?"燕王听了大怒,尚未开言,而左右将士,竟用乱兵杀了。连楹身虽被杀,而尸犹僵立不仆。

燕王既杀了连楹,又见徐辉祖引一队兵来,与之巷战,故不敢便逼近阙下,建文帝因得在宫中打点。此时一班具位之臣,已各有所图,皆不入朝矣,唯有数十忠义之臣,或感恩深,或思义重,或激于君臣名分之难逃,竟不顾身家生死,入朝来相傍。程济因说建文帝道:"时至矣,不容缓矣!陛下虽不死殉,却当以死传。"建文帝道:"死何以传?"程济道:"纵火焚宫,而以烬余之衮冕为证,则不死而死矣。然后祝发遁去,便踪迹不露,可安然长往矣。"建文帝点头道"是",遂命内侍聚珠衣宝帐,并内帑珍异于兰香殿,纵火焚烧。一时宫中火起,皇后马娘娘知事不免,因领众亲幸嫔妃,皆赴火焚死。宫内外一时鼎沸,皆乱传上崩矣。程济同诸臣,请建文帝至一秘殿,就宣左善世僧溥洽,与帝将发剃去。剃完,帝脱去龙衣,换上袈裟,并僧帽、僧鞋,竟为和尚。

正是:

　　可怜王者身,忽为佛弟子。
　　细想不须惊,太祖曾如此。
　　太祖未及终,建文全其始。

程济就取出应文这张度牒,付与建文帝道:"此牒名与陛下相同,陛下应须领受。"建文帝受了。程济复取那一张度牒,问诸君道:"有师必有徒相从,不知谁愿为徒?"忽有二臣应声而出,一个是御史叶希贤,一个是吴王教授杨应能,俱说道:"臣二人名应度牒,已是前定之数,又何辞焉?"建文帝大悦。程济因又使溥洽替二人将发剃了,换上僧服,付与度牒,使其与帝相随。其余众臣看见,俱伏地哭道:"臣等受陛下深恩,纵不剃发,也须从亡,少效涓埃①。何忍频年食禄,而一旦危亡,便戛然弃去!"建文帝道:"相从固好,但恐人多,惹出是非,反为不美。"程济道:"事急矣,非流连之时。"建文帝因举手挥诸臣退出。诸臣无奈,因大恸,拜别而去。程济遵太祖遗命,先令御史叶希贤,按察使王良,参政察运,教授杨应能、王资、刘伸,中书舍人梁良玉、梁中节、宋和、郭节,刑部司务冯淮,待诏郑洽,钦天监正王之臣等十三人,从御沟水关而出,约于神乐观相会。然后程济与兵部侍郎廖平,刑部侍郎金焦,侍读史仲彬,编修赵天泰,检讨程亨,刑部郎中梁田玉,镇抚牛景先,太监周恕等九人,请建文帝至鬼门。

这鬼门内门在于禁中,外门直在太平门外,乃太祖暗设下一条私路,以备不虞,紧紧封锁,无人敢走,不知内中是何径路,尽皆惶惶。此时燕兵满城,不敢从宫门直出,只得同走到鬼门。见鬼门的砖门坚厚,砖门外又有栅门紧护,建文帝心惊道:"似此牢固,如何可启?"牛景先道:"陛下勿忧,待臣启之。"遂在近侍手中,取了一条铁棒,要将栅门抉开。只道年久还要费力,不期铁棒只一拨,那一扇栅门,早已拨在半边,露出砖门。再将铁棒去捣砖门,谁知铁棒才到门上,还不曾用力,那两扇砖门早呼啦一声响,又双双开了。见一条路有物塞紧,众皆吃惊,程济忙上前,将塞路之物,扯了些出来看,原来是灯草,因奏道:"太祖为陛下心机用尽矣。"建文帝道:"何以知之?"程济道:"只留此路,已见亲爱之心。又恐空洞中蛇虫成穴,一时难行,故将灯草填满其中,使蛇虫不能容身又无人窥视。今事急,陛下要行,只消一次,便肃清其路矣。非亲爱之至,谁肯如此设策?"建文帝听了,不胜感激,又望太庙拜了四拜,方命近侍,点起许多火把,一路烧去。果然灯草见火,只一点着,便顷刻成灰。只消半个时辰,早已将内鬼门直至外鬼门一路灯草,烧得干干净净,竟成了一条草灰之路,且温暖而无阴气。君臣们平平稳稳走了出来。程济恐人踪迹,被看出破绽,又盼咐近侍,将内外鬼门,照旧关好。然后九人随建文帝走到后湖边。只因这一走,有分教:大位不保,年寿尚长。不知后来如何,且看下回分解。

---

① 涓埃——滴水与轻尘。比喻微小的贡献。

第三十回

梦先帝驾船伺候　即君位杀戮朝臣

当时程济等九人,随建文帝到后湖边,正欲寻船渡去,忽见一个道士,驾着一只船在那里观望,看见建文帝众人走近,忙叫人将船撑到岸边,自立在船头上迎请建文、众人上船。到了船中,建文坐下,就问道士道:"汝是何人?怎知我到此,却舣舟①相待?"道士跪下奏道:"臣乃神乐观道士,前蒙太祖圣恩,赐名王瘴。昨夜三更,梦见太祖万岁爷,身穿大红龙衣,坐在奉天门上,叫两个校尉,将臣缚至御前,诘问道:'汝为提点,职居六品,皆皇恩也,何不图报?'臣应道:'臣虽犬马,岂不感恩,但愧身为道士,欲报无门。'万岁爷道:'汝既思报,明日午时,今上皇帝要亲幸你观中,你可舣一舟,至后湖鬼门外伺候。迎请到观,便可算汝之报。汝能殷勤周旋,不致漏泄,则后福无边;倘不奉吾言,定遭阴殛②。今且赦汝。'因命校尉解缚臣,始惊醒。是以知陛下驾临,故操舟伺候也。"建文听了,感泣不尽。不多时,船到太平堤边,一同上岸。道士王瘴在前引路,君臣们散步随行。走到观中,时已薄暮。坐不多时,杨应能、叶希贤等十三人也来了,查一查,共是二十二人。建文道:"今日沧桑已变,君臣二字,只合藏之于心,不可宣之于口。我既为僧,自有僧家的名分。向后但以弟子称师,师便尊矣,其余礼节,一概勿拘,方便于往来。"程济道:"师言是也。"众人皆舍泣受命。程济又道:"从亡,因众人恋主之心;倘相从而惹是非,不如不相从之为安也。众人既要相从,须斟酌定相从之行藏踪迹,方不致人之疑。"建文道:"此言有理。"因酌定杨应能、叶希贤两个和尚,与程济扮做道人。此三人随师同行同止,顷刻不离,以防祸患。冯淮、郭节、宋和、赵天泰、王之臣、牛景先六人,各更名改号,往来道路,给运衣食。其余则遥为应援,不必拘也。议定同宿观中。按下不提。

---

① 舣(yǐ)舟——船泊岸边。
② 阴殛(jí)——殛,杀死。神明的处罚。

且说燕王战败了徐辉祖,正打点入宫,忽见宫中火起,遂忙率众,入宫救火。救灭了火,忙问:"建文何在?"皆称赴火死矣。燕王不信,亲于火中检看。一时不见尸骨,再三查问,内官因捡出皇后的尸骨,指着道:"这不是?"燕王方才信之,因哭道:"小子无知,何至此乎?"

燕王正清宫未了,早有谷王橞,安王楹,及文武大臣,上表请正大位。燕王初也逊谢,后见劝进者多,遂于六月十七日,亲御奏天殿,登了皇帝的大位,改元永乐,复周王橚、齐王榑的爵土,命翰林侍读王景,议葬建文之礼。王景议了,奏道:"建文虽为奸臣所惑,不为亲亲,然实系太祖高皇帝所立,已临莅天下四载,天下咸称其仁,乞仍葬以天子之礼为宜。"永乐君从之,遂降旨敕有司,以天子之礼葬之。又揭齐泰、黄子澄等奸臣,榜于朝,以完其诛奸之案。因众奸逃去,又悬赏格于朝,有能擒获奸臣者,重赏加官。自赏格一悬,而用事于建文的一班臣子,皆纷纷擒至。尚书齐泰被执到京,永乐君问道:"汝今倘能遣张潋、谢贵来监朕么?"齐泰无语,因命族诛之,妻发教坊司为娼。太常卿黄子澄逃至苏州,欲航海借兵,被太仓百户汤华擒至。永乐君痛恨之,问道:"谋削夺诸王是汝么?"亦命族诛之,子侄共六十五人,妻妹皆发教坊司为娼。右副都御史练子宁,被临海卫指挥刘杰擒至,永乐君问道:"当日入觐,朕当陛不拜,敕法司拿者是汝么?"练子宁道:"可惜先皇不听臣言!若听臣言,岂有今日?"永乐君大怒,命牵出碎磔之,族诛其宗一百五十人。兵部尚书铁铉,亦被擒至,永乐君道:"为君自有天命,天命在朕,人岂能违?当日济南铁闸,不过成汝今日之死,于朕何伤?"铁铉道:"人谁不死?死于忠,快心事也,胜于篡逆而生多矣!"因昂然反背立庭中,永乐令其转面反顾,铁铉不肯,道:"无面目对篡逆也!"永乐大怒,令人去其耳鼻。铉亦不顾,永乐愈怒,复令人碎分其体。铉至死骂不绝口。礼部尚书陈迪,刑部尚书恭昭,皆被擒至,俱谩骂不屈,同受惨刑而死。

燕兵初破金川时,宫中火起,尽道上崩。方孝孺闻知,即哀麻①日夜号哭。及永乐君悬了赏格,镇抚伍云将方孝孺系了,献至关下。永乐君见其衰绖,因问道:"汝儒者也,宜知礼。朕初登大宝,你服此哀麻,何礼也?"孝孺道:"孝孺先皇臣也,先皇遭变崩逝,孝孺既食其禄,敢不哭临!

---

① 衰(cuī)麻——古时的丧服。

第三十回　梦先帝驾船伺候　即君位杀戮朝臣

至于殿下登大宝,孝孺不知也。"永乐默然,命系于狱。左右侍臣问道:"方孝孺奏对不逊,陛下何不杀之?"永乐君道:"朕在北平发兵南下时,姚国师再三奏道:'方孝孺好学笃行人也,金陵城下,文武归命之时,彼必不降而犯上,恳求勿杀之。若杀之,则好学之种子绝了。'朕已应允,故今舍容之,姑命系狱,以观其后。"过了几日,朝廷要颁即位诏于天下,命议草诏之人。在廷臣子,皆说道:"此系大制作,必得方孝孺之笔为妙。"永乐因命侍臣,持节于狱中,召出孝孺。仍是衰麻而陛见,悲恸之声彻于殿陛。永乐见了,亲自降榻而慰道:"朕为此举,初意本欲效周公辅成王耳。奈何成王今不在矣,故不得已,而受文武之请,以自立。"孝孺道:"成王既不在,何不立成王之子而辅之?"永乐道:"朕闻国利长君,孺子恐误天下。"孝孺道:"何不立成土之弟?"永乐道:"立弟,支也。既支可立,则朕登大位,岂不宜乎?且此乃朕之家事,先生无过。若今朕既即位,欲诏告天下,使众咸知。此岂小故,非先生之笔不可也,可勉为草之。"因命左右授以笔扎。孝孺大恸,举笔投于地下道:"天命可以强行,武功可以虚耀,只怕名教中一个篡字,殿下虽千载之下,也逃不去!我方孝孺,读圣贤书,操春秋笔,死即死耳,诏不可草!"永乐大怒道:"杀汝一身何足惜,独不顾九族乎?"孝孺道:"义之所在,莫说九族,便十族何妨!"哭骂竟不绝口。永乐怒气直冲,遂命碎磔于市,复诏收其九族,坐死者八百七十三人。昔有人题诗,痛之道:

一个忠臣九族殃,全身远害亦天堂。

夷齐死后君臣薄,力为君臣固首阳①。

永乐既杀了方孝孺九族,忽见钦天监密奏道:"臣夜观天象,见文曲星犯帝座甚急,陛下当防之。"永乐闻奏,暗想:"降服之臣,何人可疑?"忽想起昔年袁忠彻细相景清之相,曾说他身矮声雄,形容古怪,为人必多深谋奇计,叫我当防之。莫非是此人欲犯我?到明早视朝之时,群臣皆在,独景清一人著绯衣。永乐愈疑之,遂命左右擒之,抄其身,暗藏短剑一口,欲以刺帝。永乐大怒,命擒出剥皮,实以草,系于城楼上。一日,永乐驾过

---

① "夷齐"二句——夷齐,伯夷与叔齐,传为商朝孤竹君两位儿子。周武王伐商纣,代商立周,伯夷与叔齐不食周粟,跑到首阳山,后饿死。事见《史记·伯夷叔齐列传》。

之,忽索断,景清之皮,坠于驾前,行三步为犯驾状。其神遂入殿庭为厉,永乐愈怒,命族诛之,并籍其乡。

当时忠臣被杀之外,还有侍郎黄观。领朝命征兵上江,后闻得燕王已渡江正位,自恨大势已去,乃朝服东向再拜,拜毕投江而死。妻翁氏,在京师闻朝廷有旨,将给配为奴,翁氏遂携一女,亦投水死。翰林王叔英,征兵广德,听得燕兵已入京城,暗想征兵亦无用矣,乃沐浴其衣冠,望阙再拜,拜毕又书一联道:"生既久矣,深有愧于当时;死亦徒然,庶无惭于地下。"书毕,自缢而死。妻亦缢死,女投井死。他如各省官员,并御史曾凤韶,及临海樵夫,尽节而死者,一笔如何能写得尽?只因永乐这一除异己之臣,有分教:柯枝既剪,渐及根株。不知后事如何,且看下回分解。

第三十一回
一时失国东入吴　万里无家西至楚

　　话说永乐既得了天下,又杀戮了一班异己之臣,遂封赏姚广孝等一班佐命之臣,各个晋爵,以酬其从前怂恿扶助之功。姚广孝等,既遭富贵,又各衣锦还乡,报答有恩,以酬其尘埃拔识之力。后来姚广孝终不蓄发娶妻。一日奉命赈济苏湖,往见其姊。姊拒之曰:"贵人何用至贫家为?"不肯接纳。广孝乃易僧服往,姊坚不出,家人劝之,不得已出立中堂,广孝即连下拜,姊曰:"我安用你许多拜?曾见做和尚不了,的确是个好人?"遂还户内,不复见。广孝赈济事毕,入朝复命,未几而卒。此是后话,不提。

　　却说建文一个仁主,同着二十二个忠臣,寄宿在神乐观中,有如失林之鸟,漏网之鱼,好不凄凄惶惶。到了次日,打听得燕王夺了大位,改元永乐,悬赏格追求效忠于建文之臣,杀戮了无数。建文与众人甚是心慌,建文道:"此地与帝城咫尺,岂容久住?可往云南,依西平侯沐晟,暂寄此身。或者地远,无人踪迹。"史仲彬道:"沐西平侯驻扎地方虽远,然受命分符,声息与朝廷相通,岂敢匿旧君而欺新王?况大家声势,耳目众多,非隐藏地也。"建文道:"汝所虑亦是,但沐晟既不可依,则此身将何所寄?"程济道:"师毋过虑,既已为僧,则东西南北,皆吾家也。只合往来名胜,以作方外之缘。倘弟子中,有家素饶,而足供一夕者,即暂驻锡一夕,亦无不可。"建文道:"汝言有理,吾心殊竟一宽。但居此郊坛之地,甚不隐僻,必速去方妙。"程济道:"是,明日即当他往。"

　　到了次早,牛景先与史仲彬商量道:"师患足痛,岂能步行,必得一船,载之东去方妙。"遂同步至中和桥边寻船。原来这中和桥,在通济门外,是往丹阳的旱路,往来车马颇多,河下船只甚少。二人立了半晌,忽见一船远远而来。二人忙走到岸边,牛景先不等那船摇到面前,便大声叫道:"船上驾长可摇船来装载?"船上人回说道:"我侬船自有事,弗装载个。"史仲彬听见是同乡声音,忙打着乡语道:"我是同乡,可看乡情面上,来装一装,重重谢你。"叫还未完,只见那船早摇近岸边,跳上两个人来道:"哪里不找寻老爷?却在这里!"仲彬再看时,方认得是自家的家人。因家中闻知京中有变,不知消息,差来打探的。仲彬与景先见船来的凑巧,不胜之喜,因吩咐船在桥边,忙回观报知,就请师下船,且往仲彬家暂住。师与众弟子皆大喜。但恨二十二人不能同往,又未免恻恻。船中原议定叶杨两和尚,并程济一道人与师四人,仲彬、船主,自应随侍,其余俱使散走,总期于月终至吴江再晤。众人听了,各分路而去。

史仲彬暗暗载师与弟子转出大江,行了八日,方到吴江之黄溪。仲彬因请师入至大厅,尽率家人出拜。恐正居不静,遂奉师住于所旌之西边一座清远轩内。此轩一带九间,前临一池,后背一圃,树木扶疏,花竹掩映,甚是清幽。师徒四人同居于中,颇觉快畅。过了三四日,相约诸弟子俱陆续到了,大家相聚甚欢。牛景先道:"弟前日过丹阳时,曾撞着一个老僧,见我匆匆而走,因笑道:'前程甚远,何用急走,徐行则吉。'弟想其言,深有意味,今欲弃去前名,改为徐行,以应僧言,不识可乎,求师指示。"师点头道:"改名甚好,可以渐消形迹。"由此冯㴬改称塞马先生,宋和改称云门生。赵天泰此时穿着葛衣,因说道:"我即以衣为名,叫做葛衣翁罢。"大家相聚一堂,虽伤流落,却也欢喜。建文道:"此地幽雅可居,又得众弟子相从,吾即投老于此,何如?"仲彬道:"师若不弃布衣菜饭,弟子犹可上供。"程济叹道:"世事岂能由人料定,且过两月再作区处。"建文听了,也不留意。

不期永乐即位之后,名列奸臣者既已杀尽,乃查各处在任诸臣。暗暗逃去者共有四百六十三人,欲要拿来处分,却又无大罪。到了八月,方降旨着礼部行文各府州县,将逃去诸臣尽行削籍,不容复仕。有诰敕者,俱是追缴。史仲彬是翰林侍读,受有诰命,该当追缴。早有人报知仲彬,仲彬一时不知详细,只道是走漏消息,心甚慌张,忙通知建文。建文也自着忙,因问程济道:"你前日说'世事岂能由人',今果然矣。莫非朝廷不能忘情于我,知我在此,故先追夺仲彬的诰命,以观动静,恐还有祸及我。"程济道:"祸害必无,师请放心。但既为僧,即如孤立野鹤,原不宜久住人间。况此地离宫阙不过千里,纵使朝廷忘情,亦不安也。"建文听了道:"是。"即欲远行。仲彬苦留道:"追夺仲彬诰命,未必为师。请暂宽一日,容再打听。"建文只得住下。到了次日,只见吴江县丞,姓巩名德,奉府里文书,着他至仲彬家追夺诰命。仲彬相见,问知来意,只得捧出诰命缴上。

第三十一回　一时失国东入吴　万里无家西至楚

巩德收了又道："有人传说建文君在于君处,不知果有此事否?"仲彬听了,假作吃惊道："久闻建文君已火崩矣,如何得能在此?"巩德便不再言,微笑而去。仲彬送巩德去后,忙走来对建文痛哭,将巩德之言说了,又道："本欲留师久住,少尽犬马之私,不意风声树影,渐渐追求到此,倘有不测,祸及于师,却将奈何?"建文道："事已至此,我明白即当远行。但师弟相聚未久,又要分散,未免于心恻恻耳。"众弟子听了,俱各泪下。仲彬因命置酒,师弟作别,饮了半夜,说到伤心。郑洽不禁叹息道："临天下,当以仁义称至治,今天下谁不称仁慕义,乃不能保其位。此何意也?"梁良玉流涕答道："曹瞒篡汉,司马懿篡魏,反俨然承统,此又何意?总之天难问理难穷耳。"程济道："得失乃天数,而篡自篡,仁义自仁义,丁古原自分明,诸君何不察也?"郭节道："这总难言,只合听之。且请问:师此行当往何地?不知何时方得再晤?"程济道："目今福星在滇中,弟子欲奉师至云南。但云南道远,众弟子难至。襄阳中,当可以再晤,来春三月,当约会于廖平家。不知师意何如?"建文道："所议甚善,即如此可也。"大家议定,方各就寝。

　　到了次日,建文与两个和尚,一个道人,竟往京中而去。其余众弟子,各各分散。建文师弟四人,行藏不甚怪异,在路中虽无人物色,但心中终有些惧怯。及到了京中,不敢从金陵城外过去,恐有人认得,惹是招非。四人算计,竟买舟渡过了大江,望六合而来。到得六合,天色晚了,要往大寺去住,又恐有人认得,只得就借一个草店里歇宿。此时师弟四人,寂寂寥寥,在一间破屋内,吃了粗粝晚食,卧了稻草床铺,也说不得。到次早起来,离了草店,因想往楚,沿江西行。在路晓行夜宿,受过了许多风霜劳苦,方才到得襄阳。你道建文为何要到襄阳,来见廖平?原来燕兵入城时,建文意欲身殉社稷,却念太子文奎年小,无处着落,偶值廖平入朝,知他忠义,遂悄悄将太子托付与他。廖平慨然受命,藏太子而出,差的当家人送回襄阳,故建文要来看看太子。及到襄阳,访问廖平,不期廖平住在府前,正是众人瞩目之地。这日,忽然三个和尚,一个道人,突至其家,廖平出迎,似惊似讶,默然不语。竟邀入后堂去了。早有人看在眼里。此时京中有人传说建文帝不曾死,已削发为僧,逃亡在外,朝廷遣人各处追求,一发动人之疑,故就有人来问廖府家人说:"前日那三个和尚,是何人?"家人报知廖平,廖平着惊,因暗暗与建文商议。建文道:"我此来只为要看看文奎,今已见他平安,我心已放下。既此地有人踪迹,我即去矣。"廖平道:"师间刚到此,坐席尚不曾温,怎忍就去?城中西北有一座西山,甚是幽僻,无人往来,我曾造个草庵在上,养两个村僧照管,今屈师暂住于中,再打探消息。"建文见廖平情意殷殷,只得应允,乘夜移到西山去住。

　　早有两个府役,将前日见三个和尚,一个道人,到廖侍郎家,廖侍郎邀入后堂,不见出来,踪迹可疑,恐是建文帝等情,悄悄报知知府。知府听了着惊,遂打轿来见廖平,问道:"朝廷疑建文未死,出亡在外,部中行文书到各府州县搜查,此事干系甚大。本府昨闻得府上有三个和尚一个道人来相投,不知是老先生什么亲眷?故本府特来请教。"廖平听了变色道:"老公祖此问甚奇!治生忝居司马,岂不知法度,有甚和尚道人敢来投我?"知府道:"本府亦知无此事,因有人来报,不得不来请问。"廖平道:"既有人报知此事,糊涂不得,倒要屈老公祖暂住,可叫此人来,入去一搜,看个有无,方见明白。"知府见廖平说话朗烈,料想搜也无用,只得打一恭道:"既没有,转是知府有罪了。"忙忙退回,又唤府役来问道:"这和尚道人你曾亲眼看见么?"府役道:"小人实实亲眼看见。他侍郎人家,深房大屋,就搜也没用。这和尚道人,料不曾出城,只求老爷吩咐四门,添人防守,出入细查,他便插翅也飞不去。"知府大喜,即唤守门人来,吩咐严紧盘诘。只因这一盘诘,有分教:锤碎玉笼,劈开金锁。欲知后事,待下回分解。

第三十二回

士卒奉命严盘诘　君臣熟视竟相忘

却说廖平见知府去了，又打听得知府吩咐四门盘诘，心中还是一忧，只得乘夜到西山报知建文。建文大惊，因问程济道："雀投罗，鱼在网，却怎生能脱去？"程济道："师自天而坠渊，亦非小事，安能不被一惊？若要保全，还要经历几难。此第一难也。"建文道："后难且莫问，但不知今此一难，汝有何计，可以脱我否？"程济道："若无妙计，也不敢请师出亡，也不敢从师远遁了。"建文见程济说话有担当，颜色方才定了。廖平因问程济道："知府有心四门严紧盘诘，俗人还可改装逃去，三个僧人，到眼即见，怎生隐藏，不知有何妙计？"程济道："他严紧盘诘，我自有设法，使他不严紧盘诘。"建文道："既有设法，就可速行。"程济道："今日甲午，明日乙未，门奇俱不利。只到后日丙申，门是生方，又正值丁奇到门，又遇天德，贵人在西矣，保无事。"算计定了，等到丙申前一夜，先吩咐备一只小柴船，将三师藏伏其中，悄悄撑到西水城边伺候。只候岸上报捉住建文了，众水军跑去看时，就乘空而去。又吩咐草庵中一个僧人，叫他如此如此。又叫几个家人，吩咐他如此如此。众人俱领命去。

等到丙申清早，自扮做一个乡人，亲到西城门边来察听。只见城门一开，早有一个和尚，夹在人丛里慌慌张张，往外乱闯。众门军是奉知府之命，留心要捉建文的。看见有和尚要闯出城，遂一齐上前拦阻盘问。那和尚见有人拦阻，忙转身要跑。众门军看见有些诧异，忙捉住问道："你是哪寺里的僧人，莫非就是建文帝么？"那和尚惊呆了，口也不开，只是要跑。早有旁边看的人说道："这是建文无疑了。"这个人只说得一声，又有三四个一齐吆喝道："好了，捉住建文，你们大造化，都要到府里去领赏了！"众门军认了真，都来围着和尚，连守水城门的军也跑来，围着要分赏，哪里还盘诘那只小柴船。那小柴船早已不知不觉撑出水门去了。

建文脱了此难，方知永乐不能忘情，遂一意竟往云南。在路上因问程济道："你既有道术，又有才智，我命你充军师护李景隆兵北伐时，你为何半筹不展,坐看他们兵败?"程济道:"胜败,天也。当其时,燕王应胜,景隆应败,皆天意也。弟子小小智术,安敢逆天? 使逆天而强为之,纵好亦不过为项羽之老亚父①,死久矣,安得留此身于今日,以少效区区。即今日之效区区,亦师之难原不至伤身,故侥幸亿中耳。"建文听了,不胜叹息。一日,行到夔州地方,见前面树林里,走出一个人来,建文道:"前面来的,莫非是冯淮么?"程济举头一看,说道:"正是。"遂上前叫道:"冯兄,我们师弟都在此。"冯淮忽然看见,又惊又喜。路上不便说话,就邀四人同往馆中。到了馆中,却是一带疏篱,三间草屋。厅上坐着十数个村童,因有客至,俱放了回去。大家坐定,冯淮方说:"自史家别后,回到黄岩,府县见我是削籍之人,为朝廷所忌,凡事只管苛求。我竟弃家来此,以章句训童子②为衣食计。只愁道路多歧,无处访问消息,不期天幸,恰逢于此。"建文亦诉说在襄阳廖平家之难:"我今要往云南去,不知他曾被我连累否? 我甚放心不下。"冯淮道:"师在,则廖平有罪,师既无踪,则廖平自然无恙,又何虑焉?"因沽村酒献师,大家同酌,草草为欢。住了三日,师弟四人方才起身往云南去。在路耽耽搁搁,直到永乐元年正月,方到云南。

果然云南离京万里,别是一天。人看见,只知是三个和尚,一个道人,并没别样的猜疑。故师弟四人,放下心肠,要寻一个丛林为驻栖之地。访知永加是个大寺,遂往投之。那寺中当家的老和尚,叫做普利,看见建文形容异众,又见两僧一道,皆非凡品。又想起昨夜伽蓝③托梦,说明日午时,有个文和尚,乃是天降的大贵人,领三个徒弟,要借这寺中栖身,你可殷勤留他,若怠慢不留,定遭神诵。恰好今日午时,果然有师弟四人来投,说要借寓,即时就满口应允,备斋款待。建文师弟四人,也安心在永加寺寄迹,按下不提。

且说廖平自师脱去,门军捉住他草庵和尚,解与知府。廖平虽叫人与知府辩明放了,却纷纷传说廖侍郎家窝藏建文帝。他着了忙,恐在家有祸,遂弃家只身走出,要往云南寻师。又恐不僧不俗,难以追随,只得向东

---

① 项羽之老亚父——老亚父,即项羽谋士范增,人尊称亚父。项羽不听范增之谋,范增愤而离开楚营,于途中背痛发作而死。事见《史记·项羽本纪》。
② 以章句训童子——意即教儿童读书。
③ 伽蓝——佛教传说中的神。

而走。不期走到会稽,盘缠用尽,资身无策,竟自负柴薪上街货卖,以给衣食。这事且不表。

再说史仲彬与师分别之时,曾约明年三月于襄阳廖平家相会,时刻在心。一到正月尽,即起身往襄阳而来,至三月初三日,方到廖平家里。细细访问,方知廖平为前番之事,已将家眷移住于汉中,自家遁去,不知何方,只留下仆人看屋,以待众人来会。再问仆人:"曾有谁先在此?"仆人道:"只得牛爷在内。"仲彬忙入去相见,各诉别来之情:"不知师曾到云南也不曾?又不知今日之约,能践也不能践?"

过了六日,忽见冯漼走来,相见时,细问行藏,冯漼说自家行遁在夔州教书,并说了路中逢师,要往云南,留住三日之事。二人又问:"师到云南,不知可有居停之地?又不知今日之约,复能来践么?"冯漼道:"自师行后,我不放心,正月中,即到云南去访看。喜得师已安居于永加寺中。说起今日之约,不敢来践。恐旧事复发,故命我来,一者通知众弟子,二者访廖君消息,三者就约诸弟子,明年八月会于吴江,即便作天台之游。"仲彬、景先听了,放开心肠。又过了数日,众弟子俱陆续来到,唯梁良玉不至。再细细访问,方知已物故了,大家感伤了一番。说了师相约之话,方各各回去。唯牛景先留住在西山不去,冯漼仍回云南,报知诸事。

建文见廖平家中无恙,心中放下,但不知他行遁何处,未免有怀。及听到梁良玉物故,不胜悲涕。自此无事,潜踪匿影在永加寺,过着日子。到了永乐二年正月,建文想起吴江之约,便打点起身。此时冯漼已先告回,约于天台相会矣,只与两和尚一道人相伴而行。知牛景先住在西山,要会他同往,故就往襄阳。访知前知府已去,旧事无人提起,遂大着胆,竟到西山来见景先。景先忽见师到,欢喜不胜。建文竟先遣景先,到吴江报信,然后僧道们慢慢而来。将近四安,程济道:"明日辰时,我师又有一难。我四人可拆做四处孤行,方不犯它之忌。若聚在一处同走,未免动人耳目。"建文听了吃惊,忙问道:"此难得免么?"程济道:"不但今日可免,由此终身亦可免矣。但凡大难临身,必身亲历方才算得,若枉道避之,则违天命矣。本可不言,但恐临事师惊,故先说破耳。"到了次日,程济取出两件褴褛旧僧衣,替建文穿在身上,又取一个瓦钵盂,叫他托了,装做沿路乞食之状。又嘱咐道:"若有所遇,切不可惊张退避。"建文点头。四人遂分四路而走,约于前途相会三人不提。

单说建文听了程济的话,遂大胆从四安而来。走到市中,撞着一乘大官轿抬到面前,轿大街窄,走不得,只得立在旁边,让官过去。那官轿中的官人,早看见了建文,遂白瞪着眼,将建文熟视。建文因受程济之戒,便不退避,也瞪着眼看那官人。又恰值抬轿的立着换肩,彼此对看了半晌,方才过来。你道此官是谁?原来是都给事胡濙,为人忠厚老成。永乐君因察知建文未死,出亡在外,欲待相忘,又恐他潜谋起义;欲要行文书各处搜求,又念他无家可归;又感他屡诏不许杀叔,倘搜求着了,未免要受杀侄之名。故明敕他访求异人张邋遢,却暗暗命他察访建文踪迹,若有异谋,急召地方扑灭;倘安于行遁,便可相忘。故胡濙今日遇着建文,见他孤身褴褛,恻恻于心,故一字不问,让他过去。又恐一时被他瞒过,故复往来湖湘十余年,知其万万无他,直至永乐十七年,方才复命道:"建文死灭矣,万不足虑。"永乐信之,故后来禁网渐开,建文得以保身归国。此是后话。且说建文见那官看得紧,未免心中突突。只等那官过去,急赶到前边,寻见两和尚,与程济说知撞见官府醉心看他之事。程济忙以手加额道:"我师又一难过了。"建文道:"这员官,我有些认得他,却一时想不起他的名字。"程济道:"师尚认得此官,此官岂有不识师之理。识而不问,亦忠臣也。"建文点头。恐人心不测,遂急急入吴而来。

至八月初九日,船到黄溪,天色将暝,师上岸先行,两僧一道收拾了衣钵,就随在后。师到了仲彬家,因前住久路熟,竟突入前堂。原来仲彬自得了牛景先之信,便朝夕在堂等候。忽见师至,大喜,即款至后堂。不多时,两僧一道也到。仲彬家酒是备端正的,随即献上。师大喜,遂欣然而饮。饮至半酣,忽向杨、叶、程三弟子道:"可痛饮此宵,我明晨当即去矣。"仲彬大惊道:"师何出此言,弟子望师,不啻饥渴,今幸师至,快不可言,即留数月,亦不满愿,奈何限于明辰,岂弟子事师之念,有不诚乎?"建文道:"非也。众弟子之心,可表天日,可泣鬼神,何况于我。我欲速去者,因新主尚苛求于我也。我前日到四安,遇一冠盖显臣,见我注目细看,定然认得。彼虽一时碍于名分,不便作恶,归必暗暗奏知朝廷。若明知我在,必然追求我。无处追求,必波及逋臣之家。东南逋臣,第一要数汝,有祸自然先及汝。我之速去者,为汝计也。"仲彬道:"师若忧祸及弟子,弟子自甘之,请师勿虑。"建文道:"留我者,愿我安也。我心惶惶,强留何益?"仲彬默然半晌道:"师即急行,亦须十日。"程济道:"行止随缘,何必

第三十二回　士卒奉命严盘诘　君臣熟视竟相忘

谆谆断定。"

建文见仲彬留意殷勤,住了三日,至十三日,始决意往浙。仲彬亦请随行,遂分两路,师与两僧一道四人一路,景先、仲彬一路。既至杭州,恐有人识认,遂悄悄住在净慈寺内,暗暗与两和尚一道人,以及景先、仲彬,流览那两峰六桥之胜,甚觉快畅。流连了二十三日,方渡造江去,要游天台。不期牛景先忽然患病,不能从行,留在寺中养病,又不期师行后,竟一病不起,奄然而逝。只因这一逝,有分教:往来渐独,道路愈孤。不知后事如何,且看下回分解。

第三十三回

耶水难留再至蜀　西平多故遁入山

　　话说建文渡过钱塘江,乃是九日。到了重九这日,方登天台游赏。忽见冯漼约会了金华、蔡运、刘伸,同走到面前谒师。大家相见甚喜,遂相携在雁宕、石梁各处,游赏了三十九日,方才议别。蔡运不愿复归,也就祝发,自号云门僧,留住在会稽云门寺。冯漼、刘伸、仲彬各各别去,建文依旧同两僧一道,从旧路而回。一日行到耶溪,因爱溪水澄清,就坐在溪边石上歇脚。建文忽远远望见隔溪沙地上,坐着一个樵夫,用手在浅沙上划来划去,就像写字一般,因指与他三人道:"你们看,隔溪这个樵子的模样,好似廖平。"三人看了,说道:"正是他。"程济因用手远招道:"司马老樵,文大师在此。"那樵子听见,慌忙从溪傍小桥上,转了过来。看见大师,便哭拜道:"弟子只道今生不能见师,不料今日这里相逢!"建文扶他起来,亦大恸道:"我前日避难逃去,常恐遗祸于你。后冯漼来报知汝家无恙,我心才放下。但不知你为何逃遁至此?"廖平道:"知府捉师不着,明知是我放走,无奈不得,却暗暗申文,叫抚按起我做官,便好追求。我闻知此信,所以走了。"建文道:"我前过襄阳,打听得知府已去任。汝今回去,或亦不妨。"廖平道:"弟子行后,家人已报府县死于外矣,今归岂非诓君?"建文道:"汝若不归,则流离之苦,皆我累你。"廖平道:"弟子之苦,弟子所甘,师不足念。但师东流西离,弟子念及,未免伤心耳。欲留师归宿,而茅屋毫无供给,奈何,奈何!"建文听了,愈觉惨然,遂相携而行,直送三十里,方痛哭分别而去。建文师弟四人,向蜀中而来。

　　到了永乐三年,要回云南,行至重庆府,觉身子有些不爽,要寻个庵院,暂住几日,养养精神,方好再行。因四下访问,有人指点道:"此处并无大寺院,唯有向西二里,有一村坊,叫做善庆里。里中有个隐士,姓杜名景贤,最会在佛面上做工夫。曾盖了一个庵儿,请一位雪庵师父,在内居住。你们去投他,定然相留。建文师弟听了,就寻善庆里庵里来。走到庵中,叫声雪庵,雪庵听见,因走出来,彼此相见,各各又惊又喜。你道为何?

第三十三回　耶水难留再至蜀　西平多故遁入山

原来这雪庵和尚,是建文帝的朝臣,叫做吴成学,自遭建文之难,便弃官削发为僧,自称雪庵。恐近处有人知觉,遂遁至四川重庆府住下,访知善庆里杜景贤为人甚有道气,因往投之。杜景贤一见,知非常人,因下榻相留,朝夕谈论,十分相契,遂造一间静室,与雪庵居住。当日出来,与建文相见,各各认得,惊喜交集。建文道:"原来雪庵就是你。"雪庵道:"弟子哪里不访师?并无消息,谁知今日这里相逢!"因以弟子礼拜见了,又与三人见礼。就请师到房中,各诉变后行藏,悲一回,感一回,又叹息一回。建文住了几日,因见庵门无匾额,又见案有观音经,因写了"观音庵"三个大字,悬于庵前。杜景贤闻知庵中又到了高僧,便时时来致殷勤。建文因住得安妥,便住了一年。直到永乐四年三月,方才别了雪庵,又往云南。

到了云南,建文问程济道:"我今欲投西平侯沐晟家去住,你以为何如?"程济听了,默然半响,方说道:"该去,该去,此天意也。"建文着惊道:"汝作此状,莫非又是难么?"程济道:"难虽是难,却一痕无伤,请师勿虑。"建文道:"事既如此,虑亦无用。但他一个侯门,我一个游僧,如何入去与他相见?"程济道:"若要照常通名请谒,假名自然拒绝,真名岂不漏泄,断乎不可。我看这四月十五日巳时,开门在南,太阴亦在南,待弟子用些小术,借太阴一掩,吾师径入可也。"你道建文为何要见沐晟? 只因这沐晟,乃西平侯沐春之弟,建文即位时,沐春卒,沐晟来袭爵,建文爱他青年英俊,时时召见,赐宴赐物,大加恩礼,有此一段情缘,故建文想见。这日听见程济说得神奇,不敢不听。等到十五日巳时,果然见沐晟开门升堂,遂不管好歹,竟闯进门来。真也奇怪,就像没人看见的一般,让他摇摇摆摆,直走上堂,将手一举道:"将军请了,别来物是人非,还认得贫僧么?"沐晟见那僧来的异样,不觉心动。再定睛细看,认得是建文帝,惊得直立起来。一时人众,不敢多言,只说一声:"老师几时到此?"就吩咐掩门,叫人散去。将建文请入后厅,伏地再拜道:"小臣不知圣驾到此,罪该万死!"建文忙扶他起来,道:"此何时也,怎还如此称呼? 此虽将军忠不忘君之雅意,然祸害相关,却非爱我,切宜戒之。"沐晟受命,亦作师弟称呼,就留师在府中住下。

不期此时安南国王胡整不靖,永乐差严震直作使臣,到云南诏沐晟发兵往征。宣过了诏书,到第二日,要回朝复命,来辞沐晟,忽看见一个和尚走进去。沐晟便吩咐掩门,不容相见。此时建文做和尚,出亡在外的消息,已有人传说在严震直耳朵里,今日又亲眼看见,怎不猜疑到此,遂趋近沐晟,低低说道:"犬马之心,正苦莫申,今幸旧君咫尺,敢望老总戎曲赐一见。"沐晟听了,假惊道:"旧君二字,关祸害不小,天使何轻出此言?"严震直道:"老总戎休要忌我,我已亲眼看见。同是旧臣,自同此忠义,断无他念。"沐晟暗想:"他看见是真,若苦苦推辞,恐不近人情,转要触怒。"只得低低说道:"天使既念旧君明此,自同此肝胆,同此死生,但须谨慎。"遂入内与建文说知,随引震直入见。震直入到内厅,看见建文一个九重天子,今为万里孤僧,不胜痛楚,因哭拜道:"为臣事君不终,万死,万死!"建文亦泣道:"变迁改革,此系天命,举国尽然,非一人之罪。今还恋恋,便足断迹夷齐。但须慎言,使得保全余生,则庶几无负。"震直听了,哽咽不能出声,唯说道:"臣愧其无辞,但请以死,明心而已。"遂再拜辞出,归到旅舍。忽忽如有所失,竟吞金而死。

地方官见使臣死了,自然备棺衾收殓,申交上司。上司自然奏闻天子。沐晟听知,暗暗与建文商议道:"震直一死,固是灭己明心之念。但死得太急,地方官奏报朝廷,朝廷未免动疑,又要苛求。虽昨日之见,无人得知,但府中耳目众多,不可不防。况晟今又奉诏南征,师居此地,恐不稳便。"建文道:"汝言是也。"因问程济,程济道:"居此者,正师之一难也。今虽已过,自宜远隐,以避是非。"师方大悟,遂别沐晟出来。又问程济道:"出便出来了,却于何处去隐?"程济道:"隐不厌山深。弟子闻永昌白龙山,僻在西围,甚是幽邃,可到那里,自创一店,方可常住。"建文道:"此言有理。"大家遂同至永昌白龙山,选择了一块秘密之地。此时因有沐晟所赠,贤能二和尚,遂伐木结茆①,造成一座小庵,请师居住。

到永乐五年七月间,住了一年有余,虽喜平安,却不抄不化,早已无布无食,渐近饥寒。程济无奈,只得出来四下行乞。一日行乞到市中,忽遇见史仲彬,两人皆大喜,仲彬忙问道:"如今师在哪里?"程济道:"师如今在白龙山上,结茆为庵,草草栖身。你为何独身到此?"仲彬道:"我非独身。我因放师不下,遂约了何洲、郭节、程亨同来访师。料师必在云南,故相伴而来。因路上闻得朝廷遣都给事胡荧,往来湘湖云贵,秘密访师,故我四人不敢作伙招彰,夜虽约了行,当日里则各自分行。这两日,因我寻

---

① 茆(máo)——同"茅"。此指茅屋。

第三十三回　耶水难留再至蜀　西平多故遁入山

不着,正苦莫可言。今幸相遇,方不辜负我心。"说罢,就引程济到寄宿之处,候何洲、郭节、程亨。三人齐归了,与程济相见过,算计夜行。此时是七月十八夜,月上皎洁,彼此相携出门。上下山坡,坐坐行行,直行了二十余里,方到庵前。天已亮了,程济叩庵。应能和尚开门,看见仲彬四人,忙入报师。仲彬四人,亦随入而拜于榻前,建文喜而起坐榻上。众人问候了一番,各各泪下。随即取出礼物献上,建文一一收了。自此情兴颇畅,因率仲彬等四人,日日在白龙山游赏以为乐。住了月余,四人要辞去,建文不舍。许何洲、郭节、程亨三人先行,又留仲彬住到永乐六年三月,方许其行。到临行日,建文亲送,痛哭失声,再三嘱咐道:"今后慎勿再来,道路修阻,一难也。关津盘诘,二难也。况我安居,不必虑也。"仲彬受命而去。建文在庵中,住过了两年,乃是永乐八年。这两年中,众弟子常常来问候建文,不致寂寞。一日说道:"想我终身,只合投老于此处。"程济笑道:"且住过了一年,再算计也不迟。"建文惊问道:"为何住过一年,又要算计,莫非又有难么?"程济笑而不言。不期到永乐九年,地方报知府县说:"白龙山庵中,常有不僧不俗之人,往来栖止,或歌或哭,踪迹可疑。恐害地方,求老爷做主。"府县听了,竟行牌地方,叫将白龙山庵拆毁。只因这一拆毁,有分教:困龙方伏地,惊雀又移巢。不知后来如何,再看下回分解。

第三十四回

忠心从亡惜身亡　立志逊国终归国

　　话说地方看了牌文,立即将白龙山庵拆毁。建文大惊,急问程济道:"你旧年曾说'且住过一年再看',今果住了一年,就被有司拆毁。你真是个神人!莫非还有大难么?"程济道:"即此就是一难。已过了,师可勿忧。"建文道:"难虽过了,而此身何处居住?"程济道:"吾闻大理浪穹,山水比白龙更美,何不前往一游。倘若可居,再造一庵可也。"建文大喜。师弟四人收拾了,竟往浪穹。到了浪穹,登山一览,果然山苍苍,林郁郁,比白龙更胜。两僧一道见师意乐此,遂分头募化,草草盖造一庵。不消一月,早已庵成。建文安心住在庵中。不期到永乐十年二月,而应能和尚竟卒矣。到了四月,而应贤和尚亦亡矣。建文见贤能两弟子,一时俱死,大恸数日,不忍从僧家火化,遂命程济并葬于庵东。过了月余,无人相傍,只得纳一个弟子,取名应慧。到十一年九月,因应慧多病,又纳个弟子,取名应智。到十二年十月,应慧死了,又纳个弟子,取名辨空。到十三年四月,同程济出游衡由,闻知金焦、程亨、冯淮、宋和、刘伸、郑洽、黄直、梁良玉皆死了,不胜悲伤,无意游览,遂回庵中。到十五年二月,又别筑一个静空于鹤庆山中,时常往来。忽雪庵和尚的徒弟了空,来报知前一月其师雪和尚死了,建文大哭一场。自此之后,想起从亡诸臣,渐渐凋谢,常拂拂不乐。直到十七年四月,在庵既久,忽想出游。又同程济先游于蜀,次游于粤,后游于海南,然后回来。到十九年十二月,不喜为僧,蓄起发来,改为道士。到二十年正月,命徒弟应智、辨空,为鹤庆静室之主,自与程济别居于渌泉。到二十一年,建文又动了游兴,遂与程济往游于楚。此时二人俱是道装,随路游赏,就在大别留住了半年有余。到二十二年二月,因想起史仲彬,一向并无音信,就随路东游,按下不提。

　　却说史仲彬自戊子年谒师东还之后,日日还思复往。忽被仇家将奸党告他,虽幸辩脱,却不敢远行。到今甲辰年,相间十七年,不知师音来,心愈急切;又闻新主北狩,已晏驾了,革除之禁,渐渐宽了,遂决意南游访师,竟往云南而来。一日行到湖广界上,因天色晚了,住一旅店投宿。主人道:"客人来迟,客房皆满,唯有一房甚宽,内中只两个道者,客官可进去同住罢?"仲彬入房,看见两个道人,酣睡床上,忙上前看时,恰一个是师,一个是程济。欢喜不胜,因自通名道:"史仲彬在此!"建文与程济梦中听了,惊而跃起,看见仲彬,满心欢喜。建文问道:"汝为何到此来?"仲彬道:"违师十七年,心中不安,故欲来问候。不知师将何往,又为何改了黄冠?"建文道:"我东游正为思汝,改黄冠亦无他意,不过逃禅,久而思入道耳。"仲彬又问:"贤能二师兄,何不同来?"建文道:"他二人死已十余年了。"仲彬听了,不胜感伤。又说道:"师可知新主北狩回銮,已晏驾于榆林川了?"建文闻言,喜动颜色道:"此信可真么?"仲彬道:"怎么不真,弟子从金陵过,闻人传说太子即位,已改元洪熙矣。"建文听说是真,因爽然道:"吾一身释矣。"到了次日,即相率从陆路东游。因偕行有伴,一路看山玩水,直至十一月,方到吴江,重登仲彬之堂。仲彬忙置酒堂上,程济东列,仲彬西列,相陪共饮。忽仲彬有个叔祖,叫做史弘,住在嘉兴县,偶有事来见仲彬,在堂下窥见,忙使人招出仲彬,问道:"此建文帝也,我要一见。"仲彬还打算瞒他,说道:"不是。"史弘道:"你不须瞒我,帝在东宫时,我即认得了。后来我家当抄没,若非天恩赦了,我死无所矣。不独君臣义在;文,恩主也。今幸瞻天,安敢不拜。"仲彬不得已,报知建文,史弘进拜堂下。拜毕,即命坐于仲彬之上,就说:"所曰感恩之事,建文不胜感激。"四人饮至夜深而止。

住了数日,建文欲起身往游海上,史弘道:"弟子才得面师,不忍即别,愿随行一程,以表孪孪①。"仲彬亦要随行,建文不欲拂其意,只得允了,遂行到了杭州方辞。史弘、仲彬回去,只同程济渡过钱塘江,直到南海,礼过大士②,方才从福建、两广,回到渌泉。此时已是洪熙元年六月。洪熙又晏驾,又是太子即位,改元宣德。建文闻知,说道:"吾心可放下矣。"

到了宣德二年,建文又将发剃去,复移居鹤庆静室中。忽闻赵天泰、梁田玉、王资、王良皆死了,不胜悲恸。到宣德三年正月,又闻知史仲彬,

---

① 孪孪(luàn)——挚爱、不能忘记的心意。
② 大士——即观音菩萨。

为仇家讼其从亡之事,竟以此累死,又恸哭不已。到了十月,游行汉中,遇见廖平之弟廖年,报知廖平已于元年死于会稽山中。未死之前,曾寄书家中,叫将他妹子配与太子文奎为室。今已成亲三年矣。建文听了,又大恸不已。想起从亡诸臣,死去八九,竟神情恍惚,中心无主,又蓄发出游。自此以后,东西游行,了无定迹。直到宣德八年,朝廷因奸僧李皋反,就下令:"凡是关津,但遇削发之人,即着押送原籍治罪。"建文闻知,又还渌泉。到宣德十年,闻知何洲、蔡运、梁中节、郭节、王之臣、周恕又俱死了,心下更惊惕不安,因谓程济道:"诸从亡皆东西死矣,我不知埋骨何所?"程济道:"叶落还是归根。"建文道:"可归么?"程济道:"事往矣,人老矣,朝代已换矣,恩怨全消矣,天下久定矣,何不可归?"建文自此遂萌归念。到正统二年,又削发行游。

到正统五年庚申,建文年已六十四,遂决意东归,命程济卜其吉凶。程济卜完道:"无吉无凶,正合东归。"建文遂投五华山寺,登梵宫正殿,呼众僧齐集,大声说道:"我建文皇帝也,一向行遁于此,今欲东归,可报知有司。"众僧听了皆惊,忙报知府县,不敢怠慢,因请至藩司堂上。建文竟南面而坐,自称原姓名,追述往事:"前都给事胡濙,名虽访张邋遢,实为我也。"府县不敢隐,报知抚按,飞章奏闻。不多时,有旨着乘驿道至京师。既到京师,众争看之,则一老僧也,诏寓大兴隆寺。此时正统皇帝,不知建文是真是伪,因知老太监吴亮,曾经侍过建文,遂命他去辨观真假。吴亮走到面前,建文即叫道:"汝吴亮也,还在耶?"吴亮假说道:"我不是吴亮。"建文笑道:"你怎不是?我御便殿食子鹅,曾掷片肉于地,命汝舔吃,你难道忘了?"吴亮听说是真,遂伏地痛哭,不能仰视。建文道:"汝不必悲,可为我好好复命,说我乃太祖高皇帝嫡孙。今朱家天下正盛,岂可轻抛骸骨于外?今归无他,不过欲葬故乡耳。"吴亮复命后,恐不能取信,遂缢死以自明。正统感悟,命迎入大内,造庵以居,厚加供奉,不便称呼,但称老佛。后以寿终,敕葬于北京西城外黑龙潭北一邱,一碑碑题曰"天下大师之墓"。因礼非天子,故相传言之西山不封不树。此时从亡二十二臣俱死,唯程济从师至京,送入大内,方还南去,不知所终。程济当革除时,与魏冕言志,魏冕道:"愿为忠臣。"程济道:"愿为智士。"今从亡几五

十年,屡脱主于难,后竟致主归骨,自称智士,真无愧矣。后人览靖难逊国①遗编,不胜感愤,因题诗叹息道:

　　风辰日午雨黄昏,时势休教一概论。
　　神武御天英烈著,仁柔逊国隐忠存。
　　各行各是何尝悖,孤性孤成亦自尊。
　　反复遗编深怅望,残灯挑尽断人魂。

---

① 逊国——逊国即让国之意。指建文帝。

图书在版编目（CIP）数据

正续英烈传/(明) 佚名著. —北京:华夏出版社,2014.9
(中国古典文学名著丛书)
ISBN 978-7-5080-8178-6

Ⅰ.①正… Ⅱ.①佚… Ⅲ.①章回小说－中国－明代 Ⅳ.①I242.4

中国版本图书馆CIP数据核字(2014)第163629号

正 续 英 烈 传

作　　者	佚名
责任编辑	高苏　韩平　杜潇伟
责任印制	刘洋
出版发行	华夏出版社
经　　销	新华书店
印　　刷	北京集惠印刷有限责任公司
装　　订	三河市少明印务有限公司
版　　次	2014年9月北京第1版 2014年11月北京第1次印刷
开　　本	880×1230　1/32
印　　张	12.125
字　　数	380千字
定　　价	22.00元

华夏出版社　地址:北京市东直门外香河园北里4号　邮编:100028
　　　　　　　网址:http://www.hxph.com.cn　电话:(010)64663331(转)
若发现本版图书有印装质量问题,请与我社营销中心联系调换。